诗经新注

聂石樵 主编

雒三桂 李山 注释

齊魯書社

图书在版编目(CIP)数据

诗经新注/聂石樵主编;雒三桂,李山注释.—济南:齐鲁书社,2000.10(2007.1 重印)

ISBN 7-5333-0622-8

Ⅰ.诗...　Ⅱ.①聂...②雒...③李...　Ⅲ.诗经-注释　Ⅳ.I222.2

中国版本图书馆 CIP 数据核字(2000)第 44289 号

诗经新注

聂石樵　主编

雒三桂
李　山　注释

齐鲁书社出版发行

地址:济南经九路胜利大街 39 号　邮编:250001

http://www.qlss.com.cn

E—mail:qlss@sdpress.com.cn

日照报业印刷有限公司印刷

850×1168 毫米 32 开本　21.5 印张　2 插页　550 千字

2000 年 10 月第 1 版　2007 年 1 月第 4 次印刷

ISBN 7—5333—0622—8
I·199　　定价:27.00 元

前　言

一

《诗经》的名称源于何时？这是研治《诗经》的人们首先接触的问题，不能不加以探讨。按古代《诗经》不称“经”，只称《诗》和《诗三百》。如《论语·季氏》云：“不学《诗》，无以言。”《阳货》云：“《诗》，可以兴，可以观，可以群，可以怨。”又《为政》云：“《诗三百》，一言以蔽之，曰：思无邪。”《子路》云：“诵《诗三百》，授之以政，不达；使于四方，不能专对。虽多，亦奚以为？”可见孔子都称这部诗集为《诗》或《诗三百》，而不称为“经”。尊之为“经”，则是后来的事。那末何时才称《诗》为“经”呢？《荀子·劝学》有这样一段记载：“学恶乎始，恶乎终？……始乎诵《经》，终乎读《礼》。……故《书》者，政事之纪也；《诗》者，中声之所止也；《礼》者，法之大分，类之纲纪也，故学至乎《礼》而止矣。……《礼》之敬文也，《乐》之中和也，《诗》、《书》之博也，《春秋》之微也，在天地之间者毕矣。”他所谓“经”，是指《诗》、《书》、《礼》、《乐》、《春秋》。荀子生当战国晚期，其书绝少有后人羼入者，所以是可信的。可见当时已把《诗》称作“经”了。又《礼记·经解》云：“入其国，其教可知也。其为人也，温柔敦厚，《诗》教也；疏通知远，《书》教也；广博易良，《乐》教也；絜静精微，《易》教也；恭俭庄敬，《礼》教也；属辞比事，《春秋》教也。”其中所称述者，除了《诗》、《书》、《乐》、《礼》、《春秋》之外，还有《易》，共六种书。《庄子·天运》记载孔子对老聃说：“丘治《诗》、《书》、《礼》、《乐》、《易》、《春秋》六经。”直把此六种书称为“六经”。《天运》篇成书于战国末年，

《经解》篇可能是西汉之作。当时已称这些书为“经”，但还未把“经”与原书连属起来。把“经”与原书连属成为专名，则始于司马迁的《史记》，如《儒林传》云：“申公独以《诗经》为训以教。”然则由《诗》或《诗三百》演变为《诗经》之轨迹，于此可以了然。此后两千年来即成为沿袭不变的古诗集的专名了。

二

《诗经》的编集分《风》、《雅》、《颂》三部分。《风》有十五国之别，即《周南》、《召南》、《邶》、《鄘》、《卫》、《王》、《郑》、《齐》、《魏》、《唐》、《秦》、《陈》、《桧》、《曹》、《豳》共一百六十篇。《雅》有大小之分，即《大雅》、《小雅》共一百零五篇。《颂》有朝代之异，即《周颂》、《鲁颂》、《商颂》共四十篇。总计三百零五篇。此外，还有《南陔》、《白华》、《华黍》、《由庚》、《崇丘》、《由仪》六篇，皆笙诗，有声无辞。总合为三百十一篇。

《诗经》的分类成于何时？据历史记载，季札观周乐时已初具今天《风》、《雅》、《颂》的规模了。如《左传·襄公二十九年》云：“吴公子季札来聘，……请观于周乐。使工为之歌《周南》、《召南》，……”其后依次为《邶》、《鄘》、《卫》、《王》、《郑》、《齐》、《豳》、《秦》、《魏》、《唐》、《陈》、《郐》、《小雅》、《大雅》、《颂》。鲁襄公二十九年孔子才八岁，当时之“周乐”，几乎包括今本《诗经》的全部。到春秋末期，孔子对《诗经》加以重订，《论语·子罕》孔子说：“吾自卫反鲁，然后乐正，《雅》、《颂》各得其所。”可见春秋时期，《风》、《雅》、《颂》之分类已经形成。

何谓《风》、《雅》、《颂》？历代人们的认识很分歧，但以从乐调方面解释更确切。所谓“风”，即地方乐调。例证之一，《诗经·小雅·鼓钟》：“以雅以南，以籥不僭。”《毛传》：“南夷之乐曰南。”说明“南”即南方乐调。例证之二，《左传·成公九年》云：“钟仪……操南音。……范文子曰：‘……乐操土风……’”此土风，即地方乐调。

例证之三,《吕氏春秋·音初》篇记载涂山氏之女歌《候人》之后云:"实始作为南音,周公及召公取风焉。""取风"即取其声调。例证之四,《诗经·大雅·烝民》:"吉甫作诵,穆如清风。""清风"即指极清的声调。例证之五,《诗经·大雅·崧高》:"吉甫作诵,其诗孔硕,其风肆好。""其风"之"风",也指声调。以上五条例证,都足以说明"风"是一种地方乐调,《国风》即各地区的乐调。所谓"雅",即中原之正声。梁启超在其《释四诗名义》(见《小说月报》十七卷号外《中国文学研究》上册)一文中说:"'雅'与'夏'古字相通。《荀子·荣辱》篇:'越人安越,楚人安楚,君子安雅。'《儒效》篇则云:'居楚而楚,居越而越,居夏而夏。'可见'安雅'之'雅'即'夏'字。荀氏《申鉴》、左氏《三都赋》皆云'音有楚夏',说的是音有楚音夏音之别。然则《风》《雅》之'雅',其本字当作'夏'无疑。《说文》:'夏,中国之人也。'雅音即夏音,犹言中原正声云尔。"所谓中原正声,即西都之乐调。《左传·襄公二十九年》所云:"为之歌《秦》,曰:'此之谓夏声。'"至于《小雅》、《大雅》的区别,则由于音乐节奏繁简之不同。《小雅》章少,节奏简;《大雅》章多,节奏繁。所谓"颂",郑樵《通志》卷七十五《〈昆虫草木略〉序》云:"宗庙之音曰'颂'。"又朱熹《诗集传》卷十九《颂》注云:"颂者,宗庙之乐歌。"说明《颂》是一种祭祀宗庙的乐调。如此,则可以得出结论:《风》是地方乐调,《雅》是中原正声,《颂》是宗庙乐歌,《雅》之声乐有繁简之分,节奏简者为《小雅》,节奏繁者为《大雅》。

《风》、《雅》、《颂》乐调有别,内容也不同。《国风》多抒情诗,写男女恋情、夫妻离别相思之苦。《小雅》多叙事诗,写周朝君王宴享诸侯、亲朋、故旧和诸侯、亲朋、故旧赞美周君之辞,也有部分劳人思妇之作。《大雅》皆叙事诗,记述周王朝缔造、发展之历史。《周颂》都是祭祀周朝君王之辞。《鲁颂》是赞美时君之作。《商颂》一部分是对祖先的祭歌,另一部分写商部族的历史传说。要之,《颂》则祭祀宗庙,《雅》则美刺时政,《风》则吟咏性情,都反映了周朝的社会、政治、道德和风尚。

三

《诗经》中诗歌的作者问题，也是人们长期争论的问题。我们认为《诗经》中的诗歌，大部分是士大夫所作，也有一部分是君王、公卿、大夫作的，真正的民间歌谣很少。如《国语·周语上》记载召公云："为民者宣之使言，故天子听政，使公卿至于列士献诗。"又《晋语》记载范文子云："在列（位也）者献诗，使勿兜（惑也）。"所谓"列士"，即指一般士大夫；所谓"在列者"，也包括一般士大夫。《汉书·艺文志》记载："古有采诗之官，王者所以观风俗，知得失，自考正也。"其所采者，良非无知识的劳动者，而是有文化的士人。《汉书·食货志》记载："孟春之月，群居者将散，行人振木铎徇于路以采诗，献之太师，比其音律，以闻于天子。"又《礼记·王制》记载："天子五年一巡守……命太师陈诗，以观民风。"行人之官所采集者和太师所陈览者，也应是士人之作。即便有民间歌谣，当配乐时，经过乐师的修润、加工，也非本来面貌，而具有有文化的士人创作之色调了。可惜这些作者名字已不可考。《诗经》中的诗歌明言作者名字者仅四篇。如《小雅·节南山》："家父作诵，以究王讻。"《小雅·巷伯》："寺人孟子，作为此诗。"《大雅·崧高》："吉甫作诵，其诗孔硕。"《大雅·烝民》："吉甫作诵，穆如清风。"吉甫，即尹吉甫，周宣王时人。家父、寺人孟子的事迹皆不可考。这四首诗为此三人所作，乃确切无疑。其他诗之作者，见于典籍记载者，有《尚书·金縢》云："周公居东二年，则罪人斯得。于后，公乃为诗以贻王，名之曰《鸱鸮》。"《鸱鸮》为周公所作。《左传·文公元年》云："周芮良夫之诗曰：'大风有隧，贪人败类。听言则对，诵言如醉。匪用其良，覆俾我悖。'"此为《桑柔》诗文，则《桑柔》为芮良夫所作。《左传·宣公十二年》云："武王克商，作颂曰：'载戢干戈，载櫜弓矢。我求懿德，肆于时夏，允王保之。'"此为《周颂·时迈》诗文，则《时迈》为武王所作。《宣公十二年》云："又作《武》，其卒章曰：

‘耆定尔功。’其三曰：‘铺时绎思，我徂维求定。’其六曰：‘绥万邦，屡丰年。’”其三为《赉》之诗文，其六为《桓》之诗文，是皆武王所作。《国语·周语》云：“周文公为之颂曰：‘思文后稷，克配彼天。’”周文公即周公，则《思文》为周公所作。《国语·周语》云：“周文公之诗曰：‘兄弟阋于墙，外御其侮。’”又《左传·僖公二十四年》云：“召穆公思周德之不类，故纠合宗族于成周，而作诗…… 其四章曰：‘兄弟阋于墙，外御其侮。’”此为《常棣》诗文，其作者《国语》、《左传》各执一说，或谓周公，或谓召穆公，未知孰是，二说并存。《吕氏春秋·古乐》云：“周公旦乃作诗曰：‘文王在上，於昭于天。周虽旧邦，其命维新。’”此为《文王》诗文，则《文王》为周公所作。这些典籍的记载，也比较可信。至于《诗序》所云某篇为某人之作者，则多属无稽之谈了。《诗经》中之诗篇，其作者无论是君王、公卿、大夫或士，知名者或不知名者，最终都要由乐官之长太师配乐。审校编集工作，皆由太师总其成。《国语·鲁语》云：“正考父校商之名颂十二篇于周太师。”正考父校理商之颂歌，请教周之乐师，以周之乐师所审定者为准。可以说明周太师参与了全部《诗经》的加工、创作。

四

孔子与《诗经》的关系，也是应当探讨的问题。孔子是否删诗？司马迁在《史记·孔子世家》中说：“古者，诗三千余篇。及至孔子，去其重，取可施于礼义，上采契、后稷，中述殷、周之盛，至幽、厉之缺，…… 三百五篇，孔子皆弦歌之，以合《韶》、《武》、《雅》、《颂》之音。”认为孔子将三千余篇诗，加以删改，仅剩下三百零五篇。这是关于孔子删诗的最早记载。其后班固在《汉书·艺文志》中也说：“孔子纯取周诗，上采殷，下取鲁，凡三百五篇。”与司马迁的见解完全一致。但这种说法后世怀疑者不少，孔颖达已开其端绪，郑玄《诗谱序》孔颖达《疏》云：“案书传所引之诗，见在者多，亡逸者少，则孔子所录，不容十分去九。马迁言古诗三千余篇，未可信也。”孔颖达所说，确凿有据。据台湾屈万里氏就《左传》、《国语》和《礼记》三书引诗统计：《左传》引诗一百六十六条，其中现存者一百五十六条，佚诗十条；《国语》引诗二十三条，其中现存者二十二条，佚诗一条；《礼记》引诗一百零三条，其中现存者一百条，佚诗三条。总计三书所引之诗，现存者共二百七十八条，已佚者十四条。佚诗的篇数，约占存诗二十分之一。（以上见其《诗经诠释》）可见孔子删诗说之不足信。又前文所引鲁襄公二十九年季札在鲁观周乐，所见之诗与今本基本相同，仅《国风》的次序与今本稍有区别，《颂》没有周、鲁、商之分而已。当时孔子年幼，不可能删诗。又《论语》中孔子反复称道《诗三百》，说明孔子时鲁国通行的本子即三百篇，并非孔子所删。孔子是信而好古、好古敏求的人，并尝慨叹文献之不足征，岂能把大量可贵的诗歌删掉！因此，可以断言，孔子绝无删诗之事。

孔子不曾删诗，但他与《诗经》的关系却是很深的。他曾竭尽精力整理、重编、订正《诗经》的乐谱。《论语·子罕》：“子曰：‘吾自卫反鲁，然后乐正，《雅》、《颂》各得其所。’”这是孔子自己的话，最可信据。他既正乐曲，也正诗篇。《雅》、《颂》原本的篇次有某些不伦，经过孔子的整理，使各归其类。孔子如何正乐曲，古乐早已失传，不可考稽。其正《雅》、《颂》，颇可推测。季札观乐只谈及《颂》，当然是指《周颂》，因为他是观周乐，《鲁颂》、《商颂》未在其中。郑玄《诗谱》谓《鲁颂》、《商颂》是孔子编入的（见《鲁谱》及《商谱》），是可信的。其他皆不可考了。《诗三百》在孔子之前，是鲁国的传本，经过孔子整理之后，成为儒家的定本了。孔子对《诗经》编正之功不可泯。

五

《诗经》至秦汉之际，有六义四始之说。六义者，据《毛诗序》云:“诗有六义焉,一曰风,二曰赋,三曰比,四曰兴,五曰雅,六曰颂。”六义又称六诗,《周礼·春官·太师》云:“太师教六诗,曰风,曰赋,曰比,曰兴,曰雅,曰颂。”六义实际上可分两类,即风、雅、颂为一类,是指诗的写作体裁;赋、比、兴为另一类,是指诗的表现手法。对风、雅、颂的解释,已见前文,不赘述。这里专谈赋、比、兴。

历代对赋、比、兴的解释极为分歧,比较言之,以朱熹的意见最可取。关于“赋”,《诗集传》云:“赋者,敷陈其事而直言之者也。”是赋,乃铺陈直叙。关于“比”,《诗集传》云:“以彼物比此物也。”又《朱子语类》卷八十云:“引物为况,比也。”是比,乃以事物比喻所抒写之意。关于“兴”,最难予以确切的界说。《毛传》于赋、比两体皆不注明,而独标兴体,于解释诗意时,辄用“喻”、“犹”、“若”、“如”等字,与比体混淆。刘熙《释名·释典艺》云:“兴物而作谓之兴,……事类相似谓之比。”挚虞《文章流别论》云:“比者,喻类之言;兴者,有感之辞。”二者相比较,其特点便显示出来。朱熹《诗集传》直言:“兴者,先言他物,以引起所咏之词也。”黄侃《文心雕龙札记·比兴》更具体地说:“原夫兴之为用,触物以起情,节取以托意;故有物同而感异者,亦有事异而情同者。”简言之,兴即托物寄情。《诗经》这些写作方法,都是汉以后人们从其创作实践中总结出来的,是一种叙事、状物、抒情、写志的方法。一千多年来成为人们所遵循的写作原则。

四始,是指《诗经》中《国风》、《小雅》、《大雅》、《颂》四部分开始之篇章。四始之名,始见于《毛诗序》:“《关雎》,后妃之德也。《风》之始也,……风,风也,教也。风以动之,教以化之。……雅者,正也,言王政之所由废兴也。政有小大,故有小雅焉,有大雅焉。颂者,美盛德之形容,以其成功告于神明者也。是谓‘四始’,诗之至也。”但其中除了说明《关雎》为《风》之始外,未曾涉及《雅》、《颂》的首篇是什么。《史记·孔子世家》云:“《关雎》之乱,以为《风》始,《鹿鸣》为《小雅》始,《文王》为《大雅》始,《清庙》为《颂》始。”《史记》的记载本之《鲁诗》说,使“四始”之意豁然明晰。又《韩诗外传》卷五云:“子夏问曰:‘《关雎》何以为《国风》始也?’孔子曰:‘《关雎》,至矣乎!……天地之间,生民之属,王道之原,不外此矣。’”则《韩诗》之说与《鲁诗》相近。惟《齐诗》作怪诞之论,《诗纬·汎历枢》云:“《大明》在亥,水始也;《四牡》在寅,木始也;《嘉鱼》在巳,火始也;《鸿雁》在申,金始也。”杂入阴阳五行之说,非《诗经》应有之义,不可取。是“四始”者,为《风》、《小雅》、《大雅》、《颂》之第一篇,无任何深意。

六

经学史上有所谓今文与古文之分。用汉代通行的文字隶书写的,称今文经。用秦以前流行的文字篆字写的,称古文经。今文经多由口授,至汉代初年始著于竹帛。古文经是从孔子屋壁里取出的避过秦代焚书和楚汉战乱传下来的先秦简书。汉武帝时期今文经被尊为官学,设五经博士,古文经为私学,不得立博士。王莽夺取政权后,古文经升为官学,得立《左氏春秋》、《毛诗》、《周礼》、《古文尚书》四经博士。遭到今文经博士的激烈反对。今古文经的经文既有所不同,对经义的解说也多歧异。他们所争论的既是对经义的解说,也是为争得各自的政治权益。

说《诗》的今文经学,汉初有三家,即申培公、辕固生、韩婴,后代称之为“三家诗”。《史记·儒林传》记载:“今上(武帝)即位,赵绾、王臧之属明儒学,而上亦乡之。……自是之后,言《诗》于鲁则申培公,于齐则辕固生,于燕则韩太傅。”又《汉书·艺文志》记载:“汉兴,鲁申公为《诗》训故,而齐辕固、燕韩生皆为之传。或取《春秋》,采杂说,咸非其本义。与不得已,鲁最近之(师古注:三家皆不得其真,而鲁最近之)。三家皆列于学官。”据《汉书·儒林传》,申培公是鲁人,高祖经过鲁国时,他曾跟随他的老师前去谒见。后来游学长安,又曾与高祖弟楚元王刘交和元王之子刘郢,同受业于浮伯丘，浮伯丘则受业于荀卿，可见申公之学，传自先秦。文帝时，为治《诗》博士。辕固生是齐人，景帝时为治《诗》博士，曾与黄生辩论过汤武受命的问题，景帝以其廉直，拜清河王太傅。韩婴是燕人，景帝时为治《诗》博士，拜常山王太傅。他"推《诗》之意而为《内外传》数万言，其语颇与齐、鲁间殊，然其归一也"。

《齐诗》亡于魏代，《鲁诗》亡于西晋，今传申培《诗说》，是明人丰坊伪作。因此，这两家诗说，已无法具体了解了。《韩诗》亡于唐宋之际，今仅存《韩诗外传》十卷，但比起齐、鲁两家来，总算幸运多了，我们可略微了解一些。关于三家诗说之不同，《汉书·艺文志》说《鲁诗》"最为近之"，谓《鲁诗》最平实，没有怪异之论，最接近真实。《齐诗》搀杂了一些阴阳五行之说。《韩诗》与《鲁诗》、《齐诗》都不同，但与《鲁诗》相近。关于"三家诗"的遗说，清人陈乔枞《三家诗遗说考》最完备，可供参阅。

七

说《诗》的古文经学，惟《毛诗》一家。"三家诗"既亡，自宋以后，只有《毛诗》流传至今。《汉书·艺文志》在叙述"三家诗"之后云："又有毛公之学，自谓子夏所传，而河间献王好之，未得立。"《艺文志》著录《毛诗》二十九卷，《毛诗故训传》三十卷，即今天所见的本子。《汉书·儒林传》云："毛公，赵人也。治《诗》，为河间献王博士，授同国贯长卿，长卿授解延年，延年为阿武令，授徐敖，敖授九江陈侠，为王莽讲学大夫，由是言《毛诗》者本之徐敖。"班固仅叙述毛公治《诗》，为《诗》博士，并未言毛公的名字。《毛诗·国风》"正义"引郑玄《诗谱》云："鲁人大毛公为诂训传于其家，河间献王得而献之，以小毛公为博士。"郑玄也未言毛公的名字，却进而分大毛公和小毛公。陆玑《毛诗草木鸟兽虫鱼疏》云："毛亨作诂训传，以授赵国毛苌。时人谓亨为大毛公，苌为小毛公。"不但举出大毛公和小毛公的名字，而且说明作诂训传者为大毛公,传之者为小毛公。《汉书·儒林传》云:“赵人毛苌传《诗》,是为《毛诗》。”此所谓传《诗》,并非为《诗》作传,而是传毛亨之《诗》。

至于《毛诗序》,也是历来人们所争论的问题。首先是《诗序》的划分,孔颖达《毛诗正义》之《关雎序》下云:“旧说云:起此(指“关雎,后妃之德也”)至‘用之邦国焉’,名《关雎序》,谓之《小序》。自‘风,风也’讫末,名为《大序》。”“旧说”不知谁氏,最早提出《诗序》有大小之分,并划定其起讫的分界线。此后对大小《序》的划分,异说纷纭。朱熹《诗序辨说》以“诗者,志之所之也”至“诗之至也”为《大序》,以“《关雎》,后妃之德也”至“教以化之”、“然则《关雎》、《麟趾》之化”至“是《关雎》之义也”为《小序》。成伯璵《毛诗指说》以《关雎》之序为《大序》,其余各篇之序为《小序》。程大昌《考古编》认为:“凡《诗》发序两语,如《关雎》,后妃之德也,世人谓之《小序》,古序也。两语之外,续而申之,世谓之《大序》者,卫宏语也。”郑樵《六经奥论》以发端命题一二语为《大序》,其下为《小序》;《小序》所以解说一诗之义,《大序》则统论全诗。我们且从“旧说”,以“《关雎》,后妃之德也”至“用之邦国焉”为《关雎》之序,以及自《葛覃》以下分论各篇诗义之序皆为《小序》。自“风,风也”迄篇末为《大序》,所以统论全诗也。

《诗序》的作者是谁?意见也极分歧。《四库全书总目提要》经部《诗》类《诗序》下云:“以为《大序》子夏作,《小序》子夏、毛公合作者,郑玄《诗谱》也。以为子夏所序《诗》即今《毛诗序》者,王肃《家语注》也。以为卫宏受学谢曼卿作《诗序》者,《后汉书·儒林传》也。以为子夏所创,毛公及卫宏又加润益者,《隋书·经籍志》也。以为子夏不序《诗》者,韩愈也。以为子夏惟裁初句,以下出毛公者,成伯璵也。……以为村野妄人所作,昌言排击而不顾者,则倡之者郑樵、王质,和之者朱子也。”待至近代,人们对《诗序》究竟为谁所作,也持各种不同看法,很难得出确切的结论。至于《诗序》所论各篇的诗旨,多造作附会,与《诗》的实际内容不合,因此自宋以后屡遭文人学者的批评、指责，如郑樵《诗辨妄》、朱熹《诗序辨说》等，皆极力攻击之。于今人们很少信从之者了。

八

历代对《诗经》的研究，随着时代的发展，也在发展、变化。汉以前没有研究《诗经》的专家，也没有注释《诗经》的专书。从西汉开始，才产生了所谓《诗》学，以研究《诗经》为专长。首先是“三家诗”之学，它们把《诗》阴阳五行化了，以一种迷信、烦琐、穿凿附会的方法解经。《毛诗》之学则保持朴学的传统，按字义解经，训诂简明，不凭空臆说，优于“三家诗”。东汉的经学大师郑玄初习《韩诗》，之后又习《毛诗》，他博通今文经，更博通古文经，遍注古文经，兼采今文说，是今古文经学的集大成者，汉末经学的权威。所以《毛传》《郑笺》行世之后，“三家诗”便渐趋衰微了。《郑笺》为“天下所宗”，魏晋以后的《诗》学，主要是郑学。郑玄《诗》学盛行之时，代表马融纯粹古文经学派的王肃作《诗解》(此书已佚)，与郑学对立，攻击《郑笺》。但《郑笺》能博采众说，自出新意，成就高于当时任何人，故仍处于独尊的地位。

唐初，孔颖达作《毛诗正义》，结束了东汉魏晋南北朝以来师说分歧多门的局面。《正义》解释注文，不得有所出入，注文有误或有比注文更好的见解，也不加改正和吸取，一切以注文为准进行疏解。《正义》行世之后，《毛传》《郑笺》更定于一尊了。唐时，经学在墨守师说，拘泥训诂的情况下，出现空言说经，缘词生训的新风气，开始了汉学向宋学之转变。《毛诗正义》墨守注文，是严格的汉学。唐人不拘训诂旧说，自由说经，其代表为今存成伯玙《毛诗指说》一卷，以一己之见说《诗》，不依傍毛、郑。

宋人疑古之风大盛，怀疑汉儒训诂，批驳《毛诗正义》。如欧阳修的《诗本义》、苏辙的《诗集传》、王质的《诗总闻》都从不同的角度，冲破旧传统、旧说法，为《诗》学研究开拓新路，使《毛传》《郑笺》

独尊的局面濒于瓦解。宋学体系的《诗》学代表是朱熹的《诗集传》。此书杂采传、序、笺、疏和“三家诗”说，疑序不疑经，并集北宋以来《诗》学之成果，成为极有权威之著作，经过元明清三代而不衰。其在南宋以后《诗》学的地位和影响，亦犹《毛传》《郑笺》在魏晋以后的地位和影响然。宋人《诗》学疑古之风发展到极致，出现了王柏的《诗疑》，他不但批判《毛传》《郑笺》，并且怀疑经文，删削经文。使宋学堕落到主观武断、内容空疏的地步。南宋时，仍遵信《毛传》的著作，是吕祖谦的《吕氏家塾读书记》和严粲的《诗缉》。这两部书也是当时有影响的《诗》学著作。此外，王应麟作《诗考》，采集“三家诗”遗说，辑录经文之异文异字及逸诗，开《诗》学辑佚和校勘之先，在《诗》学史上也应有其地位。

元明两代的《诗》学，是宋学的继续。朱熹及其经解，在当时有绝对的权威。文人士子说诗，都以《诗集传》为准。如刘瑾的《诗传通释》，即对《诗集传》作了详细的疏解。当时的《诗》学，为朱熹一派所垄断。到了明代后期，才出现了反对朱熹诗说的著作，如郝敬《毛诗原解》、朱谋玮《诗故》、何楷《诗经世本古义》等，他们或本《诗序》，或采旧说，或以史证诗，成为《诗》学的另一流派。

清初，汉学逐渐复兴，阎若璩、毛奇龄、陈启源等皆驳斥朱熹诗说，陈启源的《毛诗稽古编》即以复兴汉学为宗旨之作。其后尊汉攻宋成为有清一代《诗》学的风气，终清之世也未曾改变。虽然清朝廷的功令，仍崇尚朱《传》，也不能遏止这一时代潮流。清代的《诗》学成就很多，其中专主《毛传》的著作，且功力卓著者为胡承珙的《毛诗后笺》和陈奂的《诗毛氏传疏》。胡氏主《毛传》，反《郑笺》，认为《郑笺》在许多方面把《毛传》解错了。陈氏则力主古文《毛诗》，疏《毛传》，传《小序》，批评郑玄兼采“三家诗”说，这是治《毛诗》的集大成之作。以郑玄《毛诗传笺》为本，兼取“三家诗”的疏解之作，是马瑞辰的《毛诗传笺通释》。此书不拘门户之见，驳正了孔颖达《正义》之误和《毛传》之失，通过认真的考证，独抒己见，在清代《诗》学领域成就卓异。道光、咸丰年间，今文经学复兴，出现了一批治“三家诗”的专书。如魏源《诗古微》论述“三家诗”与《毛诗》的异同，发挥“三家诗”的微言大义。王先谦《诗三家义集疏》辑录“三家诗”佚文遗说，依次排列于各篇诗文之后，加以疏解，集“三家诗”遗说之大成。至于陈桥枞《三家诗遗说考》遍寻古籍，详加稽考，更后来居上了。

当时超越汉学与宋学、古文经与今文经之争，不守门户之见，能独立探求《诗》之本义者，有姚际恒《诗经通论》、崔述《读风偶识》和方玉润《诗经原始》。姚氏论诗，不依傍《诗序》，也不附和《诗集传》，而是就诗之本文，探求诗义，遍检前人注疏，考证书史，得出符合诗本义的见解。崔氏之作，是研治《国风》的专著，就诗求义，阐发各篇的内容。方氏也不顾及《序》、《传》，从诗之本义探求诗的原始意义。他们不为传统《传》、《疏》所束缚，穷本溯源，然后立论，具有求实精神。

“五四”运动以后，《诗》学的发展有三种趋向：一是沿袭朱熹的方向进行研究，其代表为顾颉刚、张西堂；二是根据金文的研究，在名物训诂方面作深入的探求，其代表为于省吾、林义光；三是运用唯物史观，从社会发展的角度，并以名物训诂为基础进行研治，其代表为郭沫若、闻一多。我们今天研究《诗经》，应该在总结前人研究成果的基础上，舍其所短，取其所长，开拓新路子。即舍弃其墨守家法、凭空立说，吸取其精于训诂、于诗之本文求诗义的方法，用唯物史观，从文学反映社会生活的角度进行评价。经过努力，一定会把《诗经》研究推进到新的领域，开拓新的境界。

需要说明，这部文稿是我和雒三桂、李山同志合作完成的。我邀集二位同志反覆推敲了全书的注释原则、方法及其他相关问题，然后由我制订编写体例并修订样稿，三桂同志编写了《国风》部分，李山同志编写了《雅》《颂》部分，最后由我通读全稿，负责学术上的终审。三桂、李山在攻读博士学位时是精心研究《诗经》的，这部文稿即融会了他们研究的部分心得，我在通读时深有体会。当然，编注中的缺点、错误在所难免，责任全由我负，欢迎读者、专家批评指正。

写于北京师范大学宿舍红四楼

聂石樵

1995年岁末

目　录

国　风

风图

周　南

《周南》与后文的《召南》后人称为“二南”，共有诗二十五首，其中《周南》十一首，《召南》十四首。

关于《周南》和《召南》的创作时间，从古至今多有争议。汉代的《毛诗》及齐、鲁、韩三家《诗》都将“二南”的创作时间定在西周初年。《毛诗序》云：“《关雎》、《麟趾》之化，王者之风，故系之周公。‘南’，言化自北而南也。《鹊巢》、《驺虞》之德，诸侯之风也，先王之所以教，故系之召公。”唐孔颖达《疏》云：“《关雎》、《麟趾》之化，是王者之风，文王之所以教民也。王者必圣，周公圣人，故系之周公。……《鹊巢》、《驺虞》之德，是诸侯之风，先王太王、王季所以教化民也。诸侯必贤，召公贤人，故系之召公。”南宋朱熹的《诗集传》作了更进一步的阐述：“武王崩，子成王诵立。周公相之，制作礼乐，乃采文王之世风化所及民俗之诗，被之管弦，以为房中之乐，而又推之以及于乡党邦国，所以著名先王风俗之盛，而使天下后世修身齐家治国平天下者，皆得以取法焉。”这种说法，直到清代才受到怀疑。如崔述在《读风偶识》中便提出《周南》和《召南》“不但非文王时诗，而亦不尽系成康时诗矣”。现代学者运用历史、考古等多方面材料进行研究，认为《周南》和《召南》中的诗篇大约创作于西周末、东周初，即周王室东迁前后。

关于“二南”的产生地域，古今学者的意见较为一致，即认为约产生于今天的河南南部、湖北北部的江汉流域。这两部分诗中也多次提到“江”、“汉”、“汜”等水名。按照古人的说法，“二南”之所以分为《周南》和《召南》，也和它们产生的地域相关连。东汉郑玄

《诗谱》云："周、召者，《禹贡》雍州岐山之阳地名，……文王受命，作邑于丰，乃分岐邦周、召之地，为周公旦、召公奭之采地，施先公之教于己所职之国。武王伐纣定天下，巡守述职，陈诵诸国之诗，以观民风俗。……属之太师，分而国之。其得圣人之化者，谓之《周南》；得贤人之化者，谓之《召南》：言二公之德教自岐而行于南国也。"认为周、召之分乃以所谓"化行"而不以地区。还有一种意见认为"二南"是以周公、召公分陕而治区分。《水经注·河水》："昔周、召分陕（今河南陕县），以此城为东西之别。"即"二南"之诗的划分以陕为地界，产生在陕以西的、今河南南阳、湖北枝江以西地区的诗歌归入《周南》，以东则归入《召南》，总之都在今河南南部、湖北北部的江汉流域。从"二南"中的诗篇来看，后一种说法较为可信。

什么是"风"？古今学者说法不一。《毛诗序》："《风》，风也，教也。风以动之，教以化之。""上以风化下，下以风刺上，主文而谲谏，言之者无罪，闻之者足以戒，故曰风。"以为指风教。朱熹《诗集传》则云："风者，民俗歌谣之诗也。"以为指民间歌谣，这种说法本于汉代何休《春秋公羊传·宣公十五年》的"饥者歌其食，劳者歌其事"，以及《汉书·艺文志》所记载的太师采诗以观风俗。宋代学者郑樵曾加以发挥，朱熹加以采纳，清代学者方玉润又从而扬之，而为现代的大部分学者所采用，并将十五国风中的许多诗篇确定为"民歌"。实际上，十五国风中的诗篇都应该作具体的分析，不能一概而论。其他的一些说法，如认为十五国风的许多诗和中国远古时期的部族图腾崇拜有关，为图腾崇拜的祭祀用诗，则多属揣测，为标新而故作奇异之词，皆不足论。

关于"二南"的"南"，历来还有一种说法，认为"南"是"《诗》之一体"，应该与《风》、《雅》、《颂》并列，而不应包含在《风》里。这种说法滥觞于北宋苏辙的《诗集传》，王质《诗总闻》、程大昌《考古编》等皆从之，直到近现代都有学者赞成，如吴闿生、郭沫若等人。实际上，"南"代表着这些诗篇的产生地域。因为江汉地区的姬姓小诸侯国在春秋前期大都被楚国所吞并，实际上也无法将这些诗篇像其余十三国《风》那样以其所产生的诸侯国来划分。另外，因为十五国《风》中的诗篇分别采自不同的诸侯国、不同的地域，它们在音乐风格上有较大的区别也是正常的，“二南”也不例外。崔述《读风偶识》云：“(《周南》《召南》)盖其体本起于南方，北人效之，故名以‘南’，若汉人效《楚辞》之体，亦名之为‘楚辞’者然。”在内容上，“二南”之诗多言花草鸟兽，诗风则婉丽而纡徐，后人以为开后世《楚辞》之风。

关 雎

关关雎鸠①，在河之洲②。窈窕淑女③，君子好逑④。

〔注释〕

①关关，《毛传》：“和声也。”象声词，状水鸟雌雄和鸣。　雎鸠，《毛传》：“王雎也。”水鸟名，所指不详。《尔雅·释鸟》郭璞注：“雕类，今江东呼之为鹗，好在江渚山边食鱼。”后人称之为鱼鹰。朱熹《诗集传》(以下简称《集传》)：“状类凫鹥，今江、淮间有之。生有定偶而不相乱，偶常并游而不相狎。”②河，秦代以前“河”通常指黄河。此处为北方流水之通名。　洲，水中的陆地。　③窈窕(yǎo tiǎo)，《毛传》：“幽闲也。”扬雄《方言》：“秦、晋之间，美心为窈，美状为窕。”形容相貌美好，兼指内心温良。　淑女，犹言好女子。《毛传》：“淑，善。”朱熹《集传》：“淑，善也。女者未嫁之称。”　④君子，西周、春秋时期贵族男子的通称。　逑，仇的借字，即匹、配偶。《毛传》：“宜为君子之好匹。”

●诗之首章以关雎起兴。雎鸠之关关和鸣，雌雄相从而不乱偶，勾起了诗人追求淑女的心绪。

参差荇菜①，左右流之②。窈窕淑女，寤寐求之③。

〔注释〕

①参差(cēn cī),双声词,长短不齐貌。齐、鲁、韩三家《诗》"参"作"槮"。参为假借字。《说文·木部》:"槮,木长貌。"差,又写作縒。《说文·糸部》:"縒,参縒也。"并字异意同。《广雅·释诂》:"差,次也。"王先谦《诗三家义集疏》(以下简称《集疏》):"槮差,谓如木有长者有次者,槮差然不齐也。" 荇(xìng)菜,又写作莕菜。一种水生植物,形似莼菜,可以吃。又叫接余。 ②左右,指采荇菜女子的左右手。一解为喻荇菜漂流之无方,亦通。 流,"摎"之借字,择、摘取。《尔雅·释诂》:"流,择也。"又《释言》:"流,求也。"《广雅·释言》:"摎,捋也。" ③寤寐,《毛传》:"寤,觉。寐,寝也。"《说文》:"觉而有言曰寤。……一曰,昼见而夜梦也。"古代凡梦亦通言为寤。《左传·隐公元年》"庄公寤生",杜预注:"寐寤而庄公已生。"寤寐亦可解为不寐。《邶风·柏舟》:"耿耿不寐,如有隐忧。"《易林·屯》之《乾》:"耿耿寤寐,心怀大忧。"

●诗之二章,以荇菜左右流动之无方喻淑女之难求,而至于不寐。

求之不得,寤寐思服①。悠哉悠哉②,辗转反侧③。

〔注释〕

①思,语助词。 服,思念。《毛传》:"服,思之也。" ②悠哉,思念悠长的样子。《说文》:"悠,忧也。"王先谦《集疏》:"悠哉悠哉,犹悠悠也。二'哉'字增文以成句。" ③辗转反侧,形容翻来覆去,不能安眠。辗原作展。《说文》:"展,转也。"展、转义同。《礼记·曲礼》郑玄注:"侧,反侧也。"连言之则反与侧义同。《广雅·释诂》:"展转,反侧也。"二者互训。

●诗之三章,极言求之不得而梦寐以求、寝食不安之状。

参差荇菜,左右采之。窈窕淑女,琴瑟友之①。

〔注释〕

①琴瑟,古乐器名。古琴多七弦,瑟二十五弦。 友,《广雅·释诂》:"亲也。"《毛传》:"宜以琴瑟友乐之。"《孔疏》:"思念此女,若来则琴瑟友而乐之。"

●诗之四章,思淑女不得,写想像中与淑女欢聚的情景。

参差荇菜，左右芼之①。窈窕淑女，钟鼓乐之②。

〔注释〕

①芼(mào)，《毛传》："择也。"即择取。《尔雅·释言》："搴也。"与采同义。

②钟鼓，古代二种乐器名。　乐，本义为乐器、音乐之名。此处用作动词，意指使淑女快乐。钟鼓，《韩诗外传》卷五引诗作"鼓钟"。徐璈注云："鼓钟，谓击钟也。"正合于此意。马瑞辰《毛诗传笺通释》(以下简称《通释》)："乐，古意读劳来之劳，故与芼韵。"

●诗之五章，写想像中娶回淑女后的情景。

〔解题〕

《关雎》是周代贵族青年的恋歌。诗中的"君子"当时只用来称呼贵族男子，这在《尚书》、《左传》、《国语》等先秦古籍中有足够的证据。闻一多《风诗类钞》(以下简称《类钞》)云："《关雎》，女子采荇于河滨，君子见而悦之。"实际上，诗中的雎鸠、采荇等词，只可理解为诗作者睹是物而起兴，不可拘泥而作实景解之。君子爱此淑女，而又"求之不得"，故反复咏叹，将恋爱与结婚的愿望寄托于想像之中而以歌诗出之。《毛诗序》云："诗者，志之所之也。在心为志，发言为诗。情动于中而形于言，言之不足，故嗟叹之；嗟叹之不足，故永歌之；永歌之不足，不知手之舞之，足之蹈之也。"正可以说明此诗作者的创作情态。

关于此诗的本义，古今学者一直争论不休。汉、宋以来的学者，多认为"君子"指周文王，"淑女"指文王的妻子太姒，诗的主题是歌颂所谓"后妃之德"。《毛序》："《关雎》，后妃之德也。""乐得淑女以配君子，忧在进贤，不淫其色，哀窈窕，思贤才，而无伤善之心焉，是《关雎》之义也。"朱熹《集传》："周之文王生有盛德，又得圣女姒氏以为之配。宫中之人，于其始至，见其有幽闲贞静之德，故作是诗。"这种理解，主要是出于对所谓"正始之基，王化之道"的附会，不足为凭。而其余附会之说，如《韩诗》以为刺时，魏源以为刺殷纣（见《诗古微》）等，更不足据。

《诗经》对后世中国文学的影响，主要在作为诗歌创作手法的赋、比、兴的运用与发展上。而前人言"兴"，每举"关关雎鸠"为例。什么是兴？朱熹《集传》云："兴者，先言他物以引起所咏之辞也。"《尚书》伪孔《传》释为"引譬连类"。但这种解释并没有说清楚"他物"与"所咏之辞"之间的关系。实际上，"兴"与中国古代先民的思维方式密切相关。"兴"字在殷商时期的甲骨文中即已多次出现，其字义与祭祀相连，包含了宗教祭祀仪式中贡献祭品、兴舞、作乐及诵诗、兴象等诸多内容，以后又演变为上古先民的一种独特的思想及情感表达方式，即我们通常所讲的意象思维。在这种思维方式下，自然事物凡足以感发意志、引起联想者，皆可"起兴"，皆可借之言志以尽意。这种思维方式是跳跃式的，完全不需要理性的逻辑推断。而且《诗经》中的"兴"和《周易》中的"象"在本质上是相通的，都是当时先民所特有的意象思维的产物，二者都变化而不可方物。如《周易》的"象"一样，对《诗经》中的"兴"句的理解，重要的并不在于这些句子本身，而在于它对诗之下文的启发和联想，这种联想往往由浅及深，由近及远，意味隽永，含义深长。强行寻找兴句与下文的关联便不免胶柱鼓瑟，因为它们在本质上并无内在的联系。因此，"兴"是一种极富中国民族特色的、极富于想像力和艺术意味的"诗"化的情感表达方式。凡兴发感悟、托物言志、引譬连类、比喻引申以言志尽意者，皆可包括于"兴"义之中。它对中国文学和艺术的发展都有着深远的影响。

在艺术上，前人每谓《关雎》有"七胜"：格局之胜、运笔之胜、文法之胜、字法之胜、造词之胜、用韵之胜和音节之胜。全诗富于想像，感情真挚动人。句式整齐短促，适应于音乐演奏的需要而反复回旋，节奏和谐而明快。诗中又多用叠韵双声连绵字，极大地增强了诗歌音调的和谐美和描写人物的生动性。全诗声、情、文、义俱佳，足为《国风》之始，三百篇之冠。

葛覃

葛之覃兮①，施于中谷②，维叶萋萋③。黄鸟于飞④，集于灌木⑤，其鸣喈喈⑥。

〔注释〕

①葛，葛藤，其皮经加工后制成纤维，可织成布匹，是我国古代主要纺织原料之一。朱熹《集传》："葛，草名，蔓生，可为絺绤者。" 覃，延长。《尔雅·释言》："流，覃也。覃，延也。"马瑞辰《通释》："覃本延移之称，引申为长之通称。延亦长也。"闻一多《诗经新义》（以下简称《新义》）以为："覃为蕈之省，蕈即藤声之转。……葛之覃即葛之藤耳。"亦通。 ②施（yì），蔓延。《毛传》："施，移也。"陈奂《诗毛氏传疏》（以下简称《传疏》）："施移双声，移亦延也。" 中谷，《毛传》："谷中也。"《诗经》中举凡中字在前者，如中逵、中林、中原、中泽等皆与此同。陈奂《传疏》："中谷，谷中，此倒句法。" ③维，句首语气词。 萋萋，茂盛貌。以上三句《毛传》释为"兴也"。《郑笺》："兴者，葛延蔓于谷中，喻女在父母之家，形体浸浸日长大也。叶萋萋然，喻其容色美盛也。" ④黄鸟，黄莺，又叫仓庚。 于，助词。 ⑤灌木，矮小丛生的树木。 ⑥喈喈，《毛传》："和声之远闻也。"象声词，形容黄鸟的和鸣声。《说文》："喈，鸟鸣声。"

●诗之首章以葛覃起兴，以逆笔追叙往时情景，复及于黄鹂。

葛之覃兮，施于中谷，维叶莫莫①。是刈是濩②，为絺为绤③，服之无斁④。

〔注释〕

①莫莫，植物茂盛貌。《广雅》："莫莫，茂也。"按"莫"字本义指日暮。故王先谦《集疏》云："诗重言'莫莫'，其义自众草翳不见日引申而出，以状葛叶延蔓广远。后人增水旁为'漠漠'，诗家言'广远'义多承用之，自此诗始也。"

②刈(yì),割、斩。《说文》:“乂,芟草也。或从刀,作刈。” 濩(huò),镬的借字,此处作动词用,煮之。我国上古时期以葛藤类纤维为主要纺织原料之一,将葛藤刈获后放在水中煮泡,去其胶质以制成纺织用纤维。下文的絺和绤即以葛纤维织成。 ③絺(chī),细葛布。 绤(xì),粗葛布。 ④斁(yì),厌弃。《说文》:“斁,厌也,《诗》曰‘服之无斁’。”

●诗之二章以葛覃铺叙开去,由葛覃而言及刈濩纺织等女工之事,又及于服之而永不厌弃,以见其成之不易而珍爱之,意思更增进一层。

言告师氏[①],言告言归[②]。薄汙我私[③],薄浣我衣[④]。害浣害否[⑤],归宁父母[⑥]。

〔注释〕

①言,发语词,无意义。下文同。 师氏,傅母。负责对贵族女子的教育。《毛传》:“师,女师也。古者女师教以妇德、妇言、妇容、妇功。祖庙未毁,教于公宫三月。祖庙既毁,教于宗室。”又《礼记·内则》:“大夫以上立师、慈、保三母。” ②归,归宁。古代称已出嫁的女子回娘家为归宁。言归即曰归。陈奂《传疏》:“此篇及《黄鸟》、《我行其野》、《有駜》皆作言归,《齐·南山》、《东山》、《采薇》皆作曰归,《黍苗》作云归。言、曰、云三字同义。……有在句首者,为发声,若《汉广》之‘言刈其楚’之类是也。有在句中者,为语助,若《柏舟》‘静言思之’之类是也。” ③薄,语首助词,无意义。下文同。 汙,《毛传》:“烦也。”朱熹《集传》:“烦撋之以去其污,犹治乱而曰乱也。”即以手揉搓。 私,《毛传》:“燕服也。”刘熙《释名》:“近身衣。”即内衣。 ④浣(huàn),《郑笺》:“谓濯之耳。”洗濯。 衣,指外衣。 ⑤害,《毛传》:“何也。”曷的借字。 否,不。害否,什么不洗。 ⑥归宁,《毛传》:“宁,安也。父母在,则有时归宁耳。”

●诗之三章道出全诗的主旨,即回家探望父母。“薄汙我私”及“害浣害否”恰当地铺写了临行前的活动和激动心情。

〔解题〕

《葛覃》是描写女子准备回家探望父母的诗。从诗中的“师氏”来看,描写对象是一个贵族女子。古代学者如郑玄、孔颖达、朱熹等都明确指出这一点。而自清代的方玉润后，于此反多生歧义。方玉润认为此诗乃“采之民间”，乃“真民间诗”，此论本属臆测。自20世纪50年代起，学者复张而扬之，皆不足为凭。

此诗的艺术手法，朱熹解释为“赋”，并说：“赋者，敷陈其事而直言之也。”实则首章为兴，二、三章为赋。在章法上，此诗全用逆笔。本欲写归宁一事，却先从谷中景物写起，由葛及衣，由衣及归，中间插之以喈喈黄鸟，言告师氏，生动跳跃。首章写青青葛藤的爬满山谷，黄鸟上下飞鸣，静中有动，景物节候美丽如画。二章令人想见其劳作的辛苦及欢乐，景实而情虚。三章女主人公的情感达到高潮，写急欲回家的急切欢快如在眼前。

卷耳

采采卷耳①，不盈顷筐②。嗟我怀人③，寘彼周行④。

〔注释〕

①采采，采了又采。　卷耳，《毛传》：“苓耳也。”陆玑《毛诗草木鸟兽虫鱼疏》(以下简称《疏》)：“一名枲耳，一名胡枲，一名苓耳。叶青白色，似胡荽，白华，细茎蔓生，可煮为茹，滑而少味。”今名苍耳，嫩苗可食，也可入药。　②顷筐，浅筐。《说文》：“顷，头不正也。”指筐口倾斜的浅筐。　③嗟，语助词。　怀，思念。怀人，思念中的人。　④寘，同置，放下。　周行(háng)，大道。

●诗之首章赋写女子怀念亲人情形。卷耳者易采之草，顷筐者易满之器，而至于采采不已，不盈顷筐，正见出其人在采草而心系远方。

陟彼崔嵬①，我马虺隤②。我姑酌彼金罍③，维以不永怀④。

〔注释〕

①陟，《毛传》：“升也。”《说文》：“登也。”　崔嵬，岩石高低不平的土山。

《说文》:"崔,大高也。""嵬,高而不平也。" ②虺隤(huī tuí),《毛传》:"病也。"朱熹《集传》:"马不能升高之病。"闻一多《诗经通义》(以下简称《通义》):"古言疲劳力竭,不能自胜,亦谓之病。《孟子·公孙丑上》'今日病矣',赵注曰:'病,罢也。'……本篇虺隤、玄黄、瘏、痡,《传》(指《毛传》)皆训病,即用此义。" ③姑,姑且。 金罍,青铜制成的酒器,器上刻云雷纹。古称青铜为金。《孔疏》引《韩诗》:"金罍,大夫器也。天子以玉,诸侯大夫皆以金,士以梓。" ④维,发语词。 永,长。《说文》:"永,水长也。"段玉裁《说文解字注》(以下简称《说文注》):"引申之,凡长皆曰永。" 怀,思念。

●诗之二章,女子想念对方,却从对方着笔,想像对方因思念自己而陟彼崔嵬,马匹虺隤,借酒浇愁。

陟彼高冈,我马玄黄①。我姑酌彼兕觥②,维以不永伤③。

〔注释〕

①玄黄,指马生病之后毛色变得黑黄。闻一多《通义》:"玄黄者,诗人所拟想马视觉中之变态形象。凡人或因疲极,或由惊怖,每致瞑眩,后世谓之眼花。眼花者视物不审,但见玄黄纷错,五色交驰,此即所谓玄黄也。"亦通。《易林·乾之革》:"玄黄虺隤,行者劳罢(同疲)。役夫憔悴,逾时不归。" ②兕觥(sì gōng),《毛传》:"角爵也。"用犀牛角制成的大酒杯。 ③伤,忧伤。

●诗之三章承上章,继续铺写想像中的对方思念自己的痛苦情况。

陟彼砠矣①,我马瘏矣②,我仆痡矣③,云何吁矣④。

〔注释〕

①砠(jū),多土的石山。《毛传》:"石山戴土曰砠。"《齐诗》和《韩诗》砠作岨。 ②瘏(tú),病。朱熹《集传》:"瘏,马病不能进也。"《尔雅·释诂》:"痡、瘏、虺隤、玄黄,病也。" ③仆,驾车的仆夫。 痡(pū),朱熹《集传》:"人病不能行也。" ④云,语助词,无义。 何,多么。 吁(xū),《毛传》:"忧也。"即忧愁。

●诗之四章承上二章,申足思念之意。

〔解题〕

《卷耳》是一位妇女想念其远行丈夫的诗。从诗中的马、仆、金罍、兕觥等词来看，其丈夫为贵族无疑。而前人关于此诗的本义有写周文王后妃嫔御归宁、后妃怀念文王及后妃慰劳使臣、周文王怀念贤人之说，多属臆测。

此诗之妙，全在从对方落笔，本来要抒发自己对丈夫的怀念，却想像对方是如何思念自己，诗思全从彼岸飞来，以想像贯彻全篇。想像中的感情越丰富，就越见出作者感情的深切；想像对方越周到细致，而作者的感情也越细腻。想像虽然虚幻，情感却真实深挚。不直接写自己对丈夫的思念，而思念却愈见其深长，婉转曲折，感人尤深。刘勰在《文心雕龙·神思》中说："文之思也，其神远矣。故寂然凝虑，思接千载；悄焉动容，视通万里。"这正是想像在诗歌中的妙用。《卷耳》一诗的这种艺术手法滋养了后代的无数诗人。

樛　木

南有樛木①，葛藟累之②。乐只君子③，福履绥之④。

〔注释〕

①南，指南国、南方地区，泛指而非实指。　樛(jiū)，弯曲的树枝。《毛传》："木下曲曰樛。"一说为高木。　②葛，见前《葛覃》注。　藟，《广雅·释草》："藤也。"《说文》称之为藟草，一种蔓生植物。　累，系、缠绕。　③只，语气助词，此处用在句中，有时用于句末。　君子，指贵族。　④履，《毛传》："禄也。"　绥，安定。《说文》："绥，车中把也。从糸，从妥。"为形声兼会意字。

●诗之首章以葛藟之攀缘樛木，比君子之获得福禄。

南有樛木，葛藟荒之①。乐只君子，福履将之②。

〔注释〕

①荒，《毛传》："奄。"即掩覆。《说文》："荒，芜也。一曰草掩地也。"此处用掩盖之意。　②将，《郑笺》："犹扶助也。"《毛传》释为大，亦通。

●诗之二章承上章而意义更深一层，以葛藟之掩盖樛木，比君子之受福禄的祐助。

南有樛木，葛藟萦之①。乐只君子，福履成之②。

〔注释〕

① 萦(yíng)，缠绕。《鲁诗》、《韩诗》作藥。《说文》："藥，草旋貌也。"指草盘旋而上达。　②成，成就。

●诗之三章承上二章，进一步申足君子获福祐之意。

〔解题〕

此诗的本义已不可确指。从诗中反复称颂"君子"来看，应是对诸侯或卿大夫一级贵族的祝颂之词。崔述《读风偶识》(以下简称《偶识》)认为此诗"或为群臣颂祷其君"，颇近于诗旨。

此诗在结构上是典型的重章叠咏的复沓式。这种结构和诗之入乐直接相关，或者说完全是为了音乐演奏的需要，而将本来只用一章便可表达的意思铺演为三章，每章只换二四两句叶韵的各一字，其余的字则三章均同。但三章又不是简单的重复，而是换字不换调，一节深一节，使人读后有无尽之感。复沓式结构是原始民歌最基本的结构，也是原始歌谣的生命力之所在。因此，这首诗在创作手法上必定受了原始民歌的影响。

螽　斯

螽斯羽①,诜诜兮②！宜尔子孙③,振振兮④！

〔注释〕

①螽(zhōng)斯,蝗虫之类,又名蚣蝑、斯螽、舂黍、舂箕,繁殖力较强。　②诜诜(shēn),《毛传》:"众多也。"　③宜,多。马瑞辰《通释》:"宜尔子孙,犹云多尔子孙也。"又一说为善。《礼记·内则》注:"宜,犹善也。"即能够使子孙贤能。　尔,指被祝祷的人。　④振振,振奋有为。《说文》:"振,奋也。"《尔雅·释言》:"振,讯也。"郭璞注:"振者,奋讯。"言其子孙莫不振讯有为。

●诗之首章以螽斯子孙众多兴而兼比,祝子孙贤能而奋迅。

螽斯羽,薨薨兮①！宜尔子孙,绳绳兮②！

〔注释〕

①薨薨(hōng),象声词,昆虫群飞时发出的声音。牟庭《诗切》:"是螽子之羽声也。今俗语声多之貌曰薨薨然,诗人之遗言也。"　②绳绳,朱熹《集传》:"不绝貌。"

●诗之二章承上章,祝子孙繁多,绵延不绝。

螽斯羽,揖揖兮①！宜尔子孙,蛰蛰兮②！

〔注释〕

①揖揖,《毛传》:"会聚貌。"《鲁诗》、《韩诗》作集集,而音义均同。马瑞辰《通释》:"揖盖集之假借。"揖、辑、集古三字通用。　②蛰蛰(zhé),《毛传》:"和集也。"安集而和乐之貌。

●诗之三章承上二章,祝祷子孙和集而安乐。

〔解题〕

《螽斯》是祝祷子孙众多的诗。在西周晚期和春秋时代，以血缘关系为基础的宗法家族制在社会中占主导地位，所以诗的祝祷对象不是某个贵族，而是某个家族。当然，它也可能在许多姬姓、姜姓家族之中通用。

在艺术上，此诗和《樛木》一样三章叠咏，作复沓式的反复歌唱。其创作手法，前人称之为比。朱熹《集传》云："比者，以彼物比此物也。"比就是比喻，是以情附物，索物以托情。全诗只换了六个字，显示出由浅入深的变化。而叠词叠句的运用，又使全诗充满韵律的和谐美，诗虽短而清新秀逸，有一唱三叹之妙。

桃　夭

桃之夭夭①，灼灼其华②。之子于归③，宜其室家④。

〔注释〕

① 夭夭，《毛传》："其少壮也。"指桃叶少壮而屈伸之貌。《说文》："夭，曲也。"闻一多《通义》："凡木初生则柔韧而易屈，故谓之夭。"　②灼灼(zhuó)，《毛传》："华之盛也。"桃花鲜艳盛开貌。灼为焯字的假借。《说文》："焯，明也。"形容花朵的鲜艳明亮。　华，古同花。后人以花代之，而华义别行。　③之子，这个姑娘。古代男女皆可称子。《毛传》："之子，嫁子也。"于，往。王先谦《集疏》以为应读若聿，为语助词，亦通。　归，女子出嫁。④宜，善。　室家，西周、春秋时期的"家"和"室"均指宗法血缘家族。大的家族长或室主均为卿大夫一级的贵族。"家室"不仅包括了血缘家族中的人口，还包括属于这个家族的土地等全部物质财产，个人完全淹没在家族之中。《孟子》所谓的"丈夫生而愿为之有室，女子生而愿为之有家"是战国以后才有的情况。所以，此诗中的"家室"、"室家"和"家人"皆指血缘宗法家族，而不是指一般意义上的配偶和夫妻。从这个意义上讲，《桃夭》乃当时家族成员

之间通用的贺婚之诗。

●诗之首章以灼灼之桃花起兴，引发联想，祝女子出嫁后善处于室家之中。

桃之夭夭，有蕡其实①。之子于归，宜其家室②。

〔注释〕

①有，语助词，多用于形容词之前。 蕡（fén），颜色斑驳之貌。蕡古通于贲，即古斑字。于省吾《泽螺居诗经新证》（以下简称《新证》）："蕡、坟、颁与贲古通。……颁、贲并应读作斑。""有蕡其实，即有斑其实。桃实将熟，红白相间，其实斑然。" ②家室，即室家，倒文以叶韵。

●诗之二章承上章，由桃花而至于桃实，继续祝女子出家之宜于室家。

桃之夭夭，其叶蓁蓁①。之子于归，宜其家人②。

〔注释〕

①蓁蓁（zhēn），桃叶茂盛之貌。又写作溱溱。 ②家人，指夫家之人。陈奂《传疏》："凡诗三章，……有末章与上二章辞同而意异者，若此篇之'宜其家人'……。此篇上二章就嫁时言，末章就已嫁时言。"

●诗之三章承上二章，由桃实至桃叶，由室家而至家人，更进一步祝颂女子出嫁所将获得的福祐。

〔解题〕

《桃夭》是贺新婚的诗，当时用于婚礼仪式上吟唱，内容是祝颂女子出嫁将会给夫家带来吉祥。而《毛序》认为是颂婚姻不失其时、朱熹以为美文王之化、何楷以为歌文王之妻太姒始嫁、牟庭以为不纳奔女，均不切于诗意；还有人认为是以桃为图腾之部族的图腾之歌，则更为荒谬。

此诗也是《国风》所常见的三章叠咏式。诗人由春天娇嫩的桃枝和盛开的桃花而联想到新娘的年轻貌美。随风摇曳、婀娜多姿的桃枝使人联想到新娘姿容的秀丽和身材的窈窕;那斑然的压低枝头的桃实和浓重的绿荫又令人联想到新娘的成熟和未来多子多福的预兆。一章写花,二章写实,三章写叶,层层渐进,情感也随之逐渐热烈。此诗尤以状物见长,如"夭夭"写桃树少盛的姿态,"灼灼"状桃花之鲜艳明亮,诗人体物之工,古今称颂。刘勰在《文心雕龙·物色》中曾经说:"诗人感物,联类不穷;流连万象之际,沉吟视听之区。写气图貌,既随物以宛转;属采附声,亦与心而徘徊。故'灼灼'状桃花之鲜,'依依'尽杨柳之貌……"对《桃夭》之状物作了极好的说明。后人于诗文之中状少女姿色,常借自然景物为喻,无不滥觞于此。

兔　罝

肃肃兔罝①,椓之丁丁②。赳赳武夫③,公侯干城④。

〔注释〕

①肃肃,形容捕兽网的繁密。马瑞辰《通释》:"肃、宿古通用。""肃肃盖缩缩之假借。""兔罝本结绳为之,言其结绳之状则为缩缩。缩缩为兔罝结绳之状,犹赳赳为武夫勇武之貌也。"　兔,虎。楚地人谓虎为兔。春秋时楚国相有名为斗穀於菟者,菟通兔,於菟即虎。闻一多《新义》:"古本《毛诗》疑当作菟。菟即於菟,谓虎也。""然则楚谓虎为菟,乃方言之混同,非名物之借用益明。呼虎为菟既为荆楚之方音,而二南之地,适当楚境,则《兔罝》之诗,字作菟(兔)而义实为虎……"若释为兔,则与下文之"赳赳"不类。　罝(jiē),网。此处指捕虎的网。　②椓(zhuó),指将系网的木桩打进地里。《说文》:"椓,击也。"　丁丁(zhēng),《毛传》:"椓杙声也。"象声词。　③赳赳,威武有力貌。　武夫,武士。　④公侯,本为周代贵族的两种爵位,此处泛指诸侯。　干,盾。　城,城垣,用以防御。干与城此处皆用以比喻能御外卫内的人才。闻一多《通义》:"是赳赳当为躯体壮伟之貌。夫以此赳赳然伟丈夫,复身当'公侯干城'之任,意其人必乌获贲育之流,身具兼人之勇。今方椓杙林

中，张罝捕虎，是以诗人见其人，美其事，忻慕之情油然而生，发为歌咏。诚如《笺》说，直一寻常猎夫，施罝林中，待兔而捕耳。斯人也，斯事也，而誉之为‘赳赳武夫，公侯干城’，毋其不类乎？”

●诗之首章以张罝捕虎猎人起兴，比其为公侯之干城。张罝捕虎未必为实指，实际是为了兴引“赳赳武夫，公侯干城”。

肃肃兔罝，施于中逵①。赳赳武夫，公侯好仇②。

〔注释〕

①施，设置。　中逵（kuí），即逵中。逵为陆之借字，逵中即陆中，指野外。见于省吾《新证》。兔罝没有张于“逵中”（四通八达的路口）之理。旧说皆误。　②好仇，即好助手。仇同逑，匹偶。好逑见《关雎》注。

●诗之二章承上章，进一步称颂“赳赳武夫”。兔罝之由“椓之丁丁”到“施于中逵”，武夫之由“干城”而至“好仇”，渐次深入。

肃肃兔罝，施于中林①。赳赳武夫，公侯腹心②。

〔注释〕

①中林，即林中。“中林”比“中逵”更远。西周、春秋时期，人民所居住的带有城垣的城邑为“国”，“国”外为近郊之地的“牧”，“牧”外为野，野外为林。故居于城中的本部族人称为“国人”，居于野的其他部族人民称为“野人”。《尔雅》：“牧外谓之野，野外谓之林。”　②腹心，即心腹。《郑笺》：“可用为策谋之臣，使之虑事。”

●诗之三章承上二章，而意义更深一层。

〔解题〕

《兔罝》是称颂武士的诗。在西周、春秋时期，只有士以上的贵族才有当甲士披甲乘车，“执干戈以卫社稷”的资格，是当时军队作战的主力，而普通国人只能当徒兵，步行随在战车后辅助作战。也只有这种甲士才有资格被称之为“赳赳武夫”。诗言张罝捕虎，其意并非在于赞美打猎，而只在于引出"赳赳武夫"之为公侯"干城"、"好仇"和"腹心"，此不可以不辨。

前人释此诗，谬解甚多。如《毛传》释《兔罝》为"后妃之化"，朱熹《集传》又释为"文王之化"，还有人认为颂贤人隐居山林，皆不足凭。欧阳修与王质等却颇能体会诗旨。欧阳修《诗本义》(以下简称《本义》)云："捕兔之人布其网罟于道路林木之下，肃肃然严整，使兔不能越逸；以兴周南之君，列其武夫，为国守御，赳赳然勇力，使奸民不得窃发耳。此武夫者，外可以捍城其民，内可以为公侯好匹，其忠信又可倚以为腹心，以见周南之君好德乐善，得贤众多。"王质《诗总闻》(以下简称《总闻》)云："言武夫能捍外以护内也。"

此诗仍是三章叠咏，初曰干城，次曰好仇，终曰腹心，一层深于一层。"肃肃"、"赳赳"等词落地有声，不同凡响，读之自有一种深穆雄武之气充溢其间。

芣　苢

采采芣苢①，薄言采之②。采采芣苢，薄言有之③。

〔**注释**〕

①采采，即采了又采。　芣苢，即车前子。一种草药，随地皆生，古人以为其籽可以治妇女不孕和难产。《毛传》："芣苢，马舄。马舄，车前也。宜怀妊焉。"　②薄，发语词。　言，语助词。　③有，采取，采得。马瑞辰《通释》："《广雅·释诂》：'有，取也。'孔子弟子冉求名有，正取名字相因，求与有皆取也。"

●诗之首章以芣苢起兴，言其采而有之，以引起下章。

采采芣苢，薄言掇之①。采采芣苢，薄言捋之②。

〔注释〕

①掇(duó),《说文》:"拾取也。"胡承珙《毛诗后笺》(以下简称《后笺》):"掇是拾其子之既落者,捋是捋其子之未落者。" ②捋(luō),用手将草籽从草茎上抹下来。《说文》:"捋,取易也。寽,五指捋也。"

●诗之二章承上章,言采芣苢而进一步掇之捋之。

采采芣苢,薄言袺之①。采采芣苢,薄言襭之②。

〔注释〕

①袺(jié),《毛传》:"执衽也。"用手持着衣襟盛起来。 ②襭(xié),将衣襟掖在衣带间而将东西兜起来。《毛传》:"扱衽曰襭。"朱骏声《说文通训定声》:"兜而扱于带间曰襭,手执之曰袺。"

●诗之三章承上二章,采芣苢而至于用衣襟兜盛,采集活动已近于尾声矣。

〔解题〕

《芣苢》的本义已难以确解,姑且将其定为用于祭祀的祈子之诗,理由有二:一是古人认为芣苢可以治疗妇女的不孕和难产;二是芣苢在黄河流域的田野之中随处可生,但除了入药之外实无其他用途,不可能有像方玉润、闻一多等人所想像的漫山遍野的妇女都在采集芣苢那样的景象出现。所以将《芣苢》定为一群妇女采集芣苢所唱之歌是不妥当的。应依袁宝泉、陈智贤二先生在《诗经探微》中的意见,定为周代贵族妇女祈子求福之诗。闻一多先生在《通义》中又说:"'芣苡'之音近'胚胎',故古人根据类似律(声音类近)之魔术观念,以为食芣苡即能受胎而生子。"(按:苡同苢)也恰恰可以证明这一点。

在形式上,此诗仍然是三章叠咏。表面上看语言非常简单,韵律也简单,似乎了无余蕴。然仔细揣摩,却十分动人。方玉润《诗经原始》(以下简称《原始》)中说:"读者试平心静气,涵泳此诗,恍听田家妇女，三三五五，于平原绣野、风和日丽中，群歌互答，余音袅袅，若远若近，忽断忽续，不知其情之何以移，而神之何以旷，则此诗不必细绎而自得其妙焉。”这段话颇有助于读者的欣赏。诗的章法结构仍保留着某些原始诗歌的形式，复沓连章，反复叠咏，但并不像姚际恒所说的那样“章法极为奇变”(《诗经通论》，以下简称《通论》)，那样理解只是附会。清代著名文学家袁枚在《随园诗话》卷三中曾抨击说：“今人附会圣经，极力赞叹，章艭斋戏仿云：‘点点蜡烛，薄言点之。剪剪蜡烛，薄言剪之。’闻者绝倒。”解《诗》而附会，正可作如是观。

汉　广

南有乔木①，不可休息②。汉有游女③，不可求思④。汉之广矣⑤，不可泳思⑥。江之永矣⑦，不可方思⑧。

〔注释〕

①南，南国、南土。　乔木，高耸的大树。《毛传》：“乔，上竦也。”陈奂《传疏》：“上竦者，其上曲，其下少枝叶。”　②休息，指人息止于乔木的树荫之下。一说“休息”本应作“休思”，《毛诗》误以“思”为“息”，思为语尾助词，亦通。　③汉，指今天的汉水，源出今陕西宁强县北嶓冢山。初出山名漾水，东南流经沔县为沔水，再东经合褒水而始称汉水。东南流经陕西省南部、湖北省西北部和中部，至武汉市汉阳注入长江。　游女，出游的女子。齐、鲁、韩三家以为指汉水之神。刘向《列仙传》：“江妃二女者，不知何所人也。出游于江汉之湄，逢郑交甫。见而悦之，不知其神人也，谓其仆曰：‘我欲下请其佩。’……(二女)遂手解佩与交甫。交甫悦，爱而怀之中当心，趋去数十步，视佩，空怀无佩；顾二女，忽然不见。《诗》曰：‘汉有游女，不可求思。’此之谓也。”闻一多《通义》云：“郑交甫事未审系何时代，然足证汉上实有此传说。游女既为水神，则游女之义当为浮行水上，如《洛神赋》云‘凌波微步，罗袜生尘’之类。”“夫求之必以泳以方，则女在波上审矣。”　④思，语尾助词。　⑤

广，宽阔、广远。　⑥泳，《说文》："潜行水中也。"　⑦江，指长江。又一说谓江也指汉水，汉水古称江汉。　永，长。《说文》："永，水长也。象水坙理之长永也，《诗》曰'江之永矣'。"又云："羕，水长也，从永，羊声，《诗》曰'江之羕矣'。"兼采《鲁诗》。羕与永字异而义同。　⑧方，乘筏而渡。马瑞辰《通释》："方本并船之称，因而并竹木亦谓之方，凡船及用船以渡通谓之方。"

●诗之首章以乔木之不可休息，兴汉上游女之不可追求。陈奂《传疏》："按《传》以'南方之木美'兴汉上之女贞。上竦之木不可休，兴出游之女不可求。汉广不可泳，江永不可方，亦因见江、汉而起兴也。"

翘翘错薪，言刈其楚①。之子于归，言秣其马②。汉之广矣，不可泳思。江之永矣，不可方思。

〔注释〕

①翘翘，众多貌。《鲁诗》、《韩诗》皆持此说。王先谦《集疏》引王念孙云："《诗》'翘翘错薪'，'翘翘'与'错薪'连文，则'翘翘'为众貌，言于众薪之中刈其高者。《传》、《笺》以'翘翘'为'高'，则与下句相复。"　错，交错。《毛传》："错，杂也。"　薪，柴草。《说文》："薪，荛也。"《急就篇》颜注："取木而然（燃）之曰薪。"错薪即杂乱的柴草。　刈（yì），割。　楚，荆一类的植物，丛生。《说文》："楚，丛木，一名荆也。"　②之子于归，见《桃夭》注。　秣（mò），喂马。魏源《诗古微》："三百篇言取妻者，皆以析薪取兴。盖古者嫁娶必以燎炬为烛，故《南山》之'析薪'，《车舝》之'析柞'、《绸缪》之'束薪'、《豳风》之'伐柯'，皆与此错薪、刈楚同兴。秣马、秣驹，即婚礼亲迎御轮之理。"《仪礼·士昏礼》："主人爵弁，纁裳缁衣，乘墨车，从车二乘，执烛前马。妇车亦如之。"

●诗之二章以汉上游女不可追求而发为想像，想像和此"汉上游女"结婚而砍柴作炬、喂马驾车亲迎的情景。

翘翘错薪，言刈其蒌①。之子于归，言秣其驹②。汉之广矣，不可泳思。江之永矣，不可方思。

〔注释〕

①蒌（lóu），蒌蒿。陆玑《疏》："其叶似艾，白色，长数寸，高丈余，好生水

边及泽中。正月根芽生旁茎,正白,食之香而脆美,其叶又可蒸为茹。"蒌蒿可高至丈余,所以也言"翘翘"。　②驹,字本当作骄。《说文》:"马高六尺曰骄。"指高大的马。段注:"《汉广》'言秣其马'、'言秣其驹',《传》曰:'六尺以上为马,五尺以上为驹。'按此驹字,《释文》不为音。……据《陈风》、《小雅》,则知《周南》本亦作骄也。盖六尺以下、五尺以上谓之骄,与驹义迥别。"

●诗之三章上承二章,继续想像亲迎的情景,申足上章之意,反复咏叹。

〔解题〕

关于《汉广》的本义,古代有三种说法影响较大:一是《毛序》和朱熹的说法,毛谓歌颂文王之"德广所及","被于南国,美化行乎江汉之域,无思犯礼,求而不可得也"。朱云:"故其出游之女,人望见之,而知其端庄静一,非复前日之可求矣。因以乔木起兴,江汉为比,而反复咏叹之也。"二是我们在注文中引过的齐、鲁、韩三家诗说,认为该诗是咏叹汉水之神。闻一多先生甚至进一步认为:"汉之二女即湘之二妃,所谓娥皇、女英者也。"(《通义》)三是方玉润在《原始》中提出的观点,认为此诗是砍柴之人的"樵唱"。对诗之本义解释不同,作诗的时代自然更为歧异。早的认为作于殷帝辛之世(明代何楷《诗经世本古义》,以下简称《古义》),或谓作于周文王之世,不一而足。

此诗的创作年代应当在西周末、东周初年。从诗中的"之子于归"等语来看,必定是一首情诗。诗是否如三家诗所说歌咏汉水之神,已难确考。说它是"樵歌"则毫无根据,无非是将诗中每章的兴句当作实际目睹的情事来处理。最值得我们注意的是此诗的创作艺术。该诗虽然仍是三章叠咏,但比较长,尤其是每章的后四句完全相同。首章点明了"汉有游女,不可求思"的主题,以下便由此生发开来,反复吟唱这难以实现的愿望,表达自己力不从心的苦闷。每章末四句的叠咏尤为妙绝,它将汉上游女迷离恍惚的形象、江上浩渺的景色以及诗人心中痴迷的思慕都融于长歌浩叹之中,长言之不足,故反复咏叹之,一章之中,三致意焉,情调缥缈而又缠绵。

戴君恩《读诗臆评》(以下简称《臆评》)云:“诗词之妙,全在反复咏叹。此篇正意只‘不可求思’自了,却生出‘汉之广矣’四句来,比拟咏叹,便觉精神百倍,情致无穷。”

汝坟

遵彼汝坟,伐其条枚①。未见君子,惄如调饥②。

〔注释〕

①遵,《毛传》:“循也。”即沿着。　汝坟,汝水岸边。《说文》:“汝水出弘农卢氏(今河南省卢氏县)还归山,东入淮。”坟(墳),本应作“濆”。《说文》:“濆,水厓也。”　伐,砍伐。　条枚,《毛传》:“枝曰条,干曰枚。”指树干与树枝。　②君子,女子对其丈夫的称呼。　惄(nì),想念貌。《毛传》释为饥饿貌,实指未得到满足而思想之。《韩诗》作愵,为后起字。扬雄《方言》:“愵,忧也。秦、晋之间,凡志而不得、欲而不获、高而有坠、得而中亡谓之溼,或谓之惄。”　调,同朝。《鲁诗》正作朝。朝饥,未吃早餐之前的饥饿。这里隐喻男女的性欲未能得到满足,说见闻一多《通义·周南》。

●诗之首章以伐条枚起兴,抒发自己对丈夫的无限思念。

遵彼汝坟,伐其条肄①。既见君子,不我遐弃②。

〔注释〕

①肄(yì),《毛传》:“馀也,斩而复生曰肄。”砍过又重生出来的小树枝。　②遐,疏远。　弃,抛弃。“不我遐弃”犹言“不遐弃我”。

●诗之二章承首章,设想和丈夫相聚之后的欢乐。

鲂鱼赪尾,王室如燬①。虽则如燬,父母孔迩②。

〔注释〕

①鲂(fáng),赤尾鱼。马瑞辰《通释》:“《尔雅》‘鲂魾’,郭注:‘江东呼鲂

鱼为鳊。''鳊'、'鲂'、'鲉'三字一声之转。《本草纲目》云:'有一种火烧鳊,头尾俱似鲂,更脊骨更隆,上有赤鬣连尾,黑质赤章。'今江南有鳊鱼,其腹下及尾皆赤,俗称与《纲目》说同,殆即古之鲂鱼。" 赪(chēng),《毛传》:"赤也。鱼劳则尾赤。" 王室,指周王室。 燬(huǐ),《毛传》:"火也。"指人的颜色更变如火之红。此句是以鱼劳则尾赤喻君子勤劳于王室因劳苦而颜色改变。

②孔,很、甚。 迩,近。后二句意为:虽然君子为王室操劳不已,甚至劳累得颜色更变,难道不想想近在身边的父母?

●诗之三章承上章,自己极想念丈夫却不明白说出,而以丈夫的父母为辞。

〔解题〕

这是思妇所写的诗,因思念丈夫而"惄如调饥",而想像其归来而不我遐弃,并以其父母为借口而希望丈夫留在身边。

关于此诗中所包含的男女爱情的含义,闻一多先生在《通义》中曾做过详细的考证。他说:"《国风》中凡言鱼者,皆两性间互称其对方之廋语,无一实指鱼者。"并举《左传·哀公十七年》卫侯贞卜之辞为例,说颇精辟。在《说鱼》一文中,闻一多先生又重复了同样的观点,只是对"王室如燬"的解释与本文稍异。孙作云先生也持类似的观点。

此诗诗意的转折变化,主要通过每章的结尾二句表现。"惄如调饥"写出了对丈夫无限思念的折磨人的心情,"不我遐弃"充分写出了想像中的与丈夫欢聚的欢乐和疑惧,"父母孔迩"则写出了对丈夫的委婉挽留。女主人公的细微曲折的心理变化,也随着各章节的起伏而上下波动,语虽寥寥,却十分扣人心弦。梁启超先生曾将这种表达方法称之为"回荡的表情法",认为这样的诗有"一种极浓厚的情感蟠结在胸中,像春蚕抽丝一般把它抽出来"。(见《中国韵文里头所表现的情感》)《诗经》的作者在当时肯定没有这种意识,但它对后世中国文学的影响却是显而易见的。这种欲吐未吐、一波三折的"回荡"式的表达方法,在伟大诗人杜甫的笔下发挥到了极致。这是杜甫诗"沉郁顿挫"的主要特点,诗虽长而用语凝炼,决不累赘。所以吴闿生《诗义会通》(以下简称《会通》)引旧评以为《汝坟》一诗有“沈郁顿挫”之致。

麟之趾

麟之趾,振振公子①。于嗟麟兮②!

〔注释〕

①麟,指麒麟,我国古代传说中的仁兽。其形象源自于鹿,后世有很大演变,主要有鹿身、马蹄、牛尾、头上长角等特征。《说文》:“麟,大牝鹿也。”又“麒,仁兽也。”《史记·司马相如传》之《索隐》引张楫曰:“雄曰麒,雌曰麟。” 趾,蹄。又写作止。《广雅·释兽》:“麒麟步行中规,折还中椝,不履生虫,不折生草。”故诗以“趾”为兴。 振振,振振有为之貌。参见《螽斯》注。 公子,诸侯之子孙。 ②于嗟,于同吁。《毛传》:“吁嗟,叹辞。”陈奂《传疏》:“叹词,美叹之词也。美叹曰嗟,伤叹亦曰嗟,凡全《诗》叹词有此二义。”

●诗之首章以麟之趾起兴,祝诸侯子孙繁衍。

麟之定,振振公姓①。于嗟麟兮!

〔注释〕

①定,《毛传》:“题也。”《说文》:“题,额也。”《鲁诗》作颠,额头。 姓,指族姓。西周以前,姓代表着部族。如周部族主要有姬、姜二姓,陈国是妫姓,宋国为殷人之后,是子姓。同姓则同祖,所以姓同时代表着根源于一个血统的部族。战国以后,姓与氏等逐渐混淆。此诗的“姓”应代表作者所属的姬姓部族。“振振公姓”是祝愿作者所在的姬姓部族子孙绵绵。

●诗之二章承上章,祝福的范围在概念上由诸侯之子孙而扩大到诸侯及其族人所属的部族,实际则似限于诸侯下之宗族,然皆为姬姓。

麟之角,振振公族①。于嗟麟兮!

〔注释〕

①公族，诸侯之下的宗族分支。西周、春秋时期，宗法与封建为一体。封建即封邦建国，限于诸侯，诸侯以下的卿大夫则按血缘分支分别建族，宗族遂成为当时宗法封建制的基层组织。诸侯之子支系旁生，各自成族，而总称为公族。西周晚期和春秋初期，诸侯的封国所能控制的范围，大多限于国之所在及其近郊之地，面积有限，人口也十分有限。所以该诗所提到的"公子"、"公姓"、"公族"，其实际的祝祷范围大约不超出诸侯本国封邑的范围。朱熹《集传》："公族，公同高祖。祖庙未毁，有服之亲。"

●诗之三章承上二章，祝祷诸侯及其宗族分支"公族"子孙绵绵。

〔解题〕

《麟之趾》，《韩诗》以为"美公族之盛"，准确地标明了诗旨。从全诗的祝祷语气来看，此诗在当时应当运用于诸侯举行的宗庙祭祖仪式中，以麟为祥瑞吉兆，祝祷本公族兴旺强盛，子孙绵延。

此诗也是三章叠咏，篇虽简短，然三句三折，反复吟唱，三叹而有余音。措语不多，而赞美之意溢于言表。姚际恒《通论》云："趾、定、角由下而及上，子、姓、族由近而及远，此则诗之章法也。"

召　南

鹊　巢

维鹊有巢，维鸠居之①。之子于归，百两御之②。

〔注释〕

①维，语首助词。　鹊，即今之喜鹊。《说文》作舄，篆文作䧿。古人认为喜鹊是能预知来事之鸟，有忧喜之事则先鸣。　鸠，古代或称鳲鸠、鴶鵴、秸鞠，今称八哥。《毛传》："鳲鸠，秸鞠也。鳲鸠不自为巢，居鹊之成巢。"王先谦《集疏》："鹊性好洁，鴶鵴伺鹊出，遗污秽于巢，鹊归见之，弃而去，鴶鵴入居之。又鹊避岁，每岁十月后迁移，则鴶鵴居其空巢。吾乡谚云：'阿鹊盖大屋，八哥往见窝。'谓此。"或以为鸠指布谷鸟。《尔雅·释鸟》郭璞注："（鳲鸠）今之布谷也。"《山海经·西山经》"南山鸟多尸鸠"，郭璞注："尸鸠，布谷类也。"
②百，虚数，非实指，言其数量之多。　两，今作辆，一辆车。《毛传》："百两，百乘也。诸侯之子嫁于诸侯，送御皆百乘。"《孔疏》："谓之两者，《风俗通》（汉代应劭著）以为车有两轮，马有四匹，故车称两，马称驷。"　御，侍奉、侍从。指以车及媵送女出嫁。《广雅·释言》："御，侍也。"西周、春秋时期，诸侯之女出嫁，同姓要送女陪嫁，并附大量财物。《春秋公羊传》："诸侯一娶九女，二国往媵之，以侄娣从，凡有八人。"此例多见于《左传》。

●诗之首章以鸠居鹊巢起兴。颂女子出嫁时仪仗之盛。《郑笺》："是如鳲鸠之子，其往嫁也，家人送之，良人迎之，车皆百乘，象有百官之盛。"

维鹊有巢，维鸠方之①。之子于归，百两将之②。

〔注释〕

①方，比并而居。《说文》："方，并船也。"引申之，凡物相并皆可谓之方。此谓比并而居，即成亲之意。　②将，送行。《孔疏》引《左传》云："凡公女嫁于敌国，姊妹则上卿送之，公子则下卿送之。凡大国，虽公子亦上卿送之。"

●诗之二章承上章，申足女子出嫁送行之盛。

维鹊有巢，维鸠盈之①。之子于归，百两成之②。

〔注释〕

①盈，占满，指媵嫁的姪娣众多。《说文》："盈，满器也。"《郑笺》："满者，言众媵姪娣众多。"　②成，指结婚之礼成。

●诗之三章承上二章，颂婚姻之礼成。

〔解题〕

《鹊巢》是咏婚姻的诗。方玉润《原始》认为是"婚礼告庙"之词，或许接近于诗旨。以诗中"之子于归，百两御之"等语来看，所咏必为贵族嫁女无疑。《毛传》亦持此说。而《毛序》以为颂夫人"德如鸤鸠"，则有些不通。

全诗仍是三章叠咏，而语词精炼，全用比兴。表面上十分平浅，而反复吟诵，始觉其味深长。若于婚礼之上诵之，则更能显出它独具的韵味。

采　蘩

于以采蘩？于沼于沚①。于以用之？公侯之事②。

〔注释〕

①于以，何处。《毛传》："于，於(wū)。"马瑞辰《通释》："《释诂》：'爰、粤，

于也。’又曰：‘爰、粤、于，於也。’凡《诗》言‘于以’，犹言‘爰以’、‘粤以’，皆语词。” 蘩，《毛传》：“皤蒿也。”陆玑《疏》：“凡艾白色为皤蒿，今白蒿也。春始生，及秋，香美可生食，又可蒸。” 沼，池。 沚，水中的小洲。 ②公侯之事，指祭祀公侯之事。蘩可以用于祭祀。《左传·昭公元年》载，郑伯享赵孟，穆叔赋《采蘩》，曰：“小国为蘩，大国省穑而用之，其何实非命。”杜预注：“《诗·召南》，义取蘩菜薄物，可以荐公侯，享其信，不求其厚。穆叔言小国微薄，犹蘩菜。”

●诗之首章以采蘩起兴，引出以微物而致信于公侯祭祀之事。

于以采蘩？于涧之中①。于以用之？公侯之宫②。

〔注释〕

①涧，夹于两山之间的水流。 ②公侯之宫，公侯的寝庙。诸侯之庙谓之宫。《春秋公羊传·文公十三年》：“周公称太庙，鲁公称世室，群公称宫。”《尔雅·释宫》：“室有东西厢曰庙，无东西厢、有室曰寝。”《礼记·月令》郑玄注：“前曰庙，后曰寝。”

●诗之二章承上章，进一步言明祭祀于公侯之寝庙。

被之僮僮，夙夜在公①。被之祁祁，薄言还归②。

〔注释〕

①被，即彼，指从事祭祀的人。被、彼古通。“被之僮僮”即“彼之僮僮”。僮僮(tóng)，《毛传》：“竦敬也。”恭敬谨慎貌。 夙，早。 公，指在公宫的祭祀之事。 ②祁祁，《毛传》：“舒迟也，去事有仪也。”安详舒徐之貌。《郑笺》：“祭事毕，夫人释祭服而去髲髢，其威仪祁祁然而安舒，无疲倦之失。我还归者，自庙反其燕寝。”于省吾《新证》：“颂其人之在公敬慎，归来安徐，进退有度也。”

●诗之三章承上二章，转写参与祭祀之人在公敬慎，归而安徐。

〔解题〕

《采蘩》是描写贵族妇女从事祭祀之诗。《毛序》说此诗是写

“夫人不失职”虽然不确切，但说“夫人可以奉祭祀”则是正确的。三家诗亦无异义。后人或以为写夫人亲蚕，或以为写背怨宗族，现代人甚至以为是采蘩之歌，都不足为据。

此诗仍是三章叠咏，而其主要特色在于前两章以一问一答出之。末章写其仪容，用“僮僮”、“祁祁”，言语虽简，而夫人之仪态神情可现。而一问一答的形式，明显地是受了原始民歌的影响。

草　虫

喓喓草虫，趯趯阜螽①。未见君子，忧心忡忡②。亦既见止，亦既觏止，我心则降③。

〔注释〕

①喓喓(yāo)，象声词，虫鸣声。　草虫，蝈蝈。王先谦《集疏》引郝懿行云：“今验一种青色善鸣者，登、莱人谓之‘聒子’，济南人谓之‘聒聒’，并音如‘乖’。顺天(今北京)人亦谓之‘聒聒’，音如‘哥’。体青绿色，比蝗粗短，状类蟋蟀，振翼而鸣，其声清滑，及至晚秋，鸣声犹壮。”　趯趯(tì)，《毛传》：“跃也。”虫跳跃貌。　阜螽，蚱蜢。形似蝗虫而色青。　②君子，女子称其夫。忡忡(chōng)，心神摇动之貌。《鲁诗》“忡”作怞。《广雅·释训》：“怞怞，忧也。”　③止，即之。代词，指君子。下同。　觏(gòu)，遇。此处指夫妻的遇合。觏又写作遘、媾。《郑笺》：“既觏，谓已昏(婚)也。《易》曰：“男女觏精，万物化生。”　降(hóng)，夅之借字，放下。《尔雅·释言》：“降，下也。”

●诗之首章以草虫与阜螽起兴。草虫与阜螽同类，故草虫鸣而阜螽跳从之，以喻男女声气相求。三四句言忧念君子。末三句笔法陡转，言相见之后的欢愉心情。

陟彼南山，言采其蕨①。未见君子，忧心惙惙②。亦既见止，亦既觏止，我心则说③。

〔注释〕

①陟(zhì),登。　南山,就眼中所见起兴。非有实指。　言,语首助词,无意义。　蕨(jué),指蕨类山野菜,可食。王先谦《集疏》引郝懿行云:"蕨菜全似贯众而差小,初出如小儿拳,故名拳菜。其茎紫色。故名紫蕨。"　②惙惙(chuò),心慌气短之貌。《说文》:"惙,忧也,《诗》曰'忧心惙惙'。"唐释玄《众经音义》四引《声类》:"惙,短气貌也。"　③说(yuè),喜悦。说、悦古今字。指心中喜悦而释然。

●诗之二章承上章,言其与丈夫相见之后的喜悦释然心情。

陟彼南山,言采其薇①,未见君子,我心伤悲。亦既见止,亦既觏止,我心则夷②。

〔注释〕

①薇,野菜,即野豌豆苗。　②夷,喜悦。《尔雅·释言》:"夷,说也。"郭璞注引此诗。一解夷为平,指心中平定安静。《毛传》:"夷,平也。"亦通。

●诗之三章承上二章,申足既见丈夫之后心中的喜悦。降、说、夷字异而意近,由担忧之后而至释然喜悦,而至平静安适,逐层深入。

〔解题〕

《草虫》是思妇之诗,原本容易理解。而《毛序》曲解为"大夫妻能以礼自防"。欧阳修还加以演绎,纯属多余。故朱熹《集传》云:"诸侯大夫行役在外,其妻独居,感时物之变,而思其君子如此,亦若《周南》之《卷耳》也。"其余曲解甚多,或谓为大夫归心召公,或谓为室家思念南仲、诸侯喜迎文王等。

此诗之妙,全在写心。本为未见,而偏写既见,故其思念之情更见浓烈,本为"忧心忡忡"、"忧心惙惙",却偏写"既见"之后的"则降"、"则说"、"则夷",前后形成强烈的对照。虚幻的喜悦反衬出女主人公更深一层的痛苦。时空上从草虫"喓喓"鸣叫的秋天写到山野可以采蕨的春夏之交,从草丛平野写到山冈之上,又从眼前真实之景写到心中虚幻之情，层层深透，而女主人心中的忧伤也一层深似一层。历时愈久，思念愈切；喜悦愈深，思念愈痛。由于对比的手法在诗中运用能产生强烈的艺术效果，所以后人多受此影响。

采　蘋

于以采蘋？南涧之滨①。于以采藻？于彼行潦②。

〔注释〕

①蘋，一种蕨类水生植物，生浅水中。茎横生泥中，叶有长柄，与浮萍同类而异种。陆玑《疏》："今水上浮萍是也。其粗大者谓之蘋，小者曰萍。"陈启源《毛诗稽古编》(以下简称《稽古编》)："四叶合成一叶如田字形者，蘋也。夏秋间开小花白色，又称白蘋。"　南涧，非实指。　②藻，《毛传》："聚藻也。"水生植物。贾思勰《齐民要术》引陆玑云："藻生水底，有二种：其一种叶如鸡苏，茎大如箸，可长四五尺；一种茎大如钗股，叶如蓬，谓之聚藻。"古人于荒年以此为食。　行潦(háng lǎo)，流动的积水。《大雅·泂酌》之《毛传》："行潦，流潦也。"王先谦《集疏》："行之为言流也。雨水流行，渟蓄汙下之处，其水无原(源)，故曰行潦。其渟蓄处，则谓之'潢汙'。"

●诗之首章以采蘋采藻起兴，然尚未言及其用途。

于以盛之？维筐及筥①。于以湘之？维锜及釜②。

〔注释〕

①盛(chén)，本指将黍稷等物装在祭器中用以祭祀。《说文》："盛，黍稷在器中以祀者也。"此处用作动词。　维，发语词。　筐、筥，皆为竹制的盛器。《毛传》："方曰筐，圆曰筥。"　②湘，烹煮。《韩诗》作鬺，湘为鬺之借字。　锜(yǐ)、釜(fǔ)，皆为金属制成的炊器。《毛传》："有足曰锜，无足曰釜。"

●诗之二章承上章，言既采之后，盛于筐筥，再以锜釜烹煮之。仍未点明其用途。

于以奠之？宗室牖下[①]。谁其尸之？有齐季女[②]。

〔注释〕

①奠，置放祭物。《说文》："奠，置祭也。"段注："置祭者，置酒食而祭也。引申为凡置之称。" 宗室，《毛传》："大宗之庙也。大夫士祭于宗庙，奠于牖下。" 牖(yǒu)，窗。 ②尸，主持祭祀。《说文》："尸，陈也。"段注："凡祭祀之尸训主。祭祀之尸本像神而陈之，而祭者因主之，二义实相因而生也。" 有，助词，无义。 齐(zhāi)，《毛传》："敬。"美好而恭敬之貌。 季女，少女。《说文》："季，少称也。"

●诗之三章承上二章，言明祭祀的地点及主祭之人。

〔解题〕

《采蘋》是描写贵族女子祭祀的诗。《毛传》云："蘋藻，薄物也。涧潦，至质也。筐筥锜釜，陋器也。少女，微主也。古之将嫁女者，必先礼之于宗室，牲用鱼，芼之以蘋、藻。"《礼记·昏义》："古者妇人先嫁三月，祖庙未毁，教于公宫；祖庙既毁，教于宗室。教以妇德、妇言、妇容、妇功。教成之祭，牲用鱼，芼之以蘋、藻，所以成妇顺也。"可与此诗相印证。而《左传·襄公二十八年》有云："济泽之阿，行潦之蘋藻，寘诸宗室，季兰尸之，敬也。"正释此诗。

此诗的结构与《采蘩》的前两章完全相同。只是《采蘩》的末章写与祭者的仪态，而此诗末章仍以问答出之，且点明地点人物。而两者写祭祀则是一样的。因为连用五个"于以"，使全诗显得颇为紧促，节奏明快。方玉润《原始》云："祭品及所采之地，治祭品及所治之器，祭地及主祭之人，层次井然，有条不紊。"

甘　棠

蔽芾甘棠，勿翦勿伐，召伯所茇[①]。

〔注释〕

①蔽芾(fèi),树木高大茂密貌。叠韵词。《韩诗》作蔽茀。王先谦《集疏》:“其本字当为蔽茀,借作蔽芾。茀之为言蔽也。《说文》:‘茀,道多草不可行。’《国语》韦注:‘茀,草秽塞路也。’是茀有蔽意。” 甘棠,即棠梨。树高大,果似梨而小,霜后可食,北方山野多见。又叫杜梨。 勿,不要。勉而止之。 翦,《尔雅·释言》:“齐也。”俗作剪。《韩诗》又作划,指划伐。 伐,砍伐。 召伯,指召伯虎,姬姓。其先祖为西周初期的武王之弟召公奭,周初受封于召地,其子孙因称召伯。 茇(bá),废之借字。《说文》:“废,舍也,《诗》曰‘召伯所废’。”《玉篇》:“废,草舍也。《毛诗》作茇。”此处用作动词。

●诗之首章以甘棠起兴,睹甘棠而思召伯。

蔽芾甘棠,勿翦勿败,召伯所憩①。

〔注释〕

①败,毁折。 憩(qì),《毛传》:“息也。”休息。

●诗之二章承上章,由勿伐而至勿败,殷勤叮嘱。

蔽芾甘棠,勿翦勿拜,召伯所说①。

〔注释〕

①拜,扒之借字。《鲁诗》《韩诗》作扒。《广韵·十六搔》:“扒,拔也。《诗》曰:‘勿翦勿扒。’”扒、拜以双声通转。 说,音义同税,停马驻车而休息。

●诗之三章申足上二章之义。

〔解题〕

《甘棠》是周人纪念召伯的诗,古今并无异义。只是这召伯是哪一位,却大有争议。汉代以来,学者皆以召伯为西周初年的燕召公奭。《史记·燕召公世家》云:“召公之治西方,甚得兆民和。召公巡行乡邑,有棠树,决狱政事其下。自侯伯至庶人各得其所，无失职者。召公卒，而民人思召公之政，怀棠树不敢伐，歌咏之，作《甘棠》之诗。”直到现代，人们方结合周代金文而确定诗中的召伯指周宣王时期的大臣召穆公虎，因为西周、春秋时期人们称燕召公奭为召公而不称为“伯”，而召穆公虎则被称为召伯，且多次在《诗经》中出现。如《大雅·江汉》：“文武受命，召公维翰。”《大雅·召旻》：“昔先王受命，有如召公，日辟国百里。”这是指召公。《小雅·黍苗》：“悠悠南行，召伯劳之。”《大雅·崧高》：“王命召伯，定申伯之宅。”这是指召穆公虎。

关于诗中的甘棠，闻一多先生的意见颇值得参考：“古者立社必依林木……盖断狱必折中于神明，社木为神明所凭依，故听狱必于社。”“甘棠者，盖即南国之社木，故召伯舍焉以听断其下。”“疑甘棠一名杜，即以其为社木而得名。”(《通义·召南》)

《甘棠)全写对召伯之爱，但不言爱其人，而言爱其所茇、所憩之树；不言当时之爱，而言事后之爱，故其怀念思忆尤其显得深远。

行　露

厌浥行露，岂不夙夜？谓行多露①。

〔注释〕

①厌浥(yè yì)，露水潮湿之貌，双声词。《毛传》：“厌浥，湿意也。”厌字无“湿”义，为“湆”之借字。《说文》：“湆，幽湿也。”“浥，湿也。”《广雅·释诂》：“湆浥，湿也。”“湆”、“浥”二字声转义同，故叠文为训。　行，道路。　露，露水。夙，早。　谓，畏之借字。

●诗之首章以露起兴，以道路之上露重难进暗喻人事之艰难。

谁谓雀无角？何以穿我屋①？谁谓女无家？何以速我狱②？虽速我狱，室家不足③！

〔注释〕

①雀，小鸟。《说文》：“雀，依人小鸟也。” 角，可用于抵触的兽角。雀为小鸟，自然无角。 屋，指居室。《毛传》：“不思物变而推其类，雀之穿屋，似有角者。”王先谦《集疏》：“雀本无角，鼠本无牙，以其能为害，反言之。言谁谓雀无抵触之角而不为害乎？苟雀无抵触之角而不为害，何以能穿我屋？”

②女，通汝，你。 家，西周、春秋时期人们所称的“家”和“室”，其含义与后世迥异，指当时各诸侯国卿大夫的血缘宗法家族，即所谓的“诸侯立家，卿置侧室”。从广义上讲，举凡当时卿大夫贵族之家族的人口、财产、封邑、土地及妻妾子女等均可称为“家”或“室”。因此，“家”“室”是西周、春秋时期贵族宗法家族及其财产、采邑的代称，而根本不指妻室或家室。因此，将此诗中的“家”“室”二字解释成为娶妻成家是不妥当的。“室家”在这里代表着对方的权势和地位。 速，召致。马瑞辰《通释》：“速本疾速之义，促之使疾来，故又引申为召。” 狱，讼、打官司。《释名》：“狱，确也，言实确人情伪也。”非指监狱。

③足，足够的权势。

●诗之二章承上章，言对方虽有权势，可以兴风作浪如雀之长角穿屋，而仍不会使我服从。

谁谓鼠无牙？何以穿我墉①？谁谓女无家？何以速我讼②？虽速我讼，亦不女从③。

〔注释〕

①牙，壮牙。《说文》：“牙，牡齿也。”段注：“牡当作壮，石刻《九经字样》不误。壮，大也。壮齿，齿之大者也。统言之，皆称齿、称牙。析言之，则前当唇者称齿，后在辅车者称牙，牙较大于齿，非有牝牡也。鼠齿不大，故云‘无牙’。” 墉，墙。《说文》：“墉，城垣也。”引申之，凡垣皆称墉。 ②讼，《说文》：“争也。”争讼。 ③女，即汝，尔。女从，即从汝，倒文以合韵。

●诗之三章承上二章，继续表达其不服的决心。

〔解题〕

《行露》是《国风》中最不易理解，也是歧义最多的诗。战国以后，由于时代和社会的变迁，汉语中一些关键词的含义也发生了很大变化，以致它们的原始含义不为后人所理解，对这些词汇的解释自然就歧义纷出了。《行露》中最关键的词就是"家"、"室"二字。如果将它们理解为如孟子所说的男有家，女有室，指娶妻成家，此诗就只能理解成女子拒婚，或女子遭强暴而反抗。但孟子所处的时代已是战国中期，西周、春秋时期的宗法血缘家族早已分裂为一家一户的个体小农，"家"、"室"原来的含义已不为孟子那个时代所理解。有幸的是我们可以从《左传》中找到大量材料证明。《左传》中大量的关于春秋中晚期各诸侯国贵族内部矛盾斗争的灭族分室不仅有助于我们理解"家"、"室"二字的含义，而且可以作为《行露》产生的背景来对待。因此，《行露》是反映春秋时期贵族内部家族矛盾斗争的诗。因为将"家"、"室"二字理解为娶妻成家，所以过去的学者们只围绕着男女争讼做文章。《毛序》认为是召伯听讼公平而使强暴之男不能侵凌贞节之女，《毛传》认为是女子因守礼而被别人诉讼，《鲁诗》还演绎出申国女子守礼致讼的故事，郑玄认为是媒妁之言不和而强委之，方玉润认为是贫士却婚而致讼；其余还有抗议强迫做妾、夫妻纠纷致讼、男求婚者答词、未婚丈夫辩解、女子家长答覆等等。而事实上，连能够确定诗中的"我"是女子的根据都没有。所以林义光在《诗经通解》（以下简称《通解》）中说："按娶女之家若力能备礼，何至靳此一物，讼之于理？若力不能备礼，则许嫁之女又何至守死不从？说不可通。"

此诗之精神，全在用反。戴君恩《臆评》云："妙于用反，若正说便索然。""下文正意，只'虽速我狱'二语便了，却先反振'谁谓雀无角'四语，遂觉精神耸动，笔力遒整，乃知文章家唯反则不板，唯反则不死。"

羔　羊

羔羊之皮，素丝五纶①。退食自公，委蛇委蛇②。

〔注释〕

①羔羊，《毛传》："小曰羔，大曰羊。"　素丝，洁白的丝。《毛传》："素，白也。"　五纶(tuó)，《毛传》："纶，数也。古者素丝以英裘，不失其制，大夫羔裘以居。"王先谦《集疏》引王引之云："案三章文义，不当如《尔雅》所训。'纶'、'緎'、'总'皆数也。五丝为纶，四纶为緎，四緎为总，五纶二十五丝，五緎一百丝，五总四百丝，故诗先言五纶，次言五緎，次言五总也。"并举《西京杂记》、《汉书·王莽传》等为证。"纶"之数今已失传。马瑞辰《通释》以为："纶通佗，盖二丝之数。"按王先谦之说，"五纶"、"五緎"、"五总"等不是用于缝制羔裘的边缘或中缝，而是"言其德能称，有洁白之性，屈柔之行，进退有度也"。因羔裘是大夫的朝服，故诗人以赋为比。　②退食自公，指大夫自公朝退而就食，非谓退归私家。西周、春秋时期，卿大夫之在公门办事者皆有公食，当时称"公膳"。《左传·襄公二十八年》："公膳，日双鸡。"　委蛇(wěi yí)，形容其从容自得之貌。《韩诗》作逶迤，叠韵词。

●诗之首章以羔裘起兴，写大夫在公门之从容自得。

羔羊之革，素丝五緎①。委蛇委蛇，自公退食②。

〔注释〕

①革，去了毛的兽皮。《说文》："革，兽皮治去其毛，革更之象。"《孔疏》："对文言之则异，散文则皮、革通。"　②自公退食，同退食自公，倒文以叶韵。

●诗之二章承上章，逐层深入。

羔羊之缝，素丝五总①。委蛇委蛇，退食自公。

〔注释〕

①缝,《毛传》:"言缝杀之大小得其制。"指衣服缝制得合身。

●诗之三章申足上二章之意。

〔解题〕

《羔羊》是赞颂大夫的诗。三章的前两句皆写其衣着,后二句则专写其自公退食的雍容自得之态。诗中未见任何讽刺之意。客观现实的描写非必关乎讽刺。《毛序》谓诗颂"在位皆节俭正直,德如羔羊",略显支离。《齐诗》、《鲁诗》以为美召公奭,《韩诗》以为美召南大夫,皆无实据。就诗论诗,认为它歌颂大夫倒较为平实。

此诗仍是三章叠咏,除了"五纶"、"五绒"、"五总"的变化之外,文字平实,每章的后二句前后颠倒以求变也比较有特色。

殷 其 雷

殷其雷,在南山之阳①。何斯违斯?莫敢或遑②。振振君子,归哉归哉③!

〔注释〕

①殷,《毛传》:"雷声也。"殷为磤之借字。马瑞辰《通释》:"《一切经音义》引《通俗文》:'雷声曰磤。'" 其,状物助词。殷其,等于叠字殷殷。 南山,非实指。 阳,山的南坡。《毛传》:"山南曰阳。" ②斯,《毛传》:"此。"此处为指示代词。上斯字指时间,即雷声殷殷之时;下斯字指地点,即南山之阳。 违,离开。严粲《诗缉》:"言殷然之雷声,在彼南山之南。何为此时违去此所乎?盖以公家之事,而不敢遑暇也。" 或,有。马瑞辰《通释》:"或、有古通用。《小尔雅》、《广雅》并曰:'或,有也。'莫敢或遑,即莫敢有遑。" 遑,《毛传》:"暇也。"闲暇。 ③振振,振奋有为貌。 君子,此处指诗人的丈夫。

●诗之首章以殷殷雷声起兴,言自己对丈夫的思念之情。闻一多先生认为:“以雷、风隐喻男子,此《诗》之常义也。”(《通义·召南》)故“殷其雷”也象征着诗人对丈夫的深情思念。

殷其雷,在南山之侧。何斯违斯?莫敢遑息①。振振君子,归哉归哉!

〔注释〕

①息,《说文》:“喘也。”

●诗之二章承上章,逐层深入。

殷其雷,在南山之下。何斯违斯?莫或遑处①。振振君子,归哉归哉!

〔注释〕

①处(chǔ),居、停息。

●诗之三章承上二章,继续抒发思念。

〔解题〕

《殷其雷》是女子思念丈夫的诗。古今学者多持此说。朱熹《集传》云:“南国被文王之化,妇人以其君子从役在外而思念之,故作此诗。”朱善《诗解颐》云:“‘何斯违斯’,念其久也;‘莫敢或遑’,闵其劳也。‘振振君子’,美其德也。‘归哉归哉’,望其至也。往役者,君子事上之义;思念者,妇人爱夫之情。二者固并行而不悖也。”而《毛序》以为大夫妻劝其夫以事君之义,何楷以为妇人忧思文王,方玉润以为写伯夷姜太公归服文王,现代有人以为是什么劳役者逃亡之歌等,皆无实据。

此诗最大的特色是叠词,每章的最后四字全用“归哉归哉”,其心情之激动,无限之思念,期望之殷切,皆在这四个字中含蓄而深沉地表达出来。而三章中雷声之在山阳、山侧、山下的演进，既象征着君子的不遑宁居，也象征着女主人心情的惴惴不安、遑惑不定，其惆怅、其迫切，皆令人思之无限。

摽有梅

摽有梅，其实七兮①。求我庶士，迨其吉兮②。

〔注释〕

①摽(biào)，抛。闻一多《新义》："摽，即古抛字。《玉篇》曰：'摽，掷也。'《说文·新附》曰：'抛，弃也。'重文作摽。……掷物而弃之谓之摽，掷物以击人亦谓之摽。《诗》曰'摽有梅'是也。" 有，词头、语助词。古语往往在一个单音词上配一个"有"字，如有夏、有司 、有周等，与此例正同。 梅，酸梅。《韩诗》作楳。《说文》："某，酸果也。"某为正字。梅、楳皆为后起字。 七，七成。指筐中抛掷剩下的酸梅还有七成。 ②庶，众。《说文》："庶，屋下众也。"引申为众。 士，原指周人中最低一级的贵族，为最基层的家族长。本诗中的士也应指有一定身分的青年贵族。以"士"为青年的普遍称呼是春秋晚期以后的事。 迨，及、趁着。 吉，好日子、好时光，《郑笺》："求女之当嫁者之众士，宜及其善时。"

●诗之首章以抛梅而余七成，喻士之求女当及其善时。

摽有梅，其实三兮①。求我庶士，迨其今兮②。

〔注释〕

①三，指用以抛掷的酸梅只剩下三成。 ②今，读为堪。林义光《通解》："今读为堪，堪字通作戡……戡亦后出字，古文省借，宜作今也。……迨其堪兮，言有可嫁者即嫁之，不暇审择也。"

●诗之二章承上章，进一步描写抛梅之状以喻急择其人。

摽有梅,顷筐塈之[1]。求我庶士,迨其谓之[2]!

〔注释〕

①顷筐,犹今之畚筐,见《卷耳》注。 塈(jì),给、予。闻一多《类钞》云:"《广雅·释诂》:'气,予也。'……气既声类既同,是乞可通作塈若溉。""'顷筐塈之'即倾筐乞之,以倾筐与之也。" ②谓,归。"谓之"即归之。闻一多《类钞》云:"谓读为归。古音喉牙不分,故读谓如归。声同则义通。""盖谓之与归,本为一语。其分也,则意之所趣谓之'谓',身之所趣谓之'归'。其合也,则'归'属身言,而意有所趣亦谓之'归'。""'谓'属意言,而身之所趣亦谓之'谓'。《诗》之'迨其谓之'、'瑕不谓矣'是也。"

●诗之三章承上二章,写抛梅至倾筐而予,男女亦可不待礼仪而一起居处。

〔解题〕

《摽有梅》是反映周代风俗的诗,它描写的是男女之情,古今大部分学者并无异义。但因为对"摽"字的理解不同,导致了很大的差异。《毛序》及《毛传》、《郑笺》、《孔疏》等都将"摽"解为落,所以诗中的由"七"到"三"到"顷筐塈之"便解释成为女子求心上人的心情越来越迫切。但这种解释并不完全符合当时的风俗。所以笔者采用了闻一多先生的观点。

《周礼·春官·媒氏》说:"仲春之月,令会男女。于是时也,奔者不禁。若无故而不用令者,罚之。司男女之无夫家者而会之。"《毛传》说:"会而行之者,所以蕃育民人也。"春天,特别是农历的三月,是古人男女相会恋爱的美好季节,浸以成俗,汉代以后的长时期内,三月上巳日还是我国古代先民最重要的节日。《诗经》中有许多反映这种风俗的诗,特别是《郑风》和《邶风》、《鄘风》、《卫风》中的诗如《桑中》、《木瓜》、《褰裳》、《出其东门》、《溱洧》等。闻一多先生在《类钞》中说:"在某种节令的聚会里,女子用新熟的果子,掷向她所属意的男子,对方如果同意,并在一定期间里送上礼物来,二人便可结为夫妇。这里正是一首掷果时女子们唱的歌。"又说:

"《摽有梅》亦女求士之诗,而摽与投字既同谊,梅与木瓜木桃木李又皆果属,则摽梅亦女以梅摽男,而以梅相摽,亦正所以求之之法耳。意者,古俗于夏季果熟之时,会人民于林中,士女分曹而聚,女各以果实投其所悦之士,中焉者或以佩玉相报,即相约为夫妇焉。"这些论述,正可以用来说明此诗的创作背景。

此诗格调明朗、语言清新,特别是对抛梅求爱的过程的描写,在三章之中一层紧逼一层,也与诗中人物的心理变化相适应,读之如闻其声,如见其人,风俗人情,了然可见。

小　星

嘒彼小星,三五在东①。肃肃宵征,夙夜在公②。寔命不同③。

〔注释〕

①嘒(huì),《毛传》:"微貌。"小星微光闪烁貌。马瑞辰《通释》:"嘒盖状星之明貌。"嘒彼,等于叠字嘒嘒。　三五,朱熹《集传》:"言其稀,盖初昏或将旦时也。"　②肃肃,恭敬而有礼仪的样子。　宵征,小正,即小官长。于省吾《新证》:"按宵、小古通。《礼记·学记》'宵雅肄三'注:'宵之言小也。'……正、征、政古同用。《员鼎》'征月'即正月。……然则宵征应读为小正,《尔雅·释诂》注:'正伯皆官长。'小正谓小官长也。小正对大正而言。""肃肃谓其敬恭有仪也。下句言'夙夜在公',在公必实有所指,谓小正也。若训'宵征'为夜行,夜行究指何人,语意含混。以文法言之,小正为主格,下句'在公'有所承矣。二章云'抱衾与裯',则此诗'小正'当即《周礼》世妇、女史之属。大小正系大小官长之通称。固无间于男女也。""'夙夜在公'及'抱衾与裯',正谓其在宫内早晚任职。诗人咏小星以兴小正,说经者滞于夜行之义,遂谓初昏而往,将旦而还,以傅会之,既乖于诗旨,亦不符于夙夜之本义。"　在公,在公宫。　③寔(shí),指示代词。《说文》:"寔,正也。正,是也。"段注:"正与是互训,寔与是音义皆同。……实、寔音义皆殊,由赵魏之间实、是同声,故

相假借耳。” 命,命运。 不同,不一样。

●诗之首章以微光闪烁之小星兴小正之夙夜在公,哀叹命运不同。

嘒彼小星,维参与昴①。肃肃宵征,抱衾与裯②。寔命不犹③!

〔注释〕

①参(shēn),参宿。我国古代天文学中的二十八宿之一,属西方白虎七宿中的一宿,即西方天文学中的猎户星座。一般指中间排成一行的三星,有时也包括周围四星。《史记·天官书》:“参为白虎,三星直。”“其外四星,左右肩股也。” 昴(mǎo),指昴宿。二十八宿之一,西方白虎七宿中的第四宿,即著名的昴星团。 ②衾,《说文》:“大被也。” 裯(chóu),床帐。三家诗裯作帱。《说文》:“帱,禅帐也。”裯为帱之借字。一说为贴身的内衣。见马瑞辰《通释》。 ③犹,《毛传》:“若也。”不犹即不若、不如。

●诗之二章承上章,继续诉其命运辛苦。

〔解题〕

《小星》是小臣怨恨劳役不平的诗,在注文中我们已作了较为详细的阐述。从汉代至今,对此诗本义的解释有两种说法影响最大。一种是《毛序》的说法,认为:“夫人无妒忌之行,惠及贱妾,进御于君,知其命有贵贱,能尽其心矣。”《孔疏》:“众妾自知卑贱,故抱衾而往,御不当夕。”朱熹亦持此说。因此“小星”二字后来遂成为小妾的代称。另一种说法是《韩诗》,认为是写小臣家贫亲老,不择官、不择时而仕,这自然已涉及到小臣“夙夜在公”之辛劳,但并未明说。方玉润认为写小臣行役自甘,也属误解。而胡适先生认为是“写妓女生活的最古记载”(《谈谈诗经》,见《古史辨》第三册),其假设过于大胆。

此诗仅二章,基本上句句押韵,读起来非常和谐。而诗之首二句写残夜光景,宛然如在目前。

江 有 汜

江有汜,之子归,不我以①。不我以,其后也悔。

〔注释〕

①江,指长江。　汜(sì),支流。《毛传》:"决复入为汜。"闻一多以为汜宜直解为支流,"复入"二字"非汜义"。　之子,指心上人的新欢。　归,嫁。《郑笺》:"妇人谓嫁曰归。"　以,用。"不我以"为倒文,即不用我、不需要我了。

●诗之首章以江有汜起兴。江喻心上人,汜喻心上人之新欢。

江有渚,之子归,不我与①。不我与,其后也处②。

〔注释〕

①渚,本指江心的小洲。此处亦指支流。马瑞辰《通释》:"盖江遇渚则分,过渚复合也。"　与,同、偕。"不我与"即不和我在一起。王先谦《集疏》:"与,偕也。……言今日不偕我居,其后必悔而偕我居也。"　②处,忧虑。《毛传》释"处"为居止,义不可通。闻一多《新义》:"处亦疑读为癙,训忧。癙处音同,例得相假。"

●诗之二章承上章,以江之有渚喻心上人之有新欢,比上章更进一层。

江有沱,之子归,不我过①。不我过,其啸也歌②。

〔注释〕

①沱,《毛传》:"江之别者。"支流,与"汜"、"渚"字异而意同。闻一多《新义》:"凡从它声之字,多有二义。……此诗本以江有别流,喻夫之情不专一。则《诗》曰'江有沱'者,充其寄意所在,亦犹《氓》篇之曰'士贰其行'矣。"　过,到。王先谦《集疏》:"不我过,谓不至我所。"　②啸,长啸。即因心中的悲

愤无处发泄而长啸咏歌，长歌当哭。闻一多《新义》："啸歌者，即号歌，谓哭而有言，其言又有节调也。"

●诗之三章承上二章，言其愤懑之心无处发泄，故长歌当哭。

〔解题〕

《江有汜》前人多以为是弃妇诗或媵妾诗。《毛序》："美媵也。勤而无怨，嫡（正妻）能悔过也。文王之时，江沱之间，有嫡不以其媵备数，媵遇劳而无怨，嫡亦自悔也。"《毛传》、《郑笺》及《孔疏》同此说。这实际上是附会，从诗中我们找不出任何媵妾口气。还有人以为是弃妇诗，如闻一多先生。但诗中找不到弃妇所作的根据。从诗中的语气推测，作者更可能是男子，他见心上人另有新欢，甚至"归"而嫁了过去，不再理睬自己，故在悲怒之中唱出此诗。或者"之子"未有实指，诗也只是当时流行的写负心被弃的歌诗。

此诗多用叠句，而且每章以跌笔作收笔，形成一波三折的自然节奏，不仅增加了音韵上的美妙，而且有强调感情的跌宕起伏和转折的作用。而三章的逐层深入，也很好地写出了作者悲愤程度的加深，长啸当歌，反复咀嚼，如在目前。

野有死麕

野有死麕，白茅包之①。有女怀春，吉士诱之②。

〔注释〕

①野，《毛传》："郊外曰野。"　麕（jūn），小獐，鹿一类的野兽。陆德明《释文》云："亦作麏。"并引陆玑《疏》："麏，麞也。青州人谓之麏。"古人多以鹿一类的毛皮作为礼物赠送。　白茅，即茅草，秋末冬初干枯后叶呈灰白色。

②怀春，指男女情欲萌动。王质《总闻》："女至春而思有所归，吉士以礼通情而思有所耦，人道之常。"　吉士，犹言善士，当时贵族青年的美称。　诱，《毛传》："道（同导）也。"挑逗、追求。

●诗之首章以可作礼物的麕起兴，点明“有女怀春，吉士诱之”的主题。

林有朴樕，野有死鹿[①]。白茅纯束，有女如玉[②]。

〔注释〕

①朴樕(sù)，又名槲樕(hú sù)，叠韵。陈启源《稽古编》：“《尔雅》注皆言朴樕即槲樕。案，槲樕与栎相类，华叶似栎，亦有斗，如橡子而短小。有二种，小者丛生，大者高丈余，名大叶栎。”古人结婚或订亲，多举火把。此以朴樕为柴而求婚。胡承珙《后笺》：“《诗》于昏礼，每言析薪。古者昏礼或本有薪刍之馈耳。” ②纯(tún)束，《毛传》：“犹包之也。”捆扎。三家诗“纯”作屯。《释文》：“屯，聚也。”

●诗之二章承首章，吉士砍柴木、白茅屯束以献之，而更以“如玉”状所追求女子之美。

舒而脱脱兮！无感我帨兮！无使尨也吠[①]！

〔注释〕

①舒，《毛传》：“徐也。”慢慢地。舒而即舒然。 脱脱(tuì)，《毛传》：“舒迟也。”舒缓的样子。三家诗脱作娧。《玉篇》：“娧，好貌。”动作舒迟则容仪安好。 感(hàn)，动。三家诗作撼，二字通用。《说文》：“感，动人心。”“撼，摇也。”依下文言之，以“撼”为正字。 帨(shuì)，系在胸前的佩巾。 尨(máng)，多毛而凶猛的狗。

●诗之三章承上二章，设为女子口气，告诫男子不要过于非礼而使人知。

〔解题〕

《野有死麕》是描写周代贵族青年恋爱生活的诗。诗中的男子用了当时常用的、也最能表现自己勇武的方式——打来猎物，将它献给自己的心上人，以此来获得对方的欢心。将诗中的主人公定为猎人则太过拘泥，因为打猎是那个时代青壮年男子最基本的技能。

《国风》中有关男女爱情的诗，几乎无一例外地遭到了其后封建时代学者们曲解。《毛序》认为此诗是“恶无礼”。孔颖达进一步将创作时间定在殷纣时代。《毛传》认为是“凶荒杀礼”，即《郑笺》所谓“乱世之民贫，而强暴之男多行无礼。故贞女之情，欲令人以白茅束裹野中田者所分麕肉为礼而来。”欧阳修以为诗刺“淫奔”。朱熹以为赞美贞女。王柏则斥之为“淫诗”。方玉润以为是所谓“高人逸士”寄托怀抱，“托言以谢当世求才之贤”。

此诗也是三章，前两章词意平平，只是起兴叙事。而最妙者在诗之末章。全诗着力全在于“诱”字，前二章写男子“诱”女的过程，三章忽作少女口吻，却是“诱”的必然结果。一个怀春的少女本来就难以抵挡异性的诱惑，但她对这种挑逗又有着本能的羞涩。第三章所描写的正是少女的这种若推若就、亦惧亦喜的情态。有此一章，则全诗的场景变得戏剧化，诗也变得风神摇曳，姿态横生，既令人忍俊不禁，又生动传神。

何彼襛矣

何彼襛矣？唐棣之华①。曷不肃雝？王姬之车②。

〔注释〕

①何，犹言多么。　襛(nóng)，《毛传》："犹戎戎也。"艳盛之貌。《韩诗》作茙。陈乔枞以为戎为茙之省文。　唐棣，又写作棠棣、常棣。《毛传》："栘也。"今名为杜梨。树大者数丈，开白花，结实如李而小，可食。　华，即花。

②曷，何不。　肃雝，形容气象的严肃和穆。《毛传》："肃，敬。雝，和。"王姬，周王的女儿或孙女。周王室为姬姓，其女儿或孙女因称王姬。　车，指王姬出嫁时的车仗。

●诗之首章，以唐棣之花之浓艳，喻王姬出嫁车马仪仗之庄严肃雝。

何彼襛矣？华如桃李。平王之孙，齐侯之子①。

〔注释〕

①平王，应指周平王宜臼。《毛传》释"平"为正，释诗中的出嫁之女为"武王之女，文王之孙"之嫁于齐者，实无根据。　孙，与"子"皆兼指男女。马瑞辰《通释》："齐侯之子，谓齐侯之女子，犹《硕人》诗'齐侯之子'，《韩奕》诗'蹶父之子'，皆谓女子也。"

●诗之二章承首章，以桃李之花衬女子出身的高贵。

其钓维何？维丝伊缗①。齐侯之子，平王之孙。

〔注释〕

①钓，指钓鱼的工具。　维，古与惟通，语助词。　丝，丝线，用来做钓鱼的绳。　伊，同维。　缗(mín)，钓丝。《尔雅·释言》："缗，纶也。"朱熹《集传》："丝之合为纶，犹男女之合而为昏(同婚)也。"

●诗之三章承上二章，以丝纶之合喻男女之婚姻。后二句倒句以合韵。

〔解题〕

《何彼襛矣》是歌颂贵族女子出嫁的诗，古代并无异议。但对"平王"解释不同。《毛序》以为美王姬下嫁于诸侯，《毛传》以为所嫁之女为文王之孙、武王之女而嫁于齐侯之子者。齐、鲁、韩三家《诗》则以为诗中的女子为齐侯所嫁之女，周平王的外孙女。平王之女王姬先嫁于齐，留车反马。而其所生之女又嫁于王畿内的诸侯之国，因以其出身为荣，所以以其母亲始嫁之车而送之。以情推之，当以三家《诗》为是。

因此诗所歌颂的主人是王姬，地位高贵，所以全诗以第三者的口吻一问一答，极力赞美形容其容貌如桃李般的浓艳美丽、其车服的侈丽和地位出身的高贵。

驺　虞

彼茁者葭，壹发五豝[①]。于嗟乎驺虞[②]！

〔注释〕

①茁，《毛传》："出也。"《说文》："艸初生出地貌。"并引此诗。指草初生茁壮之貌。　葭（jā），《说文》："苇之未秀者。"诗中用"葭"，说明打猎在春季。　壹，发语词，无义。三家《诗》作'一"。　发，发箭。　五，虚数，非实指。豝（bā），母猪。《说文》："豝，牝豕也。一曰二岁能相把拏者也。"　②于嗟乎，赞叹之词。　驺虞，古代管理山泽的官名虞人。鲁、韩《诗》即以"驺虞"为天子掌马兽之官。闻一多以为指虎。

●诗之首章为赋体，叙射猎于葭丛之中而得豝，又进一步引申而赞美驺虞。

彼茁者蓬，壹发五豵[①]。于嗟乎驺虞！

〔注释〕

①蓬，蓬蒿。　豵（zōng），小猪。《毛传》："一岁曰豵。"又《广雅·释兽》："兽一岁为豵，二岁为豝，三岁为肩，四岁为特。"

●诗之二章承上章，继续写其射猎，由葭至蓬，由豝至豵，更进一层。

〔解题〕

《驺虞》是赞美驺虞打猎的诗。而古今学者歧义纷出。《毛序》和《毛传》释驺虞为"义兽"，谓其"白虎黑文，不食生物，有至信之德则应之"，故将诗定为《周南·鹊巢》之应。《鲁诗》以为怨生不逢时，并以为诗是邵国之女所作。至于今人释为奴隶恨奴隶主，则纯属曲解。

此诗只有两章，篇幅虽短，但仍使人感受到其强烈的赞叹意味。“于嗟乎”的赞叹声读之如在耳边。《毛诗序》云:“情动于中而形于言,言之不足,故嗟叹之;嗟叹之不足,故永歌之;永歌之不足,不知手之舞之,足之蹈之也。”正说明了古人在创作这些诗歌时的精神状态。尽管当年演唱时的音乐今天已不可得闻,但“于嗟乎”这样的叹词的运用却引发读者无限的想像。

邶　风

《邶风》、《鄘风》、《卫风》都产生于春秋初年的卫国地区。因而都是卫国的诗篇。在春秋时期,人们就将这三部分诗篇视为一体。《左传·襄公二十九年》记载,吴公子季札聘于鲁,请观周乐,鲁国乐师为之歌《邶》、《鄘》、《卫》,季札听了之后说:“美哉渊乎!吾闻卫康叔武公之德如是,是其《卫风》乎?”所以,汉代的齐、鲁、韩三家《诗》都将这三部分诗列为一卷。只有《毛诗》将其分为三卷,其原因则如陈奂《传疏》中所说:“盖周太师旧次本三国不分,编《诗》者见其篇什繁多,较异他国,乃分之为三,犹《雅》之有什焉尔。”从这三部分诗的内容看,确实都产生于卫国地区,其大致的范围在今河南省的北部、河北省的南部和山东省的西部地区。故《汉书·地理志》说:“河内(今河南省的安阳、新乡、焦作等地区)本殷之旧都,周既灭殷,分其畿内为三国,《诗·风》邶、庸、卫国是也。邶,以封纣子武庚;庸,管叔尹之;卫,蔡叔尹之:以监殷民,谓之三监。故《书·序》曰:‘武王崩,三监畔(同叛)。’周公诛之,尽以其地封弟康叔,号曰孟侯,以夹辅周室;迁邶、庸之民于雒邑,故邶、庸、卫三国之诗相与同风。”

关于邶、鄘、卫,还有一些另外的说法。《毛序》及郑玄、孔颖达等皆认为邶与鄘原为二国,后并于卫;陈奂则以为邶和鄘在周人灭殷之前殷以邶为都,鄘与卫皆其下邑;而灭殷之后,卫康叔都于殷之旧都,更名曰卫,称卫国,而邶与鄘又皆其下邑。卫即朝歌,邶在朝歌北,鄘在朝歌东,故三国之诗皆为卫国诗。朱熹则以为卫在朝歌以东,鄘在朝歌以南。近人王国维则提出了一种新说,认为:“自来说邶国者，虽以为在殷之北，然皆于朝歌左右求之，今则殷之故墟得于洹水，大且、大父、大兄三戈出于易州（今河北易县），则邶之故地自不得不更于其北求之。余谓邶即燕，鄘即鲁也。邶之为燕，可以北伯诸器出土之地证之。”“鄘与奄声相近”，“奄在鲁”。“邶鄘去殷虽稍远，然皆殷之故地。”“及成王克殷践奄，乃封康叔于卫，封周公子伯禽于鲁，封召公子于燕。而太师采诗之目，尚仍其故名，谓之邶、鄘，然皆有目无诗。”“后人卫诗独多，遂分隶之于邶、鄘。”此说可供参考。

邶、鄘、卫三部分诗篇都创作于春秋中期以前。其创作年代可以大致确定的诗篇有《硕人》、《载驰》、《定之方中》等，其中《硕人》一诗年代最早。《左传·隐公三年》（前720年）：“初，卫庄公娶于齐东宫得臣之妹，曰庄姜，美而无子，卫人所为赋《硕人》也。”卫庄公于公元前756年至前735年在位，则此诗约创作于公元前750年左右。鲁闵公二年（前660年），狄人灭卫，许穆夫人赋《载驰》。随后卫文公即位，迁于楚丘，《定之方中》创作于此时，是我们今天已知的卫诗中年代最晚的一篇。所以《邶风》、《鄘风》、《卫风》绝大多数诗篇应创作于公元前660年之前。

《邶风》、《鄘风》、《卫风》有几个较明显的特点。第一是刺诗较多，这说明了卫国公室的腐败，这在《左传》中多有记载。第二是反映恋爱婚姻的情诗较多。为后世儒家所深恶痛绝的“郑、卫”之音即首先产生于卫国。造成这种局面的原因有二：一是卫地原为殷商故墟，本就有所谓“纣之淫风”遗存。卫康叔建国时，周成王又分之以“殷民七族”，“皆启以商政，疆以周索”，使周人在文化上与殷人相互融合。故卫国的桑间、濮上之音，即所谓“新声”便起于春秋。这种音乐，被晋国著名乐师师旷斥之为“亡国之声”。而在春秋时代，“桑中”已成为男女情爱之事的代名词。二是春秋时期的卫国地当中原，商业较为发达。故清代魏源在《诗古微》中说卫国“商旅集则货财盛，货财盛则声色凑”。尽管实际情形未必如后世所推测的那样，但经济的繁荣必然带来音乐文化的繁荣则是可以肯定的。

柏　舟

泛彼柏舟，亦泛其流①。耿耿不寐，如有隐忧②。微我无酒，以敖以游③。

〔注释〕

①泛彼，犹言泛泛。《毛传》："泛泛，流貌。"与下文"泛"字语意稍有区别。上文的泛是状其浮动之貌；下文的泛是动词，漂浮之意。　亦，语助词，无义。流，指水流。　②耿耿，《毛传》："犹儆儆也。"《鲁诗》作炯，与耿字音义并同。忧心焦灼之貌。《楚辞·哀时命》"夜炯炯而不寐，怀隐忧而历兹"，王逸注："言己心中愁怛，目为炯炯而不能眠，如逢大忧，常怀戚戚。"其义正本此诗。　不寐，犹言寤寐。《易林》引此诗正为"耿耿寤寐"。　如，同而。古代如、而二字通用。　隐忧，犹言深忧、殷忧。齐、韩《诗》作殷忧。　③微，非、不是。　敖，出去游玩。《说文》："敖，出游也。"今作遨。　以，语助词，无义。

●诗之首章以柏舟泛于水流起兴。柏舟之漂浮于水，无所依归，像诗人自己之无所依靠，而心中的深重忧虑，又非饮酒遨游之所能解除，故至炯炯不寐，难以排遣。

我心匪鉴，不可以茹①。亦有兄弟，不可以据②。薄言往愬，逢彼之怒③。

〔注释〕

①匪，不是。《广雅》："匪，非也。"　鉴，铜镜。《毛传》："鉴，所以察形也。"茹(rú)，容纳。陆德明《经典释文》(以下简称《释文》)引《广雅》："茹，食也。"影入镜中，像食物之入于口中，无不容纳，故诗人以"茹"取譬。《郑笺》："鉴之察形，但知方圆白黑，不能度其真伪。我心非如是鉴，我于众人之善恶外内，心度知

之。” ②据,《毛传》:“依也。”依靠。 ③薄,语助词。 愬(sù),诉苦。愬为诉字之或体。 彼,指兄弟。《郑笺》:“兄弟至亲,当相依据。言亦有不相依据,以为是者稀耳。”

●诗之二章承首章,言自己心中是非善恶自有标准,不能如镜子那样不分妍丑好坏而全都容纳。想去向兄弟诉说心中的苦恼,却不被理解。忧伤更进一层。

我心匪石,不可转也①。我心匪席,不可卷也②。威仪棣棣,不可选也③。

〔注释〕

①转,移动。 ②卷,《毛传》:“石虽坚,尚可转。席虽平,尚可卷。”《郑笺》:“言己心志坚平,过于石席。”王先谦《集疏》:“诗言石虽坚,可转运;席虽平,可卷曲。我以善道自守,必不可夺。此心匪石、非席,岂能听人之转运卷曲乎?” ③威仪,指西周、春秋时期贵族阶层于内在道德修养和外在仪表风度上的规范要求。《左传·襄公三十一年》载卫国大夫北宫文子论威仪之言曰:“有威而可畏谓之威,有仪而可象谓之仪。君有君之威仪,其臣畏而爱之,则而象之,故能有其国家,令闻长世。臣有臣之威仪,其下畏而爱之,故能守其官职 ,保族宜家。顺是以下皆如是,是以上下能相同也。《卫诗》曰:‘威仪棣棣,不可选也。’……故君子在位可畏,施舍可爱,进退可度,周旋可则,容止可观,作事可法,德行可象,声气可乐,动作有文,言语有章,以临其下,谓之有威仪也。”它涉及到了贵族的容止、品德、言语、行为等各个方面,并和“礼”制之下的君臣父子血缘宗法等级相联系,是周代贵族宗法礼制的一部分。《诗经》中的“威仪”一词,皆可作如是观。 棣棣,《毛传》:“富而闲习也。”表现于外在气质的闲雅富丽之貌。 选,形容自己仪容美备,不可胜数。三家《诗》选作“算”。古代选、算字通用,都有选择义。

●诗之三章承上二章,言自己坚守善道,志不可移。又抒写自己仪容美备,没有缺点,而决不降志屈从他人。

忧心悄悄,愠于群小①。觏闵既多,受侮不少②。静言思之,寤辟有摽③。

〔注释〕

①悄悄,《毛传》:“忧貌。” 愠,怨怒。 群小,指小人之在君侧者。一说指众妾。朱熹《集传》:“众妾也。” ②觏(gòu),遇、碰上。三家《诗》作遘,音义并同。 闵,愍之借字,令人悲伤之事。 ③静,《说文》:“宷也。”宷即审,仔细。马瑞辰《通释》:“此诗‘静’字宜用本义。训宷。‘言’为语词。‘静言思之’,犹云审思之也。” 寤,睡醒。 辟,抚拍胸脯。陆德明《释文》:“辟,宜作擗。《诗》曰:‘寤擗有摽。’” 有摽,即摽摽,拍胸脯的声音。王先谦《集疏》:“贞女言审思此事,寐觉之时,以手拊心,至于擘击之也。”

●诗之四章上承三章,进一步抒发主人公的忧愁悲伤。

日居月诸,胡迭而微①?心之忧矣,如匪浣衣②。静言思之,不能奋飞③。

〔注释〕

①居,与诸都是语尾助词,叠韵,无义。日与月代指丈夫。 胡,何、为什么。 迭,更迭。 微,昏暗不明。此处以日月天光喻丈夫之昏暗不明。闻一多《通义》:“《国风》中凡妇人之诗而言日月者,皆以喻丈夫。……本篇曰‘日居月诸,胡迭而微’,此以日月无光喻夫之恩宠不加于己也。” ②匪浣衣,没有洗过的脏衣服。 ③奋飞,奋翼高飞。《毛传》:“如衣之不浣矣,不能如鸟奋翼而飞去。”

●诗之五章承上四章,以日月之更代昏暗喻丈夫之对己无恩,又恨自己不能如鸟之有双翼奋飞而避开此种忧烦。

〔解题〕

《柏舟》从诗中的用语“如匪浣衣”等推测,似是女子自伤之诗。《毛序》以为“言仁而不遇也。卫顷公之时,仁人不遇,小人在侧”,不知何据。《韩诗》与《鲁诗》认为是卫宣姜自誓不更嫁之词。魏源认为是卫国寡妇的怨词。闻一多以为女子见侮于众妾之词。其余的说法还有多种。从诗的内容来看,应以女子自伤之词为确。

此诗共五章，篇幅虽不算长，却写得起伏跌宕，颇有韵味。首章以柏木舟之漂浮于中流，喻自己的无可依托，从而逗起一篇旨意，以下各章皆由此生发开来。二章翻笔而入，直写心中情事。三章更由心事而及容止，委曲怨愤，令人凄恻。至第四章方写致恨之由，而其不幸也更加令人同情。末章叹息自己不能如鸟生双翼而奋飞，与首章如柏舟之无依相呼应，流露出无可奈何的悲叹。缠绵悱恻，凄婉动人。俞平伯《葺芷缭蘅室读诗杂说》云："五章一气呵成，娓娓而下，将胸中之愁思，身世之飘零，婉转申诉出来。通篇措词委婉幽抑，取喻起兴细巧工密，在素朴的《诗经》中是不易多得之作。"

绿　衣

绿兮衣兮，绿衣黄里①。心之忧矣，曷维其已②！

〔注释〕

①里，衣服的衬里。　②曷，何。这里指什么时候。　维，语助词。其，指忧。　已，止、完结。

●诗之首章以绿衣起兴，抒发作者的怀念之情，尤以后二句最为沉挚。言其思念之情欲止而不可得。

绿兮衣兮，绿衣黄裳①。心之忧矣，曷维其亡②！

〔注释〕

①裳，下衣，形状像现在的裙。上古不论男女都穿裳。《说文》："上曰衣，下曰裳。"　②亡，忘之借字。《郑笺》："亡之言忘也。"又可解为无。王先谦《集疏》："曷维其亡者，何能无忧也。"

●诗之二章承上章，兴物由衣及裳，更进一层。

绿兮丝兮，女所治兮[①]。我思古人，俾无訧兮[②]。

〔注释〕

①丝，指制衣用的丝。　女，即汝、你。　治，整理纺织。　②古，通故。　古人，即故人，指亡去的妻子。　俾，《尔雅·释诂》："使人。"引申为"使令"。　訧(yóu)，过失、错误。古书多写作尤。陆德明《释文》："訧，本或作尤，过也。"

●诗之三章承上二章，由衣而及妻所治之丝，睹物思人，益增其悲。

絺兮绤兮，凄其以风[①]。我思古人，实获我心[②]！

〔注释〕

①絺，细葛布。绤，粗葛布。已见《葛覃》注。　凄，《毛传》："寒风也。"絺绤之服本为夏日所穿，今则用以抵御寒风，故凄然而凉。《郑笺》："絺绤所以当暑，今以待寒，喻其失所也。"凄其，等于凄凄。　②实，实在。　获，此处意为可以揣度、理解。"实获我心"即实在能揣度我的心思。朱熹《集传》："真能先得我心之所求也。"

●诗之四章承上章，作者睹物思人，言妻子已去，无人体贴，自己好像在秋天还穿着夏天的衣服，秋风一起，顿觉寒气袭人，因此更加想念妻子对自己的体贴。

〔解题〕

《绿衣》的本意，自古以来众说纷纭。因为《左传·隐公三年》记载了卫国庄姜的事，所以卫国的许多诗篇都被古人附会为庄姜所作，或与庄姜之事有关。《柏舟》朱熹即解为写庄姜失宠，而《绿衣》是《毛序》所谓庄姜所作的第一篇。《左传·隐公三年》："卫庄公娶于齐东宫得臣之妹，曰庄姜，美而无子，卫人所为赋《硕人》也。又娶于陈，曰厉妫，生孝伯，早死。其娣戴妫，生桓公，庄姜以为己子。公子州吁，嬖人(即得宠幸者)之子也，有宠而好兵，公弗禁。庄姜恶之。"隐公四年(前719年)春，州吁弑卫桓公而自立为卫君。后为石碏用计杀死。《毛序》中有关庄姜的解释，即从这一段记载衍申开来。《毛序》云："《绿衣》，卫庄姜伤己也。妾上僭，夫人失位，而作是诗也。"郑玄还作了进一步的解释。《孔疏》及王先谦《集疏》等皆沿此说，然并无切实的依据。若就诗论诗，则应是男子怀念故妻之诗。闻一多《类钞》云："《绿衣》，感旧也。妇人无过被出，非其夫所愿。他日，夫因衣妇旧所制衣，感而思之，遂作此诗。"但从诗中我们无法判断这位妻子究竟是死去了还是离异了。如果认真体味诗意，则悼亡的意味更重一些。因此，我们姑且将《绿衣》定为一首怀念前妻的悼亡诗。

此诗在艺术上有明显的特色。诗之前三章，均以"绿衣"领起，看似普通，实则因为绿衣是前妻所制，故反复吟咏，睹物伤怀，尤其能表达作者的触物伤心之情。"曷维其已"、"曷维其亡"等语尤为痛挚，作者对前妻的不能忘怀之情借此八字而跃然纸上。而"我思古人，实获我心"、"我思古人，俾无訧兮"又反复申述自己难以忘怀之意。使全诗缠绵悱恻，曲折跌宕。

《绿衣》对后世影响之最大者，亦在悼亡诗上，它的手法反复被后人所效仿。

燕　燕

燕燕于飞，差池其羽①。之子于归，远送于野②。瞻望弗及，泣涕如雨③！

〔注释〕

①燕，即燕子。陈奂《传疏》："诗重言燕燕者，此犹鸱鸮鸱鸮、黄鸟黄鸟叠呼成义之例。"　于，语中助词，无义。　差（cī）池，不齐之貌。马瑞辰《通释》："差池二字叠韵，义与参差同，皆不齐之貌。"　②之子，指被送的女子。于归，出嫁。　于，往。　野，指国外的郊野。见前《野有死麕》注。　③

瞻,《毛传》:"视也。" 望,《说文》:"出亡在外,望其还也。"王先谦《集疏》:"妇去既远,瞻望之至不能逮及,思之涕泣如雨之多也。"

●诗之首章以燕燕之差池不齐起兴,引出送人出嫁的主题,并表达依依不舍的悲痛与哀伤。

燕燕于飞,颉之颃之①。之子于归,远于将之②。瞻望弗及,伫立以泣③。

〔注释〕

①颉(jié)、颃(háng),《毛传》:"飞而上曰颉,飞而下曰颃。"实际上下应互倒。段玉裁《说文注》:"《毛传》曰'飞而上曰颉,飞而下曰颃',解者不得其说。玉裁谓当作'飞而下曰颉,飞而上曰颃',转写互讹久矣。颉与页同音。页,古文䭫,飞而下如䭫首然,故曰颉之;古本当作页之。颃即亢字,亢之引申为高也,故曰颃之。古本当作亢之。" ②将,送。《郑笺》:"将亦送也。""远于将之"即"将之于远",送她到远处去。 ③伫立,《毛传》:"久立也。"

●诗之二章承首章,送之于远处,伫立以瞻望,至于望不见,心中更增忧伤。

燕燕于飞,下上其音①。之子于归,远送于南②。瞻望弗及,实劳我心③。

〔注释〕

①上下其音,指鸟鸣的声音随着鸟飞的高低而忽上忽下。与上章之"颉颃"相应。 ②于南,往南方去。王先谦《集疏》:"妇所归之国在南,故送往南行。"闻一多先生认为"南"古通林,与音、心谐音,指郊外。国外曰郊,郊外曰野,野外曰林。此诗之首章言"远送于野",二章言"远于将之",三章言"远送于南",则渐送渐远,合于《诗经》中"兴"象渐次深入的特点。 ③实,陆德明《释文》:"是也。本亦作寔。" 劳,指思念的辛劳。

●诗之三章承上二章,进一步抒发送人远嫁时心中的悲苦辛劳。

仲氏任只，其心塞渊①。终温且惠，淑慎其身②。先君之思，以勖寡人③。

〔注释〕

①仲氏，二妹。古人以伯、仲、叔、季为兄弟姊妹的行次。王先谦《集疏》："女子以伯仲为字，位在中者，言此妇之字齿列在仲。" 任，善、好。《荀子·成相》"穆公任之"，注："任，好也。"《郑风·遵大路》"不寁好也"，《郑笺》："好犹善也。""仲氏任只"犹言"仲氏善只"，与下文"其心塞渊"其义相衔接。(以上见于省吾《新证》)。 只，语助词。 塞，寋之借字，实。郑玄注《考灵耀》："道德纯备谓之塞。" 渊，深。《孔疏》："其心诚实而深渊也。"《庄子·应帝王》郭象注："渊者，静默之谓。"王先谦《集疏》："人静默则心深莫测，而又诚实无伪，故美之曰塞渊。" ②终，既。终……且，犹既……又。 温，温柔。《郑笺》："谓颜色和也。" 惠，仁爱。 淑，善良。 慎，谨慎。《孔疏》："善自谨慎其身。" ③先君，已去世的国君，指诗作者和其妹的父亲。 勖(xù)，勉励。 寡人，作者自称。古代惟国君可以自称为寡人。

●诗之四章承上三章，由送行的依依不舍转而称赞妹妹的温柔善良，谨慎其身。末尾又想到已去世的父亲的嘱托，并以此相互勉励。

〔解题〕

关于《燕燕》一诗的本义，《毛序》、《毛传》及《郑笺》、《孔疏》、朱熹《集传》等的解释，仍然是从《左传》隐公三年、四年关于庄姜、戴妫及公子完为州吁所杀的记载引申出来的。《毛序》："《燕燕》，卫庄姜送归妾也。"《郑笺》："庄姜无子，陈女戴妫生子名完，庄姜以为己子。庄公薨，完立而州吁杀之，戴妫于是大归。庄姜远送之于野，作诗见己志。"所谓"大归"，就是离去之后不再回来。刘向《列女传·母仪》则说是卫国定姜之子死后，定姜送其子妇(儿媳)归国的诗。王先谦即持此说。综合诗义来看，这两种说法都没有切实的根据。崔述《偶识》云："余按此篇之文，但有惜别之义，绝无感时悲遇之情。而诗称'之子于归'者，皆指女子之嫁者言之，未闻有称大归为'于归'者。恐系卫女嫁于南国而其兄送之之诗，绝不类庄姜、戴妫事也。”崔述的分析比较切合诗意。而从诗中的“寡人”等词来看,该诗的作者似是卫国国君。

诗的前三章主要写其依依惜别之情,但全为虚叙。以燕子的上下飞鸣,差池其羽起兴,虽然有形态、声音的描绘,生动而形象,极富画意,但在全诗中只起渲染情景的作用。燕子的“差池其羽”、“颉之颃之”、“下上其音”,正喻示着主人公送别时的心绪烦乱、扰扰不安。而前三章所反复叠咏的“瞻望弗及”才是传神写照的关键之笔。主人公长久地瞻望,长久地伫立,送而至于野,至于远,至于南,望之直至“弗及”,而至于“泣涕如雨”、“伫立以泣”,为之心劳,皆情之所系,不能自已。依依不舍,语意沉痛,令人不忍卒读。到第四章,才实点出所为泣涕伤心者为自己远嫁之妹。此情此景,感人至深。故朱熹云:“譬如画工一般,直是写得他精神出。”(《朱子语类》)王士禛在《分甘余话》中说此诗为“万古送别之祖”。

日　月

日居月诸,照临下土①。乃如之人兮,逝不古处②。胡能有定?宁不我顾③!

〔注释〕

①日居月诸,见前《柏舟》注。　②乃,可是。　之人,《郑笺》:“是人也。”这个人。　逝,闻一多先生以为“逝”同“曷”。“逝不”犹“曷不”。(见《通义·邶风》)　古,同姑。“古处”即姑处。“‘逝不古处’,言曷不暂时留居。”(同上)　③胡,何。　定,止。指丈夫眼前的这种行为何时才能够停止?宁,胡、何。　我顾,即顾我。《说文》:“顾,还视也。”引申为回念。

●诗之首章以日月起兴。日、月以喻自己的丈夫,言天上的日月尚能照临下土,而丈夫却不能像以前那样对自己恩爱。

日居月诸，下土是冒[①]。乃如之人兮，逝不相好[②]。胡能有定？宁不我报[③]！

〔注释〕

①冒，《毛传》："覆也。"《郑笺》："覆，犹照临也。"　②逝不相好，即曷不相爱。　③报，答、报答。"不我报"即不报我，不理我。陈奂《传疏》："不报，即不答也。"

●诗之二章承首章，言天上日月能照临下土，而丈夫却对自己不理不睬。什么时候丈夫才能够不这样呢？

日居月诸，出自东方[①]。乃如之人兮，德音无良[②]。胡能有定？俾也可忘[③]！

〔注释〕

①东方，《毛传》："始月盛皆出东方。"陈奂《传疏》："《礼器》：'大明生于东，月生于西，此阴阳之分，夫妇之位也。'注：'大明，日也。'礼言日东月西，以喻夫妇之位。"　②德音，好话、恩遇。古代一般用于下对上，臣对君。此诗指丈夫对自己不加好言和礼遇。　良，善。《郑笺》："无善恩意之声语于我也。"　③俾，使。　忘，忘掉忧伤。闻一多先生释"忘"为望，认为女主人公愿丈夫能定居而可以使自己仰望依赖，亦通。

●诗之三章承上二章，进一步倾诉丈夫对自己的不恩爱，而希望丈夫能够改变，使自己忘掉忧伤。

日居月诸，东方自出[①]。父兮母兮，畜我不卒[②]。胡能有定？报我不述[③]！

〔注释〕

①自出，犹出自。倒语以成韵。　②畜，《毛传》："养。"养护、爱护。卒，终。不卒，指丈夫爱我不终，《郑笺》："父兮母兮者，言己尊之如父、又亲之如母，乃反养遇我不终也。"一说为痛苦而呼父母，亦通。　③述，通于坠，

二字古音近字通。《书·君奭》"乃坠其命"之坠,魏石经古文作述。金文墜(即坠)作彖,述乃假借字。"是不彖乃周人语例。《广雅·释诂》:'墜,失也。'报我不失,言必须报我也。与上'宁不我报'及'俾也可忘'意正相同。"(于省吾《新证》)

●诗之末章承上三章,言自己对丈夫仰之如日月父母,而丈夫却恩爱不终,故希望丈夫能够改变而对自己加以报答。

〔解题〕

《日月》是一首怨妇诗。诗的女主人公因丈夫中途变心,对自己不再像以前那样恩爱,心情忧郁悲伤而作此诗。

此诗为女子所作,古今并无异义,而其作者却众说不一。《毛序》、《郑笺》及朱熹等仍从《左传·隐公三年》所载为据而加以推绎,认为是庄姜伤己而作。《毛序》:"《日月》,卫庄姜伤已也。遭州吁之难,伤己不见答于先君,以至困穷之诗也。"《郑笺》:"日月喻国君与夫人也。当同德齐意以治国者,常道也。""之人,是人也,谓庄公也。"而王先谦《集疏》引《鲁诗》则将作者归之于卫宣公之夫人宣姜,可见古人亦无定说。此处姑且将此诗定为卫国一贵族女子所作。

此诗的艺术重心全在于主人公对自己心中悲伤的反复倾诉。全诗四章皆以日月为兴,睹日月之照临下土而生思,与每章结句的"胡能有定"遥相呼应,一种期盼、一种渴望,加上那掩饰不住、也不想掩饰的痛苦忧伤都跃然纸上。

终　风

终风且暴,顾我则笑①。谑浪笑敖,中心是悼②。

〔注释〕

①终风,《毛传》:"终日风为终风。" 暴,《毛传》:"疾也。"《齐诗》作瀑。

《说文》:"瀑,疾雨也。《诗》曰:'终风且瀑。'"释为疾风暴雨,其义与《毛诗》相近。 则,而。 ②谑,调谑、戏谑。 浪,放荡。 敖,放纵。《孔疏》引舍人曰:"谑,戏谑也。浪,意萌也。笑,心乐也。敖,意舒也。"王先谦《集疏》:"浪之为言谑无已也。""敖从出、放。舍人训'意舒',谓笑之大放也。盖谑非不可,谑而浪则狂;笑非不可,笑而敖则纵。" 中心,即心中。 悼,伤心而害怕。

●诗之首章以"终风且暴"起兴,以终日迅疾之风比作自己的心上人,并伤心于心上人对自己的谑浪笑敖,轻薄狂暴。

终风且霾,惠然肯来①。莫往莫来,悠悠我思②。

〔注释〕

①霾(mái),大风刮得尘土飞扬。《说文》:"霾,风雨土也。从雨,貍声。《诗》曰:'终风且霾。'" 惠,顺。《毛传》:"言时有顺心也。" 然,语助词,无义。 肯,《郑笺》:"可也。有顺心,然后可以来至我旁。不欲见其戏谑也。"

②莫,不。莫往莫来即不往不来。 悠悠,形容思念之绵绵不断。《郑笺》:"我思其如是,心悠悠然。"王先谦《集疏》:"望其来而不来,故思之悠悠然长。"

●诗之二章承上章,语气忽转,虽然心上人对自己如满天阴霾,莫往莫来,自己却仍然思念之,而望其顺然肯来。

终风且曀,不日有曀①。寤言不寐,愿言则嚏②。

〔注释〕

①曀(yī),天气阴晦而有风。《尔雅·释天》:"阴而风曰曀。"《毛传》同。 不日,不竟日,不到一天。 有,同又。 曀,又同于翳。《释名》:"曀,翳也,谓日光掩翳也。"朱熹《集传》:"不旋日而又曀也。亦比人之狂惑暂开而复蔽也。" ②寤言,醒着说话。马瑞辰《通释》:"据《考槃》诗'独寐寤言',《传》云:'在涧独寐,觉而有言。'则此言'寤言不寐',亦当训为觉而有言。" 不寐,难以入睡。 愿,《尔雅·释诂》:"思也。" 言,语助词,无义。 嚏(tì),即打喷嚏。古人认为人打喷嚏是因为有人想念自己,至今民间犹然。《郑

笺》："我其忧悼而不能寐，汝思我心如是，我则嚏也。今俗人嚏，云人道我，此古之遗语也。"王先谦《集疏》："言我思君甚，寤觉而不能寐，有时喷鼻，以为君思愿我，乃致我嚏也。非真谓公愿，正以形我思。"

●诗之三章承上章，进一步抒写自己对心上人的思念，想得睡不着觉，打喷嚏，想像对方也在思念自己，却更增添了自己对对方的思念之情。

曀曀其阴，虺虺其雷①。寤言不寐，愿言则怀②。

〔注释〕

①曀曀，天色阴暗之貌。《韩诗》曀作壇。《说文》："壇，天阴尘也。《诗》曰：'壇壇其阴。'" 虺虺(huǐ)，象声词，震雷的声音。《毛传》："如常阴曀曀然。""暴若震雷之声，虺虺然。"朱熹《集传》："以比人之狂惑愈深而未已也。"

②怀，《郑笺》："安也。女思我心如是，我则安也。"一解为思念。严粲《诗缉》："愿汝思怀我而悔悟也。"

●诗之四章承上三章，继续抒发心中的忧悼，并希望对方像自己思念对方那样思念自己，使自己心安。

〔解题〕

《终风》是一首女子抒发自己被心上人调笑戏谑，复又被弃之不顾的诗。从语气我们无法确定作者是一位弃妇，故不从此说。

传统的对《终风》本义的注解，仍从卫庄姜之事加以延伸。《毛序》："《终风》，卫庄姜伤己也。遭州吁之暴，见侮慢而不能正也。"《毛传》、《郑笺》及《孔疏》等皆同。朱熹《集传》则认为庄姜之伤己是因为不见答于卫庄公，所以后来就有人解此诗为庄姜怀念庄公而作(见傅恒《诗义折中》，以下简称《折中》)。其他说法还有多种。

从诗的文义讲，所抒发的是一个女子对某个男子又爱又恨的思念之情。诗之首章伤心于对方对自己的轻薄；二章却又思念起这个掉首不顾的轻薄儿来；三章更是想得睡不着觉，希望对方知道自己思念他而打喷嚏；四章则由此及彼，希望对方也能像自己思念对方那样思念自己。越是自己想得到而又得不到的东西，便越显得珍贵。因此，作者感情的抒发非常细腻，起伏跌宕，一层一个转折，一层深似一层，将自己对对方又爱又恨，明知无望却又割舍不下的矛盾心理表达得曲折而尽致。因此，《终风》是一篇优秀的抒情诗。至于其对后世的影响，我们可举出司马相如《长门赋》等优秀篇章，可以明显看出《终风》一诗表达手法的影响。

击　鼓

击鼓其镗，踊跃用兵①。土国城漕，我独南行②。

〔注释〕

①镗，击鼓声。其镗，犹镗镗。《毛传》："镗然，击鼓声也，使众皆踊跃用兵也。"　踊跃，练兵时奋迅跳跃之状。　兵，指兵器，如剑、戈等。战国以后，始引申为兵士。　②土国，修筑城邑。土作动词，指土功。国指带城墙的居邑，见前文注。　城漕，在漕地修筑城墙。　漕，卫国城邑名，约在今河南滑县东南。　南行，指下章的"平陈与宋"之事。陈国、郑国皆在卫国之南。

●诗之首章直赋其事。朱熹《集传》："卫人从军者自言其所为，因言卫国之民或役土功于国，或筑城于漕，而我独南行，有锋镝死亡之忧，危苦尤深也。"

从孙子仲，平陈与宋①。不我以归，忧心有忡②。

〔注释〕

①从，跟从。　孙子仲，指公孙文仲，卫武公之孙，卫国上卿，当时任南征的将领。　平，调解两国之间的纠纷。《左传·隐公六年》杜注："和而不盟曰平。"《左传·隐公四年》(前719年)："宋殇公之即位也，公子冯出奔郑，郑人欲纳之。及卫州吁立，将修先君之怨于郑，而求宠于诸侯，以和其民，使告于宋

曰:'君若伐郑以除君害,君为主,敝邑以赋与陈、蔡从,则卫国之愿也。'宋人许之。于是陈、蔡方睦于卫,故宋公、陈侯、蔡人、卫人伐郑,围其东门,五日而还。"诗中的"平陈与宋"似指当是之时。陈国与宋国原来大约有旧怨,在这次行动中得到和解,故曰"平"。诗人不言"伐郑"而曰"平陈与宋",诗人用笔之曲折可见。 ②不我以归,即不以我归,不让我回来。 有忡,即忡忡,心神不安貌。《郑笺》:"以,犹与也。与我南行,不与我归期。兵凶事,惧不得归,豫忧之。"

●诗之二章仍赋其事,言兵者凶事,自己与其行而不得归,不禁忧心忡忡。

爰居爰处?爰丧其马①?于以求之?于林之下②。

〔注释〕

①爰,疑问词,犹言何处。王先谦《集疏》:"'爰居爰处',军士私相宽慰之词。既困役不归,则且于是居处。军士散居,无复纪律。" 丧(sàng),丢失、丧失。 ②林,指国外的野林。《郑笺》:"求不还者及亡其马者,当於山林之下。"

●诗之三章仍赋其事,言兵士军心涣散,纪律松懈。

死生契阔,与子成说①。执子之手,与子偕老②。

〔注释〕

①契阔,《毛传》:"勤苦也。" 说,谈说。成说,犹成言、相约,谓与之定约相存救。《郑笺》:"从军之士与其伍约:死也生也,相与处勤苦之中,我与子成相说爱之恩,志在相存救也。" ②偕,俱、都。《郑笺》:"执其手,与之约誓,示信也。言俱老者,庶几俱免于难。"《孔疏》:"于是执子之手,殷勤约誓,庶几与子俱得保命以至于老,不在军阵而死。"

●诗之四章写军士相互勉励,约定相互救助。

于嗟阔兮,不我活兮①!于嗟洵兮,不我信兮②!

〔注释〕

①于,同吁。吁嗟,感叹词。　阔,道路辽远之貌。　不我活,即不活我。《毛传》:"不与我生活也。"《郑笺》:"州吁阻兵安忍,阻兵无众,安忍无亲,众叛亲离。军士弃其约,离散相远,故吁嗟叹之:阔兮,女不与我相救活。伤之。"《孔疏》:"于嗟乎,此军伍之人今日与我乖阔兮,不与我相存救而生活兮。"

②洵,远。鲁、韩《诗》作夐。即与我相远。　信,守约。指兵士离散,相与不顾。

●诗之五章叹息统治者阻兵安忍,军士离散,不相救助。

〔解题〕

《击鼓》是卫国士兵所写的思归不得的诗。关于此诗的时代背景,《毛序》、《郑笺》及三家《诗》都认为是春秋初期鲁隐公四年(前719年)卫公子州吁联合宋、陈、蔡三国共同伐郑之事。但姚际恒却认为此诗反映的是卫穆公背清丘之盟而当宋国伐陈之时(在鲁宣公十二年,前596年)发兵救陈之事,然无太多实据。

此诗可以说是古代征戍诗之祖。全诗五章之中,前三章赋写了自己应征入伍到军士因思归而行伍涣散,无复纪律的过程,笔墨简洁。第四章笔锋一转,写军士相互之间由相约相救到涣散之后互相背离,散乱无归,语调十分酸苦。最后一章用"于嗟"等词所作的浩叹,尤能表达作者心中的悲苦无奈,故尤能动人。故古人论此诗,多认为此诗对后世边塞征戍之诗影响甚巨。杜甫《兵车行》一诗的体格即从此诗脱出。陈陶《陇西行四首》之二中的"可怜无定河边骨,犹是春闺梦里人"句,便是"不我信兮"之意。哀惋凄怆,引人共鸣。

凯　风

凯风自南，吹彼棘心①。棘心夭夭，母氏劬劳②！

〔注释〕

①凯风，《毛传》："南风谓之凯风，乐夏之长养者。"　棘，酸枣树。棘心，指酸枣树初发的嫩芽，其色赤。王先谦《集疏》："凯风喻母。棘，子自喻；丛生心赤，兴众子赤心奉母。"　②夭夭，树木嫩壮貌。参看《桃夭》注。　劬(qú)，劳累辛苦。《尔雅·释诂》："劬，劳病也。"郝懿行《尔雅义疏》："劬劳者，力乏之病也。"

●诗之首章以凯风起兴，颂母亲劬劳辛苦。

凯风自南，吹彼棘薪①。母氏圣善，我无令人②。

〔注释〕

①棘薪，酸枣树生长到可以当柴烧。此处喻儿子已长大成人。　②圣善，聪明睿智而有美德。王先谦《集疏》："言通于事理，有美德也。"　令，《尔雅·释诂》："善也。""我无令人"是反躬自责。

●诗之二章承首章，进一步歌颂母氏明事理而有美德，并反躬自责兄弟数人之中无一人成材。

爰有寒泉，在浚之下①。有子七人，母氏劳苦。

〔注释〕

①爰，发语词，无义。　寒泉，地名，在卫国浚邑。以水冬夏常冷而得名。浚，约在今河南省濮阳市东南。郦道元《水经注·瓠子水》："濮水枝津……又东经浚城南，西北去濮阳三十五里，城侧有寒泉冈，即《诗》所谓'爰有寒泉，在浚之下'。"

●诗之三章承上章，以对比手法继续自责。《郑笺》："曰有寒泉者在浚之下，浸润之，使浚之民逸乐，以兴七子不能如也。"

睍睆黄鸟，载好其音①。有子七人，莫慰母心。

〔注释〕

①睍睆(xiàn huǎn)，鸟儿双目流眄转视之貌(用陈乔枞说)。《毛传》以为"好貌"。《韩诗》作"简简"，王先谦《集疏》以为"简简"通于僩僩，亦为美好之意。　载好其音，鸟儿的鸣声和婉动听。《郑笺》："睍睆，以兴颜色说(同悦)也。好其音者，兴其辞令顺也。以言七子不能如也。"朱熹《集传》："言黄鸟犹能好其音以悦人，而我七子独不能慰悦母心哉。"

●诗之四章承上章，继续用对比手法，反衬身为人子之不能慰悦母心。

〔解题〕

《凯风》是儿子歌颂母亲并自责的诗，只是所称颂的母亲是什么样的人，古今却有不同说法。《毛序》和《郑笺》皆认为当时的卫国淫风流行，此母虽有七个儿子，犹不能安其室而欲改嫁，故七子以悲苦之辞劝母亲不要再嫁。魏源和王先谦却认为是颂继母之诗。因该继母或未能慈爱于前母之子，故七子作此诗而感动之。《孟子》中曾提到此诗，并说："亲之过小者也。亲之过小而怨，是不可矶(通讥)也。"但"过"可以解释为母亲对儿子的责难，不足以证明与后母有关。另外，闻一多《通义》提出了一个新看法，认为"《诗》言风多喻暴怒之男性"，诗中的"棘"乃七子之母，"棘受风吹而倾屈，喻母受父之虐待"。故七子"惟有陈诗自咎，冀父与母心皆有所感，而终以言归于好而已"。可备一说。

此诗的最大特色是感情的自然真实的流露，平直明白，不加藻饰，却有着强烈的艺术效果。二至四章连用对比手法更增强了感染力，于自然朴素之中见纯真之至情。"凯风"在后世也成为母爱的代名词。

雄　　雉

雄雉于飞，泄泄其羽①，我之怀矣，自诒伊阻②。

〔注释〕

①雉，野鸡。此处以雄雉喻君子，即作者的丈夫。　于，语中助词，无义。　泄泄(yì)，同洩洩，鼓羽舒畅之貌。《毛传》："兴也。雄雉见雌雉，飞而鼓其翼泄泄然。"　②怀，思念。　诒，遗之借字。别体作贻，留余。自诒，犹言自找、自取。　伊，犹繄、是，这个。　阻，险难，引申为忧。

●诗之首章睹物起兴，怀念远人。

雄雉于飞，下上其音①。展矣君子，实劳我心②。

〔注释〕

①下上其音，见《燕燕》注。　②展，《毛传》："诚也。"确实。王先谦《集疏》："下上其音者，以雉之往复飞鸣，兴君子劳役无已。""言诚以君子之故，使我心思之至于劳剧也。"

●诗之二章承上章，进一步抒发对君子的思念之情。

瞻彼日月，悠悠我思①。道之云远，曷云能来②。

〔注释〕

①瞻，视。　悠悠我思，形容思念之久长。《郑笺》："今君子独久行役而不来，使我心悠悠然思之。"　②云，语助词，无义。下句"云"同。此二句，刘向《说苑·辨物》引之，并云是"急时之辞也"。王先谦《集疏》："玩鲁、韩义，言举日月以喻君子。日月至高，可瞻而不可即。今君子远不能来，如之。非所宜喻而取为喻，故以为急且甚之辞尔，望君子之切也。"

●诗之三章承上章，进一步抒发思念君子之切。

百尔君子，不知德行[①]。不忮不求，何用不臧[②]？

〔注释〕

①百，凡是，非实数。　君子，此处泛指当时的贵族阶层。　德行，道德品行。　②忮(zhì)，很。引申为害。《毛传》："忮，害也。"　求，追求福禄名利。　臧，善。王先谦《集疏》："何用不臧，犹言无往不利。"

●诗之末章承上三章，反责在朝之君子不知修其德行，而自己丈夫不该为利禄而远出。

〔解题〕

《雄雉》是女子思念远行在外的丈夫的诗。《毛序》和《郑笺》虽然认为是女子所作，但认为是刺卫宣公，"大夫久役，男女怨旷"。朱熹《集传》："妇人以其君子从役于外，故言雄雉之飞舒缓自得如此，而我之所思者，乃从役于外，而自遗阻隔也。"马瑞辰《通释》："前二章睹物起兴，以雄雉之在目前，羽可得见，音可得闻，以兴君子久役，不见其人、不闻其声也。第三章以日月之迭往迭来，以兴君子之久役不来。末章则推其君子久役之故，皆由有所忮求。若知修其德行，无所忮求，则可以全身远害，复何用而不臧乎？"其说甚有理，故从之。

此诗写室思，所着力处全在一个"思"字，首章睹物起兴，后悔怨苦之情可见。二、三章极写其相思之深，愈见其情之急。末章忽然转变语气，由相思而责问，益见其相思之深。

匏有苦叶

匏有苦叶，济有深涉[①]。深则厉，浅则揭[②]。

〔注释〕

①匏(páo),葫芦。　苦,通枯。指秋天叶干枯,葫芦成熟,可摘取制成腰舟以渡水。王先谦《集疏》:“初熟时取其不能制物者食之,余则留待秋尽叶枯,壶卢体质坚老,摘取煮熟,剖以为瓢而食其瓤。不剖者人系于身,入水不湛,故江湖间用以防溺。”“叶枯然后取匏,故匏有苦叶而后济有深涉。”　济,渡水。　涉,步行渡水。　②厉,连衣徒步渡水。《毛传》:“以衣涉水为厉,谓由带以上也。”　揭(qì),《毛传》:“褰衣也。遭时制宜,如遇水深则厉,浅则揭矣。”提起下衣渡水。

●诗之首章以匏可渡水起兴。深厉浅揭,以喻男子对女子的追求不避艰难。

有弥济盈,有鷕雉鸣①。济盈不濡轨,雉鸣求其牡②。

〔注释〕

①有弥,即弥弥,水满盈之貌。《毛传》:“弥,深水也。盈,满也。”　有鷕(yǎo),即鷕鷕,《毛传》:“雌雉声也。”　②濡,沾湿。　轨,车轴的两端。　牡,指雄雉。鸟曰雌雄,兽曰牝牡,散文则通。

●诗之二章承上章,言河水渐深,而雉之鸣声亦响。河水虽满,尚不濡轨而可渡;而雉鸣则要求其配偶。

雝雝鸣雁,旭日始旦①。士如归妻,迨冰未泮②。

〔注释〕

①雝雝,雁的和鸣声。古代的婚礼仪式中纳采用雁。　旦,明亮。②士,周代宗法封建制中最低一级贵族之通称。此处用以指代未婚青年男子,但其身分地位必在士一级。　归,亲迎。妇人谓嫁曰归,从士这一面来说是“来归”,故曰“归妻”。　迨,及、趁。　泮(pàn),判之借字,指坚冰在春天分解融化。古人行婚礼多在秋冬季节和春天坚冰未泮之前。《白虎通义·嫁娶》:“嫁娶必以春何?春者天地交通,万物始生,阴阳交际之时也。”

●诗之三章上承二章,言春日将至,坚冰将泮,迎娶之期将至,当及早趁时。

招招舟子，人涉卬否[①]。人涉卬否，卬须我友[②]。

〔注释〕

①招招，招手之貌。　舟子，驾船摆渡的人。　卬(áng)，我。马瑞辰《通释》："卬者，姎之假借。《说文》：'姎，妇人自称我也。'《尔雅》郭注：'卬，犹姎也。'卬、姎音近通用，亦为我之通称。"其音近于今之"俺"。　否，不。　②须，等待。　我友，指心上人。

●诗之四章承上三章，言人皆济而自己独等待，既言其景，又言其情。

〔解题〕

《匏有苦叶》是情诗，写的是一位女子在河边等待其心上人以约嫁娶的情景。而《毛序》、《郑笺》等以为刺卫宣公与夫人并为淫乱，王先谦又以为是"贤者不遇时而作"。

关于此诗意境，余冠英先生在《诗经选》中有一段精彩的描述："一个女子在岸边徘徊，她惦着住在河那边的未婚夫，心想：他如果没有忘了结婚的事，该趁着河里还不曾结冰，赶快过来迎娶才是，再迟怕来不及了。现在这济水虽然涨高，也不过半车轮子深浅，那亲迎的车子该不难渡过吧？这时耳边传来野鸡和雁鹅叫唤的声音，更触动她的心了。"这段话个别地方虽可商榷，但体悟十分生动。另外，将此诗定为民歌并无实据，虽然在形式和内容上它都可能受过民间歌谣的影响，但明显地被加工改造过了。因此只能把它视为贵族传唱的情歌，却绝非原汁原味的民歌。诗之用语虽然平直，却情景交融，富于画意，韵味悠长。

谷　风

习习谷风，以阴以雨[①]。黾勉同心，不宜有怒[②]。采葑采菲，无以下体③。德音莫违，及尔同死④。

〔注释〕

①习习，连绵不断的和风。　谷风，《毛传》："东风谓之谷风。阴阳和而谷风至，夫妇和则室家成，室家成而继嗣生。"王先谦《集疏》："阴阳和调则风雨有节，兴夫妇和顺则戾气不生，正与'不宜有怒'相应。"　②黾(mǐn)勉，勉力、努力。鲁、韩《诗》作密勿，双声词。　③葑，即蔓菁。　菲，今之萝卜。　下体，根茎。《郑笺》："此二菜者，蔓菁与葍(卜)之类也，皆上下可食，然而其根有美时、有恶时，采之者不可以根恶时并弃其叶，喻夫妇以礼义合颜色相亲，亦不可以颜色衰弃其相与之礼。"　④德音，陈启源《稽古编》："德音无良、德音莫违，此二德音谓夫妇间晤语之言也。德音屡见《诗》，或指名誉，或指号令，或指语言，各有攸当。"此处指语言，即丈夫曾经对女主人公讲过的那些甜言蜜语。　及尔同死，即白头偕老之意。

●诗之首章以和风屡吹，阴阳和调，兴夫妇应黾勉同心，复以采葑菲无弃下体喻之，忆及当初恩爱之时。

行道迟迟，中心有违①。不远伊迩，薄送我畿②。谁谓荼苦？其甘如荠③。宴尔新昏，如兄如弟④。

〔注释〕

①迟迟，《毛传》："舒行貌。"行路迟缓貌。　中心，即心中。　有违，指心意和行动相违背。朱熹《集传》："言我之被弃，行于道路，迟迟不进。盖其足欲前而心有所不忍，如相背然。"　②伊，是。　迩，近。　薄，语助词。王夫之《诗经稗疏》(以下简称《稗疏》)："《方言》：'薄，勉也。'……薄言采之者，采者自相劝勉也。薄送我畿者，心不欲送而勉送也。"　畿，《毛传》："门内也。"机之借字，门槛。机、畿古今字(段玉裁说)。马瑞辰《通释》："王畿之限曰畿，门内之限曰机，义正相近。"　③荼，苦菜。　荠(jì)，带甜味的菜。王先谦《集疏》，"诗言昔与夫同处，虽苦无怨，譬之于荼而我甘之如荠。"　④宴，《毛传》："安也。"《孔疏》："言安爱汝之新昏，其恩如兄弟也。"　昏即婚，古通用。

●诗之二章写行道之思。欲去而难离，其夫宴于新婚，十分薄情。自己虽甘荼如荠，无奈仍被抛弃。

泾以渭浊，湜湜其沚①。宴尔新昏，不我屑以②。毋逝我梁，毋发我笱③。我躬不阅，遑恤我后④。

〔注释〕

①泾，泾水。源出甘肃平凉，东南流至陕西高陵入渭水。 渭，渭水。源出今甘肃渭源县西北鸟鼠山，东流经关中平原，至潼关入黄河。《汉书·沟洫志》载汉代民歌云："泾水一石，其泥数斗。"可见泾水浑浊。泾、渭二水皆不在卫地，而诗人咏及，盖仅以之比兴而已。 以，因。 湜湜(shí)，水清之貌。《说文》："湜，水清底见也。" 沚，指河底，马瑞辰《通释》："《说文》：'止，下基也。'湜湜状水止貌，故以为水清见底。水流则易浊，止则常清，沚作止为是。"而三家诗正作"止"。又闻一多先生以为"沚"即汜字。"谓泾与渭同流则浊，及其溢为枝流，则湜湜然清，以喻夫与己居则异心，与新人居则和乐。下文云'宴尔新昏，不我屑以'，即伸此义也。"可备一说。 ②屑，《毛传》："絜也。"絜即洁。"不我屑以"即不以我洁。言己本清白而被污浊之名。 ③逝，往。 梁，鱼梁。即在小河上用石块垒起的鱼坝，中留缺口，以便捕鱼。 发，拨之借字。 笱(gǒu)，捕鱼用的竹篓，口大脖细而肚大，将口对准石梁的缺口，鱼能入而不能出。今犹用之。陈奂《传疏》："逝梁发笱，喻新昏者入我家而乱我室，我欲禁其无然而不可得也。" ④躬，自身。 阅，说(悦)之借字，不快乐。 遑，暇。犹言"哪儿顾得上"。 后，指自己离去之后，非指后代。

●诗之三章承上二章，言自己清白而遭污蔑，新人入而乱己之室，自顾尚且不暇，遑论其余？

就其深矣，方之舟之①。就其浅矣，泳之游之②。何有何亡，黾勉求之③。凡民有丧，匍匐救之④。

〔注释〕

①就，《广雅·释诂》："归也。""就"有归往之意，即自己嫁到丈夫家以后，下文则以水为喻。 方，木筏。见《汉广》注。方与舟此处皆作动词用，指济水。《郑笺》："言深浅者，喻君子之家事无难易，吾皆为之。" ②泳、游，见《汉广》注。此处以渡水比喻治理家务。《孔疏》："随水深浅，期于必渡，以兴

己于君子之家事……随事难易，期于必成。”　③亡，同无。《毛传》：“有，谓富也。亡，谓贫也。”《郑笺》：“君子何所有乎？何所亡乎？吾其黾勉勤力为求之，有求多，亡求有。”　④民，民人，指邻人。　丧，凶祸之事。　匍匐，手足并用伏地爬行。此处形容竭尽全力。朱熹《集传》：“又周睦其邻里乡党，莫不尽其道也。”《郑笺》：“匍匐，言尽力也。凡于民有凶祸之事，邻里尚尽力往救之，况我于君子家之事难易乎？固当黾勉。以疏喻亲也。”

●诗之四章承上章，诉说自己在夫家治家及睦邻等方面尽心尽力，没有被抛弃的道理。

不我能慉，反以我为仇①。既阻我德，贾用不售②。昔育恐育鞫，及尔颠覆③。既生既育，比予于毒④！

〔注释〕

①能，乃。王念孙《广雅疏证》：“能字古读若‘耐’，声与‘乃’相近，故义亦同。”陈奂《传疏》：“‘能’字各本在‘不我’下，转写误耳。‘能不我慉’，与‘宁不我顾’、‘既不我嘉’、‘则不我遗’，能、宁、既、则，皆为语词之转。”慉（xù），爱，好。马瑞辰《通释》：“慉与仇对，当读如畜好之畜。……畜者，慉之省借。”　②阻，拒绝。　我德，我的好意，指治家及睦邻之事。　贾（gǔ），出售。　用，至于。　不售，卖不出去。《郑笺》：“既难却我，隐蔽我之善，我修妇道而事之，觊其察己，犹见疏外，如卖物之不售。”　③育，有（闻一多说）。　鞫（jū），困穷。朱熹《集传》引张载：“育恐，谓生于恐惧之中。育鞫，谓生于困穷之际。”　颠覆，颠仆失足。此处喻生活中的患难。王先谦《集疏》：“诗言昔某生养时，恐生养道穷，与尔颠坠覆败。”　④既生既育，指现在生活好起来。　于，如。　毒，毒虫（从闻一多说）。《郑笺》：“既有财业矣，又既长老矣，其视我如毒螫，言恶已甚也。”

●诗之五章承上章，言自己虽然有德，却在丈夫面前得不到欣赏。当初生活在恐慌困穷之中时曾与丈夫共患难，如今生活好了起来，自己反而被视若毒螫。

我有旨蓄，亦以御冬①。宴尔新昏，以我御穷②。有洸有溃，既诒我肄③。不念昔者，伊余来塈④。

〔注释〕

①旨,美。 蓄,菜名。 御,抵挡。《郑笺》:“蓄聚美菜者,以御冬月之无时也。”“君子亦但以我御穷苦之时。至于富贵,则弃我如旨蓄。” ②御穷,即抵挡穷乏。《孔疏》:“穷苦娶我,至于富贵而见弃,似冬月蓄菜,至于春夏则见遗也。” ③有洸(guāng)有溃,即洸洸溃溃。本皆用以形容水势流急,此处形容丈夫之发怒动武。《毛传》:“洸洸,武也。溃溃,怒也。” 既,尽、全。 诒,同遗,留给。 肄(yì),劳苦的工作。《郑笺》:“君子洸洸然、溃溃然,无温润之色,而尽遗我以劳苦之事,欲穷困我。” ④伊,惟。 塈(jì),爱。马瑞辰《通释》:“爱,正字作炁。《说文》:‘炁,惠也。㤅,古文。’是㤅即古文爱字。”“伊予来塈,犹言惟予是爱也,仍承‘昔者’言之。”

●诗之末章怨恨丈夫以己御穷,情形好转便弃己如遗。末二句复又追念丈夫过去曾经对自己的恩爱,于怨恨之中复又留恋之。

〔解题〕

《谷风》是弃妇所作诗。《毛序》:“刺夫妇失道也。卫人化其上,淫于新昏而弃其旧室,夫妇离绝,国俗伤败焉。”朱熹《集传》:“妇人为夫所弃,故作此诗,以叙其悲怨之情。”方玉润认为人臣见弃而自伤之作,乃揣测之词。

此诗全用弃妇自述口吻写出,从头至尾都在诉说自己的不幸遭遇,缠绵悱恻,怨而不怒。俞平伯先生在《读诗札记》中说:“《谷风》之篇,犹之汉人所作《上山采蘼芜》,其事平淡,而言之者一往情深,遂能感人深切。通篇全作弃妇自述之口吻,反复申明,如怨如慕,如泣如诉,不特悱恻,而且沉痛。篇中历叙自己持家之辛苦,去时徘徊,追忆中之情痴,其绵密工细殆过于《上山采蘼芜》。彼诗只寥寥数语,而此则絮絮叨叨;彼诗是冷峭的讥讽,此诗是热烈的怨诅。三百篇中可与匹敌者只有《氓》之一篇,而又各有各的好处,全不犯复。”

式　微

式微式微，胡不归①？微君之故，胡为乎中露②？

〔注释〕

①式，发语词。　微，幽暗，指天黑。郝懿行《尔雅义疏》："微有幽隐蔆昧之意。幽犹黝也。黝训黑，黑色亦幽暗。"　胡，为何？　②微，非、要不是。　故，缘故。　中露，即露中。《鲁诗》露作路。

●诗之首章以天色转黑起赋，询问之中，含无限关怀。

式微式微，胡不归？微君之躬，胡为乎泥中①？

〔注释〕

①躬，身体。　泥中，方玉润《原始》："犹言泥途也。"

●诗之二章继续赋其事，与上章同义。

〔解题〕

《式微》一诗的主旨究竟是什么，到今天仍然难以确定。《毛序》以为黎国之臣劝其君归国而作。《郑笺》："黎侯为狄人所逐，弃其国而寄于卫。卫处之以二邑，因安之，可以归而不归，故其臣劝之。"《鲁诗》则以为是卫女不见答而坚守妇道，事见刘向《列女传·贞顺》。前人对二说都做过考证，但均因诗中无确证而仍使人感觉不可靠。此处姑且从孙作云先生之说。孙先生在《诗经的错简》一文中云："'中露'即'露中'，与《行露》的'露'、《野有蔓草》的'露'，同是讲幽会时的夜露。""这一首诗的每一章，皆分成两截：前两句是男子之词，说：'天黑了，您为什么还不回去呢？'……下两句为女子回答男子之词，说：'若不是为了您，我哪里会在露地里呆着呢？'

这简单的一问一答，完全把男女燕昵之情烘托了出来。”

旄丘

旄丘之葛兮，何诞之节兮①？叔兮伯兮，何多日也②？

〔注释〕

①旄丘，前高后低的土山。《毛传》：“前高后下曰旄丘。”三家《诗》作堥。诞，同覃，延长。马瑞辰《通释》：“诞者，‘延’之借字；之，犹其也，犹云何延其节。延训长，阔、长义近。”王先谦《集疏》：“何者，惊讶之词，览物起兴，以见为日之多。”　②叔伯，原为对贵族的称呼。按周代的宗法制度，周天子称同姓诸侯为伯父、叔父。称异姓诸侯为伯舅、叔舅。诸侯之间称同姓、异姓之诸侯、大夫亦然。亦可以称贵族男子。如《卫风·伯兮》及《郑风·叔于田》等。此处似为后者。　何多日也，何以很久不见来？马瑞辰《通释》：“诗以葛起兴，春秋之交也。而后言狐裘蒙戎，则为严冬，此正诗言‘多日’之证。”

●诗之首章以旄丘之葛起兴，盼对方早日到来。抱怨中含有渴望。

何其处也？必有与也①。何其久也？必有以也②。

〔注释〕

①处，安居。　与，指与对方在一起的人。暗想对方或许有了新欢。②以，原因。

●诗之二章自问自答。为什么对方安居而不来呢？必定是有了新欢。为什么这样久还不到来？必定是有原因。

狐裘蒙戎，匪车不东①。叔兮伯兮，靡所与同②。

〔注释〕

①狐裘，《毛传》：“大夫狐苍裘。”狐皮袍子为当时大夫以上贵族冬日所穿

官服，正与"叔""伯"的称呼暗合。　蒙戎，叠韵词，又写作尨茸，蓬乱之貌。《左传·僖公五年》晋士芀赋诗云："狐裘尨茸，一国三公，吾谁适从？"以衣之尨茸喻国事之纷乱。此处则以狐裘之蒙戎喻对方心绪之为人所惑而纷乱。　匪，彼。　匪车不东，对方的车不肯东来。　②靡，无。　同，同心。朱熹《集传》："不与我同心。"

●诗之三章进而言对方心绪纷乱，既不肯来，又不与自己同心。

琐兮尾兮，流离之子①。叔兮伯兮，褎如充耳②。

〔注释〕

①琐兮尾兮，《毛传》："琐尾，少好之貌。"　流离，《毛传》："鸟也。少好长丑，始而愉乐，终以微弱。"陆德明《释文》："流，本又作鹠。《草木疏》云：'枭也。关西谓之流离，大则食其母。'"此句是以鸟喻人，言其始而对其友好，如鸟之少时之美好；终则对己不顾，如鸟之长而丑。　②褎（xiù），盛服。褎如，即褎然。王先谦《集疏》："'褎'是衣袂，得引申为'盛服'义者，盖古人尊盛之服，其袖必大，故《传》云然。"　充耳，《郑笺》："塞耳也。"本为一种挂在耳边的首饰，此处有充耳不闻之意，语含双关。

●诗之四章承上三章，言对方对自己始好终离，如流离鸟之少美而老丑，对自己的呼吁也充耳不闻。

〔解题〕

《旄丘》也是一首令人难以确解其旨的诗。《毛序》和《郑笺》等皆认为流亡在卫国的黎国臣子责备卫国君臣不顾宗法亲族之义，对黎君不加以救援而作。但这种说法在史籍中找不到切实的根据。《鲁诗》和《齐诗》却认为是妇人不见答于其夫之词。《易林·归妹之蛊》："阴阳隔塞，许嫁不答。《旄丘》《新台》，悔往叹息。"王先谦还进一步认为是黎庄夫人不见答而作。此说虽亦不可为确据，但细绎诗意，诗中表达了女子对一贵族男子的失望之情。

第一章以旄丘之葛起兴，连用两句疑问，对对方的长久不来虽然失望，但还是满怀希望的。第二章则自问自答，于疑问之中又自我宽慰，失望与盼望的心情交织在一起。第三章转为赋，言对方与自己不同心。最后一章仍然是赋，却在语气上加重了许多，斥责对方像流离之鸟，始美而终丑，始好而终恶。层层递进，细致入微，最后才将心中所想要说的话倾泻出来。

简兮

简兮简兮，方将万舞①。日之方中，在前上处②。

〔注释〕

①简，鼓声。闻一多《类钞》："乐奏舞前，必先鸣鼓以警众。"《鲁诗》训"择"，谓万舞之前，先阅择舞徒，亦通。　方将，将要。马瑞辰《通释》："方将二字连文。方，犹云将也。将，且也。"　万舞，周代宗庙祭祀乐舞名。《毛传》：以干羽为万舞，用之宗庙山川。"朱熹《集传》："万者，舞之总名。武用干戚（盾、板斧），文用羽籥（雉羽和籥）也。"　②方中，正午。"日之方中"指祭毕之时。王先谦《集疏》："日方中，犹日几中也。古人仪节繁重，事毕需时，不独祭礼然矣。诗举日中事毕言者，乐舞人众，至祭毕，乃见此俣俣之硕人亦在公庭万舞也。"　处，处在某一位置。《郑笺》："在前上处者，在前列上头也。"

●诗之首章直赋其事，点明时间、地点、行为内容。

硕人俣俣，公庭万舞①。有力如虎，执辔如组②。

〔注释〕

①硕，《说文》："头大也。"引申为大。硕人，犹言大贤，亦指其身材高大。俣俣（yǔ），《毛传》："容貌大也。"身材魁梧之貌。《韩诗》作扈扈。《后汉书·冯衍传》注："扈扈，光彩盛也。"周代风俗，不论男女，皆以身材高大为美，如《卫风·硕人》及《小雅·车舝》的"辰彼硕女"等。　公庭，指庙堂的庭前。《孔疏》："于祭祀之时，亲在宗庙公庭而万舞。"　②有力如虎，于省吾《新证》引

《弓镈》"灵力如虎"，可见为周代形容人物壮伟的常用语。　辔(pèi)，马缰绳。　组，用于编织的一排排丝线。《毛传》："武力比于虎，可以御乱。御众有文章，言能治众，动于近，成于远也。"《吕氏春秋·先己》："《诗》曰：'执辔如组。'孔子曰：'审此言也，可以为天下。'子贡曰：'何其躁也？'孔子曰：'非谓其躁也，谓其为之于此而成文于彼也，圣人组修其身而成文于天下矣。'"故文虽写武舞的场面，而另有喻意。

●诗之二章写武舞的场面，写舞师身材高大，雄壮如虎，又舞技高超，堪为国家之虎臣。故《郑笺》云："硕人有御乱、御众之德，可任为王臣。"

左手执籥，右手秉翟①。赫如渥赭，公言锡爵②。

〔注释〕

①籥(yuè)，古代乐器名。《礼记·籥师》郑玄注："如笛，三孔，舞者所吹也。"《春秋公羊传·宣公八年》注："所吹以节舞也。"　秉，持、拿。　翟(dí)，野鸡尾羽。　②赫，《毛传》："赤貌。"《郑笺》："硕人容色，赫然如厚傅丹。"脸色红而有光。　渥，涂抹。　赭(zhě)，红土。王先谦《集疏》："谓其颜色赫然明盛，如沾渍赤土然也。"　公，指卫国君主。　锡，通赐。　爵，古代酒器名。此处代指酒。

●诗之三章写舞用羽籥的文舞场面，亦为直赋其事。

山有榛，隰有苓①。云谁之思？西方美人②。彼美人兮，西方之人兮！

〔注释〕

①榛，树名。《孔疏》引陆玑云："栗属，其子小似杼子，表皮黑，味如栗。"　隰(xí)，低湿之地。陈奂《传疏》："下湿曰隰。"　苓，通"蘦"，药草名。《毛传》："大苦。"非甘草，而指黄药，其味极苦。　②西方，指周，周在卫国之西。又此处的"西方"应为涵义较广的泛称，因为周王室代表着华族，所以《毛传》云"乃宜在王室"。　美人，美德之人，指上文的硕人。《郑笺》："我谁思乎？思周室之贤者，以其宜荐硕人与在王位。"

●诗之四章笔意突转，对舞师进行赞扬，表达其叹慕之情。

〔解题〕

《简兮》是赞美舞师的诗。《毛序》:“《简兮》,刺不用贤也。卫之贤者仕于伶官,皆可以承事王者也。”三家《诗》无异义。细绎诗义,此诗是颂而不是刺。认定舞师一定是伶官也是望文生义。因为诗中的舞师“有力如虎”,分明是一个武士形象。而且万舞的参加者大都不是伶官。跳万舞虽用于祭祀,同时也展示舞者雄勇有力。《左传·庄公二十八年》:“楚令尹子元欲蛊文夫人,为馆于其宫侧,而振万焉。夫人闻之,泣曰:‘先君以是舞也,习戎备也。今令尹不寻诸仇雠,而于未亡人之侧,不亦异乎!’”用万舞的场合也较多,不仅于祭祀。因此,不能单从男女爱情方面解释。

此诗之妙,在于感情表达非常明朗坦率,前三章都是对舞师动作仪容的客观描写,字里行间充溢着赞美之情,到第四章方才毫不掩饰地吐露了出来。最后二句大似情有不可以已者,一唱三叹,余音绕梁,耐人寻味。

泉　　水

毖彼泉水,亦流于淇①。有怀于卫,靡日不思②。娈彼诸姬,聊与之谋③。

〔注释〕

①毖(bì),水涌流之貌。《说文》引《诗》作“泌彼泉水”、《韩诗》作祕,皆音近而义通。　泉水,又名泉源水。即末章的肥泉。《水经注·淇水》:“淇水又东,右合泉源水。水有二源:一出朝歌城西北,东南流,又东与左水合,谓之马沟水,又东南注淇水,为肥泉也。故《卫诗》曰:‘我思肥泉,兹之永叹。’又曰然斯水,即《诗》所谓泉源之水也,故《卫诗》曰:‘泉源在左,淇水在右。’”　淇,即淇水,古代原为黄河支流,东南流至今河南省卫辉市东北淇门镇入黄河。东

汉建安中，曹操于淇口作堰，遏使东北流，注入白沟（今之卫河），以通漕运，后遂成为卫河支流。 ②靡，无。靡日，犹言无日。 ③娈，《毛传》：“好貌。”娈彼，犹言娈娈。 诸姬，《毛传》：“同姓之女。”卫君为姬姓。古代诸侯嫁女，同姓诸侯以女陪嫁，叫媵，相互之间叫娌娣。 聊，姑且。 谋，商量。此指商量回娘家之事。

●诗之首章以泉水起兴，道出对家乡的思念。念之而不得，只有与身边的娌娣商量。

出宿于泲，饮饯于祢①。女子有行，远父母兄弟②。问我诸姑，遂及伯姊③。

〔注释〕

①泲（jǐ），卫地名。今不详所在。《鲁诗》作济。马瑞辰《通释》认为泲是济字的或体，济即济水，亦通。 饯，《郑笺》：“送行饮酒也。” 祢（nǐ），卫地名，今不详。 ②行，出嫁。此句亦见于《蝃蝀》、《竹竿》，似为当时习语。 ③问，问候。 诸姑，姑母们。《左传·文公二年》：“《诗》曰：‘问我诸姑，遂及伯姊。’君子曰：礼，谓其姊亲而先姑也。”

●诗之二章承上章，回忆出嫁时的别离情形。陈奂《传疏》：“此卫女思归而追念及来嫁时耳。”

出宿于干，饮饯于言①。载脂载舝，还车言迈②。遄臻于卫，不瑕有害③？

〔注释〕

①干、言，皆为卫国地名，今不详。王先谦《集疏》认为指《续汉书·郡国志》东郡卫国的竿城，“干”为竿之变文。 ②载，发语词，无义。 脂，用油涂车轴，名词作动词用。 舝（xiá），车轴两端的金属键。后世写作辖。朱熹《集传》：“脂，以脂膏涂其辖使滑泽也。辖，车轴也。不驾则脱之，设之而后行也。” 还，音义同“旋”，回车。《郑笺》：“言还车者，嫁时乘来，今思乘以归。” 言，语助词，无义。 迈，《说文》：“远行也。” ③遄（chuán），疾、迅速。臻，到达。 瑕，无。 不瑕，犹云没有什么。马瑞辰《通释》：“瑕、遐古通

用。遐之言胡，胡、无一声之转，故‘胡宁’又为‘无宁’。凡《诗》言‘遐不眉寿’、‘遐不黄耇’、‘遐不谓矣’、‘遐不作人’，‘遐不’犹云‘胡不’，信之之词也。易其词则曰‘不遐’。凡《诗》言‘不遐有害’、‘不遐有愆’，‘不遐’犹云‘不无’，疑之之词也。”

●诗之三章承上章，设想归卫饮饯之处，欲涂膏其车，速还卫国，而又犹豫不决。

我思肥泉，兹之永叹①。思须与漕，我心悠悠②。驾言出游，以写我忧③。

〔注释〕

①肥泉，见首章注。　兹，同滋，更加。马瑞辰《通释》：“按兹即滋也。兹之永叹，犹《常棣》诗‘况也永叹’，况亦滋也。《说文》：‘滋，益也。’字通作兹。”　永叹，长叹。　②须、漕，皆卫国地名。须是“湏”之讹字，即沬，卫国旧都。王先谦《集疏》引陈蔚林《诗说》：“《说文》‘湏’下云：‘古文沬。从页。’是湏即沬也，《桑中》‘沬之乡矣’是也。此诗‘思须’之须，字当为湏，后人不知‘湏’是古文沬字，传写讹改为‘须’。毛云卫邑，无能名其所在者，(郦)道元遂以后起之须城当之，未为塙证。”　漕，亦作曹。在今河南滑县东。　③驾，驾车。　写，《毛传》：“除也。”消除。《说文》：“写，置物也。”段玉裁注云：“凡倾吐曰写。俗作泻者，写之俗字。”　我忧，指作者思乡的忧愁。王先谦《集疏》：“盖湏是旧都，漕乃新徙，故国之变，闻而心伤，思之悠悠然长。欲归不得，故结之曰：‘驾言出游，以写我忧。’罔极之哀，多难之急，皆在其内。”“此诗忧在家国，皆有所不得已也。否则思归耳，何为忧乎？”

●诗之四章承上章，继续抒写对家乡的思念。

〔解题〕

《泉水》是嫁到别国的卫女思归不得所作的诗。《毛序》：“卫女思归也。嫁于诸侯，父母终，思归宁而不得，故作是诗以自见也。”《郑笺》：“国君夫人，父母在则归宁，没则使大夫宁于兄弟。卫女之思归，虽非礼，思之至也。”三家《诗》无异义。这个卫女，自然是贵族。

此诗着力处全在“思”字，首章“有怀于卫，靡日不思”便点出了诗的本旨。第二章和第三章一忆往昔，一想来日，皆从虚处着笔。第三章虽然是凭空结撰，但遣词轻快，情文斐然，思归的迫切心情跃然纸上。至第四章，才又表明那全是想像，只好“驾言出游，以写我忧”了。故其意境颇似李煜“梦里不知身是客，一晌贪欢”，读之令人心悲。戴君恩《臆评》云：“若认作实与诸姬谋之，谋之不可而出游以写其忧，则诗为拙手，作诗者为痴汉矣。”陈继揆《读诗臆补》（以下简称《臆补》）云：“全诗皆虚景也。因想成幻，构出许多问答，许多路途，又想到出游写忧，其实未出中门半步也。”

北　门

出自北门，忧心殷殷①。终窭且贫，莫知我艰②。已焉哉！天实为之，谓之何哉③！

〔注释〕

①殷殷，深忧之貌。　②终，既。　窭(jù)，《释文》：“谓贫无可为礼。”《仓颉篇》：“无财曰贫，无财备礼曰窭。”　莫知我艰，王先谦《集疏》：“国势瘠弱，薄禄不足赡，臣僚君子，洁清自守，为贫所困，虽有艰难，无可告语也。”　③已焉哉，既然这样。陈奂《传疏》：“已焉，犹云既然。古训然、焉通用。既然，既如是。”　谓，马瑞辰《通释》：“犹奈也。谓之何哉，犹云‘奈之何哉’。”

●诗之首章直赋其心事，言自己既窭而不能为礼，又贫而无以自给，却无可告语，惟听命于天，无可奈何。

王事适我，政事一埤益我①。我入自外，室人交遍谪我②。已焉哉！天实为之，谓之何哉！

〔注释〕

①王事,朱熹《集传》:“王命使为之事也。”指卫国公室为周王室所提供的力役、兵役等。“王事”一词在《诗经》中多见,皆指诸侯为周王所应提供的差役。 适,擿之借字,投掷。擿我,犹云都扔给我。 政事,指卫国国内的政事。 一,皆、全。 埤(pí),增益。《郑笺》:“国有王命役使之事,则不以之彼,必来之我;有赋税之事,则减彼一而以益我。言君政偏,己兼其苦。”
②室人,指家人。 交,更迭、轮流。 谪(zhé),责备。《郑笺》:“我从外而入,在室之人更迭遍来责我,使己去也。言室人亦不知己志。”

●诗之二章承上章,言自己不仅既窭且贫,莫可告语,而且王事、政事都加于己身,连家人也不理解。

王事敦我,政事一埤遗我①。我入自外,室人交遍摧我②。已焉哉!天实为之,谓之何哉!

〔注释〕

①敦,逼迫。 遗(wèi),义同“益”。 ②摧,《毛传》:“沮也。”打击、讽刺。《郑笺》:“摧者,刺讥之言。”

●诗之三章承上二章,继续发泄心中的怨苦和不满。

〔解题〕

《北门》是卫国下级贵族发牢骚的诗。《毛序》将作者身分定为士。在周代宗法封建系统中,贵族分为天子、诸侯、大夫、士四级。士在贵族中地位最低,只能“隶子弟”(见《左传·桓公二年》),是力役和兵役的主要承担者,因此诗中说到“王事”和“政事”一埤益之。春秋时期,诸侯纷争,战争频繁,兵役和力役很重。当时的思想家屡以“使民以时”、“不夺农时”为号召。庶民疲弊,作为小宗族长的士阶层也被连累。《毛序》认为此诗是“刺仕不得志也”,较近于当时的事实。

全诗三章直抒胸臆,毫不曲折含蓄。而最动人处尤在每章的最后一句，且三章重叠，写尽了作者心中的那种恼怒、凄苦和无可奈何的心态，一唱而三叹，极富感情色彩。

北　风

北风其凉，雨雪其雱①。惠而好我，携手同行②。其虚其邪？既亟只且③！

〔注释〕

①北风，《毛传》："兴也。北风，寒凉之风。"《郑笺》："寒凉之风，病害万物。兴者，喻君政教酷暴，使民散乱。"　雨(yù)雪，下雪。雨在此作动词用。其雱(páng)，犹言雱雱，雪盛之貌。《毛传》："雱，盛貌。"雱为旁之籀文。②惠而，犹言惠然，见《终风》注。　行(háng)，道路。《郑笺》："性仁爱而又好我者，与我相携持同道而去，疾时政也。"　③其，语助词，无义。　虚，舒之借字。　邪，《齐诗》作徐。虚邪，犹舒徐，迟疑不决的样子。　亟，同急。既亟，事情已很紧急。　只且(jū)，语尾助词。王先谦《集疏》："诗人见其同行者从容安雅之状如此，又速之曰'既亟只且'，犹言事已急矣。尚不速行而为此徐徐之态乎？"

●诗之首章以北风起兴，言君政惨虐，彼若惠然与我同好，应赶快离开，而不应舒徐安雅，满不在乎。

北风其喈，雨雪其霏①。惠而好我，携手同归②。其虚其邪？既亟只且！

〔注释〕

①喈，湝之借字，寒凉。其喈即喈喈。　其霏，即霏霏、纷纷，形容雪下之大。　②归，指离开卫国而归于有道之国。

●诗之二章承上章，继续抒写其欲离去之意。

莫赤匪狐，莫黑匪乌①。惠而好我，携手同车。其虚其邪？既亟只且！

〔注释〕

①莫，无。 匪，非。 乌，乌鸦。《郑笺》："赤则狐也，黑则乌也，犹今君臣相承，为恶如一。"王先谦《集疏》："目见耳闻，皆妖异不祥之物，亟思避之，词危而情迫矣。"

●诗之三章进一步抒写时政之恶，至以狐、乌为比，词情更加危迫。

〔解题〕

《北风》的诗旨颇难确定。《毛序》以为刺卫国政治之酷虐，朱熹认为写国人相携避祸。闻一多先生以为是新妇赠婿之辞，于省吾先生认为是夫妇始合终离而追述往者患难与共之作。卫国在春秋初期为诸侯中的大国，但不久即陷于政治混乱，导致国力削弱。鲁闵公二年狄人入卫后，卫国一蹶不振。以后又夹于齐、晋两大国之间，齐晋交侵，国力更弱，遂成小国，而内部纷争始终未曾停止。所以从当时的历史情况来看，此是卫国的士或国人讥刺时政之诗较为可信。

此诗只有三章，却充满了愁惨的气氛。前二章皆以北风起兴，一开始就造成一种笼罩全诗的寒冷气息。而末二句反复的叠咏，又加重了对这种气氛的渲染。第三章笔锋一转，将自己对当政者的看法和眼前情势一起发泄出来，近乎咒骂，却淋漓尽致，生动形象，颇值得玩味。

静　女

静女其姝，俟我于城隅①。爱而不见，搔首踟蹰②。

〔注释〕

①静,靖之借字,善。马瑞辰《通释》:“《郑诗》‘莫不静好’、《大雅》‘笾豆静嘉’,皆以静为靖之假借。此诗静女亦当读靖,谓善女。” 姝,《毛传》:“美色也。”美好貌。 俟(sì),等待。 城隅,城上的角楼。 ②爱,薆或僾之借字。《鲁诗》作薆,《齐诗》作僾。《尔雅·释言》:“薆,隐也。”《说文》:“僾,仿佛也。《诗》曰:‘僾而不见。’”爱而,犹言隐然。 不见,指到了约定的时间却没有到来。 踟蹰,双声词,徘徊、徬徨。

●诗之首章直赋其事,言美丽的姑娘在城角楼等待着,到了之后却不见其人,不由得搔首徬徨,疑窦丛生。

静女其娈,贻我彤管①。彤管有炜,说怿女美②。

〔注释〕

①娈,美好貌。 贻,赠送。 彤管,朱熹《集传》:“未详何物,盖相赠以结殷勤之意耳。”彤,红色。 ②炜(wěi),红而有光之貌。有炜即炜炜。说怿,喜爱。说即悦。 女,同汝,指彤管。

●诗之二章写相会,女子赠以彤管,由物而及人,以通殷勤之意。

自牧归荑,洵美且异①。匪女之为美,美人之贻②。

〔注释〕

①牧,指郊外。《尔雅·释地》:“郊外谓之牧。” 归,同馈,赠送。 荑(tí),《毛传》:“茅之始生也。” 洵,确实。 异,可爱。 ②匪,非。 女,同汝,指荑草。

●诗之三章写女子赠以荑草,爱人而及物,重其人,因爱其物。

〔解题〕

《静女》是写男女幽会的诗。欧阳休《本义》:“《静女》一诗,本是情诗。”“此乃是述卫风俗男女淫奔之诗尔,以此求诗则本义得矣。”朱熹观点相同。而古人多生歧义，《毛序》以为刺时之作，王质以为征夫归思妇候，方玉润以为刺宣公纳其子伋之妻等，皆无据。

此诗全以男子口吻写与女子幽会的乐趣，气氛欢快，情趣盎然。“爱而不见”，写出少女的狡黠活泼；“搔首踟蹰”状作者等人不见而心急如焚；“说怿女美”一语双关；“匪女之为美，美人之贻”则爱人及物，情意缠绵。全诗明白如话，却又细致入微，自然生动，一片天籁。陈继揆《臆补》云：“通诗以爱字为主，管与荑无所谓美，曰‘有炜’，曰‘且异’，以所爱及所不爱也，皆从一爱字生出。然其传神处，尤在‘搔首踟蹰’四字耳。”

新　台

新台有泚，河水瀰瀰①。燕婉之求，籧篨不鲜②！

〔注释〕

①新台，台名。故址约在今山东鄄城县东北黄河故道旁。《水经注·河水》：“河水又东，径鄄城县北，故城在河南十八里，河之北岸有新台，鸿基层广，累高数丈，卫宣公所筑新台矣。”修筑在水上的房子称台。　泚（cǐ），《毛传》：“鲜明貌。”玼之借字。《说文》：“玼，玉色鲜也。”段玉裁注：“‘玉’上当有‘新’字。玼本新玉色，引申为凡新色。如《诗》‘玼兮玼兮’，言衣之鲜盛；‘新台有泚’，言台之鲜明。”有玼即玼玼。　河，黄河。　瀰瀰，《毛传》：“盛貌。水所以洁污秽，反于河上而为淫昏之行。”　②燕婉，安和美好之意。王先谦《集疏》：“燕婉之求，言为嘉耦是求也。”　籧篨（qú chú），蟾蜍、癞蛤蟆一类的东西（详闻一多《天问·释天》）。旧说不一。《毛传》：“籧篨，不能俯者。”指得病不能弯腰的鸡胸之人。《说文》：“籧篨，粗竹席也。”扬雄《方言》：“簟，自关而西，其粗者谓之籧篨。”故马瑞辰《通释》认为籧篨和下文的“戚施”都是“丑恶之通称”。　鲜，善、好。《郑笺》：“伋之妻齐女来嫁于卫，其心本求燕婉之人，谓伋也；反得籧篨不善，谓宣公也。”

●诗之首章赋而有比，以籧篨喻卫宣公。

新台有洒，河水浼浼①。燕婉之求，籧篨不殄②。

〔注释〕

①洒(cuǐ)，高峻之貌。《韩诗》洒作漼，“云鲜貌”，亦通。马瑞辰《通释》：“洒、洗双声，古通用。《白虎通》：‘洗者，鲜也。’《吕览》高注：‘洗，新也。’……‘有洒’犹‘有玼’。毛训高峻，不若韩训鲜貌为确。” 浼浼(měi)，水流平缓之貌。《韩诗》作浘浘(wěi)，状水流盛大之貌，亦通。 殄，善。《郑笺》：“殄当作腆。腆，善也。”

●诗之二章继续加以讥讽，仅用词稍变。

鱼网之设，鸿则离之①。燕婉之求，得此戚施②。

〔注释〕

①鸿，蛤蟆。闻一多《通义》：“鸿当为蛩之假。蛩即苦蛩。《广雅·释鱼》曰：‘苦蛩，虾蟆也。’《名医别录》曰：‘虾蟆，一名蟾蜍……一名苦蛩。’《诗》鸿读为蛩，蛩即虾蟆，故得误结于鱼网之中，又得与鱼对举以分喻美丑。”旧注以为鸟名，指雁之大者，不可通。 离(lì)，附着、获得。《毛传》：“言所得非所求也。” ②戚施，《太平御览》卷九四九引《韩诗·薛君章句》：“蟾蜍、蝛蝤，喻丑恶。”《国语·晋语》：“戚施不可使仰。”指当时宫中供君王玩弄的侏儒之类的丑人。王先谦《集疏》：“愚案：薛注‘蟾蜍、蝛蝤’，广异名也。蝛从‘就’声，秋、酉、就、戚，同声通转，犹为显证。”

●诗之三章以布网捕鱼反得癞蛤蟆为比喻，进一步讥刺卫宣公。

〔解题〕

《新台》是卫国国人讽刺卫宣公丑行的诗。《毛序》：“刺卫宣公也。纳伋之妻，作新台于河上而要之，国人恶之而作是诗也。”《左传·桓公十六年》：“初，卫宣公烝于夷姜，生急子，属诸右公子，为之取(娶)于齐而美，公取之。”《孔疏》：“此诗伋妻盖自齐始来，未至于卫而公闻其美，恐不从己，故使人于河上为新台，待其至于河，而因台所以要之耳。”

此诗最鲜明的特色是巧妙的比喻和辛辣的讽刺。全诗用漫画手法，极尽嘲讽挖苦之能事，读之令人绝倒。

二 子 乘 舟

二子乘舟，泛泛其景①。愿言思子，中心养养②。

〔注释〕

①泛泛，飘浮之貌。 景，通憬，远行。解见王引之《经义述闻》（以下简称《述闻》）。 ②愿，虽然。《毛传》："愿，每也。"陈奂《传疏》："《〈皇皇者华〉传》训每为虽。'愿言思子，中心养养'，虽曰思子，徒忧其心养养然也。"中心，即心中。 养，恙之借字。《说文》："恙，忧也。"养养即恙恙，因忧思而心神不定之貌。

●诗之首章直赋其事，送人远去而心中念之不已。

二子乘舟，泛泛其逝①。愿言思子，不瑕有害②。

〔注释〕

①逝，往、远去。 ②不瑕有害，见《泉水》注。

●诗之二章仍赋其事，念之而忧虑，故心中狐疑，疑虑丛生。

〔解题〕

《二子乘舟》是送人远行，念之而作。远行之原因不详，也没有必要探究。旧说以为诗为卫宣公之二子伋、寿而作，亦因史载而附会。从诗中我们看不出多少伤悲的情感。故定之为送别诗。诗仅二章，虽然短小，却仍然有相当的抒情性。陈继揆《臆补》："不曰形而曰影，已有顾影堪怜之意。不曰行而曰逝，一去不返，影亦不复睹矣。真令人不堪卒读也。"

鄘　　风

柏　舟

泛彼柏舟，在彼中河①。髧彼两髦，实维我仪；之死矢靡它②。母也天只！不谅人只③！

〔注释〕

①泛彼，即泛泛，飘浮之貌。　中河，即河中。　②髧(dàn)，头发下垂之貌。齐、韩《诗》作紞。《国语·鲁语》“王后亲织元紞”，韦昭注：“紞，所以悬瑱当耳者。”马瑞辰《通释》：“紞为悬瑱之貌，因谓髦垂之貌为紞。”　髦(máo)，三家《诗》作髳，亦作髳。《说文》：“髳，发至眉也。”并引此句。《释名》：“髦，冒也，冒覆头颈也。”古代未成年男子前额头发分向两边披着，长与眉毛相齐；额后之发则扎成两绺，左右分开，称为两髦。　实，是。　维，为。　仪，《毛传》：“匹也。”匹偶。　之，至、到。　矢，《毛传》：“誓也。”　靡，无。　它，他。靡它即无他。王先谦《集疏》：“无它，犹言无二也。”　③也、只，皆语气词。　天，指父亲。《左传·桓公十五年》杜预注：“妇人在室则天父，出则天夫。”　谅，体谅。

●诗之首章以河中柏舟飘荡不定起兴，兴自己无所依靠，但对爱情坚贞不渝，没有他心。

泛彼柏舟，在彼河侧。髧彼两髦，实维我特；之死矢靡慝①。母也天只！不谅人只！

〔注释〕

①特,《毛传》:“匹也。”匹偶。特的本义是牛。《说文》:“特,牛也。”段注:“特本训牡,阳数奇,引申之为凡单独之称。”马瑞辰《通释》:“物无偶曰特。《广雅》:‘特,独也。’皆训特为独。特训独,又训匹者……犹匹为一,又为双为偶,皆以相反为义也。”　慝,忒之借字,更改。一训邪,与贞正相对。《毛传》:“慝,邪也。”亦通。

●诗之二章继续信誓旦旦。

〔解题〕

《柏舟》是一位少女为追求爱情自由而发的誓词。其诗义本不难明。然《毛序》附会史传,以为是“共姜自誓”之词,《孔疏》、朱熹《集传》皆遵从之。王质以为是女子为侍其父母发誓终身不嫁,姚际恒认为是寡妇守节之词,皆无实据。

此诗只有两章,然通体直陈,直抒胸臆,感情强烈,语气决绝,读之如闻其声,如见其人。

墙　有　茨

墙有茨,不可埽也①。中冓之言,不可道也②。所可道也?言之丑也。

〔注释〕

①茨(cí),《毛传》:“蒺藜也。欲埽去之,反伤墙也。”齐、韩《诗》作荠。《说文》:“荠,蒺藜也。”　埽,同扫,扫除。　②中冓(gòu),宫闱、宫廷内部。陈奂《传疏》:“中冓与墙对称。墙为宫墙,则中冓当为宫中之室。”王先谦《集疏》引《韩诗》以为指中夜之言,亦通。　道,说。

●诗之首章以墙有茨起兴。墙上布茨是为防闲内外,墙有茨而不可扫,喻家丑之不可外扬。马瑞辰《通释》:“《左氏传》云:‘人之有墙,以蔽恶也。’

《诗》以墙茨起兴,盖取蔽恶之意。以墙茨之不可扫所以固其墙,兴内丑之不可外扬,将以隐其恶也。"

墙有茨,不可襄也①。中冓之言,不可详也②。所可详也?言之长也。

〔注释〕

①襄,《毛传》:"除也。" ②详,细说。

●诗之二章承上章,继续加以讽刺。

墙有茨,不可束也①。中冓之言,不可读也②。所可读也?言之辱也!

〔注释〕

①束,打扫干净。王先谦《集疏》:"束是总聚之意,总聚而去之,言其净尽也,较'埽'、'襄'义又进。" ②读,《说文》:"诵书也。"引申其义,凡有事而诵言之亦曰读。

●诗之三章承上二章,讽刺之义更加深入。

〔解题〕

《墙有茨》是讽刺、揭露卫国统治者淫乱无耻的诗。《毛序》:"卫人刺其上也。公子顽通乎君母,国人疾之而不可道也。"《左传·闵公二年》:"初,惠公之即位也少,齐人使昭伯烝于宣姜。不可,强之,生齐子、戴公、文公、宋桓夫人、许穆夫人。"而《易林·小过之小畜》云:"大椎破毂,长舌乱国。墙茨之言,三世不安。""三世"指宣公、惠公和懿公。此诗讽刺的是宣姜。宣姜本被聘为卫宣公世子伋之妻,后被宣公半途据为己有。宣公死后,他的庶长子顽(即昭伯)又与宣姜私通,并生下齐子、文公、宋桓夫人等五个孩子。故方玉润《原始》云:"卫宫淫乱未必即止宣姜,而宣姜为尤甚。盖廉耻至是而尽丧,有诗人不忍道、不忍详、不忍读者。"

此诗的特点是讽刺尖锐却含而不露。每章前四句是比而带赋，但仍很空泛，只从虚处着笔。每章末二句皆自问自答，连言"不可道也"、"不可详也"、"不可读也"，却什么具体细节也没有提供，一切全都由读者自己去想像，一切也都在不言中。似直实曲，似露实隐，言有尽而意无穷。

君子偕老

君子偕老，副笄六珈①。委委佗佗，如山如河，象服是宜②。子之不淑，云如之何③！

〔注释〕

①君子，周代贵族的通称。　偕老，指夫妻相偕至老，相亲相爱。　副，《毛传》："后夫人之首饰，编发为之。"《释名》："副，覆也，以覆首也。"《礼记·明堂位》郑注："今之步摇是也，《诗》云：'副笄六珈。'"　笄(jī)，首饰名。《说文》："簪也。"《释名》："系也，所以系冠，使不坠也。"　珈(jiā)，首饰名。《郑笺》："珈之言加也，副既笄而加饰，如今步摇上饰，古之制所有，未闻。"　②委委佗佗，应为"委佗委佗"，与《羔羊》"委蛇委蛇"同。于省吾《新证》："委佗古人谜语。金文、石鼓文及古钞本周秦载籍，凡遇重文不复书，皆作〓以代之。如敦煌写本《毛诗·六月》'既成我服，我服既成'，作'既成我〓服〓既成'。又'四牡既佶，既佶且闲'，作'四牡既〓佶〓且闲'。……此例不胜枚举。《羔羊》'委蛇委蛇'，作'委〓蛇〓'。此篇'委委佗佗'，作'委〓佗〓'。然则一读'委蛇委蛇'，一读'委委佗佗'，自《毛传》已如此，沿讹久矣。"　如山如河，王先谦《集疏》："如山凝然而重，如河渊然而深，皆以状德容之美。言夫人必有委委佗佗、如山如河之德容，乃于象服是宜也。反言以明宣姜之不宜，与末句相应。"　象服，亦名袆衣，即画袍。《孔疏》："象鸟羽而画之，故谓之象服也。"《说文》"袆"字注引《周礼》曰："王后之服。"　宜，指合乎身分。　③淑，善。不淑，指品德行为不好。　云，语首助词。　如之何，即奈之何。

●诗之首章赋中带讽。"偕老"一句，尤为刺骨。状其德容之美，正所以言其不宜，故末句云“子之不淑”。

玼兮玼兮，其之翟也①。鬒发如云，不屑髢也②。玉之瑱也，象之揥也，扬且之皙也③。胡然而天也？胡然而帝也④？

〔注释〕

①玼，《毛传》：“鲜盛貌。”此处用以形容翟衣的鲜艳。　其，指诗中所讥刺的人。其之，她的。　翟，朱熹《集传》：“翟衣，祭服。刻绘为翟雉之形而彩画之以为饰也。”翟雉指山鸡。　②鬒(zhěn)，《毛传》：“黑发也。”形容头发黑而密。　不屑，用不着。　髢(dì)，用假发制成的髻。三家《诗》作鬄。《说文》：“鬄，髲也。”“髲，益发也。”《孔疏》引之，并云：“言人发少，聚他人发益之。”　③瑱(zhèn)，古人头饰上垂在两侧以塞耳的玉饰。　之，其。马瑞辰《通释》：“此诗三‘之’字皆当训其，犹云玉其瑱也、象其揥也、扬其皙也。”　象，指象牙。　揥(tì)，用象牙做成的簪。即后来的搔首。　扬，形容人的容貌之美。马瑞辰《通释》：“按：清、扬皆美貌之称。……此诗‘扬且之皙也’，皙谓色白。又曰‘子之清扬，扬且之颜也’，则颜色之美皆可曰清扬矣。”　且(jū)，句中助词。　皙，白。　④胡，何、为什么。　然，如此、这样。　而，同如。　天，天仙。　帝，帝女。二者皆极言其美。

●诗之二章极力铺写其服饰仪容之美。末二句始以设问的口气提出疑问，隐含讽刺。即仅服饰尊贵、容貌美丽，但行为不正，是不能算作天仙帝女的。

瑳兮瑳兮，其之展也①。蒙彼绉絺，是绁袢也②。子之清扬，扬且之颜也。展如之人兮，邦之媛也③？

〔注释〕

①瑳(cuō)，玼字的或体。《说文》“玼”字段注：“玼之或体作瑳。《诗·君子偕老》二章、三章皆曰‘玼兮玼兮’，是以二章毛、郑有注，三章无注。或两章皆作瑳，《内司》服《注》引‘瑳兮瑳兮，其之翟也’，又引‘瑳兮瑳兮，其之展也’

可证。” 展，展衣。亦作襢衣。《毛传》：“礼有展衣者，以丹縠为衣。”《郑笺》：“展衣，夏则里衣绉絺，此以礼见于君及宾客之盛服也。‘展衣’字误，《礼记》作‘襢衣’。” ②蒙，罩、覆盖。 绉絺，即细夏布。 绁袢（xiè pàn），内衣，如今之汗衫。亦称亵衣。三家《诗》绁正作亵。闻一多《类钞》：“绁袢，内衣。展衣，上衣；绉絺，中衣；亵袢，亵衣；由外及内，意颇近亵，然正风人之本色。”

③展，乃、可是。王先谦《集疏》：“展是语之转也。”《毛传》训展为“诚”，确实之意，亦通。 之人，此人，指诗中所讽刺的宣姜。 媛，《毛传》：“美女为媛。”姚际恒《通论》：“邦之媛，犹后世言国色。”

●诗之三章继续铺写其容貌之美，然所铺叙由外及内，语近猥亵。末句的反问尤其隐含讽刺，讽其德色不能相副。

〔解题〕

《君子偕老》也是刺诗。诗中所刺是个贵妇人。《毛序》及三家《诗》皆以为是讥刺宣姜，此姑从之。《毛序》：“刺卫夫人也。夫人淫乱，失事君子之道，故陈人君之德，服饰之盛，宜与君子偕老也。”而魏源《诗古微》以为“哀贤夫人”，不足为据。

此诗的讽刺，微婉而有特色，前人言之甚详。沈德潜《说诗晬语》云：“讽刺之词，直诘易尽，婉道无穷。卫宣姜无复人理，而《君子偕老》一诗，止道其容饰衣服之盛，而首章末以‘子之不淑，云如之何’二语逗露之……苏子所谓不可以言语求而得，而必深观其意者也。诗人往往如此。”王照圆《诗说》云：“《君子偕老》诗，笔法绝佳。通篇止‘子之不淑’二句明露讥刺，余均叹美之词，含蓄不露。……抑扬反复，咏叹淫佚，句句有一‘子之不淑’在，言下蕴藉可思。至笔法之妙，尤在首末二句。首云‘君子偕老’，忽然凭空下此一语，上无缘起，下无联缀，乃所谓声罪致讨，义正词严，是《春秋》笔法。末云‘邦之媛也’，诎然而止，悠然不尽。一‘也’字如游丝袅空，余韵绕梁，言外含蕴无穷，是文章歇后法。”

桑　中

爰采唐矣？沬之乡矣①。云谁之思？美孟姜矣②。期我乎桑中，要我乎上宫，送我乎淇之上矣③。

〔注释〕

①爰，闻一多《新义》："'於焉'之合音，犹言在何处也。"　唐，《毛传》："蒙。菜名。"《尔雅·释草》："女萝、兔丝。"《说文》："蒙，王女也。"徐锴曰："即女萝也。"唐、蒙、女萝、兔丝，一物而异名。　沬，即湏。沬乡即《尚书·酒诰》中的沬邦，亦即卫都朝歌，商代称之为妹邦。王先谦《集疏》："沬邑之'沬'即妹邦之'妹'，皆转音借字，其本字当为'牧'，即牧野也。……郑注：'妹邦，纣之都所处也。'……《说文》：'坶，朝歌南七十里地。《周书》：武王与纣战于坶野。从土，母声。'《水经注·清水》篇：'自朝歌以南暨清水，土地平衍，据皋跨泽，悉坶野矣。《郡国志》曰：朝歌县南有牧野。'牧、坶双声，故牧又为坶。据此，知朝歌、牧野、妹邦、沬邑，并无异地。沬、未同声，未、妹双声，故牧音转为妹，又为沬也。"其地在今河南淇县北。　②云，语首助词。　之，语中助词。　孟，排行居长。　姜，姓。这里用贵族姓氏代表美人，为泛指。卫国为姬姓，其贵族世代与齐、吕、许、申等姜姓贵族女子通婚，故以"姜"代之。而反过来讲，齐国贵族为姜姓，故《齐风》中以"姬"代表美女。陈国贵族为妫姓，世代与姬姓诸侯国通婚，故《陈风》亦以"姬"代表美女。　③期，约会。　桑中，卫国地名。一名桑间，约在今河南省滑县东北。一说泛指桑林之中。　要，音义同邀。　上宫，地名，今不详。马瑞辰《通释》以为楼名，女之所居。　淇，河名，即淇水。

●诗之首章直赋其事，一问一答，得意之情溢于言表。《郑笺》："此思孟姜之爱厚己也。与我期于桑中，而要见我于上宫，其送我则于淇水之上。"

爰采麦矣？沬之北矣。云谁之思？美孟弋矣①。期我乎桑中，要我乎上宫，送我乎淇之上矣。

〔注释〕

①弋(yì),姓,亦作姒。当时陈、杞等诸侯国贵族为姒姓,世代与卫、鲁等姬姓贵族通婚,故此诗连带及之。

●诗之二章承上章,用词稍作变换。"美孟弋"亦为泛指。

爰采葑矣?沫之东矣①。云谁之思?美孟庸矣②。期我乎桑中,要我乎上宫,送我乎淇之上矣。

〔注释〕

①葑,即萝卜。见《谷风》注。　②庸,姓。亦为泛指。

●诗之三章承上章,惟用词稍作变换。

〔解题〕

《桑中》是卫国贵族青年抒写与情人幽会之乐的诗。此诗在当时流传颇广,"桑中"一词成了男女欢会的代名词,反过来它也反映了当时社会风俗。《左传·成公二年》载:楚国大夫屈巫得夏姬,怕为楚国所不容,便乘聘于齐国之机,带上家族,尽室以行。申叔跪适郢,遇之,曰:"异哉!夫子有三军之惧,而又有桑中之喜,宜将窃妻以逃者也。"《汉书·地理志》引此诗,并云:"卫地有桑间濮上之阻,男女亦亟聚会,声色生焉,故俗称郑卫之音。"《毛序》、《郑笺》及《孔疏》等都强作曲解,以为刺诗,不足为据。

此诗三章的前四句,都采用一问一答的形式,而末三句三章叠咏,反复吟唱,读之音韵铿锵,风采自然,作者心中之得意欢快溢于言外。

鹑之奔奔

鹑之奔奔,鹊之彊彊①。人之无良,我以为兄②!

〔注释〕

①鹑，鹌鹑。　奔奔，飞而相随之貌。齐、鲁《诗》作贲贲，与奔奔声通，故得通用。　彊彊，义同奔奔。而齐、鲁《诗》作姜姜。《郑笺》："奔奔、彊彊，言其居有常匹，飞则相随之貌，刺宣姜与顽非匹偶。"又一说此诗是刺卫宣公。因为奔通贲，而贲有"愤"意，形容怒气充实而勇于争斗，重言之则曰"贲贲"。而彊通强。王先谦《集疏》云："鹑色不纯，鹊强有力，喻宣公无纯一之行，而有强夺之事，此鲁义也。"　②人，指下文的兄和君。　良，善。　兄，长辈。不作兄弟解。闻一多《新义》："家法嫡长传位，故为人君者即人兄。"

●诗之首章以鹑、鹊起兴，斥责其行为荒淫，无良善之行。

鹊之彊彊，鹑之奔奔。人之无良，我以为君①。

〔注释〕

①君，君主。

● 诗之二章叠咏之以加深其意。首句倒语以叶韵。

〔解题〕

《鹑之奔奔》是卫国国人讽刺卫国统治者的诗。至于所讽刺者到底是谁，颇有分歧。《毛序》云："刺卫宣姜也。卫人以为宣姜鹑鹊之不若也。"而王先谦等以为刺卫宣公。《左传·襄公二十七年》载，郑六卿享晋赵孟，伯有赋《鹑之奔奔》，赵孟曰："床笫之言不逾阈，况在野乎？非使人之所得闻也。""文子(即赵孟)告叔向曰：'伯有将为戮矣。诗以言志，志诬其上而公怨之，以为宾荣，其能久乎？'"杜预注："卫人刺其君淫乱，鹑鹊之不若，义取'人之无良，我以为兄'、'我以为君'也。""言诬则郑伯未有其实。"因此，诗中所讽刺的，应当是卫宣公。

此诗仅两章，每章的首二句皆以鹑、鹊起兴，兴中含比，讽刺婉转而实刻，颇耐人寻味。

定之方中

定之方中，作于楚宫①。揆之以日，作于楚室②。树之榛栗，椅桐梓漆，爰伐琴瑟③。

〔注释〕

①定，星宿名，又叫营室，包括中国古代天文系统二十八宿中的室、壁二宿。 方中，指定星于黄昏时处于正南方的天空，其时约在每年农历的十月十五日至十一月初。 于，为。古书引此二句诗于多作为。古代于、为二字音近而通用。 楚宫，指在楚丘建筑宫庙。《郑笺》："楚宫，谓宗庙也。定星昏中而正，于是可以营制宫室，故谓之营室。定昏中而正，谓小雪（农历节气名）时，其体与东壁连正四方。"楚丘在今河南省滑县东。 ②揆，衡度、测量。 日，日影。古人测日影以定时。 楚室，在楚丘居住的房屋。《郑笺》："君子将营宫室，宗庙为先，厩库为次，居室为后。" ③树，种植。 榛、栗，树名。 椅、梓，皆楸一类的树木，似桐而叶小，白色，生子。 桐，梧桐。 漆，漆树。其树汁可以漆物。这四种树木都是制琴瑟用的材料。 爰，于是。爰即于之借。 伐，伐之以用。

● 诗之首章直赋其事，言明修建楚宫的时间、地点等。

升彼虚矣，以望楚矣①。望楚与堂，景山与京，降观于桑②。卜云其吉，终然允臧③。

〔注释〕

①虚，今作墟，丘陵。此处指漕虚，与楚丘邻近。 ②堂，邑名，亦在楚丘附近。 景，憬之借字，远行。 京，用人力造成的高丘。《郑笺》："自河（黄河）以东，夹于济水。文公将徙，登漕之虚，以望楚丘，观其旁邑及其丘山，审其高下所依倚，乃后建国焉。慎之至也。" 降，从高处下来。 观，视察。 桑，桑田。《毛传》："地势宜桑。可以居民。" ③卜，占卜。古人逢大事

必占卜以断吉凶。 允，信、确实。 臧，善、好。“其吉”云云六字是卜辞。《孔疏》：“卜者，大卜。国大迁，大师则贞龟，是建国必卜之。”

● 诗之二章赋写卫文公为建楚丘而观察形势、相地之宜并占卜的过程。

灵雨既零，命彼倌人①。星言夙驾，说于桑田②。匪直也人，秉心塞渊，騋牝三千③！

〔注释〕

①灵雨，好雨。《郑笺》：“灵，善也。”灵的本义是巫者，引申为善。 零，《毛传》：“落也。”霝之借字。 倌人，《毛传》：“主驾者。”驾车的小官。 ②星，指雨后天晴，星星出现。 夙驾，清早驾车出行。 说，音义同税，休息。《郑笺》：“文公于雨下，命主驾者：雨止，为我晨早驾。欲往为辞。说于桑田，教民稼穑，务农急也。” ③匪，非。 直，特。王先谦《集疏》：“文公夙驾劝农，于民事可谓尽美矣，抑非特于人然也。” 秉心，用心。 塞渊，切实深远。王先谦《集疏》：“言文公执心诚实深远，政行化速，兼能致物产蕃庶。” 騋(lái)，大马。《毛传》：“马七尺以上为騋。” 牝，母马。 三千，泛言其多，非实指。古代以马驾战车，所以用马匹的多少衡量国力的强弱。王先谦《集疏》：“騋是马种之良，牝则用以蕃育，举良马以概其余，言牝而牡可弗计也。”《郑笺》：“今文公灭而复兴，徙而能富，马有三千，虽非礼制，国人美之。”

● 诗之三章言文公关怀国事，勤劝农桑，而致国家复兴，故国人颂而美之。

〔解题〕

《定之方中》是歌颂和赞美卫文公从漕邑迁到楚丘重建国家的诗。《毛序》：“美卫文公也。卫为狄所灭，东徙渡河，野处漕邑，齐桓公攘戎狄而封之。文公徙居楚丘，始建城市而营宫室，得其时制，百姓说(悦)之，国家殷富焉。”对狄人灭卫，《左传》有详细的记载。闵公二年冬十二月，“狄人伐卫”。“及狄人，战于荧泽，卫师败绩，遂灭卫。”“文公为卫之多患也，先适齐。及败，宋桓公逆诸河，宵济。卫之遗民男女七百有三十人，益之以共、滕之民为五千人。

立戴公以庐于曹。”“齐侯(桓公)使公子无亏帅车三百乘、甲士三千人以戍曹。归公乘马,祭服五称,牛、羊、豕、鸡、狗皆三百与门材。归夫人鱼轩,重锦三十两(匹)。”“僖(公)之元年,齐桓公迁邢于夷仪。二年,封卫于楚丘。邢迁如归,卫国忘亡。卫文公衣大布之衣、大帛之冠,务材、训农,通商、惠工,敬教、劝学,授方、任能。元年,革车三十乘;季年,乃三百乘。”从诗的末尾来看,此诗可能作于卫文公晚年(公元前635年左右)。

此诗是叙事诗,在《国风》中较为少见。因为是叙事诗,所以写得朴质、稳重,对卫文公建城市、营宫室、劝农桑等事,一一细举,娓娓道来。戴君恩《臆评》云:“章法句法字法,错综申缩,各极妙境。”

蝃　蝀

蝃蝀在东,莫之敢指①。女子有行,远父母兄弟②。

〔注释〕

①蝃蝀(dì dōng),刘熙《释名》:“虹。又曰美人。阴阳不和,昏(婚)姻错乱,淫风流行,男美于女,女美于男,互相奔随之时,则此气盛。” 指,用手指点。古人以为虹是阴邪之气所化,故忌讳之。《毛传》:“夫妇过礼则虹气盛,君子见戒而惧,讳之,莫之敢指。”《郑笺》:“虹,天气之戒,尚无敢指者,况淫奔之女,谁敢视之。” ②女子有行,王先谦《集疏》:“女子,谓奔者。行,嫁也。奔而曰‘有行’者,先奔而后嫁。‘远父母兄弟’,亦奔女意耳,非义之远,与《泉水》词同而恉异。”其中含有讽刺意味。钱澄之《田间诗学》:“女子有行二句,似是当时陈语,故多引用之。”

● 诗之首章以蝃蝀起兴,兴而兼比。蝃蝀在东而人不敢指,以比私奔之事人亦不可道。何况女子有行,远其父母兄弟依礼而行呢?

朝隮于西,崇朝其雨①。女子有行,远兄弟父母。

〔注释〕

①朝，早晨。　隮(jī)，虹。杨树达《小学述林》卷一："诗人以'朝隮于西'与'蝃蝀在东'为对文，而隮亦谓虹，知古义虹为通称。细分之，则见于东方者为蝃蝀，见于西方者为隮也。"　崇，终之借字。《毛传》："从旦至食时为终朝。"

● 诗之二章承上章，言早上虹见则终朝其雨，大概是因为所谓"淫奔"之气伤于阴阳之和的缘故。

乃如之人也，怀昏姻也①。大无信也，不知命也②！

〔注释〕

①乃如之人也，可像这样的人啊！之人指诗中所讽刺的女子。王先谦《集疏》以为指那个与女子私奔的男子，可作参考。　怀，古与坏通用，败坏、破坏。《毛传》："乃如是淫奔之人也，不待命也。"《郑笺》训"怀"为思，云："乃如是之人，思昏姻之事乎？言其淫奔之过恶之大。淫奔之女，大无贞洁之信，又不知昏姻当待父母之命。恶之也。"　②大，同太。　信，贞信、贞洁。　命，指父母之命。其他说法尚多，兹不取。

● 诗之三章承上二章，公开作抨击。

〔解题〕

《蝃蝀》是指责讽刺女子自由婚姻的诗。其作者自然是思想比较保守的人。春秋时期，郑国、卫国等地的婚姻比较自由开化，这在《郑风》和《卫风》中颇多反映。有喜而好之者，亦必有恶而斥之者。而且当时贵族制订的"礼"正在逐步加强和完善之中，对男女自由交往、私奔的讽刺诗之产生也是情理之中的事。故《韩诗》谓"刺奔女"，《毛序》谓"止奔"，大同小异。

此诗兴而含比。诗中虽无形象的塑造，然被讽刺者的形象依然隐约可见。第一章和第二章实际上是在为第三章的公然抨击作铺垫，到第三章，诗人的愤怒实在憋不住了，不由得喷涌而出，简直是在破口大骂了。通篇读之，颇值得玩味。

相鼠

相鼠有皮，人而无仪①。人而无仪，不死何为②？

〔注释〕

①相，《毛传》："视也。" 仪，指西周、春秋时期贵族修养表现于外在仪表的威仪。详见前《邶风·柏舟》注。 ②何为，为什么。

● 诗之首章直以人鼠相比，冲口而出，愤恨咒骂，毫无遮拦。《郑笺》："仪，威仪也。视鼠有皮，虽处高显之处，偷食苟得，不知廉耻，亦与人无威仪者同。人以有威仪为贵，今反无之，伤化败俗，不如其死，无所害也。"

相鼠有齿，人而无止①。人而无止，不死何俟②？

〔注释〕

①止，节止、节制，使自己的行为合乎礼义。亦可释为容止，即北宫文子所谓"容止可观"。无止即无礼节。 ②俟，等待。

● 诗之二章复咏上章之意。

相鼠有体，人而无礼①！人而无礼，胡不遄死②！

〔注释〕

①体，身体。王先谦《集疏》："首二章皮、齿指一端，此举全体言之。威仪以临民，正节以容民，亦礼之见端，此章复总举礼以明之，正喻取相当也。" ②胡，三家《诗》作何。 遄(chuán)，《毛传》："速也。"

● 诗之三章总礼以概全体，揭示出全诗意旨所在。《郑笺》："言鼠之有身体，如人而无礼者矣。人之无礼，可憎贱如鼠，不如疾死之愈。"

〔解题〕

《相鼠》是咒骂抨击人无威仪礼节的诗。被抨击者肯定是贵族，而作诗者同样也是贵族。因为在当时，礼只通行于贵族之间，普通庶人谈不上运用礼，更谈不上威仪，此即所谓"礼不下庶人"。而此诗的创作背景，正是西周末年至春秋中晚期出现的"礼崩乐坏"局面。考察此诗在当时的运用，亦可了解其含义。《左传·襄公二十七年》："齐庆封来聘，其车美。孟孙谓叔孙曰：'庆季之车，不亦美乎！'叔孙曰：'豹闻之：服美不称，必以恶终。美车何为？'叔孙与庆封食，不敬。为赋《相鼠》，亦不知也。"后庆封终被逐于齐而出奔鲁，又奔吴，后为楚所族灭。如果它真是所谓劳动人民咒骂贵族统治阶级的诗，当时的贵族恐怕不会如此运用。故古人皆以为刺无"礼"，是维护周代贵族礼制的诗。

此诗仅三章，章章是讥刺咒骂，笔锋犀利，痛快淋漓。

干　旄

孑孑干旄，在浚之郊①。素丝纰之，良马四之②。彼姝者子，何以畀之③？

〔注释〕

①孑孑(jié)，干旄独立之貌。王先谦《集疏》："孑孑，犹孑然。旄之为物至小，而表立干首，望之孑然，故云'孑孑'也。"　干，三家《诗》作竿，旗竿。旄，旗名，在旗竿顶端用氂牛尾为饰。陈奂《传疏》："注氂牛尾于竿之首谓之干旄。下章干旟、干旌，干皆干旄也。"当时用干旄表示一定的身分。《毛传》："注旄于干首，大夫之旃也。"　浚，卫邑，在楚丘附近。　②素丝，洁白的丝线。　纰(pí)，在衣裳上镶边。这里指用白丝线在旗帜上镶边作为装饰。下二章组、祝也都指缝旗。闻一多《新义》："纰、组、祝皆束丝之法。"　良马四

之，指用好马赠送贤士。王念孙《广雅疏证》："四马，大夫以备赠遗者。下文或五或六，随所见言之，不专是自乘。"孔广森《经学卮言》："四之、五之、六之，不当以辔为解，乃聘贤者用马为礼，转益其庶且多也。《左传》：王赐虢公晋侯马五匹。楚弃疾遗子皮马六匹。皆不必成乘，故或五或六也。" ③姝，《说文》："好也。""彼姝者子"，犹言"彼美人兮"。 子，古代对人的尊称。 畀(bì)，给予。朱熹《集传》："言卫大夫乘此车马，建此旌旄，以见贤者。彼其所见之贤者，将何以畀之，而答其礼意之勤乎？"

● 诗之首章直赋其事，言卫之大夫乘车马而树旄旗，纰之以素丝，赠之以车马，以结其殷勤之意。

孑孑干旟，在浚之都①。素丝组之，良马五之。彼姝者子，何以予之？

〔注释〕

①旟(yú)，画有鸟隼的旗子。《毛传》："鸟隼曰旟。"《郑笺》："《周礼》：州里建旟。谓州长之属。" 都，城邑。指次于国的没有宗庙的城邑。

● 诗之二章乃重上章之义。只是换了几个字而已。

孑孑干旌，在浚之城①。素丝祝之，良马六之②。彼姝者子，何以告之③？

〔注释〕

①干旌，指在竿端加五彩翟鸟羽毛为饰的旗帜。 城，城邑，与都同义而有大小之分。 ②祝，《毛传》："织也。"《郑笺》："祝当作属。属，著也。"即编连。 ③告，建议。《左传·定公九年》："《竿旄》'何以告之'，取其忠也。"杜预注："取其中心愿告人以善道也。"

● 诗之三章义同上章。

〔解题〕

《干旄》也是难以说明其主旨的诗。《毛序》云："美好善也。卫文公臣子多好善，贤者乐告以善道也。”《左传·定公九年》有“《竿旄》‘何以告之’，取其忠也”之句，然《左传》引诗多断章取义，不可为确据。故关于此诗又有多种说法。若将其视之为情诗也完全可以，因为诗中完全是在表述一种殷勤之意。但此处仍采前说。崔述《偶识》说：“卫之重封，由于齐桓。齐桓所封者，邢与卫也。然邢仅二十余年而遂亡，而卫历春秋及战国秦又数百年而始亡，何哉？吾读《干旄》之篇，而知卫之所以久存，良有由也。盖国家之治惟赖贤才，而贤才不易得，故人君于贤才不惟当举之用之，而且当鼓之舞之。旌旄之贲于浚，所以下贤也，即所以劝贤也。”此可备一说。

此诗共三章，章六句，反复咏之，而每章只调换了五个字，含义则一层深一层。故姚际恒《通论》云：“郊、都、城，由远而近也；四、五、六，由少而多也。诗人章法自是如此。”

载　驰

载驰载驱，归唁卫侯①。驱马悠悠，言至于漕②。大夫跋涉，我心则忧③。

〔注释〕

①载，发语词，无义。　驰、驱，快马加鞭。《孔疏》：“走（跑）马谓之驰，策马谓之驱。”　唁，慰问死者家属。《众经音义》十三引《韩诗》文云：“吊生曰唁，吊失国亦曰唁也。”　卫侯，旧说指卫戴公，但实际应指卫文公，因为戴公立仅一月而死。　②悠悠，《毛传》：“远貌。”　言，语首助词，无义。　漕，邑名。见《击鼓》注。　③大夫，指追到卫国劝阻许穆夫人归国吊唁的许国诸臣。　跋涉，《毛传》：“草行曰跋，水行曰涉。”王先谦《集疏》：“《韩诗》曰：‘不由蹊遂而涉曰跋涉。’谓事急时不问水之浅深，直前济渡，视水行如陆行。”

我心则忧，朱熹《集传》：“许之大夫有奔走跋涉而来者，夫人知其必将以不可归之义来告，故心以为忧也。”王先谦《集疏》：“国君夫人父母既没，惟奔丧得归，后遂不复归也。懿公死于兵乱，观《吕览》弘演纳肝事，知戴公仓卒庐漕，亦未能成葬礼，夫人之归，不能以奔丧为词，则疑于归宁兄弟，此许人所为执礼相责也，故夫人作诗曰，我之驰驱而归，乃吊卫侯之失国，非宁兄弟比。宗国破灭，此不恒有之变，既不能救，义当往唁。当时未有此礼而夫人毅然行之，虽不合于常经，亦天理人情之正，故孟子以为权而贤者。”

● 诗之首章直赋其事，起笔即写其载驰载驱，忧心忡忡。

既不我嘉，不能旋反①。视尔不臧，我思不远②。既不我嘉，不能旋济③。视尔不臧，我思不閟④。

〔注释〕

①既，尽、都。　嘉，称善、赞同。我嘉即嘉我。《郑笺》：“言许人尽不善我欲归唁兄。”　旋，回还。　反，同返。　②视，比较。为引申义。　尔，汝，指许国大夫。　臧，善。王先谦《集疏》：“视我不臧，即不我嘉意。诗言虽视我不臧，我之思虑岂不远且閟(密)乎？语意正同。”　③济，渡。　④閟(bì)，《毛传》：“闭也。”方玉润《原始》：“然而我之所思，并非迂远难行之事，又非闭塞不同之谋。”

● 诗之二章对许国大夫之劝阻表示不满。

陟彼阿丘，言采其蝱①。女子善怀，亦各有行②。许人尤之，众稚且狂③。

〔注释〕

①阿丘，指偏侧高的山坡。《毛传》：“偏高曰阿丘。”　蝱(méng)，莔之借字。《毛传》：“蝱，贝母也。”徐锴《说文系传》(以下简称《系传》)：“《本草》：贝母一名莔，根形如聚贝子，安五藏，治目眩、项直不得返顾。”《郑笺》：“升丘采贝母，犹妇人之适异国，欲得力助安宗国也。”　②怀，思念。此处指思念故国。　行，道、道理。　③尤，通訧，反对。《毛传》：“尤，过也。”此处用作动词。　众，指许国众臣。　稚，幼稚。　狂，愚妄。《韩非子·解老》：“心不能审得失之地则谓之狂。”

● 诗之三章仍然抒写自己的忧国之情及许国诸臣的不理解。王先谦《集疏》：“夫人自明我之思归，与它女子异，亦各有道耳，而许人例以恒情，责以常礼,是稚且狂矣。”

我行其野,芃芃其麦①。控于大邦,谁因谁极②!

〔注释〕

①芃芃(péng),茂盛貌。　麦,麦苗。狄人入卫在鲁闵公二年的冬十二月,而诗言此,故王先谦认为此诗作于闵公三年的夏历二三月。　②控,赴告。赴、讣古通用。控于大邦即赴告于大国。　大邦,大国,即齐国。　因,亲、依靠。　极,至。陈奂《传疏》:“至者,当读如‘申包胥以秦师至’。”

● 诗之四章始公开发抒不满。王先谦《集疏》:“求救它国,必有所因,以致其情,夫人始云妾在犹愈,即此意也。今于诸大国无所系援,果谁因乎?又谁至乎?闵宗国之无援,亦追咎已言之不用也。”

大夫君子,无我有尤①!百尔所思,不如我所之②!

〔注释〕

①无,同毋,不要。　有,同又。无我有尤,不要再反对我了。　②百尔,即尔百。　思,主意。　之,往、方向。此处指自己所考虑的方向。

● 诗之五章进一步抒愤,对许国诸臣进行抨击。王先谦《集疏》:“言尔无以礼非责我。今日之事,义在必归,虽百尔之所思,不如我所往之为是也。”

〔解题〕

《载驰》是许穆夫人在卫国为狄人所灭时回卫吊唁卫侯,忧念家国,并对指责她的许国众臣表明心迹的诗。

《左传·闵公二年》:“冬十二月,狄人伐卫。卫懿公好鹤,鹤有乘轩者。将战,国人受甲者皆曰:‘使鹤,鹤实有禄位。余焉能战!’”“及狄人,战于荧泽,卫师败绩,遂灭卫。”“文公为卫之多患也,先适齐。及败,宋桓公逆诸河,宵济。卫之遗民男女七百有三十人,益之以共、滕之民为五千人,立戴公以庐于曹。许穆夫人赋《载驰》。”此诗为许穆夫人所作,古今皆无疑义。

关于许穆夫人，刘向《列女传·仁智》有一段记载与此诗有关："初，许求之，齐亦求之，懿公将与许，女因其傅母而言曰：'古者诸侯之有女子也，所以苞苴玩弄，系援于大国也。今者许小而远，齐大而近，若今之世，强者为雄，如使边境有寇戎之事，惟是四方之故，赴告大国，妾在不犹愈乎？今舍近而就远，离大而附小，一旦有车驰之难，孰可与虑社稷？'卫侯不听，而嫁之于许。"及卫为狄人所灭，遂有此诗之作。此虽为传说，亦可备参考。

卫"国"只是当时华夏族中周人集团的一部分，一个经过几百年发展的扩大了的家族。因此，用今天的爱国主义概念来概括许穆夫人的精神并不妥当。我们更应当注意的是这首诗是很好的抒情诗，它融叙事、言情于一体，沉郁顿挫，波澜起伏，十分感人。

卫风

淇奥

瞻彼淇奥，绿竹猗猗①。有匪君子，如切如磋，如琢如磨②。瑟兮僩兮，赫兮咺兮③。有匪君子，终不可谖兮④！

〔注释〕

①瞻，看。　淇，淇水。　奥，齐、鲁《诗》作隩，又作澳。《毛传》："奥，隈也。"《尔雅·释丘》："隩，隈。"《说文》："澳，隈崖也。其内曰澳，其外曰隈。"指水边崖岸深曲之处。　绿竹，其解有二。《毛传》："绿，王刍也。竹，篇竹也。"是二种草名。《鲁诗》绿作菉，《韩诗》竹作藩。一解为竹子。按：魏晋以前，原卫国所在之地遍布竹林，汉代称为淇园之竹。汉元封元年汉武帝堵塞黄河决口，曾伐淇园之竹以为楗。东汉初，寇恂为河内太守，与绿林军相持于洛阳北，曾伐淇川之竹治矢百余万以输军资。故此诗之"绿竹"应为竹子。亦惟绿竹修养猗长，堪用以比喻人物形貌之美。　猗猗，美盛之貌。陈奂《传疏》："诗以绿竹之美盛，喻武公之质美德盛。"　②匪，斐之借字，指人物有文采和才华。鲁、齐《诗》及《礼记》、《尔雅》引诗均作斐。有匪，犹言斐斐。　君子，指卫武公。　切、磋、琢、磨，都是对工艺品进行加工。《尔雅·释器》："骨谓之切，象（象牙）谓之磋，玉谓之琢，石谓之磨。"这里用来比喻卫武公研究学问和陶冶情操的精益求精。王充《论衡·量知》："切磋琢磨，乃成宝器。人之学问知能成就，犹骨象玉石切磋琢磨也。"　③瑟，璱之借字，矜持庄严之貌。王先谦《集疏》："谓德容之缜密庄严，秩然不乱。"　僩（xiàn），威武之貌。　赫，光明之貌。　咺（xuān），形容人之心胸坦白宽广。《鲁诗》作烜，《齐诗》

作喧，《韩诗》作宣，字异而义同。　　④终，最终、永远。　谖（xuān），《毛传》："忘也。"

● 诗之首章以淇奥之绿竹起兴，兴而含比，以盛赞卫武公学问道德之精益求精，令人难忘。

瞻彼淇奥，绿竹青青①。有匪君子，充耳琇莹，会弁如星②。瑟兮僩兮，赫兮咺兮。有匪君子，终不可谖兮。

〔注释〕

①青青（jīng），《毛传》："茂盛貌。"一作菁菁。　　②充耳，即瑱，见《君子偕老》注。　琇（xiù），宝石。三家《诗》作璓。《说文》："璓，石之次玉者。"莹，玉色晶莹。《毛传》："琇莹，美石也。天子玉瑱，诸侯以石。"　会（kuài），皮帽的两缝相合之处。　弁（biàn），皮帽。陈奂《传疏》："弁为皮弁。皮，白鹿皮也。"《韩诗》会作髺。《说文》："髺，骨擿之可会发者。"《玉篇·骨部》："髺，五采束发。"　如星，指皮与皮之间帽缝上的玉石饰物像星星一样闪烁。

● 诗之二章进一步写卫武公服饰之盛，以见其仪容之美。

瞻彼淇奥，绿竹如箦①。有匪君子，如金如锡，如圭如璧②。宽兮绰兮，猗重较兮③。善戏谑兮，不为虐兮④。

〔注释〕

①箦（jī），《毛传》："积也。"　　②如金如锡，如圭如璧，形容卫武公的品德修养之盛。《毛传》："金锡炼而精，圭璧性有质。"《孔疏》："武公器德已百炼成精如金锡；道业既就，琢磨如圭璧。"　　③宽，宽厚而能容人。　绰，舒缓大度。《郑笺》："绰兮，谓仁于施舍。"　猗，倚之借字，依靠。　重较，古代卿士所乘之车。《论语·乡党》皇疏："古人乘路车，皆于车中倚立，倚立难久，故于车箱上安一横木，以手隐凭之，谓之为较。《诗》云'倚重较兮'是也。"④戏谑，开玩笑。　虐，过分。马瑞辰《通释》："虐之言剧，谓甚也。"

● 诗之三章盛赞卫武公道德修养之精进有成，又赞其入为周王卿士，为人幽默，又不过分。

〔解题〕

《淇奥》是赞美卫武公的诗,古今大致没有什么争议。《毛序》:“美武公之德也。有文章,又能听其规谏,以礼自防,故能入相于周,美而作是诗也。”徐幹《中论·修本》:“卫武公年过九十,犹夙夜不怠,思闻训道。命其群臣曰:‘无谓我老耄而舍我,必朝夕交戒。’又作《抑》诗以自儆也。卫人诵其德,为赋《淇奥》。”朱熹等皆无异说。

卫武公在西周末、春秋初年颇有作为。《史记》记载他即位之后,“修康叔之政,百姓和集。犬戎杀周幽王,武公将兵往,佐周平戎甚有功”。他又善写诗,《大雅·抑》和《小雅·宾之初筵》据说都出自卫武公之手。

此诗歌诵摹写人物,虚实相间,富于变化。首章以绿竹起兴,“如切如磋”二句虚状卫武公治学之勤;“瑟兮僩兮”以下数句,写卫武公矜持庄严威武,光明而心胸坦荡之貌;第二章“充耳琇莹”二句,又实写武公服饰之盛;末章“如金如锡”数句,又虚写武公德业修养之盛。全诗既写武公仪容之美,又写其人品之高、德业之盛,及其为人,摹写传神。吴闿生《会通》:“旧评云:通篇无一字腐,得法在用兴、用比,用形容咏叹。末章就宽绰戏谑处写,尤妙。”

考　槃

考槃在涧,硕人之宽①。独寐寤言,永矢弗谖②!

〔注释〕

①考,成。《春秋·隐公五年》“考仲子之宫”,杜预注:“成仲子宫。”　槃,《鲁诗》作盘,快乐。槃、盘同音假借。　涧,《毛传》:“山夹水曰涧。”《韩诗》作干。干为涧之借字。　硕人,对人的美称,指心中所思念的人。王先谦《集

疏》:“大人犹美人,《简兮》咏贤者,称硕人又称美人,《郑笺》以为即一人,是其证也。古人硕、美二字为赞美男女之统词,故男亦称美,女亦称硕。若泥长大、大德为言,则失之矣。” 宽,宽广。 ②独寐寤言,犹言独睡、独醒、独说话。严粲《诗缉》:“既寐而寤,既寤而言,皆独自耳。”而闻一多先生《通义》云:“《考槃》篇之‘寤言’、‘寤歌’、‘寤宿’,《东门之池》篇之‘寤歌’、‘寤语’、‘寤言’,谓以言辞互相问答,或以歌声互相唱和,‘寤’、‘晤’亦并读为互。”亦通。 矢,发誓。 谖,忘记。

● 诗之首章为赋,述其梦中所见与心上人之相会。“涧”为相见之地。

考槃在阿,硕人之薖①。独寐寤歌,永矢弗过②!

〔注释〕

①阿,山坡。 薖(kē),《韩诗》作偈,《释文》引《韩诗》云:“偈,美貌。”义与上章之“宽”相近。此处用以形容人之仪容宽大壮硕。 ②过,越。朱熹《集传》:“永矢弗过,自誓所愿,不逾于此,若将终身之意也。”闻一多先生训过为失误,言“记忆失误便是遗忘”(见《类钞》),亦通。

● 诗之二章叠咏上章之意,语气进一步加深,并述永誓不忘之意。

考槃在陆,硕人之轴①。独寐寤宿,永矢弗告②!

〔注释〕

①陆,陆地高平之处。 轴,本指车轴。引申为盘旋。朱熹《集传》:“轴,盘桓不行之意。”此处应指梦中所思念的人欲前却止,似真非真。 ②寤宿,朱熹《集传》:“已觉而犹卧也。”已经醒来却犹躺着。 告,告诉。

● 诗之三章写梦中之人似真非真,犹如幻觉,欲前又止,故梦醒之后悠然念之,而此心事无可以告诉者。

〔解题〕

《考槃》是描写梦境的恋歌。作者在诗中描述了与心上人的相会之地,心上人的俊美漂亮,以及梦中及梦醒之后对心上人的思念。闻一多《类钞》云:"'独寐寤言'是说一人独自睡去而梦与他人相对谈话。'独寐寤歌'、'独寐寤宿'义仿此。""两性间用对唱的方式互通款曲,是近代边区民族间还流行着的风俗。同样风俗之存在于《诗经》时代,则可由《陈风·东门之池》篇得到证明。'晤言'、'晤歌'见于《东门之池》,也见于本篇。《东门之池》是情诗,本篇想也是一样。"而《毛序》及三家《诗》等都认为是描写所谓隐士之乐,实在不合诗义。因为在春秋中期以前,还不可能有什么隐士。隐士出现于战国以后,是封建血缘宗法制度逐渐解体后一部分士人游离于政权之外的结果。

此诗仅三章,章四句,叠咏之中又稍加变化。全诗结构周密,层次井然,一往情深,颇富感染力。

硕　　人

硕人其颀,衣锦褧衣①。齐侯之子,卫侯之妻,东宫之妹,邢侯之姨,谭公维私②。

〔注释〕

①硕人,指庄姜。　颀(qí),身体长大之貌。其颀,即颀颀。古人不论男女,皆以身材高大修长为美。故《郑笺》云:"硕,大也,言庄姜仪表长丽俊好颀颀然。"　衣(yì),用作动词,穿。　褧(jiǒng)衣,用枲麻一类的纤维织成的纱罩衣。《韩诗》作蘔。《说文》段玉裁注:"蘔者,枲属,绩蘔为衣,是为褧也。"《郑笺》:"褧,禅也。国君夫人翟衣而嫁,今衣锦者,在涂之所服也。尚之以禅衣,为其文之太著。"王先谦《集疏》:"禅衣不重,以蘔为之,仍微见在内之衣,故谓之褧。"　②齐侯,指齐庄公。　子,女儿。　卫侯,指卫庄公。　东宫,指齐国世子得臣。东宫为世子(太子)住所,因称世子为东宫。此句表明庄姜和世子得臣同为嫡出,身分高贵。　邢,诸侯国名。《说文》:"邢,周公子所封,近河南怀(今河南武陟西南)。"此为邢国后徙之地。其始封地在今河北省邢台市南。　姨,妻子的姐妹。　谭,诸侯国名,在今山东省济南市东南,

鲁庄公十年(前684年)为齐国所灭。《鲁诗》作覃,又作鄿,皆同音假借。私,《毛传》:“姊妹之夫曰私。”刘熙《释名》:“姊妹互相谓夫曰私,言于其夫兄弟之中,此人与己姊妹有私恩也。”

● 诗之首章直赋其事,不仅讲了庄姜的身材和衣着,更铺叙其身分之高贵。

手如柔荑,肤如凝脂,领如蝤蛴,齿如瓠犀,螓首蛾眉①。巧笑倩兮,美目盼兮②。

〔注释〕

①荑,初生白茅的嫩芽。见《静女》注。 凝脂,凝固的油脂。形容其肤色之白细。 领,《毛传》:“颈也。” 蝤蛴(qiú qí),木蠹虫的幼虫。《孔疏》:“白而长,故以比颈。” 瓠犀,葫芦籽。 螓(qín),蝉类昆虫,如蝉而小。《孔疏》:“此虫额广而且方。” 蛾,蚕蛾,其触须细长而弯曲。三家《诗》作娥。娥者,美好清扬之貌。王先谦《集疏》:“蛾眉者,眉以长为美,蚕蛾眉角最长,故以为喻。” ②倩,指笑时两颊出现的酒窝。引申为凡美好之称。 盼,眼睛转盼流动黑白分明之貌。

● 诗之二章极力铺写庄姜容貌之美,为千古绝唱。

硕人敖敖,说于农郊①。四牡有骄,朱帻镳镳,翟茀以朝②。大夫夙退,无使君劳③。

〔注释〕

①敖敖,《郑笺》:“犹颀颀也。”身材高大之貌。 说,音义同税,停车休息。 农郊,指卫国都城的近郊。 ②四牡,驾车的四匹雄马。 有骄,犹言骄骄。《毛传》:“骄,壮貌。”《说文》:“马高六尺为骄。”此处言马皆壮大。朱帻(fén),指缠在马镳上的红绸子之类的饰物。《说文》:“帻,马缠镳扇汗也。”徐锴《系传》:“谓以帛缠马口旁铁,扇汗使不汗也。” 镳(biāo),马衔及马衔两旁的铁饰统称为镳。镳镳,以名词用作形容词,盛美之貌。王先谦《集疏》:“重言镳镳者,四牡皆有镳,连翩齐骋,故《传》云盛貌。此实字虚诂之例,会意为训也。” 翟,长尾野鸡。 茀(fú),用来遮蔽女车的竹制屏障。《韩

诗》作蔽。《尔雅·释器》:“舆革前谓之鞎,后谓之茀。竹前谓之御,后谓之蔽。”王先谦《集疏》:“茀、蔽义一,是车后障蔽之名,加用翟羽,取其文采美观,盖通两旁与后并饰之,谓之‘翟茀’、‘翟蔽’。” 朝,朝见。指卫庄公来迎接庄姜,两人相见。 ③夙退,早点退去。王先谦《集疏》:“《公羊》庄二十四年传:‘礼,夫人至,大夫皆郊迎。’此大夫为卫大夫。姜税于郊,大夫随君出迎,正与礼合。”“其君者,谓女君也。‘无使君劳’,极形夫人之尊贵。”

● 诗之三章描写庄姜嫁来时盛翟茀之车以来,卫庄公率群臣郊迎的盛况。

河水洋洋,北流活活①。施罛濊濊,鳣鲔发发,葭菼揭揭②。庶姜孽孽,庶士有朅③。

〔注释〕

①河,黄河。 洋洋,水势盛大之貌。 北流,春秋时期黄河从今河南省武陟县折而向北,经今滑县东及河北中部北流至天津南入渤海,当时处于卫国之东、齐国之西,故曰北流。从齐至卫,必须渡河。 活活(guō),象声词,流水声。 ②施,设、撒开。 罛(gū),鱼网。《鲁诗》作罟,义同。 濊濊(huò),撒网入水的声音。 鳣(zhān),大鲤鱼。 鲔(wěi)与鲤同类的鱼。陆玑《疏》:“鲔鱼形以鳣而青黑,头小而尖,似铁兜鍪。口亦在颔下,其甲可以摩姜。大者不过七八尺。” 发发(bō),鱼尾甩动的声音。 葭(jā),《说文》:“苇之未秀者。” 菼(tǎn),荻草。 揭揭,芦荻修长之貌。 ③庶,众。庶姜,指陪嫁的姜姓女子。齐国贵族为姜姓。 孽孽,身材长大之貌。此处用以形容众陪嫁女子。 庶士,《毛传》:“齐大夫送女者。”《孔疏》:“桓三年《左传》曰:‘凡公女嫁于敌国公子,则下卿送之。’齐卫敌国(指两国大小及地位相等),庄姜齐侯之子,则送者下卿也。大夫,卿之总名。士者,男子之大称,故齐大夫统称‘庶士’也。” 朅(qiè),威武雄壮之貌。有朅,即朅朅。《韩诗》作桀,义近相假。

● 诗之四章写庄姜来嫁时沿途所见风景之美与侍从之盛,以衬托其身分之高贵。

〔解题〕

《硕人》是赞美卫庄公夫人庄姜的诗。《左传·隐公三年》:“卫庄公娶于齐东宫得臣之妹，曰庄姜，美而无子，卫人所为赋《硕人》也。”从诗的内容来看，当创作于庄姜初嫁之时。依《史记·卫世家》的记载，卫庄公五年娶齐女为夫人，则此诗的创作时间在春秋之前的公元前753年左右，是《国风》中我们已知创作年代较早的一首诗。而《毛序》、三家《诗》等皆以为刺诗，纯属无稽之谈。

此诗在艺术上的最大特色是描摹传神。佳人的魅力，不仅在其形容，更在其神采。形尚可写，而神则难摹。故写美人宜虚写而不宜实写，为读者留下丰富的想像余地。此诗的第二章对庄姜的描写，正达到了极为传神的地步。诗人连用五个比喻，给人的形象生动而具体。而“巧笑倩兮，美目盼兮”则画龙点睛，使以上五个比喻化实为虚，极为生动传神。这对后世文学产生了极其深远的影响。司空图《诗品》在谈形容时有“离形得似，庶几斯人”之语。孙联奎在《诗品臆说》中释云：“《卫风》之咏硕人也，曰‘手如柔荑’云云，犹是以物比物，未见其神。至曰‘巧笑倩兮，美目盼兮’，则传神写照，正在阿堵，直把个绝世美人，活活的请出来在书本上滉漾，千载而下，犹如亲其笑貌，此可谓离形得似者矣。似，神似，非形似也。”成功的描写，是虚实相生，形神兼备。宗白华先生在《中国美学史中重要问题的初步探索》中对此有一段精彩的分析：“前五句堆满了形象，非常‘实’，是‘错采镂金、雕绘满眼’的工笔画。后二句是白描，是不可捉摸的笑，是空灵，是‘虚’。这二句不用比喻的白描，使前面五句形象活动起来了。没有这二句，前面五句可以使人感到是一个庙里的观音菩萨，有了这二句，就完全成了一个如‘初发芙蓉，自然可爱’的美人形象。”

氓

氓之蚩蚩，抱布贸丝①。匪来贸丝，来即我谋②。送子涉淇，至于顿丘③。匪我愆期，子无良媒④。将子无怒，秋以

为期⑤。

〔注释〕

①氓,《说文》:“民也。”此处指其中特定的一员。陆德明《释文》引《韩诗》以为:“氓,美貌。”王先谦《集疏》:“美民为‘氓’,犹美士为‘彦’,美女为‘媛’也。” 蚩蚩,嘻笑貌。又作嗤。陈乔枞《齐诗遗说考》:“此妇人追本男子诱己之时,与己戏笑,己悦之而以为美也。”《毛传》:“蚩蚩者,敦厚之貌。”《韩诗》训为“意志和悦貌”,均可通。 贸,交易、交换。 ②匪,非、不是。 即,就、接近。 谋,谋划、商量。《郑笺》:“此民非来贸丝,但来就我,欲与我谋为室家也。” ③子,对男子的美称。马瑞辰《通释》:“诗当与男子不相识之初,则称氓。约与婚姻,则称子。子者,男子美称也。嫁则称士。士者,夫也。” 顿丘,地名,约在今河南省清丰县西南。《郑笺》:“言民诱己,己乃送之涉淇水,至此顿丘,定室家之谋,且为会期。” ④愆,拖延。 期,日期。此处指婚期。王先谦《集疏》:“此氓欲为近期,故妇言非我故欲过会合之期,因子尚无善媒耳。将子无怒,秋以为期可乎?初念尚知待媒,虽有成约,犹欲以礼自处也。妇欲待媒而氓怒。” ⑤将(qiāng),请求。《郑笺》:“民欲为近期,故语之曰:请子无怒,秋以与子为期。”

● 诗之首章回忆当初与丈夫相识及相约成婚时的情景。

乘彼垝垣,以望复关①。不见复关,泣涕涟涟②。既见复关,载笑载言③。尔卜尔筮,体无咎言④。以尔车来,以我贿迁⑤。

〔注释〕

①乘,登上。王先谦《集疏》:“凡物相覆谓之乘,《易·屯卦》郑注‘马牝牡曰乘’是也。人在垣上,若覆之者,故亦曰乘。” 垝(guǐ),毁坏残缺。 垣,土墙。 复关,地名。王应麟《诗地理考》引《太平寰宇记》:“澶州临河县,复关城在南,黄河北阜也。复关堤在南三百步。”澶州在今河南省濮阳市境。王先谦《集疏》:“复关,犹易言‘重门’。近郊之地,设关以讥出入、御非常,法制严密,故有重关。”“妇人所期之男子,居在复关,故望之。”似更近于诗义。

②涟涟,涕泪不断下流之貌。《郑笺》:“用心专者怨必深。” ③载,则、

就。语首助词。《郑笺》:“则笑则言,喜之甚。” ④尔,你。指氓。卜,《毛传》:“龟曰卜,蓍曰筮。体,兆卦之体。”卜是用火灼龟甲,视龟甲上的裂纹以断吉凶。筮是以蓍草排比推算来占吉凶。咎言,不吉利的话。古人在结婚之前,必以占卜断问吉凶。《郑笺》:“复关既见此妇人,告之曰:我卜女筮女,宜为室家矣。兆卦之爻,无凶咎之辞,言其皆吉,又诱定之。” ⑤贿,财物。这里指嫁妆。迁,搬走。《郑笺》:“信其卜筮皆吉,故答之曰:径以女车来迎我,我以所有财迁徙就女也。”

● 诗之二章仍是回忆,追述自己与氓恋爱、思念及成婚的经过。

桑之未落,其叶沃若①。于嗟鸠兮,无食桑葚②!于嗟女兮,无与士耽③!士之耽兮,犹可说也;女之耽兮,不可说也④!

〔注释〕

①沃若,润泽柔嫩貌。以桑叶未落时喻自己婚前的年轻美貌。 ②于,同吁,叹词。鸠,斑鸠。桑葚,桑树的果实。《毛传》:“鸠,鹘鸠也。食桑葚过则醉而伤其性。”此处以鸠喻女主人公自己,而以桑葚喻男。 ③耽,《说文》:“耳大垂也。”引申为过分、迷恋。陈奂《传疏》以“耽”为“酖”之借字。 ④说,音义同“脱”,摆脱、解脱。

● 诗之三章追悔自己过去只沉溺于爱情之中不能自拔,到如今遭到遗弃,后悔已经来不及了。

桑之落矣,其黄而陨①。自我徂尔,三岁食贫②。淇水汤汤,渐车帷裳③。女也不爽,士贰其行④。士也罔极,二三其德⑤!

〔注释〕

①而,同且。陨,落下。以桑叶变黄陨落比喻自己容颜衰老。王先谦《集疏》:“诗言桑落,特绘其落之情状,谓将落时其叶必先黄而后陨,喻妇人色必先衰而后被弃逐也。” ②徂尔,到你家来。三岁,多年。“三”为虚数,

非实指。　食贫，过贫苦生活。　③汤汤（shāng），水势盛大貌。　渐，浸湿。　帷裳，车箱两旁的饰物，用于女子所乘之车。《孔疏》："以帷障车之旁如裳，以为容饰，故或谓之帷裳，或谓之童容，其上有盖，四傍垂而下，谓之襜。"王先谦《集疏》："此妇更追溯来迎之时，秋水尚盛，已渡淇径往，帷裳皆湿，可谓冒险，而我不以此自阻也。以上四句，皆'不爽'之证。"　④爽，差错。　贰，王先谦《集疏》引王引之云："贰当为贰之讹，贰音他得反，即'忒'之借字……据《尔雅》所释，《诗》之作'贰'明矣。"忒（tè），偏差。　行（háng），行为。　⑤罔，同无。　极，中、准则。罔极即行为反覆无常。　二三其德，指三心两意，感情不专一。王先谦《集疏》："诗言我无爽忒，汝之行乃有差忒，所以然者，汝之心失其中，不专一其德而有二三耳，故初至于暴而其后见弃逐也。"

● 诗之四章写自己因容颜衰老而被弃逐，对氓的负心表示怨恨。

三岁为妇，靡室劳矣①。夙兴夜寐，靡有朝矣②。言既遂矣，至于暴矣③。兄弟不知，咥其笑矣④。静言思之，躬自悼矣⑤。

〔注释〕

①三岁，亦为虚数。此处指其初婚时。　靡，无、没有。　室劳，家务劳动。此句意为氓在结婚之后再无家务之劳，全部由自己承担。　②靡有朝矣，意即天天如此。《郑笺》："无有朝者，常早起夜卧，非一朝然，言已亦不解（懈）惰。"　③言，语首助词，无义。　遂，安。指生活安定。　暴，凶暴。指氓以凶暴的态度对待自己。　④咥（xì），大笑貌。　⑤躬，自身、自己。　悼，伤心。

● 诗之五章叙述自己婚后的操劳、被虐待、被弃逐和兄弟的讥笑而自伤不幸。王先谦《集疏》："此妇人云我既安然为汝妇矣，不料见遇浸薄，乃至酷暴不堪，始则相陵，后乃逼逐，不能不归。从前奔从复关之时，不告于兄弟，后至夫家，始末情事，兄弟亦茫然不知。今见我归，但一言之，皆咥然大笑，无相怜者。我静思之，惟身自伤悼为匪人所诱耳。"

及尔偕老，老使我怨①。淇则有岸，隰则有泮②。总角之宴,言笑晏晏[3]。信誓旦旦,不思其反[4]。反是不思,亦已焉哉[5]!

〔注释〕

①及,与、和。　老使我怨,自己老而被弃,想起当年的话语,徒增怨恨。

②泮,通畔,崖岸。《郑笺》:"言淇与隰皆有厓岸以自拱持,今君子放恣心意,曾无所拘制。"　③总,扎。总角,指童年时将头发扎成两角的形状。《孔疏》:"男子未冠,妇人未笄,结其发,聚之为两角。"　晏,安和。《毛传》:"晏晏,和柔也。"　④信誓,真挚的誓言。　旦旦,诚恳貌。旦为怛之借字。原指心情伤痛,诚恳为引申意。　不思,想不到。　反,反覆、变心。王先谦《集疏》:"自为童女时即见此氓,是贸丝非一次,至长成后乃与相期约耳。始则言笑和柔,继则信誓诚恳,所以诱之备至,今于爽忒后述之如此。"　⑤是,指以前的誓言。反是,违反了这个誓言。　不思,不再顾及。　已焉,到此为止。《郑笺》:"已焉哉,谓此不可奈何,死生自决之辞。"

● 诗之六章言河水低地尚有涯岸,而丈夫却不知纪极。过去信誓旦旦,如今则不思其反,最后发出无可奈何的浩叹。

〔解题〕

《氓》是弃妇诗,它叙述了自己和丈夫恋爱、结婚、受虐、被弃的全过程,表达了自己的悔恨和决绝。《毛序》云:"刺时也。宣公之时,礼义消亡,淫风大行,男女无别,遂相奔诱;华落色衰,复相弃背。或乃困而自悔,丧其妃耦,故序其事以风焉。美反正,刺淫泆也。"大致与诗旨吻合。只是将诗定为他人代述。朱熹《集传》:"此淫妇为人所弃,而自叙其事以道其悔恨之意也。"虽有一些道学习气,却很准确。

《氓》在艺术上有相当高的成就。它用十分生动精确的语言描写了一个被遗弃的女子在被遗弃之后内心思想情感发展的自然进程。钱锺书先生在《管锥篇》中评价说:"此篇层次分明,工于叙事。'子无良媒'而'愆期','不见复关'而'泣涕',皆具无往不复、无垂不缩之致。然文字之妙有波澜,读之只觉是人事之应有曲折。"而

②则，是。　能，乃、而、可是。王引之《经传释词》（以下简称《释词》）："古字多借能为而。"　知，了解。王引之《述闻》："诗凡言'宁不我顾'、'既不我嘉'、'子不我思'，皆谓'不顾我'、'不嘉我'、'不思我'也。此'不我知'亦当谓'不知我'。下文'不我甲'亦当谓'不狎我'，非谓不如我所知、不如我所狎也。"　③容，指容仪。　遂，形容走路时佩玉摇动之貌。　悸，形容走路时大带下垂摇动有节度貌。马瑞辰《通释》："容兮、遂兮与悸兮皆形容之词。"

● 诗之首章写青年的佩饰和衣着神态，说他虽然漂亮，却不与我为知己，简直是白长了一副英俊的仪容。

芄兰之叶，童子佩韘①。虽则佩韘，能不我甲②。容兮遂兮，垂带悸兮。

〔注释〕

①芄兰之叶，芄兰叶的形状似心形而略长，下垂并向后微弯，形状像韘，故诗人用以起兴。　韘(shè)，用兽骨或玉制成的扳指，古人射箭时套在右手大拇指上以钩弦。又称抉(决、玦)。《毛传》："能射御则佩韘。"佩韘是成年人的象征。　②甲，《毛传》："狎也。"《韩诗》作狎。亲近之意，意含谐谑。

● 诗之二章与上章同义，只是用词稍变，而意境更深。

〔解题〕

《芄兰》是情诗。闻一多《类钞》云："觿与韘是成人随身佩带的工具，童子佩了觿韘，是已经成年的表征。知，是男女间私相爱恋，与普通知字的涵义不同。狎，戏也。这时的风俗，对于未婚的青年男女，社交似乎是自由的，一到成年结婚以后，便当隔离。所以这个女子说：'你虽则成人而佩觿了，难道就不能和我相好了吗？'……末二句言外之意是：'瞧你那假正经！'"其实，佩觿和佩韘恰恰表明刚刚有资格谈恋爱，生理上虽然成熟了，心理上却仍未摆脱童子状态，于男女之事还有些懵然无知，所以姑娘调侃说："你虽然佩了觿，佩了韘，却还不知道和我相好，和我亲近。"细味诗句，调侃嘲弄之意十分明显。而《毛序》及三家《诗》谓之刺庄公，便不关乎诗旨了。

另外值得注意的是此诗用语，特别是末章带“兮”字的叠咏尤其有味道，赞叹、调笑、微讽……一切都包含在内。末二句叠咏并连用“兮”字，造成一种乐观的、幽默的情调，生动传神，令人回味无穷。

河　广

谁谓河广？一苇杭之①。谁谓宋远？跂予望之②。

〔注释〕

①河，指黄河。　苇，用芦苇编成的筏子。《孔疏》：“一苇者，谓一束也，可以浮之水上而渡，若桴栰然，非一根苇也。”　杭，航之借字。《鲁诗》作航。航为后起俗字。王先谦《集疏》：“《诗》言谁谓河广乎？积苇为泭则亦可径渡矣。但言河之易渡，以兴宋之易至，非真欲渡河也。”　②跂，企之借字。鲁、齐《诗》正作企。《说文》：“企，举踵也。跂，足多指也。”举踵即踮起脚跟。　予，我。《郑笺》：“谁谓宋远与？我跂足则可以望见之，亦喻近也。今我之不往，直以义不往耳，非为其远。”

● 诗之首章以设问起，自问自答，极言宋国之近与归去之易，而暗衬思乡之切与归去之难。

谁谓河广？曾不容刀①。谁谓宋远？曾不崇朝②。

〔注释〕

①曾，乃、而。　刀，通舠，小船。《郑笺》：“不容刀，亦喻狭。小船曰刀。”
②崇朝，终朝。见《蝃蝀》注。《郑笺》：“行不终朝，亦喻近。”

● 诗之二章与上章同义。

〔解题〕

《河广》是一个嫁于卫国的宋国女子思乡不得归而作之诗。崔述《偶识》云:“余玩此篇诗意,似宋女嫁于卫,思归宗国,而以义自闲之诗。”而《毛序》谓为宋桓夫人思宋而作,陈奂《传疏》以为是宋桓夫人望宋渡河救卫而作,皆无实据。

此诗最大的特色是夸饰。卫国在今河南省北部的新乡、安阳地区,宋国在河南省东部的商丘地区,不仅隔着一条宽阔的黄河,而且相距有数百里之遥。但在诗人渴念家乡的想像中,黄河可以“一苇杭之”、“曾不容刀”,而宋国“跂予望之”、“曾不崇朝”。虽然言过其实,但却不给人以荒诞不经之感,反而更好地衬托出诗人迫切思乡的心情,增强了它的感染力量。故刘勰《文心雕龙》云:“文辞所被,夸饰恒存”,“是以言峻则嵩高极天,论狭则河不容舠,说多则子孙千亿,称少则民靡孑遗”,“辞虽已甚,其义无害也”。钱锺书先生在《管锥篇》中云:“盖人有心则事无难,情思深切则视河水清浅;跂以望宋,觉洋洋者若不能容刀、可以苇杭。”

伯 兮

伯兮朅兮,邦之桀兮①。伯也执殳,为王前驱②。

〔注释〕

①伯,原为长幼之称。此处用以称女主人公的丈夫。 朅(qiè),《鲁诗》作偈,壮健英武貌。朅为偈之借字。 邦,国。《说文》:“邦,国也。”“国,邦也。”邦、国互训。实际上邦字涵义较宽,包括了所有封域。此处指卫国。 桀,本字作傑。才智出众者。 ②殳(shū),古代兵器。 前驱,作战时跟在主帅战车两旁保护统帅。《周礼·司戈盾》:“祭祀授旅贲殳,故士戈盾。”郑注云:“故士,王族故士也,与旅贲当事则卫王也。”按:春秋中期以前,士为各诸侯国军队主力,甲士尤为重要。故此诗女主人公的丈夫当是士以上贵族。

● 诗之首章写丈夫为一邦之英杰,雄武冠世,故能执殳而为王前驱。在当时,能为王(周天子)前驱是贵族的光荣,故诗特言之。

自伯之东，首如飞蓬①。岂无膏沐？谁适为容②？

〔注释〕

①之，往。 飞蓬，蓬草遇风而四散飘飞，此处喻不常梳洗的乱发。《毛传》："妇人夫不在，无容饰。" ②膏，润面的油。 沐，洗头。 适，马瑞辰《通释》："按《一切经音义》卷六引《三苍》：'适，悦也。'此适字正当训悦。女为悦己者容，夫不在，故曰'谁适为容'，即言'谁悦为容'也。"

● 诗之二章转写相思。极言丈夫走后的无聊，以至于连头面都懒得梳洗修饰了。王先谦《集疏》："言非无膏沐之具，夫不在家，无意于容饰也。"

其雨其雨，杲杲出日①。愿言思伯，甘心首疾②。

〔注释〕

①其，语助词。王引之《释词》："其，犹庶几也。"这里表示一种希望的语气。 杲杲(gǎo)，光明之貌。马瑞辰《通释》："杲对杳言。《说文》：'杳，冥也。从日在木下。'……'杲，明也。从日在木上。'《说文》又曰：'榑桑，神木，日所出也。'日出神木之上，故日出谓之杲杲。"《郑笺》："人言其雨其雨，而杲杲然日复出，犹我言伯且来伯且来，则复不来。" ②愿言，念念不忘貌。 甘心，痛心。 首疾，即疾首。马瑞辰《通释》："甘与苦，古以相反为义，故甘草《尔雅》名为大苦。……以此推之，则甘心亦得训为苦心，犹言忧心、劳心、痛心也。……《诗》不言疾首而言首疾者，倒文以成韵也。"

● 诗之三章写渴盼。盼望下雨，却偏偏出了太阳。念念不忘丈夫归来，想得"痛心疾首"，心口和头都疼起来了。

焉得谖草，言树之背①？愿言思伯，使我心痗②！

〔注释〕

①焉，何处。 谖草，《韩诗》作谊草，又作藼、萱。《毛传》："谖草令人忘忧。" 言，语首助词。 树，种植。 背，通北。《毛传》："北堂也。" ②痗(mèi)，病。心痗即心疼。

● 诗之四章仍写其思念的痛苦，只是意义更深一层。

〔解题〕

《伯兮》是一位卫国贵族妇女思念丈夫远从王事久不归而作的诗。朱熹《集传》:"妇人以夫久从征役而作是诗,言其君子之才之美如是,今方执殳而为王前驱也。""冀其将雨,而杲然日出,以比望其君子之归而不归也。是以不堪忧思之苦,而宁甘心于首疾也。"而《毛序》及魏源等以为"刺时",甚无稽。《郑笺》又将创作时间定在卫宣公之时卫、陈、蔡三国从周王伐郑(卫宣公十二年,前707年)之时,并无确据。按:平王东迁以后,周王室虽然托庇于诸侯,但东周初年周王尚有一定的地位。仅以《左传》的记载来看,王师尚有相当的力量,不仅诸侯尚有朝王者,郑、虢等强国君主尚为王室卿士。桓公五年(前707年)之前,周王曾命虢公伐晋曲沃而立晋哀侯,又多次召集郑、卫、宋、秦、陈、蔡等诸侯国军队为己所用,转相讨伐。因此,诗应创作于东周初年。

全诗四章,除了第一章写自己的丈夫是邦国的英杰之外,后三章集中写了一个"思"字。含义则层层递进,不断加深。它对后世的闺怨思远之作有很大的影响。

有　狐

有狐绥绥,在彼淇梁①。心之忧矣,之子无裳②。

〔注释〕

①绥绥,《齐诗》作文文,慢吞吞地行走。王先谦《集疏》:"《诗》盖以狐之舒适自得,兴无室家者之失所耳。"　梁,桥。　②裳,类于今之裙,古代男女皆穿裳。《毛传》:"在下曰裳,所以配衣也。"马瑞辰《通释》:"古者上衣而下裳,以喻先阳而后阴。无裳,喻男之无妻也。"

● 诗之首章以雄狐起兴,以雄狐之绥绥而行喻人之无家无室。

有狐绥绥,在彼淇厉[①]。心之忧矣,之子无带[②]。

〔注释〕

①厉,濑之借字,水边有沙石的浅滩。 ②带,《毛传》:"所以申(同绅)束衣。"这里指外衣的带,即绅。

● 诗之二章与上章同意,而用语稍变。

有狐绥绥,在彼淇侧[①]。心之忧矣,之子无服。

〔注释〕

①侧,旁边,指岸上。

● 诗之三章,忧念更进一层。

〔解题〕

《有狐》的主旨颇为难解。以雄狐比喻男子,在《诗经》中两见。除此诗外,还有《齐风·南山》。从诗句看,是忧念他人。但所忧念者是谁,难以确指。再有忧念的内容,表面上是忧虑对方无裳、无带、无服,而古人认为皆隐喻,喻没有家室。其他说法尚多。此处姑从旧说,以为女子忧念男子。《毛序》:"刺时也。卫之男女失时,丧其妃耦焉。古者国有凶荒,则杀礼而多昏,会男女之无夫(应为"室"字之误)家者,所以育人民也。"以此诗为写怨女旷夫相亲爱之诗。以为"刺"诗,则属牵强。《韩诗外传》云:"四体不掩则鲜仁人,五脏空虚则无立士。故先王之法,天子亲耕,后妃亲蚕,先天下忧衣与食也。《诗》曰:'父母何尝?''心之忧矣,之子无裳。'"更属断章取义。而诗反复言淇水,则当作于春秋前期。

此诗在艺术上的特点也是层递式的修辞。诗仅三章十二句,而皆以狐起兴。由浅及深,逐层递进,而叹息和忧念也逐层加深。

木　瓜

投我以木瓜，报之以琼琚①。匪报也，永以为好也②。

〔注释〕

①投，抛。　木瓜，《毛传》："楙木也，可食之木。"　报，回赠。　琼，《毛传》："玉之美者。"　琚，杂佩中的一种。胡承珙《后笺》："杂佩谓之佩玉，亦谓之玉珮，故《郑风》言'佩玉琼琚'，《秦风》言'琼瑰玉佩'，一也。佩玉名者，杂佩非一，其中有名琚者耳。"　②匪，通非。　好(hào)，爱。

● 诗之首章赋其相赠之礼，虽实却虚。末二句始点出相赠以物之目的。

投我以木桃，报之以琼瑶①。匪报也，永以为好也。

〔注释〕

①木桃，胡承珙《后笺》："楂子、榠楂。在《本草别录图经》并无木桃、木李之名，后人因《诗》而被以此名耳。《传》以《木瓜》为'楙'，用《尔雅》文，而木桃、木李无训。《尔雅》以瓜不木生，故独释楙为'木瓜'，若桃、李皆木，自不必复称为'木'。《诗》言木桃、木李，因上章'木'字以成文耳。《毛传》无训，盖即以为桃李。若楂子及榠楂，皆与木瓜同类，不应目为桃李。"据此，则木桃即今天的桃子。　瑶，《说文》："玉之美者。"

● 诗之二章与上章同义，惟用词稍变。

投我以木李，报之以琼玖①。匪报也，永以为好也。

〔注释〕

①木李，见上文注。　玖，《说文》："石之次玉，黑色。"

● 诗之三章与上二章同义。

〔解题〕

《木瓜》是男女相赠答的情诗。朱熹《集传》云:"言人有赠我以微物,我当报之以重宝,而犹未足以为报也,但欲其长以为好而不忘耳。疑亦男女相赠答之词,如《静女》之类。"一语破的。而《毛序》及《郑笺》、《孔疏》等皆以为卫人美齐桓公救卫之诗,不知何据。姚际恒《通论》:"然以为朋友相赠答亦奚不可,何必定是男女耶!"可备一说。

全诗共三章,其精神面目全由每章末二句而出。三章叠咏,益显其情真而意切。牛运震《诗志》云:"惠有大于木瓜者,却以木瓜为言,是降一格衬托法。琼瑶足以报矣,却说匪报,是进一层翻剥法。""三叠三复,缠绵浓致。"

王　风

王在周代本指周王，这里指东周时期周王统辖的地区。公元前770前，周幽王死，平王即位。因西周故地丰京、镐京一带残破不堪，加上犬戎等异族的危胁，平王在卫武公、晋文侯、郑武公等诸侯的帮助下迁都于洛邑，史称“平王东迁”。此后周王室的势力大衰，已无力像西周时期那样控制诸侯。虽然东迁之初尚有一定力量，诸侯尚有朝者，但不久即在与郑、晋等诸侯的矛盾和争斗中彻底衰落，从此托庇于诸侯。春秋中叶以后，周王的地位尚不及一二等诸侯国的国君，诸侯几皆莫朝，而中国历史也进入了一个新的时期。

西周的灭亡和平王的东迁对中国文学史的影响是十分巨大的，最明显的影响是“雅”诗的不再创作，“风”诗开始大量产生。西周末和东迁之初的二王并立时期，王室和在王室任卿士的许多高级贵族为王室的衰微、周部族内部的矛盾混乱而扼腕叹息，创作了许多“变雅”诗。“携王”被杀，平王地位安定之后，“变雅”的创作便停止了，“变雅”诗人那种忧怀国事、乃心王室的精神也消失了，代之而起的是对个人情事的关怀和抒发，气格局面显然缩小了许多。因此，“王风”之被称为“风”，除了王室地位的衰微之外，内容上的改变以及由此而带来的音乐形式上的改变是主要原因。

郑玄《诗谱》云：“王城者，周东都王城畿内方六百里之地。其封域在《禹贡》豫州太华、外方之间，北得河阳，渐冀州之南。”其地域大致包括了今河南省的洛阳市、巩县、偃师及黄河以北的济源、温县、武陟及孟县一带。

《王风》共十篇,全都是平王东迁以后的作品。方玉润《原始》说:“后世杜甫遭天宝大乱,故其中有《无家别》、《垂老别》、《哀江头》、《哀王孙》等篇,与此先后如出一辙。杜作人称诗史,而此册实开其先。”指出了《王风》对后世诗歌的长远影响。

黍　离

彼黍离离,彼稷之苗①。行迈靡靡,中心摇摇②。知我者谓我心忧,不知我者谓我何求③。悠悠苍天,此何人哉④?

〔注释〕

①黍,今称小米。　离离,庄稼茂盛而整齐貌。　稷,今称高粱。马瑞辰《通释》:“稷以春种,黍以夏种,而《诗》言黍离离稷尚苗者,稷种在黍先,秀在黍后故也。黍秀舒散,‘离离’者状其有行列也。”　②行迈,远行。马瑞辰《通释》:“迈亦为行,对行言则为远行。‘行迈’连言,犹《古诗》云‘行行重行行’也。”　靡靡,《毛传》:“犹迟迟也。”行路迟缓貌。　中心,即心中。　摇摇,忧心沉重貌。三家《诗》作愮。《玉篇·心部》:“愮,忧也。”　③谓我何求,《郑笺》:“怪我久留不去。”　④悠悠,《毛传》:“远意。”遥远貌。　苍天,青天。《毛传》:“苍天,以体言之。尊而君之,则称皇天。元气广大,则称昊天。仁覆闵下,则称旻天。自上降鉴,则称上天。据远视之苍苍然,则称苍天。”　此何人哉,这是什么人造成的啊!

● 诗之首章睹故宫之黍稷而生悲感,忧思积于胸中而无可诉说,徘徊彷徨,不忍离去。

彼黍离离,彼稷之穗①。行迈靡靡,中心如醉②。知我者谓我心忧,不知我者谓我何求。悠悠苍天,此何人哉!

〔注释〕

①穗,《说文》作采。“采,成秀也。”穗为俗体字。　②中心如醉,指心

中忧闷，像喝醉了酒一样神思恍惚。

● 诗之二章意同上章，而词义稍变。

彼黍离离，彼稷之实。行迈靡靡，中心如噎①。知我者谓我心忧，不知我者谓我何求。悠悠苍天，此何人哉！

〔注释〕

①如噎，指心中的忧闷堵在喉咙难以诉说。《孔疏》："噎者，咽喉蔽塞之名。而言心中如噎，故知忧深不能喘息，如噎之然是也。"

● 诗之三章同上二章。

〔解题〕

《黍离》是东周大夫悲悯宗周灭亡之诗。《毛序》："闵宗周也。周大夫行役至于宗周，过故宗庙，宫室尽为禾黍，闵周室之颠覆，彷徨不忍去而作是诗也。"《郑笺》："宗周，镐京也，谓之西周。"其地即今陕西省户县境内的西周镐京遗址。《韩诗》认为是伯封闵孝子伯奇之诗，并不足信。西周亡后，宗周虽然残破，戎狄横行，但周人仍有相当势力。及至秦文公"以兵伐戎，戎败走。于是文公遂收周余民有之，地至岐，岐以东献之周"(见《史记·秦本纪》)。秦文公即位于公元前765年，去世在公元前716年，即入春秋后的隐公七年。秦文公败戎在文公十六年(前750)。故文公献岐以东之地于周，周王室之大夫行役于周本是可能发生之事。《毛序》所言，并非无据。

此诗在艺术上的主要特色，是用重叠的字句、回旋往复的旋律来表现自己绵绵的情思，情调悲凉，沉郁顿挫。尤其是三章末四句的叠咏，深刻地传达出作者无可排遣的痛苦和忧思。而三章之前四句亦为叠咏。只是每章用词稍变，一层逼近一层，时间上由夏到秋，空间上由物到人，由眼前的景物到对故国昔日繁华的怀想，无不传达、烘托着诗人的感慨和悲哀。方玉润《原始》云："三章只换六字，而一往情深，低徊无限。此专以描摹虚神擅长，凭吊诗中绝唱也。”“黍离”一词，成为后世文人感慨亡国，触景生情时的常用典故。

君子于役

君子于役，不知其期，曷至哉①？鸡栖于埘，日之夕矣，羊牛下来②。君子于役，如之何勿思③！

〔注释〕

①君子，作者对自己丈夫的称呼。 于，往。 役，指劳役、差役。 其期，服役的期限。 曷，同何。 至，到家。《郑笺》：“君子于往行役，我不知其反期，何时当来至哉？思之甚。” ②埘(shí)，在土墙上挖洞砌成的鸡窝。《毛传》：“凿墙而栖曰埘。” ③如之何勿思，《郑笺》：“行役多危难，我诚思之。”

●诗之首章写对远行的丈夫的思念。“不知其期”，见其役期遥遥而无尽头。鸡尚知按时回窝，牛羊天黑了尚知回圈，而人却不能按时归来。

君子于役，不日不月，曷其有佸①？鸡栖于桀，日之夕矣，羊牛下括②。君子于役，苟无饥渴③？

〔注释〕

①不日不月，无法用日月来计算。此形容其服役日期之长。 有，通“又”。 佸(huó)，《毛传》：“会也。”指与丈夫团聚。 ②桀，《鲁诗》作榤，即橛，打在地上的木桩。王先谦《集疏》：“就地树橛，桀然特立，故谓之榤。但榤非可栖者，盖乡里贫家编竹木为鸡栖之具，四无根据，系之于橛，以防攘窃，故云‘栖于榤’耳。” 括，《毛传》：“至也。”《释文》：“括，本亦作佸。”陈乔枞《三家诗遗说考》(以下简称《遗说考》)：“佸、括、会古声义并同。” ③苟，且、或许。《郑笺》：“且得无饥渴，忧其饥渴也。”

●诗之二章与上章同义,而词义稍变。因想念丈夫而想到何时相会,又担心地希望丈夫行役时或许不至于忍饥受渴。

〔解题〕

《君子于役》是一位妻子怀念在外服役的丈夫而作。《毛序》以为刺周平王,而诗中完全看不出讽刺之意。所以王先谦《集疏》云:"据诗文鸡栖、日夕、羊牛下来,乃家室相思之情,无僚友托讽之谊。所称君子,妻谓其夫,《序》说误也。"

此诗是《国风》中艺术上最出色的一首。诗人巧妙地运用对比和烘托,创造出乡村黄昏的典型环境:落日衔山,暮色苍茫,鸡栖敛翼,牛羊归圈。而面对此景,久别夫君的少妇心头涌起一阵阵惆怅。这惆怅盘绕在她心中,是那样难以排遣。暮色越来越浓,而思念也越来越长。每一个这样的黄昏都成了难熬的时光。那日暮黄昏的乡村景色同思妇的孤寂和焦虑的情感融合在一起,形象鲜明而感人。另外,此诗纯用白描手法,着重刻画了女主人公的心理活动,而且以女主人公内心独白的形式来表现,语淡而情浓。

君 子 阳 阳

君子阳阳,左执簧,右招我由房①。其乐只且②!

〔注释〕

①君子,此处指舞师。　阳阳,扬扬的借字,声同义通,快乐得意貌。《孔疏》:"《史记》称'晏子御拥大盖,策四马,意气阳阳甚自得',则'阳阳'是得志之貌。"　簧,古代乐器名。竹制,似笙而大。　由房,胡承珙《后笺》:"房中对庙朝言之,人君燕息时所作之乐,非庙朝之乐,故曰房中。"房中之乐,即后世的燕乐。　②只,《韩诗》作旨。王先谦《集疏》:"盖以旨本训美,乐旨,犹言乐之美者,意谓乐甚。"　且(jū),语尾助词。"只且"二字连用,皆可作语尾助词。此处应为后者。

●诗之首章赋其事而道其乐，言君子招我以房中之乐，其乐甚欢，妙不可言。

君子陶陶，左执翿，右招我由敖①。其乐只且！

〔注释〕

①陶陶，《毛传》："和乐貌。" 翿(dào)，用五彩野鸡羽毛做成的扇形舞具。《郑笺》："舞者所持，所谓羽舞也。" 敖，《释文》："游也。"指燕游。王先谦《集疏》："'由敖'即谓用燕游之舞相招。"《郑笺》："君子左手执羽，右手招我，欲使我从之于燕舞之位，亦俱在乐官也。"

●诗之二章与上章同义。

〔解题〕

《君子阳阳》是描写舞师的诗。姚际恒《通论》云："大抵乐必用诗，故作者亦作诗以摹写之；然其人其事不可考矣。"《毛序》及三家《诗》皆以为"闵周"，毫无根据。而朱熹《集传》以为妇人乐其丈夫劳役而归，似亦证据不足。

此诗仅两章八句，全力描写舞师的神态，格调轻松而活泼。舞师神采飞扬的样子似乎就在我们眼前。邓翔《诗经绎参》云："诗有韵只三句，末一句在长哦之后，另缀一句，似不在吟韵中，而意之所归正在诗后之微言。"可见其章法之妙。

扬之水

扬之水，不流束薪①。彼其之子，不与我戍申②。怀哉怀哉，曷月予还归哉③？

〔注释〕

①扬之水，流动湍急的水。《毛传》："扬，激扬也。"《郑笺》："激扬之水至

湍迅，而不能流移束薪。兴者，喻平王政教烦急，而恩泽之令不行于下民。”王先谦《集疏》：“波本激而又扬之，则水愈湍怒，虽束缚薪木下之水中，亦皆漂流而去。‘不’者，反言之也。” 束薪，一捆柴。古代以束薪指代新婚。见《汉广》注。 ②其(jì)，语中助词。 之子，指作者所怀念的人。《郑笺》：“彼其是子，独处乡里，不与我来守申，是思之言也。”朱熹《集传》：“彼其之子，戍人指其室家而言也。” 戍，守卫。 申，诸侯国名，姜姓。后为楚所灭。其地在今河南省南阳市北。 ③怀，想念。 曷，何时。 予，我。 还，意义同“旋”。《尔雅·释言》：“旋，反也。”

●诗之首章以激扬之水起兴而发出怨声，并表达自己对家乡和亲人的思念。

扬之水，不流束楚①。彼其之子，不与我戍甫②。怀哉怀哉，曷月予还归哉？

〔注释〕

①楚，荆条。 ②甫，诸侯国名。也写作吕。吕、甫古同声。姜姓。后亦为楚国所灭。其地在今河南省南阳市西。

●诗之二章与上章同义，而用词及地名稍变。

扬之水，不流束蒲①。彼其之子，不与我戍许②。怀哉怀哉，曷月予还归哉？

〔注释〕

①蒲，蒲柳。 ②许，诸侯国名，亦为姜姓。其地在今河南省许昌市。

●诗之三章与上二章同义。

〔解题〕

《扬之水》是周王室戍卒思归之诗。申、吕、许等诸侯国皆为姜姓，其中申国为周平王的舅家。平王的父亲周幽王因嬖褒姒而废申后，申侯联合犬戎伐周，幽王被杀，西周因此灭亡。太子宜臼即位，是为平王。西周晚期，申国力量尚强。而经幽王之乱，申国力量大衰，遂为楚国所逼。在西周时期，中原的华夏诸侯在周王率领下曾多次南伐荆楚，并在今天的汉水流域建立了一些姬姓小诸侯国以阻压楚人势力。西周亡后，楚迅速复兴，力量渐强。《左传·桓公二年》（前710年）载“蔡侯、郑伯会于邓，始惧楚也”。此年为入春秋后第十三年，而中原诸国之有楚患自此始。楚之灭申在鲁庄公六年（前688年）左右，入春秋仅三十多年，可见楚国力量增长之快。东周初年，周王室尚有一定的力量。故当申、吕、许等国（古同姓即同族）受威胁时，周平王派王师前去帮助戍守。《毛序》：“刺平王也。不抚其民而远屯戍于母家，周人怨思焉。”《郑笺》：“怨平王恩泽不行于民，而久令屯戍不得归。”“平王母家申国，在陈、郑之南，迫近强楚，王室微弱而数见侵伐，王是以戍之。”基本上合于诗义。而崔述《偶识》又申之云：“申与甫、许皆楚北出之冲，而申倚山据险，尤为要地。楚不得申，则不能凭凌中原。”“平王之世，楚益强而申益弱，故发王师以戍之耳，非以申以舅故而私之也。”

此诗表达戍者心中的哀怨非常含蓄。身处异乡，室家遥远，睹流水而兴悲感，观束薪而思故乡。但作者不直接说出，而是责怪自己所思念的人不和自己一道前来戍守，其悲情也因此显得格外悲凉。

中谷有蓷

中谷有蓷，暵其干矣①。有女仳离，嘅其叹矣②。嘅其叹矣，遇人之艰难矣③。

〔注释〕

①中谷，即谷中。　蓷（tuī），益母草。　暵（hàn），干燥貌。王质《总闻》：“益母草在野甚多，最能任酷烈，日愈烈色愈鲜，则性不宜水可知。”王先谦《集

疏》:“蓷本恶湿,今生谷中,水频浸之。首章虽濡旋干,次章且濡且干,三章虽干终湿,则伤于水而将萎死矣。次第如此。” ②仳(pí)离,分离。《毛传》:“仳,别也。”陈奂《传疏》:“别离,言相弃也。” 嘅,同“慨”,叹息。 ③艰难,不善、不好。与下文的“不淑”同义。

●诗之首章以谷中之蓷为水所浸而枯萎起兴,叹息自己之被弃,遇人之不善。

中谷有蓷,暵其脩矣①。有女仳离,条其啸矣②。条其啸矣,遇人之不淑矣③!

〔注释〕

①脩,干肉。引申为干枯。陈奂《传疏》:“干肉谓之脯,亦谓之脩。因之,凡干皆曰脩矣。” ②条,长。 条其,即条条,形容长啸。 ③不淑,不善。《郑笺》:“淑,善也。君子于己不善也。”

●诗之二章与上章同义,而含义更进一层。王先谦《集疏》:“条然而长啸也。遇人不淑,归咎君子,言虽遇饥馑,如其夫相待不薄,未必不可共谋保聚,其如遇人不善何。”

中谷有蓷,暵其湿矣①。有女仳离,啜其泣矣②。啜其泣矣,何嗟及矣③!

〔注释〕

①湿,曝(qī)之借字,晒干。王念孙《广雅疏证》:“湿当读为曝,曝亦干也。” ②啜,抽泣哽咽貌。啜其即啜啜。 ③何嗟及矣,后悔之词。即后悔也来不及了。

●诗之三章与上二章同义。

〔解题〕

《中谷有蓷》是弃妇诗。诗人因被丈夫遗弃而叹息伤感。然女主人之遭遗弃并非由于遭到荒年。诗中的干、脩、湿等只是为了起兴，兴中带比，并非荒年之证。《毛序》云："闵周也。夫妇日以衰薄，凶年饥馑，室家相弃尔。"属于望文生义。

此诗在艺术上的特色也是层递手法的运用。姚际恒《通论》云："干、脩、湿，由浅及深；叹、啸、泣亦然。"女主人之遭遗弃，初则慨然叹息，继而条然悲啸，终则啜然而泣，逐层深入，又运用仳离、艰难等双声叠韵词，音韵谐和，读之倍觉缠绵凄楚，悱恻悲凉。

兔　爰

有兔爰爰，雉离于罗①。我生之初尚无为，我生之后逢此百罹②。尚寐无吪③！

〔注释〕

①爰爰，舒缓自如貌。　离，同罹，遭。　罗，捕鸟兽的网。朱熹《集传》："言张罗本以取兔，今兔狡得脱，而雉以耿介反离于罗。以比小人致乱，而以巧计幸免。君子无辜，而以忠直受祸也。"　②尚，尚且。　为，事端。无为指尚能平静安乐地生活。　百，虚数，形容事故之多。　罹，忧。　③尚，庶几。此处带有希望之意。　吪（é），动。无吪即无可奈何，什么话也不想说。方玉润《原始》："无吪、无觉、无聪者，亦不过不欲言、不欲见、不欲闻已耳。"

●诗之首章以兔雉起兴。布网捕兔，反得了个野鸡。小时候生活还平静安乐，现在却遇上了多事之秋。想不清为什么，又无法逃避，还不如蒙头大睡，什么也不想说了。

有兔爰爰，雉离于罦①。我生之初尚无造，我生之后逢此百忧②。尚寐无觉③！

〔注释〕

①罦（fú），《毛传》："覆车也。"一种带机关的捕鸟兽网。《孔疏》引孙炎

曰："覆车是两辕网，可以掩兔者也。" ②造，为。 ③觉，清醒。"无觉"即不想看见。

●诗之二章与上章同义，而用词稍变。

有兔爰爰，雉离于罿①。我生之初尚无庸，我生之后逢此百凶②。尚寐无聪③！

〔注释〕

①罿(tóng)，《毛传》："罬也。"《说文》："罬，捕鸟覆车也。" ②庸，《郑笺》："劳也。" ③聪，《毛传》："闻也。"

●诗之三章同上二章。王先谦《集疏》引《黄氏日钞》云："人寤则忧，寐则不知，故欲无吪、无觉、无聪，付理乱于不知耳。近人以为欲死者，过也。"

〔解题〕

《兔爰》是贵族的厌世之诗。厌世的原因就是诗中所说自己所遇到的"百罹"、"百忧"、"百凶"。从这些语气来推断，此诗应作于东周初年，而作者曾生活在西周宣王时的治世，晚年则当幽王及东周初年的乱世。崔述《偶识》云："其人当生于宣王之末年，王室未骚，是以谓之'无为'。既而幽王昏暴，戎狄侵陵，平王播迁，家室飘荡，是以谓之'逢此百罹'。"《毛序》定于周桓王之时，不知何据。

此诗三章的首二句都是义兼比兴。想得到的没有得到，不想要的却偏偏落在自己头上。面对现实，回天乏力，所以三章的后三句皆叹息自己的遭遇，而且三章叠咏。对昔日盛世的怀念，对眼前情形的失望，都汇集在这三句诗之中。而词意凄怆，声音哀苦激越，可堪一哭。

葛藟

绵绵葛藟，在河之浒①。终远兄弟，谓他人父②。谓他人父，亦莫我顾③。

〔注释〕

①绵绵，《毛传》："长不绝之貌。" 葛藟，野葡萄。 浒(hǔ)，水边。 ②终，既。《毛传》："兄弟之道已相远矣。" 谓，称呼。 ③顾，眷顾、理睬。

●诗之首章睹葛藟之攀附它木，而想到自己依附于他人，却得不到期望的好结果。

绵绵葛藟，在河之涘①。终远兄弟，谓他人母。谓他人母，亦莫我有②。

〔注释〕

①涘(sì)，水边。 ②有，同友，亲近、友爱。

●诗之二章与首章同义。

绵绵葛藟，在河之漘①。终远兄弟，谓他人昆②。谓他人昆，亦莫我闻③。

〔注释〕

①漘(chún)，深而陡的水边。 ②昆，《毛传》："兄也。" ③闻，同"问"，慰问救助。马瑞辰《通释》："闻古通问。《文王》诗'令闻不已'，《墨子·明鬼》篇引作'令问'。闻，读如'恤问'之问。莫我闻犹莫我顾、莫我有也。"

●诗之三章义同上二章。

〔解题〕

《葛藟》是离散家族者哀叹求助不得的诗。在西周、春秋时期，家族是社会最基本的组织，也是家族成员赖以托庇的根本。由于社会生产力的低下及血缘宗法关系的普遍存在，当时的人如果脱离了自己的血缘家族便难以生存。而在西周晚期以后，周人中的血缘家族由于社会的动乱和历史的长期发展而部分地产生破坏。一部分家族成员开始游离于家族之外。而这种情况是和血缘宗法制的根本精神相背离的。所以这首诗虽然悲叹“谓他人父”、“谓他人母”而人“莫我顾”、“莫我有”,但从另一方面讲,此诗也是对血缘宗法制所强调的兄弟亲情的歌颂。所以《左传·文公七年》载:“宋昭公欲去群公子,乐豫曰:‘公族,公室之枝叶也,若去之,则本根无所庇荫矣。葛藟犹能庇其本根,故君子以为比。’”正道出了此诗的实际意义所在。全诗反复倾诉,语气沉痛,不可卒读。

采　葛

彼采葛兮,一日不见,如三月兮①!

〔注释〕

①葛,葛藤。古人用其皮制成纤维以织布。见《葛覃》注。

●诗之首章以采葛起兴,极道其相思之深。

彼采萧兮,一日不见,如三秋兮①!

〔注释〕

①萧,《毛传》:“所以供祭祀。”蒿类植物,有香气。古人在祭祀时杂以油脂点燃。　三秋,三个秋季。非指九月。

●诗之二章义同上章,而思念之情更深。

彼采艾兮,一日不见,如三岁兮①!

〔注释〕

①艾,《毛传》:“所以疗疾。”蒿类植物,可供药用。

●诗之三章义同上章。

〔解题〕

《采葛》是思念情人的诗。《毛序》以为“惧谗也”，颇为不类。朱熹《集传》云：“采葛所以为絺绤，盖淫奔者托以行也。故因以指其人，而言思念之深，未久而似久也。”用词虽偏，却道出了其中的真谛。闻一多《类钞》：“采集皆女子事，此所怀者女，则怀之者男。”

此诗完全运用夸张的手法极言其相思。也采取《国风》所常见的层递手法，表达思念之情，一层深似一层。三章只换了几个字，却将作者对情人的愈来愈强烈的思念之情真实地表现了出来，一唱三叹，意趣醇厚，为千古怀人佳篇。

大　车

大车槛槛，毳衣如菼①。岂不尔思？畏子不敢②。

〔注释〕

①大车，《毛传》：“大夫之车。”　槛槛（kǎn），车行声。　毳（cuì）衣，《毛传》：“大夫之服。”用兽毛织成、上绣五彩花纹的衣服。　菼（tǎn），《毛传》：“鵻也，芦之初生者也。”《郑笺》：“毳衣之属，衣缋而裳绣，皆有五色焉，其青者如鵻。”此处用以形容毳衣的嫩绿色。　②尔，指诗人所爱恋的人。　不敢，朱熹《集传》：“不敢奔也。”

●诗之首章赋其人而抒其思念之情。

大车哼哼，毳衣如璊①。岂不尔思？畏子不奔②！

〔注释〕

①哼哼（tūn），《毛传》：“重迟之貌。”　璊（mén），《说文》：“玉赪色也。从玉，㒳声。禾之赤苗谓之虋，言璊玉色如之。”②奔，私奔。

●诗之二章继续咏其车服，而道其思念。

穀则异室，死则同穴①。谓予不信，有如皦日②！

〔注释〕

①穀，《毛传》："生。"活着。　穴，墓穴。《毛传》："生在于室，则外内异，死则神合同为一也。"　②皦，同皎。陈乔枞《遗说考》："《说文》：'皎，月之白也。''皢，日之白也。''皦，玉石之白也。'是皎、皦皆皢之叚借。"王先谦《集疏》："指日为誓，尚著明也。"

●诗之三章以誓词结尾，海誓山盟，感情炽热。

〔解题〕

《大车》是女子热恋情人的诗，对他既爱又怕，因为不知道对方的心思，故犹豫不决，最后却海誓山盟，以表达自己矢志不渝的爱情。而《毛序》云："刺周大夫也。礼义陵迟，男女淫奔，故陈古以刺今大夫不能听男女之讼焉。"不知何据。刘向《列女传·贞顺》云是息夫人所作，亦系后世传说。

此诗虽仅三章，却写得有声有色，笔墨跳跃。尤其是最后一章沉郁切至，真挚感人，有很强的感染力。

丘中有麻

丘中有麻，彼留子嗟①。彼留子嗟，将其来施施②。

〔注释〕

①留，《毛传》："大夫氏；子嗟，字也。丘中硗埆之处，尽有麻麦草木，乃彼子嗟之所治。"留与刘古通。　②将，请。　施施，此句衍一"施"字。颜之推《颜氏家训·书证》："《诗》云'将其来施施'，……河北《毛诗》皆云施施，江南旧本悉单为施。"《毛传》："施施，难进之意。"

●诗之首章为赋,写丘中有麻,彼留之人中有子嗟。又叙其来相就之意。

丘中有麦,彼留子国①。彼留子国,将其来食。

〔注释〕

①子国,《毛传》:“子嗟父。”不知何据。按:子嗟、子国实皆泛指,即他们代表着“彼留之子”。此诗变化之义,而非实指。

●诗之二章与上章同义。

丘中有李,彼留之子①。彼留之子,贻我佩玖②。

〔注释〕

①之子,指前文提到的人。 ②贻,赠送。

●诗之三章言明自己与“彼留之子”相聚会之意。

〔解题〕

《丘中有麻》是女子叙述自己和情人相会的诗。诗中的子嗟、子国皆为虚指。《毛序》以为此诗“思贤”也,不知何据。故朱熹《诗序辨说》(以下简称《辨说》)云:“此亦淫奔者之词。其篇上属《大车》,而语意不庄,非望贤之意,《序》亦误矣。”

此诗在艺术上的主要特征是叠句,它将诗中的感情色彩烘托得更加强烈,也使曲调更加优美。

郑　风

郑国故地,在今天的河南省郑州市南及新郑县一带。其始封者为周宣王母弟郑桓公友。其始封地在今陕西省华县境,后迁至今河南新郑一带。《国语·郑语》载,周幽王时,郑桓公为王室司徒。时幽王昏暴,天下将乱,桓公问于史伯曰:“王室多故,余惧及焉,其何所可以逃死?”史伯对曰:“王室将卑,戎狄必昌,不可偪也。……其济、洛、河、颍之间乎?是其子男之国,虢、郐为大。虢叔恃势,郐仲恃险,是皆有骄侈怠慢之心,而加之以贪冒。君若以周难之故,寄孥与贿(财物)焉,不敢不许。周乱而弊,是骄而贪,必将背君。君若以成周之众,奉辞伐罪,无不克矣。”“公说,乃寄帑与贿,虢、郐受之,十邑皆有寄地。”后桓公之子郑武公竟取十邑以居之,建立郑国。《郑风》即郑国之诗。

《郑风》共二十一篇,其本事可考者仅《清人》一首。此诗约作于公元前660年。郑国在春秋初期国势较强,特别是郑庄公时曾经“小霸”。后南方楚国势力大兴,北方又有晋、齐等强国,郑夹处于两大势力之间,备受欺凌,力量渐衰。而在当时的华夏诸侯之中,以郑、卫二国在音乐文化上最为发达。《汉书·地理志》云:“武公与平王东迁,卒定虢、会(即郐)之地,右雒左泲,食溱洧焉。土陿而险,山居谷汲,男女亟聚会,故其俗淫。《郑诗》曰:‘出其东门,有女如云。’又曰:‘溱与洧,方灌灌兮。士与女,方秉菅兮。’‘恂盱且乐,惟士与女,伊其相谑。’此其风也。”不仅指出了郑地音乐的发达,也指出了郑风多爱情诗的特点。

缁　　衣

缁衣之宜兮，敝，予又改为兮①。适子之馆兮，还，予授子之粲兮②。

〔注释〕

①缁衣，黑色的上衣。《毛传》："卿士听朝之正服也。"《孔疏》："卿士旦朝于王，服皮弁，不服缁衣。……退适治事之馆，释皮弁而服（缁衣），以听其所朝之政也。"　宜，合适、合身。　敝，同弊，破旧。　为，制作。　②适，往。　馆，官舍。　还，音义同"旋"，归来。　授，给予。　粲，《毛传》："餐也。"《郑笺》："我则设餐以授之。爱之，欲饮食之。"马瑞辰《通释》："缁衣，指在私朝言；适馆，指在公朝言；还，则还于私朝。首言缁衣，盖指未朝君之前，先与家臣朝于私朝而言；次言'适子之馆'，盖指朝君后退适公朝而言；至望其还而饮食之，所以明好之，深望其退而休息也。"

●诗之首章以缁衣起兴，深致其爱护之意。

缁衣之好兮，敝，予又改造兮①。适子之馆兮，还，予授子之粲兮。

〔注释〕

①好，美好。　造，与"为"同义，制作。

●诗之二章与上章同义，而用语稍变。

缁衣之蓆兮，敝，予又改作兮①。适子之馆兮，还，予授子之粲兮。

〔注释〕

①蓆，通席，宽大。

●诗之三章同上二章。

〔解题〕

《缁衣》的诗旨颇难确定，其关键全在于对“粲”字的理解。古人以粲为米之精者，今人望文生义，认为形容服色之鲜明。此处仍从古说。

《毛序》云：“美武公也。父子并为周司徒，善于其职，国人宜之，故美其德以明有国善善之功焉。”《孔疏》：“诸侯有德乃能入仕王朝。武公既为郑国之君，又复入作司徒，已是其善；又能善其职，此乃有国者善中之善。故作此诗，美其武公之德，以明有邦国者善善之功焉。经三章皆是国人宜之，美其德之辞也。”

此诗在句式上变化较多，颇有特色。一章之中三易句式，一句一转，一转一意，妙于用转，而叠复不厌。通篇只写改易、适馆、授粲三事，写来极有层次，绸缪缠绵，亲热备至，缱绻无已。陈继揆《臆补》云：“《缁衣》、《伐檀》等篇，短长杂奏，为后世杂言之祖。”“敝字一句，还字一句，诗家折腰句之祖。”

将　仲　子

将仲子兮！无逾我里，无折我树杞①！岂敢爱之？畏我父母。仲可怀也，父母之言，亦可畏也②！

〔注释〕

①将(qiāng)，请求。　仲子，男子的字。仲为排行。　逾，翻越。　里，居处。　折，折断。　②怀，想念。

●诗之首章直道胸中之事。短短八句，爱畏交惧，一波三折。

将仲子兮！无逾我墙，无折我树桑①！岂敢爱之？畏我诸兄。仲可怀也，诸兄之言，亦可畏也。

〔注释〕

①墙，院墙。

●诗之二章义同上章，而用语稍变，更形其畏惧犹豫。

将仲子兮！无逾我园，无折我树檀[1]！岂敢爱之？畏人之多言。仲可怀也，人之多言，亦可畏也！

〔注释〕

①园，《毛传》："所以树木也。"其中种树和果木。

●诗之三章与上二章同义，而意思更深。王鸿绪等《诗经传说汇纂》(以下简称《汇纂》)引徐常吉云："由逾里而墙而园，仲之来也以渐以迫也。由父母而诸兄而众人，女之畏也以渐而远也。"

〔解题〕

《将仲子》写与情人相会的情景心理，而全用女子口气写出，妙不可言。而《毛序》及三家《诗》等古说皆泥于《左传·隐公元年》郑庄公克其弟段于鄢的记载，认为此诗是郑之国人作以讥刺郑庄公，实不足据。故郑樵《诗辨妄》云："此实淫奔之诗，无与于庄公叔段之事，《序》盖失之，而说者又从而巧为之说，以实其事，误亦甚矣。"

此诗的妙处在于其精彩的心理描写。三章全都以女子与情人说话的口气写出，既欲其来，又惧于家庭、社会等的压力，爱与畏的矛盾心理交织在心中，而一波三折，曲尽其致。吴闿生《会通》云："旧评：语语是拒，实语语是招，蕴藉风流。"

叔 于 田

叔于田，巷无居人[1]。岂无居人？不如叔也，洵美且仁[2]！

〔注释〕

①于，往。　田，《毛传》："取禽也。"《春秋公羊传·桓公四年》何休注："田者，蒐狩之总名也。古者肉食，衣皮服。捕禽者故谓之田。"《郑笺》："叔往田，国人注心于叔，似如无人处。"　巷，古代居邑中的道路。　②洵，确实。

●诗之首章赋叔于田之盛况，致使倾邑出睹，里巷为空，极尽夸饰。

叔于狩，巷无饮酒[1]。岂无饮酒？不如叔也，洵美且好！

〔注释〕

①狩，《毛传》："冬猎曰狩。"马瑞辰《通释》："狩又为田猎之通称，于狩犹于田也。"

●诗之二章与上章同义。

叔适野，巷无服马[1]。岂无服马？不如叔也，洵美且武[2]！

〔注释〕

①适，往。　服马，驾马。陈奂《传疏》："《公羊传》注：'礼，诸侯田狩不过郊。'盖诸侯苑囿皆在近郊，叔适野，以都城之外为野也。"　②武，英武。

●诗之三章亦同上章。

〔解题〕

《叔于田》是赞美高级贵族的诗。《毛序》根据《左传》的记载，认为诗中的"叔"指郑庄公之弟共叔段。《毛序》云："刺庄公也。叔处于京，缮甲治兵，以出于田，国人说而归之。"这当然是附会。但诗中所诵者必定为高级贵族则无疑问。

此诗在艺术上的特点是修辞上的夸张。所谓"巷无居人"、"巷无饮酒"、"巷无服马"等，都是一种增饰。这种增饰给人以强烈的感染力量，使人读起来十分快意。每章的后三句一句疑问，一句注解，一句回答，写得姿态横生，翻空出奇，引人入胜。

大叔于田

叔于田，乘乘马①。执辔如组，两骖如舞②。叔在薮，火烈具举③。襢裼暴虎，献于公所④。将叔无狃，戒其伤女⑤。

〔注释〕

①叔于田，本篇诗题为与前篇相区别，故在前面加一“大(tài)”字。　乘(chéng)，驾车，作动词。　乘(shèng)马，古时一车四马为一乘。　②执辔如组，见前《邶风·简兮》注。　两骖，驾车的四匹马中在两旁的两匹马叫骖马。　如舞，像跳舞的行列一样整齐。《毛传》：“骖之与服和谐中节。”　③薮(sǒu)，低洼而多草木之处。陆德明《释文》引《韩诗》：“禽兽居之曰薮。”其具体地点不明。《孔疏》以为指圃田泽。　烈，陈奂《传疏》：“列，古‘迾’字。《周礼》作‘厉’。郑司农训《山虞》、《典祀》，并训‘厉’为遮列，即遮迾也。《诗》假作‘烈’。《孟子》‘益烈山泽而焚之’，言遮迾山泽而以火焚之也。”为古代打猎常用的一种方式。　具，通俱。　④襢裼(tǎn xī)，《毛传》：“肉袒也。”脱掉上衣，　暴，通搏。《毛传》：“暴虎，空手以搏之。”　⑤将，请。　狃(niǔ)，《毛传》：“习也。”无狃，不要因为技巧熟练而麻痹大意。　戒，警惕。　女，同汝。

●诗之首章铺叙其打猎之始驾车的熟练，举火及徒手搏虎等，以极写其英武。

叔于田，乘乘黄①。两服上襄，两骖雁行②。叔在薮，火烈具扬。叔善射忌，又良御忌③。抑磬控忌，抑纵送忌④。

〔注释〕

①乘黄，指四匹黄马。　②服，服马。指四匹驾车马中间的两匹。　上襄，王引之《述闻》：“上者，前也。上襄，犹言并驾于前，即下章之‘两服齐首’也。雁行，谓在旁而差后，即下章之‘两骖如手’也。”　③忌，《郑笺》：

“读如‘彼己之子’之己。”语尾助词。　良御，善于驾车。　④抑，发语词。磬控，指弯着腰驾车。《毛传》：“骋马曰磬，止马曰控。”胡承珙《后笺》：“磬即磬折之谓。礼凡言‘磬折’者，皆谓屈身如磬之折杀。凡骋马时，人之立于车中者，身必稍曲向前，故谓之磬。”　纵送，指射箭和放马追逐。《毛传》：“发矢曰纵，从禽曰送。”《孔疏》：“纵谓放纵，故知发矢。送谓逐后，故知从禽。”

●诗之二章写其纵马驾车驰骋。又写其善驾车、善射箭，兼及其驾车射箭逐禽的姿态。

叔于田，乘乘鸨①。两服齐首，两骖如手②。叔在薮，火烈具阜③。叔马慢忌，叔发罕忌④。抑释掤忌，抑鬯弓忌⑤。

〔注释〕

①鸨(bǎo)，黑白杂色的马。《毛传》：“骊白杂毛曰鸨。”　②齐首，两匹服马并头齐驱。　③阜，《毛传》：“盛也。”胡承珙《后笺》：“此诗自是宵田用燎。初猎之时，其火乍举。正猎之际，其火方扬。末章猎毕将归，持炬照路，火当更盛，故曰阜也。”　④发，射箭。　罕，少。　⑤释，打开。　掤(bīng)，箭筒盖。释掤即打开箭筒盖，准备将箭收起。　鬯(chàng)，通韔，弓袋。这里用作动词。

●诗之三章写打猎将毕，放慢马速，收起弓箭，准备返回。

〔解题〕

《大叔于田》从内容上讲，是《叔于田》的姊妹篇，两诗所描写歌颂的可能是同一人。故《毛序》等认为也是刺郑庄公。

此诗的最大特色在于铺叙。从“叔于田”三字而下，将打猎场面写得逼真具体，有声有色，而这些铺叙描写，又很好地衬托出了主人公英俊勇武的形象，其地位之高，侍从之盛，尽在不言中。戴君恩《臆补》云：“炳烺雄骏，纵之则锦绣齐铺，按之则金针密度。又如淮阴将兵，虽复多多，纪律不爽。”姚际恒《通论》云：“描摹工艳，铺张亦复淋漓尽致，便为《长杨》、《羽猎》之祖。”

清　人

清人在彭，驷介旁旁[①]。二矛重英，河上乎翱翔[②]！

〔注释〕

①清人，清邑的人。指高克及其军队。清邑约在今河南省中牟县西。郦道元《水经注·漕水》："清池水出清阳亭西南平地，东北流经清阳亭南，东流即清人城也，《诗》所谓'清人在彭'，故杜预《春秋释地》'中牟县西有清阳亭'是也。"　彭，卫国地名，在黄河边。《孔疏》："卫在河北，郑在河南，恐其(狄)渡河侵郑，故使高克将兵于河上御之。"　驷介，披着铁甲的四匹马。介即甲。旁旁，马威武强壮貌。三家《诗》作骉骉。《说文》："骉骉，马盛也。"　②矛，兵器。　英，饰。《毛传》："重英，矛有英饰也。"《郑笺》："二矛，酋矛、夷矛也，各有画饰。"马瑞辰《通释》："盖刻画矛柄而以朱画之。"　重，緟之假借。《说文》："緟，增益也。"　翱翔，指驾着兵车游荡。

●诗之首章赋高克等在清邑驾车披甲嬉戏，写其轻佻之状。

清人在消，驷介麃麃[①]。二矛重乔，河上乎逍遥[②]！

〔注释〕

①消，郑国黄河边邑名。　麃麃(biāo)，《毛传》："武貌。"陈奂《传疏》："《酌》传：'蹻蹻，武貌。'麃、蹻声转义通。"　②乔，《韩诗》作鷮。马瑞辰《通释》："《说文》雉十四种，其二乔雉。鷮，走鸣长尾雉也。《释木》'句如羽乔'，知木之如羽者，得名为乔，是知乔本羽饰之名矣。《笺》训'悬毛羽'者，正本《韩诗》读'乔'为'鷮'，以鷮羽为饰，因名乔耳。"　逍遥，游玩。

●诗之二章与上章同义，而用词稍变。

清人在轴，驷介陶陶[①]。左旋右抽，中军作好[②]。

〔注释〕

①轴，黄河边郑国邑名。今已不可考。　陶陶，《毛传》："驱驰之貌。"王先谦《集疏》："《君子阳阳》传：'陶陶，和乐貌。'此因在师中，易其文，犹畅乐意也。"　②左旋右抽，身体向左旋转，用右手去抽刀剑或矛以击刺之貌。三家《诗》抽作搯。《说文》："搯者，拔兵刃以习击刺。《诗》曰：'左旋右搯。'"而王夫之《诗广传》云："左旋右抽，非以车左、车右言之，盖言戎车回旋演战之法，有左旋以先弓矢者，有右旋而先矛者。左旋先弓而迎敌于左，则车右持矛以刺；右旋先矛以要敌，则将抽矢以射，势以稍远而便也。"亦通。　中军，即军中。　作好，《毛传》："居军中为容好。"陈奂《传疏》："容，仪容也。《传》释《经》'作好'为'为容好'，唯是讲习兵事而已，与上两章翱翔、逍遥同意。"

●诗之三章义同上二章，写其只玩花架子。

〔解题〕

《清人》是讽刺郑国将领高克的诗。《春秋·闵公二年》："冬十有二月，狄入卫，郑弃其师。"《左传》："郑人恶高克，使帅师次于河上，久而弗召，师溃而归，高克奔陈。郑人为之赋《清人》。"故《毛序》云："刺文公也。高克好利而不顾其君，文公恶而欲远之，不能，使高克将兵而御狄于竟。陈其师旅，翱翔河上，久而不召，众散而归，高克奔陈。公子素恶高克进之不以礼，文公退之不以道，危国亡师之本，故作是诗也。"

此诗三章十二句，每章皆先渲染其战马的强壮和武器装备的精良，末句始点出他们原来不是在练武御敌，而是在逍遥游戏。这种反衬手法的运用使前后形成鲜明的对比，对高克的讽刺也隐寓其中。故牛运震《诗志》云："《春秋》'郑弃其师'便是此诗题目，妙在就全师未溃时写，乃其立意高处。""'作好'字嘲笑入妙，极无聊却说得极兴致。"

羔裘

羔裘如濡，洵直且侯[1]。彼其之子，舍命不渝[2]。

〔注释〕

①羔裘，《郑笺》："缁衣羔裘，诸侯之朝服也。" 如，同"而"。 濡，滋润而有光泽。《毛传》："如濡，润泽也。" 洵，确实。 直，顺直。 侯，美、有风度。 ②舍，捨弃。 渝，《毛传》："变也。"马瑞辰《通释》："渝古音如偷，偷即渝之假借，犹《山有枢》篇'他人是偷'，《笺》读为'渝'，皆谓虽至死而捨命，亦不变耳。"

●诗之首章以羔裘起兴，赞美其品德顺直光美，死守善道，能奉君命而至死不渝。

羔裘豹饰，孔武有力[1]。彼其之子，邦之司直[2]。

〔注释〕

①豹饰，《毛传》："缘以豹皮也。"指用豹皮装饰袖子的边缘，为大夫之服。 孔，很、甚。 ②司直，官名，掌谏君主之过失。王先谦《集疏》："上章'洵直'，是君子之直己；此章'司直'，言君子能直人也。"

●诗之二章赞其孔武有力，正己而又能正人。

羔裘晏兮，三英粲兮[1]。彼其之子，邦之彦兮[2]。

〔注释〕

①晏，《毛传》："鲜盛貌。" 三英，《毛传》："三德也。"《郑笺》："三德，刚克、柔克、正直也。"《孔疏》："英，俊秀之名，言有三种之英，故《传》以为三德。"此处同上二章的第二句一样，亦赞美其品德。 粲，粲然鲜明，指美德的外露。 ②彦，俊杰。《毛传》："士之美称。"

●诗之三章仍盛赞其品德才干为邦家之俊杰。

〔解题〕

《羔裘》是赞美郑国贵族的诗,不仅赞美其品德,而且赞美其才干,赞美其奉君命而至死不渝,为邦家之英杰。故其在郑国的地位也可想而知。《毛序》等以为"刺朝",纯属附会。春秋时此诗已流行颇广。《左传·昭公十六年》(前526年),晋国韩起(宣子)聘于郑。"夏四月,郑六卿饯韩宣子于郊。""子产赋郑之《羔裘》,宣子曰:'起不堪也。'""不堪"即不足以受此。其赞美称颂之旨于此可见。

此诗也是三章叠咏,对人之称颂,或分言,或合言,句式变化,饶有兴味。而"舍命不渝"、"孔武有力"已成为人们习用的成语。陈继揆《臆补》云:"后章用三'兮'字作变调,尤觉神致翩翩。然必合上二章读,乃知文章从真气节出也。"

遵 大 路

遵大路兮,掺执子之袪兮①。无我恶兮,不寁故也②。

〔注释〕

①遵,循、沿着。 掺,把持。 袪(qū),袖口。 ②恶,厌恶。"无我恶"即无恶我。 寁(zǎn),迅速离去。陈奂《传疏》:"'寁,速',《释诂》文。《说文》:'寁,意之速也。''疌,疾也。'寁、疌同声,疾、速同义。" 故,故旧、故人。

●诗之首章直赋其事,哀怜求告,声调悲怆。

遵大路兮,掺执子之手兮。无我魗兮,不寁好也①。

〔注释〕

①魏,今作丑(醜)。《毛传》:"弃也。"《孔疏》:"魏与醜古今字,醜恶可弃之物,故《传》以为弃,言子无得弃遗我。"

●诗之二章与上章同义。

〔解题〕

《遵大路》似是弃妇诗。《毛序》及三家《诗》以为"思君子也。庄公失道,君子去之,国人思望焉",不知何据。故朱熹《集传》以为"亦男女相悦之辞"。

《国风》中弃妇诗较多,而风格各自不同。此诗没有繁冗的铺叙,而是直抒胸臆,哀怜求告,故深挚沉痛,缠绵悱恻。牛运震《诗志》云:"相送还成泣,只三四句抵过江淹一篇《别赋》。""思怨缠绵,意态中千回百折。"

女曰鸡鸣

女曰:"鸡鸣。"士曰:"昧旦①。""子兴视夜,明星有烂②。""将翱将翔,弋凫与雁③。"

〔注释〕

①昧,天快亮而未亮的时候。　旦,《说文》:"明也。从日,见一。"一即地平线。字象太阳刚升上地平线。　②子,你。　兴,起来。　明星,指启明星,即金星。　有烂,明亮貌。《毛传》:"言小星已不见也。"马瑞辰《通释》:"《释天》:'明星谓之启明。'此诗'明星'及《东门之杨》'明星煌煌',皆谓启明之星。启明为大星,故《传》言'小星已不见也'。"　③将,语助词。　翱、翔,出外游逛。《释名》:"翱,敖也,言敖游也。""翔,佯也,言仿佯也。"　弋(yì),射。以生丝做绳,系在箭上射鸟为弋。　凫(fú),野鸭。

●诗之首章赋其事。男女对答,饶有趣味。

“弋言加之，与子宜之。宜言饮酒，与子偕老①。”琴瑟在御，莫不静好②。

〔注释〕

①言，语助词。下同。　加，射中。　宜，《毛传》：“肴也。”此处用作动词，烹调。　②御，用、弹奏。《公羊传·隐公五年》何休《解诂》：“卿大夫御琴瑟，未尝离于前。”此处以琴瑟谐和象征夫妇和好美满。　静，靖之借字。《尔雅·释诂》：“靖，善也。”　静好，和睦友好。

●诗之二章言夫妇和睦友爱之欢乐。

“知子之来之，杂佩以赠之。知子之顺之，杂佩以问之。知子之好之，杂佩以报之①。”

①子，这里指妻子。　来，殷勤。王引之《述闻》：“来，读为劳来之来。《尔雅》云：‘劳来，勤也。’”　之，语助词，无义。　杂佩，《毛传》：“珩璜琚瑀衝牙之类。”陈奂《传疏》：“集诸玉石以为佩，谓之杂佩。”　顺，柔顺。　问，《毛传》：“遗也。”赠送。　好，爱恋。

●诗之三章男子言其对妻子的爱。

〔解题〕

《女曰鸡鸣》是描写夫妇相得之乐的诗。以对答形式叙述其早起、弋猎、对饮、相期以老、以杂佩相赠表示相爱的欢乐等。《毛序》以为“刺不说德也”，其说无据。姚际恒《通论》谓“只是夫妇帏房之诗”，颇为中肯。

此诗通篇全用对话，情景逼真，情趣盎然，交织着清新的气息和浓情密意，读起来轻松愉快。故刘瑾《诗传通释》云：“此诗意思甚好，读之使人有不知手舞足蹈者。”

有女同车

有女同车，颜如舜华①。将翱将翔，佩玉琼琚。彼美孟姜，洵美且都②。

〔注释〕

①舜，《毛传》："木槿也。"草本花，开淡紫或红色花。《鲁诗》作蕣。　华，同"花"。王夫之《稗疏》引萧炳曰："其花虽不雅，而亦鲜媚。以比美女之颜，所谓施朱太赤、施粉太白，在红白之间也。"　②孟姜，参阅前《桑中》注。都，娴雅大方。

●诗之首章赋其与美女同车之乐，言其容颜美丽，衣饰华丽，行步中节，娴雅大方。

有女同行，颜如舜英①。将翱将翔，佩玉将将②。彼美孟姜，德音不忘③。

〔注释〕

①行(háng)，道路。　英，《毛传》："犹华也。"　②将将，玱玱之借字，走路时佩玉相碰撞发出的声音。　③德音，好声誉。不忘，王引之《述闻》："犹言德音不已。"

●诗之二章与上章同义，赞其美貌贤淑，德音不已。

〔解题〕

《有女同车》是郑国贵族所写的恋歌。诗人眼中的这位女子不但容颜美丽，而且娴雅大方，品德优良，故反复诵之，以申其欢愉之情。而《毛序》等根据《左传·隐公八年》的记载，附会为刺郑昭公忽不婚于齐国之女，纯为曲解。故朱熹《辨说》云："以今考之，此诗未必为忽而作。《序》者但见‘孟姜’二字，遂指以为齐女而附之于忽耳。假如其说，则忽之辞昏未为不正而可刺。至其失国，则又特以势孤援寡不能自定，亦未有可刺之罪也。《序》乃以为国人作诗以刺之，其亦误矣。”因此在《集传》中他又说：“此疑亦淫奔之诗，言所与同车之女其美如此。”

此诗全写美女的仪容服饰和动作风度。末二句虚赞其美其德，绘声绘色，读之令人心醉。其艺术手法多为后代诗人所继承。姚际恒《通论》云：“以其下车而行，始闻其佩玉之声，故以‘将翱将翔’先之，善于摹神者。‘翱翔’字从羽，故上诗言凫雁，此则借以言美人，亦如羽族之翱翔也。《神女赋》‘婉若游龙乘云翔’，《洛神赋》‘若将飞而未翔’，又‘翩若惊鸿’，又‘体迅飞凫’，或‘或翔神渚’，皆从此脱出。”

山有扶苏

山有扶苏，隰有荷华①。不见子都，乃见狂且②！

〔注释〕

①扶苏，又写作扶疏。段玉裁《说文注》：“扶疏谓大木枝柯四布。疏通作‘胥’，亦作‘苏’。《郑风·山有扶苏》，毛意山有大木，隰有荷华，是谓高下大小各得其宜。” 隰，低洼的湿地。 荷华，即荷花。 ②子都，古代著名的美男子。《孟子·告子》：“至于子都，天下莫不知其姣也。”此处因用子都代表美男子。按：子与都皆为当时对男子的美称，因此“子都”应为泛指，与下文的“狂且”相对而言。 狂且（jū），马瑞辰《通释》：“谓狂行拙钝之人。”

●诗之首章以山上的扶苏大木起兴，言山上有扶苏大木，低洼之地有荷花，各得其所。自己本想找一个美男子，却偏遇到一个又狂又蠢的家伙。

山有桥松，隰有游龙①。不见子充，乃见狡童②！

〔注释〕

①桥，乔之借字，高大。　游，本指旌旗的流。此处用以形容茏草的枝叶舒展。　龙，茏之借字。《毛传》："红草也。"陆玑《疏》："一名马蓼，叶大而赤白色，生水泽中，高丈余。"　②子充，泛指美男子。王先谦《集疏》："子充者，子，男子之美称。《孔疏》：'充，实也，言其性行充实。'故曰子充。《孟子》云：'充实之谓美。'子都谓容貌之美，子充谓性行之美也。"　狡童，方玉润《原始》："狡狯小儿也。"

●诗之二章与上章同义。

〔解题〕

《山有扶苏》是女子对情人的俏骂之诗。全诗充满了谐谑的味道，表面上是在发牢骚，实际上却是打情骂俏。《毛序》以为刺郑昭公忽，亦纯属附会。故朱熹《集传》以为"淫女戏其所私者"。

此诗二章叠咏，幽默风趣，而以物比人，点衬鲜明，十分别致。

萚　兮

萚兮萚兮，风其吹女①。叔兮伯兮，倡予和女②。

〔注释〕

①萚(tuò)，枯叶。《说文》："草木凡皮叶落陊地为萚。"　女，同汝，指萚。

②倡，《说文》："乐也。"段玉裁注："经、传皆用为唱字。"　和(hè)，以歌声相应和。　女，这里指男子。按：这一句是倒文，即予倡女和。

●诗之首章以萚起兴，而起始歌唱。

萚兮萚兮，风其漂女①。叔兮伯兮，倡予要女②。

〔注释〕

①漂，同"飘"。《释文》："漂，本亦作飘。"　②要(yāo)，通"邀"。

●诗之二章与上章同义。

〔解题〕

《萚兮》是情人之间的唱和诗。其运用场合可能是在仲春男女相会之时。诗中叔、伯等都是泛指，仍然明显地保留着男女相唱和的形式，《左传·昭公十六年》，郑六卿饯晋韩宣子于郊。“子柳赋《萚兮》，宣子喜，曰：‘郑其庶乎！二三君子以君命贶起，赋不出郑志，皆昵燕好也。’”因此它和《野有蔓草》、《褰裳》等是一类诗，皆以言男女之情。《毛序》及三家《诗》以为刺郑昭公忽，仍属附会之辞。

此诗二章叠咏，八句而只易四字，结构短小而完整，情景宛然。

狡　童

彼狡童兮，不与我言兮①。维子之故，使我不能餐兮②！

〔注释〕

①狡，通姣、佼，美貌。《孔疏》：“狡好之幼童。”见《山有扶苏》注。　②维，通惟，以。

●诗之首章直抒胸臆，表达痛苦失望之情，却又不胜眷恋。

彼狡童兮，不与我食兮。维子之故，使我不能息兮①！

〔注释〕

①息，气息通畅。马瑞辰《通释》：“息对餐言，谓喘息也。人之气急曰喘，舒曰息。浑言之，则喘亦为息。……不能息，即言气息不利耳。”

●诗之二章义同上章。

〔解题〕

《狡童》是情诗。表面上写的是失恋，实际却语含戏谑。《毛序》:“刺忽也。不能与贤人图事,权臣擅命也。”三家《诗》无异义。《朱子语类》驳之云:“经书都被人说坏了,前后相仍不觉。且如《狡童》诗,是《序》之妄。安得当时人民敢指其君为狡童?况忽之所为,可谓之愚,何狡之有?当是男女相怨之诗。”《集传》云:“此亦淫女见绝而戏其人之辞。”闻一多《类钞》将其归入“女词”,并云:“恨不见答也。”可供参考。

此诗仅二章八句,却缠绵悱恻,似直而曲,意味深长。诗人并非有意要作诗,但因说的是真心话,所以十分真挚,依依之情、失恋之意,皆见于言外。

褰　裳

子惠思我,褰裳涉溱①。子不我思,岂无他人?狂童之狂也且②!

〔注释〕

①惠,《毛传》:“爱也。”　褰(qiān),提起。攐之借字。　裳,下衣,类似今天的裙子。古代男女皆服之。　溱(zhēn),河名,在郑都新郑城南与洧水会合。新郑城的南、东两面即以溱水和洧水为天然屏障,故《郑风》多次提到溱水和洧水。　②童,痴呆愚蠢。陈奂《传疏》:“童即狂也,童昏即狂行之状。……单言狂,累言狂童,无二义也。……以童为幼童解之者,皆言其误。”　也且,语尾助词。

●诗之首章直赋其事,挑而逗之,戏而谑之。

子惠思我,褰裳涉洧①。子不我思,岂无他士②?狂童之狂也且!

〔注释〕

①洧(wěi),洧水,发源于今河南省登封县北,在新郑城东南与溱水相合。

②士，此处指青年男子。

●诗之二章义同上章。

〔解题〕

《褰裳》也是情诗，以女子的口吻写出。朱熹《集传》云："淫女语其所私者曰：子惠然而思我，则将褰裳而涉溱以从子。子不我思，则岂无他人之可从，而必与子哉？狂童之狂也且，亦谑之之词。"而《毛序》云："思见正也。狂童恣行，国人思大国之正己也。"朱熹《辨说》驳之云："此《序》之失，盖本于子太叔、韩宣子之言，而不察其断章取义之意耳。"按《左传·昭公十六年》载，郑六卿饯韩宣子于郊。"子太叔赋《褰裳》，宣子曰：'起在此，敢勤子至于他人乎？'子太叔拜。"这正是典型的"断章取义"。故《毛序》及三家《诗》皆误。

《褰裳》二章八句，比较短小，然风调绝佳。少女的独白，欲擒故纵，以退为进，多情之语，翻以无情，而又语含谐谑，活脱一泼辣女子声口，读来曲折跌宕，摇曳多姿，活画出少女复杂而微妙的内心世界。

丰

子之丰兮，俟我乎巷兮，悔予不送兮①！

〔注释〕

①丰，面庞丰满美好貌。 巷，街巷。 送，送嫁。《郑笺》："悔乎我不送是子而去也。时不送则为异人之色，后不得耦而思之。"胡承珙《后笺》："此女悔其不行，故托言于其家之不致，非自谓其不送男子也。"

●诗之首章赞心上人之美而悔其不嫁。

子之昌兮，俟我乎堂兮，悔予不将兮①！

〔注释〕

①昌，《毛传》："盛壮貌。" 堂，厅堂。 将，与"送"同义。

●诗之二章写男子亲迎，而义同上章。

衣锦褧衣，裳锦褧裳①。叔兮伯兮，驾予与行②。

〔注释〕

①衣(yì)，动词，穿。 褧(jiǒng)衣，用绢或麻纱织成的单衣，披在锦衣之外以遮尘土。《毛传》："衣锦褧裳，嫁者之服。"《郑笺》："褧，禅也。盖以禅縠为之，中衣裳用锦而上加禅縠焉，为其文之大著也，庶人之妻嫁服也。" ②叔、伯，《毛传》："迎已者。"指男方随行亲迎之人。陈奂《传疏》："谓婿之从者也。" 驾，驾着亲迎的车子来。 行，指出嫁。

●诗之三章写出嫁。

裳锦褧裳，衣锦褧衣。叔兮伯兮，驾予与归①。

〔注释〕

①归，与"行"同义，指出嫁。

●诗之四章义同上章。

〔解题〕

《丰》是女子后悔未和情人成婚的诗。《毛序》云："刺乱也。昏(婚)姻之道缺，阳倡而阴不和，男行而女不随。"《郑笺》："昏姻之道，谓嫁取之礼。"王先谦《集疏》引戴震云："时俗衰薄，婚姻而卒有变志，非男女之情，乃其父母之惑也，故托为女子自怨之词以刺之。悔不送，以明己之不得自主，而意终欲随之也。"认为诗中女主人公的婚变是由女方父母所造成。可备一说。

此诗四章，前二章相互只易三字，表达的意思则完全一样。后二章相互只易一字，另两句颠倒了一下次序，表达的意思也完全一样。这样的句式并不显得呆板，却恰当地渲染出女主人公的后悔心情。

东门之墠

东门之墠，茹藘在阪①。其室则迩，其人甚远②！

〔注释〕

①东门，指郑国都城的东门。 墠(shàn)，亦作坛，平坦的广场。 茹藘，茜草。《毛传》："茅蒐也。男女之际近而易，则如东门之墠。远而难，则茹藘在阪。"《郑笺》："城东门之外有墠，墠边有阪，茅蒐生焉。茅蒐之为难浅矣，易越而出。此女欲奔男之词。" 阪(bǎn)，土坡。 ②室，指情人的家。迩，近。

●诗之首章赋其事。室虽近而人难见，故虽近犹远。

东门之栗，有践家室①。岂不尔思？子不我即②。

〔注释〕

①栗，木名。 践，《韩诗》作靖，释为善。陈乔枞《遗说考》："《曲礼》：'日而行事，则必践之。'郑注：'践，读曰善。'《正义》：'践，善也。言卜得而行事，必善也。'然则践义可依韩训善。"王先谦《集疏》："慕善心切，愿得为其室家，足见此女之贤，欲嫁不由淫色。有靖家室，犹今谚'好好人家'也。" ②即，《毛传》："就也。"

●诗之二章言其家世之令人羡慕。难道不想念你吗？因为你不来见我。

〔解题〕

《东门之墠》是表达相思的情诗。朱熹《集传》云："门之旁有墠，墠之外有阪，阪之上有草，识其所与淫者之居也。室迩人远者，思之而未得见之词也。”

诗只二章八句,意象却颇为高远。姚际恒《通论》云:“‘其室则迩,其人甚远’,较《论语》所引‘岂不尔思,室是远而’所胜为多。彼言‘室远’,此偏言‘室迩’,而以‘远’字属人,灵心妙手。又八字中不露一‘思’字,乃觉无非思,尤妙。‘思’字于下章始露之。‘子不我即’,正释‘人远’,又以见人远之非果远也。”

风　雨

风雨凄凄,鸡鸣喈喈①。既见君子,云胡不夷②?

〔注释〕

①凄凄,《孔疏》:“寒凉之意。” 喈喈,鸡鸣声。 ②君子,指情人。云,语首助词。 胡,为什么。 夷,平。此处指心境由忧心而平静。

●诗之首章以风雨起兴,兴而兼赋,直抒其意外相见之喜。

风雨潇潇,鸡鸣胶胶①。既见君子,云胡不瘳②!

〔注释〕

①潇潇,风猛雨急貌。 胶胶,《毛传》:“犹喈喈也。” ②瘳(chōu),病愈。

●诗之二章义同上章。

风雨如晦,鸡鸣不已①。既见君子,云胡不喜!

〔注释〕

①如,陈奂《传疏》:“犹而也。” 晦,《说文》:“月尽也。”段玉裁注:“引申为凡光尽之称。”

●诗之三章义同上二章。

〔解题〕

《风雨》是写与情人相会的诗。朱熹《集传》:“淫奔之女言当此之时见其所期之人而心悦也。”《毛序》及三家《诗》皆以为“思君子”,皆为凭空臆测。

全诗三章,皆以风雨、鸡鸣起兴,渲染出一幅寒凉阴暗、鸡声四起的背景。此情此景,最易勾起离情别绪和相思之情。而主人公恰在此时与期待已久的情人相逢,其意外之惊喜可想而知。这种反衬手法使全诗具有一种回旋舒荡之美,尤显得意味深长。王夫之《薑斋诗话》云:“以乐景写哀,以哀景写乐,一倍增其哀乐。”全诗三章叠咏,一层深入一层。姚际恒《通论》云:“‘喈’为众声和,初鸣声尚微,但觉其众和耳。再鸣则声渐高,‘胶胶’,同声高大也。三号以后,天将晓,相续不已矣。‘如晦’,正写其明也。惟其明,故曰‘如晦’。惟其‘如晦’,则凄凄、潇潇时尚晦可知。诗意之妙如此,无人领会,可与语而心赏者,如何如何!”

子　衿

青青子衿,悠悠我心①。纵我不往,子宁不嗣音②?

〔注释〕

①衿,陆德明《释文》:“本亦作襟。”《颜氏家训·书证》:“古有斜领,下连于襟,故谓领为襟也。” 悠悠,思念绵长貌。 ②宁,反诘副词,岂、难道。嗣,陆德明《释文》引《韩诗》作诒,并云:“寄也,曾不寄问也。”嗣音即寄音问。

●诗之首章以青衿起兴,以反诘接之,表达其思念之意。

青青子佩,悠悠我思①。纵我不往,子宁不来?

〔注释〕

①佩，佩玉。此处指系佩玉的带子。

●诗之二章与上章同义。

挑兮达兮，在城阙兮①。一日不见，如三月兮！

〔注释〕

①挑、达，亦作佻、 佻，《毛传》："往来相见貌。"《孔疏》："城阙虽非居止之处，明其乍往乍来，故知挑达为往来貌。" 城阙，城门楼。

●诗之三章言其往来徘徊，并极言其相思之苦。

〔解题〕

《子衿》是思念情人的诗。辅广《诗童子问》："此淫女望其所与私者。既无音问，又不见其来，而极其怨思之辞也。"《毛序》："刺学校废也。乱世则学校不修焉。"三家《诗》无异义。因此，"青衿"一词后世成了读书人的代称。但《毛序》等纯属误解，因为我们从诗中根本看不出它与学校有关。仅用比兴来曲解是解不通的。

诗三章，前二章句式相近，每章只变四字，回环往复，缠绵婉曲。末章忽作变调，将主人公的情感推向高潮，前二章起了恰当的铺垫作用。又前二章皆上下句相对举，加上叠词的上下搭配，使诗句错落有致，节奏鲜明，韵律和谐，清亮动人。

扬之水

扬之水，不流束楚①。终鲜兄弟，维予与女。无信人之言，人实迋女②。

〔注释〕

①扬之水,见《王风·扬之水》注。 ②终,既、已。 维,通"惟",只有。女,即汝、你。 言,指别人的挑拨离间之言。 迋(guàng),诳之借字,欺骗。

●诗之首章以扬之水起兴,强调兄弟之间友爱的重要,诫其勿信他人的挑拨。

扬之水,不流束薪。终鲜兄弟,维予二人①。无信人之言,人实不信②。

〔注释〕

①二人,《毛传》:"同心也。"陈奂《传疏》:"予二人,犹云予汝二人耳。不言汝,文不备也。《传》云同心以申明经义,谓予女二人有同心也。" ②不信,陈奂《传疏》:"犹诳也。"

●诗之二章义同上章。

〔解题〕

《扬之水》与《王风·葛藟》的主旨相类,都是关于家族血缘亲情的诗篇。只是《葛藟》全写他人之不可靠,《郑风·扬之水》是在强调兄弟血缘亲情重要的同时告诫他人之不可靠,言语有轻重之别。和《王风·葛藟》一样,它们都创作于周人内部血缘宗法家族制走向解体,血缘亲情开始疏远的时期。在创作于西周晚期的"变雅"诗中,以歌颂、强调血缘宗法亲情为主旨的诗篇大量出现。东周时期,这类诗篇仍时有产生,此诗是其中之一。

血缘宗法亲情对于西周时期以周人为主的华夏部族的重要不仅反映在《诗经》中,更多见于《左传》、《国语》等史书的记载。随着历史的发展,血缘宗法家族终究是要被冲破的。但在当时,这种社会变化却让人难以接受。越是要失去的东西,人们越觉得它的可爱与珍贵。这便是当血缘宗法家族逐渐走向解体时,人们反而大量地去歌颂它的原因。《毛序》以为“闵无臣”，显为误解。

此诗二章叠咏，声情笃挚，颇为感人。

出其东门

出其东门，有女如云①。虽则如云，匪我思存②。缟衣綦巾，聊乐我员③。

〔注释〕

①东门，指郑国都城东门。见《东门之墠》注。 如云，形容其多。王先谦《集疏》：“郑城西南门为溱、洧二水所经，故以东门为游人所集。” ②匪，非、不是。 存，在。思存，思念之所在。 ③缟，白色。 綦(qí)，草绿色。三家《诗》作綥。《说文》：“綥，帛苍艾色也。” 聊，姑且。 员(yún)，友、亲爱。马瑞辰《通释》：“员当读如‘婚姻孔云’之云。彼《笺》云：‘云犹友也。’有与友同，诗言不相亲者，云‘亦莫我有’，则言其相亲有者，宜曰‘聊乐我员’矣。”

●诗之首章赋其事而言其志，言东门之外虽众女如云，自己却只爱自己的妻子。

出其闉阇，有女如荼①。虽则如荼，匪我思且②。缟衣茹藘，聊可与娱③。

〔注释〕

①闉阇(yīn dū)，城门外层的曲城。 荼(tú)，白茅花。马瑞辰《通释》：“如荼，与‘如云’皆取众多义。” ②且，徂之借字，义同存。《郑笺》：“匪我思且，犹匪我思存也。” ③茹藘，茜草。见《东门之墠》注。《毛传》：“茅蒐之染女服也。”《郑笺》：“茅蒐，染巾也。”处此即指佩巾。王先谦《集疏》：“诗言茹藘，不言巾者，省文以成句。” 娱，《毛传》：“乐也。”

●诗之二章与上章同义，言自己只和自己的妻子一起欢乐。

〔解题〕

《出其东门》是抒写自己对爱情坚贞不二的诗。而古人的理解总是有这样或那样的偏差。朱熹《集传》云:“缟衣綦巾,女服之贫陋者,此人自目其室家也。”“人见淫奔之女而作此诗,以为此女虽美且众,而非我思之所存,不如己之室家,虽贫且陋,而卿可自乐也。是时淫风大行,而其间乃有如此之人,亦可谓能自好而不为习俗所移矣。”较近于诗旨。而《毛序》云:“《出其东门》,闵乱也。公子五争,兵革不息,男女相弃,民人思保其室家焉。”纯属附会。故方玉润《原始》云:“诗方细咏太平游览,绝无干戈扰攘、男奔女窜气象,《序》言无当于经,固已!”

此诗二章叠咏,直抒其情,又因事而发其议论。风趣而坦荡,于直拙中含精巧,颇耐人寻味。

野有蔓草

野有蔓草,零露漙兮①。有美一人,清扬婉兮②。邂逅相遇,适我愿兮③。

〔注释〕

①蔓,《毛传》:“延也。” 零,落下。 漙(tuán),《毛传》:“漙然盛多也。”《郑笺》:“蔓草而有露,谓仲春之时草始生,霜为露也。《周礼》:仲春之月,令会男女之无夫家者。” ②清扬,眉目清秀貌。见《鄘风·君子偕老》注。婉,妩媚貌。王先谦《集疏》:“眉目之间位置天然,视之但觉其婉顺而美也。” ③邂逅,不期而遇。 适,符合、适合。《毛传》:“不期而会,适其时愿。”王先谦《集疏》:“思见其人,求而忽得,则志意开豁,欢然相迎,即所谓‘邂逅’矣。”

●诗之首章赋其与情人相聚之欢。

野有蔓草，零露瀼瀼[1]。有美一人，婉如清扬[2]。邂逅相遇，与子偕臧[3]。

〔注释〕

①瀼瀼(ráng)，《毛传》："盛貌。" ②如，而。婉如即婉而。 ③臧，同藏，隐藏。

●诗之二章与上章同义。

〔解题〕

《野有蔓草》是情歌。郑玄以为写当时春天男女相聚会之风俗。朱熹《集传》云："男女相遇于野田草露之间，故赋其所在以起兴。言野有蔓草则零露漙矣，有美一人则清扬婉矣，邂逅相遇则得以适我愿矣。"而《毛序》以为："思遇时也。君之泽不下流，民穷于兵革，男女失时，思不期而会焉。"全属曲解。

此诗二章叠咏，起兴之句赋而兼兴，活生生地勾勒出一幅春草青青、露水晶莹的良辰美景，风格清新活泼，意境明朗，生动有致。

溱　洧

溱与洧，方涣涣兮[1]。士与女，方秉蕑兮[2]。女曰："观乎？"士曰："既且[3]。""且往观乎！洧之外，洵訏且乐[4]。"维士与女，伊其相谑，赠之以勺药[5]。

〔注释〕

①涣涣，《毛序》："春水盛也。"《郑笺》："仲春之时，冰以释水，则涣涣然。"

②士与女，此处泛指春游的男女。 方，正。 秉，执、拿。 蕑(jiān)，《毛传》："兰也。"菊科植物，但非今之兰花。陆玑《疏》："其茎叶似药草泽兰，但广而长节，节中赤，高四五尺，……可著粉中，……藏衣著书中，辟白鱼也。"

③且(cú)，徂之借字，往。既且，已经去过了。④且，姑且。洵，确实。 讦(xū)，《毛传》："大也。"《郑笺》："女曰观乎？欲与士观于宽闲之处。既，已也。士曰已观矣，未从之也。""洵，信也。女情急，故劝男，使往观于洧之外，言其土地信宽大又乐也，于是男则往也。" ⑤维，语助词，无义。伊，同因。 相谑，互相调笑。 勺药，一名辛夷，非指木芍药。《郑笺》："士与女往观，因相与戏谑，行夫妇之事。其别，则送女以勺药，结恩情也。"

●诗之首章以溱洧之水涣涣盛大起兴，而以男女对话接之，情景生动。

溱与洧，浏其清矣①。士与女，殷其盈矣②。女曰："观乎？"士曰："既且。""且往观乎？洧之外，洵讦且乐。"维士与女，伊其将谑，赠之以勺药③。

〔注释〕

①浏(liú)，水清貌。 ②殷，《毛传》："众也。"殷其，即殷殷。《说文》："作乐之盛称殷。"段玉裁注："此殷之本义也。又引申之为众也。" ③将谑，马瑞辰《通释》："犹相谑也。《尚书大传》：'义伯之乐舞将阳。'将阳，即'相羊'之叚借。"

●诗之二章与上章同义。

〔解题〕

《溱洧》是描写郑国三月上巳节青年男女在溱水、洧水边游春欢会的诗。《太平御览》卷八八六引《韩诗内传》云："当此盛流之时，士与女众方执兰，拂除邪恶。郑国之俗，三月上巳之辰，于此两水之上，招魂续魄，拂除不祥，故诗人愿与所说(悦)者俱往观也。"又《吕氏春秋·本生》高诱注云："郑国淫辟，男女私会于溱洧之上，有洵讦之乐，勺药之和。"上巳是指每年三月上旬的巳日，其起源甚早，与原始时代部族的农业生活相关，但今已不可确知。这种风俗后来称之为修禊(xì)。

此诗二章叠咏，结构别致，有叙事，有对话，形象生动，感情真挚，有浓厚的抒情意味。方玉润《原始》云："每值风日融和，良辰美景，竞相出游；以至兰勺互赠，播为美谈，男女戏谑，恬不知羞。”牛运震《诗志》云：“两‘方’字神色飞动。”“两‘矣’字轻脱有态。”“一篇叙事体，妙于用虚字转折。”“写春景物态明媚可掬，开后人艳情诗多少神韵。”

齐　风

《齐风》是采自齐国的诗歌。齐始封者姜太公，即《大雅·大明》"维师尚父，时维鹰扬"的师尚父。齐国在西周时期与鲁、卫等同为大封，是当时周部族中最重要的诸侯之一。齐所封之地即今天的山东省北部，是我国古代重要的文明地区。《汉书·地理志》："齐地，虚、危之分埜也。少昊之世，有爽鸠氏，虞夏时有季荝，汤时有逢伯陵，殷末有薄姑氏，皆为诸侯，国此地。至周成王时，薄姑氏与四国作乱，成王灭之，以封师尚父，是为太公。《诗·风》齐国是也。"太公初封时，其地不过百里。终西周之世，其地未有大的发展。东周初年，王室衰微，诸侯力政，齐国渐强。春秋初，齐襄公灭纪，齐国开始吞并诸侯，扩大地盘。襄公之子齐桓公遂霸诸侯，成为春秋五霸之首。终春秋之世，齐国为华夏部族最强大的诸侯之一。齐国始封之地在今山东淄博市北。至春秋时期，其地约包括山东省的淄博、潍坊、滨州、德州等地区。

《齐风》共十一首，约产生于东周初年至春秋中期。《汉书·地理志》云："临甾名营丘，故《齐诗》曰：'子之营兮，遭我乎峱之间兮。'又曰：'竢我于著乎而。'此亦其舒缓之体也。吴季札闻齐之歌，曰：'泱泱乎，大风也哉！其太公乎？国未可量也。'""太公以齐地负海舄卤，少五谷而人民寡，乃劝以女工之业，通鱼盐之利，而人物辐凑。后十四世，桓公用管仲，设轻重以富国，合诸侯，成伯功，身在陪臣而取三归，故其俗弥侈，织作冰纨绮绣纯丽之物，号为冠带衣履天下。"

齐，姜姓。姜者羌也，原本是羌人的一部分，和姬姓部族世代联姻并进入中原。姬、姜二族原从两个通婚的胞族发展而来。姜姓部族东迁后，仍然带有较多的羌人习俗。《后汉书·西羌传》载汉代羌人之俗云："其俗氏族无定，或以父名母姓为种号。十二世后，相与婚姻，父没则妻后母，兄亡则纳釐嫂，故国无鳏寡，种类繁炽。""更相抄暴，以力为雄，杀人偿死，无它禁令。"《齐风》中的《还》、《卢令》、《南山》、《敝笱》、《载驱》等所反映的齐国贵族尚武、淫乱等都与此相关。其余诗篇也无不反映出其泱泱大国之风。

鸡　鸣

"鸡既鸣矣，朝既盈矣①。""匪鸡则鸣，苍蝇之声②。"

〔注释〕

①朝（cháo），朝廷。　盈，满。指上朝的人都已到齐。《毛传》："鸡鸣而夫人作，朝盈而君作。"《尚书·大传》："鸡鸣，大师奏鸡鸣于阶下，夫人鸣佩玉于房中，告去也。然后应门击柝，告辟也。然后少师奏质明于阶下，辟。"郑玄注："应门，朝门也。辟，启也。"　②则，之。

●诗之首章直赋其事。上二句为妻子催其丈夫起床，下二句为丈夫贪恋床笫推托之答。

"东方明矣，朝既昌矣①。""匪东方则明，月出之光。"

〔注释〕

①昌，与"盈"同义。

●诗之二章与上章同义。

"虫飞薨薨，甘与子同梦①。""会且归矣，无庶予子憎②。"

〔注释〕

①薨薨（hōng），象声词，虫子群飞发出的声音。　甘，乐意。　同梦，同

睡。②会,朝会。且,即将。归,指散朝回去。庶,庶几。含有希望之意。无庶,"庶无"之倒文。予,同与。子,指女子的丈夫。憎,憎恶。《郑笺》:"虫飞薨薨,东方且明之时,我犹乐与子卧而同梦,言亲爱之无已。"王先谦《集疏》:"言天之将明,飞虫皆出,予犹甘愿与子卧而同梦,但会于朝者且将归治其家事矣,庶无因予之故而使臣下憎恶于子耳。"

●诗之三章前二句为男语,后二句为女语。男的希望多睡一会儿,女的却怕招来别人的讨厌。

〔解题〕

《鸡鸣》是描写妻子催促丈夫早起的诗。从诗中来看,其丈夫是个贵族。《毛序》认为是讽刺齐哀公,不知何据。

此诗的章法结构与《郑风·女曰鸡鸣》相似,而通篇以对话出之,尤为生动,写景言情,俱臻绝妙,真情实境,写来活灵活现。钱锺书先生在《管锥篇》中分析说:"窃意作男女对答之词,更饶情致。女促男起,男则淹恋;女曰鸡鸣,男辟之曰蝇声;女曰东方明,男辟之曰月光,亦如《女曰鸡鸣》之士女对答耳。"

还

子之还兮,遭我乎猛之间兮①。并驱从两肩兮,揖我谓我儇兮②。

〔注释〕

①还,《毛传》:"便捷之貌。"《齐诗》作营。王先谦《集疏》引钱大昕曰:"古人读'营'如'环'。《韩非子》云:'仓颉之作书也,自环者谓之厶。'《说文》引作'自营为厶'是也。《释邱》:'水出其左营邱。'郭注谓:'淄水过其南及东。'是营邱本取'回环'之意。" 遭,遇见。 猛(náo),齐国山名,在今山东淄博市南。 ②从,《毛传》:"逐也。"《说文》:"随行也。" 肩,《鲁诗》作豣,《说文》引《诗》作豣。王念孙《广雅疏证》:"豣,与肩通。"《毛传》:"兽三岁曰肩。"《广

雅》:“兽一岁为豵,二岁为豝,三岁为肩,四岁为特。”凡兽之大者通称豜或肩。

儇(xuān),《毛传》:“利也。”陈奂《传疏》:“利犹闲也,闲于驰逐也。”轻便敏捷貌。《郑笺》:“子也我也,并驱而逐禽兽。子则揖耦我谓我儇,誉之也。誉之者,以报前言‘还’也。”

●诗之首章直赋其事,言其逐猎而相遇,言其英武矫捷。

子之茂兮,遭我乎猺之道兮①。并驱从两牡兮,揖我谓我好兮②。

〔注释〕

①茂,《毛传》:“美也。”陈奂《传疏》:“谓习于田猎也。” ②牡,雄性野兽。 好,指射猎技术好。《郑笺》:“誉之言好者,以报前言茂也。”

●诗之二章与上章同义。

子之昌兮,遭我乎猺之阳兮①。并驱从两狼兮,揖我谓我臧兮②。

〔注释〕

①昌,《郑笺》:“佼好貌。”英俊。 阳,山的南面。 ②狼,此处并非实指。胡承珙《后笺》:“首章举其大者言之。《秦风》‘奉时辰牡’,则田猎贵牡,故次章举所贵者言之。陆《疏》云狼猛捷,自是难获之兽。此所以互相夸誉,以为戏乐。” 臧,善。

●诗之三章与上二章同义。

〔解题〕

《还》是猎者互相赞美的诗。朱熹《集传》云:“猎者交错于道路,且以便捷轻利相称誉如此,而不自知其非也。”《毛序》云:“《还》,刺荒也。哀公好田猎,从禽兽而无厌。国人化之,遂成风俗,习于田猎谓之贤,闲于驰逐谓之好焉。”但诗中惟见推许之词,未觉讥刺之意。

此诗三章，诗句长短相杂，纵横排宕，善于渲染。兽走马逐，车驰人奔，飞扬豪俊，声势喧腾，颇有气势。戴君恩《臆评》："豪爽骏快，读之犹觉有控弦鸣镝，鼻端出火，耳后生风之气。"方玉润《原始》引章潢曰："子之还兮，已誉人也。谓我儇兮，人誉已也。并驱，则人已皆与有能也。寥寥数语，自具分合变化之妙。猎固便捷，诗亦轻利，神乎技矣！"

著

俟我于著乎而，充耳以素乎而，尚之以琼华乎而①。

〔注释〕

①俟，《毛传》："待也。" 著，《毛传》："门屏之间曰著。" 乎耳，语尾助词。《郑笺》："我，嫁者自谓也。待我于著，谓从君子而出至于著，君子揖之时也。" 充耳，古代男子的一种冠饰，从冠两旁垂下，悬在耳边。将充耳系在冠上的杂色丝线称"紞"，丝线垂到耳边打成一个像棉球一样的结称为"纩"，纩下垂着的玉称"瑱"。紞、纩、瑱这三部分组成充耳。 素，《毛传》："象瑱。"白色。《郑笺》："我视君子则以素为充耳，……此言素者，目所先见也。" 尚，《郑笺》："犹饰也。"《说文》段注："上也，皆积累加高之义。" 琼华，《毛传》："美石，士之服也。"与下章的琼莹、琼英都是描写玉缜。华指光华。《郑笺》："饰之以琼华者，谓悬紞之末，所谓瑱也。"

●诗之首章赋其事，极言来亲迎的夫婿衣着之气派华丽。

俟我于庭乎而，充耳以青乎耳，尚之以琼莹乎而①。

〔注释〕

①庭，院中。 青，《毛传》："青玉。"《郑笺》："紞之青。" 琼莹，《毛传》："石似玉，卿大夫之服也。"

●诗之二章与上章同义。

俟我于堂乎而，充耳以黄乎而，尚之以琼英乎而①。

〔注释〕

①堂，堂前，指正房之前。　黄，《毛传》："黄玉。"　琼英，《毛传》："美石似玉者，人君之服也。"

●诗之三章与上二章同义。

〔解题〕

《著》是描写亲迎的诗，全诗以女子口吻写出。姚际恒《通论》云："此女子于归见婿亲迎之诗，今不可知其为何人。观充耳以琼玉，则亦贵人矣。"郝懿行《诗问》云："美亲迎也。士有亲迎者，女家悦其服饰之盛，君子喜其重大婚之礼，述以美焉。"而《毛序》云："刺时也。时不亲迎也。"而从篇中看不出有任何讽刺之意。

全诗三章，每章只更易三字，反映的是一种喜悦情绪，而含义则层层递进，音节舒缓，含蓄曲折，自然入妙。描写容仪，情韵悠长。

东方之日

东方之日兮，彼姝者子，在我室兮①。在我室兮，履我即兮②。

〔注释〕

①东方之日，马瑞辰《通释》："古者喻人颜色之美，多取譬于日月。《诗》'月出皎兮'，《笺》：'喻妇人有美色之白皙也。'宋玉《神女赋》：'其始出也，耀乎若白日初出照屋梁；其少进也，皎若明月舒其光。'义本此诗。'彼姝者子'，盖指女子言。"　姝，美丽。　子，指女子。　②履，踩。　即，膝之借字。

下章的"发"字指足、脚(见杨树达《积微居小学述林》)。朱熹《集传》:"履,蹑。即,就也。言此女蹑我之迹而相就也。"亦通。

●诗之首章以东方之日起兴,喻少女容色之美,并写其与自己相会。

东方之月兮,彼姝者子,在我闼兮[①]。在我闼兮,履我发兮[②]。

〔注释〕

①闼,《毛传》:"门内也。"王先谦《集疏》:"士家二门,大门内为寝门,小墙当门中特立一门,所谓寝门也,亦曰闼门,门内设屏,门屏之间谓之宁,亦谓之著,即闼也。以次序言,当先言闼而后言室。""切言之则闼为小门,浑言之则门以内皆为闼。" ②发,指脚,见上。

●诗之二章与上章同义,而含义更进一层。

〔解题〕

《东方之日》是写与情人幽会的诗。欧阳修《本义》:"东方之日,日之初升也。盖言彼姝者子颜色奋然美盛如日之升也。'在我室兮,履我即兮'者,相邀以奔之辞也。"诗义甚明。而《毛序》云:"刺衰也。君臣失道,男女淫奔,不能以礼化也。"朱熹《辨说》云:"此男女淫奔者所自作,非有刺也。其曰君臣失道者,尤无所谓。"

全诗两章,以日月起兴,喻女子容貌之美。每章的末句通过对女子细小动作的描写,形象地刻画出女子与自己相会时的欢悦、轻浮,二人的感情也表现得缱绻缠绵,分外生动。

东 方 未 明

东方未明,颠倒衣裳。颠之倒之,自公召之[①]。

〔注释〕

①之,指衣裳。　自,从。　公,指公室。闻一多《类钞》:"颠倒求领,言迫遽也。所以然者,以有自公所而召之者故也。"

●诗之首章赋其为公事而匆忙失据之状。

东方未晞,颠倒裳衣①。倒之颠之,自公令之。

〔注释〕

①晞(xī),《毛传》:"明之始升。"马瑞辰《通释》:"晞者,昕之叚借。……'昕'与'晞'一声之转,故通用。"

●诗之二章与上章同义。

折柳樊圃,狂夫瞿瞿①。不能辰夜,不夙则莫②。

〔注释〕

①樊,篱笆。这里用作动词,圈。　圃,菜园。　狂夫,王先谦《集疏》:"中心无守之人。"　瞿瞿,双眼瞪视貌。　②辰,通晨。　莫,暮的本字。

●诗之三章写其匆忙而不胜其任之状。《毛传》:"折柳以为藩园,无益于禁矣。瞿瞿,无守之貌。古者有挈壶氏,以水火分日夜,以告时于朝。"《郑笺》:"柳木之不可以为藩,犹是狂夫不任挈壶氏之事。"

〔解题〕

《东方未明》是描写士大夫苦于差役的诗。《毛序》:"《东方未明》,刺无节也。朝廷兴居无节,号令不时,挈壶氏不能掌其职焉。"全是曲解。

此诗通篇全用赋体,把一个忙忙碌碌的小贵族的神态刻画得十分生动。牛运震《诗志》:"'颠倒衣裳',奇语入神,写忽乱光景宛然。"

南　山

南山崔崔，雄狐绥绥①。鲁道有荡，齐子由归②。既曰归止，曷又怀止③？

〔注释〕

①南山，在齐国都城之南。陈奂《传疏》："即《孟子》之牛山。《晏子·谏上》篇，楚巫'至于牛山而不敢登，曰：五帝之位，在于国南，请斋而后登之'，又'景公游于牛山，北临其国城'，皆其义证。"　崔崔，高大貌。　雄狐，古人以雄狐为淫兽。　绥绥，《韩诗》作文文，追逐匹偶貌。《毛传》："国君尊严，如南山崔崔然。雄狐相随，绥绥然无别，失阴阳之匹。"《郑笺》："雄狐行求匹偶于南山之上，形貌绥绥然。兴者，喻襄公居人君之尊而为淫泆之行，其威仪可耻恶如狐。"　②鲁道，从齐国通往鲁国的大道。　有荡，即荡荡，平坦貌。　齐子，指文姜。王先谦《集疏》："齐子，如《硕人》传'齐侯之子'，谓文姜归嫁也。"　归，出嫁。　③止，语尾助词。下同。　怀，《毛传》："思也。"《郑笺》："言文姜既以礼从此道嫁于鲁侯也。""何复来为乎？非其来也。"

●诗之首章以南山雄狐起兴，以南山象征齐襄公地位之尊严，以雄狐淫兽比齐襄公之追求文姜。方玉润《原始》云："首章言襄公纵淫，不当自淫其妹。妹既归人而有夫矣，则亦可以已矣，而又曷怀之有乎？"

葛屦五两，冠緌双止①。鲁道有荡，齐子庸止②。既曰庸止，曷又从止③？

〔注释〕

①葛屦(jù)，麻布鞋。《毛传》："服之贱者。"　五，通"伍"，行列。　两，通緉。《说文》："緉，履两枚也。"五两，指麻鞋必成双成对地摆着。　緌(ruí)，帽带下垂到胸前的部分。《毛传》："冠緌，服之尊者。"　双止，成双成对。王先谦《集疏》："古者冠系皆以二组，系于冠，卷结颔下，谓之缨。缨用二组，则

绥亦双垂也。此即婚姻礼物取义，两双不容杂厕者，显以示人，自含深意。”

②庸，《毛传》：“用也。” ③从，跟从。《郑笺》：“此言文姜既用此道嫁于鲁侯，襄公何复送而从之，为淫泆之行。”

●诗之二章言齐襄公与文姜之不当淫乱。方玉润《原始》：“次章言文姜即淫，亦不当顺从其兄。今既归鲁而成耦矣，则亦可以已矣，而又曷返齐而从兄乎？”

蓺麻如之何？衡从其亩①。取妻如之何？必告父母②。既曰告止，曷又鞠止③？

〔注释〕

①蓺，古艺字，种植。 衡从，即横纵。南北曰纵，东西曰横。《礼记·坊记》引此句“衡”作横。贾思勰《齐民要术》：“凡种麻，耕不厌熟，纵横七遍以上，则麻无叶也。”即此诗之意。 ②取，即娶。 必告父母，《白虎通·嫁娶》：“男不自专娶，女不自专嫁，必由父母、须媒妁何？远耻防淫泆也。《诗》曰：‘娶妻如之何？必告父母。’又曰：‘娶妻如之何？匪媒不得。’” ③鞠，《毛传》：“穷也。”朱熹《集传》：“又曷为使之（指文姜）得穷其欲而至此哉！”

●诗之三章继续讽刺齐襄公与文姜不当淫乱。

析薪如之何？匪斧不克①。取妻如之何？匪媒不得。既曰得止，曷又极止②？

〔注释〕

①析薪，劈柴。 匪，同非。 克，能、成功。 ②极，至。王先谦《集疏》：“极犹鞠也。昏（婚）姻之事不可道说，至于此极也。”

●诗之四章与上章同义。方玉润《原始》云：“后二章言鲁桓公以父母命，凭媒妁言而成此昏配，非苟合者比，岂不有闻其兄妹事乎？既取而得之，则当礼以闲之，俾勿归齐，则亦可以已矣，而又曷从其入齐，至令得穷所欲而无止极，自取杀身祸乎？”

〔解题〕

《南山》是讽刺齐襄公淫乱无耻的诗。《左传·桓公十八年》：“公会齐侯于泺，遂及文姜如齐。齐侯通焉。公谪之。以告。夏四月丙子，享公。使公子彭生乘公，公薨于车。”《史记·齐世家》云：“四年，鲁桓公与夫人如齐。齐襄公故尝私通鲁夫人。鲁夫人者，襄公女弟也。自釐公时，嫁为鲁桓公妇。及桓公来，而襄公复通焉。”“使力士彭生抱上鲁君车，因拉杀鲁桓公。桓公下车，则死矣。”后齐襄公杀彭生以息鲁怒，文姜也留居于齐而不敢归鲁，居于齐、鲁之郊，并多次和齐襄公相会通奸。此诗所反映的就是这段历史。

由于讽刺本国君主，所以诗写得比较隐蔽。全诗四章，每章起兴各不相同，而兴意也各不相通。而每章末句又均用问答的形式，将言外之意留给读者去体会、思考。陈继揆《臆补》云：“全用诘问法，令其难以置对，的是妙文。”

甫　田

无田甫田，维莠骄骄①。无思远人，劳心忉忉②。

〔注释〕

①无，不要。　田(diàn)，同畋，耕种。　甫，大。　维，发语词。　莠(yǒu)，害苗的乱草。　骄骄，莠草挺生之状。《毛传》：“大田过度而无人功，终不能获。”　②忉忉(dāo)，忧伤貌。

●诗之首章以甫田起兴，正语反说，以道其思念之苦。

无田甫田，维莠桀桀①。无思远人，劳心怛怛②。

〔注释〕

①桀桀,《毛传》:“犹骄骄也。” ②怛怛(dǎ),《毛传》:“犹忉忉也。”忧伤痛心貌。

●诗之二章与上章同义。

婉兮娈兮,总角丱兮①。未几见兮,突而弁兮②。

〔注释〕

①婉娈,《毛传》:“少好貌。”叠韵词。 总角,古代儿童发饰,将头发向两边总束,向上挺起状如两个羊角,称为总角。 丱(guàn),形容总角的形状。

②未几,不久。 突而,突然。《方言》:“凡卒相见谓之突。” 弁(biàn),戴冠。此处用作动词。古代男子年二十而行冠礼,表示已经成年。

●诗之三章突然转写意中人,久别相逢,惊喜之情可见。

〔解题〕

《甫田》的主旨颇难决断。《毛序》以为刺齐襄公,但诗中看不出讽义,所抒发的只是一种深沉的思念情绪,故暂且定为思念远方情人的诗。

全诗仅三章,反复吟诵。前二章反复道其思念之苦,诚之切而思之深。末章笔锋突转,写其与情人卒然相逢,惊喜地发现对方已经成为英俊的少年。

卢 令

卢令令,其人美且仁①。

〔注释〕

①卢,《毛传》:“田犬。”黑色猎狗。《孔疏》引《战国策》:“韩国卢,天下之

骏犬也。” 令令,《毛传》:“缨环声。”象声词。 其人,指猎者。 仁,仁爱友好。

●诗之首章兴而兼赋,赞美其人。

卢重环,其人美且鬈①。

〔注释〕

①重环,《毛传》:“子母环也。” 鬈(quán),《说文》:“发好貌。”王先谦《集疏》:“言其人既有美德,又有美容也。”

●诗之二章与上章同义。

卢重𬍛,其人美且偲①。

〔注释〕

①重𬍛(méi),大环中套着两个小环。《孔疏》:“重𬍛与重环别,一环贯二,谓一大环贯二小环也。” 偲(cāi),《毛传》:“才也。”《郑笺》:“多才也。”

●诗之三章与上二章同义。

〔解题〕

《卢令》是赞美猎者的诗。朱熹《集传》:“此诗大意与《还》略同。”而《毛序》云:“刺荒也。襄公好田猎,毕弋而不修民事,百姓苦之,故陈古以风焉。”三家《诗》无异义,显然是囿于“变风”而强索诗旨。

诗三章,章与章之间只变换二三字,然篇短而音长。从犬到人,写声状貌,简练而有风致。陈继揆《臆补》云:“诗三字句赋物最工。如‘殷其雷’及‘卢令令’等句,使人如见如闻,千载以下读之,犹觉其容满目,其音满耳。”

敝笱

敝笱在梁，其鱼鲂鳏①。齐子归止，其从如云②。

〔注释〕

①敝，破败。　笱（gǒu），竹编的捕鱼篓子。　梁，鱼梁。详见《卫风·谷风》注。　鲂鳏（guān），鳊鱼和鲲鱼。鳏，王引之认为即《尔雅》之"鲩"，一作"鲲"。《尔雅·释鱼》："鲲，鱼子。"李巡曰："凡鱼之子，总名为鲲也。"故《郑笺》云："鲂也，鳏也，鱼之易制者，然而敝败之笱不能制。兴者，喻鲁桓微弱，不能防闲文姜，终其初时之婉顺。"　②齐子，指文姜。　归，指文姜初嫁于鲁之时。陈奂《传疏》："桓三年《春秋》书'齐侯送姜氏于讙'，齐侯，僖公也。桓以弑兄篡国，求昏于齐，而文姜又为僖公宠女，亲送之讙，嫁从之盛，骄伉难制。鲁为齐弱，由来者渐。及至桓十八年，文姜如齐，与襄公通，桓即毙于彭生之手。《序》云'不能防闲使至淫乱'，则诗乃作于十八年后，而追刺其嫁时之盛，为淫乱之由，实始于微弱。"陈启源《稽古编》："笱之敝也，不敝于彭生乘公之日，而敝于子翚逆女之年，诗人推见祸本，故不于如齐刺之，而于归鲁刺之。"　止，语尾助词。　从，从嫁者。　如云，《毛传》："言盛也。"

●诗之首章以敝笱起兴，以喻鲁桓公之微弱，而又极写文姜初嫁时仪从之盛以反衬之。

敝笱在梁，其鱼鲂鱮①。齐子归止，其从如雨②。

〔注释〕

①鱮（xù），今称鲢鱼。《孔疏》引陆玑《疏》云："鱮似鲂厚而头大，鱼之不美者，故里语曰：'网鱼得鱮，不如啗茹。'其头尤大而肥者，徐州人谓之鲢，或谓之鳙。"　②如雨，《毛传》："言多也。"

●诗之二章与上章同义。

敝笱在梁,其鱼唯唯①。齐子归止,其从如水。

〔注释〕

①唯唯,《毛传》:"喻众也。"《郑笺》:"行相随顺之貌。"鱼儿自在游动貌。陆德明《释文》:"《韩诗》作遗遗,言不能制也。"

●诗之三章与上二章同义。

〔解题〕

《敝笱》是讽刺文姜的诗。《毛序》云:"刺文姜也。齐人恶鲁桓公微弱,不能防闲文姜,使至淫乱,为二国患焉。"较合于诗旨。三家《诗》无异义。朱熹《集传》以为齐人刺鲁桓公,云:"齐人以敝笱不能制大鱼,比鲁庄公不能防闲文姜,故归齐而从之者众也。"可备一说。

诗三章,每章首句皆兴而兼比。末句的"如云"、"如雨"、"如水",尤为生动、形象。牛运震《诗志》:"'唯唯'字酷得鱼情,'如水'字更活妙。"

载　驱

载驱薄薄,簟茀朱鞹①。鲁道有荡,齐子发夕②。

〔注释〕

①载,语首助词。　薄薄,象声词,《毛传》:"疾驱声也。"　簟(diàn),《毛传》:"方文席也。"《孔疏》:"用竹为席,其文必方,故云方文席也。"　茀(fú),车帘。　鞹(kuò),去毛的皮。《毛传》:"诸侯之路车,有朱革之质而羽饰。"

②有荡,即荡荡。见前《南山》注。　齐子,指文姜。　发夕,《毛传》:"自夕发至旦。"《郑笺》:"襄公既无礼义,乃疾驱其乘车以入鲁境。鲁之道路平易,文姜发夕由之往会焉,曾无惭耻之色。"

●诗之首章赋齐襄公车饰之华丽而刺其淫乱无耻。

四骊济济，垂辔沵沵①。鲁道有荡，齐子岂弟②。

〔注释〕

①骊(lí)，黑色的马。　济济，整齐貌。　沵沵(mǐ)，柔软貌。沵为濔之借字。《玉篇》："濔，乃米切。垂辔貌。"　②岂(kǎi)弟，犹"发夕"。《郑笺》："此'岂弟'犹言'发夕'也。岂，读当为'闿'。弟，《古文尚书》以'弟'为'圛'。圛，明也。"

●诗之二章与上章同义。

汶水汤汤，行人彭彭①。鲁道有荡，齐子翱翔②。

〔注释〕

①汶，即今山东省境内的汶水，流经当时的齐、鲁二国境内。　汤汤(shāng)，《毛传》："大貌。"　彭彭，《毛传》："多貌。"　②翱翔，《毛传》："犹彷徉也。"《郑笺》："汶水之上盖有都焉，襄公与文姜时所会。"

●诗之三章义同上二章。

汶水滔滔，行人儦儦①。鲁道有荡，齐子游敖②。

〔注释〕

①儦儦(biāo)，义同"彭彭"。　②敖，同遨。游敖，即遨游。义同翱翔。

●诗之四章义同上三章。

〔解题〕

《载驱》是讽刺齐襄公的诗。《毛序》："齐人刺襄公也。无礼义，故盛其车服，疾驱于通道大都，与文姜淫，播其恶于万民焉。"《郑笺》："此车襄公乃乘焉，而来与文姜会。""襄公既无礼义，乃疾驱其乘车以入鲁境。鲁之道路平易，文姜发夕由之往会焉，曾无惭耻之色。”三家《诗》以为写哀姜嫁于鲁庄公,可备一说。

全诗四章,最明显的特色是叠字的运用。《诗经》中运用叠字来状物、摹声的例子很多,都十分恰当而生动。刘勰在《文心雕龙·物色》中曾赞道:“灼灼状桃花之鲜,依依尽杨柳之貌,杲杲为出日之容,瀌瀌拟雨雪之状,喈喈逐黄鸟之声,喓喓学草虫之韵。”此外,此诗和《敝笱》一样,对齐襄公等的讽刺是隐讽,只绘声绘音而不绘形。故陈震《读诗识小录》(以下简称《录》)云:“只就车说,只就人看车说,只就车中人说,露一‘发’字,而不说破发向何处,但以‘鲁道’、‘齐子’四子,在暗中埋针伏线,亦所谓春秋之法,微而显也。”

猗　嗟

猗嗟昌兮,颀而长兮,抑若扬兮①。美目扬兮,巧趋跄兮,射则臧兮②。

〔注释〕

①猗嗟,犹吁嗟,叹词。　昌,美盛貌。　颀而,犹颀然,身材高长貌。　抑,《毛传》:“美色。”抑通懿,马瑞辰《通释》:“按懿、抑古通用。《抑》,《诗外传》作《懿》是也。《释诂》、《诗·烝民》传皆曰:懿,美也。”抑若,即抑然。　扬,《韩诗》作阳,云:“眉上曰阳。”皮锡瑞《经学通论》:“阳者,阳明之处也。今俗呼额角之侧亦谓太阳,正同此义,然则自眉以及额角皆得为阳也。”　②扬,张目而视貌。　趋,快步走。　跄,快步走的姿态。王先谦《集疏》:“于举足见疾行之巧,扬目巧趋,正其射时之仪状。”　则,法则。射则即射艺。　臧,好。

●诗之首章赋鲁庄公之英俊及其射艺之高。

猗嗟名兮,美目清兮,仪既成兮①。终日射侯,不出正兮。展我甥兮②!

〔注释〕

①名,明之借字,昌盛。《毛传》:"目上为明,目下为清。" 仪,射仪。正式射箭前的表演性动作。胡承珙《后笺》:"庄公善射,惟其射仪既备,所以终目不出正也。不当泛作'威仪'释之。" 成,完备。 ②侯,箭靶。 正,置于箭靶正中的圆形白布,亦名"的"或"鹄"。《郑笺》:"正,所以射于侯中者。天子五正,诸侯三正,大夫二正,士一正,外皆居其侯中参分之一焉。"王先谦《集疏》:"正方二尺,二尺之边当有木干,其中设布,画以五采、三采、二采不等。" 展,诚、确实。 甥,外甥。

●诗之二章继续赋其美貌及射艺之高。

猗嗟娈兮,清扬婉兮,舞则选兮①。射则贯兮,四矢反兮,以御乱兮②!

〔注释〕

①娈,《毛传》:"壮好貌。" 清扬婉兮,眉清目秀。见《郑风·野有蔓草》注。 选,《毛传》:"齐。"《韩诗》作纂,云:"言其舞则应雅乐也。"马瑞辰《通释》:"诗三章俱言射事,则舞亦射时之舞。《论语》马注'射有五善',五曰'兴武',武与舞同。……皇侃《论语疏》释'兴武'云:'射容与舞趣兴,相会进退同也。'则此诗'舞则选兮'即'兴舞'耳。" ②贯,射中。 反,反复。《郑笺》:"礼,射三而止。每射四矢,皆得其故处,此谓之复。射必四矢者,象其能御四方之乱也。" 御,抵抗。

●诗之三章写其威仪及箭术,末句微露讽意。

〔解题〕

《猗嗟》是赞颂青年人的诗。古人多认为是写鲁庄公。《毛序》云:"刺鲁庄公也。齐人伤鲁庄公有威仪技艺,然而不能以礼防闲其母,失子之道。人以为齐侯之子焉。"方玉润《原始》云:"猗嗟,美鲁公材艺之美也。""此齐人初见庄公而叹其威仪技艺之美,不失名门子,而又可以为戡乱材。诚哉,其为齐侯之甥也。意本赞美,以其母不贤，故自后人观之而以为刺耳。于是纷纷议论，并谓‘展我甥兮’一句为微词，将诗人忠厚待人本意尽情说坏，是皆后儒深文苛刻之论有以启之也。”

此诗写貌图神十分出色，而且层层递进，虚实相生，如见其人。牛运震《诗志》云：“画美女难，画美男子尤难。看他通篇写容貌态度，十分妍动，与《君子偕老》篇各尽其妙。”

魏　风

魏为姬姓诸侯，始封者不详，其地在今山西省芮城县境。魏国所在的今山西省西南部是我国最早的文明发源地区。传说中的尧、舜等帝及夏代都活动、建立在这一带。郑玄《诗谱》云："魏者，虞舜夏禹所都之地，在《禹贡》冀州雷首之北，析城之西。周以封同姓焉，其封域南枕河曲，北涉汾水。"东周惠王十六年（前661年），魏国为晋献公所灭。因此，《魏风》中的七首诗都是此年之前即春秋初期以前的作品。

魏国国小而贫，加上地寒土薄，风物俭啬，故其诗多寒苦之音。《毛序》之解《魏风》，便专主于俭褊，注意到了山川风土对诗歌和音乐的影响。故郑玄《诗谱·魏谱》云："禹菲饮食而致孝乎鬼神，恶衣服而致美乎黻冕，卑宫室而尽力乎沟洫，此一帝一王俭约之化，于时犹存。及今魏君啬而褊急，不务广修德于民，教以义方。其与秦、晋邻国，日见侵削，国人忧之。当周平、桓之世，魏之变风始作。"因此，《魏风》诸诗在《国风》中风格比较特殊。

葛　屦

纠纠葛屦，可以履霜①？掺掺女手，可以缝裳②。要之襋之，好人服之③。

〔注释〕

①纠纠,《毛传》:"犹缭缭也。"纠缠交错貌。 葛屦(jù),用葛纤维织成的鞋,只能在夏天穿。 可,同"何"。 履,踩、践。 ②掺掺(shǎn),《毛传》:"犹纤纤也。"形容女子双手的柔弱纤细。 ③要(yāo),《毛传》:"褄也。"指系上衣的带子。 襋(jí),衣领。要与襋此处皆用作动词,即系带、提领之意。 好人,姚际恒《通论》:"犹美人,指夫人也。" 服,穿用。

●诗之首章赋其事,言葛屦难以在冬天穿用,纤纤女手却可以缝制衣裳,而使夫人服用之。

好人提提,宛然左辟,佩其象揥①。维是褊心,是以为刺②。

〔注释〕

①提提,《鲁诗》作媞媞,好貌。 宛然,转身之貌。 辟,通"避"。左辟,向左躲开。 佩,戴。 象揥(tì),象牙簪子。见《鄘风·君子偕老》注。朱熹《集传》:"揥所以摘发,用象为之,贵者之饰也。" ②维,通惟。 是,这个。褊心,心胸狭窄。

●诗之二章写"好人"宛然撒娇之状,并说明其作诗以刺之由。

〔解题〕

《葛屦》的主旨颇为难解。《毛序》云:"刺褊也。魏地狭隘,其民机巧趋利,其君俭啬褊急,而无德以将之。"又一说以为刺嫉妒。闻一多《类钞》:"《葛屦》,刺妒也。屦裳皆妾手所制,夫持以授嫡,嫡然而走避之。"细绎诗义,当以后说为长。

此诗通篇全用赋体,先作铺叙,末尾方点明诗旨在"刺"。陈继揆《臆补》云:"风人未有说出所以刺之之故,惟此明言之,是风诗中之别立格者。通篇最吃紧在'好人'二字。盖不提'好人',而刺褊之意不醒。""白香山(居易)谓诗有隐一字而意自见者。'纠纠葛屦,可以履霜',言不可也。'海水知天寒',言不知也。皆隐一'不'字在。"

汾 沮 洳

彼汾沮洳，言采其莫①。彼其之子，美无度②。美无度，殊异乎公路③！

〔注释〕

①汾，水名，即今山西省境内的汾河。　沮洳(jù rù)，水旁低湿之处。汾沮洳，犹言汾水旁的湿地。　言，语首助词。　莫，野菜名。《孔疏》引陆玑《疏》："茎大如箸，赤节，节一叶，似柳叶厚而长，有毛刺。今人缫以取蚕绪。其味酢而滑，始生可以为羹，又可生食。五方通谓之酸迷，冀州人谓之干绛，河汾之间谓之莫。"　②其(jì)，语中助词。　之子，诗人所称赞的人。度，尺寸。《郑笺》："是子之德，美无有度，言不可尺寸。""是子之德美信无度矣。"　③殊，同异。　乎，同于。　公路，与下文的公行、公族皆为当时官名。《郑笺》："公路主君之軞车，庶子为之，晋赵盾为軞车之族是也。"

●诗之首章以汾之沮洳起兴，盛赞所称之人之美而与公路等人不同。

彼汾一方，言采其桑①。彼其之子，美如英②。美如英，殊异乎公行③。

〔注释〕

①方，同旁。一方，指在汾水旁的某一个地方。　②英，马瑞辰《通释》："美无度，度读如'尺度'之度，与'美如玉'皆以器物为喻，不得谓英独指人言。英，当读如'琼英'之英。如英，犹云'如玉'，变文以协韵耳。"　③公行，《毛传》："从公之行。"《郑笺》："从公之行者，主君兵车之行列。"

●诗之二章义同上章。

彼汾一曲，言采其荬①。彼其之子，美如玉。美如玉，殊异乎公族②。

〔注释〕

①曲，水流弯曲之处。　蒉(xù)，草名。又名泽泻，可入药。　②公族，《毛传》："公属。"《郑笺》："主君同姓昭穆也。"

●诗之三章与上二章同义。

〔解题〕

《汾沮洳》是赞美人有才德的诗，被赞颂者应是公族大夫一类的人物。姚际恒《通论》云："此诗人赞其公族大夫之诗，托言采物而见其人以起兴也。当时公族之人所习为骄贵，不循礼法，故言此子美不可量，殊异乎公路之辈，犹言'超出流辈'也。"较合于诗旨。而《毛序》以为刺俭，三家《诗》以为美隐居贤者，皆不足据。

诗三章，皆兴而兼赋。而"美无度"、"美如玉"等夸张的词句十分传神。诗句四、三言间用，音乐感很强，一唱三叹，为读者留下了回味的余地。陈继揆《臆补》云："'彼其之子，美无度'径接'殊异乎公路'，则韵致索然矣。复三字殊妙。"

园有桃

园有桃，其实之殽①。心之忧矣，我歌且谣②。不我知者，谓我士也骄③。彼人是哉？子曰何其④？心之忧矣，其谁知之？其谁知之，盖亦勿思⑤！

〔注释〕

①实，桃实、桃子。　之，是。　殽，又作肴。《说文》："肴，啖也。"这里用作动词。　②歌、谣，《毛传》："曲合乐曰歌，徒歌曰谣。"这里是泛称。③士，本为周代血缘宗法制度中最低一级的贵族。此处泛指贵族。　也，语中助词。　④彼人，指执政者。　是，正确。　子，你。指士。　何其，什

么缘故。《毛传》:“夫人谓我欲何为乎?”《郑笺》:“不知我所为忧者,既非责我,又曰君俭而啬,所行是其道哉?子于此忧之何乎?” ⑤盖,“盍”之借字,“何不”的合音。 亦,语助词。

●诗之首章以园之桃起兴,而述其无人理解之苦与无奈。

园有棘,其实之食①。心之忧矣,聊以行国②。不我知者,谓我士也罔极③。彼人是哉,子曰何其?心之忧矣,其谁知之?其谁知之,盖亦勿思。

〔注释〕

①棘,酸枣树。 ②行国,行游于国中。朱熹《集传》:“聊,且略之辞也。歌谣之不足,则出游于国中而写忧也。” ③极,《毛传》:“中也。”罔极即无常,违反常道。

●诗之二章与上章同义。

〔解题〕

《园有桃》是抒发心中忧虑的诗。至于所忧虑的是什么却很难说清。《毛序》及三家《诗》以为忧时,方玉润以为忧国,闻一多以为忧家室无乐。综合当时历史情势来看,以忧时较合于诗旨。

此诗与《王风·黍离》、《兔爰》等都是悲愁之词。诗以园桃起兴,下接以“心之忧矣”一句点明主题,然后句句围绕“忧”字,反复陈诉,慷慨悲凉,一波三折,深沉而又痛切。戴君恩《臆评》云:“他人于‘心之忧矣,我歌且谣’,意无余矣。此却借‘不我知者’,转出一段光景,而结以‘盖亦勿思’。有波澜,有顿挫,有吞吐,有含蓄。”陈继揆《臆补》云:“姜白岩曰:是篇一气六折。自己心事,全在一‘忧’字。唤醒群迷,全在一‘思’字。至其所忧之事、所思之故,则俱在笔墨之外,托兴之中。”

陟　　岵

陟彼岵兮，瞻望父兮①。父曰："嗟，予子行役，夙夜无已②。上慎旃哉，犹来无止③！"

〔注释〕

①陟，登上。　岵(hù)，无草木的山。《郑笺》："孝子行役，思其父之戒，乃登彼岵山以遥瞻，望其父所在之处。"　②父曰，以下皆诗人想像其父亲在家中所说的话。下二章"母曰"、"兄曰"等语皆同。　已，停止。　③上，庶几、希望。《鲁诗》作"尚"。　慎，谨慎。含有"保重"之意。　旃(zhān)，之、焉二字的合音。　犹来，还是归来。　止，停留、留滞。朱熹《集传》："犹可以来归，无止于彼而不来也。"

●诗之首章赋其登高思乡，却不言思乡，而言其父对自己的嘱托。

陟彼屺兮，瞻望母兮①。母曰："嗟！予季行役，夙夜无寐②。上慎旃哉，犹来无弃③！"

〔注释〕

①屺，有草木的山。《郑笺》："此又思母之戒，而登屺山而望之也。"②季，《毛传》："少子也。"　无寐，没有睡觉的时间。陈奂《传疏》："夙，早也。天未明而早起，故无孰寐，言行役不能偃息在床也。'早夜'连文成义。此言行役太早，欲寐不得寐。"　③弃，抛弃。马瑞辰《通释》："无弃，与'无死'同义。"

●诗之二章与上章同义，而改为母亲之词。

陟彼冈兮，瞻望兄兮。兄曰："嗟！予弟行役，夙夜必偕①。上慎旃哉，犹来无死！"

〔注释〕

①偕，《毛传》："俱也。"朱熹《集传》："言与其侪同作同止，不得自如也。"
●诗之三章与上二章同义，而改为兄词。

〔解题〕

《陟岵》是征人思家之诗。《毛序》："孝子行役，思念父母也。国迫而数侵削，役乎大国，父母兄弟离散，而作是诗也。"《郑笺》："役乎大国者，为大国所征发。"征役者是否为大国，尚无切实的依据。但此诗所写的是征人思家却可以肯定。《孔疏》："首章望父，二章望母，卒章望兄。《序》言其思念之由，经陈思念之事。"三家《诗》无异义。

诗三章，所写只在一个"思"字。但诗人却不直接说出对亲人的思念之情，却想像父母兄长在家中如何思念自已。这样反映出来的思亲情绪既深厚，又苦涩。方玉润《原始》云："人子行役，登高念亲，人情之常。若从正面直写已之所以念亲，纵千言万语，岂能道得意尽？诗妙从对面设想，思亲所以念已之心，与临行勖已之言，则笔以曲而愈达，情以婉而愈深。千载下读之，犹足令羁旅人望白云而起思亲之念，况当日远离父母者乎？"

十亩之间

十亩之间兮，桑者闲闲兮，行与子还兮①。

〔注释〕

①十亩，约数。此处泛指桑田。 桑者，古代采桑者多为女子。 闲闲，《毛传》："男女无别往来之貌。" 行，且、将要。 还，同"旋"，归。行与子还，即将与子归。

●诗之首章直赋其事，而言其与情人相得之乐。

十亩之外兮，桑者泄泄兮，行与子逝兮①。

〔注释〕

①泄泄(yì)，《毛传》："多人之貌。" 逝，往。

●诗之二章义同上章。

〔解题〕

《十亩之间》是情诗。姚际恒《通论》云："此类刺淫之诗。"只道出了部分诗意。《毛序》以为刺时，距诗旨甚远。

诗仅两章六句，却颇具山野风光，读之使人如临春日田原，一片欢乐气象，颇令人回味。

伐檀

坎坎伐檀兮，寘之河之干兮，河水清且涟猗①。不稼不穑，胡取禾三百廛兮②？不狩不猎，胡瞻尔庭有县貆兮③？彼君子兮，不素餐兮④！

〔注释〕

①坎坎，象声词，伐木声。 寘，置、放置。 干，河岸。 涟，《毛传》："风行水成文曰涟。" 猗，《鲁诗》作兮，语气词。猗、兮古通用。 ②稼，耕种。 穑，收割。 胡，为何。 廛(chán)，居。三百廛即三百家农夫所耕种的田地。此处指其收获，但为约数而非实数。下二章的"三百亿"、"三百囷"同。 ③狩，《郑笺》："冬猎曰狩。" 猎，夜里打猎。 瞻，望见。 庭，院子。 县，同"悬"。 貆(huān)，《郑笺》："貉子曰貆。" ④君子，见《关雎》注。 素餐，《孟子·尽心》："无功而食谓之素餐。"

●诗之首章前三句以伐木起兴。后三句接以问句，末二句则予以回答。

坎坎伐辐兮，寘之河之侧兮，河水清且直猗①。不稼不穑，胡取禾三百亿兮？不狩不猎，胡瞻尔庭有县特兮②？彼君子兮，不素食兮！

〔注释〕

①辐，车轮的辐条。此处指伐木为辐。　侧，河岸。　直，水流平直。　②亿，周代以十万为亿。此处指禾把的数目，是虚数而非实指。　特，《毛传》："兽三岁曰特。"

●诗之二章与上章同义。

坎坎伐轮兮，寘之河之漘兮，河水清且沦猗①。不稼不穑，胡取禾三百囷兮②？不狩不猎，胡瞻尔庭有县鹑兮？彼君子兮，不素飧兮③！

〔注释〕

①轮，车轮。　漘(chún)，水边。　沦，水面的微波。　②囷(qūn)，圆形的粮仓，今称为囤。　③鹑，即鹌鹑。　飧(sūn)，《毛传》："熟食曰飧。"

●诗之三章与上二章同义。

〔解题〕

《伐檀》是颂美君子不素餐的诗。诗的前三句是即其所见以起兴，并未包含什么微言大义。中间四句是对与君子有关的一些现象提出疑问，末二句是对疑问的回答。这种回答是解释性的，也是结论。所以，诗中的君子必定是大贵族无疑。朱熹《辨说》云："此诗专美君子之不素餐。《序》言刺贪，失其旨矣。"姚际恒《通论》云："此诗美君子之不素餐。'不稼'四句只是借小人以形君子，亦借君子以骂小人，乃反衬'不素餐'之意耳。"而《毛序》云："刺贪也。在位贪鄙，无功而受禄，君子不得进仕耳。"今人多从此说，是只就字面生义，而并无实据。又延而申之，解为讽刺诗，更是曲解。

此诗是杂言诗，错落有致，节奏自然。戴君恩《臆评》云："忽而叙事，忽而推情，忽而断制，羚羊挂角，无迹可寻。"

硕　鼠

硕鼠硕鼠，无食我黍①！三岁贯女，莫我肯顾②。逝将去女，适彼乐土。乐土乐土，爰得我所③。

〔注释〕

①硕，大。硕鼠，《齐诗》以为指鼫鼠。《鲁诗》同。　②三岁，虚数，指多年。　贯，《鲁诗》作宦。贯为宦之借字。故《毛传》云："贯，事也。"此处是事奉之意。　女，汝的本字。　莫我肯顾，"莫肯顾我"的倒文。下章"莫我肯德"、"莫我肯劳"均同。　③逝，《郑笺》："往也。往矣将去女，与之诀别之辞。"或以为"誓"字之借，亦通。　适，到。　乐土，诗人想像中的幸福乐园。下章的"乐郊"、"乐国"均同。　爰，乃、就。　所，处所。

●诗之首章比而带赋，以硕鼠比重敛的统治者，而欲逃离此地，寻彼乐土。

硕鼠硕鼠，无食我麦！三岁贯女，莫我肯德①。逝将去女，适彼乐国。乐国乐国，爰得我直②！

〔注释〕

①德，感德。《郑笺》："不肯施德于我。"　②直，《毛传》："得其直道。"《郑笺》："犹正也。"

●诗之二章与上章同义。

硕鼠硕鼠，无食我苗。三岁贯女，莫我肯劳①。逝将去女，适彼乐郊。乐郊乐郊,谁之永号②!

〔注释〕

①劳,慰劳。《郑笺》:“不肯劳来我。” ②之,往。 永,同“咏”,歌。号,号呼。《郑笺》:“乐郊之地,谁独当往而歌号者?”

●诗之三章同上二章,而末句言失望而歌号,因为谁也不能实现自己的愿望。

〔解题〕

《硕鼠》是刺重敛的诗。《毛序》云:“《硕鼠》,刺重敛也。国人刺其君重敛蚕食于民,不修其政,贪而畏人,若大鼠也。”今人亦多持此论,惟将诗中所刺推衍为统治阶级,将诗作者断定为劳动人民,似为多余之论。

诗三章,比喻恰当而贴切,增强了诗的感染力和说服力,生动而形象地突出了主题,一波三折,语尽意存。陈继揆《臆补》云:“呼鼠而女之,实呼女而鼠之也。怨毒之深有如此者。”牛运震《诗志》云:“叠呼‘硕鼠’,疾痛切怨。”

唐　　风

《唐风》十二首，实际上是晋国之诗。

唐的始封者为周成王之弟叔虞。历史上有周成王桐叶封弟的传说。郑玄《诗谱》云："唐者，帝尧旧都之地。今日太原晋阳是尧始居，此后乃迁河东平阳。成王封母弟叔虞于尧之故墟，曰唐侯。南有晋水，至子燮改为晋侯。其封域在《禹贡》冀州太行、恒山之西，太原、太岳之野。"在晋昭侯时，封其叔父成师于曲沃（今山西省闻喜境）。后来曲沃的势力日渐强大，最终超过了晋侯。晋侯与曲沃之间的矛盾日益激化，终至兵戈相见。《左传·桓公二年》："初，晋穆侯之夫人姜氏以条之役（在周宣王二十三年，前805年）生大子，命之曰仇。其弟以千亩之战（在周宣王二十六年，前802年）生，命之曰成师。""惠之二十四年（周平王二十六年，前745年），晋始乱，故封桓叔（即成师）于曲沃。""惠之三十年，晋潘父弑昭侯而纳桓叔，不克。晋人立孝侯。惠之四十五年，曲沃庄伯伐翼，弑孝侯。翼人立其弟鄂侯。鄂侯生哀侯。哀侯侵陉庭之田。陉庭南鄙启曲沃伐翼。"桓公三年（前709年）春，"曲沃武公伐翼"。桓公七年（前702年）"冬，曲沃伯（即曲沃武公）诱晋小子侯而杀之"，立其弟缗为晋侯。"八年春，灭翼（晋之旧都）。""冬，王（周天子）命虢仲立晋哀侯之弟缗于晋。"第二年秋，虢、芮、梁等诸侯伐曲沃，不克而还。至鲁庄公十六年（前678年）冬，周僖王"使虢公命曲沃伯以一军为晋侯"。至此，曲沃伯完全吞并了晋国。曲沃庄伯也更号为晋武公。《唐风》中的《扬之水》等诗就从某个侧面反映了这些历史事件。因此，《唐风》诸诗大多创作于东周和春秋初期。

唐(即晋)在今山西省中部的太原及稍南的翼城、曲沃、绛县、闻喜一带。晋君和成师系统的矛盾斗争持续了六七十年,使晋国内部政局动荡,加之土地贫瘠,在文学作品中就自然地表现出不少的消极、颓唐色彩。《汉书·地理志》云:“河东土地平易,有盐铁之饶,本唐尧所居,《诗·风》唐魏之国也。其民有先王遗教,君子深思,小人俭陋。”《太平御览》卷二六引《诗含神雾》云:“唐地处孟冬之位,得常山太岳之风。音中羽。其地墝确而收,故其民俭而好畜,外急而内仁。”这都有助于我们对《唐风》诸诗的理解。

蟋　蟀

蟋蟀在堂,岁聿其莫①。今我不乐,日月其除②。无已大康,职思其居③。好乐无荒,良士瞿瞿④。

〔注释〕

①蟋蟀在堂,指时已九月。可参见《豳风·七月》有关描写。　岁,一年。　聿,同“曰”,语气助词。　莫,暮。《孔疏》:“时当九月,则岁未为暮,而言‘岁聿其莫’者,言其过此月后,则岁遂将暮耳。”周代建子,以农历的十一月为一年之始,故以九月为岁暮。　②乐,快乐。　日月,指时光。　除,逝去。　③无,通毋。　已,《毛传》:“甚。”　大,同“泰”。泰康,安乐。　职,尚、还要。　居,居处,指自己的职务。《郑笺》:“君虽当自乐,亦无甚大乐,欲其用礼为节也。又当主思于所居之事。”　④好(hào),喜欢。　荒,荒废。　良士,善士。　瞿瞿,惊顾、警惕之貌。《郑笺》:“君之好乐,不当至于废乱政事,当如善士瞿瞿然顾礼义也。”

●诗之首章赋其时已近岁末,虽云日月流逝,不及时行乐将要悔之,又自诫不要过度安乐而荒废了职事。

蟋蟀在堂,岁聿其逝①。今我不乐,日月其迈②。无已大康,职思其外③。好乐无荒,良士蹶蹶④。

〔注释〕

①逝，流逝。　②迈，与"除"同义。　③外，指职事以外的事。苏辙《诗集传》："既思其职，又思其职之外。"　④蹶蹶，《毛传》："动而敏于事。"动作敏捷貌。

●诗之二章义同上章，而意义稍深一层，末句提出要像良士那样敏捷勤快。

蟋蟀在堂，役车其休①。今我不乐，日月其慆②。无已大康，职思其忧③。好乐无荒，良士休休④。

〔注释〕

①役车，服役的车辆。　其休，将要休息。指行役者将要回家。马瑞辰《通释》："古者役不逾时。《月令》：'孟秋乃命将帅。'则孟冬正当旋役之时。《采薇》诗：'曰归曰归，岁亦阳止。'《杕杜》诗：'日月阳止，女心伤止，征夫遑止。'皆古者岁暮还役之证。"　②慆(tāo)，《毛传》："过也。"　③忧，《毛传》："可忧也。"指自己身负重责而深以为忧。　④休休，宽裕平和。

●诗之三章与上章同义，末句更进一层，指出应像良士那样对待万事宽裕平和。

〔解题〕

《蟋蟀》是岁暮抒怀诗。作者是贵族，他担负有一定的职责，感到光阴易逝，应当及时行乐；另一方面又忧念着自己的职责，觉得享乐还是应该有一些节制。方玉润《原始》云："其人素本勤俭，强作旷达，而又不敢过放其怀，恐耽逸乐，致荒本业，故方以日月之舍我而逝不复回者为乐不可缓，又更以职业之当修勿忘其本业者为志不可荒。无已，则必如彼瞿瞿良士好乐而无荒焉可也。此亦谨守见道之人所作。"所分析较合于诗旨。

此诗的中心全在"好乐无荒"四字，却不直说，而以反语出之。故戴君恩《臆评》云："正意只'好乐无荒'四字耳，却从'今我不乐'

二句倒翻来，而急以‘无已太康’一句喝醒，何等抑扬，何等转折？”另外，此诗的逻辑性很强，如“好乐无荒”乃承“无已大康”而言，“良士瞿瞿”承“职思其居”而言，结构严谨，用语精湛。故牛运震《诗志》云：“八句中起承转合悉具，可悟诗家结构之法。”

山 有 枢

山有枢，隰有榆[1]。子有衣裳，弗曳弗娄[2]。子有车马，弗驰弗驱。宛其死矣，他人是愉[3]。

〔注释〕

①枢，《鲁诗》作苨，今名刺榆。　②曳，拖。　娄，《毛传》：“亦曳也。”《孔疏》：“走马谓之驰，策马谓之驱。驱驰俱是乘车之事，则曳、娄俱是著衣之事。”这里泛指穿衣。　③宛，苑之借字，枯萎。　愉，享乐。

●诗之首章以山枢隰榆起兴，而言及时行乐之意。

山有栲，隰有杻[1]。子有廷内，弗洒弗埽[2]。子有钟鼓，弗鼓弗考[3]。宛其死矣，他人是保[4]！

〔注释〕

①栲，今称臭椿。又名山樗。　杻(niǔ)，又名檍。梓属，高大乔木，木材可作弓弩干。　②廷内，犹言院内。廷通“庭”。王引之《述闻》：“廷内，谓庭与堂室，非谓庭之内也。”　埽，同“扫”。　③鼓，敲打。　考，《毛传》：“击也。”　④保，朱熹《集传》：“居有也。”

●诗之二章义同上章。

山有漆，隰有栗[1]。子有酒食，何不日鼓瑟！且以喜乐，且以永日[2]。宛其死矣，他人入室！

〔注释〕

①漆,漆树。 ②且,姑且。 以,用。 永,长。此处用作动词。朱熹《集传》:“人多忧,则觉日短,饮食作乐,可以永长此日也。”

●诗之三章义同上二章。

〔解题〕

《山有枢》是宣扬及时行乐的诗。而在这种行乐思想的背后是沉重的悲观失望。《毛序》以为刺晋昭公“有财不能用,有钟鼓不能以自乐,有朝廷不能洒扫”。三家《诗》以为刺晋僖侯,然其证据不足。我们今天读之,觉得作者在放浪形骸的外表之下蕴藏着很深的惆怅和空虚。故钟惺《评点诗经》云:“行乐之词,乃以涩苦之音出之,开后来诗人许多忧生惜日之感。末语促节,便可当一部挽歌。”

扬 之 水

扬之水,白石凿凿①。素衣朱襮,从子于沃②。既见君子,云何不乐③?

〔注释〕

①扬之水,见前《王风·扬之水》注。 凿凿,《毛传》:“鲜明貌。” ②素衣,白色内衣。 襮(bó),《毛传》:“领也。诸侯绣黼丹朱中衣。” 从,跟从。子,指潘父。 于,往。 沃,曲沃。在今山西闻喜县境,为桓叔封地。③君子,《郑笺》:“谓桓叔。”

●诗之首章以扬之水起兴,继言其从桓叔于沃。

扬之水,白石皓皓①。素衣朱绣,从子于鹄②。既见君子,云何其忧③！

〔**注释**〕

①皓皓，《毛传》："洁白也。"　②朱绣，指红边领上画以五彩花纹。陈奂《传疏》："诸侯冕服，其中衣之衣领，缘以丹朱，画以绣黼。"　鹄，亦指曲沃。《齐诗》作皋。马瑞辰《通释》："鹄，古通作皋。泽也、皋也、沃也，盖析言则异，散言则通。三家《诗》从本字作皋，《毛诗》假借为鹄，非曲沃之旁别有邑名鹄也。"　③云，语助词。

●诗之二章义同上章。

扬之水，白石粼粼①。我闻有命，不敢以告人②！

〔**注释**〕

①粼粼，《毛传》："清澈也。"　②有命，指发动叛乱的命令。　不敢以告人，严粲《诗缉》："言不敢告人者，乃所以告昭公。"吴闿生《会通》："此巧于告密者，晋昭不悟，奈何！"陈奂《传疏》："前二章皆六句，此章四句，殊太短，恐汉初传之者有脱误。"

●诗之三章言不敢告人，实则欲以告之。

〔**解题**〕

《扬之水》是抒写忧危之情的诗。据《左传》记载，晋昭侯元年（前745年），晋昭侯封其叔父于曲沃，号为桓叔。昭侯七年，晋大夫潘父与桓叔密谋，杀死昭侯而立桓叔为晋君。但这次政变没有成功，桓叔败归曲沃。从此晋国内部便陷于矛盾危机之中。此诗便可能以此为背景。故《毛序》云："刺晋昭公也。昭公分国以封沃，沃盛强，昭公微弱，国人将叛而归沃焉。"

此诗每章皆以"扬之水"起兴，马瑞辰《通释》云："此诗扬之水，盖以喻晋昭微弱不能制桓叔，而转封沃以使之强大，则有如水之激石，不能伤石而益使之鲜洁。故以'白石凿凿'喻沃之强盛耳。"所以全诗用语隐晦而曲折，沉闷而哀怨。

椒聊

椒聊之实，蕃衍盈升①。彼其之子，硕大无朋②。椒聊且！远条且③！

〔注释〕

①椒，花椒。　聊，同莍，亦作朻、梂，草木结成的一串串果实。　盈，满。　升，量器名。　②其，句中语助词。　硕，大。陈奂《传疏》："蕃衍、硕大并两字同义。"　朋，《毛传》："比也。"　③且(jū)，句末语助词。　条，《毛传》："长也。"

●诗之首章以椒聊之实起兴，以椒实之蕃衍硕大喻其子孙之繁盛众多。

椒聊之实，蕃衍盈匊①。彼其之子，硕大且笃②。椒聊且！远条且！

〔注释〕

①匊(jū)，掬的古字，两手合捧。　②笃，《毛传》："厚也。"

●诗之二章以椒实之丰满硕大喻人之宽厚。

〔解题〕

《椒聊》是颂祝子孙众多的诗。朱熹《集传》："椒之蕃盛，则采之盈升矣；彼其之子，则硕大而无朋矣。椒聊且、远条且，叹其枝远而实益蕃也。此不知其所指，《序》亦以为沃也。"《毛序》云："刺晋昭公也。君子见沃之盛强，能修其政，知其蕃衍盛大，子孙将有晋国焉。"诗虽不一定是刺晋昭公，但颂祝宗族美盛却是事实。

诗仅二章，章六句，上二句和末二句皆为兴句，只有中间二句是写人，而且前呼后应，含蕴隽永，余音袅袅。吴闿生《会通》云：

“末二句咏叹淫溢，含意无穷。忧深虑远之旨，一于弦外寄之。三代之高文大率如此。”

绸缪

绸缪束薪，三星在天①。今夕何夕，见此良人②？子兮子兮，如此良人何③？

〔注释〕

①绸缪，《毛传》：“犹缠绵也。” 束薪，一捆捆的柴禾。束薪与束刍、束楚都象征婚姻。此种比喻在《诗经》中多见，参《周南·汉广》注。 三星，指二十八宿中的参宿，又称为心星，三星连成一线，属西方天文学中的猎户座，冬、春之时高悬天空。 在天，《毛传》：“谓始见东方也。男女待礼而成，若薪刍待人事而后束也。三星在天，可以嫁娶矣。” ②良人，古代妇女称夫为良人。 ③子兮，叹词。 如……何，犹言把……怎么样。

●诗之首章以束薪起兴，抒发其当新婚之时初见良人的惊喜心情，为女词。

绸缪束刍，三星在隅①。今夕何夕？见此邂逅②。子兮子兮，如此邂逅何！

〔注释〕

①刍，草料。 隅，《毛传》：“东南隅也。”朱熹《集传》：“昏现之星至此，则夜久矣。” ②邂逅，本指相遇、会合。这里作名词，指可爱的人。

●诗之二章逐步深入，含义增进一层，继续表达其喜悦之情。

绸缪束楚，三星在户①。今夕何夕？见此粲者②。子兮子兮，如此粲者何！

〔注释〕

①楚，荆条。见前注。　户，房门。朱熹《集传》："户必南出，昏现之星至此，则夜分矣。"　②粲者，美人。

●诗之三章义同上二章，而词语转为男子之词。

〔解题〕

《绸缪》是咏新婚的诗，全诗力写新婚相见相得之乐。《毛传》："刺晋乱也。国乱，则婚姻不得其时焉。"失于牵强。

全诗三章叠咏，而三章所咏角度各不相同。三章的前两句皆以夜色起兴，并逐章递进，写夜色之变化，由浅而深，极有层次。每章的三四两句，皆写其欣喜庆幸，欢快的心情溢于言表。而最后两句，则表现了作者惝恍如梦的惊喜之感，一唱而三叹之，遂成绝唱。用语虽淡，却情景无限。而其情感之缠绵悱恻，真有令人解说不出的光景。

杕　杜

有杕之杜，其叶湑湑①。独行踽踽，岂无他人？不如我同父②！嗟行之人，胡不比焉③？人无兄弟，胡不佽焉④？

〔注释〕

①杕（dì），孤生独特貌。有杕，即杕杕。　杜，即甘棠，又名杜梨、棠梨。湑湑（xǔ），树叶茂盛貌。马瑞辰《通释》："杜虽孤特，犹有叶以为荫庇。以杜之特喻君，以叶之茂喻宗族，兴今之独行无亲，为杕杜不若也。"　②踽踽（jǔ），《毛传》："无所亲也。"　他人，《郑笺》："谓异姓也。"　同父，指同宗族之人。陈奂《传疏》："今以旁杀言之，曰昆弟，我之同于父者也；曰从父昆弟，我之同父于祖者也；曰从祖昆弟，我之同父于曾祖者也；曰族昆弟，我之同父于高祖者也。皆可谓之我同父。……言他人不如我同父之亲也。"　③行，道

路。比，亲近。④人，作者自指。佽(cì)，帮助。

●诗之首章以杕杜起兴，以杕杜之孤介特立，兴自己之孤立无助，而行道之人不如同宗族之兄弟。

有杕之杜，其叶菁菁①。独行睘睘，岂无他人？不如我同姓②！嗟行之人，胡不比焉？人无兄弟，胡不佽焉？

〔注释〕

①菁菁(jīng)，《毛传》："叶盛也。" ②睘睘(qióng)，独行貌。同姓，《毛传》："同祖也。"

●诗之二章承上章，继续咏叹行道之人不如同宗族之人之亲近可靠。

〔解题〕

《杕杜》是强调血缘宗法亲情之重要的诗。诗中对行道之人与同姓、同父之人的亲疏远近作了断语，即"不如我同父"、"不如我同姓"。因为行道之人是"他人"。因而此诗意在使人厚于兄弟而笃于亲亲之恩，并非真的没有兄弟而自伤其孤特。当然，它的产生背景，恰恰是当时血缘宗法制逐渐崩溃，血缘亲族逐渐疏远。诗人所强调的，恰恰是诗人认为重要而现实中将要失去的。故《毛序》以为"刺时"，并与曲沃武公之事相联系。虽无实据，却触到了其中的根本。

全诗仅二章，风格独特，情调凄凉哀婉，透出深深的忧伤。诗人并没有铺采摛藻，镂章雕句，而只是直抒胸臆以宣泄心中的忧闷。是典型的为情造文，因此它才有了震撼人心的魅力。

羔　裘

羔裘豹袪，自我人居居①。岂无他人？维子之故②！

注释

①祛(qū),袖口。《郑笺》:“羔裘豹祛,在位卿大夫之服也。” 自,由是。 我人,我的人。 居居,倨倨之借字,态度傲慢。《郑笺》:“其役使我之民人,其意居居然有悖恶之心,不恤我之困苦。” ②维,同惟,只有。 子,你。指大夫。 故,原因。《郑笺》:“此民,卿大夫采邑之民也,故云岂无他人可归往者乎?我不去者,乃念子故旧之人。”

●诗之首章赋其事而道其难言之苦衷。

羔裘豹褎,自我人究究[①]。岂无他人?维子之好[②]。

〔注释〕

①褎,同袖。 究究,义近于居居,心怀恶意而难以亲近之貌。 ②好(hào),爱好。

●诗之二章义承上章。

〔解题〕

《羔裘》的本义颇为难解。《毛序》:“刺时也。晋人刺其在位不恤其民也。”《孔疏》云:“《北风》刺虐,则云‘携手同行’,《硕鼠》刺贪,则云‘适彼乐国’,皆欲奋飞而去,无顾恋之心。此则念其恩好,不忍归他人之国。其情笃厚如此,亦是唐之遗风,言犹有帝尧遗化,故风俗淳也。”其说颇为无据,故后人有言此诗为颂美大夫者,为奴婢讽刺主人者,为恋诗者,莫衷一是。此姑从旧说,以《毛序》为准。

诗共二章,每章仅四句,苦心厚道,颇为深婉。

鸨　　羽

肃肃鸨羽,集于苞栩[①]。王事靡盬,不能蓺稷黍,父母何怙[②]？悠悠苍天，曷其有所[③]！

〔注释〕

①肃肃，《毛传》："鸨羽声也。" 鸨（bǎo），野雁。《毛传》："鸨之性不树止。"陆德明《释文》："鸨似雁而大，无后趾。" 集，栖息。 苞，草木丛生。栩（xǔ），栎树。《郑笺》："兴者，喻君子当居安平之处，今下从征役，其为危苦，如鸨之树止然。" ②王事，指征役。具体应指当时曲沃庄伯与晋侯之间的武装冲突，而周天子参与其中。《左传·隐公五年》"王命虢公伐曲沃"，桓公八年"王命虢仲立晋侯"，九年"虢仲、芮伯、荀侯、贾伯伐曲沃"，皆所谓"王事"。 靡，没有。 盬（gǔ），止息。 蓺，种植。 怙（hù），依靠。 ③曷，何。 所，处所。

●诗之首章以鸨集于栩起兴，喻自己的危苦就像鸨一般，为王事奔走而使父母失怙，惟有长叹而已。

肃肃鸨翼，集于苞棘[①]。王事靡盬，不能蓺黍稷，父母何食？悠悠苍天，曷其有极[②]？

〔注释〕

①棘，酸枣树。 ②极，《郑笺》："已也。"

●诗之二章义承上章，叹息自己的痛苦不知何时才能完结。

肃肃鸨行，集于苞桑[①]。王事靡盬，不能蓺稻粱，父母何尝[②]？悠悠苍天，曷其有常[③]！

〔注释〕

①行，行列。马瑞辰《通释》："雁之飞有行列，而鸨似之。" ②尝，朱熹《集传》："食也。" ③常，朱熹《集传》："复其常也。"

●诗之三章义同上二章。

〔解题〕

《鸨羽》是抗议征役无休止的诗。《毛序》:“刺时也。昭公之后,大乱五世。君子下从征役,不得养其父母,而作是诗也。”三家无异义。所谓“五世”,指晋昭公、孝侯、鄂侯、哀侯、小子侯。至小子侯时,晋为曲沃武公所并。因此,此诗当作于春秋初期晋国内乱之时。

全诗三章,其惨痛而令人读之伤心者,全在每章的后三句。一呼父母,再呼苍天,愈呼而愈悲,摧人心肝。《史记·屈原列传》云:“夫天者,人之始也;父母者,人之本也;人穷则反本。故劳苦倦极,未尝不呼天也;疾痛惨怛,未尝不呼父母也。”正可释此诗之惨痛。而章首之兴句运用巧妙,音节亦顿挫而悲壮。

无衣

岂曰无衣七兮?不如子之衣,安且吉兮①!

〔注释〕

①七,指衣服之多,非实数。下章的“六”同义。《毛传》:“侯伯之礼七命,冕服七章。”“天子之卿六命,车旗衣服以六为节。” 安,舒适。 吉,美而善。●诗之首章赋其事而道其颂美之意。

岂曰无衣六兮?不如子之衣,安且燠兮①!

〔注释〕

①燠,《毛传》:“暖也。”陈奂《传疏》:“天子之卿,即侯伯也。天子之卿六命,出封侯伯加一等,则七命。……晋为侯伯之国,实七命。其在王朝,则亦就六命之数。盖诗人以七、六分章,实一意。”

●诗之二章义同上章。

〔解题〕

《无衣》是颂美之诗,《毛序》以为颂美晋武公,云:"武公始并晋国,其大夫为之请命乎天子之使而作是诗也。"陈奂《传疏》以为是天子之吏,云:"晋武公克曲沃,以宝器赂僖王,必有大夫至周,其大夫亦但能属乎天子之吏,为君请命。僖王得赂,遂以武公为晋侯。……此诗即其大夫所作,故为美而不为刺。"

诗仅二章,起笔飘忽,随口而吟,直抒其情,言简而意深。

有杕之杜

有杕之杜,生于道左①。彼君子兮,噬肯适我②?中心好之,曷饮食之③!

〔注释〕

①有杕,即杕杕。见《杕杜》注。 ②噬,逝之借字,及。 适,来到。 ③中心,即心中。 好(hào),爱好。 曷,同"盍",何不。《郑笺》:"言中心诚好之,何但饮食之,当尽礼极欢以待之。"

●诗之首章以杕杜起兴,而引出对君子的欢爱亲迎之意。

有杕之杜,生于道周①。彼君子兮,噬肯来游②?中心好之,曷饮食之!

〔注释〕

①周,右之借字,与"左"对举。 ②游,《毛传》:"观也。"

●诗之二章与上章同义。

〔解题〕

《有杕之杜》的诗旨亦难确定。《毛序》以为刺晋武公求贤不及,似不足据。闻一多先生以为是恶诗,亦较牵强。此处姑从高亨先生,定为当时迎送客人之诗。

诗仅二章,语气委婉,情意缠绵,大有遑遑焉如不我就之意。每章的首二句皆以杕然之杜喻己之孤特,实须友人情谊劳慰寂寞,故三四句切望友朋之来。一“肯”字极写其心冀其来而不能肯定其必来;末两句则写其中心喜好切爱之情,汲汲如恐不及。言有尽而意不尽。

葛　生

葛生蒙楚,蔹蔓于野①。予美亡此,谁与独处②!

〔注释〕

①葛,葛藤。　蒙,覆盖。　楚,荆树。　蔹(liǎn),草名,蔓生植物。陆玑《疏》:“似栝楼,叶盛而细,其子正黑如燕薁,不可食也。”　蔓,马瑞辰《通释》:“葛与蔹皆蔓草,延于松柏则得其所。犹妇人随夫荣贵。今诗言蒙楚、蒙棘、蔓野、蔓域,盖以喻妇人失其所依。”　②予美,犹今言“我的爱人”。《郑笺》:“言我所美之人无于此,谓其君子也。吾谁与居乎?独处家耳。”

●诗之首章以葛藤起兴,而喻其孤独无依之意,哀叹寓于其中。

葛生蒙棘,蔹蔓于域①。予美亡此,谁与独息②!

〔注释〕

①域,墓地。　②息,寝息。

●诗之二章义承上章,以葛生蒙棘喻自己失其所依。“予美亡此”,则求其贫贱相依亦不可得。

角枕粲兮，锦衾烂兮①。予美亡此，谁与独旦②！

〔注释〕

①角枕，用兽骨做装饰的枕头。　粲，同灿，鲜丽华美貌。　锦衾，锦制的被子。　烂，灿烂。《毛传》："齐则角枕锦衾。礼，夫不在，敛枕箧衾席，韣而藏之。"　②独旦，独宿至天亮。

●诗之三章义承上二章，仍伸其孤苦无依之悲苦。

夏之日，冬之夜。百岁之后，归于其居①！

〔注释〕

①百岁之后，指死后。极言其思念之长。

●诗之四章承上三章，极力抒发其同生共死之情。

冬之夜，夏之日。百岁之后，归于其室①！

〔注释〕

①室，《毛传》："犹居也。"《郑笺》："犹冢圹。"

●诗之五章义同四章。

〔解题〕

《葛生》是妇女悼念丈夫的诗。《毛序》："刺晋献公也。好攻战，则国人多丧矣。"《郑笺》："夫从征役，弃亡不反，则其妻居家而怨思。"《孔疏》："其妻独处于室，故陈妻怨之词以刺君也。"可以为此诗定论。

诗五章，而意有二层：前二章为一层，后二章为一层，中间一章承上二章而变之。"独旦"二字引出下二章日夜、百岁等语。首二章的兴句兴中含比，极为贴切，而且构成一种悲凉的意境和凄惨气氛，并笼罩全诗。全诗皆写一"思"字，却不明言，用语含蓄，句句情深，言短而情长。因此，它被后人视为后世悼亡诗之祖。

采　　苓

采苓采苓，首阳之巅①。人之为言，苟亦无信②。舍旃舍旃，苟亦无然③。人之为言，胡得焉④！

〔注释〕

①苓，甘草。生长于低地而不生于山。　首阳，山名。约在今山西省永济县南，亦名雷首山，而非伯夷、叔齐饿死之首阳山。　巅，山顶。马瑞辰《通释》："诗言采于首阳者，盖设为不可信之言，以证谗言之不可听，即下所谓'人之伪言'也。"　②为，通"伪"。陈奂《传疏》："为言，即谗言，所谓小行无征之言也。"　苟，诚、确实。　无，不要。陈奂《传疏》："苟亦无信，诚无信也。亦为语助。"　③舍，丢开。　旃（zhān），之焉二字的合音。　无然，不正确。　④胡，何。　得，闻一多《类钞》："取也，与'舍'对，言人之伪言不足取也。"

●诗之首章以采苓起兴，喻人之伪言似是而非，不可听信，更不足取。

采苦采苦，首阳之下①。人之为言，苟亦无与②。舍旃舍旃，苟亦无然。人之为言，胡得焉！

〔注释〕

①苦，苦菜，亦名荼。陆玑《疏》："苦菜生山田及泽中，得霜甜脆而美，所谓堇荼如饴。"　②无与，《毛传》："勿用也。"

●诗之二章义同上章。

采葑采葑，首阳之东①。人之为言，苟亦无从。舍旃舍旃，苟亦无然。人之为言，胡得焉！

〔注释〕

①葑,菜名。详见《邶风·谷风》注。

●诗之三章义同上二章。

〔解题〕

《采苓》是劝人不要听信谗言的诗。《毛序》:"刺晋献公也。献公好听谗焉。"《孔疏》:"以献公好听用谗之言,或见贬退贤者,或进用恶人,故刺之。经三章皆上二句刺君用谗。下六句教君止谗,皆是好听谗之事。"虽未可确指于献公,但劝人勿听谗言却是事实。故朱熹《集传》云:"此刺听谗之诗。言子欲采苓于首阳之巅乎?然人之为是言以告子者,未可遽以为信也。姑舍置之,而无遽以为然,徐察而审听之,则造言者无所得而谗止矣。"

诗三章,每章只换三字,故显得反复叮咛,不厌其烦。而且每章的兴句运用得颇为巧妙。马瑞辰《通释》云:"苓为甘草,而《尔雅》名为大苦,则甘者名苦矣。苦为苦荼,而《诗》言'堇荼如饴',则苦者实甘矣。《谷风》诗'采葑采菲,无以下体',《笺》云:'其根有美时,有恶时。'是葑又美恶无定者。诗以三者取兴,正以见谗言似是而实非也。"

秦　风

秦国原来是周王室的附庸。秦人的先祖是伯益，佐禹治水土有功，赐姓为嬴氏。其后代中潏居于西戎。其六世孙大骆生成及非子。非子事周孝王，养马于汧渭之间，马大繁息，故孝王封其为附庸而邑之于秦。至周宣王时，犬戎灭成之族，宣王遂命非子的曾孙秦仲为大夫，率军征讨西戎，秦仲兵败被杀。及周幽王为犬戎所杀，平王东迁，秦仲之孙襄公以兵送之，平王遂封襄公为诸侯，封以岐西之地。秦襄公及其后代与西戎争战近百年，到春秋前期，始尽有关中周人旧地，遂雄据西方。至秦穆公时，甚至曾图谋争霸中原。虽不成，然用由余、百里奚之策，灭国十二，开地千里，遂霸西戎，为以后秦国的强大奠定了基础。

秦的始封地在今甘肃天水一带。以后向东争战，尽逐西戎，始有关中之地。处于戎狄包围之中，力战以求生存、发展，故秦人尚武。反映在诗中，便充满了尚武之豪情。故班固在《汉书·地理志》中谈到秦地风俗时说："安定、北地、上郡、西河（今陕西北部和甘肃东部一带），皆迫近戎狄，修习战备，高上气力，以射猎为先。"马瑞辰《通释》也说："秦以力战开国，其以力服人者猛，故其成功也速，其延祚也短；而其蔽也失于黩武而不能自安。"故秦国后来以武力统一中原，其来有自。

《秦风》共十篇，其中的《小戎》创作时间较早，约在公元前 8 世纪。而《黄鸟》则在公元前 7 世纪末期。因此，《秦风》大都是西周末至春秋中期以前的作品。

车　邻

有车邻邻，有马白颠[①]。未见君子，寺人之令[②]。

〔注释〕

①邻邻，《毛传》："众车声也。"鲁、齐《诗》作辚。　颠，额头。《孔疏》引舍人曰："额有白毛，今之戴星马也。"　②君子，指秦君。　寺人，宫内的小臣。寺、侍古通。王先谦《集疏》："寺人即侍臣，盖近侍之通称，不必泥历代寺人为说。"　令，陆德明《释文》引《韩诗》作伶。王先谦《集疏》："言其给事主上左右，卑贱不足道之人也。"

●诗之首章赋其事，言其见秦君之马，听秦君之车声而未见其人，是因为自己地位卑贱。

阪有漆，隰有栗[①]。既见君子，并坐鼓瑟[②]。今者不乐，逝者其耋[③]。

〔注释〕

①阪(bǎn)，山坡。　漆，漆树。　隰，低地。　②鼓，弹奏。《郑笺》："并坐鼓瑟，君臣以闲暇燕饮相安乐也。"　③逝者，将来。俞樾《群经平议》："今者谓此日，逝者谓他日也。逝，往也，谓过此以往也。"　耋(dié)，八十岁。此处泛指年老。

●诗之二章改用兴句，叹见君子之快乐与及时行乐。

阪有桑，隰有杨。既见君子，并坐鼓簧[①]。今者不乐，逝者其亡[②]。

〔注释〕

①簧，古乐器名。见《王风·君子扬扬》注。　②亡，《毛传》："丧弃也。"

●诗之三章承上章，慨叹时日无多，应及时行乐。

〔解题〕

《车邻》是反映秦国君臣享乐的诗。《毛序》：“美秦仲也。秦仲始大，有车马礼乐侍御之好焉。”严粲《诗缉》云：“秦仲有车甚众，其车邻邻然密比；有马甚多，其中有白额之马，举一以见其余也。是时又始有寺人阉官，未见君子秦仲之时，必先令寺人通之，然后得见，言侍御使令之备也。秦前此所未有，故诗人美其始有也。”

诗三章，首章全用赋体，写出车盛马壮、侍御传令，一派庄严气象。二三章改为兴体，阪桑隰杨之好，鼓瑟鼓簧之乐，逝者其亡之叹，写出一种及时行乐的欢愉气氛。牛运震《诗志》云：“莽莽草草，写出古风霸气。读其诗，可以知其俗。读此篇，简易之风、悲壮之气俱见。”

驷　驖

驷驖孔阜，六辔在手①。公之媚子，从公于狩②。

〔注释〕

①驷，陈奂《传疏》：“当作四，四马曰驷。若下一字为马名，则上一字作四，不作驷。四驖孔阜，犹云四牡孔阜耳。”三家《诗》正作四。　驖（tiě），《说文》：“马赤黑色。”　孔，非常。　阜，肥大。　②公，指秦君。　媚子，所宠爱的人。这里指驾车者。　狩，《毛传》：“冬猎曰狩。”

●诗之首章赋其事，言其车马盛壮，亲近相从而狩猎。

奉时辰牡，辰牡孔硕①。公曰左之，舍拔则获②。

〔注释〕

①奉，供给。 时，《毛传》："是。"这个。 辰，《毛传》："时也。冬献狼，夏献麋，春秋献鹿豕群兽。" 牡，公兽。《郑笺》："奉是时牡者，谓虞人也。时牡甚肥大，言禽兽得其所。"《孔疏》："兽人献时节之兽以供膳，故虞人亦驱时节之兽以待射。" 硕，肥大。 ②左之，胡承珙《后笺》："盖兽自远奔突而来，公命御者旋当其左，以便于射耳。" 舍，放箭。 拔，《毛传》："矢末也。"舍拔即放开手指勾住的箭尾而将箭射出。《郑笺》："舍拔则获，言公善射。"

●诗之二章写虞人将应时之野兽驱出以供秦君射猎，复写秦君之善射。

游于北园，四马既闲①。辅车鸾镳，载猃歇骄②。

〔注释〕

①游，田猎。 北园，所射猎之地。 四马，即四驖。 闲，熟练。 ②辅(yóu)车，打猎所用的轻便车。 鸾，当作銮，车铃。 镳(biāo)，马口衔的勒具，如今之马嚼。銮镳指将铃挂在马镳的两端。 猃(xiǎn)，长嘴巴的猎狗。 歇骄，鲁、齐《诗》作猲獢，短嘴巴的猎狗。《毛传》："长喙曰猃，短喙曰歇骄。"

●诗之三章写打猎已毕，车马闲习，兼及车上的装饰及所载之猎犬。

〔解题〕

《驷驖》是描写秦君打猎的诗。《毛序》："美襄公也。始命，有田狩之事，园囿之乐焉。"《郑笺》："始命，命为诸侯也。"三家《诗》无异义。这个论断大致可信。

诗三章，全用赋体。首章言马之良，驾御之善及人之妩媚亲近；二章言兽之硕大，秦君之善射；三章写田猎已毕，不淫于猎，按辔徐行，四马安闲，轻车鸣銮，田犬休息。层次清晰，用语简洁朴拙，而蕴含廉峭劲悍之气。

小　戎

小戎俴收，五楘梁辀①。游环胁驱，阴靷鋈续②。文茵畅毂，驾我骐异③。言念君子，温其如玉④。在其板屋，乱我心曲⑤。

〔注释〕

①小戎，《毛传》："兵车也。"《孔疏》："先启行之车谓之大戎，从后行者谓之小戎。" 俴（jiàn），浅。 收，车后的横木，即车轸。古人登车必自车后，车后横木较其他三面横木为低，故称浅收。 楘（mù），用以束车辕的有花纹的皮条。《毛传》："五，五束也。楘，历录也。"《孔疏》："五楘是辕上之饰，故以五为五束，言以皮革五处束之。'楘，历录'者，谓所束之处，因以为文章历录然。历录盖文章之貌也。" 梁辀（zhōu），车辕。其形状略弯曲而似房屋之栋梁，故曰梁辀。 ②游环，活动的皮环。《郑笺》："游环在背上，无常处，贯骖之外辔，以禁其出。"可参看陕西临潼秦始皇陵所出土之铜车马。 胁驱，驾具名，装在服马胁下的环带上，突棱朝外，以防服马和骖马靠得太紧。《毛传》："所以止入也。" 阴，装在车轼前方的横板。 靷（yǐn），引车前进的皮条，前系于衡上，向后引经过车下，系在车轴之上以引车前进。 鋈（wù）续，白铜制成的环。胡承珙《后笺》："盖靷从舆下而出于軓（即阴）前，以系于衡，其革不能如此之长，必须为环以接续之，故曰鋈续。" ③文茵，《毛传》："虎皮也。" 畅，长。 毂，车轮中心的圆木，上有圆孔以插车辐。朱熹《集传》："大车之毂一尺有半，兵车之毂长三尺二寸，故兵车曰畅毂。"秦始皇陵出土铜车马之车毂按比例计算，实物长每边约有 67 厘米，可与此印证。 骐，青黑色花纹相间纹如博棋的马。 异（zhù），左后脚为白色的马。 ④言，语首助词。 君子，指乘此小戎者，即作者从军的丈夫。 温，温和。《郑笺》："念君子之性温然如玉。玉有五德。" ⑤板屋，用木材筑成的房屋。当时的西北地区山多森林，民俗以木材为屋。诗人用来代指西戎。《汉书·地理志》："天水、陇西，山多林木，民以板为室屋。故秦诗曰：'在其板屋。'" 心曲，心窝。马瑞辰《通释》："《说文》：'曲，像器受物之形。'心之受事，有如曲之受物，故称

心曲。犹水涯之受水处,亦曰水曲也。”

●诗之首章以赋体起,铺叙战车之华美,末始点出对征人的思念。

四牡孔阜,六辔在手。骐驯是中,騧骊是骖[①]。龙盾之合,鋈以觼軜[②]。言念君子,温其在邑[③]。方何为期?胡然我念之[④]。

〔注释〕

①驯(liú),又写作骝,红黑色的马。 中,指驾车四马当中的两匹服马。 騧(guā),黑嘴的黄马。 骊,黑色的马。亦称骥。 骖,骖马,驾车四马两边的两匹称“骖”。 ②龙盾,画有龙形的盾牌。 合,指将两块盾合在一起放在车上。朱熹《集传》:“画龙于盾,合而载之,以为车上之卫。必载二者,备破毁也。” 觼(juē),有舌的环。 軜(nà),骖马靠里面的辔。朱熹《集传》:“置觼于轼前以系軜,故谓之觼軜。” ③邑,西方边境的城邑。 ④方,将。 期,指征人的归期。 胡然,为什么。

●诗之二章铺写战马,并盼丈夫归来。

俴驷孔群,厹矛鋈錞[①]。蒙伐有苑,虎韔镂膺[②]。交韔二弓,竹闭绲滕[③]。言念君子,载寝载兴[④]。厌厌良人,秩秩德音[⑤]。

〔注释〕

①俴驷,不披甲的四匹马。王先谦《集疏》:“《韩》则训俴为单,谓马不著甲,以示其骁勇。” 厹(qiú)矛,亦作仇矛或酋矛,长一丈八尺,上有三棱锋刃。 錞(duì),又作镦,矛柄的下端。鋈錞,指用白铜装饰的矛端。 ②蒙,在盾上刻画杂羽花纹。 伐,盾的别名。 有苑(yūn),即苑苑,花纹美丽貌。 虎韔(chàng),虎皮制的弓袋。 膺,弓袋的正面。严粲《诗缉》:“镂膺,镂饰弓室之膺。弓以后为背,则以前为膺。故弓室之前亦为膺耳。” ③交韔二弓,指将两张弓顺倒交叉地放在弓袋里。 闭,校正弓弩的工具。陈奂《传疏》:“闭亦作柲。《既夕记》‘有柲’

注：'柲，弓檠，弛则缚之于弓里，备损伤，以竹为之。'" 绲（gǔn），绳子。 縢（téng），捆扎。朱熹《集传》："以竹为闭，而以绳约之于弛弓之里。" ④载，语助词。 兴，起身。此二句写心中思念征人，睡也不是，起也不是。 ⑤厌厌（yān），《毛传》："安静也。"此处形容君子之文雅。 良人，女子称呼丈夫。 秩秩，朱熹《集传》："有序也。"指人的行为进退合于礼节。 德音，好声誉。

●诗之三章铺写兵器，并写丈夫之文雅有礼，以衬出自己的思念。

〔解题〕

《小戎》是女子怀念征夫之诗。《毛序》以为美秦襄公，所解不确。朱熹《集传》云："西戎者，秦之臣子所与不共戴天之仇也。襄公上承天子之命，率其国人往而征之，故其从役者之家人先夸车甲之盛如此，而后及其私情。盖以义兴师，则虽妇人亦知勇于赴敌而无怨矣。"诗虽不美襄公，然约作于襄公之时。《史记·秦本纪》："襄公二年，戎围犬丘，世父击之，为戎人所虏。七年，西戎与申侯伐周，杀幽王，而襄公将兵救周，战甚力，有功。十二年，伐戎，至岐而卒。"秦人与戎人斗争之激烈，正可从《秦风》中这些夸饰车兵武备的诗中得见一斑。

诗三章，每章前六句皆用赋体。首章写战车，二章写战马，三章写兵器，笔意铺张，描绘细致，不仅映出了军容之盛壮，而且字里行间透出阵阵阳刚之气。而每章之后四句笔意一转，转写对丈夫的思念，缠绵温和，语挚情深，字里行间又透出阵阵温柔之情。全诗刚柔结合，浓淡相间，相互映衬，意蕴深厚。故牛运震《诗志》云："叙典制，断连整错有法，骨方神圆。""一篇典制繁重文字，参以二三情思语，便觉通体灵动。极铺张处，纯是一片摹想也。"

蒹　葭

蒹葭苍苍，白露为霜①。所谓伊人，在水一方②。溯洄从之，道阻且长③。溯游从之，宛在水中央④。

〔注释〕

①蒹葭(jiān jiā)，蒹又称为荻，一种细长的水草。长成之后又称为萑。葭，初生的芦苇。　苍苍，淡青色。秋天的芦苇叶子凝结霜露以后所呈颜色。　白露为霜，陈奂《传疏》："乃在九月已后。"　②伊，《郑笺》："当作繄，繄犹是也。"　方，马瑞辰《通释》："方、旁古通用，一方即一旁也。"　③溯洄，《毛传》："逆流而上曰溯洄。"　阻，险阻、障碍。　④溯游，《毛传》："顺流而涉曰溯游。"　宛，仿佛。

●诗之首章以蒹葭起兴，接之以伊人缥缈，似近实远，恍惚迷离，难以追求。

蒹葭凄凄，白露未晞①。所谓伊人，在水之湄②。溯洄从之，道阻且跻③。溯游从之，宛在水中坻④。

〔注释〕

①凄凄，湿润貌。　晞(xī)，《毛传》："干也。"　②湄，水草交接之处，即岸边。　③跻(jī)，登高。　④坻(chí)，水中的小沙洲。

●诗之二章义同上章，而意思更进一层。

蒹葭采采，白露未已①。所谓伊人，在水之涘②。溯洄从之，道阻且右③。溯游从之，宛在水中沚④。

〔注释〕

①采采，《毛传》："犹凄凄也。"指露水将化干，苇叶鲜润。　已，止。指白

露尚未完全干。　②涘(sì),水边。　③右,《郑笺》:“言其迂回也。”　④沚(zhǐ),水中小沙滩。

●诗之三章义同上二章,而意思更进。

〔解题〕

《蒹葭》是抒写思慕、追求意中人而不可得的诗。在一个深秋的早晨,河边的芦苇上沾满了露水,显得苍凉而凄清。诗人在此时徘徊于岸边,寻找着他心中那个难以向人诉说的“伊人”。那“伊人”仿佛在河水的中央,凌波微步,徘徊恍惚;又仿佛在水中的小洲之上,忽前忽后,忽左忽右。细玩诗味,好像是情诗,但作者是男是女却难以确指。《毛序》:“刺襄公也。未能用周礼,将无以固其国焉。”显然是谬说。朱熹《集传》云:“言秋水方盛之时,所谓彼人者,乃在水之一方,上下求之而皆不可得。然不知其何所指也。”难解则阙疑,尚较平实。

此诗意境飘逸,神韵悠长;措词婉秀,音节流美。首章“蒹葭苍苍,白露为霜”,写秋晨露寒霜重之景;二章“蒹葭凄凄,白露未晞”,写旭日初升,霜露渐融之状;三章“蒹葭采采,白露未已”,则写阳光灿烂,露水将收。三章兴句不仅渲染出三幅深秋美景,而且恰当地烘托描摹了诗人等待伊人、可望不可求而越来越迫切的心情。故几千年来,一直令人叹之不已,心向往之。陈继揆《臆补》云:“意境空旷,寄托元淡。秦川咫尺,宛然有三山云气,竹影仙风。故此诗在《国风》为第一篇缥缈文字,宜以恍惚迷离读之。”方玉润《原始》云:“此诗在《秦风》中气味绝不相类。以好战乐斗之邦,忽过高超远举之作,可谓鹤立鸡群,翛然自异者矣。”

终　南

终南何有?有条有梅①。君子至止,锦衣狐裘②。颜如渥丹，其君也哉[3]！

〔注释〕

①终南，即终南山，今之秦岭。古又称南山。　条，朱熹《集传》："山楸也。皮叶白，色亦白，材理好，宜为车版。"　梅，楠木。　②君子，指秦君。锦衣狐裘，陈奂《传疏》："《玉藻》：'君衣狐白裘，锦衣以裼之。'锦衣狐裘，诸侯之服也。郑注云：'君衣狐白毛之裘，则以素锦为衣覆之。'"　③渥，涂。丹，《韩诗》作赭，赤石制成的红色颜料，即今之朱砂。此句形容秦君脸色红润如涂丹一般。　其君也哉，《郑笺》："仪貌尊严也。"指秦君真堪为君。

●诗之首章以南山之条、梅起兴，兴中含比，颂扬秦君仪貌尊严，风度翩翩。

终南何有？有纪有堂[1]。君子至止，黻衣绣裳[2]。佩玉将将，寿考不忘[3]。

〔注释〕

①纪，杞之借字，指杞柳。　堂，棠之借字，棠梨。三家《诗》正作杞、棠。　②黻（fú）衣，青黑色花纹相间的上衣。　绣裳，五彩画成的下裳。《毛传》："黑与青谓之黻，五色备谓之绣。"　③将将，即锵锵，佩玉相击之声。考，老。寿考不忘，即到老也不要忘记。

●诗之二章写秦君之衣饰，颂美其德音至老不忘。

〔解题〕

《终南》是颂美秦君的诗，而此君为谁尚不可知。朱熹《集传》云："此秦人美其君之词，亦《车邻》、《驷驖》之意也。"而《毛序》以为是劝戒秦襄公，说甚无稽。因为从诗中看不出什么劝戒之意。

诗二章，兴中含比，皆直抒胸臆以颂美之。文字虽浅，却情深意长，雍容华贵，刚毅质劲，耐人寻味。

黄　鸟

交交黄鸟，止于棘[①]。谁从穆公？子车奄息[②]。维此奄息，百夫之特[③]。临其穴，惴惴其慄[④]。彼苍者天，歼我良人[⑤]！如可赎兮，人百其身[⑥]！

〔注释〕

①交交，交为咬之借字。咬咬，鸟叫声。　黄鸟，黄雀。　止，停落、栖止。　棘，酸枣树。马瑞辰《通释》："诗以黄鸟之止棘、止桑、止楚，为不得其所，兴三良之从死为不得其死也。棘、楚皆小木，桑亦非黄鸟所宜止，《小雅·黄鸟》诗'无集于桑'，是其证也。诗刺三良从死，而以止棘、止桑、止楚为喻者，'棘'之言'急'，'桑'之言'丧'也，'楚'之言'痛楚'也。古人用物，多取名于音近……"　②从，从死，即殉葬。　穆公（？—前621年），姓嬴，名任好。秦成公弟。在位期间，用百里奚、蹇叔等，励精图治，国势日强。又用由余之谋伐西戎，益国十二，开地千里，遂霸西戎，成为西方诸侯之伯。在位三十九年，为春秋五霸之一。　子车奄息，秦国大夫。子车是姓。　③特，匹敌。　④穴，墓穴。　惴惴（zhuì），恐惧貌。　慄，发抖。朱熹《集传》："临穴而惴慄，盖生纳之圹中也。"即今所谓活埋。　⑤歼，杀尽。　良人，好人。　⑥人百其身，《郑笺》："言'谁'，从穆公者伤之。""百夫之中最雄俊也。""穴，谓冢圹中也。秦人哀伤此奄息之死，临视其圹，皆为之悼慄。""言彼苍者天，诉之。""如此奄息之死，可以他人赎之者，人皆百其身，谓一身百死犹为之，惜善人之甚。"

●诗之首章以黄鸟起兴，痛惜子车奄息之死。

交交黄鸟，止于桑。谁从穆公？子车仲行[①]。维此仲行，百夫之防[②]。临其穴，惴惴其慄。彼苍者天，歼我良人！如可赎兮，人百其身！

〔注释〕

①仲行(háng),奄息的兄弟。　　②防,《郑笺》:"犹当也,言此一人当百夫。"

●诗之二章痛惜子车仲行之死。

交交黄鸟,止于楚。谁从穆公?子车鍼虎①。维此鍼虎,百夫之御②。临其穴,惴惴其慄。彼苍者天,歼我良人!如可赎兮,人百其身!

〔注释〕

①鍼(qián)虎,亦为奄息的兄弟。　　②御,抵挡。陈奂《传疏》:"御乱当乱,御敌当敌,是御有当意。百夫之当,言可当百夫耳。"

●诗之三章痛惜子车鍼虎之死。

〔解题〕

《黄鸟》是秦国人民哀悼"三良"的诗。《左传·文公六年》(前621年):"秦伯任好卒,以子车氏之三子奄息、仲行、鍼虎为殉,皆秦之良也。国人哀之,为之赋《黄鸟》。"又《史记·秦本纪》:"缪公(即穆公)卒,……从死者百七十七人,秦之良臣子舆氏三人名曰奄息、仲行、鍼虎,亦在从死之中。秦人哀之,为作歌《黄鸟》之诗。"20世纪80年代在陕西凤翔所发掘的秦公1号大墓,其墓主约是秦穆公的四世孙、春秋晚期的秦景公,墓中殉葬者达一百八十二人,可见人殉之风在秦国愈演愈烈。到秦始皇之修骊山陵,死后秦二世下令后宫无子者皆殉葬,又闭无数工匠于墓中,其残酷乃达于极点。

诗三章,着力渲染悲惨无告的气氛,而善用夸张,呼天抢地,缠绵淋漓。字字是血,句句是泪,悲怆呼号,令人恻怛伤怀。

晨风

鴥彼晨风，郁彼北林[1]。未见君子，忧心钦钦[2]。如何如何？忘我实多[3]！

〔注释〕

①鴥(yù)，鸟疾飞之貌。《韩诗》作鹬。《广韵》："鹬，鸟飞快也。" 晨风，隼，又叫鹯。 郁，茂密貌。 ②钦钦，忧而不忘貌。《毛传》："思望之，心中钦钦然。" ③如何，犹言奈何。

●诗之首章以疾飞之晨风起兴，而道其思念君子之意。末句则叹息君子之忘己。

山有苞栎，隰有六駮[1]。未见君子，忧心靡乐[2]。如何如何？忘我实多！

〔注释〕

①苞，树木丛生貌。 栎(lì)，树木名。 六，蓼之借字，长。 駮，梓榆。陆玑《疏》："駮马，梓榆。其树皮青白駮荦，遥视似马，故谓之駮马。……下章云'山有苞棣，隰有树檖'，皆山隰木相配，不宜谓兽。"駮与驳古通用。 ②靡乐，无乐、不乐。

●诗之二章义同上章。

山有苞棣，隰有树檖[1]。未见君子，忧心如醉。如何如何？忘我实多！

〔注释〕

①棣，即唐棣、郁李。 树，直立貌。 檖，山梨。马瑞辰《通释》："《方

言》:'树,植立也。'树檖盖植立者,故对苞为丛生言之。"

●诗之三章义同上章。

〔解题〕

《晨风》是贤者期望见君之诗。但是否见弃者则难以确指。仅凭末句不足为据。《毛序》以为刺秦康公忘穆公之业而弃其贤臣,朱熹以为女子担心为男子所弃之词,此所不取。

诗三章,皆似怨似诉,语质而情深。全诗很有层次,写其忧心,初则钦钦,继则靡乐,终则如醉,一层深似一层。而三章皆结以"如何如何,忘我实多",最是耐人寻味。

无　　衣

岂曰无衣?与子同袍①。王于兴师,修我戈矛,与子同仇②!

〔注释〕

①袍,长衣。同袍,此处表示友爱互助。　②王,指周天子。春秋以前惟周天子得称王,诸侯则否。故此处非指秦君。　于,往。王先谦《集疏》:"秦自襄公以来受平王之命,以伐戎所兴之师,皆为王往也,故曰'王于兴师'。"　兴师,起兵。　修,整治。　戈、矛,皆为古代长柄兵器名。　同仇,王先谦《集疏》:"秦民敌王所忾,故曰同仇也。"

●诗之首章直赋其事,而以问句起。言简而意坚。

岂曰无衣?与子同泽①。王于兴师,修我矛戟,与子偕作②。

〔注释〕

①泽,襗之借字,贴身的内衣。　②戟,古代长柄兵器,可用于击刺。

作，行动起来。

●诗之二章义同上章。

岂曰无衣？与子同裳①。王于兴师，修我甲兵，与子偕行②。

〔注释〕

①裳，下衣、战裙。 ②甲，总称甲胄。 兵，总称武器。 偕行，陈奂《传疏》："言奉王命而偕往征之也。"

●诗之三章义同上二章。

〔解题〕

《无衣》是赞美用兵勤王的诗。《左传》载春秋末年，吴军攻楚入郢（今湖北江陵），楚申包胥如秦乞师，哭于秦庭之外七日夜，秦哀公为之赋《无衣》，遂出师助楚攻吴。然秦哀公所赋，必为古诗。当时只有周天子称王，诸侯例不得称之。楚虽僭称之，然秦非楚属国，不得以王尊称之。故此诗必作于秦国初立，奉周天子之命攻伐戎狄、扩展势力之时，其时则应在春秋前期以前。而诗中所歌，正是奉王命而同仇敌忾的雄武精神。故魏源《诗古微》云："《无衣》，美用兵勤王也。秦地迫近西戎，修习战备，高上气力，故《秦风》有《车邻》、《驷驖》、《小戎》之篇及'王于兴师，修我甲兵，与子偕行'之事。上与百姓同欲，则百姓乐致其死。天下有道，则礼乐征伐自天子出。秦之先世与戎世仇，屡有勤王敌忾之事，至后世民俗犹存。"

此诗反映了秦风的典型风格，雄武慷慨之气充溢全诗，无论题材、主题，还是风格、情调，在《国风》中都别开生面，令人耳目一新。

渭　阳

我送舅氏，曰至渭阳[①]。何以赠之？路车乘黄[②]。

〔注释〕

①舅氏，舅父。　曰，发语词。　渭阳，陈奂《传疏》："水北曰阳。渭阳在渭水北。送舅氏至渭阳，不渡渭也。"当时秦国都于雝（今陕西凤翔），从雝东行可至今咸阳一带。《郑笺》："秦是时都雝。至渭阳者，盖东行送舅氏于咸阳之地。"　②路车，古代诸侯所乘之车。　乘黄，四匹黄马。

●诗之首章直赋其事。

我送舅氏，悠悠我思[①]。何以赠之？琼瑰玉佩[②]。

〔注释〕

①悠悠我思，鲁、韩、毛《诗》皆以为是念舅氏而念其母亲，思慕至深而言不尽意。《毛序》："康公时为太子，赠送文公于渭之阳，念母之不见也。我见舅氏，如母存焉。"　②琼、瑰，皆形容玉石之美。　玉佩，即佩玉。

●诗之二章承上章，因送舅父而念及母亲。

〔解题〕

《渭阳》是外甥与舅父送别之诗。《毛序》及《鲁诗》、《韩诗》等皆认为诗的作者是秦穆公太子，后来的秦康公；而所送之人则是晋国公子重耳，即后来的晋文公。如果可信，则此诗当作于鲁僖公二十四年晋文公在秦穆公的帮助下入主晋国之时。《毛序》以为是康公作此诗以念其母，云："《渭阳》，康公念母也。康公之母，晋献公之女。文公遭骊姬之难，未反而秦姬卒。穆公纳文公，康公时为太子，赠送文公于渭之阳，念母之不见也。我见舅氏，如母存焉。及其即位，思而作是诗也。"将作诗时间推迟到康公即位之后，说稍牵强。

诗仅二章，然情意颇为真挚，读之感动人心。细品味之，但觉言有尽而意无穷。故姚际恒《通论》云："'悠悠我思'句，情意悱恻动人。往复寻味，非惟思母，兼有诸舅存亡之感。"渭阳之情也成为后代文人常用的典故。

权　舆

於我乎！夏屋渠渠，今也每食无余①。于嗟乎！不承权舆②！

〔注释〕

①於，叹词。颜师古《匡谬正俗》："乌呼，叹词。古文《尚书》悉为'於戏'字，今文《尚书》悉为'乌呼'字，而《诗》皆云'於乎'字，中古以来文籍皆为'呜呼'字。" 夏，《毛传》："大也。"《方言》："自关而西，秦晋之间，凡物之壮大者而爱伟之，谓之夏。" 渠渠，《鲁诗》作蘧蘧，高大貌。 ②承，继承。 权舆，《毛传》："始也。"

●诗之首章直赋其事，而叹今不如昔。

於我乎！每食四簋，今也每食不饱①。于嗟乎！不承权舆！

〔注释〕

①簋(guǐ)，古代盛饭的食器，圆形。用木或铜制成。《毛传》："四簋，黍稷稻粱。"为当时公食大夫之礼。

●诗之二章义同上章。

〔解题〕

《权舆》是没落贵族叹息今不如昔的诗。春秋中期以后，随着血缘宗法制的破坏,部分血缘贵族地位下降,逐渐衰落。此诗恰是当时这种社会变革的反映。

诗仅二章,今昔对比,一片哀叹之声,使人仿佛想见作者的失望和无奈。陈继揆《臆补》云:“秦上首功,简贤弃士。《权舆》一诗,其逐客坑儒之渐欤!楚穆生因礼酒不设而去。唐明皇时,薛令之为东宫诗曰:‘朝日上团团,照见先生盘。盘中何所有?苜蓿长阑干。饭涩匙难绾,羹稀箸易宽。’遂去。两贤其得诗人《权舆》之旨者。”

陈　风

陈国是西周初年分封的诸侯国。据说是帝舜的后代，妫姓。周武王之时，帝舜的后代有虞阏父者，为周王室的陶正(掌管陶器生产)，周人器用赖以资给。又因为虞阏父是帝舜之后，武王便以长女太姬许配给虞阏父的长子满为妻，而将妫满封于陈，是为胡公，建国于宛丘(今河南淮阳)。实际上，陈人是中原历史悠久的部族，在当时有一定的势力。周王室的分封，是给陈人以应有的地位，使妫姓的陈人加入了以周人为主体的华夏部族联盟。

陈地处淮河流域、黄河流域的结合地带，东面和南面便是群舒等蛮夷，西面靠近楚国，所以在文化上受长江流域文化影响较深，敏感、轻灵，俗信巫鬼，这在《陈风》诸诗中有较多的表现。故《汉书·地理志》云："陈本太昊之虚，周武王封舜后妫满于陈，是为胡公，妻以元女大姬。妇人尊贵，好祭祀，用史巫，故其俗巫鬼。《陈诗》曰：'坎其击鼓，宛丘之下。无冬无夏，值其鹭羽。'又曰：'东门之枌，宛丘之栩。子仲之子，婆娑其下。'此其风也。"

《陈风》共十篇，大多是东周以后的作品。除了表现巫鬼之俗外，大部分诗篇都和男女恋情有关。其中年代可靠的，仅《株林》一篇，时当春秋中叶。而《左传·襄公二十九年》(前544年)吴公子季札在鲁请观周乐时，《陈风》已经结集。故《陈风》的结集约在公元前550年以前。

宛丘

子之汤兮,宛丘之上兮①。洵有情兮,而无望兮②!

〔注释〕

①子,指跳舞的巫女。　汤,音义同荡。《鲁诗》正作荡。此处用以形容巫女舞姿摇动翩翩的样子。　宛丘,陈国丘名。在陈国都附近。陈奂《传疏》:"陈有宛丘,犹之郑有洧渊,皆是国人游观之所。"　②洵,确实。　无望,指无威仪可以瞻望。

●诗之首章直赋其事,而言其不可期望。

坎其击鼓,宛丘之下①。无冬无夏,值其鹭羽②。

〔注释〕

①坎其,即坎坎。《毛传》:"击鼓声。"　②值,通植,《毛传》:"持也。"又可解作插或戴。　鹭羽,用鹭鸶鸟的羽毛制成的舞具。《毛传》:"鹭鸟之羽,可以为翳。"《郑笺》:"翳,舞者所持以指麾。"

●诗之二章承上章,具体描写其作巫舞之状貌。

坎其击缶,宛丘之道①。无冬无夏,值其鹭翿②。

〔注释〕

①缶,瓦盆。用作打击乐器。　②翿(dào),《毛传》:"翳也。"即鹭羽。

●诗之三章义同二章。

〔解题〕

《宛丘》是描写巫女的诗。写其舞姿、舞态,略带讽刺。朱熹《集传》云:"国人见此人常游荡于宛丘之上,故叙其事以刺之。言虽信有情思而可乐矣，然无威仪可瞻望也。”而《毛序》等以为刺陈幽公淫荒昏乱，游荡无度，并无实据。

诗三章，全以“汤（荡）”字为中心。第一章感情奔放，以一“汤”字而涵盖了下二章。二三章转而用白描手法，抑扬顿挫。陈继揆《臆补》云：“陈仅曰：‘首章四“兮”字，用变调入手，使游荡轻薄之人，神情态度脱口如生，真传神妙手。自宛丘之上，而下而道，无地不热闹，无冬无夏无时不热闹，直揭出一国若狂景象。’”

东门之枌

东门之枌，宛丘之栩①。子仲之子，婆娑其下②。

〔注释〕

①东门，指陈国都城的东门，地近宛丘。　枌，《毛传》：“白榆也。”　栩（xǔ），柞树。此二句点明地点、环境。　②子仲，陈国大夫之氏。王先谦《集疏》：“子仲为大夫氏，犹秦大夫子车氏也。”　子，女儿。王先谦《集疏》引黄山云：“《诗》‘婆娑其下’，与‘市也婆娑’即是一人，下章言‘不绩其麻’，则‘子仲之子’亦犹‘齐侯之子’、‘蹶父之子’，明是女子子。……于嗟而祝，婆娑而舞，皆唯女巫降神为然，男子斋肃而已。巫怪之事，以大姬尊贵而好之，故国中尊贵女子亦化之。”　婆娑，形容舞姿盘旋摇摆之状。

●诗之首章赋其事，言明地点、环境及舞者姓氏、舞姿。

縠旦于差，南方之原①。不绩其麻。市也婆娑②。

〔注释〕

①縠旦，王先谦《集疏》：“犹言良辰也。《孔疏》以为‘朝日善明，无阴云风雨’是也。”　于差，犹吁嗟。王先谦《集疏》：“古者巫之事神，必吁嗟以请。”　原，高而平坦之地。　②绩，纺。　市，街市。《郑笺》：“绩麻者，妇人之事

也。疾其今不为。"王符《潜夫论·浮侈》:"《诗》刺'不绩其麻,市也婆娑'。又妇人不修中馈,休其蚕绩,而起学巫祝,鼓舞事神,荧惑百姓。"

●诗之二章写其不务本业,婆娑事神。

穀旦于逝,越以鬷迈①。视尔如荍,贻我握椒②。

〔注释〕

①于逝,亦犹言"吁嗟"。 越以,发语词。陈奂《传疏》:"越读同粤。《尔雅》:'粤,于也。'《采蘩》、《采蘋》、《击鼓》皆云'于以',此云'越以',皆合二字为发语之词。" 鬷(zōng),屡次。 迈,往。王先谦《集疏》:"'鬷迈',犹言频往会合耳。" ②荍(qiáo),植物名,亦名锦葵,花紫红色或白色,带深紫色条纹。又写作芘芣。 贻,赠送。 握椒,一把花椒。马瑞辰《通释》:"椒,亦巫用以事神者。《离骚》:'巫咸将夕降兮,怀椒糈而要之。'王逸注:'椒,香物,所以降神。'是也。《诗》言'遗我'者,盖事神毕,因相赠贻耳。"

●诗之三章写巫会合之数及舞毕分祭而散。

〔解题〕

《东门之枌》也是描写女巫事神的歌。首章写其地点环境及人物,二章写其放弃本业而专事此事,三章写其会聚及礼毕分散。《毛序》以为刺"幽公淫荒,风化之所行,男女弃其旧业,亟会于道路,歌舞于市井耳"。亦属揣测之辞。

诗三章,最典型的特征是"轻靡"。全诗皆不假比兴,直赋其事,既有环境地点,又有人物姿态,细味之尚有一股恍惚迷离之气,绘声绘色,层次清晰,宛如一幅风俗图画。

衡　门

衡门之下,可以栖迟①?泌之洋洋,可以乐饥②?

〔注释〕

①衡门，衡为横字之借。《毛传》："横木为门，言浅陋也。" 可，同何。栖迟，游逛休息。 ②泌，泉水名。 洋洋，水流盛大貌。 乐饥，《鲁诗》、《韩诗》乐作疗。疗饥即充饥。按闻一多先生的解释，《诗》中凡言"饥"者，皆指男女情爱之事。

●诗之首章赋其事而以问句出之。横门之下既难栖迟，洋洋之泉水也不可以"疗饥"。

岂其食鱼，必河之鲂①？岂其取妻，必齐之姜②？

〔注释〕

①鲂，即鳊鱼。古人认为贵重。 ②取，同娶。 姜，齐国贵族之姓。当时诸侯贵族之间异姓通婚，陈为妫姓，与姬姓和姜姓等诸侯世代通婚。这里是代称。下文"宋子"同。

●诗之二章义承上章。鱼之可食者除河之鲂鱼外尚有它鱼，而妻之可娶而得者除姜姓女子外尚有他姓女子。

岂其食鱼，必河之鲤？岂其取妻，必宋之子①？

〔注释〕

①子，宋国贵族之姓。

●诗之三章义同二章。

〔解题〕

《衡门》是情诗。从三章诗皆以问句始、以问句终来看，它可能原来是一首用于对唱的民歌。诗中的"鱼"和"饥"一样，都是关于男女性爱的隐语。首章此意尚不明显，而二三章则十分明确。因此，过去人们认为此诗为没落贵族或所谓隐士贤人所作，是不妥当的。何况春秋中期以前的中国社会还不可能有什么隐士存在，因为当时知识阶层还未从血缘宗法社会中分化出来，而隐士是知识分子获得独立人格之后的产物。

诗三章，以设问成章，不假比兴，短小精悍。意脉贯通，一气呵成，颇耐寻味。

东门之池

东门之池，可以沤麻①。彼美淑姬，可与晤歌②。

〔注释〕

①池，《毛传》："城池也。"马瑞辰《通释》："古者有城必有池。《孟子》'凿斯池也，筑斯城也'是也。池皆设于城外，所以护城。" 沤，浸泡。麻经过浸泡，脱去纤维中的胶质后才可以用于纺绩。 ②淑姬，《释文》淑作叔，宜从之。叔，排行第三。姬，姓。陈国贵族为妫姓，与姬姓诸侯通婚，故言之。《孔疏》："美女而谓之姬者，以黄帝姓姬，炎帝姓姜，二姓之后，子孙昌盛。其家之女美者尤多，遂以姬、姜为妇人之美称。成九年《左传》引逸诗云：'虽有姬、姜，无弃憔悴。'是以姬、姜为妇人之美称也。"又闻一多先生《类钞》云："姬姜二姓是当时最上层的贵族，二姓的女子必最美丽而华贵，所以诗人称美女为叔姬、孟姜。"说可参考。 晤，《毛传》："遇也。"《孔疏》："传以晤为遇，亦为对偶之义。"晤歌，即对唱。

●诗之首章兴而含比。言彼姬姓美女也可以晤歌而追求得之。

东门之池，可以沤纻①。彼美淑姬，可与晤语②。

〔注释〕

①纻（zhù），即纻麻，我国古代种植最为广泛的纺织原料。 ②晤语，对话。

●诗之二章义同上章。

东门之池，可以沤菅[1]。彼美淑姬，可与晤言[2]。

〔注释〕

①菅(jiān)，茅一类的草，经沤制后可用来搓绳索。 ②晤言，相对聊天。

●诗之三章义同上二章。

〔解题〕

《东门之池》是描写男女欢会的情歌。作者是一位男子。诗中的“淑姬”未必真有所指，但作为情歌传唱却非常合适。《毛序》：“刺时也。疾其君之淫昏，而思贤女以配君子也。”说颇牵强。故朱熹《集传》云：“此亦男女会遇之词。盖因其会遇之地、所见之物以起兴也。”

诗三章，用语平淡，却淡而有味。三章逐层深入，一章深似一章。首章相与“晤歌”，是遥与之合曲对歌，彼此距离尚远；二章则相与“晤语”，则是相近与之互相问答了；至三章相与“晤言”，则全无距离，对面深谈，不知其情之何以移而神之何以旷了。写其对歌恋爱，情形如画。

东门之杨

东门之杨，其叶牂牂[1]。昏以为期，明星煌煌[2]。

〔注释〕

①牂牂(zāng)，枝叶茂盛貌。 ②昏，黄昏。 期，约会。 明星，指长庚星。春天的黄昏和晚上高悬于西方天空。 煌煌，明亮貌。

●诗之首章直赋其事，并言明地点、时间。

东门之杨,其叶肺肺[①]。昏以为期,明星晢晢[②]。

〔注释〕

①肺肺(pèi),《毛传》:"犹牂牂也。" ②晢晢(zhē),《毛传》:"犹煌煌也。"

●诗之二章义同上章。

〔解题〕

《东门之杨》是写男女幽会的诗。朱熹《集传》:"此亦男女期会而有负约不至者,故因其所见以起兴也。"《毛序》:"刺时也。昏姻失时,男女多违。亲迎,女犹有不至者也。"纯属臆测。

诗二章,全部写景。前二句写所约之地,后二句写所约之时及抬头所见,借景以烘托感情。表面上虽然平静,字里行间却透露出一股焦燥不安之气。黄昏以为期,约而不至。长庚星已高悬于天空,而人仍不见到来,耳中只有风动树叶之声,其失望之情可知,而其等待之景可见。

墓　门

墓门有棘,斧以斯之[①]。夫也不良,国人知之[②]。知而不已,谁昔然矣[③]?

〔注释〕

①墓门,陈国地名。王先谦《集疏》:"盖陈国野旷之地,故有棘生之。《左襄公二十五年传》:郑师入陈,陈侯扶其大子偃师奔墓,贾获与其妻扶其母奔墓,当即其地。" 棘,酸枣树。 斯,劈斫。此处有决断意。 ②夫,那个人。指陈佗。 ③不已,不制止。陈奂《传疏》:"已,止也。国人皆知之,知

之而不能救止也。” 谁昔，即昔谁。 然，这样。苏辙《诗集传》：“夫指佗也。佗之不良，国人莫不知之者。知而不之去，昔者谁为此手？”此处指陈桓公。

●诗之首章以墓门之棘起兴，兴而含比，以责陈桓公之不早日除去陈佗。

墓门有梅，有鸮萃止①。夫也不良，歌以讯之②。讯予不顾，颠倒思予③。

〔注释〕

①梅，《鲁诗》作棘，为正字。 鸮，即鸱鸮，猫头鹰。因其鸣声难听，古人以为不祥之鸟。 萃，会集、停息。 止，即之。 ②讯(suì)，告诫、警告。鲁、韩《诗》作谇。《尔雅·释诂》：“谇，告也。” ③讯予，即予讯。 颠倒，指国家纷乱。《郑笺》：“歌，谓作此诗也。既作，又使工歌之，是谓之告。”“予，我也。歌以告之，汝不顾念我言，至于破灭颠倒之急，乃思我之言。言其晚也。”

●诗之二章义承上章，言告诫之而不顾，则必至后悔。

〔解题〕

《墓门》是讽刺劝谏在上位的贵族之诗。但所讽刺的人物是谁则各有其说。《毛序》以为刺陈佗，而《鲁诗》以为刺晋大夫解居父(见刘向《列女传》)，此处姑从前者。《毛序》云：“陈佗无良师傅，以至于不义，恶加于万民焉。”《左传·桓公五年》记载，陈桓公生病时，陈佗杀桓公太子免。桓公死后，陈佗自立为君，陈国大乱，国人离散。后蔡国出兵杀死陈佗，大乱方才止息。苏辙《诗集传》云：“桓公之世，陈人知佗之不臣矣，而桓公不去，以及于乱。是以国人追咎桓公，以为桓公之智不能及其后，故以《墓门》刺焉。”如果可信，则此诗作于春秋初年。

诗二章，善用兴比。诗人以荆棘恶木和鸱鸮恶鸟起兴，而又明显地用来比喻，以引出下文“不良”之“夫”，不仅十分贴切，而且笔端满带憎恶、卑视。而以利斧劈除荆棘，以比喻应除掉“不良”；后四句则对“不良”句句加以谴责，用语明快，穷追不舍，颇为痛快淋漓。

防有鹊巢

防有鹊巢，邛有旨苕[①]。谁侜予美？心焉忉忉[②]！

〔注释〕

①防，堤坎。马瑞辰《通释》："鹊巢宜于林木，今言'防有'，非其所应有也。不应有而以为有，所以为谗言也。诗之取兴与《采苓》同义。" 邛(qióng)，土丘。 旨，甘美。 苕(tiáo)，蔓生植物，一名鼠尾、凌霄，生于低湿之地。马瑞辰《通释》："是苕生于下湿，今言'邛有'者，亦喻谗言之不可信。" ②侜(zhòu)，欺诳、挑拨。古称"侜张"。 美，所美之人。 忉忉，忧愁貌。《郑笺》："谁，谁谗人也。女众谗人，谁侜张欺诳我所美之人乎？使我心忉忉然。"

●诗之首章以防之鹊巢、邛丘之苕起兴，以喻谗言之不可信，而自己为之心忧。

中唐有甓，邛有旨鹝[①]。谁侜予美？心焉惕惕[②]！

〔注释〕

①中唐，即唐中。唐指古代朝堂和庭中的甬道。 甓(pì)，砖瓦。 鹝(yì)，鲁、齐《诗》作虉，一种杂色小草，美如锦缎，故又名绶草。今名铺地锦。 ②惕惕，担忧恐惧之貌。

●诗之二章义承上章。中庭之甬道不宜有砖瓦，土丘不宜生绶草，则谗言亦不可信。

〔解题〕

《防有鹊巢》是担忧他人离间自己情人的诗。朱熹《集传》："此男女之有私，而忧或间之之辞。"《毛序》："宣公多信谗，君子忧惧焉。”并无实据。

诗二章，妙于比兴，善写心理，内涵颇为丰富。故吴闿生《会通》引旧评云：“非必真有俤之者，写柔肠曲尽。”

月　出

月出皎兮，佼人僚兮，舒窈纠兮，劳心悄兮①。

〔注释〕

①皎，形容月光皎洁明亮。《郑笺》：“喻妇人有美色之白皙。”　佼，又作姣，美好。佼人即美人。　僚，嫽字之借，美丽。今陕西一带称物之好犹曰嫽。　舒，发语词。　窈纠，马瑞辰《通释》：“犹窈窕，皆叠韵，与下‘懮受’、‘夭绍’同为形容美好之词，非舒迟之义。”“‘舒’为发声字，犹‘逝’为语词也，舒窈纠兮，言窈纠也。舒懮受兮，言懮受也。舒夭绍兮，言夭绍也。”　劳心，即忧心。　悄，深忧貌。

●诗之首章直赋其心事。睹月下美人之皎丽，而忧不能得之。

月出皓兮，佼人懰兮，舒懮受兮，劳心慅兮①。

〔注释〕

①皓，本形容日光。此处借日光以形容月光之盛。　懰(liú)，妖媚。为嬼之借字。　懮受，形容女子行步舒徐婀娜。　慅(cǎo)，忧愁不安貌。

●诗之二章义同上章，而意思稍变。

月出照兮，佼人燎兮，舒夭绍兮，劳心惨兮①。

〔注释〕

①照，光明貌。此处作形容词。　燎，漂亮，与照同义。　夭绍，形容女子体态轻盈。　惨，当为懆字之讹。今作躁，忧愁而烦躁不安之貌。

●诗之三章义同上二章。

〔解题〕

《月出》是月下怀人之诗。朱熹《集传》云:"此亦男女相悦而相念之辞。言月出则皎然矣,佼人则僚然矣,安得见之而舒窈纠之情乎?是以为之劳心而悄然也。"《毛序》以为刺好色,说颇牵强。

诗三章,写月光下想念中的美丽女子。每章第一句写月色,第二句写其容色之美,第三句写其行动姿态之美,而末句则抒发个人的忧愁心情。三章叠咏,只换了几个同义词,却活画出一幅月下美人劳心相思的形象。月下向往美人,陡增三分美感,徒增七分忧愁。诗中又多用双声叠韵词,给人以一种朦胧缠绵的特殊感觉,加上和美的音节,相得益彰。因而被后人推为三百篇中情诗的杰构。牛运震《诗志》云:"极要眇流丽之体,妙在以拙峭出之。""调促而流,句聱而圆,字生而艳,后人骚赋之祖。"

株　　林

胡为乎株林?从夏南①?匪适株林,从夏南②。

〔注释〕

①株,陈国邑名,为夏姬之子夏徵舒的封邑,其地今已不可确指。　林,郊外之地。株林与下文株野对文。《说文》:"邑外谓之郊,郊外谓之野,野外谓之林。"　从,跟从、追逐。　夏南,夏徵舒字南。马瑞辰《通释》:"上二句诗人故设为问辞,若不知其淫于夏姬者,以为从夏南游耳。"　②匪,非、不是。　适,往。马瑞辰《通释》:"下二句当连读,谓其非适株林从夏南也。言外见其实淫于夏姬。此诗人立言之妙。"

●诗之首章以设问起,自问自答,曲折隐晦,却又讽意显然。

驾我乘马，说于株野①。乘我乘驹，朝食于株②。

〔注释〕

①我，陈奂《传疏》："我灵公也。"此为诗人假托灵公口气。　乘(shèng)，古代一车四马为一乘。　说(shuì)，即税，停息。　②乘，前一"乘"字为动词，驾车。　驹，当作骄。陈奂《传疏》："驹当依《释文》作骄，乘骄，四马皆骄也。"　朝食，吃早饭。又《诗经》之隐语，凡男女情欲未得满足曰"饥"，得到满足曰"饱"。则此"朝食"亦一语双关，谓灵公朝夕纵其淫欲。王先谦《集疏》："灵公初往夏氏，必托为游株林。自株林至株野，乃税其驾（舍马乘驹，《传》'大夫乘驹'，《笺》'变易车乘'），然后微服入株邑，朝食于株邑。此诗乃实赋其事也。"

●诗之二章实赋其事，指明灵公之荒淫。

〔解题〕

《株林》是《陈风》中本事可考的一篇，是国人讽刺陈灵公和夏姬淫乱的诗。《毛序》："刺灵公也。淫乎夏姬，驱驰而往，朝夕不休息焉。"《左传·宣公九年》载，夏姬为郑穆公之女，陈大夫御叔之妻，夏徵舒之母。"陈灵公与孔宁、仪行父通于夏姬，皆衷其衵服（即身穿夏姬的贴身汗衣），以戏于朝。"泄冶谏公，陈灵公杀之。《宣公十年》（前600年）："陈灵公与孔宁、仪行父饮酒于夏氏，公谓行父曰：'徵舒似女（即汝）。'对曰：'亦似君。'徵舒病之。公出，自其厩射而杀之。"夏徵舒自立为君，陈国大乱，楚国乘机出兵攻灭陈国。

诗仅二章，用语婉曲，讽意隐而明，曲而直，颇有特色。首章以设问起，自问自答，二章始实赋其事，又隐约其辞而不明言。文省而意深。方玉润《原始》云："盖公卿行淫，朝夕往从所私，必有从旁指而疑之者。即行淫之人，亦自觉忸怩不安，故多隐约其辞，故作疑信言以答讯者，而饰其私。诗人即体此情为之写照，不必更露淫字，而宣淫无忌之情已跃然纸上，毫无遁形，可谓神化之笔。"

泽　陂

彼泽之陂，有蒲与荷[①]。有美一人，伤如之何[②]？寤寐无为，涕泗滂沱[③]。

〔注释〕

①泽，池塘。　陂(bēi)，池塘边的堤岸。　蒲，蒲草。　荷，荷花。此处指荷叶。《郑笺》："蒲，柔滑之物。芙蕖之茎曰荷，生而佼大。兴者，蒲以喻所说(悦)男之性，荷以喻所说女之容体也。"　②伤，《郑笺》："思也。我思此美人，当如之何而得见之。"　如之何，即奈他何。　③寤寐，醒着和睡着，指不断的思念。　无为，指自己没有办法达到目的。　涕，眼泪。　泗，鼻涕。　滂沱，涕泪俱下貌。

●诗之首章以泽中之荷起兴，叹息自己无法得到所心爱的美人。

彼泽之陂，有蒲与蕳[①]。有美一人，硕大且卷[②]。寤寐无为，中心悁悁[③]。

〔注释〕

①蕳，《鲁诗》作莲。《郑笺》："蕳当作莲。莲，芙蕖实也。"　②卷，婘之省借字，漂亮。　③悁悁(yuān)，忧郁貌。王先谦《集疏》："盖悲哀不舒之意。"

●诗之二章承上章，进一步抒发得不到心上人的悲哀。

彼泽之陂，有蒲菡萏[①]。有美一人，硕大且俨[②]。寤寐无为，辗转伏枕[③]。

〔注释〕

①菡萏(hàn dàn)，荷花。《郑笺》："华以喻女之颜色。"　②俨，《韩诗》

作嬙。《广雅·释诂》："嬙，美也。"又《太平御览》三六八引薛君《韩诗章句》："嬙，重颐也。"即今所谓双下巴。此亦喻妇人之美。　③辗转，见《周南·关雎》注。朱熹《集传》："辗转伏枕，卧而不寐，思之深且久也。"

●诗之三章义同二章。

〔解题〕

《泽陂》是怀人之诗。朱熹《集传》云："此诗大旨与《月出》相类。"而《毛序》认为："刺时也。言灵公君臣淫于其国，男女相说，忧思感伤焉。"说甚无稽。

诗三章，章各六句。每章前两句兴中含比，既引出人物，又暗喻人物。第三四句则是对心中美人的形象描绘，末二句是诗人自我心情的剖露。三章逐层深入，婉转悠扬，颇为耐读。

桧　　风

桧,《左传》、《国语》作郐,《汉书·地理志》作会,其地在今河南省密县境。为周初分封的小诸侯国之一,历史上极少记载。传说桧国国君为妘姓,是祝融之后。东周初年(前769年),桧国为郑武公所灭,郑桓公即其地以建郑国。郑玄《诗谱》云:"桧者,古高辛氏火正祝融之墟。桧国在《禹贡》豫州外方之北,荥波之南,居溱洧之间。祝融氏名黎,其后八姓,唯妘姓桧者处其地焉。周夷王、厉王之时,桧公不务政事,而好絜衣服。大夫去之,于是桧之变风始作。其国北邻于虢。"故郑桓公在春秋之末寄帑于虢、桧之间,为后之灭桧奠定了基础。而《桧风》四篇,大约为西周末、东周初的作品。《左传·襄公二十九年》载吴公子季札请观周乐,有"自《郐》以下无讥焉"之语,可见《桧风》在当时便已不受重视。

羔　　裘

羔裘逍遥,狐裘以朝①。岂不尔思?劳心忉忉②。

〔注释〕

①羔裘、狐裘,皆大夫之服。《毛传》:"羔裘以游燕,狐裘以适朝。" 逍遥,任意游逛。　②忉忉,心情忧虑劳瘁貌。见《齐风·甫田》注。

●诗之首章赋其心上人之英伟美服,而道其相思之意。

羔裘翱翔，狐裘在堂①。岂不尔思？我心忧伤！

〔注释〕

①翱翔，《郑笺》："犹逍遥也。" 堂，公堂。大夫朝见诸侯的地方。陈奂《传疏》："堂在路门内。燕朝，路寝庭也。堂，路寝堂也。公堂者，以公所听政之堂而名之也。"

●诗之二章义同上章。

羔裘如膏，日出有曜①。岂不尔思？中心是悼②。

〔注释〕

①膏，油脂。此处形容羔裘油泽光亮。《毛传》："日出照曜，然后见其如膏。" 有曜，即曜曜，形容日光。 ②悼，《郑笺》："犹哀伤也。"

●诗之三章写其衣饰之美，并言其痛切思念之。

〔解题〕

《羔裘》是怀人之诗。纯是女子口吻，而所思之男子又为大夫一类的贵族，故闻一多先生认为此诗是"女欲奔男之辞"。《毛序》以为："大夫以道去其君也。国小而迫，君不用道，好絜其衣服，逍遥游燕，而不能自强于政治，故作是诗也。"说颇附会牵强，故不从之。

诗三章，全用赋体。每章的首二句写其所思念之人的衣饰光鲜，自在游遨，足令人艳羡，后二句皆道其思念忧伤之意。前为铺垫，后有着落，朴实自然。

素　冠

庶见素冠兮。棘人栾栾兮，劳心慱慱兮①！

〔注释〕

①庶,庶几、幸而。 素冠,白帽子。按:素冠与下章的素衣、素韠都是指死者所穿戴的衣服。 棘,通"瘠",瘦削。 栾栾,《毛传》:"瘠貌。" 慱慱(tuán),忧苦不安貌。

●诗之首章赋其事,见其人之衣饰而伤悲之。

庶见素衣兮。我心伤悲兮,聊与子同归兮[1]!

〔注释〕

①聊,愿。 子,你,指死者。 同归,同归一处。这里是同死之意。

●诗之二章承上章。伤悲之极,而欲与之同归。

庶见素韠兮。我心蕴结兮,聊与子如一兮[1]!

〔注释〕

①韠(bì),即蔽膝。 蕴结,忧郁不解貌。 如一,即同生共死之意。

●三章义同二章。

〔解题〕

《素冠》是悼亡诗。作者是一位女子。《毛序》以为刺守丧不能三年,属望文生义。

诗三章,写其抚尸哀恸,见其夫容颜憔悴,不禁更增其悲,肝肠俱裂,文字如火山喷发,江河之下,故短促而激烈,层层深入,痛入骨髓。

隰有苌楚

隰有苌楚,猗傩其枝[1]。夭之沃沃,乐子之无知[2]!

〔注释〕

①苌楚，即羊桃。攀援藤本植物，果实可食。　猗傩，义同婀娜。《鲁诗》作“旖旎”，柔美貌。　②夭，嫩美。见《周南·桃夭》注。此处指苌楚初生的嫩芽。　沃沃，少嫩漂亮貌。　乐，欢喜。此处含羡慕之意。　子，指苌楚。　无知，没有知觉，没有感情。

●诗之首章以苌楚起兴，乐其无知无欲，而悲自己之有知有欲。

隰有苌楚，猗傩其华①。夭之沃沃，乐子之无家②！

〔注释〕

①华，同“花”。王先谦《集疏》：“华实皆附于枝，枝既柔顺，则华实亦必从风而靡，虽概称猗傩不妨。”　②无家，无家室之累。

●诗之二章义承上章，羡慕苌楚之无家室之累而自由其身。

隰有苌楚，猗傩其实①。夭之沃沃，乐子之无室。

〔注释〕

①实，果实。其义见上章注。

●诗之三章义同上章。

〔解题〕

《隰有苌楚》是悲观厌世的诗。若要寻求其中的原因，可能与西周末年社会的动荡和血缘宗法制的破坏有关；也可能与桧国即将被灭亡有关。方玉润《原始》云：“此遭乱诗也。《小序》之误不必深辨，即《集传》以为‘政烦赋重，民不堪其苦’者，亦未为得。此赋重不必怨及室家也。此必桧破民逃，自公族子姓以及小民之有室有家者，莫不扶老携幼，挈妻抱子，相与号泣路歧，故有家不如无家之好，有知不如无知之安也。”

诗三章，反复羡慕无知之草木，怨而不露，婉转而痛心，有一种低徊暗淡之美。全诗只言苌楚，而诗人之情自见，桧国之国势自见，以一毫端而现出大千世界。

匪　　风

匪风发兮，匪车偈兮①。顾瞻周道，中心怛兮②。

〔注释〕

①匪，王念孙《广雅疏证》："匪当为彼。'匪风发兮，匪车偈兮'，犹言彼风之动发发然，彼车之驱偈偈然。"　发，即发发，风声。　偈(jié)，即偈偈，车马疾驰貌。　②周道，大路。　怛(dá)，忧伤。

●诗之首章以赋起，睹清风扬尘，车子疾驰，顾望大路，而中心悼之。

匪风飘兮，匪车嘌兮①。顾瞻周道，中心吊兮②。

〔注释〕

①飘，指飘风。　嘌(piāo)，快速。　②吊，悲伤。

●诗之二章义同上章。

谁能亨鱼？溉之釜鬵①。谁将西归？怀之好音②。

〔注释〕

①亨，同"烹"。　溉，洗涤。　釜，锅。　鬵(xún)，大锅。　②怀，遗、送。

●诗之三章义承上二章，流露出思乡之怀。

〔解题〕

《匪风》的本义较难确定。《毛序》以为："思周道也。国小政乱，忧及祸难，而思周道焉。"说颇牵强。其余说法尚多，皆难确信。

此处姑从余冠英先生为游子思乡之诗。

诗三章，开篇起势飘忽，渲染出一幅优美的图画。末章改用兴法，笔法突变，极好地衬托出作者的思归之情。一片真挚，溢于言表，读来真切感人。

曹　风

曹为姬姓诸侯国，始封者为周武王之弟振铎，其封地在今山东曹县境。春秋时期，曹国国势虚弱，是附属于晋、齐、楚的三流小国。鲁哀公八年(前487年)，曹国被宋国吞并。

《汉书·地理志》云："济阴定陶，《诗·风》曹国也。武王封弟叔振铎于曹。……昔尧作游成阳，舜渔雷泽，汤止于亳，故其民犹有先王遗风，重厚多君子，好稼穑，恶衣食，以致畜藏。"《曹风》共四篇。其中《候人》一诗，《毛序》及朱熹、方玉润等都以为刺曹共公，故此诗当作于公元前632年左右。《下泉》一诗，王先谦《集疏》引《齐诗》以为是曹人颂美晋卿荀跞之作，则此诗约作于鲁昭公时期，在春秋末期稍前。因此，《曹风》皆作于春秋时期。

蜉　蝣

蜉蝣之羽，衣裳楚楚①。心之忧矣，於我归处②。

〔注释〕

①蜉蝣，小昆虫名。古又称渠略。《毛传》："朝生夕死，犹有羽翼以自修饰。"　楚楚，鲜明貌。　②於，同"乌"，句首叹词。　归处，即死去。与《唐风·葛生》"归于其居"、"归于其室"同义。

●诗之首章以蜉蝣起兴，而寓人生短促之叹于其中。

蜉蝣之翼，采采衣服[①]。心之忧矣，於我归息[②]。

〔注释〕

①采采，犹粲粲，鲜明貌。　②归息，与“归处”同义。

●诗之二章义同上章。

蜉蝣掘阅，麻衣如雪[①]。心之忧矣，於我归说[②]。

〔注释〕

①掘，穿。　阅，通“穴”。宋玉《风赋》“空穴来风”，《庄子》作“空阅来风”。掘阅即穿穴以出。《郑笺》：“掘阅，掘地解阅，谓其始生时也。”　麻衣，原指人的深衣，此处借指蜉蝣的羽翼。　如雪，形容其鲜洁。　②归说(shuì)，义同“归处”、“归息”。

●诗之三章义同上二章。

〔解题〕

《蜉蝣》是以蜉蝣之朝生暮死，而叹人生短促之诗。《毛序》：“刺奢也。昭公国小而迫，无法以自守，好奢而任小人，将无所依焉。”方玉润《原始》驳之云：“盖蜉蝣为物，其细已甚，何奢之有？取以为比，大不相类。天下刺奢之物甚多，诗人岂独有取于掘土而出、朝生暮死之微虫耶？”

诗三章，善于状物，取譬警切，叹息深沉，喻意危悚，读之大有“生年不满百，常怀千岁忧”之感。

候　人

彼候人兮，何戈与祋[①]。彼其之子，三百赤芾[②]。

〔注释〕

①候人,掌管迎送宾客的小官。《国语·周语》:“敌国(指地位相等的国家)宾至,关尹以告,行理以节逆之,候人为导。”此处似以候人为屈居下位的贤者。《毛传》:“言贤者之官不过候人。”《郑笺》:“是谓远君子也。” 何,同“荷”,举起。 戈、祋(duì),皆为古代长柄兵器。祋又写作殳,以竹制成,上装八棱之觚。 ②其(jì),语气助词。 之子,指下文中的那些佩赤芾的新贵。 赤芾,红色的蔽膝。《韩诗》芾作绂,又通作韨,又名铧,即蔽膝。《毛传》:“大夫以上,赤芾乘轩。”

●诗之首章直赋其事,言贤者在于下位,而彼新贵反而赤芾乘轩。

维鹈在梁,不濡其翼①。彼其之子,不称其服②。

〔注释〕

①维,发语词。 鹈,即鹈鹕。陆玑《疏》:“形如鹗而极大,喙长尺余,直而广,口中正赤,颔下胡大如数升囊。好群飞。若小泽中有鱼,便群共抒水,满其胡而弃之,令水竭尽,鱼在陆地,乃共食之,故曰淘河。” 梁,捕鱼所筑的水坝。 濡,沾湿。《郑笺》:“鹈在梁当濡其翼,而不濡者,非其常也。以喻小人在朝,亦非其常。” ②称(chèn),适合。《郑笺》:“不称者,言德薄而服尊。”王先谦《集疏》:”鹈乃贪恶之鸟,故以喻小人。鹈鸟在梁上,以不濡翼为能;小人在高位,以尊服为美。然鹈决非不濡翼之鸟,之子亦非称其服之人也。”

●诗之二章以鹈鹕起兴,以喻小人在于高位,服不称其德。

维鹈在梁,不濡其咮①。彼其之子,不遂其媾②。

〔注释〕

①咮,鸟喙。 ②遂,久长。 媾,厚遇。王先谦《集疏》:“言鹈之为物当在污泽,今在梁上,则不能得鱼,所处虽高,终为濡其咮之鸟矣。彼其之子宜居卑贱,今在高位,可谓厚矣,然无德以居之,终不能久遂其媾厚也。”

●诗之三章义同上章。

荟兮蔚兮，南山朝隮[①]。婉兮娈兮，季女斯饥[②]。

〔注释〕

①荟、蔚，双声词，草木茂盛貌。此处用以形容虹云升腾之景。《毛传》："荟、蔚，云兴貌。" 南山，曹国山名。 隮(jī)，虹。朝隮，指虹在早上升起。陈奂《传疏》："南山，喻在尊位者。云有盛多之义。南山之朝，升云荟蔚然，谓居尊位者之盛多。" ②婉、娈，叠韵词，年少美好貌。《毛传》："婉，少貌。娈，好貌。" 季女，少女。此以季女喻贤者。又王先谦《集疏》云："盖诗人稔知此贤者沉抑下僚，身丁困阨，家有幼女，不免恒饥，故深叹之。而其时群枉盈庭，国家昏乱。篇中皆刺其君之近小人，致君子未由自伸。"亦可通。

●诗之四章以南山之朝云，喻小人在位之众多，而贤人沉于下僚，国以昏乱。

〔解题〕

《候人》是讽刺曹共公滥用小人的诗。《毛序》："刺近小人也。共公远君子而好近小人焉。"三家《诗》及郑、孔诸家同。《左传·僖公二十三年》载重耳(晋文公)流亡："及曹，曹共公闻其骈胁，欲观其裸。浴，薄而观之。僖负羁之妻曰：'吾观晋公子之从者，皆足以相国。若以相夫子，必反其国。反其国，必得志于诸侯。得志于诸侯而诛无礼，曹其首也。子盍蚤自贰焉。'乃馈盘飧置璧焉，公子受飧反璧。"僖公二十八年三月，晋文公率军入曹。"数之以其不用僖负羁，而乘轩者三百人也，且曰献状。令无入僖负羁之宫，而免其族，报施也。"此即诗之背景。

诗四章，首章用赋体，将其颂与贬前后对比，标明主题。二、三章改用兴法，对小人大加讽刺。末章又改用比法，既写景，又写情。章法灵活，精神飞动，耐人寻味。

鸤　鸠

鸤鸠在桑，其子七兮①。淑人君子，其仪一兮②。其仪一兮，心如结兮③。

〔注释〕

①鸤(shī)鸠，即布谷鸟。古人以为布谷鸟养子均平而不偏爱。《毛传》："鸤鸠之养其子，朝从上下，暮从下上，平均如一。"　七，虚数，言其多。②淑，善。　君，指在位的贵族。　仪，同"义"。　③结，坚固、固结。此处指君子言行一致，用心坚固。

●诗之首章以鸤鸠之均养其子起兴，喻君子之德行专一，言行一致，用心坚固。

鸤鸠在桑，其子在梅①。淑人君子，其带伊丝②。其带伊丝，其弁伊骐③。

〔注释〕

①梅，梅树。《孔疏》："首章'其子七兮'言生子之数，下章云'在梅'、'在棘'，言其所在之树。见鸤鸠均一，养之得长大而处他木也。"　②带，大带。　伊，是。　丝，白丝。《郑笺》："其带伊丝，谓大带也。大带用素丝，有杂色饰焉。"　③弁，皮帽。　骐，有黑色条纹的白马。此处是以骐的花纹来形容皮帽的颜色。

●诗之二章承上章，盛赞君子之服饰盛美。

鸤鸠在桑，其子在棘。淑人君子，其仪不忒①。其仪不忒，正是四国②。

〔注释〕

①忒(tè)，偏差。　②正，领导。　四国，各诸侯国。《郑笺》："执义不

疑，则可为四国之长，言任为侯伯。"

●诗之三章承上章，颂其执义不二，足为诸侯之表率。

鸤鸠在桑，其子在榛。淑人君子，正是国人。正是国人，胡不万年①！

〔注释〕

①胡，何。朱熹《集传》："胡不万年，愿其寿考之辞也。"

●诗之四章祝愿君子寿考。

〔解题〕

《鸤鸠》是对在上位的君子（贵族）的颂美之诗。而所颂美者为何人则不详。方玉润认为是颂美曹国初封者叔振铎，未必有据。但《诗经》中此类颂美之诗甚多，不必一一实指。《毛序》等以为"刺不一"，说甚无稽。

诗四章，最明显的特点是复叠的修辞，一些句子如"其仪一兮"、"正是国人"等在各章反复咏唱，将"淑人君子"的形象渲染得更加鲜明，颂美之意更加强烈，给读者的印象也更加深刻。

下　泉

洌彼下泉，浸彼苞稂①。忾我寤叹，念彼周京②。

〔注释〕

①洌，寒冷。　下泉，自地下涌出的泉水。　苞，丛生。　稂（láng），童粱。生而不结实，遇水即死。诗人以寒冷的泉水浸泡稂根使之湿腐而死，兴王子朝作乱而使周京受害。　②忾（xì），叹息貌。　寤，醒着。　周京，周天子所居之都城。下章之"京周"、"京师"同义，而倒文以叶韵。关于"念彼周

京”,马瑞辰《通释》云:“《春秋·昭二十二年》,王子朝入于王城。《公羊传》:‘王城者何?西周也。’二十六年冬十月,天子入于成周。《公羊传》:‘成周者何?东周也。’……此诗云‘念彼’,盖王新迁成周,追念故京师王室之词。自是以后诸侯不复勤王,故列《国风》,《诗》亦终于此。”说可参考。

●诗之首章以寒泉之浸苞稂起兴,忧念王室不已。

洌彼下泉,浸彼苞萧①。忾我寤叹,念彼京周。

〔注释〕

①萧,《毛传》:“蒿也。”

●诗之二章义同上章。

洌彼下泉,浸彼苞蓍①。忾我寤叹,念彼京师。

〔注释〕

①蓍(shì),蒿一类的草。陈奂《传疏》:“《淮南子·说山》篇:‘上有丛蓍,下有伏龟。’是蓍为丛生之草矣。”

●诗之三章义同上章。

芃芃黍苗,阴雨膏之①。四国有王,郇伯劳之②。

〔注释〕

①芃芃(péng),茂盛貌。 膏,本指油脂,此处用作动词,滋润。 ②郇,通“荀”。郇伯指晋大夫荀跞。 劳,努力。 之,指纳周敬王于京师之事。王先谦《集疏》:“荀氏在晋为名卿,纳王之事,身著勤劳,诗美其遇王室危乱之时,能以周京为忧念,故言:黍之苗芃芃然盛者,以阴雨能膏泽之;今四国尚知有王事者,以郇伯能劳来之也。”

●诗之四章语气一转,点出所颂者为荀跞。

〔解题〕

《下泉》是曹国人赞美晋国卿荀跞纳周敬王于成周的诗。据

《左传》记载，鲁昭公二十二年（前520年），周景王死，太子寿先去世，王子猛立。王子朝作乱，攻杀猛，王室世卿尹氏遂立王子朝。王子丐居于狄泉。冬十月，"晋籍谈、荀跞帅九州之戎及焦、瑕、温、原之师，以纳王于王城"。第二年，王子朝亦率军入于王城。至昭公二十六年，晋知跞（即荀跞）、赵鞅率师纳王，"王子朝及召氏之族、毛伯得、尹氏固、南宫嚚奉周之典籍以奔楚"。王子丐立，是为周敬王。而此诗当作于周敬王入成周以后，即公元前516年后。可能是《诗经》中创作年代最晚的一首诗。至于何以颂美荀跞而列入《曹风》。马瑞辰《通释》云："（《左传》）昭二十五年：'晋人为黄父之会，谋王室，具戍人。'二十七年：'会扈，令戍周。'三十二年：'城成周。'曹人盖皆与焉。故曹人歌其事也。"

诗三章，前三章皆为虚写，末章始实点，格调十分低沉。陈继揆《臆补》云："昔时苗黍，今则苞稂。昔时阴雨，今则冽泉。感时追忆，无限伤心。妙在前路绝不说出。读末章正如唐天宝乱后，说到贞观盛时，一似天上人，令人神驰，而不觉言之津津也。"

豳　风

豳(bīn)，又写作邠，其地约在今陕西旬邑县一带，是周人原来的居住地。周人先祖公刘始迁于豳，至十世后太王时，始迁于岐山之下的周原。因此，豳是周人强大和发展的根据地，也是这一部分诗被命名为《豳风》的部分原因。《豳风》共七篇，依据现有材料来看，大都写定于西周晚期或东周初，在《国风》中年代较早。其中有些诗，如《东山》、《破斧》等提到西周初年的周公东征，可能传唱已久。据《左传·襄公二十九年》的记载，春秋晚期《豳风》排在《齐风》之后，《秦风》之前。而《国风》变成今天的顺序，可能与孔子的整理有关。另据《周礼》等典籍的记载，《豳风》中的《七月》在先秦时又被称为"豳雅"、"豳颂"，而这首诗的规模、风格、创作年代及演奏方式等，也确实有承上启下的作用。《汉书·地理志》云："昔后稷封斄，公刘处豳，太王徙岐，文王作酆，武王治镐，其民有先王遗风，好稼穑，务本业，故《豳诗》言农桑衣食之本甚备。"周人以农业立国，故《七月》这样的长诗才可能产生。

七　月

七月流火，九月授衣①。一之日觱发，二之日栗烈②。无衣无褐，何以卒岁③？三之日于耜，四之日举趾④。同我妇子，馌彼南亩，田畯至喜⑤。

〔注释〕

①七月，指夏历七月。　流，指天空中行星的位置向下移动。　火，星名，即心宿二，古又称大火星。每年夏历的五月黄昏，大火星出现于南方天空，至六月以后，逐渐向西偏下，气候也逐渐寒冷。《郑笺》："大火者，寒暑之候也。火星中而寒暑退，故将言寒，先著火所在。"　九月，指夏历九月。　授衣，指妇女们开始裁制越冬所穿之衣服。马瑞辰《通释》："凡言'授衣'者，皆授使为之也。此诗授衣，亦授冬衣使为之。盖九月妇功成，丝麻之事已毕，始可为衣。非谓九月冬衣已成，遂以授人也。"　②一之日，指周历的正月，即夏历的十一月。周代建子，以正月为岁首。夏代建寅，故周历正月相当于夏历的十一月。下文的"二之日"、"三之日"、"四之日"，均指周历而言，分别相当于夏历的十二月、正月和二月。　觱发(bì bō)，寒风触物所发出的声音。栗烈，《说文》引《诗》作凓冽，是正字，寒气刺骨貌。　③褐(hè)，粗布衣服。　卒，终。卒岁即过寒冬。　④于，为、修理。　耜(sì)，木制的犁头。举趾，指举足下田，开始春耕。　⑤同，会合、相约。　馌(yè)，送饭。南亩，泛指田地。　田畯，《毛传》："田大夫也。"负责农耕的小吏。　喜，通饎，吃饭菜。《郑笺》："饎，酒食也。耕者之妇子俱以馕来，至于南亩之中，其见田大夫，又为设酒食焉。言劝其事，又爱其吏也。"

●诗之首章以七月起赋，而述人以衣食为急，并依日月顺序以述之。

七月流火，九月授衣。春日载阳，有鸣仓庚①。女执懿筐，遵彼微行，爰求柔桑②。春日迟迟，采蘩祁祁③。女心伤悲，殆及公子同归④。

〔注释〕

①春日，指夏历的三月。　载，则。　阳，指天气和暖。　有，语助词，无义。　仓庚(gēng)，黄莺。　②懿筐，深筐。　遵，沿着。　微行(háng)，小路。　爰，于是。　柔桑，嫩桑叶。　③迟迟，《毛传》："舒缓也。"《广雅》："长也。"　蘩，《毛传》："白蒿也，所以生蚕。"　祁祁，《毛传》："众多也。"　④殆，将要。　及，与。　公子，泛指男士。《郑笺》："春女感阳气而思男，秋士感阴气而思女，是其物化，所以悲也。悲则始有与公子同归之志，欲

嫁焉。女感事苦而生此志,是谓《豳风》。”春天为古代青年男女恋爱及嫁娶之良期,故诗中及之。

●诗之二章写春日女子采桑及行嫁。

七月流火,八月萑苇[①]。蚕月条桑,取彼斧斨,以伐远扬,猗彼女桑[②]。七月鸣鵙,八月载绩[③]。载玄载黄,我朱孔阳,为公子裳[④]。

〔注释〕

①萑(huán)苇,荻草和芦苇,可以制蚕箔以养蚕。　②蚕月,养蚕的月份,指夏历三月。　条,动词,修剪。　斨(qiāng),柄孔为方形的斧子。　远扬,指过长过高的桑树枝。　猗(yǐ),掎之借字,牵拉。　女桑,嫩桑叶。古代人常以“女”代“小”。　③鵙(jú),鸟名,又名伯劳。　绩,纺织。《毛传》:“载绩,丝事毕而麻事起矣。”　④载,语助词,无义。　玄,《毛传》:“黑而有赤也。”　朱,深红色。　孔,非常。　阳,鲜明。

●诗之三章写蚕桑之事。

四月秀葽,五月鸣蜩[①]。八月其获,十月陨萚[②]。一之日于貉,取彼狐狸,为公子裘[③]。二之日其同,载缵武功[④]。言私其豵,献豜于公[⑤]。

〔注释〕

①秀,不开花而结实曰秀。　葽(yāo),草本植物,今名远志,可入药。蜩(tiáo),蝉。　②其,将要。　获,收获。　陨,坠落。　萚(tuò),落叶。《郑笺》:“秀葽也,鸣蜩也,获禾也,陨萚也,四者皆物成而将寒之候。物成,自秀葽始。”　③貉(hé),兽名,似狐而尾短。《毛传》:“于貉,谓取狐狸皮也。”《郑笺》:“往搏貉以自为裘也,狐狸以共尊者,言此者时寒宜助女功。”　④同,会合。《郑笺》:“其同者,君臣及民因习兵俱出田也。”　缵,继续。　武功,指田猎之事。　⑤言,语首助词,无义。　私,如动词,私人占有。　豵(zōng),本指一岁的小猪。此处泛指小兽。　豜(jiān),三岁的大猪。此处泛

指大兽。

●诗之四章写秋收之后组织族人举行大规模狩猎活动以习武功。末句言田猎之后的分配方式。

五月斯螽动股,六月莎鸡振羽①。七月在野,八月在宇,九月在户,十月蟋蟀入我床下②。穹窒熏鼠,塞向墐户③。嗟我妇子,曰为改岁,入此室处④。

〔注释〕

①斯螽,即螽斯。 动股,指斯螽以翅磨擦而发声。古人误以为腿在磨擦。 莎鸡,虫名,即纺织娘。 振羽,以翅磨擦发声。 ②宇,屋檐。此处指屋檐下。 入我床下,以上四句皆写蟋蟀。《郑笺》:“自七月在野,至十月入我床下,皆谓蟋蟀也。言此三物之如此,著将寒有渐,非卒(猝)来也。” ③穹,打扫。 窒,堵塞。 熏鼠,用烟熏赶老鼠。 向,《说文》:“北出牖也。”朝北的窗户。 墐(jìn),《毛传》:“涂也。庶人筚户。”筚户即编柴竹为门。 ④嗟,感叹词。 曰,发语词。 改岁,指过年。 处,居住。

●诗之五章由物候时而动写天气渐冷,应打扫房屋,堵塞北窗,泥涂门隙,赶走老鼠,准备过年。

六月食郁及薁,七月亨葵及菽①。八月剥枣,十月获稻,为此春酒,以介眉寿②。七月食瓜,八月断壶,九月叔苴③。采荼薪樗,食我农夫④。

〔注释〕

①郁,即唐棣、棠梨,其果实酸甜可食。 薁(yù),野葡萄,其浆果为紫色,可食。 亨,同“烹”,煮。 葵,今名苋菜。 菽,大豆。 ②剥,扑之借字,敲打。 获稻,割稻。枣和稻既以为食,亦可用来酿酒。 春酒,冬天酿酒,春天始成,故名曰春酒。 介,帮助。 眉寿,长寿。人老之后,眉毛变长,故称眉寿。 ③断,采摘。 壶,瓠之借字,葫芦。 叔,拾取。 苴(jū),麻籽。 ④荼,苦菜。 薪,用作动词,烧。 樗(chū),臭椿,可以当

柴烧。 食(sì),养活。《郑笺》:“瓜瓠之畜、麻实之糁、干荼之菜、恶木之薪,亦所以助男养农夫之具。”

●诗之六章按月叙述宜采食之物及其典礼。

九月筑场圃,十月纳禾稼①。黍稷重穋,禾麻菽麦②。嗟我农夫,我稼既同,上入执宫功。昼尔于茅,宵尔索绹③。亟其乘屋,其始播百谷④。

〔注释〕

①场,打谷场。 圃,菜圃。古人一地两用。《毛传》:“春夏为圃,秋冬为场。” 纳,收藏。 ②黍,今之小米。 稷,高粱。 重(tóng),三家《诗》作穜。即穜,先种后熟的谷子。 穋(lù),三家《诗》作稑,后种早熟的谷子。 禾,粟。 ③同,聚拢、集中。 上,《毛传》:“入为上,出为下。” 执,服役。 功,事。此处指为贵族修建宫室。《郑笺》:“可以上入都邑之宅,治宫中之事矣。于是时男之野功毕。” 昼,白天。 尔,语助词,无义。 于,取。 宵,夜晚。 索,用作动词,搓。 绹,绳子。 ④亟,赶快。 乘,登上。 其始,将要开始。

●诗之七章述九月之后的活动。

二之日凿冰冲冲,三之日纳于凌阴①。四之日其蚤,献羔祭韭②。九月肃霜,十月涤场③。朋酒斯飨,曰杀羔羊④。跻彼公堂,称彼兕觥,万寿无疆⑤!

〔注释〕

①冲冲,凿冰的声音。 凌阴,《毛传》:“冰室也。”《郑笺》:“古者日在北陆而藏冰,西陆朝觌而出之。祭司寒而藏之,献羔而启之。其出之也,朝之禄位,宾食丧祭,于是乎用之。《月令》:‘仲春,天子乃献羔,开冰,先荐寝庙。’《周礼》凌人之职:‘夏,颁冰掌事。秋,刷。’上章备寒,故此章备暑,后稷先公,礼教备也。” ②蚤,同早。一种祭祀仪式。 羔,小羊。献上小羊和韭菜以祭祖,为当时开窖取冰前的仪式。 ③肃霜,即肃爽。双声词,形容秋天

气候清朗。涤场，即涤荡。双声词，形容秋天树木萧瑟之状。以上均见王国维《观堂集林·肃霜涤场说》。④朋酒，两壶酒。《毛传》："两樽曰朋。"斯，句中助词。飨，在一起饮酒。曰，同"聿"，发语词。⑤跻，登。公堂，族众活动的共同场所，多用于集会、祭祀等活动。称，偁之借字，举起。兕觥，用犀牛角制成的酒杯。万寿无疆，颂祷常用习语。《郑笺》："十月民事男女俱毕，无饥寒之忧，国君闲于政事而飨群臣。""于飨而正齿位，故因时而誓焉。饮酒既乐，欲大寿无竟，是谓'豳颂'。"

●诗之八章写藏冰、开冰及冬季岁末农功毕后族人之相聚会饮。

〔解题〕

《七月》描写了周人一年四季的劳动和生活过程。《毛序》以为作者是周公，作之以"陈后稷先公风化之所由，致王业之艰难也"。并无确据。然周人以农业立国，农业是其根本。此诗作者虽不能确指，但从诗中"食我农夫"之类的语气来看，作者必是贵族。

《七月》具有极其重要的史料价值，它全面记述了周代周人的社会和经济生活，举凡耕田、养织、狩猎、祭祀等，无不备至，可以说是西周晚期社会的一个横截面。而关于此诗的内容与艺术，前人也推崇备至。牛运震《诗志》云："此诗以编纪月令为章法，以蚕衣农食为节目，以豫备储蓄为筋骨，以上下交相忠爱为血脉，以男女室家之情为渲染，以谷蔬虫鸟之属为点缀，平平常常，痴痴钝钝，自然、充悦、和厚、典则、古雅，此一诗而备三体，又一诗中而藏无数小诗，真绝大结构也。有七八十老人语，然和而不傲。有十七八女子语，然婉而不媚。有三四十壮者语，然忠而不戆。凡诗皆专一性情，此诗兼各种性情，一派古风，满篇春气，斯为诗圣大作手。"陈继揆《臆补》云："陈仅曰：通诗八十八句，一句一事，如化工之范物，如列星之丽天。读之但觉其醇古渊永，而不见繁重琐碎之迹。中间有诰诫，有问答，有民情，有闺思，波澜顿挫，如风行水面，纯任自然。非制作官礼大手笔，谁其能之？噫！观止矣。"

鸱　鸮

鸱鸮鸱鸮，既取我子，无毁我室①。恩斯勤斯，鬻子之闵斯②！

〔注释〕

①鸱鸮（chī xiāo），今名猫头鹰。诗人以之比喻坏人。　室，居室，指鸟巢。　②恩，《鲁诗》作殷。《郑笺》："殷勤于此稚子。"恩勤即殷勤。　斯，语气助词。　鬻，通"鞠"，养育。　闵，病困。

●诗之首章赋其事而号呼之，并道其育子之辛苦。

迨天之未阴雨，彻彼桑土，绸缪牖户①。今女下民，或敢侮予②！

〔注释〕

①迨，趁着。　彻，撤之借字，剥取。　土，《韩诗》作杜，桑树根。　绸缪，缠绑。　牖户，窗门。　②女，汝。　下民，指人类。因鸟栖于树上，居高临下而言之。　或敢侮予，谁还敢来欺负我？

●诗之二章言鸱鸮虽为小鸟，尚知及时取桑根之皮以绸缪牖户。

予手拮据，予所捋荼，予所蓄租，予口卒瘏①。曰予未有室家②！

〔注释〕

①拮据，双声词，因过度疲劳而手指僵硬。　捋，用手捋取。　荼，芦、茅等植物的穗。　蓄，积聚。　租，蒩之借字。《说文》："蒩，茅藉也。""捋荼"与"蓄租"相对成文。捋取茅穗，以垫鸟巢。　卒，同"悴"。悴瘏，口病。　②

曰,同“聿”,发语词。

●诗之三章言其为营居室而病瘁,而竟无成。

予羽谯谯,予尾翛翛①。予室翘翘,风雨所漂摇②。予维音哓哓③!

〔注释〕

①谯谯(qiáo),羽毛焦枯貌。马瑞辰《通释》:“人面之焦枯曰憔悴,鸟羽之焦杀曰谯谯,其义一也。” 翛翛(xiāo),脩脩之讹。《释名》:“脩,缩也,干燥而缩也。” ②翘翘,高耸而危险貌。 漂摇,指鸟巢被风吹雨打而摇晃。③予维,“维予”之倒文。 哓哓(xiāo),恐惧的叫声。

●诗之四章言其病瘁而漂摇无定,恐惧而鸣诉,却无人应之。

〔解题〕

《鸱鸮》是一首禽言诗。以一只母鸟的口气,诉说其育子的辛苦劳瘁和目前处境的危险。肯定是有所寄托,但所寄托为何事却难以确指。古人皆以为是周公所作。《毛序》:“周公救乱也。成王未知周公之志,公乃为诗以遗王,名之曰《鸱鸮》焉。”《史记·鲁世家》载之甚详。欧阳修《本义》云:“周公既诛管蔡,惧成王疑己戮其兄弟,乃作诗以晓喻成王。云有鸟之爱其巢者,呼彼鸱鸮而告之曰:‘鸱鸮鸱鸮,尔宁取我子,无毁我室。我之生育是子,非无仁恩,非不勤劳,然未若我作巢之难,至于口、手、羽、尾皆病弊,积日累功,乃得成此室。’以譬宁诛管蔡,无使乱我周室也。我祖宗积德累仁,造此周室以成王业甚艰难。”此说可能有根据,但此诗不一定作于周初,大约长期传唱,而写定于西周之末。

诗四章,全用兴法,深含己意,婉而深曲,风格尤为独特。陈继揆《臆补》云:“托鸟言以自诉,长沙《鹏鸟》之祖,后人禽言诸咏之滥觞也。”

东　　山

我徂东山，慆慆不归①。我来自东，零雨其濛②。我东曰归，我心西悲③。制彼裳衣，勿士行枚④。蜎蜎者蠋，烝在桑野⑤。敦彼独宿，亦在车下⑥。

〔注释〕

①徂(cú)，往。　东山，在今山东省曲阜市境，亦名蒙山。当时为鲁境。　慆慆，三家《诗》作滔滔，长久。　②零，霝之借字，落。　其濛，即濛濛，雨密貌。　③西悲，想起西方而悲伤，因为诗人的家乡在西方。《郑笺》："我在东山，常曰归也，我心则念西而悲。"　④制，缝制。　裳衣，马瑞辰《通释》："盖制其归途所服之衣，非谓兵服。"　士，同"事"，从事。　行，行阵，指打仗。　枚，指用于勒口的像筷子一样的短棍，以防止人马行军时发出声响。　⑤蜎蜎(yuān)，蠕动貌。　蠋，大青虫，以菜叶等为食。　烝，久。《郑笺》："蠋蜎蜎然特行，久处桑野，有似劳苦者。"　⑥敦(duì)，身体蜷缩成团貌。　车下，指士兵睡在车下，极言其劳苦。

●诗之首章直赋其事，言自己东征，久处在外，思念家乡，劳苦倦极。

我徂东山，慆慆不归。我来自东，零雨其濛。果蠃之实，亦施于宇①。伊威在室，蠨蛸在户②。町畽鹿场，熠燿宵行③。不可畏也，伊可怀也④！

〔注释〕

①果蠃(luǒ)，今名栝楼、瓜蒌，蔓生葫芦科植物，可入药。　施(yì)，蔓延。　宇，屋檐。　②伊威，今名地鳖虫。白色，多生于墙根下或瓮缸底下的土中。　蠨蛸(xiāo shāo)，一名喜蛛。陆玑《疏》："此虫来著人衣，尝有亲客至，有喜也。荆州、河内人谓之'喜母'，幽州人谓之'亲客'。亦如蜘蛛，罗网居之。"　③町畽(tǐng tuǎn)，有禽兽践踏痕迹的空地。　鹿场，鹿群栖

息之地。 熠燿(yì yào),闪闪发光貌。 宵行,萤火虫。马瑞辰《通释》:“熠燿为萤光,与町疃为鹿迹相对成文。” ④伊,这。

●诗之二章想像家中现时情景,一片凄凉黯然景象,但仍令自己牵挂思念。

我徂东山,慆慆不归。我来自东,零雨其濛。鹳鸣于垤,妇叹于室①。洒扫穹窒,我征聿至②。有敦瓜苦,烝在栗薪③。自我不见,于今三年。

〔注释〕

①鹳(guàn),陆玑《疏》:“鹳雀也,似鸿而大,长颈,赤喙,白身,黑尾翅。” 垤(dié),土堆。《文选》张华《情诗》李注引《韩诗薛君章句》云:“鹳,水鸟也。巢处知风,穴处知雨,天将雨而蚁出壅土,鹳鸟见之,长鸣而喜。” 妇,指诗人的妻子。 ②洒扫,打扫房间。 穹窒,见前《七月》注。 我征,我的征人。此处借用妻子的口吻。 聿,语助词。 ③有敦,即敦敦,团团。 瓜苦,苦瓜。 栗,其义同“析”。栗薪即劈好的干柴。

●诗之三章设想妻子想念、盼望自己归来情形,情深而意挚。

我徂东山,慆慆不归。我来自东,零雨其濛。仓庚于飞,熠燿其羽①。之子于归,皇驳其马②。亲结其缡,九十其仪③。其新孔嘉,其旧如之何④?

〔注释〕

①仓庚,黄鹂。 ②于归,出嫁。 皇,《鲁诗》作騜,毛色黄白的马。 驳,毛色红白的马。 ③亲,指妻子的母亲。 缡(lí),女子的佩巾。《毛传》:“母戒女施衿结帨。” 九十,虚数,形容婚礼仪节繁多。 ④新,指新婚。 嘉,美满。 旧,指久别之后。崔述《偶识》:“凡其极力写新婚之美者,皆非为新婚言之也,正以极力形容旧人重逢之可乐耳。新者犹且如此,况于其旧者乎!一句点破,使前三章之意至此醒出,真善于行文者。”

●诗之末章回忆新婚情形而向往久别重逢之乐。

〔解题〕

《东山》是一位久服兵役的人在归途中思念家人的诗。《毛序》以为是颂美周公东征,说颇迂曲。马瑞辰《通释》以为作者所参加的是周公伐奄之战,可从之。

诗四章,写归途之中思家。第一章写"勿士行枚"之可喜;第二章想像可能久已荒废的家园,又可怕,又可怀念;第三章想像妻子对自己的思念;末章则回忆新婚光景,设想久别重逢之可乐。途中的绵绵思绪,皆娓娓道来,反复嗟叹,情深而意挚,最足感人。绘景如画,抒情如见,悲喜交加,浮想联翩,实为《诗》三百篇中难得的佳作,故前人评之甚详。牛运震《诗志》云:"一篇悲喜离合,都从室家男女生情。开端'敦彼独宿,亦在车下',隐然动劳人久旷之感;后文'妇叹于室'、'其新孔嘉',惓惓于此,三致意焉。夫人情所不能已,圣人弗禁。东征之士,谁无父母?岂鲜兄弟?而夫妇情艳之私尤所缱切。此诗曲体人情,无隐不透,直从三军肺腑,扪摅一过,而温挚婉恻,感激动人。"姚际恒《通论》云:"末章骀荡之极,直是出人意表,后人作从军诗必描画闺情,全祖之。"

破　斧

既破我斧,又缺我斨①。周公东征,四国是皇②。哀我人斯,亦孔之将③。

〔注释〕

①缺,打缺了刃。　斨,方孔的斧,见前《七月》注。　②周公,指周公旦,周武王之弟。　四国,泛指天下。《毛传》以为管、蔡、商、奄,亦通。　皇,同"惶",恐惧。指天下皆慑于周公大军之威严。　③哀,怜、爱。　我人,从军士兵们的自称。　斯,语尾助词。马瑞辰《通释》:"'人斯'犹'人兮'。哀

我人斯，谓怜我而人偶之也。故《诗》言‘亦孔之将’，与下章‘嘉’、‘休’同义。《广雅》：‘将，美也。’”

●诗之首章以斧斨起兴，颂周公东征，平定天下，惠及生人。

既破我斧，又缺我锜①。周公东征，四国是吪②。哀我人斯，亦孔之嘉③。

〔注释〕

①锜（qí），有三齿的锄。 ②吪（è），《鲁诗》作讹，感化。 ③嘉，善。

●诗之二章义同上章。

既破我斧，又缺我銶①。周公东征，四国是遒②。哀我人斯，亦孔之休③。

〔注释〕

①銶（qiú），装有木柄的锹。 ②遒，约束、坚固。《孔疏》：“遒训为聚，亦坚固之意。” ③休，美。

●诗之三章义同上章。

〔解题〕

《破斧》也是随周公东征的将士所唱之歌。武王灭商，置管、霍、蔡三监于殷周故地。不久武王死，周公辅政，管叔、蔡叔等流言周公将不利于成王。纣之子武庚乘机反叛，奄、薄姑（在齐都营丘）等皆应之，一时东方大乱。周公毅然东征，杀武庚及管叔，流放蔡叔，灭熊、盈等十七国，迁殷顽民于洛邑，置成周八师以镇之。此诗应是当时出征将士的集体歌唱。非必作于周初，但其来有自。

诗三章，每章只换三个字，重章叠唱，情绪高昂，音韵铿锵。令人想见出征将士的粗犷、雄武和欢快，并与《东山》诗的风格形成鲜明对比。

伐柯

伐柯如何？匪斧不克①。取妻如何？匪媒不得②。

〔注释〕

①柯，斧柄。 匪，同“非”。 克，能够。 ②取，通“娶”。 媒，媒人。

●诗之首章以伐柯起兴，喻娶妻必经媒人。

伐柯伐柯，其则不远①。我觏之子，笾豆有践②。

〔注释〕

①则，法则。 ②觏，遇见。 之子，朱熹《集传》：“指其妻而言。” 笾(biān)，竹编的独足碗，用以盛果品。 豆，木制的独足碗，有盖，用以盛肉。二者皆古之祭器。 有践，即践践，排列整齐貌。此处指娶妻时设礼摆宴。

●诗之二章言其娶妻将要如何。

〔解题〕

《伐柯》是有关婚姻的诗。以“伐柯”或“析薪”比喻娶妻在《诗经》中较为常见。《毛序》以为“美周公也”，其说颇为牵强，故不从。

诗仅二章，触物起兴，随口吟唱，自问自答，短小精悍。

九罭

九罭之鱼，鳟鲂①。我觏之子，衮衣绣裳②。

〔注释〕

①九罭(yù),网眼细密的鱼网。九为虚数,言其网眼之多。　鳟,细鳞而赤眼,属鲤科。　鲂,鳊鱼。《郑笺》:"设九罭之罟乃后得鳟鲂之鱼,言取物各有器也。"　②之子,指客人。　衮衣,画龙之衣。　绣裳,画有五彩的下衣。二者皆古代贵族之礼服。

●诗之首章以九罭捕得鳟鲂起兴,喻必将挽留客人。

鸿飞遵渚,公归无所①。於女信处②!

〔注释〕

①鸿,黄鹄,即天鹅。段玉裁《毛诗小笺》(以下简称《小笺》):"黄鹄一举,知山川之纡曲,再举知天地之圆方,最为大鸟。……常集高山茂林之上,不当循小洲之渚、高平之陆也。"　公,指客人。　无所,没有一定的处所。　②於,语首助词。　女,汝。　信,《毛传》:"再宿曰信。"即住两个晚上。

●诗之二章以鸿之不宜循渚,喻客人不宜归无处所,而应留宿。

鸿飞遵陆,公归不复①。於女信宿!

〔注释〕

①陆,陆地。《毛传》:"陆非鸿所宜止。"　不复,不再回来。

●诗之二章义同上章。

是以有衮衣兮,无以我公归兮,无使我心悲兮①!

〔注释〕

①有,闻一多《类钞》:"藏之也。"　以,使。

●诗之三章言藏起客人之衣而不使之离去,殷勤留客,其意甚盛。

〔解题〕

《九罭》是主人留客之诗。《毛序》及三家《诗》皆以为"美周公也”。不知何据。

诗三章，起兴与设喻皆很独特，形象生动，诚挚感人。方说我遇之，旋说公将归，一则以喜，一则以忧，喜惧交并，心情摇荡，笔力跳脱。故戴君恩《臆评》云：“信处信宿，明知公之必归，明知公归之为大义，却说‘无以我公归兮’，‘无使我心悲兮’，正诗之巧于写其爱处，真奇真奇。”

狼　跋

狼跋其胡，载疐其尾①。公孙硕肤，赤舄几几②。

〔注释〕

①跋，踩着。　胡，老狼颔下垂着的肉袋。　载，同“再”，又。　疐(zhì)，《韩诗》作踬，脚踩。《说文》：“疐，碍不行也。”《毛传》：“老狼有胡，进则躐其胡，退则跲(jiá)其尾，进退有难，然而不失其猛。”　②公孙，对贵族的称呼。此处指诗所歌颂者。　硕，大。　肤，马瑞辰《通释》：“当读如‘肤革充盈’之肤。硕肤者，心广体胖之象。”　赤舄(xì)，以金为饰的红鞋，亦称金舄。为贵族配礼服所穿。　几几，鞋尖弯曲之貌。

●诗之首章以老狼起兴，而兴人之老而弥壮，庄重严谨。

狼疐其尾，载跋其胡。公孙硕肤，德音不瑕①。

〔注释〕

①不瑕，言其道德无可挑剔。

●诗之二章言其品德之无瑕。

〔解题〕

《狼跋》是颂美贵族的诗。《毛序》等皆以为美周公：“周公摄政，远则四国流言，近则王不知，周大夫美其不失其圣也。”《郑笺》：

“不失其圣者，闻流言不惑，王不知不怨，终立其志，成周之王功，致太平，复成王之位，又为之大师，终始无愆，圣德著焉。”可作参考。

诗二章，起兴设喻非常奇特。以狼在人心目中为恶兽，故前人每以为刺诗。然老狼之威严犹存，犹足以震慑人心。以狼为喻，并非不可能。

小　雅

小　　雅

《诗经》以风、雅、颂三体分部，是先秦即有的古义。春秋中期，以风、雅、颂三体分《诗》已具规模。至战国荀子则说："风之所以为不逐者，取是以节之也。《小雅》之所以为小雅者，取是而文之也。《大雅》之所以为大雅者，取是而光之也。《颂》之所以为至者，取是而通之也。"(《儒效》)可知荀况时代，《诗》分三体已是确定的成说，而且排列顺序也与今本《诗经》完全相同。

"雅"的含义，前人众说纷纭。简言之有以下诸说：一，"雅"指政事。汉儒所作《毛诗序》言："雅者，正也，言王政之所由废兴也。政有小大，故有小雅焉，有大雅焉。"汉人以政事大小轻重言《诗》之分部，揆之《诗》本身，虽多有扞格难通之处，但古来影响最大。二，"雅"为乐器。此说由宋人程大昌《考古论》、王质《诗总闻》首倡。《诗·小雅·鼓钟》有"以雅以南，以籥不僭"之句，"雅"、"南"俱为乐器名，程、王据此认定，《诗经》的雅诗，即是以雅这种乐器伴奏的乐歌，因此称"雅"。乐有"小吕"、"大吕"，故《诗》又分小雅、大雅。此说在近代也有相当的影响，如章太炎、郭沫若、张西堂等，都承绪此说而有所生发。三，"雅"为周人歌唱的声音。章太炎在其《大疋小疋说》中，据李斯《谏逐客书》称秦人歌唱"乌乌快耳"推断，秦为西周故地，而"雅"、"乌"古音相同，所以"雅"即"乌"，《诗经》称雅，是由于歌诗时的发音。四，"雅"是地域称谓。此说在清人姚际恒《诗经通论》、方玉润《诗经原始》中，已见端绪，今人朱东润、孙作云等又力主此说。朱东润认为，周自迁于周原以后，始称为周，其部族则称夏族。夏族之诗歌为夏，音转变则为"雅"。（见《诗三百篇探故·诗大小雅说臆》)而孙作云在《说雅》一文中,更以凿凿证据,证明“雅”即“夏”,“雅诗”即“夏诗”亦即“西周诗”。(见《诗经与周代社会研究》一书)雅即夏的说法,最为今人所接受。

雅又分大雅、小雅,前人对此也异说纷呈。汉人以政之大小言大小雅之别,其说已见上文。宋代朱熹承汉儒说,在其《诗集传》卷九《小雅》解题中说:“以今考之,正《小雅》,燕飨之乐也。正《大雅》,会朝之乐,受釐陈戒之辞也。”朱东润在其《诗大小雅说臆》中,据《小雅》多言人事,《大雅》多言祖宗的特征,证之以诗歌本身的内容,认为《大雅》为歌于岐周祖庙之诗,可称“岐周之诗”;《小雅》则为一般周人之诗,对岐周而言,可称之为“京周之诗”。此说甚有见地,并且与汉儒以政言诗有着某种渊源关系。

前人论大小雅之分,也有不满于汉人成说另辟新说者。宋代严粲在其《诗缉》卷一中说:“窃谓《雅》之小大,特以其体之不同耳。”“纯乎《雅》之体者,为《雅》之大,杂乎风之体者,为《雅》之小。”严粲以诗体制气格区别小、大,其说偏于抽象,过于主观,不易理解,所以后人多不从。

以音律言《诗》,是不满汉儒成说的另一种取向。程大昌、王质以降,至清惠周惕则言:“大、小二《雅》,当以音乐别之,不以政之大小论也。”(《诗说》卷上)近代王国维则更曰:“窃谓《风》、《雅》、《颂》之别,当于声求之。”(《观堂集林·说周颂》)承前人遗绪,聂石樵师由篇、章、句三方面对大、小《雅》诗列表对比,得出“《小雅》章少节奏简,《大雅》章多节奏繁”的结论。(说见本书《前言》及《先秦两汉文学史稿·先秦卷》)在古乐不传的情况下,这种统计章、句的做法,不失为“以声求之”的最好途径。

《小雅》部分,除去笙诗六首,共七十四篇。

鹿　鸣

呦呦鹿鸣，食野之苹①。我有嘉宾，鼓瑟吹笙②。吹笙鼓簧，承筐是将③。人之好我，示我周行④。

〔注释〕

①呦呦，群鹿鸣和声。　苹，据《尔雅·释草》指藾萧。陆生，青色，茎白而长，可食。　②我，宴会主人。　宾，受招待的宾客，或本国之臣，或诸侯使节。　③簧，笙内发声薄片。　承，奉送。　筐，盛币帛的器物。古人宴享时有奉送币帛侑宾之礼。　将，进行。　④行(háng)，道。周行即大道、正道。

●诗之首章先以鹿鸣起兴，继言礼仪隆盛，最后点明宴饮的生活意义。

呦呦鹿鸣，食野之蒿①。我有嘉宾，德音孔昭②。视民不恌，君子是则是傚③。我有旨酒，嘉宾式燕以敖④。

〔注释〕

①蒿，陆玑《疏》："青蒿也，香中炙啖。"据此，即今之茼蒿。　②德音，美好的声誉。　孔，甚。　③视，《郑笺》："古示字。"　恌，同佻，轻薄。　则，效法。　傚，效法。　④旨酒，醇美之酒。　式、以，有"既……又……"之意。　燕，宴乐。　敖，遨游。

●诗之二章重在言嘉宾之德。

呦呦鹿鸣，食野之芩①。我有嘉宾，鼓瑟鼓琴。鼓瑟鼓琴，和乐且湛②。我有旨酒，以燕乐嘉宾之心③。

〔注释〕

①芩(qín)，陆玑《疏》："茎如钗股，叶如竹，蔓生泽中下地咸处，为草贞

实，牛马皆喜食之。”　②湛，深永。　③燕，安。

●诗之三章就宴集效果言，丰盛的宴会，可以维系人心。

〔解题〕

《毛序》：“《鹿鸣》，燕群臣嘉宾也。既饮食之，又实币帛筐篚以将其厚意，然后忠臣嘉宾得尽其心矣。”后人对此并无异议。据典籍记载，周人宴享之礼，在迎宾之后，先有奉帛以侑宾的旅酬之礼，继而有歌乐中的酒食尽欢，最后有鼓乐齐鸣的合乐。《鹿鸣》正反映着古礼的基本过程。据朱熹的研究，诗又是“上下通用之乐”(《集传》卷九)。这有着诗歌本身方面的特定理由。周代是由宗族构成的社会，宴饮活动是凝聚社会的一项重要方式。但社会现实是复杂的，故宴饮的场合、方式，宴集的人群也是各种各样的。《诗经》中宴饮诗歌很多，都有具体的内容，确定的用场，因而不可“通用”。如《蓼萧》、《彤弓》等诗，或则表现诸侯朝见天子，或则表现天子对有功诸侯的颁赐，都使其不具普遍的适用性。而《鹿鸣》则不同，它没有这些具体内容，它歌唱主人的敬客，嘉宾的懿德，以及宴享活动对人心的维系作用。从内容上看正大平直，从风格上说中和典雅。既丰腴而又婉曲，充溢着一派详和气象。

四　牡

四牡骈骈，周道倭迟[①]。岂不怀归？王事靡盬，我心伤悲[②]。

〔注释〕

①牡，公马。　骈骈(fēi)，马成排行走貌。　周道，王朝通往各地的国道。　倭迟(wěi yí)，字又写作郁夷、威夷，今通作逶迤。　②靡盬(gǔ)，指王事还没有办完、办好。

●诗之首章总写乡情与王事间的矛盾，使者既是王臣，又是孝子。

四牡骓骓，啴啴骆马[①]。岂不怀归？王事靡盬，不遑启处[②]。

〔注释〕

①啴啴(tān)，字或写作瘅，马劳累喘息貌。　骆，《毛传》："白马黑鬣曰骆。"　②遑(huáng)，闲暇。　启处，古人坐分危坐、安坐，危坐称"启"，安坐称"处"。两种坐法都与今天跪地相似，但危坐上耸其体，臀不着小腿，安坐则臀部坐在小腿上。启处在此则笼统言安居之意。

●诗之二章言王事勤劳，无暇家居安处。言马的劳累，实际是写征臣辛苦。

翩翩者鵻，载飞载下，集于苞栩[①]。王事靡盬，不遑将父[②]。

〔注释〕

①鵻(zhuī)，《毛传》："夫不也。"古人认为夫不是孝鸟。使臣思乡，见物起兴，因有下文"不遑将父"、"不遑将母"的感伤。　载，则。"载……载……"是《诗经》常见句式。　集，依止。　苞，丛生貌。　栩，栎树。　②将，《毛传》："养也。"

●诗之三章言征夫睹物生情。人有王事之劳，反不如鸟得其所在。上章言旅途劳顿，此章进而言心事忧烦。

翩翩者鵻，载飞载止，集于苞杞[①]。王事靡盬，不遑将母。

〔注释〕

①杞(qǐ)，枸杞。

●诗之四章继上章言不暇养母。

驾彼四骆，载骤骎骎[①]。岂不怀归？是用作歌，将母来谂[2]。

〔注释〕

①骤,《说文》:"马行疾也。" 骎骎(qīn),马疾驰貌。 ②是用,因此。谂(shěn),念。

●诗之五章言使臣既因王事在身,不得将养父母。述作诗之意,卒章显志。

〔解题〕

《四牡》在"岂不怀归"的思乡情绪中,展示的朝臣与人子的伦理矛盾,即后世小说戏曲中常常言及的"忠孝不得两全"的冲突(参钱锺书《管锥编·毛诗正义》部分)。《毛传》云:"思归者,私恩也。靡盬者,公义也。伤悲者,情思也。"《郑笺》云:"无私恩,非孝子也;无公义,非忠臣也。君子不以私害公,不以家事辞王事。"毛、郑虽就首章而言,实可赅全篇大旨。全诗五章,只是从首章的"我心伤悲"生发开去。关于此诗的作意,《毛序》说:"劳使臣之来也。"("来"指归来)对此,后人多不信,孙鑛说:"此使臣在途自咏之诗,采诗者以其尽意公私,故取为劳使臣之歌。"(《批评诗经》)然而不论是使臣自述还是他人代拟,这里都有值得注意的一点:表达一己情怀的诗篇,何以能够被采来用在"劳使臣之来"的典礼?这起码表明,国家、社会对个体私情是承认的、尊重的。周朝是宗法社会,家族的存在和社会的存在互为前提,如此,才有此诗的伦理矛盾,才有此诗的被采用于典礼。

皇皇者华

皇皇者华,于彼原隰[1]。駪駪征夫,每怀靡及[2]。

〔注释〕

①皇皇,《毛传》:"犹煌煌也。"光华明灿貌。 华,花。 原隰(xí),高平

之地为原，下湿之地为隰。 ②駪駪（shēn），字又写作“侁侁”、“莘莘”，朱熹《集传》：“众多疾行之貌。” 每怀，《郑笺》：“《春秋外传》（即《国语》）曰：‘怀和为每怀也。’‘和’当为‘私’。”每，林义光《通解》训作“贪冒”之冒，每、冒古时音近义通。冒，私心。每怀即私怀。 靡及，无法顾及。

●诗之首章先以原隰之地光华明灿的花起兴，继言奔走疾驰的征夫使臣们无暇顾及个人的私怀。

我马维驹，六辔如濡①。载驰载驱，周爰咨诹②。

〔注释〕

①驹，马六尺为驹。 六辔，古代车驾之制，两骖各二辔，服马各一辔，共六辔。辔为缰绳。 濡，《郑笺》：“言鲜泽也。” ②周，朱熹《集传》：“遍。” 爰，于。 咨诹（zī zōu），《毛传》：“访问于善为咨，咨事为诹。”在此即访问、咨询。

●诗之二章先言马匹高大和六辔鲜亮，继言使臣出征，乃是为了广泛地征求意见。

我马维骐，六辔如丝①。载驰载驱，周爰咨谋②。

〔注释〕

①骐（qí），花纹如棋格的马。 丝，《毛传》：“言调忍也。”“调忍”即柔韧，言六辔如丝一般柔韧。 ②咨谋，《毛传》：“咨事之难易为谋。”意即访问、筹谋。

●诗之三章先言马的颜色和辔的柔韧，继言自己的使命乃是为了集思广益。

我马维骆，六辔沃若①。载驰载驱，周爰咨度②。

〔注释〕

①沃若，本意为肥美，在此形容六辔的活络。 ②度，《毛传》：“咨礼义所宜为度。”意即访问、商酌。

●诗之四章先言马的鬃色与辔的活络，继言自己的使命乃是为了稽考、商量礼义。

我马维骃，六辔既均①。载驰载驱，周爰咨询②。

〔注释〕

①骃(yīn)，《毛传》："阴白杂毛曰骃。"阴白即灰白、暗白。　均，《毛传》："调也。"　②询，《毛传》："亲戚之谋为询。"

●诗之五章先言马的毛色与辔的调适，继言自己的使命乃是为了广泛地征询意见。

〔解题〕

《毛序》云："君遣使臣也。送之以礼乐，言远而有光华也。"此诗虽与《四牡》同为遣劳使臣之诗，但两者格调截然不同。《四牡》重在写使臣征夫的"伤悲"之情；而此诗则是铺叙使臣肩负的重任，充满了自豪之情。《国语·晋语》载胥臣言文王即位事曰："询于八虞而咨于二虢，度于宏夭而谋于南宫，诹于蔡原而访于辛尹。"其"询"、"咨"、"度"、"诹"与此诗之"周爰咨诹"正同。又参之《周礼》言小司寇之职"掌外朝之政，以致万民而询焉"的记载，周代王朝有军国大事遍访臣下、万民之制，当确有其事。这又是周王朝与后代皇权专制之不同。

常　棣

常棣之华，鄂不韡韡①。凡今之人，莫如兄弟。

〔注释〕

①常棣，又作唐棣、棠棣。常读如棠。　鄂不，于省吾《新证》谓：犹言胡

不、遐不，古鄂、胡、遐语音相近，故可通假。　韡韡(wěi)，光华貌。

●诗之首章以棠棣之花起兴，总提至亲莫如兄弟之意。

死丧之威，兄弟孔怀①。原隰裒矣，兄弟求矣②。

〔注释〕

①威，《毛传》："畏。"《郑笺》："死丧可畏怖之事，惟兄弟之亲，甚相思念。"　②裒(póu)，聚土为坟丘。　求，寻找。

●诗之二章言死丧之事是可畏怖的，但兄弟之间则不然。不管坟丘是在高原还是隰地，都要生死相求，洒泪墓门。承言上文"莫如兄弟"之义。

脊令在原，兄弟急难①。每有良朋，况也永叹②。

〔注释〕

①脊令，《郑笺》："雝渠，水鸟。"　原，原野。脊令本为水鸟，今处原野，喻兄弟急难。　②每，《郑笺》："虽也。"　况，朱熹《集传》："发语词。"　永，长。

●诗之二章以脊令在原喻兄弟急难。以朋友无益，反衬兄弟至亲。

兄弟阋于墙，外御其务①。每有良朋，烝也无戎②。

〔注释〕

①阋(xì)，斗。　御，抵抗。　务，侮。于省吾《新证》："言兄弟同战于墙，以御外务(侮)。"　②烝，朱熹《集传》："发语声。"　戎，《毛传》："相也。"即互助。

●诗之三章以兄弟共抗外侮言其至亲，复以良朋作反衬。

丧乱既平，既安且宁。虽有兄弟，不如友生①？

〔注释〕

①友生，朋友。

●诗之五章言丧乱平定后，兄弟却反不如朋友，这是为什么？

傧尔笾豆，饮酒之饫①。兄弟既具，和乐且孺②。

〔注释〕

①傧(bīn)，《毛传》："陈也。"即陈列。 笾(biān)，《尔雅·释器》："竹豆谓之笾。"即竹编豆器。豆，木制食器。此处笾豆指竹制、木制两种豆器。饫(yù)，《毛传》："私也。"即私宴。古时宴分议事之宴和宴享之宴，此处"饫"系家族私宴，属后者。 ②具，同俱，俱在之意。 孺，朱骏声《说文通训定声》认为"孺"即"愉"，二者音同意通。

●诗之六章言摆出笾豆食物，兄弟们大张私宴，多么和乐融融！紧承上文"不如友生"的反问，正面申述燕乐兄弟之意。

妻子好合，如鼓瑟琴①。兄弟既翕，和乐且湛②。

〔注释〕

①妻子，古代包含妻子、儿女，此处似偏重妻子一义。 好合，《郑笺》："志意合也。'合'者，如鼓瑟琴之声相应和也。" ②翕(xī)，合。

●诗之七章言与妻子的合好，如同鼓奏瑟琴一样和谐。重申兄弟和乐之意，复以夫妻之情陪衬。

宜尔室家，乐尔妻帑①。是究是图，亶其然乎②？

〔注释〕

①宜，《说文》："所安也。"意即有益、适宜。 帑(nú)，《毛传》："子也。"字亦作"孥"。 ②究、图，思考、推求。"是究是图"为宾语提前句式，"是"指代上文所说的道理。 亶(dǎn)，《毛传》："信也。"即实在、诚然。

●诗之八章言兄弟之和能各保家室之安，能使妻儿快乐。总结兄弟之和的道理，望人深思之。

〔解题〕

《常棣》是倡导兄弟血亲团结的诗歌。“凡今之人，莫如兄弟”是一篇的主旨。初民注重血亲，崇尚天伦，然而此诗的高扬兄弟亲情，却有着强烈的现实意义。世袭制度的家天下社会，子辈对父亲权力的继承问题，既是一个容易造成兄弟失和的根因，又是一个导致政权不稳的症结。商有诸弟“争相代立”的“九世乱”，周有因管、蔡疑心周公而导致的武庚叛服，兄弟关系总是贵族内部敏感的问题。周代嫡长子制的确立尽管相当有效地解决了兄弟间的继承权问题，但兄弟之间权益的分配总是易于出现龃龉，因此兄弟的天伦关系也就总会易于受到干扰甚至破坏。而周人要维持其统治，宗族内部的团结稳固又是不可须臾违离的条件。《常棣》当是这种社会现实的产物。关于本诗的作者和创作年代，历来有不同的说法。《国语》记载为周公所作。(《周语中》)《左传》则说周厉王之世，召穆公所作。杨树达《积微居金石论丛》据金文材料认定此诗作于西周晚期，使问题基本得到解决。

此诗在表现上提醒叮咛，娓娓而叙，寓责备于开导劝诱之中，所以情调温和、谆谆切切。比兴手法的运用也相当成功。

伐　　木

伐木丁丁，鸟鸣嘤嘤①。出自幽谷，迁于乔木②。嘤其鸣矣，求其友声。相彼鸟矣，犹求友声③。矧伊人矣，不求友生④？神之听之，终和且平⑤。

〔注释〕

①丁丁，伐木声。　嘤嘤，鸟鸣声。　②幽，《毛传》：“深也。”　乔，《毛传》：“高也。”　③相，视、看。　④矧(shěn)，《毛传》：“况也。”即况且。

⑤神之听之，马瑞辰《通释》："《释诂》：'神，慎也。''慎，诚也。''神之'即'慎之'也。《广雅》：'听，从也。''听之'，谓能听从其言也。" 终、且，都是结构助词。马瑞辰《通释》："终犹既也。"

●诗之首章以幽谷山林伐木、鸟鸣之声起兴，总起全篇。

伐木许许，酾酒有芎①。既有肥羜，以速诸父②。宁适不来，微我弗顾③。於粲洒埽，陈馈八簋④。既有肥牡，以速诸舅⑤。宁适不来，微我有咎⑥。

〔注释〕

①许许，象声词。朱熹《集传》："众人共力之声。" 酾(shī)，《毛传》："以筐曰酾。"古人酿酒用筐沥除酒糟曰酾，后人称为"筛酒"。 芎(xù)，《毛传》："美貌。"王先谦《集疏》："'有芎'犹'芎芎'也。经文凡叠句双字者，或变文作'有'，如此'有芎'及'庶士有朅'之类甚多。" ②羜(zhù)，《毛传》："未成羊也。" 速，《郑笺》："召也。"即邀请。 诸父，《毛传》："天子谓同姓诸侯、诸侯谓同姓大夫皆曰父，异性则称舅。" ③宁适，于省吾《新证》："按适、敌古通，《尔雅·释诂》：'敌，当也。''宁适不来'，言宁当不来也。" 微，非。 顾，惦念。 ④於，叹词。 粲，《毛传》："鲜明貌。" 簋(guǐ)，食器。《毛传》："圆曰簋，天子八簋。" ⑤牡，公牛。 ⑥咎，《毛传》："过也。"即过错。

●诗之二章极力铺陈主人待客盛情，紧应首章"神之听之"的"求友"之意。

伐木于阪，酾酒有衍①。笾豆有践，兄弟无远②。民之失德，乾馃以愆③。有酒湑我，无酒酤我④。坎坎鼓我，蹲蹲舞我⑤。迨我暇矣，饮此湑矣⑥！

〔注释〕

①阪(bǎn)，山坡。 衍，王先谦《集疏》："'衍'之为言'盈溢'也。" ②践，《郑笺》："陈列貌。" 兄弟，朱熹《集传》："朋友之同侪者。"上文言诸父、诸舅长辈，此言同辈，则求友含义赅备。 无远，同在。 ③失德，《郑笺》：

"谓见谤讪也。""失德"亦即"失和"。 馃(hóu),《说文》:"乾食也。"乾馃即今所谓干粮,在此泛指食物。 以,因而。 愆(qiān),过错,此处可引申为怨恨。 ④湑(xǔ),朱熹《集传》:"亦釃也。" 酤,《郑笺》:"买也。" ⑤坎坎,击鼓声。 我,闻一多《歌与诗》认为,实即"哦"之类的语气词。 蹲蹲,《毛传》:"舞貌。" ⑥迨,《郑笺》:"及也。"

●诗之三章紧承二章备礼慷慨而来,明言对友生应盛情相待之意。

〔解题〕

《毛序》:"《伐木》,燕朋友故旧也。"据杨宽先生研究氏族时代有所谓"聚落会食"的习俗,至入阶级社会,这种习俗演变而成为一种礼仪,即所谓"乡饮酒礼"。(详《古史新探·"乡饮酒礼"与"飨礼"新探》)此诗当与这种习俗、礼仪有关。诗中"於粲洒埽,陈馈八簋"以及"有酒湑我,无酒酤我",表现的是一片慷慨豪迈的气概。然而"民之失德,乾馃以愆"云云,又表明这种慷慨大方是有现实缘故的。前《常棣》诗中强调的兄弟之情,此诗在某种意义上可视为其延伸。周人一姓统治,只有在广泛地聚结着各种社会成员的基础上,才会是稳固的。这才是宴会主人极尽阔绰的深层用心。

关于诗篇开首伐木及鸟鸣的描写,古代经师们往往牵强附会地解释为文王未居位时躬身劳作的自然情景,实则不过是诗人的比兴手法。深林幽谷中伐木的清声、嘤然和谐的鸟鸣,特别是鸟的幽谷乔木之迁,实际上都是殷求友生故旧,以达致人际和谐的象征。真正的诗人都是善于倾听、感悟自然真谛的人,林谷境象实有笼罩全篇作用。

天 保

天保定尔,亦孔之固①。俾尔单厚,何福不除②?俾尔多益，以莫不庶③。

〔注释〕

①保定，保佑、安定。 尔，汝，指君王。 ②俾，《毛传》："使。" 单，《毛传》："信也。或曰单，厚也。"信、厚词义相近，与后文"多益"、"戬穀"都是两义相近字联为一词。 除，于省吾《新证》："除、余、馀古音近义通，然则'何福不余'者，何福不多也。" ③以，则、就。 庶，《毛传》："众也。"

●诗之首章言人君受天佑助，福禄既固且多。劈首从天言起，极尽颂祷之情。

天保定尔，俾尔戬穀①。罄无不宜，受天百禄②。降尔遐福，维日不足③。

〔注释〕

①戬(jiǎn)穀，《毛传》："戬，福。穀，禄。" ②罄，尽。 ③遐，古遐、嘏通用。《说文》："嘏，大运也。" 维日不足，意为上天所降远大之福，日日享受，也受用不完。

●诗之二章承上文"何福不除"而来，"罄无"句言福禄广大，"维日"句言其长久。

天保定尔，以莫不兴①。如山如阜，如冈如陵②。如川之方至，以莫不增③。

〔注释〕

①兴，《郑笺》："盛也。" ②阜(fù)，平地高高隆起的土丘。 冈，山脊。 陵，《毛传》："大阜为陵。"《郑笺》："此言其福禄委积高大也。" ③方，并。方至即并至。朱熹《集传》："川之方至，言其盛长之未可量也。"

●诗之三章承上"以莫不庶"，山陵言其高巍，川流言其源源不息。

吉蠲为饎，是用孝享①。禴祠烝尝，于公先王②。君曰卜尔，万寿无疆③。

〔注释〕

①吉蠲(juān)，《毛传》："吉，善。蠲，洁也。" 饎(xī)，《毛传》："酒食也。" 孝享，马瑞辰《通释》："按《尔雅》：'孝，享也。'《广雅》：'享，养也。'是孝、享二字同义。" ②禴(yuè)祠烝尝，《毛传》："春曰祠，夏曰禴，秋曰尝，冬曰烝。" 于，介词。 公、先王，指周人历代先公先王。 ③君曰，《毛传》："君，先君也。尸所以象神。"古时祭神以人象神，称尸，尸代神说话，故有"君曰"。 卜尔，马瑞辰《通释》："《倬彼甫田》诗'秉畀炎火'，《韩诗》'秉'作'卜'，云：'卜，报也。'则此诗'卜尔'犹云'报尔'。"报尔即给予你。

●诗之四章远应开首"天保"之意。

神之弔矣，诒尔多福①。民之质矣②，日用饮食③。群黎百姓，遍为尔德④。

〔注释〕

①弔，字当作"叔"。古弔、叔同形，故古籍叔字多以弔为之。叔、淑音义相同。淑，善也。 诒(yí)，《毛传》："遗也。"即赐予。 ②质，马瑞辰《通释》："《广雅》：'常，质也。'此诗'质'即'常'，谓民安其常，惟日用饮食。" ③日用，陈奂《传疏》："用，以也。日以饮食，此民成之实也。" ④黎，《郑笺》："众也。" 百姓，《毛传》："百官族姓也。""群黎百姓"实赅平民、贵族而言。 为，马瑞辰《通释》："当读如'式讹尔心'之'讹'。讹，化也。'遍为尔德'，犹言遍化尔德也。'为'、'化'古皆读若'讹'，故为、讹、化古并通用。"

●诗之五章重在言对万民的化育。

如月之恒，如日之升①。如南山之寿，不骞不崩②。如松柏之茂，无不尔或承③。

〔注释〕

①恒，《毛传》："弦也。"马瑞辰《通释》："亦以状月之上弦也。" ②南

山，指终南山。 骞（qiān），《毛传》："亏也。" ③或，《郑笺》："或之言'有'也。"或承即是承。

●诗之六章复申上章"群黎百姓，遍为尔德"之意。

〔**解题**〕

《毛序》："《天保》，下报上也。"揆诸诗歌本身内容，是臣下对君王的颂赞之词。但《序》着一"报"字，便易生误解。于是郑玄认为是答报《鹿鸣》至《伐木》诸诗。孔颖达辩驳曰："上五篇（即《鹿鸣》至《伐木》）非一人所作，又作彼者不与此计议，何相报之有？"可为定论。《天保》是典型的庙堂诗。但这是否就意味着它没有思想价值呢？此诗写作时代，传统的说法认为是在周初。经现代学者研究，确定为周宣王时期。理由是，从风格、体势上看，它与可确信为宣王时期作品的《江汉》、《常武》、《六月》《采芑》、《出车》诸诗相似。特别是与《常武》，在表现手法上如出一人之手。（参看孙作云《诗经与周代社会研究·论二雅》；赵逵夫《论西周末年杰出的诗人召伯虎》，见《诗经国际学术研讨会论文集》）宣王是在周朝经历了内乱、面临着外在强敌的情况下即位的，宣王又是衰世王朝中颇有作为的君主。诗人激情澎湃地为君主祝福时，实际表达的是重新振兴邦家社会的愿望和信念。经历着忧患的人从君主身上看到了希望，正是诗歌格调昂扬的底里。因此，不能简单地将此诗理解为"拍马"之作。拍马与赞美的区别，只在于是否有真情实感。慷慨悲壮、激昂勃发是宣王时期诗作的一个重要特征。这首颂赞了帝王的诗，也同样表现着一个特定时代的精神意识，同样具有认识价值。在艺术上，诗开首从"天"而起，一气而下；造语工新，博喻联翩，才气纵横，气象宏伟。

采 薇

采薇采薇，薇亦作止①。曰归曰归，岁亦莫止②。靡室靡家，猃狁之故③。不遑启居，猃狁之故④。

〔注释〕

①薇，戴侗《六书故》："今之野豌豆也，茎叶花实皆似豌豆而小。" 亦，又。 作，《毛传》："生也。" 止，语气词。下同。 ②曰，语词，无实意。 莫，暮的本字。 ③靡室靡家，抛家舍业。 猃狁（xiǎn yǔn），《毛传》："北狄也。"王国维《鬼方昆夷猃狁考》认为古籍上"昆夷"、"犬戎"、"鬼方"、"荤鬻"、"休浑"、"匈奴"等，都是同一北方游牧民族的不同称谓。 ④不遑启居，注见前《四牡》。

●诗之首章点出两个主题：思归的乡情和不得已的战争。两个主题在下文都有展开。

采薇采薇，薇亦柔止①。曰归曰归，心亦忧止。忧心烈烈，载饥载渴②。我戍未定，靡使归聘③。

〔注释〕

①柔，朱熹《集传》："始生而弱也。" ②烈烈，内心焦灼如火貌。 饥、渴，《郑笺》："言其苦也。"形容忧心之苦。 ③戍，戍边之所。 定，《郑笺》："止也。" 聘，《毛传》："问也。"即传递消息、询问情况。

●诗之二章及下一章皆写思乡主题。

采薇采薇，薇亦刚止①。曰归曰归，岁亦阳止②。王事靡盬，不遑启处③。忧心孔疚，我行不来④！

〔注释〕

①刚，苗已长成、变硬。 ②阳，《郑笺》："十月为阳时，坤用事，嫌于无阳，故以名此月为阳。"十月天气变冷，古人以为"坤"（阴）主宰天地，嫌此月无阳，变名十月为"阳月"，故后世有"十月小阳春"之称。 ③王事靡盬，注见前《四牡》。 ④疚，痛楚。 行，行役、出征。 来，《郑笺》："犹'反'（返）也，据家曰来。"

●诗之三章复言思乡之情，哀婉之中见出绝望。

彼尔维何？维常之华①。彼路斯何？君子之车②。戎车既驾，四牡业业③。岂敢定居，一月三捷④。

〔注释〕

①尔，《毛传》："华盛貌。"马瑞辰《通释》："尔古读如'弥'，与'靡'同音，又读'旖旎'之旎，皆盛貌。后人借为'尔汝'之称，而'尔'之本义晦矣。" 常，《毛传》："常棣也。"《郑笺》："以兴将率车马服饰之盛。" ②路，胡承珙《后笺》："'尔'为华盛之貌，非即华名，则'路'当为车大之貌，非即车名可知。" 斯何，马瑞辰《通释》："斯为语词，斯何犹为何也。" ③戎车，战车。 业业，《毛传》："壮也。" ④定居，停留。 三捷，马瑞辰《通释》："古者言数之多，每曰'三'与'九'，此诗'一月三捷'特冀其屡有战功，亦'三锡'、'三接'之类。"

●诗之四章遥应首章的"猃狁之故"，展开诗篇的战争主题。

驾彼四牡，四牡骙骙①。君子所依，小人所腓②。四牡翼翼，象弭鱼服③。岂不日戒，猃狁孔棘④。

〔注释〕

①骙骙(kuí)，《毛传》："强也。" ②依，依凭、乘载。 腓(féi)，《毛传》："辟也。"即"避风雨"之避。 ③翼翼，朱熹《集传》："行列整治之状。" 象弭(mǐ)，古时弓背末尾处用象骨为之，用来解系在车上的缰绳，称为弭。 鱼服，《毛传》："鱼皮也。"即鱼皮做的箭鞘。 ④日戒，一作"曰戒"，古书传刻过程中造成的歧异，今从朱熹《集传》作"日戒"。戒，《郑笺》："警敕军事也。""日戒"即日日警敕。 孔棘，甚急。

●诗之五章仍写战事。

昔我往矣，杨柳依依①。今我来思，雨雪霏霏②。行道迟迟，载渴载饥③。我心伤悲，莫知我哀！

〔注释〕

①昔,《尔雅·释诂》:“始也。” 杨柳,《毛传》:“蒲柳也。” 依依,王先谦《集疏》引《韩诗》曰:“盛貌。” ②思,语气词。 雨(yù),降下。 霏霏(fēi),纷纷。 ③迟迟,迟缓。

●诗之六章言归途所见及征夫伤悲的心情。思乡情绪与战争意识收束在回乡时的怅惘中,表现出战争生涯的无谓感。

〔解题〕

此诗据《毛序》说,是“遣戍役”时的仪式之歌;但是为仪式而作,还是先有此诗而后移用于仪式,古人向来有争议。断定此诗具体的创作年代是困难的。然而据《仪礼·乡饮酒礼》及《燕礼》,周人宴会时“工歌”中有《采薇》的记载,似乎此诗的创作当是较早时期的事,但料想也不至于早到文王时期去。有外患就有战争,就有对战争的态度。诗篇在正面描写战争中,实际所表现的只是征夫们既爱国、又恋家的矛盾与苦楚。因此,诗篇含有战争、思家两个主题。第一章总起,二、三两章表现思乡,四、五两章写战争,布局均匀地表展现了两个主题。而最后一章以归乡时深深的忧伤情绪总结全篇,在表达感情中,透露着对战争的评价:战争是他们不得不承受的事情,只是由于恋家,才走向了战场。因此当他们回归到阔别的家乡,面对着由景物迁移而显得陌生的家乡时,他们才百感交集,心绪难宁。

此诗在章法上十分工致,有开有合,妥贴地表达了征夫们思想情绪的交织与流变。另外,在节奏上也快慢得宜,写思乡时用重复句式,写战争时用问句与反问句式,内容和形式相得益彰。而“杨柳依依”的神来之笔,又是多少诗人们追摹难及的佳句。

出　车

我出我车，于彼牧矣①。自天子所，谓我来矣②。召彼仆夫，谓之载矣③。王事多难，维其棘矣④。

〔注释〕

①我，车驾主人、战役的参加者。有人解为诗作者，非是。　于，自。　牧，远郊养马之地。周人平时在牧地养马，所以战时车驾要从牧地出发。《荀子·大略》："天子召诸侯，诸侯辇舆就马，礼也。"　②所，处所。　谓，召。　③仆夫，《毛传》："御夫也。"　载，装载。　④棘，注见前《采薇》。

●诗之首章设为将帅口吻，言王事危急，必须迅速从事。此章总起，写将士受命出征，军情紧急。

我出我车，于彼郊矣①。设此旐矣，建彼旄矣②。彼旟旐斯，胡不旆旆③？忧心悄悄，仆夫况瘁④！

〔注释〕

①郊，即上文牧地。　②旐（zhào），绘有龟蛇图案的旗帜。　旄（máo），旗名，见前《鄘风·干旄》注。　③旟（yú），绘有鸟类图案的旗帜。以上言在干旄上挂起旐、旟等旗帜。　旆旆（pèi），朱熹《集传》："飞扬之貌。"　④悄悄，憔悴貌。　况瘁，据吴大澂《说文古籀补》，况当作宼。况瘁为同义复合词，憔悴之意。朱熹《集传》引东莱吕氏曰："古者出师，以丧礼处之，命下之日，士皆泣涕。"

●诗之二章进一步叙写出车郊牧的情景，"忧心""况瘁"应对上文王事艰危。

王命南仲，往城于方①。出车彭彭，旂旐央央②。天子命我，城彼朔方。赫赫南仲，玁狁于襄③。

〔注释〕

①南仲，宣王朝大臣。　城，筑城。　方，即下文的"朔方"。据郭沫若《中国古代史研究》，方又称土方、御方、驭方，其地大致在今山西北部或包头附近。　②彭彭，车马众盛貌。　旂(qí)，画有双龙交织图案的旗帜。　央央，《毛传》："鲜明也。"　③赫赫，《毛传》："盛貌。"　襄，《毛传》："除也。"

●诗之三章与上章的忧惧适成鲜明对比。朱熹说："二章之戒惧，三章之奋扬，并行而不相悖也。"

昔我往矣，黍稷方华①。今我来思，雨雪载涂②。王事多难，不遑启居。岂不怀归，畏此简书③。

〔注释〕

①华，开花。　②载涂，有满路之意。涂即路途之途。　③简书，《毛传》："戒命也。邻国有急，以简书相告，则奔命救之。"简指竹简。

●诗之四章从归途写起，补叙敬畏王命之情，以明前章将士奋扬的原由。

喓喓草虫，趯趯阜螽。未见君子，忧心忡忡。既见君子，我心则降①。赫赫南仲，薄伐西戎②。

〔注释〕

①"喓喓草虫"至"我心则降"句，注见前《召南·草虫》。　②薄，词头，有凑足音节的作用。　西戎，王国维《鬼方昆夷玁狁考》："即玁狁，互言之以谐韵。"

●诗之五章设想家人之言。上一章写归途中思乡心切的将士，此章则从家人方面着笔，写其思念征人的心情。

春日迟迟，卉木萋萋①。仓庚喈喈，采蘩祁祁②。执讯获醜，薄言还归③。赫赫南仲，玁狁于夷④。

〔注释〕

①迟迟,见前《豳风·七月》注。　卉木,草木。　萋萋,见前《周南·葛覃》注。　②仓庚,见前《豳风·七月》注。　喈喈,见前《周南·葛覃》注。　采蘩,见前《周南·采蘩》、《豳风·七月》注。　③讯,据于省吾考证,即战俘。说详《新证》卷上。　醜,马瑞辰《通释》:“《隶释》有‘执讯获首’之语,盖本三家《诗》,以‘醜’为‘首’之叚借。”古时以斩首多寡计功,此处“获醜”当即“获首”。　④夷,《毛传》:“平也。”

●诗之六章正面写归途实景,物色浓丽,豪迈兴奋之情溢于言表。

〔解题〕

《毛序》:“《出车》,劳还率也。”按,此诗写南仲奉命为将,北抗玁狁之事。诗篇描述了战争始末,《毛序》只是就诗篇的使用加以说明。其创作时代古来大有争议。古文学派的《毛诗》学者认为作于文王时期,而今文学派的齐、鲁、韩三家《诗》则认为宣王时期。近世学者据金文资料断定作于宣王时代,基本已成定论。《出车》在内容的叙述上,详于战事之前的准备和战事结束时的还师,是其显著的特色,而且《诗经》中所有战争诗作也都大体如此。在歌颂赫赫武功的诗中对战争过程本身的省略,是一个耐人寻味的问题,起码透露出周人不尚杀伐的特有心态。与此相关,诗篇着意悬拟家人的思念征夫,盼其早归,是又一个值得注意之处。映现出周人对战争的普遍厌弃态度。

此诗在章法上亦很谨严,方玉润《原始》曰:“唯全诗一城玁狁,一伐西戎,一归献俘,皆以南仲为束笔。不唯见功归将帅之美,而且有制局整严之妙。此作者匠心独运处,故能使繁者理而散者齐也。”

杕　杜

有杕之杜，有睆其实①。王事靡盬，继嗣我日②。日月阳止③，女心伤止，征夫遑止④。

〔注释〕

①有杕(dì)，如曰杕杕。高大孤特貌。　杜，棠树。　有睆(huàn)，即睆睆。以目珠突圆，形容杜树果实貌。　实，果实。　②嗣，《毛传》："续。"我日，"我"为语助词，相当于"以"。　③阳，《郑笺》："十月为阳。"　④遑，《毛传》："暇也。"即止息。日月以下三句在叙述女心伤情的同时有祈祷征夫回家休息之意。

●诗之首章以杕杜结出圆圆果实起兴，言征夫因王事的拖延而没日没夜地奔走。

有杕之杜，其叶萋萋。王事靡盬，我心伤悲。卉木萋止，女心悲止，征夫归止。

●诗之二章以杕杜的萋萋树叶起兴，言征夫因王事的淹留而悲伤。

陟彼北山，言采其杞①。王事靡盬，忧我父母。檀车幝幝，四牡痯痯，征夫不远②。

〔注释〕

①陟(zhì)，登上。　言，语词。　杞，枸杞，见前《四牡》注。　②檀车，檀木做的车。　幝幝(chǎn)，《毛传》："敝貌。"　痯痯(guǎn)，《毛传》："罢貌。"罢即疲，古通用。

●诗之三章言登山采杞、怀念家人，王事没完没了，十分忧虑无依无助的父母。

匪载匪来，忧心孔疚①。期逝不至，而多为恤②。卜筮偕止，会言近止，征夫迩止③。

〔注释〕

①匪，非。　载，指车。　②期，预定的期限。　逝，逝去。　恤，忧。　③卜筮，为古代两种占验方法，卜用龟，筮用草。　偕（xié），皆。　会，马瑞辰《通释》："古者卜用三兆，筮用三易，各以一人掌之，卜筮皆三人。……三人占谓之会，其取义于三合一也。"即结果一致。

●诗之四章言家人既不见车来，也不见人来。三占三筮，都说征夫近了，征夫不远了。

〔解题〕

《毛序》："《杕杜》，劳还役也。"只从用诗着眼。古来解诗者多以为是思妇的"闺怨"诗。但像"王事靡盬，忧我父母"之句，显然不当为思妇口吻，而且像"日月阳止，女心伤止，征夫遑止"之类兼赅征夫、思妇在内的诗句，更不是思妇所当言。实际诗人既不单为思妇代言，亦不单为征夫代言，只站在第三者角度，既设想征夫之情，又悬拟闺妇之情。因此这首诗可说是表现男子出征给人们带来心灵痛楚的诗篇。后世高适《燕歌行》"少妇城南欲断肠，征人蓟北空回首"，陈陶《陇西行》"可怜无定河边骨，犹是春闺梦里人"等等，其笔法正发轫于此。

鱼　丽

鱼丽于罶，鲿鲨①。君子有酒，旨且多②。

〔注释〕

①丽，同罹，附着。　罶（liǔ），《毛传》："曲梁也。"王先谦《集疏》："言当曲

水处为梁，以曲竹为笱承梁之孔，使鱼入而不得出，若附丽于罶然。” 鲿(cháng)，陈启源《稽古编》：“孟诜《食疗本草》有黄颡鱼，亦名黄鲿鱼，又名黄颊鱼。无鳞而色黄，群游作声轧轧，故又名鉠轧，又名黄轧。” 鲨(shā)，《毛传》：“鮀也。”黄皮黑斑的鱼。鲨，古音读 suō。 ②旨，醇厚。

●诗之首章，言君子之酒如罶中的鲿鲨一样既好且多。

鱼丽于罶，鲂鳢[1]。君子有酒，多且旨。

〔注释〕

①鲂(fǎng)，注见《召南·汝坟》。 鳢(lǐ)，《毛传》：“鲩也。”马瑞辰《通释》：“即今俗称鲜子鱼。”

●诗之二章以罶中鲂鳢为喻，言君子之酒的醇美丰富。

鱼丽于罶，鰋鲤[1]。君子有酒，旨且有[2]。

〔注释〕

①鰋(yǎn)，《毛传》：“鲇也。” ②有，此处为富有之意。

●诗之三章，以罶中鰋鲤比喻君子酒多。

物其多矣，维其嘉矣[1]。

〔注释〕

①物，王先谦《集疏》：“即万物盛多之物。” 嘉，好。

●诗之四章言君子物产多且好。

物其旨矣，维其偕矣[1]。

〔注释〕

①偕，齐整。

●诗之五章言君子之物既好又齐整。

物其有矣，维其时矣①。

〔注释〕

①时，时鲜。《郑笺》："鱼既有，又得其时。"

●诗之六章言君子物产丰有，且多时鲜之物。

〔解题〕

《鱼丽》是周王燕享宾客的乐歌。《毛序》将此诗同所谓文、武之道联系起来，殊嫌牵强，故方玉润《原始》说："此诗本无意义，不过极言肴馔之多且美。"诗前三章专就酒而言，反复赞叹，后三章则由酒及物，盛赞主人的富有，可谓善于答谢。内容不同，前后三章的句式也就不同，所以并不显得太呆板。

南有嘉鱼

南有嘉鱼，烝然罩罩①。君子有酒，嘉宾式燕以乐②。

〔注释〕

①南，指南方汉江之地。 嘉鱼，好鱼。 烝，众多。 罩罩，林义光《通解》读罩为掉，摇摆意，水中游鱼摇尾而行貌。 ②式，结构助词。 燕，安乐。

●诗之首章以南方水中摇尾而行的游鱼起兴，言君子所宴集的嘉宾们在这里安闲游乐。

南有嘉鱼，烝然汕汕①。君子有酒，嘉宾式燕以衎②。

〔注释〕

①汕汕，林义光《通解》认为即趱趱。趱即散。散散，逍遥而游貌。

②衎(kàn),《说文》:“行喜貌。”

●诗之二章仍以南方水中嘉鱼起兴,言君子所宴集的嘉宾们悠闲逸乐。

南有樛木,甘瓠累之①。君子有酒,嘉宾式燕绥之②。

〔注释〕

①樛木,注见前《周南·樛木》。　甘瓠(hù),瓠瓜有甜有苦,甘瓠即甜的瓠瓜。　累,《毛传》:“蔓也。”即盘绕挂结。　②绥,《郑笺》:“安也。”

●诗之三章以樛木、甘瓠为喻,言君子所宴集的嘉宾们在这里安然而宴。

翩翩者鵻,烝然来思①。君子有酒,嘉宾式燕又思②。

〔注释〕

①翩翩,鸟飞貌。　鵻,《毛传》:“壹宿之鸟。”《郑笺》:“‘壹宿’者,壹意于所宿之木也。”　思,语气词。　②又,马瑞辰《通释》:“即今之右字。古右与侑、宥通用。”又即劝侑。

●诗之四章以群鵻来集喻嘉宾们聚会在这里得到热情的款待。

〔解题〕

《毛序》:“《南有嘉鱼》,乐与贤也。太平君子至诚,乐与贤者共之也。”此诗虽未见得作于“太平”之世,然而诗歌中的确有一幅“太平”光景。诗的用语“君子”和“嘉宾”同出,可见诗并非专就“君子”或“嘉宾”某一方面写,当是从第三者的角度来描述宴享情景。《仪礼·乡饮酒礼》及《燕礼》中均有“工歌《鹿鸣》……《南有嘉鱼》”云云,可见此诗或许为乐师所作、所歌。

南山有台

南山有台,北山有莱①。乐只君子,邦家之基②。乐只君子，万寿无期③。

〔注释〕

①台，陆玑《疏》："旧说夫须，莎草也，可为蓑笠。" 莱，《毛传》："草也。" ②只，语助词，见《周南·樛木》注。 邦家，国家。 基，《毛传》："本也。"即根本。 ③期，尽期。

●诗之首章以南山之台、北山之莱起兴，赞美宴会上的君子。

南山有桑，北山有杨。乐只君子，邦家之光。乐只君子，万寿无疆。

●诗之二章以桑、杨起兴，言君子是邦家的光荣。

南山有杞，北山有李①。乐只君子，民之父母。乐只君子，德音不已②。

〔注释〕

①李，李树。 ②德音，因德行而带来的好名声。 不已，永久。

●诗之三章称颂君子待民如子，因而具有永久的美誉。上二章皆从寿上言，此章颂其德。

南山有栲，北山有杻①。乐只君子，遐不眉寿②？乐之君子，德音是茂③。

〔注释〕

①栲、杻，注见《唐风·山有枢》。 ②遐，通胡、何。 眉寿，注见《豳风·七月》"以介眉寿"句。 ③茂，于省吾《新证》："按懋、茂古今字。《尚书》懋多训勉。'德音是茂'者，德音是勉也。"

●诗之四章以栲、杻起兴，言如此君子，寿命如何不长？愿这样的君子德行永进。

南山有枸，北山有楰[①]。乐只君子，遐不黄耇[②]？乐只君子，保艾尔后[③]。

〔注释〕

①枸(jǔ)，《毛传》："枳枸。"陆玑《疏》："高大如白杨，所在山中皆有，理白可为函板，枝柯不直。子著枝端，大如指，长数寸，噉之甘美如饴，八九月熟，江南特美。今官园种之，谓之木蜜。" 楰(yǔ)，《毛传》："鼠梓。"陆玑《疏》："其树叶木理如楸，山楸之异者，今人谓之苦楸。" ②黄耇(gǒu)，人老发则变黄，身体则伛偻。耇即伛偻之意。 ③保艾，《毛传》："艾，养。保，安也。"依训解通例，《毛传》当先训"保"，后训"艾"，今则相反，故后人有疑心原文当作"艾保"。 后，后代。

●诗之五章以枸、楰起兴，祝愿君子寿命长久，子孙昌绵。承前几章言寿言德，此章祝君子后代兴旺。

〔解题〕

此诗为宴会上的祝祷之歌，古来并无疑义，但在祝祷的对象上却争讼不已。依毛、郑、朱熹、明代刘瑾《诗经通释》的看法，"君子"指众宾客，因此诗是天子祝祷臣下。但自宋代吕祖谦《读诗记》、严粲《诗缉》及清代姚际恒《通论》、方玉润《原始》等，认为《南山有台》是臣工(即乐工)祝祷天子之诗。因此，问题的关键是"君子"如何解释。我们认为《南山有台》本是宴会的乐歌，是臣工歌唱的诗，那么"君子"便是臣工眼中的所有与宴的贵族人物。诗中每章起句都是"南山""北山"对举，正象征宴饮中的主客关系。宗族社会中天子举行的宴享本意在强固内部的团结，就不应该将君臣等级放在首位，而应强调他们的等同。而出自乐工的祝祷，既可理解为臣对君的祝祷，又可理解作君对臣的祝祷，正起着融洽君臣的作用。从诗本身看，其祝祷内容不外寿、德、后代三项，体现着周人对什么是幸福的理解。

蓼　萧

蓼彼萧斯，零露湑兮①。既见君子，我心写兮②。燕笑语兮，是以有誉处兮③！

〔注释〕

①蓼(liǎo)，《毛传》："长大貌。"　萧，《郑笺》："香物之微者。"即香蒿。零，水滴降落。　湑，润泽貌。　②君子，此处指天子。　写(xiè)，惬意、舒畅。　③燕，通宴。《郑笺》："天子与诸侯燕而笑语。"　誉，古多训为荣誉之誉。于省吾《新证》："按誉、与古通。……'与处'乃古人语例。……《蓼萧》：'既见君子，我心写兮，燕笑语兮，是以有誉处兮。'《裳裳者华》：'我觏之子，我心写兮，我心写兮，是以有誉处兮。'二诗皆言相见之后，情孚意惬，无寂寞之忧，故云是以有与处兮。"

●诗之首章以蓼萧零露起兴，表达见到天子后的欢畅心情。

蓼彼萧斯，零露瀼瀼①。既见君子，为龙为光②。其德不爽，寿考不忘③。

〔注释〕

①瀼瀼(ráng)，《毛传》："露蕃貌。"蕃，众多。　②龙，《毛传》："宠也。"为龙为光言见到天子后的光宠无比。　③爽，《毛传》："差也。"　考，老。忘，古时通亡。又亡、无义同，王先谦《集疏》释《邶风·绿衣》"曷维其亡"句："亡、无古通用。"寿考不忘即寿考不无、不尽。

●诗之二章仍以蓼萧零露起兴，言见到天子，十分荣耀，幸福无比。天子之德毫不差失，祝愿其寿考无尽。

蓼彼萧斯，零露泥泥①。既见君子，孔燕岂弟②。宜兄宜弟，令德寿岂③。

〔注释〕

①泥泥,《毛传》:“沾濡也。”即润泽貌。　②孔燕,《郑笺》:“孔,甚。燕,安也。”　岂弟,字当作“恺悌”,和易安乐之意。　③宜兄宜弟,《毛传》:“为兄亦宜,为弟亦宜。”即以天子在兄弟关系中处事得宜,赞美其人主之风。　令,美好。　岂,“寿岂”之岂,即“恺悌”之恺。

●诗之三章以零露蓼萧起兴,言见到天子和乐无比。天子能够善处兄弟关系,人主之德美好,祝愿其欢乐永久。

蓼彼萧斯,零露浓浓。既见君子,鞗革冲冲①。和鸾雝雝,万福攸同②。

〔注释〕

①鞗(tiáo)革,《毛传》:“鞗,辔也。革,辔首也。”据段玉裁《说文注》,“鞗”实即辔首金属装饰,“革”即今所说“马笼头”。　冲冲,《毛传》:“垂饰貌。”　②和鸾,《毛传》:“在轼曰和,在镳曰鸾。”则“和”、“鸾”是分别挂在轼(车前横木)与镳(马嚼子)上的两种不同的铜铃。　雝雝,状声词。　攸,所。　同,聚集。

●诗之四章以蓼萧零露起兴,言朝见天子时,天子车驾雍容,銮铃和谐,天子的身上辏集着万方福禄。

〔解题〕

《毛序》:“《蓼萧》,泽及四海也。”诗有“鞗革冲冲”、“和鸾雝雝”句,《郑笺》云:“此说天子之车饰者。诸侯燕见天子,天子必乘车迎于门,是以云然。”是谓诸侯朝见天子,天子御宴诸侯的典礼。朝见的诸侯不仅包括同姓,而且包括异姓,方是万福攸同,也是《毛序》“泽及四海”之说的依据。从“燕笑语兮”、“孔燕岂弟”诸句看,此诗虽属宴享题材,但与《伐木》、《常棣》却有着很大的不同。《伐木》等诗表现的是天子、君王对血亲、宗族关系的重视。此诗则不然,所描述的宴饮活动是朝廷大政活动,实即政典活动,作为一种朝政,固当强调君臣等级，因此才有天子乘车迎接诸侯的内容，这在表现宴会族人的诗歌中是没有的。但此诗与《伐木》等诗也有着内在的关联：在王朝的政治活动中，团结宗族的方式方法也被运用于行政上了。因此，诗中“宜兄宜弟”就特别应当引起重视。它虽赞美周天子善于处世，但也从侧面反映出宗族血缘意识是周王朝政治原则中的重要内容。周道“尊尊”、“亲亲”，“亲亲”实是“尊尊”的基础。这都是读此诗时需要注意的。

湛　露

湛湛露斯，匪阳不晞①。厌厌夜饮，不醉无归②。

〔注释〕

①湛湛，《毛传》：“露茂盛貌。”　匪，即非。古通用。　晞(xī)，《毛传》：“干也。露虽湛湛然，见阳则干。”　②厌厌，饱足。厌通餍。　夜饮，《郑笺》：“燕饮之礼，宵则两阶及庭门皆设大烛焉。”　不醉无归，《仪礼·燕礼》：“司正升，受命，皆命：‘君曰无不醉。’宾及卿大夫皆兴(起立)，对曰：‘诺，敢不醉？’皆反坐。”据此，“不醉无归”是司正(即司宴官)传达给客人的劝侑之词。

●诗之首章以湛露非阳不晞为喻，引出不醉无归之意，好客殷勤之意显然。

湛湛露斯，在彼丰草。厌厌夜饮，在宗载考①。

〔注释〕

①在宗，胡承珙《后笺》：“犹言于同姓也。于其人，非于其地。”　载，《郑笺》：“‘载’之言‘则’也。”　考，林义光《通解》：“祭享也。”在宗则考谓夜饮之中，凡同姓者还须向祖宗神灵献祭。

●诗之二章特就宴饮中同姓言之，以示与异姓的区别。

湛湛露斯，在彼杞棘①。显允君子，莫不令德②。

〔注释〕

①杞，枸杞。　棘，有刺的丛生灌木。　②显允，于省吾《新证》："显训显明或显赫本系常诂。允应读作骏，训大。……凡典籍中的骏字，金文通作畯，畯即今畯字，畯与骏古同用。显骏应训作显赫骏伟。旧训作'明信'，有失本义。"　君子，朱熹《集传》："指诸侯为宾者也。"　令德，《郑笺》："令，善也。无不善其德，言饮酒不至于醉。"

●诗之三章言宴享之义并不只在酒食的饱足，更在于德行的培养。

其桐其椅，其实离离①。岂弟君子，莫不令仪②。

〔注释〕

①其，那些。　桐、椅，《郑笺》："桐也，椅也，同类而异名。"　实，果实。　离离，《毛传》："垂貌。"　②令仪，《郑笺》："饮酒不至于醉，徒善其威仪而已，谓《陔》节也。""陔"为送客时的乐曲名，然则据《郑笺》，"令仪"当指宾客告辞时行仪合乎节奏，不失礼仪。

●诗之四章虽是写宴会的散席，实则说是众宾的"合德"。

〔解题〕

《毛序》："《湛露》，天子燕诸侯也。"《郑笺》云："诸侯朝觐会同，天子与之燕，所以示慈惠。"后代或以"在宗载考"认定为天子燕同姓诸侯而作。胡承珙《后笺》云："文四年《左传》：'诸侯朝正于王，王宴乐之，于是乎赋《湛露》。'此亦统言诸侯，不分同姓异姓。《六月》，《序》云：'《湛露》废，则万国离矣。'尤可见此兼同异姓言之。惟次章有'在宗载考'之文，或其中有同姓诸侯为之加厚而夜饮，亦事理之常，特《郑笺》分三章为庶姓，四章为二王之后，经文所无，无以见其必然耳。"按同姓异姓之争，分歧出在"在宗载考"如何解释。实则"在宗"之言，明显地是在强调同姓当如何如何，如无异姓在场，则纯属废辞。陈奂《传疏》曰："周之宗盟，异姓为后，故诗特举同姓之亲亲，以该异姓耳。”此诗在内容上特别值得注意的是对“令德”、“令仪”的赞美。宴享时的人群际会，更有与会者显示自己的德行修养的意义。宴饮的初衷是“合好”，其所以是有价值的，就在于它是能显示、促进美德增长的社会性行为。

彤　弓

彤弓弨兮，受言藏之①。我有嘉宾，中心贶之②。钟鼓既设，一朝飨之③。

〔注释〕

①彤弓，《毛传》：“朱弓也。” 弨(chāo)，《毛传》：“弛貌。” 言，而。②贶(kuàng)，陈奂《传疏》：“《说文》贝部无贶，当是况字之误。”又《释毛诗音》：“贶，古作兄。”于省吾《新证》：“实则况与兄均系借字，本字应作皇。……此诗之‘中心况之’，即‘中心皇之’，这是说‘中心赞美之’，与二章的‘中心喜之’，三章的‘中心好之’义均相仿。” ③钟鼓，天子为有功诸侯举行的飨礼中，迎宾、送客时都用钟鼓演奏的乐曲作为行步的节奏，称为金奏。 一朝，方玉润《原始》：“谓锡弓之日非但锡弓，并且飨之，同在一朝也。既重其典，又隆其燕，礼之甚盛者耳。” 飨(xiǎng)，《郑笺》：“大饮宾曰飨。”孙诒让《籀庼述林·诗彤弓篇述义》：“首章飨之，即献，次章右之，即酢，合之三章云酬之，正是献、酢、酬之礼。”周代宴饮仪式中，有所谓一献之礼。主人向宾客进酒，叫做献；次由宾客向主人还敬，叫做酢；再由主人把酒自饮，劝宾随饮，叫做酬。孙诒让认为此句“飨”实即“献”，为一献之礼中的一个步骤。郑玄将此处献宾之飨解为飨礼之飨，不如孙氏之说准确。

●诗之首章言奏响钟鼓之乐，张起盛大的筵席，趁着颁赐的大典，将醴酒献给嘉宾。

彤弓弨兮，受言载之①。我有嘉宾，中心喜之。钟鼓既设，一朝右之[2]。

〔注释〕

①载，马瑞辰《通释》："载亦藏也。"　②右，即一献之礼中的"酢"，字亦写作宥、侑、友等。《左传·庄公十八年》："虢公、晋侯朝王，王飨礼，命之宥。"在飨礼中，由于主人贵为天子，客人不敢以对等身分向天子还敬，故需天子"命"。由此可知，"一朝右之"，实即天子命诸侯侑酒。

●诗之二章写"献"礼之后，有功诸侯在天子劝命下，向天子还礼敬酒。

彤弓弨兮，受言櫜之[1]。我有嘉宾，中心好之。钟鼓既设，一朝酬之[2]。

〔注释〕

①櫜(gāo)，《毛传》："韬也。"即装弓箭的囊。　②酬，《郑笺》："饮酒之礼，主人献宾，宾酢主人，主人又饮而酌宾，谓之酬。"飨礼行酬时要酬以礼品，称为酬币。

●诗之三章写"酢"礼之后的"酬"礼，天子劝酒而外，又向诸侯行赏。

〔解题〕

《毛序》："《彤弓》，天子锡有弓诸侯也。"《郑笺》："诸侯敌王所忾而献其功，王飨礼之，于是赐彤弓一、彤矢百、兹弓矢千。凡诸侯，赐弓矢然后专征伐。"古来对毛、郑之说无异议。此诗所歌唱的宴会当是飨礼一类。周代宴集，种类繁多，要以"乡饮酒礼"最为原始，其他宴饮形式均从这种本源于宗族会食的古礼中演变而来。在礼仪上，飨礼与乡饮之礼大体相同，然在细节上则有着相当的差别，如飨礼用"金奏"，"酬"中有币等等。最重要的是，两者在功用上有着不同的社会意义。乡饮酒礼重在养老尊贤，团结宗族、乡党，属于社会性的行为；而飨礼则多用于外交、政典，具有强烈的政治色彩。同时，此诗也反映着周朝国家政体独特的结构方式。对于《郑笺》的“专征伐”，吕祖谦《读诗记》曰：“如四夷入边，臣子篡弑，不容待报者。”周朝的诸侯分封制，其本意正在于利用诸侯们屏藩周室。因此，这些诸侯都是拥有实际治权的政治实体。诸侯对王室的“夹辅”、遵从，是周王朝强盛的前提；发展到一定时期，诸侯国与王室的分庭抗礼，又是王室瓦解、衰落的原因。春秋、战国的混战，正是分封制的王朝内在结构失衡的必然结果。

从表现方式上说，《彤弓》同其所歌唱的仪式密切相关。由献、酢、酬所构成的“一献”之礼，是飨礼最重要的部分，主人、天子对客人、臣下敬重与优容，都在这“一献”之中得到充分的表现。诗分为三章，正与礼的三步骤贴然一致。叙事之中，彤弓先于诸侯，诸侯先于天子，次第井然中，寓意着天子对“方伯连帅”的倚重。

菁菁者莪

菁菁者莪，在彼中阿①。既见君子，乐且有仪②。

〔注释〕

①菁菁，《毛传》：“盛貌。” 莪(é)，《毛传》：“萝蒿也。”陆玑《疏》：“生泽田渐洳(低洼)之处，叶似邪蒿而细，科生。三月中茎可生食，又可蒸食，香美味颇似蒌蒿。” 中阿(ē)，《毛传》：“阿中也。大陵曰阿。” ②有仪，有礼仪。

●诗之首章言茂盛的萝蒿生长在高大的山陵之中，见到了周天子，我仪态整肃，内心欢乐。

菁菁者莪，在彼中沚①。既见君子，我心则喜。

〔注释〕

①中沚，《毛传》：“沚中也。”水中小洲为沚。

●诗之二章言茂密的萝蒿生在水中小洲上，见到天子，我心欢喜。

菁菁者莪，在彼中陵①。既见君子，锡我百朋②。

〔注释〕

①中陵，《毛传》："陵中也。"陵即山陵。　②锡，赐。　百朋，《郑笺》："古者货贝，五贝为朋。""货贝"即以贝为货币。"百朋"言其多。

●诗之三章言萝蒿生在陵中，见到天子，赐我成百的朋贝。

泛泛杨舟，载沉载浮①。既见君子，我心则休②。

〔注释〕

①杨舟，《毛传》："杨木为舟。"　载沉载浮，朱熹《集传》："犹言载清载浊，载驰载驱之类，以兴未见君子而心不定也。"　②休，马瑞辰《通释》："今按《蟋蟀》诗'良士休休'，《传》：'休休，乐善之貌。'是休休为喜乐。《笺》云'休者，休休然'，亦是训休为喜。"

●诗之四章言未见天子时，心如漂流杨舟，起伏不定，见到天子，则转忧为喜。

〔解题〕

《毛序》："《菁菁者莪》，乐育材也。君子长育人材，则天下喜乐之矣。"齐、鲁、韩三家《诗》无异议。至朱熹《集传》另立新说，认为"此亦燕饮宾客之诗"。对此说后人多有不信，因诗篇本身并没有任何燕饮的表示。但汉人之说又何尝能从诗中找到内证？只不过汉人距《诗经》时代较近，师承有受，或许自有其根据。实际上朱熹自己对其新说也并不坚执，《白鹿洞赋》中有"乐《菁莪》之长育"句，门人问其故，答曰："旧说亦不可废。"从诗的意象上看，解作"育材"倒相当顺适。莪为群生细物，其茂盛生长，只缘有高陵芳洲为其生存环境。在"既见君子"之时，学子以此自喻，既能说明自己的身分地位，又是在婉曲地对天子表达敬爱感激之意，可谓取譬有类。而杨舟"载沉载浮"之象，则更贴切地传达着学人们得失忧惧的心情。小草恋山，野人怀土，此诗使我们领略到中国知识者流对权势较早的依偎情结。

六　月

六月棲棲，戎车既饬①。四牡骙骙，载是常服②。猃狁孔炽，我是用急③。王于出征，以匡王国④。

〔注释〕

①棲棲，朱熹《集传》：“犹皇皇不安之貌。”　②常服，《郑笺》：“韦弁服也。”即牛皮做的服装。常服之“常”有标准的意思，相当今天所谓制服。③炽，《毛传》：“盛也。”此处有气焰嚣张之意。　我，我方。句谓我方因此而急迫用兵。　④于，林义光《通解》谓“于”乃“呼”之借字。并举经籍多例以证于、乎(呼)古通。

●诗之首章以“六月棲棲”总起全诗，顿起紧张之感。游牧民族的入侵，一般在秋冬之际，故后世有所谓“防秋”，今正当夏季，猃狁兴兵，可谓突如其来。

比物四骊，闲之维则①。维此六月，既成我服②。我服既成，于三十里③。王于出征，以佐天子。

〔注释〕

①比，比排、选择。　物，《孔疏》：“《夏官·校人》云：‘凡大事，祭祀、朝觐、会同，毛马而颁之；凡军事，物马而颁之。’注云：‘毛马，齐其色；物马，其齐力。’……‘比物’者，比同力之物。戎车齐力尚强，不取同色。而言‘四骊’者，虽以齐力为主，亦不厌其同色也。”　骊，马纯黑色。　闲，娴习、训练。　则，法则。指训练马匹遵从驾车法则。　②既，已经。　服，林义光《通解》：“当指服马。‘既成’者，谓闲习之使可用也。”周车驾之制，一车四马，中间两马称服马。　③既成，马瑞辰《通释》：“《夏小正》：‘五月颁马，将闲诸则。’此诗以六月出师，正马既闲则之时。”　三十里，《毛传》：“师行三十里。”古代

行军一日以三十里为限。

●诗之二章从我方军马余裕、训练有素说起。猃狁虽急，我方有备，所以能应变迅速，从事敏捷。文势至此一缓。

四牡修广，其大有颙①。薄伐猃狁，以奏肤公②。有严有翼，共武之服③。共武之服，以定王国。

〔注释〕

①修广，《毛传》："修，长。广，大也。" 颙(yóng)，《说文》："大头也。"陈奂《传疏》："'其大有颙'犹云'有颙其大'也。与'有蕡其实'、'有睆其实'句法同，特倒辞以就韵耳。" ②奏，《毛传》："为。" 肤公，《毛传》："肤，大。公，功也。" ③有，又。 严、翼，《毛传》："严，威严也。(陈奂《传疏》定《传》"威严"之严为衍文)翼，敬也。" 共，马瑞辰《通释》："共、恭古通用。军事以敬为主，《左氏传》所谓'不共是惧'也。'共武之服'即言敬武之事，正承上'有严有翼'言之，严、翼皆恭也。" 服，《郑笺》："事也。""武服"即军事。

●诗之三章紧承前文，重在叙将帅之志，军心之肃。以上二章专写周朝军队素养，为后文蓄势。

猃狁匪茹，整居焦获①。侵镐及方，至于泾阳②。织文鸟章，白旆央央③。元戎十乘，以先启行④。

〔注释〕

①匪，非。 茹，马瑞辰《通释》："《广雅》：'茹，柔也。''柔，弱也。'匪茹言非柔弱，即上章'猃狁孔炽'也。故下接言'整居焦获，侵镐及方，至于泾阳'，皆言其强恣。" 整居，于省吾《新证》："按整从正声，整、正古通。……正征古通用。'征居焦获'言往居焦获也。下言'侵镐及方，至于泾阳'，皆言猃狁内侵之程次。始言征居，继言侵，继言至于，前后语气一贯。" 焦获，《毛传》："周地接于猃狁者。"陈奂《传疏》："今陕西西安府三原、泾阳二县之间有焦获泽，即此焦获，泽名。" ②镐(hào)，地名，旧说以为非西周镐京。 方，旧说以为即朔方。近代以来，王国维《周方京考》、郭沫若《臣辰盉》、《麦尊》、《遹毁》诸器铭《考释》及黄盛璋《周都丰镐与金文中的莽京》等，都认为"镐"即镐

京，“方”即丰京，可无疑义。　泾阳，陈奂《传疏》：“泾水之阳也。”即泾水以北地区。　③织，《郑笺》：“徽识也。”即号令军戎的旗帜。　文，纹绣。动词。　鸟章，《郑笺》：“鸟隼之文章。”即徽帜上所绘鸟隼图案。　白旆（pèi），《毛传》：“继旐者也。”旐为绘有龟蛇图案的旗帜，旆是缀在旐周围的燕尾形旗边。　央央，《毛传》：“鲜明貌。”　④元戎，王先谦《集疏》引《韩诗》曰：“元戎，大戎，谓兵车也。车有大戎十乘，谓车缦轮，马被甲，衡轭之上画有剑戟，名曰陷阵之车，所以冒突先启敌家之行伍也。”　先启行，前锋开道而行。启，开。行，道。

●诗之四章先写猃狁强陵，宗周危殆，遥应首章的“猃狁孔炽”；继写我方战法凌厉，承接二、三章的“我服既成”、“以奏肤功”。前三章分述敌、我，重在写我，文理为开。此章叙敌我交战，我克强敌，文理为合。

戎车既安，如轾如轩①。四牡既佶，既佶且闲②。薄伐猃狁，至于大原③。文武吉甫，万邦为宪④。

〔注释〕

①安，安闲。　轾（zhì）、轩（xuān），言大车低昂起伏，调适安稳。轾，低伏。轩，高昂。　②佶（jí），《郑笺》：“壮健之貌。”　闲，协调、齐整。　③大原，据顾炎武《日知录》，在今宁夏固原一带。　④吉甫，《毛传》：“尹吉甫也，有文有武。”《大雅》中《崧高》、《烝民》两诗即为吉甫所作，确实能文能武。吉甫系周宣王时大臣，此次出征的统帅。　宪，《毛传》：“法也。”即楷模。

●诗之五章笔锋一转，点出主将吉甫，烘云托月，运笔持重，赞美之意溢于言表。

吉甫燕喜，既多受祉①。来归自镐，我行永久②。饮御诸友，炰鳖脍鲤③。侯谁在矣？张仲孝友④。

〔注释〕

①燕，设宴。　祉（zhǐ），《毛传》：“福也。”全句谓吉甫受到天子很多的祝福后，设宴庆喜。　②来归自镐二句，谓吉甫在出征很久后，从镐京天子那

里回到自己的家中。 ③御,《毛传》:“进也。” 炰(páo),蒸煮。 脍(kuài),细细切肉。此处亦是蒸煮烹饪之意。 ④侯,陈奂《传疏》:“《尔雅》:‘维,侯也。’维谓之侯,侯亦谓之维。” 张仲,《郑笺》:“吉甫之友,其性孝友。”朱熹《集传》:“善父母曰孝,善兄弟曰友。”

●诗之六章承前章“文武吉甫”而来。此处于其庆功燕喜中特出张仲,独标孝友,写诸友之贤,正是陪衬吉甫之德。

〔解题〕

《毛序》:“《六月》,宣王北伐也。”朱熹《集传》:“成康既没,周室寖衰,八世而厉王胡暴虐,周人逐之,出居于彘。猃狁内侵,逼近京邑。王崩,子宣王靖即位,命尹吉甫帅师伐之,有功而归。诗人作歌以叙其事如此。”又王先谦《集疏》引齐、鲁两家《诗》说略同。至清代方玉润又有新说,《原始》曰:“美吉甫佐命北伐有功,归宴私第也。”按方氏之说在大体上并不与汉儒矛盾,只是更切诗歌本身内容。汉人说《诗》每每就其反映的事件及事件的政治意义上说,很少关心诗歌本身的立意与文理。而方氏能从创作的具体情况、作者的作意及叙事章法出发,确比汉人要精细得多。还应当指出的是,抗击“四夷”的斗争,并非像汉儒所说的从宣王时代突兀而起,征诸金文资料,实际从周厉王时代就已开始,只是不如宣王功效显著而已。《六月》极其典型地反映出周人在与异族战争关系中所取的态势。镐、方之地,尽管历代的儒生们不愿正视,迂曲为说,但它们就是西周都城,已是不争的事实。蛮族军队前锋已直指京都时,王朝才整师迎战,其反应又是何等迟滞!王朝军队并非没有抗敌的能力,但是值得注意的是“薄伐猃狁,至于大原”,《毛传》:“言逐出之而已。”史言周宣王曾“料民于大原”,大原当是周朝领地。善战的王朝军队乘胜逐北之时,却只是将敌人赶出境外,表现得十分节制。在《采薇》篇中,我们已经从士卒的角度,看到了周人对战争的厌弃,而此诗所表现出的周王朝在对外战争中所取的态势,或许更能展示周人对战争的普遍心态。

采　芑

薄言采芑，于彼新田，于此菑亩①。方叔莅止，其车三千②。师干之试，方叔率止③。乘其四骐，四骐翼翼④。路车有奭，簟茀鱼服，钩膺鞗革⑤。

〔注释〕

①芑(qǐ)，朱熹《集传》："苦菜也，青白色，摘其叶有白汁出，肥可生食，亦可蒸为茹，即今苦荬菜。" 新田、菑亩，《毛传》："田一岁曰菑，二岁曰新田，三岁曰畬。" ②方叔，《毛传》："卿士也，受命而为将也。" 莅(lì)，莅临。止，语气词。 三千，金鹗《求古录·礼说》："方叔南征，车三千乘，每乘二十五人，三千乘得七万五千人，是王六军之制也。" ③师，《毛传》："众。" 干，马瑞辰《通释》："此诗干当读干戈之干，谓盾也。" 试，《毛传》："用也。" 率，同帅。 ④骐，注见前《皇皇者华》。 ⑤路车，大车。参见前《采薇》注。 奭(shì)，《毛传》："赤貌。" 簟茀(diàn fú)，遮蔽车窗的竹席。 鱼服，箭袋。参见前《采薇》注。 钩膺，《毛传》："樊缨也。"即系在马胸前大带上的缨子。膺，胸。 鞗革，注见前《蓼萧》。

●诗之首章以新田采芑起兴，描写方叔的队伍。在写法上，以方叔之"莅"，带车徒、干盾之众；以方叔之"率"，起马驾的雄武、车服的繁盛，夸饰而有动感。

薄言采芑，于彼新田，于此中乡①。方叔莅止，其车三千。旂旐央央，方叔率止。约軝错衡，八鸾玱玱②。服其命服，朱芾斯皇，有玱葱珩③。

〔注释〕

①乡，《毛传》："所也。"马瑞辰《通释》："古者公田为居，庐舍在内，还(环)庐舍种桑麻杂菜，疆畔则种瓜果，《小雅》所云'中田有庐，疆埸有瓜'也。'中

乡'，当指'中田有庐'言之。"　②约軝(zhǐ)，軝即轵，车轴两边伸出部分。约，缠束。　错衡，《毛传》："文衡也。"衡为车前横木。错即饰以交错的花纹。　八鸾，注见前《出车》。　玱玱(qiāng)，象声词。　③服，穿着。　命服，《郑笺》："命为将，受王命之服也。"　朱芾(fú)，《毛传》："黄朱芾也。"芾亦写作绋。《白虎通·绋冕》："绋者蔽也，行以蔽前者尔，有事因以列尊卑，彰有德也。"　斯皇，犹煌煌。　有玱，如曰玱玱。　葱，葱绿色。　珩(héng)，朱熹《集传》："佩首横玉也。"

●诗之二章仍以采芑新田起兴，言方叔所领导的队伍车乘众多，旌旗飘扬。此章写法与前大体相同，所不同者，物象出新，声色亦更加鲜明。

鴥彼飞隼，其飞戾天，亦集爰止①。方叔莅止，其车三千。师干之试，方叔率止。钲人伐鼓，陈师鞫旅②。显允方叔，伐鼓渊渊，振旅阗阗③。

〔注释〕

①鴥(yù)，鸟飞迅捷貌。　隼(sǔn)，鹰鹞一类的鸷鸟。　戾，《毛传》："至也。"　爰，《王风·兔爰》之《毛传》："爰爰，缓也。"此处爰亦当作缓解。"戾天"既言其高，又言其快，当其集落于树时，又缓慢从容。疾徐有致，正可以形容方叔军马的有度。　②钲(zhēng)，铙钹一类的打击器乐。　伐，《毛传》："击也。钲以静之，鼓以动之。""钲人伐鼓"是互文句式。　鞫，《毛传》："告也。"《郑笺》："此言将战之日，陈列其师旅誓告之也。陈师告旅，亦互言之。"　③显允，注见前《湛露》。　渊渊，《毛传》："鼓声也。"　振旅，整顿军伍。　阗阗(tián)，鼓声。

●诗之三章言方叔的军队号令严明，法度不乱。前二章写军容声色，此章写军队声势，而飞隼之喻，更是对王师神武极好的譬喻。

蠢尔蛮荆，大邦为雠①。方叔元老，克壮其犹②。方叔率止，执讯获醜③。戎车啴啴，啴啴焞焞，如霆如雷④。显允方叔，征伐𤞤狁，蛮荆来威⑤。

〔注释〕

①蠢,轻举妄动。　蛮荆,应作“荆蛮”。《毛传》:“荆州之蛮也。”即楚人。　大邦,《郑笺》:“列国之大也。”　雠,敌对。　②元老,《毛传》:“元,大也。五官之长,出于诸侯,曰天子之老。”指方叔资深位重。　克,能。　壮,《毛传》:“大也。”　犹,《郑笺》:“谋也。谋,兵谋也。”　③执讯获醜,注见前《出车》。　④啴啴,注见前《四牡》。　焞焞(tūn),车马行声。参见《王风·大车》注。　⑤征伐猃狁,猃狁为周顽敌,克顽敌而伐荆蛮,只消余勇威慑即可奏效。言猃狁特表示伐楚容易。　来威,马瑞辰《通释》:“来,犹是也。威,犹畏也。‘荆蛮来畏’犹云蛮荆是畏。”宾语提前句式。

●诗之四章重在写周师之威,蔑视荆蛮,赞美方叔,渲染王师盛壮,都在突出一个威字。

〔解题〕

《毛序》:“《采芑》,宣王南征也。”此诗作于宣王朝,向来说《诗》者无异议。其具体年代,从诗中“征伐猃狁”看,当在吉甫受命北伐之后,或在同时而稍后。史载楚人祖先熊绎曾受周成王之封,世居荆楚之地。楚与周虽有分封关系,但并没有鲁、卫诸封国那样的臣属关系,所以叛服无常。猃狁犯周之际,楚人或乘机而动,亦在常情之中。据蒙文通《周秦少数民族研究》,宣王时期,西北大旱而“江域雨泽独丰”,因此宣、幽之际周人继世南迁。这势必加深周人与楚人的矛盾和冲突。楚人毕竟是泽居之人,有自己稳固的生业,所以也就不像草原民族猃狁那样难以对付。观兵耀武,即可以收到成效。因此,在此诗中就看不到《六月》那般的军情紧急,措辞急迫,而是处处在军容军威方面着意铺陈。

此诗前两章开首三句文意费解。《毛传》在第一章三句下标“兴也”,后人则多从军马采食野菜上入手解释,亦与诗的总体意象不协。试想:声威赫赫的军队满地采野菜,是多么地煞风景?仔细思之,应当是述行军所见,见到的是周人继世南迁殖民的成绩。新田、菑田、畲田都是不过三年的新垦之田,田野上行走着采芑的人们，此时方叔的大军开往前线，去保卫周人移民的成果。写三田采芑，实际是在写战争的目的。此诗在写作上铺张扬厉，物象纷繁，辞采壮丽，实开后世大赋的先河。

车　　攻

我车既攻，我马既同①。四牡庞庞，驾言徂东②。

〔注释〕

①攻，《毛传》："坚也。"　同，《毛传》："齐也。"　②庞庞，《毛传》："充实也。"　徂，往。　东，《毛传》："雒邑也。"周朝建立后，宗周镐京、丰京而外，又在居"天下之中"的雒邑建立都城，称为东都、成周。

●诗之首章言周王的车驾已经造好，马匹也已选齐，驾起马车开往东都，在那里会猎诸侯。

田车既好，四牡孔阜①。东有甫草，驾言行狩②。

〔注释〕

①田车，朱熹《集传》："田猎之车。"　阜，肥大。　②甫草，《郑笺》："甫田之草也。郑有甫田。"　狩，狩猎。

●诗之二章言田车如此地好，四马又十分地雄壮，东方有甫田之地，驾车去那里狩猎。上章只言"徂东"，此章进一步说明地点。

之子于苗，选徒嚣嚣①。建旐设旄，搏兽于敖②。

〔注释〕

①之子，即指周天子。　苗，《毛传》："夏猎曰苗。"此处泛指狩猎。　选，王先谦《集疏》："读为算。《大司徒》'撰车徒'郑注：'撰读曰算，算车徒，谓数择之也。'"　徒，徒众。　嚣嚣，《毛传》："声也，维数车徒者为有声也。"

②搏兽，当作“薄狩”。薄，词头。　敖，《郑笺》：“郑地，今近荥阳。”

●诗之三章言选车徒，建旗帜，进入准备阶段，并进而点明甫田在东方敖地。

驾彼四牡，四牡奕奕①。赤芾金舄，会同有绎②。

〔注释〕

①奕奕，马行疾徐有致。　②赤芾，赤色的蔽膝。　金舄(xì)，金色的厚底鞋。赤芾金舄言诸侯装束。　会同，《毛传》：“时见曰会，殷见曰同。”殷即众。会、同此处并无分别，会集之意。　绎，《毛传》：“陈也。”朱熹《集传》：“陈列联属之貌也。”

●诗之四章特言诸侯会同景象。

决拾既佽，弓矢既调①。射夫既同，助我举柴②。

〔注释〕

①决拾，朱熹《集传》：“决，以象骨为之，著于右手大指，所以钩弦开体。拾，以皮为之，著于左臂以遂弦，故亦名遂。”拾即皮制的套袖，以防衣服阻碍弓弦弹射。　佽(cì)，于省吾《新证》：“张衡《东京赋》引作‘决拾既次’。次、齐古通，……‘决拾既齐’，犹言决拾既具，决拾既备。”　调，调适。　②射夫，《孔疏》：“此文承诸侯之下，‘射夫’即诸侯也。”　同，陈奂《传疏》：“犹合也。‘既同’，言已合耦也。”耦，即偶，两人为偶。合耦有比赛之意。　柴，《毛传》：“积也。”柴字当作㧘，《说文》：“㧘，积也。”《郑笺》：“已射同，复将射之位也。虽不中必助中者，举积禽也。”按郑玄之意，“助我”是不中者助射中者收拾积禽。

●诗之五章言射猎时的程序、规则。

四黄既驾，两骖不猗①。不失其驰，舍矢如破②。

〔注释〕

①黄，黄马。　猗，陈奂《传疏》：“当作倚。……不倚，无偏倚也。”　②

不失其驰，《毛传》："言习于射御法也。"古人射猎，规矩甚多。　舍，发。　如破，陈奂《传疏》："《释词》云：'如破，而破也。舍矢如破，与舍拔则获同意，皆言其中之速也。'"

●诗之六章正面写狩猎场面，前两句写马，后两句写人，夸赞人、马的娴习有度。

萧萧马鸣，悠悠旆旌①。徒御不警，大庖不盈②。

〔注释〕

①萧萧，马鸣声。　悠悠，旌旗飘摆、舒卷自如貌。《毛传》："言不喧哗也。"　②徒御，朱熹《集传》："徒，步卒也。御，车御也。"　不警，诸本或作不惊。马瑞辰《通释》："据《正义》曰：'岂不警戒乎？言相警戒也。'是经文原作'不警'。今《诗》，经、《传》及《笺》并《尔雅》俱误作惊，当以《正义》本作警为是。""不警"即警，此《诗经》惯用语法。　大庖，周天子之庖厨。据《毛传》，古者狩猎，猎物择其善者分三种用途：干豆，为祭品；宾客，招待宾客；充君之庖。　不盈，《毛传》："盈也。"

●诗之七章写猎后归途景象。方玉润曰："'马鸣'二语写出大营严肃气象，是猎后光景。"

之子于征，有闻无声①。允矣君子，展也大成②。

〔注释〕

①有闻无声，《毛传》："有善闻而无喧哗之声。"　②允，《郑笺》："信。"　展，《郑笺》："诚也。"　大成，《郑笺》："谓致太平也。"

●诗之八章以咏叹、祝愿作结。

〔解题〕

《毛序》："《车攻》，宣王复古也。宣王能内修政事，外攘夷狄，复文武之竟土，修车马，备器械，复会诸侯于东都，因田猎而选车徒焉。"古来无异议。最值得注意的是"宣王复古"与"外攘夷狄"间的关系。从礼制上看，此诗所表现的是周朝举行于农隙之际的“大蒐礼”。据先秦典籍记载，大蒐礼有着借狩猎训练军队的作用。宣王朝是一个边患沉重的年代，因此，所谓“复古”实有其迫切的现实意义。相对诸侯而言，周王不仅是君临其上的统御者，也是每个邦国的保护者。当边患来临之际，这一点会愈加突出。明乎此，可以更准确地把握此诗的某些特征。着意从会猎中的表现落笔，实际上正与狩猎所指向的备战目的密切相关。

《车攻》在艺术上亦有可观之处，特别是末章“萧萧马鸣，悠悠旆旌”，深为后人称道、追摹。《渔洋诗话》云：“颜之推标举王籍‘蝉噪林逾静，鸟鸣山更幽’，以为自《小雅》‘萧萧马鸣，悠悠旆旌’得来。此神契语也。”

吉　　日

吉日维戊，既伯既祷①。田车既好，四牡孔阜。升彼大阜，从其群醜②。

〔注释〕

①维，字亦作惟，语助词。放在表时间词前，为先秦古语所常用。　戊，《毛传》：“维戊，顺类乘牡也。”《郑笺》：“戊刚日也，故乘牡为顺类也。”古人以十天干纪日，戊在第五位，位数为奇，奇数为刚，故称刚日。牡为公马，为阳为刚，故戊日乘牡为“顺类”，是吉日。朱熹《集传》：“以下章（按即下章“吉日庚午”句）推之，是日也，其戊辰与？”　既，已经。　伯，马瑞辰《通释》：“惠定宇《九经古义》曰：‘《周官·大司马》有“有司表貉”，先郑云：“貉读为祃，马谓师祭也。”’是伯即马之假借，尝云师祭。”《说文》释“祃”曰：“师行所止，恐有慢其神，下而祀之曰祃。”此即所谓“师祭”。　祷，《周礼·春官宗伯·甸祝》“禂牲禂马”杜子春注：“禂，祷也。为马祷无疾，为田祷多获禽。”禂、祷古音近义通。

②从，追逐。参《齐风·还》注。　醜，《郑笺》：“众也。田而升大阜，从禽兽之群众也。”

●诗之首章以祭马神之事，总起全诗。

吉日庚午，既差我马①。兽之所同，麀鹿麌麌②。漆沮之从，天子之所③。

〔注释〕

①庚午，戊辰之后的第三天。　差，《毛传》："择也。"　②同，《郑笺》："犹聚也。"　麀（yōu），《毛传》："鹿牝曰麀。"即母鹿。　麌麌（yǔ），《毛传》："众多也。"　③漆、沮，二水名。据谭其骧先生《中国历史地图集》，漆沮实即一水，上游为漆，下游为沮。其源在今陕西麟游西北、古称杜林之地，流经岐周故地，南入渭河。《毛传》："漆沮之水，麀鹿所生也。从漆沮驱禽而致天子之所。"

●诗之二章写驱赶鹿群。

瞻彼中原，其祁孔有①。儦儦俟俟，或群或友②。悉率左右，以燕天子③。

〔注释〕

①原，高平之地。中原即原中。　祁，《毛传》："大也。"《郑笺》："祁当作麎。麎，麋牝也。"　孔有，甚多。　②儦儦（biāo），字或作"骉骉"、"駓駓"、"伾伾"，《毛传》："趋则儦儦。"鹿疾走貌。　俟俟（sì），字或作"騃騃"。严粲《诗缉》："儦儦而疾走，俟俟若相待。"即群鹿惊疑貌。　群、友，《毛传》："兽三曰群，二曰友。"　③悉，尽。　率，《郑笺》："循也。悉驱禽顺其左右之宜，以安待王之射也。"　燕，乐。

●诗之三章紧承前文，从近处写被圈拢的群鹿。

既张我弓，既挟我矢。发彼小豝，殪此大兕①。以御宾客，且以酌醴②。

〔注释〕

①发，射杀。王先谦《集疏》："发、殪互词。"　豝（bā），雌野猪。　殪

(yì),《毛传》:“壹发而死。” 兕(sì),独角野牛。 ②御,进献、奉送。醴,朱熹《集传》:“酒名。《周官》‘五齐(剂)’,二曰醴齐(剂)。《注》曰:‘醴成而汁滓相将,如今甜酒也。’”即未经过滤的酒,味甜。

●诗之四章极言射猎的顺利,遥应首章的出车祭奠。

〔解题〕

《毛序》:“《吉日》,美宣王田也。能慎微接下,无不自尽以奉其上焉。”历来没有异说。何谓“能慎微接下”? 孔颖达《正义》:“天子之务,一日万机。尚留意于马祖之神为之祈祷,能谨慎于微细也。”何谓“无不自尽以奉其上”? 程子曰:“漆沮之从,天子之所。悉率左右,以燕天子。皆群下尽力奉上。”诗何以是“美宣王田”? 朱熹《集传》引东莱吕氏曰:“《车攻》、《吉日》所以为复古者,何也? 盖蒐狩之礼,可以见王赋之复焉,可以见军实之盛焉,可以见师律之严焉,可以见上下之情焉,可以见综理之周焉。欲明文武之功业者,此亦足以观矣!”诸说都貌似有理有据,实则均不着边际。一句“以燕天子”,将这些臆说证成谬论。从《毛序》始,诸家都将此诗与《车攻》攀扯,所以才谬误如此。实际上,《车攻》所表述的“复古”行为,显示的是王朝内部某种历史性变动。而《吉日》则不同。周天子虽然并不能保证显示天子权威的大蒐礼一成不变地得到诸侯们的赞同、奉行,但在其千里王畿之内,却可以随其心意兴师动众地出车狩猎。因此,《吉日》就未必是《车攻》那样的“复古”行为,即便是“复古”,也未必就有多大的意义。“以燕天子”、“以御宾客”、“且以酌醴”则显然在说,这不过是天子生活的奢华而已。《车攻》重在写会同,此诗则重在写动物们的被射杀,所以诗中对猎物的行动有传神的描述。不过,此诗写选择吉日,祭奠马祖、路神,倒有些民俗学的认识意义。同时,诗中极言野生动物之多,也易使人遥想西周时节我国西北之地的水草丰美。

鸿　雁

鸿雁于飞，肃肃其羽[①]。之子于征，劬劳于野[②]。爰及矜人，哀此鳏寡[③]。

〔注释〕

①鸿雁，《毛传》："大曰鸿，小曰雁。"　肃肃，《毛传》："羽声也。"　②之子，《毛传》："侯伯卿士也。"即使臣。　劬(qú)劳，《毛传》："病苦也。"劬，《尔雅·释诂》："劳病也。"劬、劳同义。　③爰，于焉的合音，"在此"之意。及，陈奂《传疏》："犹汲汲也。"　矜，《毛传》："怜也。"　哀，怜惜。　鳏寡，《毛传》："老无妻曰鳏，偏丧曰寡。"此处指孤苦无依之人。

●诗之首章言鸿雁肃肃地振翅飞行，使臣们在野外十分劳苦，总起安集流民。

鸿雁于飞，集于中泽[①]。之子于垣，百堵皆作[②]。虽则劬劳，其究安宅[③]。

〔注释〕

①中泽，《毛传》："泽中也。"　②垣，筑墙，动词。　堵，《毛传》："一丈为板，五板为堵。""百堵"言筑墙之多。　作，起。　③究，朱熹《集注》："终也。"终将。

●诗之二章言使臣们聚集那些身处野外的流民们筑墙建屋，具体写筑室安民。

鸿雁于飞，哀鸣嗷嗷[①]。维此哲人，谓我劬劳[②]。维彼愚人，谓我宣骄[③]。

〔注释〕

①嗷嗷(áo)，鸿雁哀鸣声。　②哲人，明智之人。　我，指代使臣。

③宣,宣示。　骄,骄慢。

●诗之三章言鸿雁嗷嗷哀鸣,作歌述使臣劳苦,明智的人会理解,而愚蠢者还以为是在夸耀自己的功劳呢。以"哲人"、"愚人"对比,表使臣任劳任怨。

〔解题〕

《毛序》:"《鸿雁》,美宣王也。万民离散,不安其居,而能劳来、还定、安集之,至于矜寡无不得其所焉。"三家《诗》无异义。宣王时期既有自然灾难又有异族入侵,势必会产生大量的流民。此等现象,先秦其他典籍阙载,此诗正可补载籍之缺。对诗中"之子"的解释,古来有过争议。自毛、郑以降的多数学者解为诸侯、卿大夫,即安集流民的使者。只有朱熹《集传》认为指流民,而现代学者又多倾向朱说。实际上朱说并无道理。如"之子"解作流民,则下文"爰及"、"哀此"两句便无来路。而末章又对确定"之子"的指代对象尤为关键。"哲人"、"愚人"云云,实指使臣完成使命过程中所闻见的各种意见、议论、毁誉。大量的流民,安之本就不易;使臣受到非议是难免的。将非议者视为"愚人",鄙薄民意中正显出使臣的骄矜,然而诗如此写,倒颇能曲尽世情。同时,诗虽未尝明言流民如何,但以鸿雁起兴,则使人顿觉满目疮痍、一片萧索之象。这正是"比兴"手法所具有的象征作用。

庭　燎

夜如何其?夜未央①。庭燎之光②。君子至止,鸾声将将③。

〔注释〕

①其,语气助词。　央,《毛传》:"旦也。"据马瑞辰《通释》及陈奂《传疏》,旦当为且字之误。胡承珙《后笺》:"《郑风》'士曰既且',《释文》:'且音徂,往

也。'详此《传》训央为且，亦当音徂。凡岁月日时，过去者皆谓之往。夜未央者，言夜未往也。" ②庭燎，《毛传》："大烛。"胡承珙《后笺》："惟诸侯来朝乃设之，而常朝不用也。" ③君子，《毛传》："谓诸侯也。" 将将，锵锵的假借。

●诗之首章言夜色如何？夜色尚早。朝堂的亮光是由于大烛的照明。诸侯们上朝来时，他们车驾的鸾铃锵锵作响。

夜如何其？夜未艾①。庭燎晣晣②。君子至止，鸾声哕哕③。

〔注释〕

①未艾，马瑞辰《通释》："犹未央也。" ②晣晣，《毛传》："明也。" ③哕哕，陈奂《传疏》："亦鸾镳声也。"

●诗之二章言夜色如何？夜色尚早。是庭燎晣晣的光，将朝堂照得明亮亮。诸侯们来朝时，他们车驾的鸾铃发出哕哕的声响。

夜如何其？夜乡晨①。庭燎有辉②。君子至止，言观其旂。

〔注释〕

①乡，向的假借字。 ②辉，《毛传》："光也。"通辉。

●诗之三章言夜色如何？夜已经近晓，庭燎还熠熠有光。诸侯们来上朝，可以看到他们的旗帜了。

〔解题〕

《毛序》："《庭燎》，美宣王也。因以箴之。"《郑笺》申述《序》意："诸侯来朝，宣王以夜未央之时问夜早晚。美者，美其能自勤以政事。'因以箴者'，王有鸡人之官（即报时之官），凡国事为期，则告之以时。王不正其官，而问夜早晚。"据郑玄之意，《序》所谓箴系指宣王"不正其官"。陈乔枞据《后汉书·列女传》云："宣王尝夜卧晏起，后夫人不出房，姜后脱簪珥待罪于永巷。使其傅母通言于王曰：'妾之不才，致使君王失礼而晏朝，以见君王乐色而忘德也。敢请婢子之罪！'宣王曰：'寡人不德，实自生过，非夫人之罪。'遂复姜后，而勤于政事。早起晏退，卒成中兴之名。宣王中年怠政而《庭燎》诗作。脱簪之谏当在此际。"《后汉书》所载宣王故事，是鲁、韩今文之说。今两说并存聊备参考。

诗以设问起，以表王对视朝的经心，以至夜不安枕。继之以答，先释疑惑，再附之以安慰。问答之间，细腻地摹拟出兢兢业业者的内心活动，其中自有一股堂堂肃肃的中兴气象在。围绕一夜色的问答而渲染出一派政治景象，自是一篇大手笔。

沔水

沔彼流水，朝宗于海①。鴥彼飞隼，载飞载止②。嗟我兄弟，邦人诸友③。莫肯念乱，谁无父母④？

〔注释〕

①沔(miǎn)，《毛传》："水流满也。" 朝宗，《郑笺》："诸侯春见天子曰朝，夏见曰宗。"此处皆为动词，指朝向、归宗。 ②鴥彼飞隼，当是比兴现实不尊敬王朝、天子的乱象。 ③嗟我兄弟，《毛传》："邦人诸友，谓诸侯也。兄弟，同姓臣也。" ④念乱，不顾忌混乱的发生。念，顾忌。

●诗之首章以流水朝宗明当然之理；鴥隼飞止，表实然现状。邦人诸友背弃正理，故诗人慨然切责。

沔彼流水，其流汤汤①。鴥彼飞隼，载飞载扬。念彼不蹟，载起载行②。心之忧矣，不可弭忘③。

〔注释〕

①汤汤(shāng)，水流浩荡貌。 ②不蹟，《毛传》："不循道也。"(陈奂

《传疏》认为《毛传》之"循"为衍文）蹟，通迹。　起、行，陈奂《传疏》："言诸侯之跋扈，所谓不道也。"　③弭（mǐ），《毛传》："止也。"

●诗之二章仍以沔流汤汤喻正道，以鴥隼飞扬喻反常现象。文意又进一层。

鴥彼飞隼，率彼中陵①。民之讹言，宁莫之惩②？我友敬矣，谗言其兴③？

〔注释〕

①率，循。　②讹言，谣言。　宁莫，难道不。　惩，马瑞辰《通释》："惩古通作征。《楚辞》'不清征其然否'，清征谓审察也。《左氏·襄二十八年传》'以征过也'，杜注：'征，审也。'《传》、《笺》并训为'止'，失之。"　③敬，马瑞辰《通释》："戒也。"

●诗之三章意在规诫，与首章"莫肯念乱"相对相应。

〔解题〕

《毛序》："《沔水》，规宣王也。"按，此说语焉不详。既说是"规宣王"，因何而规？又，诗篇本身并无任何作于宣王朝的迹象。因此后代学者如严粲、陈启源、何楷、胡承珙等，便纷纷提出各种猜测。而实际上，诚如王先谦《集疏》所言："通篇意旨，非对王之词。"朱熹《集传》则言："此忧乱之诗。"这虽仍嫌笼统，但毕竟是详审诗歌本身内容后的结论。既是"忧乱"，忧便兴于乱将生未生之际。周王朝的基业，维系在诸侯、大臣对天子的拱卫这条生命线上。但由于分封制所形成的天子与诸侯分权而治的政治格局，天然地潜伏着诸侯对王室、卿大夫对诸侯的分离趋势。因此，它也就总是容易变成王朝命运攸关的社会焦点。《沔水》所关切的正是这个焦点问题。诸侯、公卿大夫们对天子、朝廷的尊重服从，应当像河水注海那样别无选择，天经地义。违背这条规则，就如同不敬父母那样过恶昭彰。诗的措语是相当切直的。为臣的不遵轨则，为民的便讹言纷出，乱像就生成了。诗不是在规宣王而是在规大臣。因此，与后边的《节南山》诸诗相比，缺少对动乱具体的描述。沔水、飞隼的设喻取象，正切合着忧惧意识与情绪的表达。

鹤　鸣

鹤鸣于九皋，声闻于野①。鱼潜在渊，或在于渚②。乐彼之园，爰有树檀，其下维萚③。他山之石，可以为错④。

〔注释〕

①皋，《毛传》："泽也。"九皋即九泽，以泽之多言泽之深远广阔。　声闻于野，陆玑《疏》："其鸣高亮，闻八九里。"　②渚(zhǔ)，浅水湾。　③乐，此处有可爱之意。　萚(tuò)，马瑞辰《通释》："下章榖为木名，则此章萚亦木名，不得泛指落木。王尚书《经义述闻》曰：'萚，疑当读为柽。'其说甚确。"柽即棘类灌木。　④错，《毛传》："石也，可以琢玉。"字亦作厝。

●诗之首章言鹤在九皋之深泽中鸣叫，其声传遍广阔的四野。鱼有时沉潜在深渊，有时则在浅水浮游。那可喜的园囿中，有高大的檀树，还有生在檀下的柽棘。别的山上采来的石头，可以用来琢玉。

鹤鸣于九皋，声闻于天。鱼在于渚，或潜在渊。乐彼之园，爰有树檀，其下维榖①。他山之石，可以攻玉②。

〔注释〕

①榖(gǔ)，《毛传》："恶木也。"　②攻，《毛传》："错也。"

●诗之二章言鹤鸣于九泽之中，声音可上达于天。鱼有时在浅水泊湾，有时则潜入深渊。那可爱的园中有高大的檀树，也有矮小的榖桑。从他山采来的石头，可以攻琢美玉。

〔解题〕

《毛序》："《鹤鸣》，诲宣王也。"《郑笺》："教宣王求贤人之未仕者。”王夫之《夕堂永日绪论》:“《小雅·鹤鸣》之诗全用比体,不道破一句,三百篇中创调也。要以俯仰物理而咏叹之,用见理随物显,惟人所感,皆可类通。而非有所指斥一人一事,不敢明言而姑为隐语也。”此诗或许如郑玄所说,有教宣王(或其他王)求贤人的用意,但诗的立意却只在于铺陈兼容并蓄的道理。这是一首以理入诗的篇章,但由于理是在物象勾勒中自然显示出来的,因而便像生命体的生机与辉泽一样,仍保持着一种明灿的感性形态。诗所称述的对象,正如方玉润所说,“前后景物皆园中所有”,然而开首一句“鹤鸣于九皋”顿使诗境辽阔而迥远,有咫尺万里之势。无疑诗中之园,象征着朝廷的包容。兼容方能并蓄,他山之石,方能为我所用。诗人是善于驱遣物象的高手。鹤鸣之声与鱼游之动并在,树檀之高与萚、榖之下共存;园中世界既已杂沓缤纷,而他山之石的警语则更昭示,只有开放的胸襟,才可得天地的全美。陈奂说“全篇皆兴”,王夫之说“全用比体”,言有尽而意无穷,感物类通,正是此诗善用比兴的妙处。

祈　父

祈父,予王之爪牙①。胡转予于恤,靡所止居②?

〔注释〕

①祈父,《毛传》:“司马也。职掌封圻之兵甲。”司马为周王军事长官。予,《郑笺》:“我也。” 爪牙,周王禁卫武士,犹如虎豹的爪牙。 ②胡,为什么。 转,迫使。 恤(xù),《毛传》:“忧也。” 止居,安居。

●诗之首章直呼祈父,言我们是王的爪牙之士,为什么害得我们处于忧患境地,总没有安居之处?

祈父,予王之爪士①。胡转予于恤,靡所厎止②?

〔注释〕

①爪士，马瑞辰《通释》："犹言虎士。《周官》虎贲氏属有虎氏八百人，即此。虎贲为宿卫之臣，故以移于战争为怨耳。" ②厎止，安居。厎与底为异体字，《毛传》："厎，至也。"

●诗之二章谓祈父，我们是王的虎贲之士，为什么害得我们没个安居的时候？

祈父，亶不聪①。胡转予于恤？有母之尸饔②。

〔注释〕

①亶，实在、诚然。 ②有母，于省吾《新证》："有又、母毋古通。……此例不可枚举。……此诗系责祈父以刺宣王。首章云'胡转予于恤，靡所止居'，笺谓：'何移我于忧，使我无所止居乎？'此章云'胡转予于恤，有母之尸饔'，言胡移我于忧恤，又无以陈饔以供养也。'有母之尸饔'，读为又毋以尸饔，则上下义训一贯。如得其解，经义固极调适。如读母如字，既有母以尸饔，则为王之爪牙者，岂不愈可从事于外，而何责于祈父乎？" 尸饔(yōng)，《毛传》："尸，陈也。孰(熟)食曰饔。"

●诗之三章谓祈父，你实在昏聩，害得我们处忧恤境地，又不供给我们食物。

〔解题〕

《毛序》："《祈父》，刺宣王也。"《郑笺》："刺其用祈父，不得其人也。官非其人则职废。祈父之职，掌六军之事，有九伐之法。"汉人好以美、刺说诗，往往就诗篇具有的客观效果立说，此即其一例。祈父行事不当，诗人加以抨击，客观上也是对周王用人失当的讥讽。这样说诗，实际上是从文学的政治作用上着眼，病在无视诗歌本身的具体内容。将诗歌作政治文献读，是经生治诗的共同倾向，一代学风使然，谈不上对错。关于此诗的本事，毛、郑都以宣王朝"千亩之役"解之。《毛传》云："宣王之末，司马职废，羌戎为败。"

《郑笺》曰："谓见使从军，与羌戎战于千亩而败之时也。六军之士出自六乡，法不取于王之爪牙之士。"据《国语·周语》记载，宣王即位后不籍千亩，致使民困乏财。三十九年，在千亩与姜戎战斗，王师大败。周制天子六军，其成员来自六乡之民，一般不用天子卫戍部队出战。此诗表现了虎贲之士久劳于外的不满，可见当作于王朝军事实力严重损失、不得不用禁军外戍之际。也就是说，如果真的作于宣王朝，就当在千亩之役之后。宣王朝虽号称"中兴"，实力却脆弱得很。征伐四夷的猃狁、荆蛮，靠的是诸侯们的勤王，王朝自身的实力其实是很薄弱的。皇家禁卫一向养尊骄宠，一旦外戍，叫苦不迭。虎贲之士的怨怒中，显示的是王朝的极度衰微。

白 驹

皎皎白驹，食我场苗①。絷之维之，以永今朝②。所谓伊人，于焉逍遥③。

〔注释〕

①皎皎，洁白貌。 场，马瑞辰《通释》："场与圃散文则通。圃中所植惟豆藿之类。二章《传》：'藿，犹苗也。'则知场苗即豆苗耳。" ②絷(zhí)、维，《毛传》："絷，绊。维，系也。" 永，终。 ③伊人，那个人。指客人。 于焉，在此。 逍遥，自由自在。

●诗之首章想留客而言絷系其马，好客之情宛然。

皎皎白驹，食我场藿①。絷之维之，以永今夕②。所谓伊人，于焉嘉客③。

〔注释〕

①藿(huò)，豆苗。 ②夕，《毛传》："犹朝也。" ③嘉客，即做嘉客。

●诗之二章“嘉客”点明“伊人”的身分。

皎皎白驹,贲然来思①。尔公尔侯,逸豫无期②。慎尔优游,勉尔遁思③。

〔注释〕

①贲,《毛传》:“饰也。”朱熹《集传》:“贲然,光采之貌也。” 思,语气词。 ②公、侯,客人爵位。 逸豫,逸乐、逍遥。 ③慎,《毛传》:“诚也。”勉尔遁斯,马瑞辰《通释》:“亦望其勿遁之词。”

●诗之三章进一步点出客人尊贵地位,待客之情亦由留之发展为优游乐之。

皎皎白驹,在彼空谷①。生刍一束,其人如玉②。毋金玉尔音,而有遐心③。

〔注释〕

①空,《毛传》:“大也。”马瑞辰《通释》:“穹之假借。《文选》注引《韩诗》‘在彼穹谷’,薛君曰:‘穹谷,深谷也。’” ②生刍,鲜嫩的草。 ③金玉,王先谦《集疏》:“‘金玉’者,珍重爱惜之意,恐其别去后不通音问。” 遐心,远心。《郑笺》:“毋爱女(汝)声音,而有远我之心。以恩责之也。”

●诗之四章言客人已去,深谷遗音,写尽主人惜别之情。

〔解题〕

《毛序》:“大夫刺宣王也。”《郑笺》申《序》之意曰:“刺其不能留贤也。”王先谦《集疏》征引《鲁诗》说,谓:“《白驹》者,失朋友之所作也。其友贤居任也,衰乱之世君无道,不可匡辅,依违成风,谏不见受,国士咏而思之,援琴而长歌。”又谓:“韩说曰:‘彼朋友之离别,犹求思乎《白驹》。’”细审鲁、韩之说,仍是有所刺。陈乔枞《遗说考》曰:“《毛诗》之说,每以诗先后限断时代,其说多不可从。宣王失政,尚非衰乱,毛特以诗置于此,断为一王之诗耳。其为贤人远引,朋友离思,固无可疑,而必谓刺王不能留,则诗外之意也。”明清以降又有新说。邹肇敏《诗传阐》、何楷《古义》认为诗三言白驹,殷人尚白、大夫乘驹,疑为武王送箕子之诗。今人孙作云承继邹、何旧说,进一步认定此诗作于宣王朝,是美宋公朝周之作。孙说的证据是,此诗在用词上与《周颂·有客》十分相同,而《有客》的《毛序》说是“微子来见祖庙”,古今无有异词。因此,此诗不是刺诗,而是颂诗。我们认为孙说很有道理。《左传》记宋人大心之言曰:“我于周为客。”诗中“于焉嘉客”或即对宋人的独特称呼。再则诗中“尔公尔侯”云云,称呼客人,表明客人地位的尊贵,似非指一般的隐遁之人。实际上自周初以来,周人对商人后代一方面采取瓦解分化政策,消除其叛服的威胁,一方面则采取羁縻政策,令其臣服。诗中反复表达敬客、留客、娱客之意,看似亲密,实则是在借此抵消隔阂,笼络其心。

黄　鸟

黄鸟黄鸟,无集于榖,无啄我粟①。此邦之人,不我肯穀②。言旋言归,复我邦族③。

〔注释〕

①榖,树木名。注见《鹤鸣》。　②穀,《毛传》:“善也。”亲善。　③旋,回转。

●诗之首章言这个邦族的人们本来就对我很不亲善。赶紧归去吧,回到我的邦族。

黄鸟黄鸟,无集于桑,无啄我粱①。此邦之人,不可与明②。言旋言归,复我诸兄。

〔注释〕

①粱,精米。　　②明,《郑笺》:"当为盟。盟,信也。"马瑞辰《通释》:"明、盟古通用。"《释名》:"盟,明也,告其事于神明也。"

●诗之二章言此邦之人不讲信用,我将回到我的邦族兄弟那里去。

黄鸟黄鸟,无集于栩,无啄我黍。此邦之人,不可与处。言旋言归,复我诸父。

●诗之三章言此邦之人既然不亲善,不讲信用,就无法与他们相处下去了,只有回到邦族父辈那里去了。

〔解题〕

《毛序》:"《黄鸟》,刺宣王也。"《郑笺》:"刺其以阴礼教亲而不至,联兄弟之不固。"所谓"阴教"即婚俗之教,周代婚姻称兄弟,视婚姻关系如兄弟关系。陈乔枞据《焦氏易林·乾之坎》文云:"诗意盖女适异国不见答,故欲复其邦族。"可知郑玄是以今文家义申述《序》说。但细审此诗并非反映婚变。婚姻何必用盟?婚姻破裂,又与邦人何关?实际上,此诗及后面的《我行其野》,皆当与《鸿雁》合观。西周末年剧烈的社会动荡势必造成大量的流民,王朝对这些人众很可能采取了异地安置的办法。时间稍长,这些异乡就食者就难免与本地人发生磨擦乃至冲突。此诗当作于这样的背景之下。从道理上说,畿内邦国大多同出于周,本具同族之宜。宗法制的家国社会对同姓关系是极其重视的。然而现实的情况却是同邦关系高于同族关系,人们为着各自的利益互不相亲了。在一个注重族类相亲的社会里,这不能不引起人们的关注。诗人对此加以表现,也就是必然的了。《毛序》说"刺宣王",或许是认为诗人将这世道浇漓的现象归咎于周王。

我 行 其 野

我行其野，蔽芾其樗[①]。昏姻之故，言就尔居。尔不我畜，复我邦家[②]。

〔注释〕

①蔽芾，树叶茂密貌。　樗，《毛传》："恶木也。"即今臭椿。　②畜，《毛传》："养也。"

●诗之首章孤特的椿树与孤独的行人成一对景。

我行其野，言采其蓫[①]。昏姻之故，言就尔宿。尔不我畜，言归斯复[②]。

〔注释〕

①蓫(zhú)，《毛传》："恶菜也。"一种野菜，又名羊蹄菜。　②斯，而。虚词。

●诗之二章菜的苦恶正言心情的恶劣。

我行其野，言采其葍[①]。不思旧姻，求尔新特[②]。成不以富，亦祇以异[③]。

〔注释〕

①葍(fú)，《毛传》："恶菜也。"一种有臭味的野菜，状如手指，白色。②新特，《毛传》："外婚也。"即新的配偶。　③成，《论语》引作"诚不以富"，成即诚的假借字。　祇，只。字当作衹。

●诗之三章从德行上寻找原因，意在诛心。

〔解题〕

《毛序》："《我行其野》，刺宣王也。"《郑笺》："刺其不正嫁娶之数，而有荒政，多淫婚之俗。"今人多以反映家庭婚变的诗歌视之。而细读此诗，不像是有关夫妻关系的诗，倒似乎反映了有着姻亲关系的人们之间的矛盾纠葛。"昏姻之故"云云，是在说因为有婚姻亲戚关系，才投靠你们。理解此诗仍须与西周末年的动荡联系起来。流离失所的人们投靠姻亲而遭到恶待，才是此诗所反映的问题。《礼记》曰："夫昏礼，万世之始也。取于异姓，所以附远、厚别也。"(《郊特牲》)又曰："昏礼者，将合二姓之好。"(《昏义》)婚姻是作为主宰者的姬姓人群借以联结异姓人群的重要方式，在周王朝的政治系统中占有重要位置。惟其如此，在动乱的年代里，姻亲关系的破裂现象才会引起诗人的关注，并加以表现。诗结尾处的"成不以富，亦祇以异"，实际上正言若反。亲戚反目，根本就是因为经济上的悬殊。

斯　干

秩秩斯干，幽幽南山①。如竹苞矣，如松茂矣②。兄及弟矣，式相好矣，无相犹矣③。

〔注释〕

①秩秩，《毛传》："流行也。"马瑞辰《通释》："《释文》：'秩秩，清也。'盖以释此诗，状涧水之清也。"　干，《毛传》："涧也。"马瑞辰曰："干与间、涧双声，古通用。"　幽幽，《毛传》："深远也。"　南山，即终南山，在渭水之南。　②苞，朱熹《集传》："丛生而固也。"　③式，虚词。　犹，马瑞辰《通释》："犹、猷古通。《方言》：'猷，诈也。'《广雅》：'猷，欺也。'诗谓兄弟相爱以诚，无相欺诈。"

●诗之首章欲写宫室，先言山水形胜，而以松竹森茂映衬兄弟的和谐，则又生气勃勃。此章为宫室铺陈背景。

似续妣祖，筑室百堵，西南其户①。爰居爰处，爰笑爰语。

〔注释〕

①似，《毛传》："嗣也。" 妣(bì)，《郑笺》："先妣。"即女祖先。 西南句，《毛传》："西乡户，南乡户。"乡，即向。

●诗之二章揭出祖先以明筑室意义，爰笑爰语则与上文所言景色相映照。

约之阁阁，椓之橐橐①。风雨攸除，鸟鼠攸去，君子攸芋②。

〔注释〕

①约，《毛传》："束也。"古人用夹板筑墙，故须用绳索捆绑。 阁阁，《毛传》："犹历历也。"有结实、齐整之意。 椓，即夯土。 橐橐，状声词。 ②攸，乃。 芋，据王先谦《集疏》，《鲁诗》作宇。《毛诗》作芋，为假借字。宇，覆盖。

●诗之三章言作室的坚实。

如跂斯翼①，如矢斯棘②，如鸟斯革③，如翚斯飞④。君子攸跻⑤。

〔注释〕

①跂(qǐ)，《毛传》："如人之跂竦翼尔。"即翼然耸立。下三句句法相同。 ②棘，《毛传》："棱廉也。"指棱角整饬。 ③革，《毛传》："翼也。" ④翚(huī)，马瑞辰《通释》："《说文》：'翚，大飞翚也。'此诗应取翚为大飞之义，以状檐阿之势，犹今云飞檐也。" ⑤跻，《毛传》："升也。"即升阶入居新室。

●诗之四章博喻联翩。前两如句言堂室严整，后两如句状其飞动之势。

前言堂室形貌，后言堂室精神，而结句以一“攸跻”收束全章，则前四句不过是在为君子的登堂入室增光设色。

殖殖其庭，有觉其楹①。哙哙其正，哕哕其冥②。君子攸宁。

〔注释〕

①殖殖，《毛传》：“言平正也。” 有觉，《毛传》：“言高大也。” 楹，明柱。

②哙哙，《郑笺》：“犹快快也。”宽绰明亮。 正，黄焯《诗疏平义》（以下简称《平义》）：“正、冥与庭、楹文属平列，正谓正寝，冥谓室之奥窔。” 哕哕，幽晦之象。 冥，堂奥幽晦之处。

●诗之五章写室内之形，六叠字极叙其形象、幽明变化。而最后一句着一“宁”字，上文所有对堂室形状气势的描写，都有一归结处。同时又启下文生育之事。

下莞上簟，乃安斯寝①。乃寝乃兴，乃占我梦②。吉梦维何？维熊维罴，维虺维蛇③。

〔注释〕

①莞（guǎn），《郑笺》：“小蒲之席也。”即蒲草编制的席。 簟（diàn），《郑笺》：“竹苇曰簟。”即竹或苇编制的席。 乃、斯，结构助词。 ②兴，起。 占，占卜、圆梦。 ③虺（huǐ），蛇的一种。

●诗之六章写梦以表堂室吉祥，带出下文，转换巧妙。

大人占之：维熊维罴，男子之祥①。维虺维蛇，女子之祥。

〔注释〕

①祥，吉兆。

●诗之七章言吉祥应验。孙鑛云：“考室以男女为祝，固是常理，但从梦里说来，直至如此细陈琐列，在汉以后人绝无此调。”

乃生男子，载寝之床，载衣之裳，载弄之璋[①]。其泣喤喤，朱芾斯皇，室家君王[②]。

〔注释〕

①乃，若。　载寝、载衣，《郑笺》："男子生而卧于床，尊之也。裳，昼日衣也。衣以裳者，明当主于外事者。"　璋，《毛传》："半珪曰璋。"即半圆形的玉。

②喤，朱熹《集传》："大声也。"　室家，《郑笺》："一家之内。宣王将生之子，或且为诸侯，或且为天子，皆将佩朱芾煌煌然。"

●诗之八章三个载字，写出生男的欣喜和忙而不乱。祝福之辞从哭声写起，落笔精巧而有趣。

乃生女子，载寝之地，载衣之裼，载弄之瓦[①]。无非无仪，唯酒食是议，无父母诒罹[②]。

〔注释〕

①载寝之地，王先谦《集疏》引班昭《女诫》曰："古者生女三日，卧之床下，弄之瓦砖，而齐（斋）告焉。卧之床下，明其卑弱，主下人也。弄之瓦砖，明起其习劳，主执勤也。齐告者，明当主继祭祀者也。"　裼（tì），《毛传》："褓也。"即襁褓。　瓦，《毛传》："纺砖也。"于省吾《新证》认为《毛传》"纺砖"本当作纺专，砖为后人所改。纺专即纺团，"即今考古所发现的纺轮"。　②无非，马瑞辰《通释》："非，违也。……无非即无违。"　无仪，马瑞辰《通释》："此《士昏礼记》所云'父送女，命之曰夙夜无违命，母曰违命无违宫事'也。《说文》：'仪，度也。'今按，妇人，从人者也，不自度事以自专制，故曰无仪。"　诒，同贻，带来。　罹，《毛传》："忧也。"

●诗之九章写生女之事，并述祝福之辞，男女尊卑观念明显。以上二章，遥承第二章"似续妣祖"之句，落实宫室的吉祥。

〔解题〕

《毛序》："《斯干》，宣王考室也。"《郑笺》："考，成也。德行国富，人民殷众而皆佼好，骨肉和亲。宣王于是筑宫庙，群寝既成而衅之，歌《斯干》之诗以落之，此之谓成室。宗庙成，则又祭祀先祖。”古人器物既成，涂血为祭，谓之衅。“落”即今所谓的落成典礼。朱熹《集传》云：“旧说，厉王既流于彘，宫室圮坏，故宣王即位，更作宫室，既成而落之。今亦未有以见其必为是时之诗也。”虽对诗是否作于宣王时期表示了怀疑，但所陈述的“旧说”，却认为作于宣王即位之初、百废待兴之际。姚鼐《九经考》更认为系宣王经厉王之乱后迁都新地时的作品。（其说见胡承珙《后笺》所征引）姚说不足信，前人已有驳正，在此不赘。观作品本身内容，既不像荒乱后重建宫室的歌唱，也不像迁移都城的诗歌。诗以深涧、远山的秀美景色起兴，就不是才经动乱后的口吻。汉代的今、古学派虽理解不同，但都认为是宣王时的作品。从诗的情调看，当作于社会相对稳定时期。宣王中兴，庶几当之，因而毛、郑的说法是不可轻易否定的。确定此诗的年代，还有一个重要的途径，就是将此诗与那些可以确定为宣王时期的作品联系起来加以比较。《常武》确定无疑为宣王朝诗，而本诗连用“如”字句式，格调、气势与《常武》如出一辙，当为同一时期的作品。连类而及，本诗而外的《天保》、《无羊》等相当数量的诗篇，都可断定为同期作品。这些诗歌突出的特点是善于叙事，气势恢弘，标志着诗歌写作技艺的长足进步。《斯干》即是其中的典范之作。欲写宫室，先状环境景色；欲言宫室吉祥，先表筑室愿望。言庭堂则状其飞动，言屋室则表其幽明。正面实写之后，又以一梦境提起下文，以虚拟想像之辞，畅达真实祝愿之情。王室是宗族的希望，宗族是天下的希望。从天子营造庭室之中，生发出如此热切向往，不是经历过世变沧桑，诗人怎会如此？班固说：“赋者，古诗之流也。”研读此诗，益信此言不虚。汉大赋的铺陈叙事，实在渊源于《诗经》。“诗人之赋丽以则，辞人之赋丽以淫。”“诗人之赋”中有真兴寄，有真精神，正是其与形、神脱节的“辞人之赋”的区别。

无　羊

谁谓尔无羊？三百维群[①]。谁谓尔无牛？九十其犉[②]。尔羊来思，其角濈濈[③]。尔牛来思，其耳湿湿[④]。

〔注释〕

①三百，极言数量之多，并非实数。　②犉(chún)，马瑞辰《通释》："《传》：'黄牛黑唇曰犉。'瑞辰按：《尔雅》又云'牛七尺曰犉'，诗义当取此，极言肥大者之多尔。"　③濈濈(jí)，《毛传》："聚其角而息，濈濈然。"　④湿湿，《毛传》："呞而动其耳，湿湿然。"呞即反刍。

●诗之首章总言牛羊之多。以发问起，文势飘忽，问实即赞。一问一答，文气呼应。三百言其多，九十言其大，富于变化。濈濈、湿湿，描摹精细传神。

或降于阿，或饮于池，或寝或讹[①]。尔牧来思，何蓑何笠，或负其糇[②]。三十维物，尔牲则具[③]。

〔注释〕

①讹，《毛传》："动也。"　②何，通荷，披、戴。　③物，本义为牛的毛色。此处为以毛色分别牛群，三十维物即三十头牛为一色。三十极言其多，并非实数。　牲，祭祀用的牲口。　具，完备。古人不同的祭祀用不同毛色的牲口。牛群毛色众多，则祭祀的牲口齐备。

●诗之二章将眼光投向牧地，视野开阔，人、畜杂写，并着意于畜的动态。牛羊的行走、摇头摆尾、互相的耍斗，都含在一"讹"字之中，只可意会而不可言传。

尔牧来思，以薪以蒸，以雌以雄[①]。尔羊来思，矜矜兢兢，不骞不崩[②]。麾之以肱，毕来既升[③]。

〔注释〕

①薪、蒸，柴草。《郑笺》："此言牧人有余力则取薪蒸、搏禽兽，以来归也。粗曰薪，细曰蒸。"禽兽，即猎物。　②矜矜，于省吾《新证》谓本应作矜矜。矜矜又应读作邻邻。邻本义为比邻相连而居，引伸之则接连有众多之义。兢兢，于省吾《新证》谓本应作竞竞，竞相奔逐之意。　骞，《毛传》："亏也。"崩，于省吾《新证》："《论语·阳货》'乐必崩'，皇疏谓'崩是坠失之称也'；又《季氏》'邦分崩离析'，孔注谓'欲去曰崩'。"在此，崩有逃失之意。　③麾，挥动。　肱，《毛传》："臂也。"　升，《毛传》："人牢也。"

●诗之三章写羊。专表其日暮归笼。而牧人挥羊入圈的干练及薪蒸、猎物满载而归的画面，又给诗篇陡然增添了几多生活气息。

牧人乃梦，众维鱼矣，旐维旟矣①。大人占之：众维鱼矣，实维丰年。旐维旟矣，室家溱溱②。

〔注释〕

①众维两句，《毛传》："阴阳和，则鱼众多矣。""旐、旟，所以聚众也。"于省吾《新证》认为旐应读作兆，兆众同义，众多的意思。　②溱溱（zhēn），《毛传》："众也。"

●诗之四章以牧人梦兆作结，表达祝福之意。

〔解题〕

《毛序》："《无羊》，宣王考牧也。"汉代其他学派无异义，宋人亦无新说。《郑笺》解释"考牧"曰："厉王之时，牧人之职废，宣王始兴而复之，至此而成，谓复先王牛羊之数。"据《周礼》，王有牧人、牛人、羊人等官职，《序》说是有根据的。同时，据诗歌在格调及构思上与《斯干》的某些相同，当是同一时期甚至同出一人的作品。此诗反映出宣王朝社会经济的恢复情况，有经济史上的价值。在艺术方面，也是三百篇中不可多得的作品。诗的画面感很强，写牛羊，或从耳、角的细部动作入手，或从其群体的移动大轮廓着眼，线条粗细有致;或写牛,或写羊,或写牧人,运笔矫健多变。此诗在赋事方面很典型,标志着西周诗歌创作在宣王时期某些值得注意的变化。

节　南　山

节彼南山,维石岩岩①。赫赫师尹,民具尔瞻②。忧心如惔,不敢戏谈③。国既卒斩,何用不监④?

〔注释〕

①节,《毛传》:"高峻貌。"　岩岩,《毛传》:"积石貌。"　②师尹,王国维《书作册诗尹氏说》:"师、尹乃二官名。非谓尹其氏、师其官也。"师为王最高军事长官,尹掌册命,为王朝最高文职名称。　具,《毛传》:"俱也。"　瞻,《毛传》:"视也。"　③惔(tán),《毛传》:"燔也。"《韩诗》作炎。段玉裁《毛诗小学》断定惔为炎字之误,忧心如火之意。　④卒斩句,《毛传》:"卒,尽。斩,断。监,视也。"

●诗之首章以终南山起兴,"起得严厉有势"(方玉润《原始》)。

节彼南山,有实其猗①。赫赫师尹,不平谓何②?天方荐瘥,丧乱弘多③。民言无嘉,憯莫惩嗟④?

〔注释〕

①实,《毛传》:"满也。"　猗,马瑞辰《通释》:"猗、阿古音通用。王尚书曰:'猗当读为阿。阿,曲隅也。实,广大貌。"有实其猗"者,言南山之阿,实然广大也。'今按王说是也。《尔雅》:'偏高曰阿丘。'阿为偏高不平之地,故诗以兴师尹之不平耳。"　②不平,乱政。　谓,王引之《释词》:"犹奈也。"谓何即奈何。　③荐,《毛传》:"重。"即重复降下。　瘥(cuō),《毛传》:"病。"即瘟疫。　④憯(cǎn),《毛传》:"曾也。"憯莫即不曾。　惩,惩戒。

●诗之二章以天灾人祸承上文"国既卒斩",以"民言无嘉"应"民具尔瞻”。

尹氏大师，维周之氐①。秉国之均，四方是维，天子是毗，俾民不迷②。不弔昊天，不宜空我师③。

〔注释〕

①尹氏，尹的尊称。　氐，《毛传》：“本。”马瑞辰《通释》：“《尔雅·释言》：‘柢，本也。’郭注：‘谓根本。’木必有根而本始建，大臣之为国根本，亦犹是也。”　②均，《毛传》：“平。”《郑笺》：“持国政之平。”均，《汉书》、《文选注》皆引作钧。马瑞辰曰：“盖钧本称物之名，后遂通以为平均之称。”　维，维系。　毗，《郑笺》：“辅也。”　俾，使。　③不弔，林义光《通解》：“不淑也。”即不善。　昊天，广大无边的上天。　空，《毛传》：“穷也。”陷入困境。　师，众民。

●诗之三章前六句皆就师尹之职的责任重大上说。“刺其人，却颂其职，盖反意责之。”（孙鑛语）末尾突接以“昊天”两句，中间省去许多内容。文势转换突兀，有哽咽之悲。

弗躬弗亲，庶民弗信①。弗问弗仕，勿罔君子②。式夷式已，无小人殆③。琐琐姻亚，则无膴仕④。

〔注释〕

①弗，不。　躬、亲，亲自。　信，信任。　②仕，《郑笺》：“察也。”　勿罔，马瑞辰《通释》：“王尚书《释词》以勿为语词，勿罔即罔，犹之不显即显、不承即承。其说是也。”罔即欺惘之惘。　君子，朱熹《集传》：“指王也。”　③式，此处两式字与下章“式月斯生”之式皆虚词。　夷、已，马瑞辰《通释》：“夷，谓平其心。已，谓知所止。”　殆，《郑笺》：“近也。无小人近。”　④琐琐，《毛传》：“小貌。”　姻亚，《毛传》：“两婿相谓曰姻。”《郑笺》：“婿父曰亚。”姻亚即婚姻裙带关系。亚亦作娅。　膴(wǔ)仕，《毛传》：“膴，厚也。”仕，任用。膴仕即后世所谓肥缺。

●诗之四章指出师尹不自为政，任用小人的失职。

昊天不傭，降此鞠讻[①]。昊天不惠，降此大戾[②]。君子如届，俾民心阕[③]。君子如夷，恶怒是违[④]。

〔注释〕

①傭(yōng)，《毛传》："均。" 鞠，《毛传》："盈。"在此有极端之意。 讻，马瑞辰《通释》："当读如'日月告凶'之凶，谓凶咎也。" ②戾，灾难。 ③届，《毛传》："极。"马瑞辰《通释》："届谓得所止，犹上章'式已'也。"如届即有定则。 ④夷，《毛传》："易。"马瑞辰《通释》："君子如夷谓得其平正，犹上章'式夷'也。上得所止，则民心亦知所息矣；上得其平，则民恶怒不平之气亦去矣。" 恶怒，《郑笺》："乖争之情。" 违，《毛传》："去也。"即消除。

●诗之五章言在位者的行为关系重大。

不吊昊天，乱靡有定。式月斯生，俾民不宁[①]。忧心如酲，谁秉国成[②]？不自为政，卒劳百姓[③]。

〔注释〕

①式月句，《郑笺》："言月月益甚也。" ②酲(chéng)，《毛传》："病酒曰酲。" 国成，义同上文"国均"，国家政事。 ③卒劳，马瑞辰《通释》："卒者，瘁之假借。卒亦劳也，犹言贤劳、劬劳。"

●诗之六章言百姓困苦，绝望、痛责之意不言自明。

驾彼四牡，四牡项领[①]。我瞻四方，蹙蹙靡所骋[②]。

〔注释〕

①项，《毛传》："大也。"陈奂《传疏》："凡从工声字，多训大。" 领，颈。项领即马颈肥大。马久不跑动则颈变肥，隐含马的主人久不见用之意。 ②蹙蹙，《郑笺》："缩小之貌。"隐含国家到处祸乱不宁，无处可去之意。

●诗之七章明写驾马出游，实写无以排遣的忧愤心情。荡开一笔，遥承前章"丧乱弘多"。

方茂尔恶，相尔矛矣①。既夷既怿，如相酬矣②。

〔注释〕

①茂，《毛传》："勉也。" 矛，于省吾《新证》："乃敄的借字。敄经传通作务或侮。……侮为轻侮傲慢之义，系典籍中的常诂。" ②既，又。 夷，《郑笺》："说也。"说即悦，古今字。 怿，与夷同义。

●诗之八章写师尹丑态，应前文"憯莫惩嗟"句。

昊天不平，我王不宁。不惩其心，覆怨其正①。

〔注释〕

①覆，反而。 正，朱熹《集传》："乃反怨人之正己者。"

●诗之九章收回正题。

家父作诵，以究王讻①。式讹尔心，以畜万邦②。

〔注释〕

①家父，《毛传》："大夫也。" 诵，讽谏的诗篇。 究，追究。 王讻，即给王带来凶灾的人。 ②畜，《郑笺》："养也。"养即长养，此处有挽救之意。

●诗之十章点明作诗之意，卒章显志。自具署名，与开始的"不敢戏谈"相对，磊落堂正。

〔解题〕

《毛序》："《节南山》，家父刺幽王也。"王先谦《集疏》引《齐》说曰："周室之衰，其卿大夫缓于谊而急于利，亡推让之风而有争田之讼，故诗人疾而刺之。"今、古两家在诗的创作时间上看法大体一致，而在诗篇所刺对象上却颇有分歧。考诸诗篇内容，《齐诗》的说法更接近实际。然而问题又不这么简单。要准确理解此诗的内涵，必须首先解决诗的创作时代及其背景。诗中"国既卒斩"，古来学者有不同的解释。一种观点认为，这是对幽王的警告，因而诗作于幽王在世时期。另一种看法认为，“卒斩”云云是对现实的描述，因而诗作于宗周既灭之后。考东、西周交替之际的历史，后一种说法是正确的。《左传·昭公二十六年》孔颖达《正义》引《汲冢书纪年》云：“平王奔西申，而立伯盘为太子，与幽王俱死于戏。先是，申侯、鲁侯及许文公立平王于申，以本太子，故称天王。幽王既死，而虢公翰又立王子余臣于携。周二王并立。二十一年，携王为晋文公所杀。以本非嫡，故称携王。”此段记载，对弄清两周之际的历史情况十分宝贵。（关于此段材料的真实性，可参考晁福林教授《论平王东迁》一文）它表明，幽王废黜太子之后，太子宜白（即后来的周平王）逃往西申，并被其拥护者立为“天王”。而幽王及新立太子伯盘死后，西周朝廷并未随即灭亡，大臣虢公翰曾立余臣为继世周王，从而形成“二王并立”的历史局面。直到晋文公二十一年、携王在位十余年之后，这局面才告结束，平王方始东迁。十余年的时间虽然只是历史的一瞬，但对诗歌创作而言，却足以孕育一个独具色彩的文学时代。大、小《雅》中众多充满着哀怨与愤激情绪的政治抒情诗，就大多产生于这样一个十年期内。《节南山》正是其中之一。诗中的“赫赫师尹”，应当就是扶立携王的虢公翰，而虢公翰又很可能就是《史记》所载幽王朝时那位谄佞好利的虢石父。诗是为“不宁”的周王“究讻”而作，但诗中所道及的“君子”，却是位易受欺惘、没有定则的人物。实际上，“君子”指的是“以本非嫡，故称携王”的余臣，而“我王”则是“以本太子，故称天王”的宜白。诗人抨击的是权臣及其卵翼的弱主，捍卫的则是嫡子天王的名分。嫡庶之别是宗法制的基本观念，不论是鲁侯、许公及晋侯的扶立宜白，还是此诗家父的“究王讻”，都体现着这一基本观念。

正　月

正月繁霜，我心忧伤①。民之讹言，亦孔之将②。念我独兮，忧心京京③。哀我小心，癙忧以痒④。

〔注释〕

①正月，《毛传》："夏之四月。"即夏历的四月。　②讹言，《郑笺》："讹，伪也。"即因天气反常而引起的谣言。　将，《毛传》："大也。"　③京京，朱熹《集传》："亦大也。"　④癙(shǔ)、痒，《毛传》："皆病也。"

●诗之首章言天时反常，人心浮动。世道险恶，诗人感时伤世，自叹凄凉。

父母生我，胡俾我瘉①？不自我先，不自我后②。好言自口，莠言自口③。忧心愈愈，是以有侮④。

〔注释〕

①瘉(yù)，《毛传》："病也。"　②不自二句，言自己生不逢时。　③莠，《毛传》："丑也。"　④愈愈，马瑞辰《通释》："《尔雅·释训》：'瘐瘐，病也。'瘐瘐即《诗》'愈愈'之异文。"

●诗之二章承上章"念我独兮"句，痛言生不逢时，遭世侵侮。

忧心惸惸，念我无禄①。民之无辜，并其臣仆②。哀我人斯，于何从禄？瞻乌爰止，于谁之屋③？

〔注释〕

①惸惸(qióng)，《毛传》："忧意也。"　②臣仆，《毛传》："古者有罪不入于刑，则役于圜土以为臣仆。"马瑞辰《通释》："《诗》言'并其臣仆'，谓使无罪

者并为臣仆，在罪人之列，非谓已为臣仆又从而罪及之也。” ③瞻乌二句，《毛传》：“富人之屋，乌所集也。”钱锺书《管锥编》引张穆之说：“乌即周室王业之征。”

●诗之三章承前“哀我小心”为言，并言及所有生民。乌的意象，给诗罩上一层不祥的氛围。

瞻彼中林，侯薪侯蒸①。民今方殆，视天梦梦②。既克有定，靡人弗胜③。有皇上帝，伊谁云憎④？

〔注释〕

①中林，《毛传》：“林中也。” 侯，维。参《六月》注。 薪、蒸，注见《无羊》。 ②殆，朱熹《集传》：“危也。”危困。 梦梦，马瑞辰《通释》：“昏乱之貌，言天意不可知也。” ③既克二句，马瑞辰《通释》：“‘定’当读如‘乱靡有定’之定，定犹止也。言天如有止乱之心，则此讹言之小人无不能胜之者。乃天能胜人而不肯止乱，不知天意果谁憎乎？此诗人念天之降乱，反复推测而故作不解之词。” ④皇，朱熹《集传》：“大也。” 伊，《郑笺》：“当读作緊，緊犹是也。”发语词，犹惟、是。 云，结构助词，与伊一起构成宾语提前句式。

●诗之四章继言天意难明。

谓山盖卑，为冈为陵①。民之讹言，宁莫之惩？召彼故老，讯之占梦②。具曰予圣，谁知乌之雌雄③？

〔注释〕

①盖，当读如盍，如何之意。朱熹《集传》：“谓山盖卑，而其实则冈陵之崇也。” ②故老，《毛传》：“元老。” 讯，《毛传》：“问也。” 占梦，陈奂《传疏》：“古者有问梦之事。召元老问之占梦，《洪范》所谓‘谋及卿士也’。” ③具曰句，《毛传》：“君臣俱自谓圣也。”

●诗之五章活画君主大臣们的颠狂之态。此章言占梦，又言乌之如何如何，疑与前文“瞻乌”云云有关。

谓天盖高，不敢不局①。谓地盖厚，不敢不蹐②。维号斯言，有伦有脊③。哀今之人，胡为虺蜴④！

〔注释〕

①局，《毛传》："曲也。"委曲。　②蹐（jí），《毛传》："累足也。"即小步行走貌，在此有谨慎之意。　③伦、脊，《毛传》："伦，道。脊，理也。"条理之意。　④虺蜴，朱熹《集传》："皆毒螫之虫也。"

●诗之六章言呼号而不得回应，诗人绝望而愤懑。

瞻彼阪田，有菀其特①。天之扤我，如不我克②。彼求我则，如不我得③。执我仇仇，亦不我力④。

〔注释〕

①阪田，《郑笺》："崎岖硗确之处。"　菀（wǎn），朱熹《集传》："茂盛之貌。"　特，孤高超群的苗。　②扤（wù），《毛传》："动也。"《郑笺》："天以风雨动摇我，如将不胜我，谓其迅疾也。"实有摧折之意。　克，能够。　③则，于省吾《新证》："则、败古通。……《庄子·庚桑楚》'天钧败之'，《释文》：'败，元嘉本作则。'"意为毁伤。　④执我，胡承珙《后笺》："犹言待我也。"仇仇，像仇人一样。　我力，不如我有力。

●诗之七章自叙特立独行的兀然性格，也是在追述茕独不幸的由来，引起下段文字。

心之忧矣，如或结之①。今兹之正，胡然厉矣②？燎之方扬，宁或灭之③？赫赫宗周，褒姒威之④！

〔注释〕

①或，有什么（事物或人）。　结，纠结缠绕。指内心痛苦无法化解。　②正，朱熹《集传》："政也。"　胡然，为何如此。　厉，《毛传》："恶也。"　③燎，《郑笺》："火田为燎。"　宁，难道。　④褒姒，幽王妃，褒国之女。史载幽王宠幸褒姒而荒废国政，后又因欲废申后立褒姒而得罪申侯，申侯联合

犬戎入侵，西周遂灭。 威，灭。

●诗之八章追究宗周灭亡的祸首，放言无忌，正是前文诗人所自述性格的表现。情绪激烈，为全诗的高潮。

终其永怀，又窘阴雨①。其车既载，乃弃尔辅②。载输尔载，将伯助予③。

〔注释〕

①终，陈奂《传疏》："既也。" 永怀，深长的忧思。此二句承上段宗周灭亡事而来。其意为：宗周才被灭亡，现在又陷入新的困境。 ②辅，陈奂《传疏》："掩舆之版。……大车掩版置诸两旁，可以任载。今大车既重载矣，而又弃其两旁之版，则所载必堕，此其显喻也。" ③输，《郑笺》："堕也。"将，《毛传》："请也。" 伯，《毛传》："长也。"

●诗之九章言宗周的破灭如火燎原。在经历过沉重的摧折之后，诗人对王谆谆告诲，其救世之心良苦。

无弃尔辅，员于尔辐①。屡顾尔仆，不输尔载②。终逾绝险，曾是不意③。

〔注释〕

①员，《毛传》："益也。"即加固。 辐，马瑞辰《通释》引曾钊说："当作輹。……《说文》：'輹，车下缚也。'盖伏兔在舆底，本不相连，须輹缚之。伏兔为任力之处，非一革所能胜，故须益其革缚。"伏兔即车轴车底板相接处的木垫，兔形。 ②顾，《郑笺》："犹视也，念也。" ③曾是不意，从不曾意识到这一点。

●诗之十章正面提撕。"曾是不意"句失望至极，故下文文意一转。

鱼在于沼，亦匪克乐①。潜虽伏矣，亦孔之炤②。忧心惨惨，念国之为虐③。

〔注释〕

①匪,非。 克,能。 ②炤,字亦作昭,明显之意。 ③惨惨,《毛传》:“犹戚戚也。”

●诗之十一章极言居乱世之出处两难,济世无门,遁世无所,栖惶至极。

彼有旨酒,又有嘉殽。洽比其邻,昏姻孔云①。念我独兮,忧心慇慇②。

〔注释〕

①洽,《毛传》:“合。”在此有广而周备之意。 比,本义为并排而列,在此有结交之意。 邻,《毛传》:“近。”实即亲信、朋党。 昏姻,即姻亲裙带关系。 云,《毛传》:“旋也。”云之初文象云回旋之形,姻娅之徒回旋于周围,实含众多之意。 ②慇慇(yīn),音义并同于殷殷,即浓厚。忧心浓厚即含隐痛。

●诗之十二章在痛说国事后,转回到对个人不幸的感伤,与诗开篇相呼应。个人的不幸与家国的不幸相关联,个人的苦难更见沉重。

佌佌彼有屋,蔌蔌方有穀①。民今之无禄,天夭是椓②。哿矣富人,哀此惸独③!

〔注释〕

①佌佌(cǐ),《毛传》:“小也。” 蔌蔌(sù),《毛传》:“陋也。” 穀,《郑笺》:“禄也。” ②夭、椓,陈奂《传疏》:“《释文》云:‘夭,灾也。’夭、椓二字连文,并有残害侵削之义。” ③哿(gě),《毛传》:“可也。”

●诗之十三章以对比手法揭示社会的丧失公正,收束全诗。孙𬬻云:“是深悲极怨之调,新意层出,愈说愈不能尽。”

〔解题〕

《毛序》:“《正月》,大夫刺幽王也。”据王先谦《集疏》,“三家无异义”。按,此诗的时代当与《节南山》同,其作者亦当是家父一类的大夫。诗中种种迹象都可表明,诗作于宗周既灭,二王并立,全社会惊魂未定之际。而其中“终其永怀,又窘阴雨”,则又相当准确地概括出携王朝廷朝政毫无希望的现实。诗对携王政治虽多有击刺,但并没有从宗法嫡庶的角度去否定余臣为王的合理的倾向。这是它与《节南山》一诗较大的不同之处。此诗的作者,从诗歌反映的内容看,是一个遭受排挤而陷于困苦的贵族人物。因有身世之慨,所以诗的情调与《节南山》及后面的《雨无正》、《小旻》等篇就有所不同。《节南山》等是谏谤之诗,表达的是抨击,是堂堂正理。而此诗则表达的是由个人的遭际所生发的哀怨与愤懑。对王的批评、提撕,对“讹言”之民的斥责,固然是诗的重要内容,但这都是与其个人的不幸相关的,也是以其个人的遭际为线索展开的。诗人是个有卓荦性格的人,也是一个对现世的苦难有着深刻体验的人。《诗经》多的是比兴手法。比兴的艺术精神在于追求与世界的和谐。而在《正月》里,我们实际上看到的是与《诗经》固有的艺术倾向相反的情形。它标志着思想观念的某种新变,因而是很值得注意的文学现象。

十 月 之 交

十月之交,朔月辛卯,日有食之,亦孔之醜①。彼月而微,此日而微②。今此下民,亦孔之哀③。

〔注释〕

①十月,夏历十月。　交,指晦(月终之日)、朔(月初之日)相交之日。　朔月,月的朔日。　辛卯,这一天的干支是辛卯。　醜,《毛传》:“恶也。”　②彼月句,意谓前此还有月食现象发生。　微,《郑笺》:“不明也。”　③亦孔句,古人认为日食、月食为凶灾之象,所以为之哀伤。

●诗之首章言日食的程度非常大，其兆很是险恶。详述日期干支，所以郑重其事。

日月告凶，不用其行①。四国无政，不用其良②。彼月而食，则维其常③。此日而食，于何不臧④！

〔注释〕

①告凶，《郑笺》："告天下以凶亡之征也。" 用，遵循。 行，《郑笺》："道度也。"朱熹《集传》："不用其行者，月不避日，失其道也。" ②四国，四方之国，亦即全国。 良，贤良。 ③彼月二句，朱熹《集传》："以月食为其常、日食为不臧者，阴亢阳而不胜，犹可言也，阴胜阳而掩之，不可言也。故《春秋》日食必书，而月食则无纪焉，亦以此尔。" ④于何，王先谦《集疏》引皮嘉祐说："犹如何也。" 臧，《郑笺》："善也。"方玉润《原始》："彼月而食四句，小人不知畏天，故借口曰：'彼月而食固其常矣，此日而食，又于何不臧之有乎？'盖不欲以天变自加修省耳。"

●诗之二章言日月失其常度，已经在显示着凶亡之象。天变而人不以为变，尤为可怕。

烨烨震电，不宁不令①。百川沸腾，山冢崒崩②。高岸为谷，深谷为陵③。哀今之人，胡憯莫惩④？

〔注释〕

①烨烨(yè)，《毛传》："震电貌。震，雷也。" 电，闪电。 宁、令，安宁。 ②沸腾，河水泛滥。 冢，《毛传》："山顶曰冢。" 崒崩，马瑞辰《通释》："崒崩二字连读，与上沸腾相对成文，即碎崩之假借，《尔雅》碎、崩并训为坏是也。" ③高岸二句，《毛传》："言易位也。" ④憯，《郑笺》："曾也。"

●诗之三章哀叹当今的人，在如此的剧变面前不知戒惧。《国语·周语上》："幽王二年西周三川皆震。伯阳父曰：'周将亡矣。夫天地之气，不失其序……今三川实震，是阳失其所而镇阴也。'"可知周人认为地变由天变所致。今日月不仅"告凶"，且已成变。仍不知惩，昏愦至极。

皇父卿士，番维司徒①，家伯维宰，仲允膳夫②，聚子内史，蹶维趣马，楀维师氏③，艳妻煽方处④。

〔注释〕

①皇父，人名。　卿士，官名。西周朝廷设卿士寮、太史寮两大机构，卿士为卿士寮长官，权位极重。　番，人名。　司徒，《郑笺》："掌天下土地之图、人民之数。"司徒与下文宰皆为卿，是皇父的下属。　②家伯，人名。　宰，冢宰。《郑笺》："掌建邦之六典。""六典"即国家制度的总称。　仲允，人名。　膳夫，《郑笺》："上士也，掌王之饮食膳羞。"　③聚（zōu），姓氏。　内史，《郑笺》："中大夫也，掌爵禄废置、生杀予夺之法。"　蹶，人名。　趣马，《郑笺》："中士也，掌王之马政。"　楀（jǔ），姓氏。　师氏，《郑笺》："亦中大夫也，掌司朝得失之事。"　④艳妻句，据于省吾《新证》考释，处应作炽。艳乃阎之假借，应读作焰。妻当读作齐。齐，皆也。并总括曰："艳妻煽方炽，谓焰皆煽方炽也。齐者总上七子而为言也。七子擅权，烜赫一时，言其气焰之盛而方兴也。诗人形容小人得势鸱张之态，可谓尽致。"

●诗之四章言七位权贵勾结在一起，气焰方兴方张。先极述灾变之剧，再出致变祸首，可谓深于笔法。

抑此皇父，岂曰不时①？胡为我作，不即我谋②？彻我墙屋，田卒汙莱③。曰予不戕，礼则然矣④！

〔注释〕

①抑，发语词。　岂曰，怎么可以说。　时，《毛传》："是也。"　②我，即墙屋的主人。　作，举动。　③彻，拆除。　卒，尽。　汙莱，《毛传》："下则汙，高则莱。"即荒废。　④戕，于省吾《新证》："按汉石经及王肃本并作臧。臧，善也。戕、臧古通。"　礼，朱骏声《说文通训定声》谓礼、理双声，义故可通。

●诗之五章紧承上章，进一步揭露皇父的恶行。此处"彻墙""田汙"云云，实与下文"作都于向"有关。

皇父孔圣，作都于向①。择三有事，亶侯多藏②。不慭遗一老，俾守我王③。择有车马，以居徂向④。

〔注释〕

①向，地名。周之东都畿内有两向，其一在今开封西南尉氏县境内，其地距东都雒邑两百多华里。另一向在洛邑正北约八十华里处，约今河南济源县西南，此向周初为苏子封邑。皇父作都，从诗中看当系强占。权臣建巢不应距都城太远，所以此诗之向，当系今在济源县内者。　②三有事，《毛传》："有司之国三卿，信维贪淫多藏之人也。"三卿即司徒、司空、司马。《郑笺》："礼，畿内诸侯二卿。"　藏，阮元《研经室集》："俗字。《说文》惟有臧字，故《汉书》收藏之藏皆作臧。此多臧言三事之谋多臧耳。"臧即善、好，反语。　③慭（yìn），陈奂《传疏》："《说文》：'宁，愿词也。''甯，所愿也。'慭、宁、甯声转相通。"据此，慭即宁愿、情愿之意。　④择有二句，《郑笺》："择民之富有车马者，以往居于向也。"

●诗之六章言权臣不仅擅权，而且营私。王政不仅混乱，而且孤危。孙钅广曰："此章语最醒峭。"

黾勉从事，不敢告劳①。无罪无辜，谗口嚣嚣②。下民之孽，匪降自天③。噂沓背憎，职竞由人④！

〔注释〕

①黾（mǐn）勉，努力。　②嚣嚣，《郑笺》："众多貌。"　③孽，《郑笺》："妖孽，谓相为灾害也。"　④噂（zūn）沓，《毛传》："噂犹噂噂，沓犹沓沓。"噂，《说文》："聚语也。"沓，《楚辞·天问》"天何所沓"，王逸注："合也。"马瑞辰《通释》引朱彬说："言小人之情，聚则相合，背即相憎。"　职竞，固定语词，其义相当于今所谓"只是"、"仅仅是"。

●诗之七章在对是非颠倒的抱怨中，诗人对现实进行颇有深度的反思。

悠悠我里，亦孔之痗①。四方有羡，我独居忧②。民莫不逸,我独不敢休[3]。天命不彻,我不敢傚我友自逸[4]。

〔注释〕

①里,《毛传》:"病也。"《韩诗》作瘇。《尔雅·释诂》:"瘇,病也。"马瑞辰《通释》:"此诗'亦孔之痗'始言病,则上句'悠悠我里'里当训忧。" 痗(mèi),《毛传》:"病也。" ②羡,马瑞辰《通释》:"《文选》李《注》引《韩诗》薛君《章句》曰:'羡,愿也。'……训羡为愿,正与忧相对成文。" 居,处。 ③逸,安闲。 ④彻,《毛传》:"道也。"不彻即天命不循道而行。 傚,音义并同于效。 友,同僚。

●诗之八章在"我"与四方之民的对比中,道出一番孤臣孽子的忠诚之心。

〔解题〕

《毛序》:"《十月之交》,大夫刺幽王也。"王先谦《集疏》谓"三家义当与毛同"。《郑笺》则谓:"当为刺厉王。作《诂训传》时移其篇第,因改之耳。《节》刺师尹不平,乱靡有定。此篇刺皇父擅恣,日月告凶。《正月》恶褒姒灭周,此篇疾艳妻煽方处。又幽王时司徒乃郑桓公友,非此篇之所云番也,是以知然。"可知在汉代此诗的创作年代就有厉王、幽王两说。时至晚清、近代,主幽王说者以诗中所记日食为证,认为即前代天文历算家如南朝梁虞劆、唐僧一行、元郭守敬等所推定的周幽王六年十月那一次。(参看阮元《研经室集·十月之交四篇属幽王说》)近代王国维则以厉王时铜器《函皇父敦》所记人物,断为厉王时期作品。若干年前,紫金山天文台张培瑜先生发表了《中国早期的日食记录和公元前十四至十一世纪日食表》,认为幽王六年即前776年9月6日的日食,是一很小的日偏食,中原周都地带根本无从看到。因此,有的学者将写作年代定于东周平王三十六年。因为该年(前735年)的夏历十月底(阳历11月30日)的辛卯日,发生过一次食分很大的日食现象。此次日食，中原地区到处可见。（参看赵光贤《〈十月之交〉作于平王时代说》）天文学的证据是不容争辩的。年代既定，此诗的一些内容也就须重新理解。例如与《节南山》、《正月》及《雨无正》相比，没有"宗周既灭"、"靡所止戾"云云的内容。现在看来这是因为作诗时距西周灭亡已数十年之久，王朝迁都也已若干年了。时过境迁，朝廷又有了新的问题与矛盾。再如诗中皇父"作都于向"的地点问题，前代学者都认为向在今开封市西南的尉氏县境内。现在看来当是距雒邑正北几十里处的向。从诗歌所反映的内容看，皇父是位弄权的人，发展私人势力，不会距都城太远，太远则会失去对权力的控制，这不是权臣处世的机宜。东周初期是一个载籍阙如的时代，因而此诗对认识这段历史，就有着尤其重要的意义。平王东迁并未给王朝带来任何振兴的迹象。这里已经不单是王任用小人的问题，而是权臣欺主、王室浸微的问题。王室连近臣都无以驾驭，诸侯霸主的崛起就是指日可待的事了。孤危忠臣的哀号中，展现的是毫无希望的王政残局。

雨　无　正

浩浩昊天，不骏其德①。降丧饥馑，斩伐四国②。旻天疾威，弗虑弗图③。舍彼有罪，既伏其辜④。若此无罪，沦胥以铺⑤。

〔注释〕

①浩浩，朱熹《集传》："广大也。"　骏，《毛传》："长也。"　②饥馑，《毛传》："谷不熟曰饥，蔬不熟曰馑。"在此即饥荒。　③旻（mín），幽远。陈奂《传疏》："旻天当从定本作昊天，此篇三言皆作昊天，作旻者，因《小旻》、《召旻》致误。"　疾威，《集传》："犹暴虐也。"　虑、图，《郑笺》："皆谋也。"即考虑。　④舍，吴昌莹《经词衍释》训为但，可从。　⑤沦，《毛传》："率也。"

胥,《郑笺》:“相。” 铺,于省吾《新证》:“与薄伐之薄并谐甫声,古通用,应训为迫。……迫与危义相因。”

●诗之首章写天心不平,起势宏壮。

周宗既灭,靡所止戾①。正大夫离居,莫知我勩②。三事大夫,莫肯夙夜③。邦君诸侯,莫肯朝夕④。庶曰式臧,覆出为恶⑤。

〔注释〕

①周宗,当作宗周,传写倒误。 戾,《毛传》:“定也。” ②正大夫,《郑笺》:“正,长也。”朱熹《集传》:“周官八职,一曰正,谓六官之长,皆上大夫。” 勩(yì),《毛传》:“劳也。” ③三事,三公。 大夫,朱熹《集传》:“六卿及中下大夫也。” 夙夜,《郑笺》:“晨夜朝暮省王也。”古时有早朝,有晚朝。早朝为朝,晚朝为夕。夙夜即早晚参拜。 ④朝夕,与夙夜同义,见前注。 ⑤庶,庶几,表希望之词。 覆,《郑笺》:“反也。”反而。

●诗之二章斥责三公六卿的逃避自全。周王内无大臣,外失诸侯,真可谓众叛亲离。

如何昊天,辟言不信①?如彼行迈,则靡所臻②。凡百君子,各敬尔身③。胡不相畏,不畏于天④?

〔注释〕

①如何,奈何。 辟,僻的假借,邪僻之意。 言,而。 不信,不讲信用。 ②行迈,行走前进。 臻,至。 ③凡百句,谓所有的在位者。凡百,所有的。 敬,慎重。 ④胡不二句,朱熹《集传》:“不敬尔身,不相畏也。不相畏,不畏天也。”

●诗之三章用天威来警示君子们遵守臣道。

戎成不退,饥成不遂①。曾我䙵御,憯憯日瘁②。凡百君子,莫肯用讯③。听言则答,谮言则退④。

〔注释〕

①戎,《毛传》:“兵。” 遂,于省吾《新证》:“应读作坠,……不遂即不坠。……此诗是说,战事已成而不罢退,饥馑已成而不消失,意谓遭时多难,人祸与天灾并至。” ②曾,陈奂《传疏》:“则也。” 暬(xiè)御,《毛传》:“侍御也。”朱熹《集传》:“《国语》曰:‘居寝有暬御之箴。’盖如汉侍中之官也。”据此,暬御即宦官。 憯憯,意即惨惨。 ③用讯,直言相告。用,以。讯,《郑笺》:“告也。” ④听言二句,马瑞辰《通释》:“听有顺从之义,‘听言’对‘谮言’而言,正谓顺从之言。《广韵》:‘谮,毁也。’‘毁,谤也。’古以谏言为谤言,古尧有诽谤之木,谮言即谤言也。言凡百君子莫肯用直谏,盖以王好顺从而恶谏谮,闻顺从之言则答而进之,闻谮毁之言则退而不答。听言则答,则进之可知;谮言则退,则不答可知。互文以见义。”

●诗之四章是对前两章的一个总结。君子大夫们既不畏天威,不恤国事,就只剩下周王的昏聩及灾难的恣肆。国无公忠,匡救乏人,这一番绝望的现实从一侍御之人口中说出,尤为客观、真实。

哀哉不能言,匪舌是出,维躬是瘁①。哿矣能言,巧言如流,俾躬处休②。

〔注释〕

①哀哉三句,王先谦《集疏》:“诗言哀哉此不能言之贤者,其趋事非恃舌之出话也,维以身尽瘁王事而已。” ②哿矣三句,哿矣与哀哉为对文。王先谦《集疏》:“若哿矣能言之小人但闻其能言之巧,如流水之滔滔不绝,常使其身处于安闲之地,于事无裨也。”哿,注见《正月》。

●诗之五章言忠诚者的言语是行动,奸巧者的行动是口舌。行动带给人的是困苦,口舌给人的是快乐。此章的义蕴,可以横概多少世代。

维曰于仕,孔棘且殆①。云不可使,得罪于天子②。亦云可使,怨及朋友③。

〔注释〕

①维曰，在此有“只说是”的意思。　仕，入仕。　棘，《郑笺》：“急也。”即危急、险恶。　②云，马瑞辰《通释》：“二云字皆臣答君之词。”　不可使，《郑笺》：“不正不从也。”　③亦，在此作若、如果解。　朋友，同僚。

●诗之六章言入仕者的尴尬。前已对不恤王事的行为多有责备，此处又为从政者作设身处地想。貌似宽宥之辞，实则现世道人心的浇薄。内含刺王之义，则又自不待言。

谓尔迁于王都，曰予未有室家[①]。鼠思泣血，无言不疾[②]。昔尔出居，谁从作尔室？

〔注释〕

①谓，马瑞辰《通释》：“《广雅》：‘谓，使也。’谓尔迁于王都，即将使尔迁于王都也。据下言昔尔出居，则迁即使其还居王都也。”　曰予句，即离居之臣的回答之辞。　②鼠思，朱熹《集传》：“犹言瘋忧也。”参《节南山》“瘋忧以痒”句注。　疾，态度激烈。

●诗之七章对离居者作诛心诘问，并述其忧戚之状，以衬其情之虚饰。方玉润说：“末更望诸臣之来共匡君失，因诘责之，使之穷于辞而无所遁，乃作诗本意。”

〔解题〕

《毛序》：“《雨无正》，大夫刺幽王也。雨自上下者也，众多如雨，而非所以为政也。”《郑笺》：“亦当为刺厉王，王之所下教令甚多而无正也。”但揆诸诗歌自身内容，与《序》、《笺》之说却相差甚远。“刺王”自是诗中固有含义，但诗的本旨却是批评、悲叹大臣们的不恤国事，匡国无人。古文学者好以“刺王”言诗，以为只要历数现实的不当，都是在“谲谏”刺王，反映出的是经生视诗为谤书的治学取向，本不足与论。至于郑玄将此诗的时代定于厉王时，也殊无道理。厉王只是被国人流放，并非灭国，显然与诗的“周宗既灭”不合。再者厉王失国，是因其失民心，也不当有此诗之作。实际上，此诗与《节南山》、《正月》同为镐京失陷、携王执政时期的作品。史言幽王的司徒郑桓公于幽王八年曾向史伯请教“逃死”之地。(《国语·郑语》)“王室多故”之际重臣们既已各怀私计，一旦事变来临，“凡百君子”们弃朝廷于不顾，正是大臣对王室丧失信心由来已久的必然结果。而诗中诸侯、三公们的不肯朝夕、夙夜，显然又与天王与携王并立、大臣不知所从因而狐疑观望有关。携王朝的情况，史书缺载。此诗正可补史之阙。看来名分不正的携王未尝不想集结势力，以图自存。然而诗篇显示出这种挣扎是多么的无效。可感慨的是本诗的作者，亦即诗中的暬御小臣，本着臣子的忠诚，以纲常大义为原则哀哀呼唤着君臣之道的复活。凄怆苍凉的诗篇千年不朽，使后世的人们在感受着那个特定的、转瞬即逝的历史氛围、社会心态时，浩然而起兴亡之慨。

小旻

旻天疾威，敷于下土①。谋犹回遹，何日斯沮②？谋臧不从，不臧覆用③。我视谋犹，亦孔之邛④！

〔注释〕

①旻(mǐn)，幽深遥远。　敷，《毛传》：“布也。”　②谋犹，谋划。犹通猷，与谋同义。　回遹(yù)，《毛传》：“回，邪。遹，辟。”辟即僻。回遹即邪僻。　沮，《郑笺》：“止也。”沮通阻，故训止。　③臧，《郑笺》：“善也。”　覆，复、反而。　④邛(qióng)，《毛传》：“病也。”

●诗之首章先言上天疾威，最后归结为政策失当，天灾实由人祸。

潝潝訿訿，亦孔之哀①。谋之其臧，则具是违；谋之不臧，则具是依。我视谋犹，伊于胡底②？

〔注释〕

①潝潝(xì)訿訿(zǐ)句,朱熹《集传》:"潝潝,相和也。訿訿,相诋也。"两句是写朝中小人党同伐异之貌。　②伊,将。　底,《郑笺》:"至也。"即终止。

●诗之二章紧承前章"我视犹谋"二句,明言正是小人无原则的相和相诋,不顾大体,才使得朝无正谋,令人哀痛。

我龟既厌,不我告犹①。谋夫孔多,是用不集②。发言盈庭,谁敢执其咎③?如匪行迈谋,是用不得于道④。

〔注释〕

①我龟句,《郑笺》:"卜筮数(频繁)而渎龟,龟灵厌之,不复告其所图之吉凶。"《易》曰:"初筮告,再筮则不告,是为渎神。"可与此句参读。　犹,马瑞辰《通释》:"犹、繇古同声,犹当为繇字之假借,谓繇词。"　②集,朱熹《集传》:"成也。"　③执,承当。　咎,本义为过错,在此有责任之意。　④如匪二句,《左传·襄公八年》记子驷引此二句,杜注曰:"匪,彼也。'行迈谋',谋于路人也。'不得于道',众无所适也。"

●诗之三章斥朝臣们的无能力、无胆识。智术短,所以频繁问卜,龟灵厌烦。能力劣,所以勇于聒噪,怯于践行。于此可见犹谋的回邪,不仅是因朝臣的失德,更在于主政者的少智乏术。

哀哉为犹,匪先民是程,匪大犹是经①。维迩言是听,维迩言是争②。如彼筑室于道谋,是用不溃于成③!

〔注释〕

①匪,非。　程,《毛传》:"法。"本义为准则、法度,在此为动词,取法。经,马瑞辰《通释》:"朱彬谓当训行,是也。……匪大犹是经,犹云非大道是遵循耳。"　②迩言,无关宏旨的言论。　③溃,《毛传》:"遂也。"马瑞辰《通释》:"溃即遂之假借。溃、遂古声近通用。"有完成、到达之意。

●诗之四章特言犹谋回邪的表现是违背先民大猷，筑室于道云云写尽斗筲之臣们的昏庸荒唐。

国虽靡止，或圣或否①。民虽靡朊，或哲或谋，或肃或艾②。如彼泉流，无沦胥以败③。

〔注释〕

①靡止，《毛传》："言小也。" ②朊(wǔ)，朱熹《集传》："大也。"在此有众多之意。 艾，《毛传》："治也。"马瑞辰《通释》："艾者，乂之假借。《说文》：'乂，治也。'今书省作乂，故又假借作艾。"

●诗之五章于规劝之中点明当政者的堵塞贤路，益见谋国者们的恶劣。

不敢暴虎，不敢冯河①。人知其一，莫知其他。战战兢兢，如临深渊，如履薄冰。

〔注释〕

①暴，朱熹《集传》："徒搏曰暴。" 冯(píng)，《毛传》："陵也。徒涉曰冯河。"

●诗之六章全用比喻，写贤者于大命将泛之际的恐惧戒惕之情。与诗开始的"旻天疾威"遥相呼应。寓意深微，造语警策。

〔解题〕

《毛序》："《小旻》，大夫刺幽王也。"从诗中"旻天疾威"、"国虽靡止"及末章的"战战兢兢"云云看，当与《节南山》、《雨无正》等为同一时期的作品，《序》谓作于幽王朝并无道理。从诗篇所表现出的内容看，当作于"二王并立"的较晚时期。诗围绕着"谋犹"二字，从各个方面描述了势力微弱的小朝廷中斗筲用事、治乱无策的衰颓之局。要之当是虢公翰去世后的光景，距"二王并立"的结束已经为期不远了。不论是本诗所指责的治国乏术，还是《节南山》等其他几首同期诗歌所表述的各种内容，都展示出这样的历史本质：作为西周余波携王朝的覆灭，够不上一个悲剧事件，不过是一种无价值的垃圾，被历史清除而已。即以本诗所展示的内容而言，当国家政治已经无法汲取到维持生命的智力要素时，实际表明的是，这个社会的制度本身已经败坏，没有再造的机能了。因而诗人任何救世意图的冷嘲热讽，都是无效的一厢情愿。然而这并不说明诗人们的努力是无价值的。相反，所有这些亡国之诗，都表现出这样一个事实：在一个社会消灭之际，在历史新旧交替的断裂之际，人们并没有丧失生存的理想，他们仍在思考着、期望着，人依然站立着。这些末世的挽歌在哭送着一个时代的同时，也以其焦灼的思绪启动着新时代的来临。春秋战国时期理性思潮的高涨，实际上正孕育于西周末年的诗人苦痛之中。

小　宛

宛彼鸣鸠，翰飞戾天①。我心忧伤，念昔先人。明发不寐，有怀二人②。

〔注释〕

①宛，《毛传》："小貌。"　鸣鸠，又名斑鸠，一种短尾的鸟。　翰，《毛传》："高。"　戾，《毛传》："至也。"　②明发，马瑞辰《通释》："皆醒也，即谓醒而不寐也。"　二人，指父母。

●诗之首章以念先人起，思绪迴远。以鸣鸠起兴，鸟小而高飞，喻示着情绪的跌宕，"明发"则现出一个"夜"字。这些都使诗篇笼罩在一片忧郁的氛围中。

人之齐圣，饮酒温克①。彼昏不知，壹醉日富②。各敬尔仪，天命不又③。

〔注释〕

①齐圣，王引之《述闻》："聪明睿知之称，与下文'彼昏不知'相对。齐者，知虑之敏也。" 温，《郑笺》："饮酒虽醉，犹能温藉自持以胜。"《孔疏》："谓蕴藉自持，含容之义。经中作温者，盖古字通用。" 克，《毛传》："胜也。"即自持。 ②壹，马瑞辰《通释》："语词，与《大学》'壹是皆以修身为本'、《檀弓》'予壹不知夫丧之踊也'、《三年问》'壹使足以成温理'为一类。" 壹醉句，马瑞辰《通释》："富之言畐也。《说文》：'畐，满也。读若伏。'醉则自盈满，正与温克相反。" ③敬，慎重。 仪，法度。 不又，不再。朱熹《集传》："又，复也。"

●诗之二章言酒德与天命的关系。周人特重飨宴之礼，饮酒观德是其中重要内容之一。贵族阶层普遍的酗酒败德，在诗人看来是要失去上天眷顾的。

中原有菽，庶民采之①。螟蛉有子，蜾蠃负之②。教诲尔子，式穀似之③。

〔注释〕

①中原，《毛传》："原中也。" 菽，《毛传》："藿也。"即豆叶。 ②螟蛉(míng líng)，《毛传》："桑虫也。" 蜾蠃(guǒ luǒ)，朱熹《集传》："土蜂也。" 负，马瑞辰《通释》："负之言孚也，凡物之卵化者曰孚，其化生者亦得言孚。《夏小正》'鸡桴粥'，《传》：'桴，妪伏也。'负之即孚育之，非谓负持之也。……负、复义近，有覆育之义。" ③穀，《郑笺》："善也。" 似，嗣也。

●诗之三章专言教育子弟，亦与首章的"念先人"相对应。

题彼脊令，载飞载鸣①。我日斯迈，而月斯征②。夙兴夜寐，毋忝尔所生③。

〔注释〕

①题，《毛传》："视也。" 脊令，鸟名。参《常棣》注。 ②迈、征，前行。

而，朱熹《集传》："汝也。" ③忝，《毛传》："辱也。" 所生，指父母、祖先。

●诗之四章言以兄弟共同进德相惕励，进一步申述不忘"先人"之义。

交交桑扈，率场啄粟①。哀我填寡，宜岸宜狱②。握粟出卜，自何能穀③？

〔注释〕

①交交句，《毛传》："交交，小貌。桑扈，窃脂也。"郭璞《尔雅注》："俗呼青雀，嘴曲，食肉，喜盗膏脂食之，因以云名。" ②填，朱熹《集注》："与瘨同，病也。" 宜，马瑞辰《通释》："二宜字皆且形近之讹。" 岸，《毛传》："讼也。"句意谓没落之世，王孙贵胄易于受构陷。前人多以实有狱讼解之，不确。 ③粟，古人占卜以糈米享神酬卜，粟即糈米之物。

●诗之五章以世道险恶，反言当进德求福。

温温恭人，如集于木①。惴惴小心，如临于谷②。战战兢兢，如履薄冰。

〔注释〕

①温温，《毛传》："和柔貌。" 恭人，恭谨之人。 如集句，《毛传》："恐坠也。" ②如临句，《毛传》："恐陨也。"

●诗之六章专言恐惧的心情，以形象精警的语言，表达出乱世中人对世界的独特感受。

〔解题〕

《毛序》："《小宛》，大夫刺幽王也。"揆诸诗歌本身，《序》说病在牵涉。朱熹《集传》："此大夫遭时之乱，而兄弟相戒以免祸之诗。"兄弟相戒的内容固然有，但不足以总括全诗，朱说病在以偏概全。方玉润《原始》则谓："贤人自箴也。"优于前人。实际上诗触及的是乱世之中，个人所应遵循的生活原则问题。诗人一则言"念昔先人"，再则言"有怀二人"，很明显是将自己的生活方向限定在"祖德”之下的。从诗中所强调的“敬仪”、“教子”及“进德”等诸多内容看，也正是如此。很显然这是不合时宜的。诗最后一章，就集中表达出诗人对现实所具有的强烈的恐惧感。因此，在贤者的“自箴”中，实际上显示着伤酒败德、德行松懈的世道人心的社会背景。如果说诗是有所“刺”的，也是针对着这样的世风。这样，作为一首记录着乱世心态的诗篇，它实际反映的是社会精神世界的分化与传承。在有形的社会制度走向崩溃的时候，精神传统也在经受堕落、断裂的考验。在生活的堕落成为普遍的风气之际，传统的道德仍被一部分人高擎着，并且成为这些人对抗现实、安顿生命的原则。

小　弁

弁彼鸒斯，归飞提提①。民莫不穀，我独于罹②。何辜于天，我罪伊何？心之忧矣，云如之何？

〔注释〕

①弁，《毛传》：“乐也。”　鸒（yù），《毛传》：“卑居。卑居，雅乌也。”马瑞辰《通释》引《小尔雅》曰：“纯黑而反哺者谓之乌，小而腹下白、不反哺者谓之雅乌。”　提提，《毛传》：“群飞貌。”（“飞”据马瑞辰《通释》补）　②罹，《郑笺》：“忧也。”

●诗之首章呼天自诉，总起全诗。

踧踧周道，鞫为茂草①。我心忧伤，惄焉如捣②。假寐永叹，维忧用老③。心之忧矣，疢如疾首④。

〔注释〕

①踧踧（tì），《毛传》：“平易也。”　周道，宗周通往东方各国的大道。鞫，《毛传》：“穷也。”在此犹如说尽、满。　②惄（nì），《毛传》：“思也。”即忧

思。　捣(dǎo),《毛传》:“心疾也。”　③假寐,闻一多《通义》:“假为限制寐之副词,假寐与永叹对举。假寐即姑寐,犹言暂时寝息也。”　永叹,长叹。维忧句,因忧而老。　④疢(chèn),《说文》:“热病也。”

●诗之二章极言内心的苦痛。

维桑与梓,必恭敬止[①]。靡瞻匪父,靡依匪母[②]。不属于毛,不罹于里[③]?天之生我,我辰安在?

〔注释〕

①桑、梓,朱熹《集传》:“古者五亩之宅,树之墙下,以遗子孙给蚕食、具器用者也。”因而称桑梓可表故园之情。　②瞻,本义为看,在此有依照之意。依,遵从。　③属,陈奂《传疏》:“著、附也。”　毛,《毛传》:“毛在外,阳以言父。”毛即毛发。　罹,陈奂《传疏》:“当依唐石经作离。凡别离与附离字皆作离,不作罹。”离即附丽、附着。　里,《毛传》:“里在内,阴以言母。”朱熹《集传》:“里,心腹也。”

●诗之三章前四句言对亲人毕恭毕敬,并无过恶。后四句则再次反问,极述无过得咎后的苦闷与哀痛。

菀彼柳斯,鸣蜩嘒嘒[①]。有漼者渊,萑苇淠淠[②]。譬彼舟流,不知所届[③]。心之忧矣,不遑假寐[④]。

〔注释〕

①菀,茂盛。　嘒嘒(huì),象声词。　②漼(cuǐ),《毛传》:“深貌。”萑(huán)苇,即芦苇。　淠淠(pì),《毛传》:“众也。”　③譬,比如。　届,《郑笺》:“至也。”　④不遑,没时间。参《采薇》注。

●诗之四章以柳蝉、渊苇,反衬人不如物;自比漂流小舟,极言迷惘孤苦。

鹿斯之奔,维足伎伎[①]。雉之朝雊,尚求其雌[②]。譬彼坏木,疾用无枝[③]。心之忧矣,宁莫之知?

〔注释〕

①伎伎,马瑞辰《通释》:“据《释文》,伎本又作跂。《白帖》引《诗》正作‘维足跂跂’。《淮南子》高《注》:‘跂,行也。’又通作歧,《字林》:‘歧歧,飞行貌。’是伎伎实速行之貌。《尔雅》:‘鹿,其迹速。’《诗》言‘维足伎伎’,盖言鹿善从其群,见前有鹿则飞行以奔之,与雉求其雌取兴正同。” ②雉(zhì),山鸡。雊(gòu),《郑笺》:“雉鸣也。” ③坏,《毛传》:“瘣也,谓伤病也。”

●诗之五章仍是托物生情,而以病木喻境况之恶,意象尤其工新。

相彼投兔,尚或先之①。行有死人,尚或墐之②。君子秉心,维其忍之③。心之忧矣,涕既陨之!

〔注释〕

①投兔,《郑笺》:“投,掩也。”马瑞辰《通释》:“投、度双声,投之言度也。《说文》:‘敗,闭也。或作剫。’《广雅》:‘堎,塞也。’字通作杜。贾逵《左传注》:‘杜,塞也。’凡兔皆自作途径,人张罝以掩覆之,必塞其路,故《笺》投兔即掩兔。” 先,马瑞辰《通释》:“《广雅》:‘先,始也。’义与开近。《礼记》‘有开必先’,先即所以开之也。开创谓之先,开放亦谓之先,先之即开其所塞也。”
②行(háng),《郑笺》:“道也。” 墐(jǐn),《毛传》:“路冢也。”即坟墓。在此作动词,埋葬。 ③君子,在此指“我”的父亲。

●诗之六章以投兔墐人,反衬君子秉心狠忍。

君子信谗,如或酬之。君子不惠,不舒究之①。伐木掎矣,析薪扡矣②。舍彼有罪,予之佗矣③。

〔注释〕

①舒,舒缓。在此有仔细之意。 究,《郑笺》:“谋也。” ②掎(yǐ),《毛传》:“伐木者掎其巅。”马瑞辰《通释》:“《说文》:‘掎,偏引也。’又通作猗。”扡(chí),《毛传》:“析薪者随其理。” ③佗,《毛传》:“加也。”

●诗之七章言君子喜欢谗言,就像有人向他敬酒一样。前章责君子无情，此章斥君子丧智。

莫高匪山，莫浚匪泉[1]。君子无易由言，耳属于垣[2]。无逝我梁，无发我笱[3]。我躬不阅，遑恤我后[4]！

〔注释〕

①浚，《毛传》："深也。"　②由，马瑞辰《通释》："《尔雅·释诂》：'繇，于也。'繇、由古通用。……戒君子无易于言也。"　属，附著。　垣，墙。　③梁，鱼梁。　笱，捕鱼的竹器。　④阅，容。　遑，暇。　恤，忧。以上四句参《邶风·谷风》注。

●诗之八章念起念消之间，特见"我"的性情，决绝之词，实出无奈。

〔解题〕

《毛序》云："《小弁》，刺幽王也。太子之傅作焉。"诗首章《毛传》解释曰："幽王取申女，生太子宜咎（字亦作臼）。又悦褒姒，生子伯服，立以为后而放宜咎。将杀之。"以上是古文家的看法。今文家则认为尹吉甫之子伯奇所作。王先谦《集疏》引《鲁诗》说："《小弁》，《小雅》之篇，伯奇之诗也。伯奇仁人，而父虐之，故作《小弁》之诗。……吉甫娶后妻，生子曰伯邦，乃谮伯奇于吉甫，放之于野。"自汉以降，两说并存，诸家持论多依违其间。即如朱子，作《四书集注》时从《序》说谓为太子之傅作。至其作《诗序辨说》，又怀疑非宜臼诗，尤其怀疑为太子傅作。这不奇怪，文献不足，本难确论。要之此诗涉及的是一场发生在上层贵族家庭内部中的父子间的矛盾冲突。这也是汉人不同说法中的相同点。其内容则表现的是父对子的迫害及子对这迫害的愤懑与无奈。早在战国时期，孟子就曾与人谈论过《小弁》。《孟子·告子下》："公孙丑问曰：'高子曰：《小弁》，小人之诗也。'孟子曰：'何以言之？'曰：'怨。'曰：'固哉，高叟之为诗也！……《小弁》之怨，亲亲也。亲亲，仁也。固矣夫，高叟之为诗也！'曰：'《凯风》何以不怨？'曰：'《凯风》，亲之过小者也。

《小弁》,亲之过大者也。亲之过大而不怨,是愈疏也。亲之过小而怨,是不可矶(激)也。愈疏,不孝也;不可矶,亦不孝也。'"孟子的论述中,实际说明的是孝道的伦理原则。《小弁》中充斥着一股怨怼之气。但这是否就意味着子辈违反了孝道原则了呢?高叟是这样认为的,孟子则大不以为然。在孟子看来,当长辈的错误过于严重时,后辈是有反对权利的。不如此则亲人的过错无以纠正。因此孝的含义既包括对长辈遵从的义务,也包括对尊亲纠正的权利。而高子则只看到了遵从的一面。问题是,孟子的观念是《小弁》创作时期的观念么?答案是肯定的。此诗不论是"太子之傅"作,还是太子自作(前人对此有争议),都表达了受到不正当待遇的子辈对父亲的相当强烈的不满之情。更重要的是,表达着这种不满的诗篇还能够被采入《诗经》,被之管弦,广为传诵。如果当时的孝道观念是高叟式的,会这样么?中国的伦理观在战国之际,随着社会制度走向极端专制,发生过剧烈的变化。《小弁》一诗的创作和流传,都保存着变化之前的形态。善读《诗》者,应当从诗里诗外读出其所处时代的某种文化氛围。

巧　　言

悠悠昊天,曰父母且①。无罪无辜,乱如此怃②!昊天已威,予慎无罪。昊天大怃,予慎无辜③。

〔注释〕

①悠悠,遥远广阔貌。　且(jǔ),语气词。　②怃(hū),《毛传》:"大也。"　③大(tài),音义皆同太。字或作泰,与上句"已威"之已同义。《郑笺》:"已、太皆言甚也。"　怃,即怃之假借,《新序》及《韩诗外传》引《诗》均作"太怃"可证。在此怃与威同义,发怒。

●诗之首章言上天既已震怒,就不分好坏,每个人只有慎重行事,自求无灾。

乱之初生，僭始既涵①。乱之又生，君子信谗。君子如怒，乱庶遄沮②。君子如祉，乱庶遄已③。

〔注释〕

① 僭、涵，《毛传》："僭，数。涵，容也。"马瑞辰《通释》："僭从《传》训数为允。……《传》盖以僭为谮之假借。《说文》：'谮，愬也。'……谓数其过而愬之也。涵亦从《传》训容为允，谓言未信而姑容之也。" ②遄（chuán），《毛传》："疾也。" 沮，《毛传》："止也。" ③祉，朱熹《集传》："犹喜也。"即欢喜得当的意思。

●诗之二章推原祸乱之本，言事之安危，系乎君子喜怒之间。

君子屡盟，乱是用长①。君子信盗，乱是用暴②。盗言孔甘，乱是用餤③。匪其止共，维王之邛④。

〔注释〕

①盟，盟会、约誓。 ②盗，《郑笺》："谓小人也。"实即骗子。 ③餤（tán），《毛传》："进也。"马瑞辰《通释》："餤盖亦啖字之别体。……是啖本甘食贪噉之貌，引伸其义为进。《诗》'乱是用餤'正承上'盗言孔甘'言之，故以啖食为喻耳。" ④止共，马瑞辰《通释》："《释文》：'共，音恭，本又作恭。'……《荀子·不苟》篇曰：'见由则恭而止。'杨倞《注》：'止，礼也。'止共谓止而共，犹《荀子》言'恭而止'也。" 邛，《郑笺》："病也。"

●诗之三章"屡盟"言君子无信，"信盗"言君子不智。

奕奕寝庙，君子作之①。秩秩大猷，圣人莫之②。他人有心，予忖度之③。跃跃毚兔，遇犬获之④。

〔注释〕

①奕奕，《毛传》："大貌。" 寝庙，宫室、宗庙。 ②秩秩，条理、次序。

猷,《郑笺》:"道也。" 莫,《毛传》:"谋也。"马瑞辰《通释》:"《说文》:'谟,谋也。'《毛传》谓莫即谟之省借。" ③忖(cǔn),揣摩。 ④毚(chán)兔,《毛传》:"狡兔也。"

●诗之四章特言君子的昏聩,有前人的基业在,有前人的鸿规在,为什么还让盗言猖獗呢?言外有君子不称其位之意。

荏染柔木,君子树之①。往来行言,心焉数之②。蛇蛇硕言,出自口矣③。巧言如簧,颜之厚矣。

〔注释〕

①荏染,朱熹《集传》:"柔貌。" 柔木,朱熹《集传》:"桐梓之属,可用者也。"喻逢迎谄媚之人。 ②行言,《尔雅·释诂》:"行,言也。"马瑞辰《通释》:"是行言二字平列而同义,犹云语言耳。" ③蛇蛇,接连不断貌。 硕言,大言。

●诗之五章与前章相对相衬。昏庸树小人,小人造谣言,正与圣人、大猷相背而行。君智既不足制小人,巧言之辈便越发猖狂。

彼何人斯?居河之麋①。无拳无勇,职为乱阶②。既微且尰,尔勇伊何③?为犹将多,尔居徒几何④?

〔注释〕

① 麋,《毛传》:"水草之交谓之麋。"麋即湄之假借,《尔雅·释水》:"水草交为湄。"郭璞注引《诗》"居河之湄",可证。 ②拳,《毛传》:"力也。"马瑞辰《通释》:"拳者,捲之假借。" 职,《郑笺》:"主也。此人主为乱作阶,言乱由之来也。" ③微,《毛传》:"骭疡为微。"骭为小腿,疡即溃烂。微本字应作癓。 尰(zhǒng),《毛传》:"肿足为尰。" ④犹,《郑笺》:"谋也。"马瑞辰《通释》:"犹、猷古通用。《方言》:'猷,诈也。'《广雅》:'犹,欺也。''为犹将多',言其为欺诈且多也。" 居,马瑞辰《通释》:"语助辞,读与'日居月处'、'以居徂向'、'上帝居歆'并同。" 徒,陈奂《传疏》:"犹直也。……'尔居徒几何'犹言尔直几何也。"直即"值得"之值。

●诗之六章专写小人无力无勇,甚至形体丑恶,其搬弄是非皆靠其巧言如簧。如此毫无足道的人，却能蒙骗君王。小人自是可恶，君主的昏庸亦不待言。一说此章应属《何人斯》首章，因错简而误在此。

〔解题〕

《毛序》："《巧言》，刺幽王也。大夫伤于谗，故作是诗也。"齐、鲁、韩三家无异说，宋儒也无异议。从内容看，矛头所向直指权臣及周王，放言无忌，与《节南山》等诗思致相同。结合诗中"君子如怒"、"君子如祉"等假设句式看，似是剧变后的反思。因而此诗创作时间，大致也应在宗周初灭之际。《史记·周本纪》："幽王以虢石父为卿，用事，国人皆怨。石父为人佞巧善谀，好利，王用之。又废申后、去太子也，申侯怒，与缯、西夷犬戎攻幽王……遂杀幽王骊山下。"其中"石父为人佞巧善谀"很值得注意。虢石父巧谀误国，在当时当是人所共知的。诗虽然没有明说所刺对象的姓名，但明确地点出了他的生理缺陷，对当时的人来说，实际上已经是不言自明了。"巧言如簧"者，很可能就是虢石父之流。《国语》载虢石父当朝，亲近左右尽是谗慝、暗昧、侏儒、戚施之辈，与诗"既微且尰"相应。此外，西虢之地在渭交汇处，与诗"在河之麋"也正相合。这是一首对愤怒之情毫不掩饰的诗歌。而对所谓的小人，甚至不惜用人身攻击的笔法。然而愤怒的背后是对王朝深沉的痛惜，因而刻薄的背后亦是敦厚之情了。后代愤慨奸邪误国的诗篇很多，但像此诗一样质直的却不是太多。愤怒出诗人，也得是在一个容许人怒而敢言的时代。

何　人　斯

彼何人斯？其心孔艰①。胡逝我梁，不入我门②？伊谁云从，维暴之云③？

〔注释〕

①艰,《郑笺》:“难也。”王先谦《集疏》:“孔艰者,谓其心深而甚难察。” ②我梁,梁是鱼梁。在此不一定坐实理解。《邶风·谷风》有“毋逝我梁,毋发我笱”,《小雅·小弁》亦有“无逝我梁,无发我笱”,疑为当时固定语,“逝梁”、“发笱”指侵人权益。 ③云,《毛传》:“言也。”语气助词。 暴,暴公。暴为地名,一名暴隧,其地春秋时在郑国境内,在今郑州市以北偏西三十公里处。此诗据汉儒之说系苏公与暴绝交之作。古苏地在今偃师县东北,春秋时属郑国,其地与暴相接。

●诗之首章以问句起,故作疑惑之词。顾广誉《学诗详说》:“窃意从行者未必果有其人,苏公不欲直斥暴公,托为是言耳。”

二人从行,谁为此祸①?胡逝我梁,不入唁我②?始者不如今,云不我可?

〔注释〕

①二人,陈奂《传疏》:“谓苏公与暴公也。‘二人从行’即第七章‘伯氏吹埙,仲氏吹篪’之意。” ②唁,朱熹《集注》:“吊失位也。”

●诗之二章托言小人势利,以责暴公的变心。与首章“其心孔艰”相应。

彼何人斯?胡逝我陈①。我闻其声,不见其身。不愧于人,不畏于天?

〔注释〕

①陈,《毛传》:“堂涂也。”涂、途古通用,即堂前通路。“逝我陈”喻侵迫之深。

●诗之三章以“逝陈”喻受害之深,以“闻声”云云喻做事隐密,以“畏天”之问诘责其心。

彼何人斯?其为飘风①。胡不自北,胡不自南?胡逝我梁，祇搅我心[②]。

〔注释〕

①飘风，《毛传》："暴起之风。" ②祇，《郑笺》："适也。"即只、恰恰。

●诗之四章言那人像一阵疾起的飘风。飘风起灭迅疾，形迹莫测。比喻"其心孔艰"之人，可谓取譬精当。

尔之安行，亦不遑舍[①]。尔之亟行，遑脂尔车[②]？壹者之来，云何其盱[③]？

〔注释〕

①安行，缓行、徐行。与下文亟行相对。 舍，停歇。 ②亟，急。 脂，给车膏油，动词。王先谦《集疏》引黄山氏说："《左·襄公三十一年》：'巾车脂辖，隶人、牧、圉各瞻其事。'是诸侯宾至主国，当命主车之官为脂其车，非宾自脂也。诗言尔之安行时，亦不肯止舍，以待我之牢礼。尔之疾行时，我即欲脂尔车辖，以助尔行，而尚及乎？" ③壹者，指每一次的来。 盱(xū)，朱熹《集传》："望也。"

●诗之五章"遑舍"、"脂车"云云，都从前文"逝梁"、"逝陈"生发而来，未必都是实事，其意不过是说我对你一向主动热情，如果有什么不周之处的话，责任也不在我。

尔还而入，我心易也[①]。还而不入，否难知也[②]。壹者之来，俾我祇也[③]。

〔注释〕

①还，归还。 易，《毛传》："说。"说读如悦，高兴。 ②否，马瑞辰《通释》："犹不也，盖语助词。'否难知'，言难知也。诗盖谓还而不入，则其情叵测难知。" ③祇，《郑笺》："安也。"

●诗之六章"还入"、"不入"云云，也是从前文"入门"、"入唁"引发而来。其意是说，只要你回心转意，我是欢迎的。

伯氏吹埙，仲氏吹篪[①]。及尔如贯，谅不我知[②]。出此三物，以诅尔斯[③]！

〔注释〕

①伯、仲，朱熹《集传》："兄弟也。"古人兄弟排行，长为伯次为仲，故以伯仲代称兄弟。　埙（xūn）、篪（chí），古代乐器名，埙为土制，篪为竹制。②及，与。　如贯，朱熹《集注》："如绳之贯物也。"　谅，林义光《通解》："读为竟。谅从京得声，古与竟同音。"　不我知，不理解我。　③三物，《毛传》："豕、犬、鸡也。民不相信则盟诅之，君以豕，臣以犬，民以鸡。"　诅，发誓。

●诗之七章言两人本有兄弟之谊，应当如埙篪相和。我本把你当亲密相连的兄弟看待，可你却是如此离心离德。事已至此，我只有用豕、犬、鸡三物来诅咒你！

为鬼为蜮，则不可得[①]。有靦面目，视人罔极[②]。作此好歌，以极反侧[③]！

〔注释〕

①蜮（yù），朱熹《集传》："短狐也。江淮水皆有之，能含沙以射水中人影，其人辄病，而不见其形也。"　②靦（tiǎn），人面之貌。　视，通示。参《鹿鸣》注。　罔极，陈奂《传疏》："罔，无。极，中也。"极训中，即标准、原则。③好歌，即善意的歌。　极，深究。　反侧，《毛传》："不正直也。"即反覆不定。

●诗之八章"为鬼为蜮"紧承上章"诅尔"之辞，"极反侧"又遥应首章"其心孔艰"之斥。"好歌"云云，卒章显志。

〔解题〕

《毛序》："《何人斯》，苏公刺暴公也。暴公为卿士而谮苏公焉，故苏公作是诗以绝之。"《淮南子·精神训》："延陵季子不受吴国，而讼间田者惭矣。"高诱注："讼间田者，虞、芮及暴桓公、苏信公是也。”陈乔枞《遗说考》:“据《高注》,知《鲁诗》之说,是以暴公与苏公因争间田构讼,而苏公作此诗以绝之也。”以上是汉代今文、古文两派之说。两说歧义,于是王先谦《集疏》调和折中,曰:“暴、苏构衅起于争田,至暴之谮苏,则必隙末之后因事陷之,曲全在暴,非因争田构讼而作是诗也。”至宋代,学者对汉儒多有不信。如郑樵《诗辨妄》认为历史上并无暴国,亦无暴姓,自然无苏暴争田绝交之事,“暴”应解作暴虐之人,而不是具体的姓名。然而这种说法经不住反驳,历史上韩国有将军暴鸢、秦有将军暴莺、汉有大夫暴胜之,很难说前此无暴姓。同时,诗问“伊谁云从”,而不是“伊何”云从,以“暴虐”解释暴字也不合文法。因此,在没有新的、可信的证据之前,还是不要率尔标新为好。此诗的创作时代是一个需要考虑的问题。《毛序》及《毛传》、《郑笺》都没有明言年代,三国时谯周《古史考》有“周幽王时暴辛公善埙,苏成公善篪”的记载,或为今文家说法。《郑笺》:“暴也,苏也,皆畿内国名。”然而据现存史料,苏、暴之地皆在东都雒邑附近,郑玄所说的“王畿”,当系东周而言。从诗所反映的内容看,苏、暴的关系本是和谐的,兄弟般的。不论是争田还是谗谮,骤然而起的反目,是否有着某种特定的历史背景呢?在可以确信为周平王时代的《十月之交》中,清清楚楚地记载着皇父在向地“彻我墙屋”的侵占行为。随着王室的东迁,权贵们强占他人田地以建立自己的领地,势必成为一种普遍现象。苏、暴之间的矛盾,就很可能是这样一种背景下的产物。皇父曾“作都于向”。向地据我们的理解,就在成周以北的温地。《左传》载,周初苏忿生以温为司寇,则向在苏国境内。又据《左传》,周桓王(平王之后第一位继承者)曾以苏忿生之田赐郑,则此时苏已灭国。皇父为卿士,据《序》,暴公亦为卿士,仗势欺人是一样的。苏地距王都近,封国又早,可能是一田地肥美之处,成为东迁贵族们抢手的热点,也是势所必然的。基于以上的理解,我们把此诗定为平王朝早期的作品。

巷　伯

萋兮斐兮，成是贝锦①。彼谮人者，亦已大甚②！

〔注释〕

①萋，字应作缕，假借。《说文》："缕，帛文貌。" 斐，《说文》："分别文也。"萋斐即帛文交错貌。 贝锦，《毛传》："锦文也。"贝即贝壳，色泽光亮有纹理，贝锦即锦文如贝。 ②大，读作太。

●诗之首章贝锦喻谮人奸巧，极妙。喻之妙，是因为伤之痛。

哆兮侈兮，成是南箕①。彼谮人者，谁适与谋②？

〔注释〕

①哆(chě)、侈，朱熹《集传》："微张之貌。"哆侈修饰南箕，南箕口张，以形容谮人搬弄口舌。 南箕，《毛传》："箕星也。"南箕为南天星宿名，由四星相联而成箕形。 ②适，于省吾《新证》训为当："'谁适与谋'，言当谁与谋也。"参《伐木》注。

●诗之二章言谮人谗口微张，形如南箕。"谁适"的问句，可作一声断喝看。

缉缉翩翩，谋欲谮人①。慎尔言也，谓尔不信②。

〔注释〕

①缉缉，《毛传》："口舌声。"马瑞辰《通释》："《说文》：'咠，聂语也。'引《诗》'咠咠幡幡'。又曰：'附耳私小语也。'缉缉即咠咠之假借。" 翩翩，马瑞辰《通释》："翩宜读如《周书》'截截善谝言'之谝。谝、便叠韵。《说文》：'谝，便巧言也。'……翩翩即谝谝之假借。" ②慎尔二句，牛运震《诗志》："诗意惟恐其谮之不善，似庄似谑，盖婉讽甚于怒骂也。"据牛氏此为反语。

●诗之三章描摹谮人奸态，反语之中含着蔑视。

捷捷幡幡，谋欲谮言[①]。岂不尔受，既其女迁[②]。

〔注释〕

①捷捷幡幡，与缉缉翩翩句意相同。 ②既其，终将。 迁，《毛传》："去也。"即辞去。

●诗之四章言谎言终将被识破，谮人也会同时遭人厌弃。前章反语讥讽，此章正语警告。

骄人好好，劳人草草[①]。苍天苍天，视彼骄人，矜此劳人[②]！

〔注释〕

①骄人二句，《毛传》："好好，喜也。草草，劳心也。"陈奂《传疏》："喜读与嬉同。……《尔雅》：'慅，劳也。'"草草即慅慅，忧愁之意。 ②矜，哀怜。

●诗之五章言小人因谗言而得意骄纵，好人因被谮而忧愁。总上起下，为全篇枢纽。

彼谮人者，谁适与谋？取彼谮人，投畀豺虎[①]。豺虎不食，投畀有北[②]。有北不受，投畀有昊[③]！

〔注释〕

①畀，给予。 豺虎，吕思勉《读史札记》："野蛮之世，往往有狱不能听，而质诸不可知之神。《南史·林邑传》：'国不设刑法，有罪，使象蹋杀之。'又《扶南传》：'于城沟中养鳄鱼，门外圈猛兽。有罪者，辄以喂猛虎及鳄鱼，鱼兽不食为无罪，三日乃放之。'投畀豺虎，疑亦古之刑法。" ②北，朱熹《集传》："北方寒凉不毛之地也。" ③昊，《毛传》："昊天也。"《郑笺》："付与昊天，制其罪也。"

●诗之六章言豺虎不食，有北不受，谮人之恶，可谓无以复加。

杨园之道，猗于亩丘①。寺人孟子，作为此诗②。凡百君子，敬而听之③！

〔注释〕

①杨园，《毛传》："园名。" 猗，《毛传》："加也。"即附着。 亩丘，《毛传》："丘名。"前人将杨园、亩丘解作两处，实则杨园就在亩丘之上，所以杨园之道也在亩丘之上。诗人以亩丘之道喻清白玷污。 ②寺人二句，《毛传》："寺人而曰孟子者，罪已定矣，而将践刑，作此诗也。"寺人即阉人，孟子是这位阉人的名字。《汉书·古今人表》中有"寺人孟子"，列中之上。张晏注："寺人孟子，违于大雅，以保其身，既被宫刑，怨刺而作。"据此，《毛传》所云"践刑"即"宫刑"。将阉未阉而自称"寺人"，是在表达愤恨的心情。 ③敬，郑重、认真。

●诗之七章将刺的矛头指向"凡百君子"。未践刑而作刑余口吻，其哀怨何等凄楚！

〔解题〕

《毛序》："《巷伯》，刺幽王也。寺人伤于谗，故作是诗也。""刺幽王"云云，在诗歌本身并无根据，经生好将所有的社会问题归咎于周王的失职，这在《诗经》已屡见不鲜。至于作者，《序》说不误。《诗经》名篇，一般取自诗中，但也不是全部如此。"若《小雅》'雨无正'之雨，《大雅》'常武'之常、'召旻'之召，《颂》之酌、赉、般皆然。"(陈奂《传疏》)《巷伯》名篇，亦是其中一例。此诗在理解上历来的歧异处是时间问题。据《毛传》，诗的创作是在将刑未刑之际。从王先谦《集疏》所引《汉书》中班固的说法看，《齐诗》学者(班固习《齐诗》)与《毛诗》家意见相同。据此方玉润《原始》直将《巷伯》定为"遭谗被宫"之作。又有另外的说法将孟子与巷伯视为两人，认为诗是由于巷伯被谗将刑，寺人孟子作诗。(参《郑笺》及王先谦《集疏》引黄山说)从诗歌内容看，作诗者是有切肤之痛的人，因此后一说并不可取。关于孟子遭谗的原因，诗首章《毛传》有一段较长的注释，内容是有关男女大防的议论。看来《毛诗》家认为孟子的遭刑，是因为谗口之人诬陷他有男女作风问题。这在诗歌本身也是没有根据的。诗的年代，《序》认为是幽王时期，而《汉书·古今人表》将寺人孟子列在厉王时代。据现有的资料，两说还难以作出判断。

谷　风

习习谷风，维风及雨①。将恐将惧，维予与女②。将安将乐，女转弃予。

〔注释〕

①谷风，大风。参《邶风·谷风》注。　②与，马瑞辰《通释》：“犹爱好之，……《说文》：‘与，党与也，从舁与。’是与之本义谓相群与，与弃对。”

●诗之首章穷通对比，显示对方中山狼品性。

习习谷风，维风及颓①。将恐将惧，寘予于怀②。将安将乐，弃予如遗③。

〔注释〕

①颓，《毛传》：“风之焚轮者也。”焚轮即风回旋纷轮貌，指羊角风。②寘，同置。　③如遗，《郑笺》：“如人行道遗忘物，忽然不省存也。”

●诗之二章疏密对比，斥对方无品行。

习习谷风，维山崔嵬。无草不死，无木不萎。忘我大德，思我小怨。

●诗之三章言思怨忘德，责对方狼心。

〔解题〕

《毛序》云：“《谷风》，刺幽王也。天下俗薄，朋友道绝焉。”意谓天下风俗浇薄，人们不遵朋友古道，责任在幽王的失职。社会习俗的变化实在不能只归咎于某一个人，经生的说法太牵强了。但《序》"朋友道绝"之说，倒未见得无据。但我们觉得，不如理解为君臣关系的恶化更为稳妥。此诗在风格及内容上与《邶风·谷风》极其相似。因此有人认为这是一首弃妇诗。与此相关，"风"的各种意象，多出现在卫地诗歌中，如"终风"、"凯风"、"北风"等，都在《邶风》里，而且都与家庭内容相关。这样看来，此诗应与卫地诗风有关。这有两种可能，一是《谷风》本属邶、鄘、卫三《风》，因错简而阑入《小雅》；一是作于东迁之后，受了卫地民歌的影响。如果是后者，编定《诗经》者将其归入《雅》而不归入《王风》，也就容易理解了。

蓼　莪

蓼蓼者莪，匪莪伊蒿①。哀哀父母，生我劬劳！

〔注释〕

①蓼蓼，《毛传》："长大貌。"　莪、蒿，陈奂《传疏》："莪、蒿本一物，而以时之先后异其名。"据陆玑《疏》，莪蒿三月时可食，秋老则不可食用。据陈氏之意，诗人莪、蒿互异，正由于有此变化。又李时珍《本草纲目》曰："莪抱根丛生，俗谓之抱娘蒿是也。"莪蒿有子依母之象，所以诗人因以起兴。

●诗之首章言莪已经生长得高大，变成蒿了。言下有愧对父母之意。

蓼蓼者莪，匪莪伊蔚①。哀哀父母，生我劳瘁！

〔注释〕

①蔚，蒿的一种，枝茎高大。据《尔雅》郭璞注，此蒿不结籽。

●诗之二章言莪蒿长得高大，但秋天却不结子粒。此章从父母方面想。

瓶之罄矣，维罍之耻①。鲜民之生，不如死之久矣②！无父何怙？无母何恃③？出则衔恤，入则靡至④。

〔注释〕

①瓶、罍，朱熹《集传》："瓶小罍大，皆酒器也。" 罄，尽。 ②鲜，马瑞辰《通释》训为斯，引阮元说："古鲜声近斯，遂相通借。"又曰："《方言》：'斯，离也。齐陈曰斯。'《说文》：'斯，析也。'斯民当谓离析之民，犹《易》言'旅人'也。" ③怙、恃，都是依靠的意思。 ④衔恤，含忧。 靡至，无所投奔。

●诗之三章特言父母是孝子生活的意义，"鲜民之生"是对这意义的残酷否定。

父兮生我，母兮鞠我①。拊我畜我，长我育我②，顾我复我，出入腹我③。欲报之德，昊天罔极④！

〔注释〕

①鞠，《毛传》："养。" ②拊，马瑞辰《通释》："《释文》：'拊，音抚。'……二字音义同，古通用，拊犹抚也。" 畜，养活。 ③顾，关心、照顾。 复，闻一多《通义》认为顾、复同义，即顾念。 腹，于省吾《新证》认为古无轻唇音，故古读腹为抱。出入腹我，即出入抱我。 ④罔极，本义为无固定原则、标准，在此有无德之意。

●诗之四章写父母养育大德，文富辞繁，情深意重，而对昊天的控诉愈显得痛心疾首。

南山烈烈，飘风发发①。民莫不穀，我独何害②！

〔注释〕

①烈烈，《毛传》："烈烈然至难也。"胡承珙《后笺》："《传》云'至难'者，当读如《行路难》、《蜀道难》之难，以'烈烈'为险阻之状。" 飘风，暴风。 发发，《毛传》："疾貌。" ②穀，善。 害，受害。

●诗之五章言南山险阻，疾风烈烈，行路艰辛。人们都过得不错，为什么惟独我遭受苦难呢？

南山律律，飘风弗弗①。民莫不穀，我独不卒②！

〔注释〕

①律律、弗弗，《毛传》："律律，犹烈烈也。弗弗，犹发发尔。" ②卒，终。在此有尽人子孝道之意。

●诗之六章言南山险阻，疾风烈烈，人们都能正常地生活，为什么我就不能尽孝子之道！

〔解题〕

《毛序》："《蓼莪》，刺幽王也。民人劳苦，孝子不得终养尔。"《郑笺》："不得终养者，二亲病亡之时，时在役所，不得见也。"从诗所表现出的激烈情绪看，郑玄的说法是有道理的。而采诗者录之入《雅》，亦未尝不有针砭时弊的意思。所以《序》说是可以保留的。据王先谦《集疏》，三家说与《毛诗》相同。欧阳修《本义》讥讽《笺》说"泥滞"，认为不当像郑氏所说的那样确定、具体，而是写一般的政苛民劳，民不得孝养父母的苦闷心情。胡承珙《后笺》驳之曰："晋王裒、齐顾欢并以孤露读《诗》，至《蓼莪》，哀痛流涕。唐太宗生日，亦以生日承欢膝下永不可得，因引'哀哀父母，生我劬劳'之诗。是自汉至唐无不以此诗为亲亡后作者。试思诗中无父无母、衔恤、靡至等语，尚得为父母在之辞邪？"可为定论。这首痛心疾首的孝子诗歌，特别是它的被重视，被采入《诗经》，都有力地显示着孝道观念在周人精神世界中的地位，以及社会习俗对这一观念的承认与尊重。因此，此诗可以与《四牡》合观。所不同的是，家与国的对立统一关系在这里已经破裂了。王臣的身分已经否定了孝子的身分。周王朝是一个以家庭为其基本构成单位的社会，家庭的稳固是社会整体稳固的前提。但在这首诗中我们看到，王朝片面地注重国家利益，而伤害了自身机体的细胞。因而在孝子近于愤怒的哭诉中，实际显示出的是王朝基础的瓦解。

大东

有饛簋飧，有捄棘匕①。周道如砥，其直如矢②。君子所履，小人所视。睠言顾之，潸焉出涕③。

〔注释〕

①饛（méng），《毛传》："满簋貌。" 簋，竹编食器，参《伐木》注。 飧，《毛传》："熟食，谓黍稷也。" 捄（qiú），《毛传》："长貌。" 棘匕，枣木匕。《毛传》："所以载鼎食。"即餐匙。 ②周道，通往四周的大道。 砥，光滑的磨刀石。 ③睠（juàn），《毛传》："反顾也。"在此即看、视。 潸（shān），《毛传》："出涕貌。"

●诗之首章言看到西行周道，想及财富大量地西移，诗人泪下。诗开篇起得沉重。

小东大东，杼柚其空①。纠纠葛屦，可以履霜②？佻佻公子，行彼周行③。既往既来，使我心疚④。

〔注释〕

①小东大东，马瑞辰《通释》引惠周惕《诗说》曰："小东大东，言东国之远近也。" 杼柚，杼为织布用的梭，柚系轴的假借字，即织布机上的转轴。杼柚其空意谓财富困乏。 ②纠纠，缠结貌。参《魏风·葛屦》注。 ③佻佻，安闲轻盈貌。 公子，孙作云《小雅大东篇释义》："此'公子'与上文之'君子'及下文之'西人'、'周人'，皆异名同实，皆指西方周人中的统治者。" ④疚，《郑笺》："病也。"

●诗之二章言见公子而心病，连接东西的周道是使东人贫困的祸害，所以诗人触目惊心。

有冽氿泉,无浸获薪①。契契寤叹,哀我惮人②。薪是获薪,尚可载也③。哀我惮人,亦可息也。

〔注释〕

①氿(guǐ),《毛传》:"侧出曰氿泉。" 获,《毛传》:"艾也。"艾即刈。 ②契契,《毛传》:"忧苦也。" 寤叹,失眠长叹。参《曹风·下泉》注。 惮,《毛传》:"劳也。"惮即瘅的假借字。 ③薪,《郑笺》:"既伐而析之以为薪。"据此,薪在此是析的意思。 载,朱熹《集传》:"载以归也。"

●诗之三章以寒泉浸薪为喻,写东人劳苦忧郁的心情,情调低沉。

东人之子,职劳不来①。西人之子,粲粲衣服②。舟人之子,熊罴是裘③。私人之子,百僚是试④。

〔注释〕

①职,朱熹《集传》:"专主也。"职音义皆与只相同。 来,《毛传》:"勤也。"来即劳来。来为赉字假借,安慰劳苦之意。 ②西人,《毛传》:"京师之人也。" 粲粲,《毛传》:"鲜明貌。" ③舟人,《郑笺》:"舟当作周,裘当作求,声相近故也。"马瑞辰《通释》:"周人与私人相对成文。……私人即小人,则周人宜训为大人。" ④僚,僚属、徒役。 是试,《毛传》:"用于百官也。"

●诗之四章以对比手法,写东西的不平等。

或以其酒,不以其浆①。鞙鞙佩璲,不以其长②。维天有汉,监亦有光③。跂彼织女,终日七襄④。

〔注释〕

①或以二句,意谓饮酒当饮真正的酒,而不是饮与酒表面相似的浆水。 浆,米浆。古人所饮米酒,与浆外表相似。 ②鞙鞙(juān),《毛传》:"玉貌。" 璲(suí),《毛传》:"瑞也。"古人按不同等级佩戴瑞玉,并且认为佩玉比德,所以有"不以其长"句,长为长短之长。 ③汉,星汉,即银河。 监,《郑笺》:"视也。" ④跂(qí),马瑞辰《通释》:"忮字之同音假借。《说文》:

'歧，顷也。从匕，支声。匕，头顷也。'织女三星成三角，故言歧以状之耳。" 七，《郑笺》："从旦至莫（暮）七辰，辰一移，因谓之'七襄'。" 襄，徐灏《说文段注笺》："乃织纴之义。"

●诗之五章讽刺西人有貌无实，位不称德，而文思腾空，突幻奇变，是愤极而谑的笔法。

虽则七襄，不成报章①。睆彼牵牛，不以服箱②。东有启明，西有长庚③。有捄天毕，载施之行④？

〔注释〕

①报章，《毛传》："不能反报成章也。"报，回覆。章，在此有纹理之意。报章即交错织成的布帛。 ②睆（huàn），《毛传》："明星貌。" 牵牛，星座名，由三颗星连成，因在牛星上端而得名。 服，负、驾。 箱，车厢板。在此指代车。 ③启明，启明星，黎明时出现于东方。 长庚，与启明星为同一星，黄昏时出现在西方。 ④天毕，星座名，由八颗星组成，因形状如同捕获猎物之网（古称为"毕"）而得名。《毛传》："毕所以掩兔也，何尝见其可用乎？" 施，用。

●诗之六章紧承上文，仍是从周人的德不称位上说。物象缤纷，光怪陆离，对名实违离的揭露、讽刺，可谓入骨三分。

维南有箕，不可以簸扬①。维北有斗，不可以挹酒浆②。维南有箕，载翕其舌③。维北有斗，西柄之揭④。

〔注释〕

①箕，正南方星宿名，由四星联成，因形状像箕而得名。 ②斗，即北斗七星。 挹（yì），舀取浆液。 ③翕，《郑笺》："犹引也。"马瑞辰《通释》："翕、吸音同通用，故《笺》训为引。" ④西，在此为向西之意。 揭，举。

●诗之七章重在对真假颠倒的暴露。箕、斗虽在实用上徒有虚名，但又是西人贪狠的真实象征，真正是东人举头即见的灾星。

〔解题〕

《毛序》:“《大东》,刺乱也。东国困于役而伤于财,谭大夫作是诗以告病焉。”据王先谦《集疏》,《齐诗》、《鲁诗》说同。又《汉书·古今人表》将谭大夫列厉王之世,则按《齐诗》之说(班固习《齐诗》),此诗当作于厉王时期。按,此说是有根据的。史载厉王“专利”,将山林川泽之利收归王室所有。又载“厉始革典”,加重对公社民众的赋税,终于引起了国人的暴动。(见《国语·周语》,参白寿彝、徐喜辰等主编《中国通史》第三卷上册第三章)“专利”的周王决不会将榨取的范围仅仅限于王畿千里之内,对东方各诸侯国的贡赋要求也必然会一起加重。同时,也是更直接的,厉王时代曾调动驻扎在成周的“殷八师”讨伐东夷(见于《禹鼎》等铭文),大量的军需用度,对“东人”的负担势必会雪上加霜。从记载看,厉王是个好大喜功的人(这是他与幽王的区别)。衰世君主的有所作为,因不顾现实往往会弄得民生凋敝,这在历史上不乏其例。所以将诗断在厉王时可能比幽王时更合理些。诗的作者是位谭国大夫,谭国子姓,《郑笺》:“鲁庄公十年,齐师灭谭。”谭国遗址已在今山东济南附近被发掘。(见《城子崖发掘报告》)西周赋役苛烦的年代,一位异姓邦国的大夫作此诗,可以有两方面的因由。一是异姓国家的负担尤重,一是异姓人群的易于对王朝离心离德。周朝靠着以婚姻关系为其纽带的宗法制度,将众多的异姓人群控制在姬姓一族的统治之下。对这些臣服的异姓人群,在一开始周人是给予了相当的权利的,如他们有自己的领地、政权等等。在贡赋关系上也有相当严格的限度。在《大东》诗中,一个十分突出的内容是对现实的王朝统治者名实不副的讽刺与抨击,言外有周人违背了他们应当遵守的原则之意。此诗所反映的绝不仅仅是西人对东方人群的压迫,更应当看到,这种压迫实际上导致了异姓人群对周人统治的厌弃。

四　　月

四月维夏，六月徂暑①。先祖匪人，胡宁忍予②！

〔注释〕

①徂，《郑笺》："犹始也。"　②先祖句，王夫之《稗疏》："其云匪人者，犹非他人也。《頍弁》之诗曰'兄弟匪他'，义同。此自我而外，不与己亲者，或谓之他，或谓之人，皆疏远不相及之词。犹言'父母生我，胡俾我瘉'也。"　胡，为什么。　忍予，对我忍心。

●诗之首章抱怨先祖之神不能保佑自己。

秋日凄凄，百卉具腓①。乱离瘼矣，爰其适归②？

〔注释〕

①腓（féi），《毛传》："病也。"即枯萎。　②瘼（mò），马瑞辰《通释》："《文选》卷二十、卷三十八李注并引《韩诗》'乱离斯莫'，薛《章句》曰：'莫，散也。'……瘼当作莫，今作瘼者，后人据《毛诗》改之耳。"　爰其适归，何时能回归。

●诗之二章写秋天草木凋零，岁暮将至，是当归的时节。与现实处境成一反差。

冬日烈烈①，飘风发发。民莫不穀，我独何害！

〔注释〕

①烈烈，在此为凛冽之意。　发发，注见《蓼莪》。

●诗之三章写冬天景象，民莫二句，含绝望愤激之情。

山有嘉卉，侯栗侯梅①。废为残贼，莫知其尤②。

〔注释〕

①侯,结构助词,与维同。　②废,《毛传》:"忲也。"(今本"忲"作大,据陈奂《传疏》改)忲即过分。　尤,过错。

●诗之四章言对人世间过分的残害暴行,却没有谁能分得清是是非非。有诗人身世之感。

相彼泉水,载清载浊。我日构祸,曷云能穀①?

〔注释〕

①构,遭遇。　曷,何。

●诗之五章言招祸之由。

滔滔江汉,南国之纪①。尽瘁以仕,宁莫我有②?

〔注释〕

①纪,朱熹《集传》:"纲纪也。谓经带包络之也。"　②尽瘁,尽力不避病苦。　仕,《郑笺》:"事也。"　宁莫句,马瑞辰《通释》:"有当读如'相亲有'之有。'宁莫我有'犹《王风·葛藟》诗'亦莫我有'也。……诗人盖伤己之尽力劳病以事国,而不见亲有于上也。"

●诗之六章写忠臣的哀怨。

匪鹑匪鸢,翰飞戾天①。匪鳣匪鲔,潜逃于渊②。

〔注释〕

①鹑、鸢,《毛传》:"鹑,雕也。雕、鸢,贪残之鸟也。"鹑,字应作鷻,音tuán。　翰飞,振翅高飞。　②鳣(zhān),《郑笺》:"鲤也。"　鲔(wěi),与鳣同类的大鱼。

●诗之七章写无所逃避的苦闷。

山有蕨薇，隰有杞桋[1]。君子作歌，维以告哀。

〔注释〕

①蕨、薇，两种可食的野生植物，参《召南·草虫》、《小雅·采薇》注。 桋(yí)，丛生灌木，又名女桑。

●诗之八章言君子作这首诗，是用来表述一下哀苦的心情。"君子"自呼，是为自己正名。

〔解题〕

《毛序》："《四月》，大夫刺幽王也。在位贪残，下国构祸，怨乱并兴焉。""大夫刺幽王"是说此诗的作者及时代，"在位贪残"云云，则是说诗所反映出的社会现实。前者不知何据，后者过于笼统，对具体理解此诗并无多大帮助。徐幹《中论·谴交》曰："古者行役过时不反，犹作诗怨刺，故《四月》之篇称：'先祖匪人，胡宁忍予？'""是《鲁诗》以为行役过时不反而作。"(王先谦《集疏》)汉晋至北宋，迄无新说。至方玉润《原始》则谓："逐臣南迁也。"此说颇与诗的内容相合。但用"逐臣"称呼诗人未必贴切。从"莫知其尤"、"尽瘁以仕"云云看，诗人不像是迁谪之人，倒很像是因朝中倾轧被迫外放边地就职的人。诗人只有迁谪之实，而无迁谪之名。如此，诗中的"尽瘁以仕，宁莫我有"才符合身分，才显得骨鲠忠诚。果然如此的话，此诗则称得上中国古典文学中迁客骚人题材的肇始之作。

北　山

陟彼北山，言采其杞。偕偕士子，朝夕从事[1]。王事靡盬，忧我父母。

〔注释〕

①偕偕，《毛传》："强壮貌。" 士子，即武士，比大夫低一级的贵族。

●诗之首章言为王事奔忙，不得养父母。

溥天之下，莫非王土①。率土之滨，莫非王臣②。大夫不均，我从事独贤③！

〔注释〕

①溥，《毛传》："大。"即广大。三家《诗》作"普"。　②率土句，《毛传》："率，循。滨，涯也。"　③不均，不平均，在此有不尽本分的意思。贤，《毛传》："劳也。"马瑞辰《通释》："贤亦劳也，贤劳犹言劬劳。"

●诗之二章言大夫们不尽各自的本分，惟独我们差使劳苦。

四牡彭彭，王事傍傍①。嘉我未老，鲜我方将②。旅力方刚，经营四方③。

〔注释〕

①彭彭，奔走不息貌。　傍傍，即"旁旁"的假借，紧迫貌。　②嘉、鲜，《郑笺》："皆善也。"　将，《毛传》："壮也。"　③旅力，戴震《方言疏证》："膂通作旅，《诗》'旅力方刚'是也。《广雅》：'膂，力也。'"　经营，奔走忙碌。

●诗之三章言车驾疾驰，王事紧迫。虽然贤劳，但有膂力。有武士的豪气。

或燕燕居息，或尽瘁事国①。或息偃在床，或不已于行②。

〔注释〕

①或，有的，不定指代词。　燕燕，《毛传》："安息貌。"　②偃，倒、卧。

●诗之四章以下，申言"不均"。

或不知叫号，或惨惨劬劳①。或栖迟偃仰，或王事鞅掌②。

〔注释〕

①叫号，《毛传》："叫，呼。号，召也。"《孔疏》："'不知叫号'者，居家用逸，

不知上有征发呼召者。”　②栖迟，优游安闲。　偃仰，俯仰。　鞅掌，《毛传》：“失容也。”即失态貌，联绵词。

●诗之五章言有的人不知道有上司的征召，有的人却心力交瘁。有的人悠然自得，有的人却狼狈不堪。

或湛乐饮酒，或惨惨畏咎[1]。或出入风议，或靡事不为[2]。

〔注释〕

①湛乐，马瑞辰《通释》：“《说文》：‘酖，乐酒也。’又：‘媅，乐也。’二字音义并同。此诗之‘湛乐’及《抑》诗‘荒湛于酒’，皆酖字之假借。”　咎，过错。

②风议，《郑笺》：“风，犹放也。”漫无边际的意思。

●诗之六章言有的人整日饮酒为乐，有的人却忧愁惧罪。有的人进退自得放言高论，有的人却事事都得尽力去做。

〔解题〕

《毛序》：“《北山》，大夫刺幽王也。役使不均，己劳于从事，而不得养其父母焉。”三家诗义略同。《序》说“刺幽王”既嫌无据，“大夫刺幽王”则更明显地与诗不合。而“不得养父母”云云，似乎也不是诗的主题。实际上，此诗只是“役使不均”的感慨，其作者就是“偕偕士子”的“士子”。士是有田产，庶民之上、大夫之下的低级贵族。《左传·昭公七年》：“王臣公，公臣大夫，大夫臣士。”诗中“大夫不均”，口吻很符合诗人的身分。在《诗经》中，因朝廷使命而成为征人者的思归题材，已经数见不鲜了。使臣而思归，展示的是一个以农耕为生业的宗法制国度，安土重迁的普遍习性。在一个地域辽阔的王朝中，輶轩使者是王朝经营四方的神经。但是在这首诗中，我们看到大夫、士阶层对这项职责的厌倦情绪。这实际上显示着王朝正在失去其管理国家的活力。

无将大车

无将大车，祇自尘兮①。无思百忧，祇自疧兮②。

〔注释〕

① 将，《郑笺》："犹扶进也。" 大车，牛拉的载重之车。 祇，只。 ②疧(qí)，《毛传》："病也。"据马瑞辰《通释》，音当读作"疹"。

●诗之首章以将车蒙尘为喻，劝告人们绝思去忧。下二章仿此。

无将大车，维尘冥冥①。无思百忧，不出于熲②。

〔注释〕

①冥冥，《郑笺》："蔽人目明，令无所见也。" ②熲(gěng)，朱熹《集传》："与耿同，小明也。在忧中耿耿然不能出也。"

●诗之二章言不要推扶大车，尘土会把你弄得昏昏冥冥；不要思虑那让人忧愁的事，那会使你心忧耿耿。

无将大车，维尘雝兮①。无思百忧，祇自重兮②。

〔注释〕

①雝，《郑笺》："犹蔽也。" ②重，《郑笺》："犹累也。"

●诗之三章言不要推扶大车，尘土会把你遮蔽起来；不要想那令人忧愁的事情，那只会使你增加负担。

〔解题〕

《毛序》："《无将大车》，大夫悔将小人也。"《郑笺》："幽王之时，小人众多，贤者与之从事，反见谮害，自悔与小人并。"朱熹《辨说》曰："此《序》之误，由不识兴体而误以为比也。"然而在其《集传》中却说："此亦行役劳苦而忧思者之作。言将大车则尘污之，思百忧则病及之矣。"这又说成赋了。汉儒之说是牵强附会。告诫人不要"将小人"，为什么又劝人"无思百忧"？而朱子之说，且不论《辨说》与《集传》自相矛盾，即以后者的解释而言，劝告他人不要如何如何，是"行役劳苦"人的口吻么？此诗要之当以方玉润的理解最为确当。方氏《原始》："此诗人感时伤乱，搔首茫茫，百忧并集，既知其徒忧无益，只以自病，故作此旷达、聊以自遣之词。亦极无聊也。"诗每章前两句不过是起兴，后两句才是要表达的内容。

小　明

明明上天，照临下土。我征徂西，至于艽野①。二月初吉，载离寒暑②。心之忧矣，其毒大苦③。念彼共人，涕零如雨④。岂不怀归？畏此罪罟⑤。

〔注释〕

①艽(qiú)野，《毛传》："远荒之地。"　②初吉，王国维《生霸死霸考》："古者盖分一月之日为四分。一曰初吉，谓自一日至七八日也。二曰既生霸，谓自八九日以降至十四五日也。三曰既望，谓自十五六日以后至二十三日。四曰既死霸，谓自二十三日以后至于晦也。"　离，"罹"的通假，经受。　③毒，在此有苦痛之意。　④共人，据徐中舒《甲骨文字典》，共有征集之意；又甲骨文有"共人五千征土方"的卜辞，可知"共人"是王朝征集的部队。此诗之"共人"亦当指军中征集服役的士兵。　⑤罟，于省吾《新证》："辜的借字，罪罟即《巧言》'无罪无辜'的'罪辜'。"

●诗之首章既述自己辛苦，更言兵士艰辛。荒远之地，漫长时光，征人思乡而畏获罪，这一切都在"明明"照临下发生，诗人的不平之气不言可知。

昔我往矣，日月方除①。曷云其还？岁聿云莫②！念我独兮，我事孔庶。心之忧矣，惮我不暇[③]。念彼共人，睠睠怀顾。岂不怀归？畏此谴怒[④]！

〔注释〕

① 除，《毛传》："除陈生新也。"与上文"二曰初吉"合。　②聿，语气词。　③惮，《毛传》："劳也。"据陆德明《释文》，当作瘅。假借。　④谴怒，朱熹《集传》："罪责也。"

●诗之二章言昔日出征离家时，正是一年才开始的时候。我们何时才能回家呢？想起这些边地的兵士们，就让人眷念挂记。他们难道就不思念家乡么？他们实在畏惧罪责！

昔我往矣，日月方奥[①]。曷云其还？政事愈蹙[②]！岁聿云莫，采萧获菽[③]。心之忧矣，自诒伊戚[④]。念彼共人，兴言出宿[⑤]。岂不怀归，畏此反覆[⑥]！

〔注释〕

①奥，《毛传》："煖也。"即暖和。奥是燠的假借字，音yù。　②蹙，《毛传》："促也。"　③萧、菽，陈奂《传疏》："萧，蒿也。菽，九谷中最后获者，'亨菽'、'采菽'皆其叶也，至此则称获矣。"　④诒，通贻，给的意思。　伊，结构助词。　戚，《毛传》："忧也。"　⑤兴言，马瑞辰《通释》："犹言薄言，皆语词也。"　出宿，犹《东山》"敦彼独宿"之"独宿"，车下就宿。　⑥反覆，《郑笺》："谓不以正罪见罪。"即朝廷反覆无常，易于获罪。

●诗之三章言我们离家远征时，是天气刚刚变暖的时候。政事越来越紧张，还乡遥遥无望。想一想那些士兵，他们每天都在野外过夜。他们就不想回家么？朝廷反覆无常，他们实在害怕罪责！

嗟尔君子，无恒安处。靖共尔位，正直是与[①]。神之听之，式穀以女[②]。

〔注释〕

①靖，本义为静，在此有恭敬之意。　共，供奉。　与，交往，在此作遵循

解。　②神之，慎之。参《伐木》注。　以，朱熹《集传》："犹与也。"

●诗之四章及下章直接从前三章的"罪罟"、"谴怒"、"反覆"而来。远地将士们的艰辛与不幸，都是由朝中君子们无道来。诗人描述自己及士兵的苦楚，用意即在规诫君子。诗旨至此始明。

嗟尔君子，无恒安息。靖共尔位，好是正直。神之听之，介尔景福①。

〔注释〕

①介，《郑笺》："助也。"　景，《毛传》："大也。"

●诗之五章言你们这些君子们，不要总是养尊处优无所用心。忠于职守、爱好正直吧。慎重地听从他人的意见，上天会赐予你们大大的福气。

〔解题〕

《毛序》："《小明》，大夫悔仕于乱世也。"三家无异义。宋儒亦无新说。至清代，顾镇《虞东学诗》曰："此篇诗义，说者纷错。《笺》以共人指君，固属迂曲。后儒或谓大夫之友隐居不仕者，或谓先时曾谏阻大夫之仕者，皆无可据。惟谢叠山谓共人即'靖共尔位'之君子，与诗人志同道合者也。"此后，方玉润《原始》则更明确地说此诗为"大夫自伤久役，书怀以寄友也"。以上诸说皆不得要领，原因即在对"共人"的不得正解。今将"共人"定为王朝征集军队中的兵士，诗的思路豁然通畅。此诗的作者当是军中士、大夫一类贵族人物。将士们在荒远边地卖命，而朝中君子之流却养尊处优，不恤下情，这才是诗人所以叙说军中痛苦的本因。因此，诗歌后两章的"嗟尔"之中，含有着强烈的讽刺意味。《诗》三百篇是一个时代百科全书式的文学宝典，越是深入而准确地诠解它，就越能对它所表现的社会生活具有广泛的了解。从《小明》中，我们不又看到中国边塞诗题的最早雏形了吗？

鼓钟

鼓钟将将，淮水汤汤，忧心且伤①。淑人君子，怀允不忘②。

〔注释〕

①鼓，击打。钟鼓之乐在周礼中属于“金奏”，周王举行隆重的典礼时用金奏。　将将（qiāng），状声词。　汤汤（shāng），浩荡的样子。　②允，实在。

●诗之首章言闻乐而忧伤思念淑人君子，诗人含蓄地表达着对现实的不满。

鼓钟喈喈，淮水湝湝，忧心且悲①。淑人君子，其德不回②。

〔注释〕

①湝湝（jiē），水流声。　②回，邪、不正。

●诗之二章言鼓钟的声音高低和谐，使人听了忧伤而悲哀。那些德行美好的先王，行为总是符合原则。

鼓钟伐鼛，淮有三洲，忧心且妯①。淑人君子，其德不犹②。

〔注释〕

①鼛（gāo），大鼓。《淮南子·主术训》“鼛鼓而食”，高诱注：“鼛鼓，王者之食乐也。《诗》曰：‘鼓钟伐鼛。’”　三洲，《毛传》：“淮上地。”据陈奂《传疏》，其地在颍水与淮水交汇处，即古“州来”之地，今属安徽寿县。　妯（chōu），《郑笺》：“妯之言悼也。”即悲伤。　②犹，《毛传》：“若也。”

●诗之三章言在淮水的三洲上，周王鸣奏着鼛、钟之乐，听来令人心忧。那些德行美好的先王，行为可不是这样。

鼓钟钦钦，鼓瑟鼓琴，笙磬同音①。以雅以南，以籥不僭②。

〔注释〕

①钦钦，状声词。　笙磬，乐器名。据《仪礼》，磬有笙磬、颂磬之分，悬于堂阶东侧的为笙磬。　同音，《郑笺》："谓堂上、堂下八音克谐。"　②雅、南，据马瑞辰《通释》，雅为六代古乐，因其为正统之乐，所以称雅。南为夷人之乐。　以，为。　籥（yuè），一种竹制的三孔乐器，古人秉籥而舞，称"籥舞"。　僭，乱。

●诗之四章言鼓钟钦钦，琴瑟笙磬和鸣，在雅乐、南乐的伴奏下，籥舞翩翩，毫不紊乱。

〔解题〕

《毛序》："《鼓钟》，刺幽王也。"《毛传》："幽王用乐不与德比，会诸侯于淮上，鼓其淫乐以示诸侯，贤者为之忧伤。"《郑笺》："为之忧伤者，嘉乐不野合，牺象不出门，今乃于淮水之上作先王之乐，失礼尤甚。"以上为古文经学家的理解。今文经学家则不同，认为是周昭王南巡，由淮入汉时作。按，昭王之说不可信。史书确有昭王南巡的记载，但那是与荆楚的战争，与此诗所反映的钟鸣鼎食的现象大异其趣。再者，既是伐楚，在淮水之地盘桓作乐也违背常理。《毛诗》学者的意见是有道理的。据《竹书纪年》及《左传》记载，十年，幽王曾与诸侯盟于太室（嵩山别名），明年戎狄畔之。因此朱右曾《诗地理征》认为："幽为太室之盟，颍水出于太室而入于淮，意太室会后，遂浮颍而入于淮。"自周宣王以来，周人继世经营东南，幽王的淮滨作乐，当也是经营东南的表现。但问题是，由于废立太子的问题，周室与西申及其他西部方国的矛盾已经十分尖锐。在淮水之地盘桓不已，就是不顾大局的行为。这或许就是诗人闻鼓钟而忧伤、而思先王的原因。

楚茨

楚楚者茨，言抽其棘①。自昔何为？我蓺黍稷②。我黍与与，我稷翼翼③。我仓既盈，我庾维亿④。以为酒食，以享以祀。以妥以侑，以介景福⑤。

〔注释〕

①楚楚，《毛传》："茨棘貌。"即茨、棘丛生貌。　茨，《郑笺》："蒺藜也。"一种蔓生有刺的植物。　抽，《毛传》："除也。"　棘，荆棘。　②蓺，艺的异体字，种植。　③与与、翼翼，茁壮、茂盛的样子。　④庾(yǔ)，《毛传》："露积曰庾。"马瑞辰《通释》曰："庾盖今所谓囤者，其形圆，以席为之，但露其上，故《传》以'露积'释之。"　亿，《毛传》："万万曰亿。"马瑞辰引王引之说曰："亿亦盈也，语之转耳。此亿字但取盈满之义，非纪其数，与'万亿及秭'之亿不同。"　⑤妥，《毛传》："安坐也。"《郑笺》："既又迎尸，使处神坐而食之。"尸，古人祭祀，须有人假扮成神灵，称为"尸"。　侑，劝。　介，求助。

●诗之首章"自昔何为"一句领起全章，其余诸句都是这一问句的回答。从土地垦殖到祭祀祖先这一过程的描述，笔法简括。

济济跄跄，絜尔牛羊，以往烝尝①。或剥或亨，或肆或将。祝祭于祊②，祀事孔明，先祖是皇③。神保是飨，孝孙有庆④。报以介福，万寿无疆⑤。

〔注释〕

①济济句，《毛传》："言有容也。"《郑笺》："有容，言威仪敬慎也。"济济、跄跄都是描写步伐。　絜，洁(繁体作潔)的异体字。　烝尝，《郑笺》："冬祭曰烝，秋祭曰尝。"　②剥，剥去皮毛。　亨，本字当作烹。　肆，《毛传》："陈。"即陈列。　将，朱熹《集传》："奉持而进之也。"　祝，祭祀中向神行祷告的神职人员。　祊(bēng)，祭祀的一种。据《礼记·郊特牲》"索祭祝于祊"，正

式祭祀前搜找祖先神灵的仪式。　③明,《郑笺》:“犹备也、絜也。”　皇,往。　④神保,据马瑞辰《通释》为祖先之灵的嘉称,犹如《楚辞》中所谓的“灵保”。　庆,《郑笺》:“赐也。”　⑤介福,所求之福。

●诗之二章写正祭前的索祭,是对首章“以享以祀”的深入铺叙。

执爨踖踖,为俎孔硕①。或燔或炙,君妇莫莫②。为豆孔庶,为宾为客③。献酬交错,礼仪卒度,笑语卒获④。神保是格,报以介福,万寿攸酢⑤。

〔注释〕

①执爨(cuàng),司灶。爨,灶。　踖踖(jí),《毛传》:“爨灶有容也。”“有容”即行动敏捷而有仪容。　俎,献祭用的容器。　②燔,烧肉。　炙,烤肉。　莫莫,据马瑞辰《通释》即“慔慔”的异文。《说文》:“慔,勉也。”因此莫莫即敬谨。　③豆,食器。　宾客,祭祀中助祭者。　④献酬,即主客之间的相互敬酒,参《彤弓》注。　卒度,尽合法度。卒,尽。　获,于省吾《新证》据卜辞、金文词例,谓当解作“矩矱”之矱,规矩的意思。　⑤格,《毛传》:“来。”　攸,所。　酢,《毛传》:“报也。”即赐。

●诗之三章写正式祭仪之后的宴享宾客,祭神也是为和谐人伦。

我孔熯矣,式礼莫愆①。工祝致告:徂赉孝孙②,苾芬孝祀,神嗜饮食③。卜尔百福,如几如式④。既齐既稷,既匡既敕⑤。永锡尔极,时万时亿⑥。

〔注释〕

① 熯,《毛传》:“敬也。”于省吾《新证》谓熯即谨之本字。谨正与《传》训敬义合。　式,《毛传》:“法也。”即取法。　愆,过错。　②工祝,即上文之祝。　致告,传达神意。朱熹《集传》:“《少牢》嘏词曰:皇尸命工祝,承致多福无疆于女孝孙,来女孝孙,使女受禄于天,宜稼于田,眉寿万年,勿替引之。”据此,工祝是在转述皇尸的话语。　徂,往。　赉,赐。　③苾(bì)芬,芬芳。　孝祀,马瑞辰《通释》:“《尔雅·释诂》:‘享,孝也。’享训为孝,故享祀亦谓之

孝祀。" ④卜,《郑笺》:"予也。" 几,《毛传》:"期也。" 式,《郑笺》:"法。"即定式。 ⑤齐,斋的假借字,恭敬。 稷,高亨《诗经今注》谓当读如肃。稷、肃古音相近,可通用。 匡,马瑞辰《通释》:"当训为匡正。" 勑,《毛传》:"固也。"马瑞辰曰:"勑本劳来之来,经传中多借为敕诫之敕。"敕与饬音近义通,所以《传》以"固也"训。 ⑥锡,赐予。 极,朱熹《集传》:"至也。"时,是。

●诗之四章述工祝代神致语,补足祭祀的主要过程。

礼仪既备,钟鼓既戒①。孝孙徂位,工祝致告②。神具醉止,皇尸载起③。鼓钟送尸,神保聿归④。诸宰君妇,废彻不迟⑤。诸父兄弟,备言燕私⑥。

〔注释〕

①戒,准备。 ②徂位,《郑笺》:"往位堂下西面位也。"即孝孙回到主祭者的地位上去。 致告,《毛传》:"告利成也。"朱熹《集传》:"言孝子之利养成毕也。" ③皇,《毛传》:"大也。" ④鼓钟,《郑笺》:"尸出入,奏《肆夏》。"《肆夏》在此为送神曲。 归,神灵归天。 ⑤诸宰,即诸位膳夫、厨工。 废,《毛传》:"去也。" 彻,即撤。废彻即撤席。 ⑥备言句,《郑笺》:"祭祀毕,归宾客豆俎,同姓则留与之宴,所以尊宾客、亲骨肉也。"

●诗之五章言礼毕送神及家族私宴,转出下文。

乐具入奏,以绥后禄①。尔殽既将,莫怨具庆②。既醉既饱,小大稽首③。神嗜饮食,使君寿考。孔惠孔时,维其尽之④。子子孙孙,勿替引之⑤。

〔注释〕

①入奏,将乐移入内寝中演奏。朱熹《集传》:"凡庙之制,前庙以奉神,后寝以藏衣冠。祭于庙而燕于寝,故于此将燕。" 绥,《毛传》:"安也。" 后禄,《郑笺》:"以安后日之福禄。骨肉欢而君之福禄安。" ②将,马瑞辰《通释》:"'尔肴既将'犹《頍弁》诗'尔肴既嘉'、'尔肴既时',嘉、时皆美也。"将即

美、善。 ③小大,《郑笺》:“犹长幼也。” ④惠、时,《毛传》:“惠,顺也。”马瑞辰《通释》:“时,当训善。” ⑤替、引,《毛传》:“替,废。引,长也。”

●诗之六章专写“燕私”,“莫怨具庆”是其目的。

〔解题〕

《毛序》:“《楚茨》,刺幽王也。政烦赋重,田莱多荒,饥馑降丧,民卒流亡,祭祀不飨,故君子思古焉。”今文经学者无异议。朱熹《辨说》提出不同意见:“自此篇至《车舝》凡十篇,似出一手。词气和平,称述详雅,无一言以见其为衰世之意也。窃恐‘正雅’之篇有脱错在此者耳。”朱说诚然有见。此诗共六章。第一章所要明确的只有一点,即籍田上的收获物是供奉神灵的粢盛。其余几章则是在描述祭祖的各个环节中反复申述了另外一点,即籍田产品在享神之余,也有团结包括异姓在内的人群的作用,这也正是宗教活动所具有的社会功能。但此诗从叙事角度看,只是对某一次隆重祭祖仪式的描述,而不是行祭中的敬神之歌。这只消与《周颂》中某些祭祀诗篇作一比较,即可明显看出。关于诗的创作时代,从其辞气风格上看,断不会是西周早期的作品。而且此诗及《信南山》、《甫田》、《大田》等四首诗,与《周颂》中《载芟》《良耜》两首经笔者推测可定为西周中期恭王时期的作品,十分接近(参本书《载芟》解题),因此本诗很可能是对《载芟》“为酒为醴,烝畀祖妣,以洽百礼”的祭奠过程中的具体描述,所不同的是,“燕”“私”因不是敬神正典,故不见于《载芟》的歌唱。而在此诗“尊宾客、亲骨肉”是诗人详陈祭祖过程所着意所强调的内容之一,因而特书一笔。从籍田耕种到酿制酒食,从祭祀神灵到族人私宴,诗人将如此纷繁的内容组织在一起,实际上只是在突出籍田的重要性。《国语·周语》记载宣王即位,不籍千亩。大臣虢文公谏曰:“不可。夫民之大事在农,上帝之粢盛于是乎出,民之蕃庶于是乎生,事之供给于是乎在,和协辑睦于是乎兴。”虢文公对籍田意义的理解,“上帝粢盛”、“和协辑睦”云云,实际上也正是诗人心目中的观念。因此,《楚茨》实际上反映出这样一件事实：西周中叶，周人对其世代经营的农耕事业，以及建构在这一生产事业上的社会关系，已经开始了相当程度的反思。

信南山

信彼南山，维禹甸之①。畇畇原隰，曾孙田之②。我疆我理，南东其亩③。

〔注释〕

①信，伸。信、伸古字通用。信形容南山延伸貌。 禹，夏禹。 甸，《毛传》："治也。"即垦殖。 ②畇畇(yún)，《毛传》："垦辟貌。"即良田平整貌。 曾孙，《礼记·郊特牲》："祭……称曾孙某，谓国家也。"郑玄注："谓诸侯事五庙也，于曾祖以上称曾孙而已。"据此，曾孙应系周王的泛称。 田，耕种。 ③疆，《毛传》："划经界也。" 理，《毛传》："分地理也。"马瑞辰《通释》："理对疆言，疆谓定其大界，理则细分其地脉也。" 亩，田垄。

●诗之首章推本先王、先祖，用意在强调南山之田来源的神圣。

上天同云，雨雪雰雰，益之以霢霂①。既优既渥，既霑既足，生我百谷②。

〔注释〕

①同云，彤云。指阴云密布。 雨(yù)雪，下雪。 雰雰(fēn)，义同纷纷。 霢霂(mài mù)，《毛传》："小雨曰霢霂。" ②优，马瑞辰《通释》："瀀之假借。《说文》：'瀀，泽多也。'" 渥，雨水丰足。 霑(zhān)，润泽。 足，字当作浞，与霑同义。

●诗之二章以雨雪霢霂，言南山之田得上天惠助。

疆埸翼翼，黍稷彧彧①。曾孙之穑，以为酒食。畀我尸宾，寿考万年②。

〔注释〕

①埸(yì)，田界。　翼翼，排列貌。　彧彧(yù)，《毛传》："茂盛貌。"　②畀，给予。　尸宾，扮神的尸与祭祖时的宾客。参《楚茨》注。

●诗之三章言南山之穑，是曾孙福禄所系。

中田有庐，疆埸有瓜①。是剥是菹，献之皇祖②。曾孙寿考，受天之祜③。

〔注释〕

①中田，《毛传》："田中也。"　庐，简易的棚舍。古人农忙季节在田野搭起简易的茅棚居住，冬季返回邑落居住。　疆埸句，古人在庐边田畔种瓜菜之物。　②剥，剥去皮叶。　菹，腌渍。　③祜(hù)，《郑笺》："福也。"

●诗之四章写以瓜菜祭祖尝新。

祭以清酒，从以骍牡①。享于祖考，执其鸾刀②。以启其毛，取其血膋③。

〔注释〕

①清酒，清香之酒。　骍(xīng)牡，赤红色的公牛。　②鸾刀，挂有銮铃的刀。　③毛，《郑笺》："毛以告纯也。"即取牛毛向神显示其纯色。　血膋(liáo)，《郑笺》："膋，脂膏也。血以告杀，膋以升臭。"周代祭祀，杀牲时取牛血向神告杀，将牛的油脂与黍稷、萧艾合在一起烧，以其香气享神。

●诗之五章写纯毛香膋报神。

是烝是享，苾苾芬芬①。祀事孔明，先祖是皇。报以介福，万寿无疆。

〔注释〕

①烝,《毛传》:"进也。"

●诗之六章写事神受福,是一篇的主旨。

〔解题〕

此诗在用意上与《楚茨》基本一致,也是借着对祭祀祈福的描写,突出籍田"上帝粢盛于是乎出"的重要意义。与《楚茨》有所不同的是,此诗笔法简练,不像《楚茨》那样着意于场面的铺陈,而是用简捷而准确的笔致,生动地勾勒出事物的特征。王质《总闻》曰:"《楚茨》,烝尝之祭也,其仪差详;《信南山》,荐新之祭也,其仪差略。""烝尝"即年终祭祖,"荐新"即四时尝新,祭祀轻重不同,所以诗篇也繁简不同,王氏的分别是很可取的。诗篇第二章"上天同云"云云,则表达出一个以农耕稼穑为命业的人群,对天地自然的感念情怀,而后世《易传》"天地之大德曰生"的哲学观念,正孕育于这种感念情怀中。

甫田

倬彼甫田,岁取十千①。我取其陈,食我农人,自古有年②。今适南亩,或耘或耔,黍稷薿薿③。攸介攸止,烝我髦士④。

〔注释〕

①倬(chuō),广大开阔貌。 甫田,大田。 十千,《毛传》:"言多也。"

②我,指周王。 陈,陈粮。 食(sì),供养。据《国语·周语》记载,周代于籍田东南设廪仓,所藏粮食一用于供神,二用来按时布之于农。 有年,古称五谷丰收为有年,大丰收为大有年。 ③今,现在,与"自古"相递为文。南亩,田亩。 适,往。 耘、耔《毛传》:"耘,除草也。耔,雍本也。"雍本即培

土。　薿薿(nǐ),长大茂密的样子。　④攸,于是。　介、止,《郑笺》:"介,舍也。礼,使民锄作耘耔,闲暇则于庐舍及所止息之处,以道艺相讲肄,以进其为俊士之行。"据郑意,介为庐舍,止为休息。　烝,《毛传》:"进也。"　髦,《毛传》:"俊也。"

●诗之首章古今相对,是互文递进句式。甫田集体劳动,又有培育人才之功。

以我齐明,与我牺羊,以社以方①。我田既臧,农夫之庆②。琴瑟击鼓,以御田祖,以祈甘雨③,以介我稷黍,以穀我士女④。

〔注释〕

①齐,与粢音义相通。　明,马瑞辰《通释》:"盛之假借。古明与盛同义。"据此,齐明即粢盛,古人称装在器物中的食物供品为粢盛。　牺羊,牛羊。　社,《毛传》:"后土也。"即土地神。　方,《毛传》:"迎四方气于郊也。"社、方在此名词作动词用。　②臧,收成好。　庆,喜庆。　③御,《郑笺》:"迎。"　田祖,《毛传》:"先啬也。"即农神。　④介、穀,《郑笺》:"介,助。穀,养也。"　士女,男女。

●诗之二章写田间祈谷祭神。

曾孙来止,以其妇子①。馌彼南亩,田畯至喜②。攘其左右,尝其旨否③。禾易长亩,终善且有④。曾孙不怒,农夫克敏⑤。

〔注释〕

①妇子,妇人和孩子。　②馌(yè),送饭至田间。参《豳风·七月》注。　田畯(jùn),《郑笺》:"司啬,即今之啬夫也。"　至喜,《郑笺》:"喜当读为饎。饎,酒食也。"《国语》载,王亲耕之后,"宰夫陈飨,膳夫监之。膳夫赞王,王歆大牢,班尝之,庶人终食"。据此,籍礼中有馈食一项。　③攘,胡承珙《后笺》引曹氏说:"却也。"即曾孙推开左右。　④易,俞樾《群经平议》:"当读

为施，古易、施二字通用。” ⑤克，能。 敏，作事迅捷。

●诗之三章写周王籍礼中与农夫同作于食，一派君民同作的光景。

曾孙之稼，如茨如梁[①]。曾孙之庾，如坻如京[②]。乃求千斯仓，乃求万斯箱[③]。黍稷稻粱，农夫之庆。报以介福，万寿无疆。

〔注释〕

①茨、梁，于省吾《新证》谓：梁本字应作荆棘之荆，金文梁、荆字形相近，因而讹误。茨即蒺藜，系蔓生之草，荆棘丛生，故诗以茨、棘形容禾稼之多。 ②坻（dǐ），高大的土丘。 京，《毛传》：“高丘也。” ③乃求二句，千斯仓即千仓，万斯箱即万箱。斯，语气词。

●诗之四章祈望稼穑的丰收。曾孙爱农，君民和谐，所以上天会降下丰年。

〔解题〕

此诗叙述籍田祈谷的典礼仪式。《国语·周语》称：“王者治农于籍，耨获亦于籍。”据此，周王不仅春耕时要举行典礼，田间管理及收获时节，也都要典礼。从诗“今适南亩，或耘或耔”看，诗当是“耨获”之耨时的篇章。诗称“甫田”，甫田又称“大田”、“公田”，以其为王室直接所有，借民力耕种，所以又称籍田，籍即借的意思。王室为什么能够“使民如借”呢？这必须从宗法社会周王的地位寻找答案。周王虽是天下的共主，但更是姬姓人群的族长。只有他才最有资格代表周人祭祀共同的祖先。籍田产品的一个重要用途是祭祖。在这个意义上，籍田是属于所有周人的。因此籍田的宗教含义，正是使民如借的法理基础，也是周王每年都要按时“亲耕”一下的原因。在《周颂》中，《噫嘻》可以确信为春夏祈谷之诗。将《甫田》与该诗相比较，可以发现《颂》诗与《雅》诗的基本区别。首先《噫嘻》的人称形式是第二人称“尔”，“尔”指代神灵（参《噫嘻》注释及解题)，而呼唤神灵者则是行礼的主体。而《甫田》中，诗人则作为第三者从旁观察行礼过程。其次《噫嘻》简古单纯，而《甫田》则文繁义富。原因是，敬神之辞只是全部典礼的一部分，而作为对仪式过程描述的诗篇，则不仅要全面地叙述过程，而且还有诗人对礼仪的理解，其繁富是必然的。在这里，我们实际看到的是《雅》、《颂》的某种本质区别。《颂》是宗教的祭歌，而《雅》则是对一种文化现象的表现。在《雅》对宗教现象的描述中，文学实际上跨出了宗教理念的范围，而走向对历史的歌唱。此诗的创作时代，当与《楚茨》及《信南山》相去不远，约于西周中叶。

大　田

大田多稼，既种既戒，既备乃事①。以我覃耜，俶载南亩，播厥百谷②。既庭且硕，曾孙是若③。

〔注释〕

①种，选取种子。　戒，《郑笺》："季冬，命民出五种，计耦耕事，修耒耜，具田器，此之谓戒。"　②覃，《毛传》："利也。"本字当作剡，锋利。　俶(chù)载，《郑笺》："俶读为炽，载读为'菑栗'之菑。时至，民以其利耜炽菑，发所受之地，趋农急也。"马瑞辰《通释》："炽菑二字双声，即俶载之转。"即翻土压草。　③庭，《毛传》："直也。"即挺拔。　若，马瑞辰《通释》："此诗'曾孙是若'盖谓曾孙择其稼之善者而劝之，即省耕之谓也。"

●诗之首章从春耕、省田入手，总起全诗。

既方既皁，既坚既好，不稂不莠①。去其螟螣，及其蟊贼，无害我田稺②。田祖有神，秉畀炎火③。

〔注释〕

①方，《郑笺》："房也，谓孚甲始生而未合时也。"即作物开始长出地面时

的苞状。　皁（zào），《毛传》："实未坚者曰皁。"即作物灌浆。　稂、莠，《毛传》："稂，童粱也。莠，似苗也。"作物有穗而不结籽粒称稂，形状似禾苗而非禾苗的稗草称莠。　②去其二句，《毛传》："食心曰螟，食叶曰螣，食根曰蟊，食节曰贼。"　③秉畀句，《郑笺》："持之付与炎火，使自消亡。"据后人研究，此处所说的治虫方法是，利用害虫习性向明扑火的特点，夜间设火，火边掘坑，边烧边埋。据《唐书·姚崇传》，开元四年山东大旱，蝗虫成灾，姚崇为捕蝗使，利用《诗》中办法治蝗，获得奇效。

●诗之二章写田间管理，治虫之法，尤为奇妙。

有渰萋萋，兴雨祁祁①。雨我公田，遂及我私②。彼有不获穉，此有不敛穧③；彼有遗秉，此有滞穗，伊寡妇之利④。

〔注释〕

①渰（yǎn），《毛传》："云兴貌。"　萋萋，字当作凄凄。《说文》："凄，雨云起也。"　兴雨，据陈奂《传疏》，当作兴云。　祁祁，《毛传》："徐也。"即云慢慢升起移动貌。　②私，私田，农夫的份地。据各种先秦典籍的记载，公田之外，还有定期分配给农夫的私田百亩（合今制三十余亩）。据《孟子》，方一里为井，井九百亩。其中一百亩为公田，其余八百亩为私田。先治公田，公事毕，然后治私事。　③穉，马瑞辰《通释》："禾之幼者曰穉，禾之晚种者亦曰穉。此诗'无害我田穉'，谓幼禾也。'彼有不获穉'，谓晚种后孰（熟）者也。"　穧（jì），聚禾成把。　④秉，《毛传》："把也。"即禾把。　滞穗，滞留在田间的遗穗。

●诗之三章用从旁烘托的笔法述年成的丰稔，画面中流溢着温情。

曾孙来止，以其妇子。馌彼南亩，田畯至喜。来方禋祀，以其骍黑，与其黍稷①。以享以祀，以介景福。

〔注释〕

①来方，陈奂《传疏》："犹上篇云'以方'。来，古勑字，语词也。"　禋祀，祭天之礼，朱熹《集传》："精意以享谓之禋。"古时以牛羊油脂合香草腾烧祭天，禋实即烟，以香烟享神。　骍黑，赤色和黑色的牛羊贡品。据《周礼》，阳

祀（祭天及宗庙）用骍，阴祀（祭地及社稷）用黑。

●诗之四章写曾孙省田及祭祀祈福，重在申明大田维系着周族的福禄。

〔解题〕

此诗应是描述秋冬之际王者报祭田祖及各种有助耕稼神祇的诗歌。与前《甫田》不同，此诗叙事重心在作物生长季节的病虫害防治，以及秋季的收获。《国语·周语》载，春夏之际的周王省耕之礼"耨获亦如之"。据此，诗中"曾孙来止"指"耨获"之时天子亲临。诗中虽只明言"田祖有神"，但由于田祖属八蜡索祭诸神祇之一，因而可视为诗人举以概全，祭祀对象实赅八蜡众神。虽然关涉的只是秋冬报神之事，但诗篇却从"既种既戒"写来，顺及田间管理、秋季收获，最后归回本题。值得注意的是，这种构思方式，实际是《楚茨》以至此篇等几首农事题材作品的一般特征。这种结构篇章的接近，其实表明的是几首诗歌创作时间的相去不远，是同一时同一文学风气影响下的产物。耐人寻味的是，《周颂》中《载芟》、《良耜》二诗在构思特点上，也与这四首诗基本相同。经笔者的推断，《周颂》两首应作于西周中期的周恭王时期，那么，《甫田》等四诗也当是周恭王时期的诗篇。

瞻彼洛矣

瞻彼洛矣，维水泱泱①。君子至止，福禄如茨②。韎韐有奭，以作六师③。

〔注释〕

①洛，渭水上游的支流，在陕西境内，源出定边县，东南流至洛川入渭水。泱泱，《毛传》："深广貌。" ②茨，蒺藜。 ③韎韐（mèi gé），以朱红色草染成的牛皮蔽膝。据《周礼》，韎韐为兵事服装。 奭（shì），赤貌。 六

师,《毛传》:“天子六军。”

●诗之首章点明周天子来至洛水是有军事活动。

瞻彼洛矣,维水泱泱。君子至止,鞞琫有珌①。君子万年,保其家室。

〔注释〕

①鞞琫(bì běng),装饰在佩刀鞘上的玉石、蜃贝之物,上部为琫,下部为鞞。 珌(bì),文饰貌。

●诗之二章点明军事活动乃是为了保卫家国。

瞻彼洛矣,维水泱泱。君子至止,福禄既同①。君子万年,保其家邦。

〔注释〕

①同,聚集。

●诗之三章言君子身上聚集着福禄,祝周王万年长寿,永保家邦。

〔解题〕

《毛序》:“《瞻彼洛矣》,刺幽王也。思古明王能爵命诸侯,赏善罚恶焉。”此说从诗歌本身找不到任何根据。据王先谦《集疏》,今文经学或认为是世子开始践行职责,上受爵命之诗(《鲁诗》说),或认为是诸侯世子三年丧毕,上受爵命之诗(《韩诗》说),思之都是不可理喻的臆说。至朱熹《集传》,认为是“天子会诸侯于东都以讲武事,而诸侯美天子之诗”。然而据段玉裁研究:“自魏黄初以前,雍州渭、洛字作洛,豫州伊雒字作雒。绝无混淆。”(见段著《小笺》)朱说又不攻自破。《周礼·司服》:“凡兵事韦弁服。”而诗中又明言“以作六师”,则此诗一定与军事有关。洛既不可读作雒,那么此诗的创作背景及时间,就当从洛水的地理上寻求答案。此诗不会作于幽王时期，因为幽王朝的战乱来自西方的申国及犬戎，备边自不会到东北方向的洛水之地去。此诗只可能作于宣王朝，因为宣王时《兮甲盘》载，王朝曾征伐玁狁至彭衙。而彭衙即在洛水上游。据《禹鼎》等铜器铭文，西周时期，镐京有西六师，成周有殷八师，而可信为宣王时期的《大雅·常武》中有"整我六师"语，正与此诗"以作六师"合。综上，可定此诗为宣王时期的作品。

裳裳者华

裳裳者华，其叶湑兮①。我觏之子，我心写兮②。我心写兮，是以有誉处兮③。

〔注释〕

①裳裳，《毛传》："犹堂堂也。"即盛壮貌。　华，即花。　湑，《毛传》："盛貌。"　②觏，见。参《豳风·伐柯》及《九罭》注。　写，称心如意。参《小雅·蓼萧》注。　③誉，通与。参《蓼萧》注。

●诗之首章以见"之子"的愉悦心情总起全诗。

裳裳者华，芸其黄矣①。我觏之子，维其有章矣②。维其有章矣，是以有庆矣③。

〔注释〕

①芸其，《郑笺》："华芸然而黄。"马瑞辰《通释》："芸者，䉙字之假借。《说文》：'䉙，物数纷䉙乱也。'今作纷纭。"　②章，即服装上的黼黻纹绣。③庆，赏赐。

●诗之二章以服饰表"之子"德行。

裳裳者华，或黄或白。我觏之子，乘其四骆①。乘其四骆，六辔沃若②。

〔注释〕

①骆，白马黑鬃。参《小雅·四牡》注。 ②沃若，调适活络的样子。参《小雅·皇皇者华》注。

●诗之三章以乘车马的技艺娴熟赞美“之子”。

左之左之，君子宜之①。右之右之，君子有之②。维其有之，是以似之③。

〔注释〕

①左之句，及下一句“右之”，当是描述“之子”执辔驱车。驱驰左右有度，显示其行为得宜。 宜，以之为宜。 ②有，在此指任用。 ③似，《毛传》：“嗣也。”言君子能继续其祖业。

●诗之四章以“是以似之”回应、落实前文“是以有庆”。

〔解题〕

《毛序》：“《裳裳者华》，刺幽王也。古之仕者世禄，小人在位，则谗谄并进，弃贤者之类，绝功臣之世焉。”王先谦《集疏》谓“三家无异义”。据《序》此诗是思古讽今之作。然而从诗歌本身，既看不出任何时代迹象，也看不出任何思古的痕迹。诗全然是一幅即景式的颂赞口吻。诗中“之子”与“君子”并举，似乎“之子”即本诗被歌咏的主体，系被周王新任用的人士。而《序》之“仕者世禄”云云，谅也是由此生发而出。从“是以似之”的诗句看，这样理解似也不无道理。

桑扈

交交桑扈，有莺其羽①。君子乐胥，受天之祜②。

〔注释〕

①交交，小貌。 桑扈，一名窃脂，即布谷鸟。 莺，文采貌。 ②胥，《毛传》："皆也。"马瑞辰《通释》："皆、嘉一声之转，《广雅·释言》：'皆，嘉也。'乐胥犹言乐嘉、乐岂，嘉亦乐也。" 祜，《郑笺》："福也。"

●诗之首章以君子有天命总起全篇。

交交桑扈，有莺其领。君子乐胥，万邦之屏①。

〔注释〕

①屏，《毛传》："蔽也。"

●诗之二章继言君子屏蔽天下。

之屏之翰，百辟为宪①。不戢不难，受福不那②。

〔注释〕

①翰，根干。 百辟，百国君主。《郑笺》："辟，君也。" 宪，法则、表率。 ②戢，《毛传》："聚也。不戢，戢也。" 不难，《毛传》："难也。"马瑞辰《通释》："难当读为戁。《说文》：'戁，敬也。'" 那(nuō)，《毛传》："多也。不多，多也。"

●诗之三章特赞天子地位和德行。

兕觥其觩，旨酒思柔①。彼交匪敖，万福来求②。

〔注释〕

①兕觥，牛角做的酒器。参《豳风·七月》注。 觩(qiú)，牛角弯曲貌。 思，斯。语词。 ②彼交句，《汉书》引作"匪儌匪敖"。匪，非。儌，颜师古《注》："儌谓儌幸也。" 敖，傲慢。 求，马瑞辰《通释》引王引之说："与逑同。逑，聚也。谓福禄来聚。"

●诗之四章点明天子福禄丰厚，乃是由于其为人有德。

〔解题〕

《毛序》:"《桑扈》,刺幽王也。君臣上下,动无礼文焉。"所以有这样的说法,据《郑笺》"兕觥,罚爵也",可以推知是由于说诗者将诗中"兕觥"理解为罚酒之具。但兕觥是否可作这样的解释,大有可疑。例如《豳风·七月》"称彼兕觥,万寿无疆",很明显就不能如此理解。实际上,此诗的"兕觥"云云,只是对下一句"万福来求"的比兴,不能胶柱地理解。误把诗歌作礼书,是经生说《诗》的痼疾。此诗当如朱熹《集传》所说,是"天子燕诸侯"时的"颂祷之词",至于创作年代,诗本身无所显示,宁付阙疑。

鸳　鸯

鸳鸯于飞,毕之罗之①。君子万年,福禄宜之②。

〔注释〕

①鸳鸯,水鸟名,雌雄成对,古人常用以比喻夫妻。　毕、罗,捕鸟的网具。　②宜,《说文》:"所安也。"

●诗之首章言鸳鸯飞翔,用毕、罗可以网捕。君子长命万年,福禄安集一身。

鸳鸯在梁,戢其左翼①。君子万年,宜其遐福②。

〔注释〕

①戢,收敛。此处形容鸳鸯将嘴及一足插入翼下,一足点地。　②遐,通嘏,远大。

●诗之二章言鸳鸯敛翼而安息,君子寿命万年,安享其鸿远之福。

乘马在厩，摧之秣之[1]。君子万年，福禄艾之[2]。

〔注释〕

①摧，《毛传》："挫也。"即切碎的刍草。　秣，《毛传》："粟也。"即给马加粟米为饲料。　②艾，马瑞辰《通释》："《尔雅·释诂》：'艾，相也。''相，辅也。'艾之为辅助之，犹《凫鷖》诗'福禄来为'，为亦助也。"

●诗之三章言乘马养在马厩里，喂之刍草，喂之粟米。君子长命万年，永远安享福禄。

乘马在厩，秣之摧之。君子万年，福禄绥之[1]。

〔注释〕

①绥，《郑笺》："安也。"

●诗之四章言乘马在厩，养以粮草。君子万年长寿，永远安享福禄。

〔解题〕

《毛序》："《鸳鸯》，刺幽王也。思古明王交于万物有道，自奉养有节焉。"王先谦《集疏》："三家义未闻。"《序》说穿凿文义自不待言。至朱熹以为"诸侯答《桑扈》"之诗，也属无根游谈。明清以降，学者多谓此诗与结婚有关。但具体理解却异说纷纭。有人认为是咏成王新婚（邹肇敏《诗传》，说见姚际恒《通论》所引），有人认为可能是幽王大婚之诗（何楷《古义》），也有人认为是刺幽王废申后之诗（王照圆《诗问》），等等。以上明清诸家的看法，要之固是从诗中"鸳鸯"的意象得来。这自然要比汉儒旧解高明得多。另外，摧薪秣马的意象，在《诗》中似与求婚有关（参《周南·汉广》），是此篇为婚事题材诗的又一证据。至于时代、人物，诗无明证，则很难确定。

頍弁

有頍者弁，实维伊何①？尔酒既旨，尔殽既嘉。岂伊异人？兄弟匪他。茑与女萝，施于松柏②。未见君子，忧心奕奕③。既见君子，庶几说怿④。

〔注释〕

①頍(kuǐ)，方玉润《原始》引张彩说："頍即古规字。规为圆者，弁之貌也。" 弁，贵族戴的皮制帽子。 实，《郑笺》："犹是也。" ②茑(niǎo)，茑萝。一种蔓生植物，依附在其他植物的枝干上生长。 女萝，《郑笺》："菟丝松萝也。" 施，蔓延。 ③君子，指周王。 奕奕，心神不安貌。 ④庶几，接近、差不多。 说怿，悦怿、高兴。说、悦古今字。

●诗之首章言没有见到君子的时候，内心忧虑，惶惶不安。见到君子之后，一下子就心情开朗，高高兴兴。"茑与"二句，是全诗的主脑，既有对"君子"地位的推重，又是对"君子"的期许。

有頍者弁，实维何期①？尔酒既旨，尔殽既时②。岂伊异人？兄弟具来。茑与女萝，施于松上。未见君子，忧心怲怲③。既见君子，庶几有臧④。

〔注释〕

①何期，《郑笺》："犹伊何也。期，辞也。"期为虚词。 ②时，《毛传》："善也。" ③怲怲(bǐng)，《毛传》："忧盛满也。" ④臧，善、好。

●诗之二章言没有见到君子时，满腹忧愁。见到了君子，就变得喜气洋洋。

有頍者弁，实维在首。尔酒既旨，尔殽既阜。岂伊异人？

兄弟甥舅。如彼雨雪,先集维霰①。死丧无日,无几相见。乐酒今夕,君子维宴。

〔注释〕

①集,凝结。 霰(xiàn),粒状的雪,俗称雪糁、雪子。
●诗之三章以生命短暂、相聚无多反衬当珍惜亲族欢燕之理。

〔解题〕

《毛序》:"《頍弁》,诸公刺幽王也。暴戾无亲,不能宴乐同姓,亲睦九族,孤危将亡,故作是诗也。"这段话中,"诸公"云云是从"有頍者弁"来,"孤危将亡"是从"死丧"来。至于"暴戾无亲"之说,则是《序》作者基于自己对幽王的理解,不是诗篇固有的内容。虽然诗本身没有明显的证据可以证明就是"刺幽王","君子"系指周王则是无可怀疑的。茑萝松柏之喻,頍弁在首之诫,都是有力的佐证。而诗中章章出现的设问与反问,又默示出诗人在高倡亲族和集时,实际上是针对着相反的社会现实。同时"死丧无日"等句中的消沉,并不像是对"孤危将亡"的预感,而像是经历离乱后的感伤。这样,诗如果不是作于厉、宣之际,就很可能是"二王并立"或更晚时的作品,而后者的可能性是较大的。

车 舝

间关车之舝兮,思娈季女逝兮①。匪饥匪渴,德音来括②。虽无好友,式燕且喜③。

〔注释〕

①间关,辗转。 舝,今作辖,将车轮固定在轴上的键。 娈,《毛传》:"美貌。" 季女,少女。参《召南·采蘩》注。 ②括,马瑞辰《通释》:"《韩

诗》:'括,约束也。'以德音来相约束,即下章'令德来教'之义。" ③好友,陈奂《传疏》:"友读'琴瑟友之'之友。""琴瑟友之"之友为亲近,据此,"好友"即以好的东西亲近之。 燕、喜,安乐。

●诗之首章开始两句从季女一边着笔,后四句从自己一方倾诉。

依彼平林,有集维鷮①。辰彼硕女,令德来教②。式燕且誉,好尔无射③。

〔注释〕

①依,《毛传》:"茂木貌。"马瑞辰《通释》:"依、殷古同声。殷,盛也。依即殷之假借,故《传》以依为茂木貌。" 鷮(jiāo),《毛传》:"雉也。"雉鸟羽翎美丽,比喻新妇。 ②辰,美好。字当作展。 硕女,王先谦《集疏》:"谓大德之女。" ③誉,通豫,安乐。 射(yì),《郑笺》:"厌也。"

●诗之二章言德行美好的女子,快来以美德相教。将使你安好,将使你豫乐,爱你永远不厌倦。

虽无旨酒,式饮庶几①。虽无嘉殽,式食庶几。虽无德与女,式歌且舞②。

〔注释〕

①庶几,一些、一点点。 ②女,汝。

●诗之三章言虽然我没有你的德行,但也能与你且歌且舞。

陟彼高冈,析其柞薪①。析其柞薪,其叶湑兮。鲜我觏尔,我心写兮②。

〔注释〕

①析其句,马瑞辰《通释》:"《吕记》引陈氏曰:'析薪者,以喻昏姻。'范氏《补传》云:'诗人谓以斧而析薪,故能得薪,喻王求贤女亦当有道。'今按《汉广》有刈薪之言,《南山》有析薪之句,《豳风》之伐柯与娶妻同喻,《诗》中以析

薪喻昏姻不一而足。……《诗》盖以取木喻女，因而以析薪喻娶妻为迎新也。”

②鲜，难得。

●诗之四章言见到了你，是多么的好多么的难得，我的心真是舒畅！以上四章为一大段落，写足男子对新妇的倾慕之情。

高山仰止，景行行止①。四牡骓骓，六辔如琴②。觏尔新昏，以慰我心。

〔注释〕

①景行，马瑞辰《通释》：“与高山对言，犹云大道也。” ②骓骓，奔驰貌。参《小雅·四牡》注。 如琴，即六条辔绳和谐如琴弦。

●诗之五章言看到你这样的新婚，我的心真感到安慰。至此章方知前四章都是悬拟他人内心活动之辞。

〔解题〕

《毛序》：“《车舝》，大夫刺幽王也。褒姒嫉妒，无道并进，谗巧败国，德泽不加于民。周人思得贤女以配君子，故作是诗也。”对此说前人多不信，并加以讥讽。如明代邹肇敏谓，思得娈女以间其宠，则是张仪倾郑袖、陈平绐阏氏之计耳。（见姚际恒《通论》所引）邹说貌似得计，实际上是牵强的比附。后代既不满于汉儒说，于是有朱熹“燕乐其新婚之诗”说，有方玉润“嘉贤友得淑女为配”说等等。但燕新婚何至于有“高山仰止，景行行止”的过重之语？贺婚又何以反复强调季女“德音来括”、“来教”？此诗与婚姻有关，是不争的事实。而强调女子的“德音”、“令德”，又使它不是一般的婚姻之诗。事实上，诗的前四章强调了婚姻关系中应当注重女子德行的道理。第三章连续的“虽无”句式，就重在突出这一点。至第五章，诗人突然变换叙述角度，表达了对那些他认为遵从了婚姻正道的人们的“景仰”之情。据此，《序》认为诗“刺幽王”，是有其道理的。褒姒以其宠幸击败了王后和太子，终于导致了西周的覆灭，这都是载在史册的事实。《序》说除褒姒如何如何“无道”与本诗无干外,其“刺幽王”之说在没有新的资料作反证前,是不可轻易否定的。

青　蝇

营营青蝇,止于樊①。岂弟君子,无信谗言②。

〔注释〕

①营营,往来飞行之声。　青蝇,《郑笺》:“蝇之为虫,污白使黑,污黑使白,喻佞人变乱善恶也。”　樊,《毛传》:“藩也。”　②岂弟,当作恺悌,平易通达。

●诗之首章劝告君子不要听信谗言。

营营青蝇,止于棘①。谗人罔极,交乱四国②。

〔注释〕

①棘,荆棘,做藩篱的材料。　②罔极,无原则、无标准。　交乱,交相为乱。

●诗之二章言谗人可以使得天下大乱。

营营青蝇,止于榛①。谗人罔极,构我二人②。

〔注释〕

①榛,《毛传》:“所以为藩也。”　②构,制造事端。

●诗之三章言小人在人们中间挑拨离间,制造事端,是诗篇主旨。

〔解题〕

《毛序》:“《青蝇》,大夫刺幽王也。”据王先谦《集疏》,《齐诗》以为诗人刺幽王听信褒姒之谗而害忠贤。又据王应麟《困学纪闻》引袁孝政说及何楷《古义》,作者为卫武公。(见于《集疏》)另外,清末魏源《诗古微·小雅答问》下,认为是申后讽谏幽王之诗。从诗中"构我二人"之句看,魏氏说法或许更可取些。

宾之初筵

宾之初筵,左右秩秩①。笾豆有楚,殽核维旅②。酒既和旨,饮酒孔偕③。钟鼓既设,举酬逸逸④。大侯既抗,弓矢斯张⑤。射夫既同,献尔发功⑥。发彼有的,以祈尔爵⑦。

〔注释〕

①宾,宾客。 筵,《郑笺》:"席也。"在此为参加宴会。古代举行大射礼之前,先有燕礼,设筵饮酒。 秩秩,《毛传》:"秩秩然肃敬也。" ②笾豆,两种食器。笾竹制,盛桃、梅果品。豆木制,盛菜肴。 楚,《毛传》:"列貌。" 殽核,笾、豆中的菜食和果品。 旅,据于省吾《新证》,当训为"嘉肴"之嘉。 ③偕,动作齐整协调。 ④逸逸,有次序、不慌乱。 ⑤大侯,《毛传》:"君侯也。"张挂在木架上的熊皮质箭靶,靶心称鹄的。侯有君侯、参侯、干侯之分,大侯即君侯,君主传用。大射之礼,三侯具设,此处以大侯兼代其余两侯。 抗,高挂。 ⑥射夫,《郑笺》:"众射者也。" 同,选配对手,两人一组,又称"比耦"。 献,效。 发功,射箭的功夫。 ⑦有的,鹄的。 以祈句,《郑笺》:"发矢之时,各心竞云:'我以此求爵女(汝)。'"古人射箭,不胜者要被罚酒。

●诗之首章叙述宴饮及射礼的一般程序。

籥舞笙鼓,乐既和奏①。烝衎烈祖,以洽百礼②。百礼既至,有壬有林③。锡尔纯嘏,子孙其湛④。其湛曰乐,各奏尔能⑤。宾载手仇,室人入又⑥。酌彼康爵,以奏尔时⑦。

〔注释〕

①籥舞句,《毛传》:“秉籥而舞,与笙鼓相应。”籥是一种管乐器。舞者一手持籥,一手持羽,和着笙鼓之乐边吹边舞,称为籥舞,又叫文舞。　②烝,进献。　衎(kàn),娱乐。　洽,周备。　③壬、林,马瑞辰《通释》:“壬、林承上‘百礼’言,有壬状其礼之大也,有林状其礼多也。”　④锡,赐。　嘏,福。　湛,乐。　⑤奏,献。　能,技能,即射箭的能力。　⑥载,则。　手仇,选对手。《毛传》:“手,取也。”马瑞辰《通释》:“仇,犹耦也,谓三射之比耦也。”　室人,膳夫、宰夫等宴会、行射中的服务人员。　入又,再次进入比箭的位置。射礼中正式的比箭一般有三次,称为正射。正射中一般由主人亲自陪客人比箭。之后还有各随所愿的比赛,此时主人可由膳夫、宰夫等“室人”代替主人陪客人行射。“入又”即指此。　⑦康,马瑞辰《通释》:“当为荒之假借。……《释名》:‘荒,大也。’康爵义当为大,‘酌彼康爵’犹云酌彼大斗耳。”　时,《毛传》:“中者也。”

●诗之二章言祭祖而后射,射是在向祖灵献功;射而后饮酒,酒在奖胜罚不胜,都自当尊重。

宾之初筵,温温其恭。其未醉止,威仪反反①。曰既醉止,威仪幡幡②。舍其坐迁,屡舞仙仙③。其未醉止,威仪抑抑④。曰既醉止,威仪怭怭⑤。是曰既醉,不知其秩⑥。

〔注释〕

①反反,《毛传》:“言重慎也。”　②幡幡,乱动的样子。　③坐迁,据俞樾《茶香室经说》,即设于筵席上偏东的宾客座位。　仙仙,飘飘然的样子。

④抑抑,《毛传》:“慎密也。”　⑤怭怭(bì),《毛传》:“媟嫚也。”不庄重。

⑥秩,俞樾《群经平议》:“当作失。……不知其失,正与‘不知其邮’同义。”

●诗之三章以“未醉”与“既醉”对比,重在“威仪”。

宾既醉止,载号载呶。乱我笾豆,屡舞僛僛①。是曰既醉,不知其邮[②]。侧弁之俄，屡舞傞傞[③]。既醉而出，并受其福[④]。醉而不出，是谓伐德[⑤]。饮酒孔嘉，维其令仪[⑥]。

〔注释〕

①僛僛(qī)，《毛传》："舞不能自正也。" ②邮，《郑笺》："过。" ③俄，倾倒貌。 傞傞(suō)，《毛传》："不止也。" ④并，王引之《述闻》："并之言普也，遍也，谓众宾普受此宾之福也。" ⑤伐德，损害德行。 ⑥令仪，美好的仪态。

●诗之四章言饮酒是件好事，但需要有美好的仪态。进一步摹画既醉无礼的丑态，强调饮酒须有"令仪"。

凡此饮酒，或醉或否[①]。既立之监，或佐之史[②]。彼醉不臧，不醉反耻。式勿从谓，无俾大怠[③]。匪言勿言，匪由勿语[④]。由醉之言，俾出童羖[⑤]。三爵不识，矧敢多又[⑥]。

〔注释〕

①凡此，凡是。 或醉句，不论醉否。 ②监，酒监，即司正。 史，记酒宴言行的史官。 ③式，发语词。 谓，马瑞辰《通释》："《尔雅·释诂》：'谓，勤也。'勤为勤劳之勤，亦为相劝勉之勤。勿从谓者，勿从而劝勉之，使更饮也。" ④由，法度。 ⑤由，从。 童羖(gǔ)，公羊而无角。醉汉荒唐之言。童，秃头。羖为公羊，公羊有角。 ⑥不识，不敢识。即不愿超过三爵。 矧敢，怎敢。 又，再。

●诗之五章提出防止酒醉乱德的措施，是一篇的主旨。

〔解题〕

《毛序》："《宾之初筵》，卫武公刺时也。幽王荒废，媟近小人，饮酒无度，天下化之。君臣上下沉湎淫液，武公既入而作是诗也。"今文经学的看法，据《后汉书·孔融传》李《注》引《韩诗》曰："卫武公饮酒悔过也。"《齐诗》说与《韩诗》同。"刺时"与"悔过"，其实并不矛盾，只是看问题的方面各有所重而已。据《史记·卫康叔世家》，武公为王朝卿士是在平王朝，则此诗属于东周初期的作品。诗所反映的礼仪，当属于“大射礼”，马瑞辰《通释》对此有详密的考证。周代射礼分“乡射”、“大射”、“燕射”及“宾射”四种。大射属高级的射礼，是天子、诸侯会集臣下在太学中进行的。因而诗描述的酒后无德，就是发生在王朝高级贵族中的事情。《序》谓“刺时”并溯源于幽王(有人认为“追刺”幽王，是对《序》的误解)，即是说，王朝贵族的酒后乱德现象是一个由来已久的社会问题。应当说这种想法是可取的，虽然饮酒“伐德”并不能由幽王个人负全部责任。在前面宴饮诗的注解中已经说过，宴饮对王朝社会有着和集人群的重要社会功能。而活动所要求于每一个体的，是处处合乎礼仪规范。这样，在酒精的作用下按着礼乐的节奏投入地舞蹈歌唱，才是合乎君子身分的。因此每一次饮酒都是对一个贵族的考验。而每一次成功的宴集，又都是德行的培养与增长。因而对“令德”、“令仪”的申诫，又是《诗经》燕饮诗歌的一个重要内容。只有每一个体德行的增强，宴饮才能真正起到和谐社会的作用。但在此诗中我们看到的却是相反的情况。这些高级的贵族们实际上早已忘记了宴饮的真正含义，他们已经将这项活动纯粹当做生活的享乐。这才是诗人所忧虑、所力图挽救的。因此，此诗从一个侧面显示着周代社会“礼崩乐坏”的现实。

鱼　藻

鱼在在藻，有颁其首①。王在在镐，岂乐饮酒②。

〔注释〕

①在，前一在为名词，所在。后一在为动词，处在。　颁，于省吾《新证》谓即斑，鱼首的斑纹。　②岂乐，岂当作恺，恺乐即快乐。

●诗之首章言鱼的处所在哪里？在水藻之中。它的头部斑纹历历。王的处所在哪里？在镐京。王在饮酒，真是快乐无比。

鱼在在藻，有莘其尾①。王在在镐，饮酒乐岂②。

〔注释〕

①莘，《毛传》："长貌。"　②乐岂，岂乐，倒文叶韵。

●诗之二章言鱼在水藻中，有长长的尾巴。王在镐京饮酒，快乐无比。

鱼在在藻，依于其蒲①。王在在镐，有那其居②。

〔注释〕

①蒲，一种水草。　②那（nuó），《郑笺》："安貌。"

●诗之三章言鱼在水藻中，依偎着蒲草。王在镐京之地，有安稳的居处。

〔解题〕

此诗并不难读，但历来解说分歧，主要问题出在美刺上。《毛序》："《鱼藻》，刺幽王也。言万物失其性，王居镐京，将不能以自乐，故君子思古之武王焉。"而朱熹《集传》则谓："此天子燕诸侯，而诸侯美天子之诗也。"朱说从诗本身可看出的内容出发，认为是"美"；而《序》从诵诗的用意出发，认为思武王正可对今王予以讽谏，是"刺"。两说均可通，但谁更符合诗人的作诗本意，则不起古人于地下，怕是无从确定的了。此外，各种异说还有不少，如有人认为诗为武王时的作品，有人认为诗为镐京"细民声口"等等，要皆各呈一说而已。据笔者理解，此诗当与后《都人士》一诗合观。周平王从申国返回宗周后，在镐京曾举行过隆重的酒会，此诗即酒会乐歌。

采　菽

采菽采菽，筐之筥之[①]。君子来朝，何锡予之？虽无予之，路车乘马[②]。又何予之？玄衮及黼[③]。

〔注释〕

①菽，《郑笺》："大豆也。"　筐、筥，竹编的器物，方的称筐，圆的称筥。在此筐、筥都是动词。　②路车，君主所乘车。　乘马，古代四马为一乘，乘马即一乘马。　③玄衮，《郑笺》："玄衣而画以卷龙也。"玄为黑色。　黼，黼黻。由黑白两色相间相交所构成的花纹，绘有这种图案的衣服称绨衣，高级贵族的服装。

●诗之首章朝觐大事从采菽说起，一问一答，语式活泼。

觱沸槛泉，言采其芹[①]。君子来朝，言观其旂。其旗淠淠，鸾声嘒嘒[②]。载骖载驷，君子所届[③]。

〔注释〕

①觱(bì)沸，《毛传》："泉出貌。"　槛泉，《毛传》："正出也。"槛，滥的假借字。马瑞辰《通释》引《尔雅·释水》："滥泉正出。正出，涌出貌。"　②淠淠(pì)，《毛传》："动也。"即旌旗翻动状。　嘒嘒(huì)，《毛传》："中节也。"即銮铃声疾徐有节。　③届，来到。

●诗之二章写诸侯到来时的情景。

赤芾在股，邪幅在下[①]。彼交匪纾，天子所予[②]。乐只君子，天子命之。乐只君子，福禄申之[③]。

〔注释〕

①芾，皮质的蔽膝。　邪幅，裹腿布。　②彼，非。　交，绞，即紧。

匪纾，不松懈。纾，松缓。此句紧承前两句而来，是对上文所说服饰的形容。衣饰穿着得宜，表明这些诸侯行为有度。　③申，《毛传》："重也。"即增进。

●诗之三章由君子的服饰写到他们的膺承天命。

维柞之枝，其叶蓬蓬。乐只君子，殿天子之邦①。乐只君子，万福攸同。平平左右，亦是率从②。

〔注释〕

①殿，《毛传》："镇也。"　②平平，《毛传》："辩治也。"　左右，朱熹《集注》："诸侯之臣也。"　率从，尽从。

●诗之四章写诸侯的重任，兼及诸侯的大臣。

泛泛杨舟，绋纚维之①。乐只君子，天子葵之②。乐只君子，福禄膍之③。优哉游哉，亦是戾矣④！

〔注释〕

①绋纚(fú lì)，绋为粗大的麻绳，纚为竹索，都是系船之物。　②葵，《毛传》："揆也。"即总揽一切。　③膍(pí)，《毛传》："厚也。"　④戾，《郑笺》："止也。"即定止。

●诗之五章颂赞、告诫以结束全篇。

〔解题〕

《毛序》："《采菽》，刺幽王也。侮慢诸侯，诸侯来朝，不能锡命以礼数，征会之而无信义。君子见微而思古焉。"据《郑笺》的申述，《序》"无信义"云云，系指幽王举烽火欺骗诸侯的事。然而据后代史家研究，烽火传信到汉代才有。(参晁福林《论平王东迁》)因此，《序》说绝不足信。从诗歌的内容看，这当是隆重的诸侯朝觐典礼上的颂赞之歌。王先谦《集疏》谓"《鲁》家以为王赐诸侯命服之诗"，当是可以信从的。其创作当在西周晚期或东周早期。

角弓

骍骍角弓，翩其反矣①。兄弟昏姻，无胥远矣②。

〔注释〕

①骍骍，深红色。　角弓，用牛角装饰的弓。　翩其句，形容弓背向两旁弯曲延伸的形状。　②胥，相。

●诗之首章以角弓的相反相成，喻兄弟关系的互相依存。

尔之远矣，民胥然矣①。尔之教矣，民胥傚矣。

〔注释〕

①尔，指周王。　胥，《郑笺》："皆也。"

●诗之二章言周天子有教化天下的重任。

此令兄弟，绰绰有裕①。不令兄弟，交相为瘉②。

〔注释〕

①令，善。　绰绰，《毛传》："宽也。"　裕，有余地。　②瘉，《毛传》："病也。"参《正月》注。

●诗之三章言兄弟关系好坏的作用。

民之无良，相怨一方。受爵不让，至于已斯亡①。

〔注释〕

①斯亡，马瑞辰《通释》："亡当读如忘。诗盖言人之无良，一方之人皆怨之，至于己受爵不让，亦为无良，则忘之也。"

●诗之四章言民风浇漓，与第一、第二章相呼应。

老马反为驹，不顾其后①。如食宜饇，如酌孔取②。

〔注释〕

①老马二句，老马为了自己的驹子，回过头来，就再也不顾前路了。②饇(yù)，《毛传》："饱也。" 孔取，过分地取。

●诗之五章指责周王兄弟不和是不负责任的行径。

毋教猱升木，如涂涂附①。君子有徽猷，小人与属②。

〔注释〕

①猱(náo)，猿猴。 涂，《毛传》："泥。" ②徽猷，良策。 与属，附着、跟从。与，相与。属，附和。

●诗之六章指责某些人火上浇油、助纣为虐。

雨雪瀌瀌，见晛曰消①。莫肯下遗，式居娄骄②。

〔注释〕

①瀌瀌(biāo)，雪下得猛烈的样子。 见(xiàn)，出来。 晛(xiàn)，日光。 ②下遗，谦让。 居，即倨傲之倨。 娄，总是，通屡。

●诗之七章点明兄弟关系不得改善，是因人们的居骄。

雨雪浮浮，见晛曰流①。如蛮如髦，我是用忧②！

〔注释〕

①浮浮，《毛传》："犹瀌瀌也。" ②蛮、髦，《毛传》："蛮，南蛮也。髦，夷髦也。"

●诗之八章言诗人的忧思，卒章显志。

〔解题〕

此诗前人解说皆不得要领，原因在于不明本事。此诗当作于幽王死后，“二王并立”时期。(关于“二王并立”，参《节南山》、《正月》、《雨无正》等篇的《解题》)诗中“尔”即指由申侯拥立的平王和由虢公翰拥立的携王。“兄弟”正说的是他们二人的关系。被诗人讽刺为“老马”一流的人物，就是申侯、虢公等。为期十余年的“二王并立”，使西周以来的嫡长子继承制遭受到前所未有的打击。在《正月》、《雨无正》等诗篇中，我们已经看到过卿大夫们的无所适从，而在此诗中，又揭示了由国本携离所造成的普遍人伦离散的现实。诗的用语切直，既指责王，又指责“教猱升木”的老人，正是对这不幸现状的痛心疾首。

菀　柳

有菀者柳，不尚息焉①。上帝甚蹈，无自昵焉②。俾予靖之，后予极焉③。

〔注释〕

①菀(yuàn)，马瑞辰《通释》谓当解作枯病：“诗盖以枯柳之不可止息，兴王朝之不可依倚也。” 尚，可以。 ②蹈，《毛传》：“动。”指喜怒变化无常。 昵(nì)，亲近。 ③靖，平定。 极，《郑笺》：“诛也。”

●诗之首章言老天爷喜怒无常，可不要去亲近他。他要我给他平定了祸乱，到后来却要杀我。

有菀者柳，不尚愒焉①。上帝甚蹈，无自瘵焉②。俾予靖之，后予迈焉③。

〔注释〕

①愒(qì)，《毛传》：“息也。” ②瘵(zhài)，《郑笺》：“接也。”《孔疏》：“郑以上‘昵’类之，读为交际之际，故言接也。” ③迈，林义光《通解》：“读为

厉,厉犹虐也。”

●诗之二章言老天爷喜怒无常不可接近。他才让我平定祸乱,就开始虐待我。

有鸟高飞,亦傅于天①。彼人之心,于何其臻?曷予靖之,居以凶矜②?

〔注释〕

①傅,《郑笺》:“傅、臻,皆至也。” ②居,居然、反而。 矜,《毛传》:“危也。”

●诗之三章言为什么在我平定祸乱之后,却居然将我置于凶险的地步?

〔解题〕

此诗所表达的是一种后世常见的兔死狗烹、伴君如伴虎的悲哀。诗虽口称上帝,但实际指的周王。《毛序》认为是“刺幽王”“刑罚不中”、“诸侯皆不欲朝”。揆之诗歌内容,都是张皇无据之说。关于诗的年代,历来有幽、厉之争,但都无实据,存疑为妥。

都 人 士

彼都人士,狐裘黄黄①。其容不改,出言有章②。行归于周,万民所望③。

〔注释〕

①都人,马瑞辰《通释》:“乃美士之称。《郑风》‘洵美且都’、‘不见子都’,都皆训美。美色谓之都,美德亦谓之都,都人由言美人也。” ②章,有文采、有条理。 ③行,行将、即将。 周,周地。

●诗之首章表对君子归周的期盼之情。

彼都人士，台笠缁撮[①]。彼君子女，绸直如发[②]。我不见兮，我心不说！

〔注释〕

①台，莎草。参《南山有台》注。　缁撮，《毛传》："缁布冠也。"　②君子女，马瑞辰《通释》："诗以'都人士'与'君子女'相对成文，'君子女'谓女有君子之行者，犹《大雅》'釐尔士女'也。"　绸，《说文》："髑，发多也。"马瑞辰《通释》："诗作绸，为假借字。"　如发，马瑞辰《通释》："犹乃发也。乃犹其也，即谓'绸直其发'耳。"

●诗之二章进而言"君子女"的天生丽质。

彼都人士，充耳琇实[①]。彼君子女，谓之尹吉[②]。我不见兮，我心苑结[③]！

〔注释〕

①充耳，玉石作的塞耳，又叫瑱。　琇(xiù)，《毛传》："美石也。"　实，王先谦《集疏》："充耳之貌。"　②尹吉，《郑笺》："吉，读为姞。尹氏、姞氏，周室婚姻之旧姓也。"　③苑结，即郁结。

●诗之三章正面写君子及君子女，重在表君子女的族氏。

彼都人士，垂带而厉[①]。彼君子女，卷发如虿[②]。我不见兮，言从之迈[③]！

〔注释〕

①带，古人在腰间挎一盛巾帕之物的囊，带即束囊的带子。　厉，《毛传》："带之垂者。"即带下垂的长余部分。　②虿，《郑笺》："螫虫也，尾末揵然，似妇人发末曲上卷然。"虿即蝎子之类。揵然，上翘貌。　③迈，行。

●诗之四章写君子、君子女发饰衣服。

匪伊垂之，带则有余。匪伊卷之，发则有旟[①]。我不见兮，云何盱矣[2]！

〔注释〕

①旟，《毛传》："扬也。" ②盱，张目盼望貌。

●诗之五章"匪伊"句式赞美之情溢于言表。

〔解题〕

《毛序》："《都人士》，周人刺衣服无常也。古者长民，衣服不贰，从容有常，以齐其民，则民德归壹，伤今不复见古人也。"其实并无道理。其一，"其容不改"、"行归于周"无法说通。其二，既是"刺衣服无常"，与"谓之尹吉"有什么相干？其三，发髻之美，诗歌自身既已表明，诗人赞美"君子女"的天生丽质，难道这也可以用来"刺时"？明了此诗内容的真相，仍须从"行归于周"入手。"其容不改"暗示着这位"万民所望"的人物离开周地有相当长的时间。而描述其夫人的族姓、发式，又表明对周人言是位未曾见过面的新人。因此，"归周"者就不是一般外出巡视的周王，而是因特殊原因离开京周的重要人物。此人只能是曾被幽王废掉太子之位的宜臼。宜臼被申侯、鲁侯立为"天王"，幽王死后，与携王有过十余年的"并立"时期。此诗当作于晋文侯杀携王，迎接平王返回京周之际。宜臼奔申时已经成人，所以十余年后面容不改。在外娶的王后虽是周室婚姻旧族，但对京周人来说仍是新人。诗人称道这一切，有对嫡太子的怀念，有对新王新后的欣喜。每章"我不见兮"，不是一种追想之辞。饱经十余年丧乱后，受过委屈的天子归来，怀着希望的京都之民势必观者如堵。"不见"之中，有着当时的情状和人心。

采　绿

终朝采绿，不盈一匊[1]，予发曲局，薄言归沐[2]。

〔注释〕

①绿,《郑笺》:“王刍也。”字当作菉,一种可作染料的野生植物。 匊(jū),两手相捧为一匊。 ②局,《毛传》:“卷也,妇人夫不在则不容饰。”

●诗之首章言清晨采绿,《诗经》凡言“采”者,多有怀人之意。

终朝采蓝,不盈一襜①。五日为期,六日不詹②。

〔注释〕

①蓝,《郑笺》:“染草也。” 襜(zhān),《毛传》:“衣蔽前谓之襜。”即今所谓前襟。 ②五日,《毛传》:“妇人五日一御。”又据《礼记·内则》:“妾未满五十者,必与五日之御。”大概贵族夫妻生活五日一御,是当时的一种习惯。 詹,《毛传》:“至也。”

●诗之二章言逾期时的急迫心情。

之子于狩,言韔其弓①。之子于钓,言纶之绳②。

〔注释〕

①韔(chàng),弓箭的外套。这里为动词,即将弓插入套中。韔、纶都是两性行为的隐语。 ②纶,拧结。

●诗之三章隐言“之子”是好色之徒。

其钓维何?维鲂及鲊①。维鲂及鲊,薄言观者②。

〔注释〕

①钓,据闻一多《说鱼》,鱼在古时常象征两性关系,钓鱼就常为渔色的隐语。 ②观,《郑笺》:“多也。”

●诗之四章言他渔色多,所以有女子的终朝不盈之苦。

〔解题〕

《毛序》:“《采绿》,刺怨旷也。幽王之时多怨旷者也。”王先谦

《集疏》:“三家义未闻。”《序》说“刺幽王”并无根据,其“怨旷”云云也颇嫌空泛。实际上,此诗当是一首宫中幽怨作品。诗中的“采绿”、“采蓝”只是当时惯用习语,并非实际活动。“于狩”、“于钓”则更系不可明说的讳言,不能坐实求真。而“五日”、“六日”却颇能道出诗中女主人公的身分地位。君王惟色是猎,女子辜负佳期,才是诗终朝不盈悲苦的根因。

黍　　苗

芃芃黍苗,阴雨膏之①。悠悠南行,召伯劳之②。

〔注释〕

①芃芃(péng),蓬勃茂盛貌。　膏,润泽。　②召(shào)伯,召穆公。名虎,周宣王时大臣。

●诗之首章以芃苗雨膏之喻,引出召伯。

我任我辇,我车我牛①。我行既集,盖云归哉②?

〔注释〕

①任、辇,在此为同义词,都是以车载物。　②集,《郑笺》:“犹成也。”即完成。　盖,马瑞辰《通释》:“盍之假借。”盍即何、曷。

●诗之二章言我们这些征人已经完成了任务,可何时又是我们的归期呢?

我徒我御,我师我旅。我行既集,盖云归处?

●诗之三章言任务完成了,可何时才能回家安歇呢?以上三章,述征程劳苦,写思归之情。

肃肃谢功,召伯营之①。烈烈征师,召伯成之②。

〔注释〕

①肃肃，迅速。　谢，地名，在今河南省南阳市东南。据《大雅·崧高》，宣王将“王之元舅”申伯迁封于谢。此诗反映的内容，与《崧高》为同一事件。营，《郑笺》：“治也。”　②成，统领。

●诗之四章表召公营谢征师大功。

原隰既平，泉流既清。召伯有成，王心则宁。

●诗之五章赞美作结。

〔解题〕

《毛序》：“《黍苗》，刺幽王也。不能膏润天下，卿士不能行召伯之职焉。”而据王先谦《集疏》：“三家说曰：召伯述职，劳来诸侯也。”宣王朝大力经营南国，曾迁舅父申伯于谢地，命召公护送并为之筑城作邑。此诗所述内容正是此事，当以三家说为是。

隰　桑

隰桑有阿，其叶有难①。既见君子，其乐如何！

〔注释〕

①隰，下湿之地。　阿，朱熹《集传》：“美貌。”　难，陈奂《传疏》：“古难、傩通，难之为言那也。……那，多也。盛与多同义。”

●诗之首章言低地的桑叶是多么的茂盛，它的叶子是多么的浓密。见到了君子，是何等的快乐！

隰桑有阿，其叶有沃①。既见君子，云何不乐！

〔注释〕

①沃，《毛传》：“柔也。”即肥美有光泽的样子。

●诗之二章言隰地的桑叶是那样的有光泽，见到了君子，又怎能不快乐！

隰桑有阿，其叶有幽①。既见君子，德音孔胶②。

〔注释〕

①幽，马瑞辰《通释》："幽、黝一声之转。……此诗'有幽'与上章'有难'、'有沃'同义，正当读黝，训为盛貌。" ②胶，马瑞辰《通释》："当为僇之借字。《方言》：'僇，盛也。陈、宋之间曰僇。'"

●诗之三章言隰桑枝叶茂盛，君子的德行仪态非常隆盛。

心乎爱矣，遐不谓矣①。中心藏之，何日忘之②？

〔注释〕

①遐，胡。 谓，《郑笺》："勤。" ②藏，即臧、善。

●诗之四章言心中敬爱他，怎能不为他勤劳做事呢？心中认为他好，又怎能忘记他呢？

〔解题〕

朱熹《集传》："此喜见君子之诗。……词意大概与《菁莪》相类，然所谓君子则不知其何所指矣。"君子很明显当系周王，"不知何所指"，即不知所指何王的意思。《毛序》谓"刺幽王"，又曰"小人在位，君子在野，思见君子，尽心以事之"，则显然为无据之谈。又诗中"遐不谓矣"之谓训勤，如果真如《方言》所说是"陈宋之间"语，则雅言中杂东方语，此诗或许为东周时作品？

白　华

白华菅兮，白茅束兮①。之子之远，俾我独兮②！

〔注释〕

①白华句,《毛传》:“白华,野菅也。已沤为菅。”《召南·野有死麕》“野有死麕,白茅包之”,菅草经过沤制后成白茅,可用来包裹食品。 束,即可以用来包东西。白华变成白茅,喻人老色衰。《左传》引逸《诗》:“虽有丝麻,无弃菅蒯。虽有姬姜,无弃蕉萃(憔悴)。”正以菅草喻色衰。 ②远,离心离德。

●诗之首章言色衰遭弃。

英英白云,露彼菅茅①。天步艰难,之子不犹②!

〔注释〕

①英英,《毛传》:“白云貌。”即白云有光采的样子。 露,马瑞辰《通释》:“犹覆也。连言之则曰覆露……。‘露彼菅茅’犹言覆彼菅茅,与下章‘浸彼稻田’同义。” ②天步,即天运、天命。 犹,高亨《诗经今注》据《广雅·释诂》“媨,好也”,认为犹即媨之假借,可从。

●诗之二章指责“之子”。

滮池北流,浸彼稻田①。啸歌伤怀,念彼硕人②。

〔注释〕

①滮(biāo)池,水泊名,在镐京北部。 ②啸,呼叫。 硕人,《郑笺》:“谓褒姒也。”

●诗之三章转言“硕人”,递进一层。

樵彼桑薪,卬烘于煁①。维彼硕人,实劳我心②!

〔注释〕

①樵,采樵。动词。 桑薪,以桑为薪。王先谦《集疏》:“诗人每以薪喻婚姻,桑又女工最贵之木也。以桑而樵之为薪,其贵贱颠倒甚矣。” 卬(áng),仰、高举。 煁(shén),朱熹《集传》:“无釜之灶,可燎而不可烹饪者

也。”　②劳，忧伤。

●诗之四章表明“硕人”实即“我”失宠之由。

鼓钟于宫，声闻于外。念子懆懆，视我迈迈①。

〔注释〕

①懆懆(cǎo)，忧愁不安貌。　迈迈，《毛传》：“不说(悦)也。”陆德明《释文》引《韩诗》作“怖怖”，迈迈为假借字。

●诗之五章表自己心念“之子”不见回报的凄婉。

有鹙在梁，有鹤在林①。维彼硕人，实劳我心。

〔注释〕

①鹙(qiū)，一种凶猛的鸟，与鹤同类而形体比鹤大。

●诗之六章再次言及“硕人”，正合失宠妇人口吻。

鸳鸯在梁，戢其左翼。之子无良，二三其德！

●诗之七章直言明斥，是绝望的表现。

有扁斯石，履之卑兮①。之子之远，俾我疷兮②！

〔注释〕

①石，王乘车所踩的石头。　②疷(qí)，《毛传》：“病也。”

●诗之八章“俾我疷兮”与首章相应，扁石之喻，取譬有类。

〔解题〕

《毛序》：“《白华》，周人刺幽后也。幽王娶申女以为后，又得褒姒而黜申后。故下国化之，以妾为妻，以孽代宗，而王弗能治，周人为之作是诗也。”齐、鲁、韩三家无异义。至宋，朱熹《辨说》也基本同意成说，曰：“此事有据，《序》盖得之。但幽后字误，当为申后刺幽王也。下国化之以下皆衍说耳。”此诗古来有争议处，在对“硕人”指代何人的理解。郑玄解为“妖大之人，谓褒姒”，而据《毛诗正义》所征引王肃、孙毓等魏晋间人说，认为系指申后。后代对此一直聚讼纷纭。实际上，此诗即使非申后所作，其口吻也是代拟作第一人称。因而“念彼硕人”的“硕人”，就只能指褒姒。《诗经》时代，以硕大为美。诗一开始即以菅茅喻申后人老色衰，“我”之色衰，正与“彼”之“硕人”相对成文。

绵　蛮

绵蛮黄鸟，止于丘阿①。道之云远，我劳如何？饮之食之，教之诲之。命彼后车，谓之载之②。

〔注释〕

①绵蛮，马瑞辰《通释》：“盖文采缛密之貌。”　②后车，《郑笺》：“倅车也。”即副车。　谓，慰劳。参《隰桑》注。

●诗之首章言征途遥远，问句之后，排以“之”字句式，充满感戴之情。

绵蛮黄鸟，止于丘隅。岂敢惮行？畏不能趋。饮之食之，教之诲之。命彼后车，谓之载之。

●诗之二章言不敢畏惧前行之意。上章言劳累，此章则畏惧落伍，感念而报之以行动。

绵蛮黄鸟，止于丘侧。岂敢惮行？畏不能极①。饮之食之，教之诲之。命彼后车，谓之载之。

〔注释〕

①极，到达终点。

●诗之三章言只怕不能到达目的地。重章迭调,循序渐进而一往情深。

〔解题〕

《毛序》:“《绵蛮》,微臣刺乱也。大臣不用仁心,遗忘微贱,不肯饮食教载之,故作是诗也。”据王先谦《集疏》,《鲁》诗“与《毛序》意同,《齐》、《韩》当无异义”。汉儒说《诗》,美刺是其法宝。动辄以思古讽今穿凿那些时代不明的篇什,又是《毛诗》家的惯伎。即以此诗而言,又何尝有一丝“讽今”的气息?诗只是在反复的咏叹中,表达着对饮食之、教诲之的人的感戴之情。感戴的对象,也可以在诗的用语及语气中寻出些蛛丝马迹。山陵的意象每每喻君王,这在《诗》中并非仅见。诗以黄鸟依止丘阿起,《序》言比兴“仁心”是确当的,但不是大臣,而是王的“仁心”。哪位君王呢?这须从“道之云远”及“畏不能极”中寻索答案。前一句表明征人对目的地是知道的,后一句又表明到达这一目的地是远征的最终目标。人们不怕路途艰辛,是由于怀着希望。据以上推论,我们认为,此诗当作于平王东迁之际,反映的是东迁路途中的事。用“后车”“谓之载之”,是平王树立仁君形象的行为。

瓠　叶

幡幡瓠叶,采之亨之①。君子有酒,酌言尝之②。

〔注释〕

①幡幡,义同翻翻,叶子舞动貌。　瓠,又称壶,嫩叶可以和肉作羹。亨,烹。古时亨、烹通用。　②尝之,按周代乡饮酒礼的一般规矩,主人在向宾客献酒之前,先自尝其酒。

●诗之首章言君子有美酒,敬客之前先品尝。

有兔斯首，炮之燔之①。君子有酒，酌言献之②。

〔注释〕

①有兔斯首，朱熹《集传》："一兔也，犹数鱼以尾也。" 炮、燔，都是加火烹饪。 ②献，乡饮酒礼之中，有"一献"之礼。主人向宾献酒，称献；宾向主人回敬酒，称酢；再由主人把酒注觯，自饮，劝客随饮，称酬。本诗二章以下，正是"一献"之礼的内容。

●诗之二章言君子有美酒，斟上献给客人。

有兔斯首，燔之炙之。君子有酒，酌言酢之。

●诗之三章言用君子的美酒，斟上回敬主人。

有兔斯首，燔之炮之。君子有酒，酌言酬之①。

〔注释〕

①酬，劝酒。

●诗之四章言君子有美酒，让我们一起来共饮。

〔解题〕

《毛序》："《瓠叶》，大夫刺幽王也。上弃礼而不能行，虽有牲牢饔饩，不肯用也。故思古之人，不以微薄废礼焉。"王先谦《集疏》："三家义未闻。"《郑笺》认为表现的是庶民的饮酒活动。至于《序》"刺幽王"及"思古"云云，则更系揣度之辞。此诗当以胡承珙《后笺》的理解最为确当。《后笺》曰："《左·昭元年传》赵孟赋《瓠叶》，穆叔知其欲一献，则此诗是一献之礼。礼有献、有酢、有酬，而后一献之礼终，与诗中所言正合。古者士礼一献，《士冠礼》注虽云一献之礼有荐（荐脯醢也）有俎（俎牲体也），其牲未闻。然《既夕礼》注云'士腊用兔'，诗三章皆言'兔首'，又焉知非士礼，而必以为庶人之礼乎？"胡氏的意思是说，诗为士饮酒之礼。如此，则诗不仅与庶人无关，与幽王亦不相干。

渐渐之石

渐渐之石，维其高矣①。山川悠远，维其劳矣。武人东征，不皇朝矣②。

〔注释〕

①渐渐，《毛传》："山石高峻貌。"(貌字据陈奂《传疏》补)　②不皇，即不遑。遑，闲暇。　朝，陈奂《传疏》："音朝夕之朝，'不皇朝'犹言无暇日耳。"

●诗之首章言将士们向东进军，没有任何的闲暇。

渐渐之石，维其卒矣①。山川悠远，曷其没矣②。武人东征，不皇出矣③。

〔注释〕

①卒，《郑笺》："崔嵬也。"卒即崒之假借。　②没，朱熹《集传》："尽也，言所登历何时而可尽也。"　③出，王宗石《诗经分类诠释》谓出之本义为脱屦入室，在此指休息。

●诗之二章言将士们东征，没有时间入室休息。

有豕白蹢，烝涉波矣①。月离于毕，俾滂沱矣②。武人东征，不皇他矣③。

〔注释〕

①豕，闻一多《周易义证类纂》据《史记·天官书》"奎为封豕，为沟渎"及《焦氏易林》"封豕沟渎，水潦空谷"，认为此诗之"豕"指天象而言。　蹢，即蹄。白蹄与涉波均系征人连类想像之辞。　烝，《郑笺》："众也。"　②离，

同丽，靠近。 毕，星座名，形状象捕鸟的网具。 俾，据王先谦《集疏》，《鲁诗》作比。比，将要、快要。 ③他，其他的事。

●诗之三章转说天象，深山月野，翘首张望，将士的艰辛如在眼前。

〔解题〕

《毛序》："《渐渐之石》，下国刺幽王也。戎狄叛之，荆舒不至，乃命将率东征，役久病于外，故作是诗也。"据《左传》"幽王为太室之盟，戎狄叛之"的记载，《序》说可谓有征。因而朱子《辨说》也承认其"得诗意"。如此，则此诗与《鼓钟》为同一时期的作品。

苕之华

苕之华，芸其黄矣[①]。心之忧矣，维其伤矣。

〔注释〕

①苕(tiáo)，藤本植物，又名凌霄花。 芸，纷纭貌。参《裳裳者华》注。

●诗之首章以苕之芸黄，状内心忧郁，黯然神伤。

苕之华，其叶青青。知我如此，不如无生！

●诗之二章言生不如死，语意沉痛。

牂羊坟首，三星在罶[①]。人可以食，鲜可以饱[②]！

〔注释〕

①牂(zàng)羊，雌绵羊。 坟，马瑞辰《通释》谓为羒之假借。羒，公绵羊。绵羊雄有角而雌无角，诗意谓雌羊之身而欲其有公羊之角，为不可能的事。 三星，即将参星，由三颗明星组成。 罶(liǔ)，捕鱼的竹器。朱熹《集传》："罶中无鱼而水静，但见三星之光而已。" ②鲜，少。

●诗之三章明生不如死的原由。

〔解题〕

《毛序》:"《苕之华》,大夫闵时也。幽王之时,西戎东夷交侵中国,师旅并起,因之以饥馑。君子闵周室之将亡,伤己逢之,故作是诗也。"《序》说除"幽王"及"西戎东夷交侵"非诗本身所固有的内容外,其余的基本上是可信的。后世学者的看法,也无太大的差异。诗虽然简短,义蕴却相当深切。而诗中对生活的独特感受及其评价,同样具有历史的认识价值。

何草不黄

何草不黄,何日不行?何人不将,经营四方①?

〔注释〕

①将,行走。　经营,往来奔走。

●诗之首章以草的枯黄,喻征人的憔悴。

何草不玄,何人不矜①?哀我征夫,独为匪民!

〔注释〕

①玄,马瑞辰《通释》:"与黄同义。《尔雅·释诂》:'玄黄,病也。'马病谓是玄黄,草病亦谓之玄黄。"　矜,苦难。

●诗之二章痛言征夫非人生活。

匪兕匪虎,率彼旷野①。哀我征夫,朝夕不暇!

〔注释〕

①匪,非。　兕(sì),野牛。　率,循着。

●诗之三首言人不如兽。

有芃者狐，率彼幽草①。有栈之车，行彼周道②。

〔注释〕

①芃，蓬松貌。　　②栈，马瑞辰《通释》："栈本是棚之通名。编竹木为车有似于棚，因谓之栈车。"即有篷子的车。

●诗之四章才直接写征夫路程，前三章都是征途中的怨恨。

〔解题〕

此诗当以方玉润《原始》的概括最为切当："《何草不黄》，征夫恨也。"诗前二章多用诘问句式表达怨愤之情，而旷野兕虎、芃狐幽草的即景，则使诗充满荒凉萧索之气。方玉润《原始》："诗境至此，穷仄极矣！""编《诗》者以此殿《小雅》之终，亦《易》卦纯阴之象。……观于《诗》，而世运之升降，人事之盛衰，可一览而识其故矣。"

大雅

大雅

《大雅》诗篇凡三十一首。

文 王

文王在上，於昭于天①。周虽旧邦，其命维新②。有周不显，帝命不时③。文王陟降，在帝左右④。

〔注释〕

①文王，即姬昌。史载周人自姬昌开始称王，后世周人认为这是周族受天命之始。 在上，神灵在上界。 於，《毛传》："叹词。" ②命，天命。其命维新，《毛传》："乃新在文王也。" ③有周，古代称谓邦国名常在前加"有"字。 不显，《毛传》："显也。"马瑞辰《通释》："不、丕古通，丕亦语词，不显犹丕显也。" 不时，《毛传》："时也。时，是也。"马瑞辰《通释》认为，时当读为承。时、承一音之转，时承互用，古书多有其例。承又当读"文王烝哉"之烝，美大之辞。 ④陟降，上下、来往。

●诗之首章以文王得天命总起全诗，气势宏大。八句之间，四句一韵，以"在上"起，又以"在帝"终，蝉联回护，章法谨严。

亹亹文王，令闻不已①。陈锡哉周，侯文王孙子②。文王孙子，本支百世③。凡周之士，不显亦世④。

〔注释〕

①亹亹(wěi),《毛传》:“勉也。” ②陈锡,马瑞辰《通释》:“即申锡之假借。……申,重也。重锡言锡之多。”锡,赐。 哉,于省吾《新证》:“哉、才、在古通。……陈锡哉周,应读作陈锡在周,在犹于也。谓申锡于周也。” 侯,维。 孙子,子孙。 ③本支,根干和枝叶。 ④亦,语词。 世,世世代代。

●诗之二章言文王的福禄,荫泽子孙。

世之不显,厥犹翼翼①。思皇多士,生此王国②。王国克生,维周之桢③。济济多士,文王以宁④。

〔注释〕

①厥,其。 犹,谋略。参《小旻》注。 翼翼,谨慎貌。 ②思,《毛传》:“辞也。”语气词。 皇,王引之《释词》:“况,滋也,益也。……古通兄,又作皇。”即滋长、增加。 ③克,能。 桢,根干、骨干。 ④济济,《毛传》:“多威仪也。”

●诗之三章言威仪堂堂的众多人士使文王的邦家得以安宁。上章从子孙之着眼,此章则从人才上说。四句转韵,中间顶真相联,变化而统一。

穆穆文王,於缉熙敬止①。假哉天命,有商孙子②。商之孙子,其丽不亿③。上帝既命,侯于周服④。

〔注释〕

①穆穆,睦睦的假借。和敬貌。 缉熙,朱熹《集传》:“缉,续。熙,明。亦不已之意。” 敬止,戴震《诗经补注》:“敬慎其止居不慢也。故《礼记·大学》引之以明止于至善。”止有静的意思。 ②假,大。 ③丽,《毛传》:“数也。” 不亿,《郑笺》:“其数不徒亿,多言之也。” ④服,服事。

●诗之四章言文王之德使商人子孙归服于周。文义一转,并推广一层。

侯服于周，天命靡常。殷士肤敏，祼将于京①。厥作祼将，常服黼冔②。王之荩臣，无念尔祖③。

〔注释〕

①肤敏，据于省吾《新证》即勤勉。为联绵词。　祼(guàn)，《毛传》："灌鬯也。"古代祭祀时往香草中灌酒，以此享神。　将，本字当作鬻。即将肉从俎上用匙舀入鼎中。　②常服，永远穿着。服，穿。　黼，虚词。林义光《通解》："读为夫。"　冔(xū)，殷商贵族戴的帽子。　③荩，《毛传》："进也。"即进用。

●诗之五章转而说殷人的助祭。《汉书·刘向传》："孔子论《诗》，至于'殷士肤敏，祼将于京'，喟然而叹。"

无念尔祖，聿修厥德①。永言配命，自求多福②。殷之未丧师，克配上帝③。宜鉴于殷，骏命不易④。

〔注释〕

①聿，语词。　②配命，膺承上天之命。　③丧师，《郑笺》："师，众也。"丧师即失去人心。　④骏，长大。骏命即大命、天命。　易，容易得到。

●诗之六章言殷朝在没有丧失人心的时候，也曾得到上天的恩宠。应当以殷的覆辙为鉴，这样天命才会永固不移。告诫殷人助祭者及文王孙子。

命之不易，无遏尔躬①。宣昭义问，有虞殷自天②。上天之载，无声无臭③。仪刑文王，万邦作孚④。

〔注释〕

①遏，《毛传》："止。"陈奂《传疏》："遏即今之歇字。无止尔躬者，言无于尔躬止也。"　②宣昭，《郑笺》："宣，遍。"普遍地昭示。　义问，于省吾《新证》谓即令闻。　虞，《毛传》："度也。"　殷，于省吾《新证》谓当训依，"揆度之以依于天，言事事以天为准"。　③载，运行。　臭，通嗅。　④仪刑，取

法、效法。刑即型之假借字。孚,《毛传》:“信也。”

●诗之七章与首章“文王在上”遥相呼应,强调文王之德与周人“永言配命”的关系。

〔解题〕

《毛序》:“《文王》,文王受命作周也。”殊嫌笼统。《论语》载孔子评价文王曰:“三分天下而有其二,周之德,其可谓至德也矣!”文王为西伯,周族开始强大,开始经营汉水流域的南国,开始有了剪商的意图和行动,所以后代子孙将周族的获得天下推本文王。这也是《序》“受命作周”的意思。《文王》表达着对“文王受命”的感念激情。这方面的内容《序》丝毫不说,正是它的粗略处。此诗的写作年代,《国语·周语》载芮良夫劝谏周厉王曾引用此诗之句,故不会晚于厉王时期。但其时间上限也不会像《吕氏春秋·古乐》所说的那样,是周初周公时。从诗“本支百世”云云看,诗当作于西周中期的穆王、恭王时期。种种迹象表明,西周中期,王朝礼乐制度发生过相当大的变革,祭祀仪式变得文饰繁富。(参本书《周颂》之《执竞》、《有客》、《载见》及《雝》等诗的《解题》)此诗一则言“文王陟降”,再则言“裸将于京”,无疑与祭祀文王有关。然而从对祭典内容的表述,诗又不是作为祭祀仪式组成部分的敬神乐歌。祭文王在周初已有礼乐,后世不会弃置不用。但穆、恭时毕竟上距文王已经百余年之久,因而就有必要对来基立业的先祖的德行作出介绍。《文王》之作,极可能出于此意。《诗》有《雅》有《颂》,《颂》为献神正典之乐,而《雅》则系从旁述祖之诗。两者虽同用于宗庙,然其意味却颇为不同。《颂》是宗教性的,《雅》却是历史性的。周初的政治家经常言及“天命靡常”,但那时主要是针对殷人的。而此处的“宜鉴于殷”则十分明显,是警醒周人自己的。如果不是周人自己面临着危难,何以有这样的警醒?它是遇到危机的周人试图在精神上振奋自己、拯救自己的文学作品。因此,在对文王充满激情的歌颂中,包含的是一个人群由对祖先的回顾所唤起的历史意识。《文王》是一首庙堂诗歌，但由于它含容着特定历史背景下某些真实的思想情感，所以在它的堂正的格调中，还有着比较强烈的慷慨之情。

大　明

明明在下，赫赫在上①。天难忱斯，不易维王②。天位殷适，使不挟四方③。

〔注释〕

①明明，朱熹《集传》："德之明也。"　在下，即下土。　赫赫，朱熹《集传》："命之显也。"两句都是写上帝。　②忱，字亦作谌。谌与湛古音同义通。忱与耽也音义相通，有沉溺的意思。天难忱，不可沉溺于对天命的自信。　不易，不容易。　③位，于省吾《新证》："位、立古同字。金文位字皆作立。"　适，于省吾《新证》："适、敌声同古通。古无舌上，故读适如敌。……言天立殷敌，使不能挟有四方也。"　挟，挟持。

●诗之首章言上天给殷朝设立了敌人，使他不能挟持四方。以明明、赫赫总起，天命可畏。

挚仲氏任，自彼殷商①，来嫁于周，曰嫔于京②。乃及王季，维德之行③。大任有身，生此文王④。

〔注释〕

①挚，商朝小国，其地在今河南汝南县城东。当时属于殷朝境内。　仲，古人以伯仲叔季排行，仲为第二。　任，姓氏。　②嫔，做妇人。　③乃，于是。　及，和。　王季，即季历，文王的父亲。　④有身，怀孕。身即娠。

●诗之二章言周人受命始于文王，文王之生推功大任。大任能生文王，实出于天意。

维此文王，小心翼翼。昭事上帝，聿怀多福[①]。厥德不回，以受方国[②]。

〔注释〕

①昭，《郑笺》："明。"在此有周详的意思。　怀，朱熹《集传》："来。"即招来。　②回，邪僻。　以，因而。

●诗之三章专写文王有德，是过渡段。

天监在下，有命既集[①]。文王初载，天作之合[②]。在洽之阳，在渭之涘[③]。文王嘉止，大邦有子[④]。

〔注释〕

①集，《毛传》："就。"在此有降落在某处的意思。　②初载，马瑞辰《通释》："载、才古亦通用。载训生，为人物之始，犹哉通才，为草木之始，始即生也。'文王初载'，载正训生，即谓文王初生耳。"　合，配偶。　③洽(hé)，古水名，在今陕西合阳县境内。　阳，山南水北为阳。　涘(sì)，岸边。二句指莘国，大姒的母邦。其地在今陕西合阳县东靠近黄河处。　④嘉止，吉祥。止是虚词。

●诗之四章言季历之后，文王再得好女，实出天意。

大邦有子，伣天之妹[①]。文定厥祥，亲迎于渭[②]。造舟为梁，不显其光[③]！

〔注释〕

① 伣(qiàn)，如同、仿佛。　②文定句，朱熹《集传》："文，礼。祥，吉也。言卜得吉，而以纳币之礼定其祥也。"　③造舟，造字当作艁，可以用来搭浮桥的舟。

●诗之五章言文王亲自到渭水边迎亲。迎亲的场面显耀而又风光！

有命自天，命此文王。于周于京，缵女维莘①。长子维行，笃生武王②。保右命尔，燮伐大商③。

〔注释〕

①缵(zuǎn)，《毛传》："继也。"不是继续，而是联姻。　②长子，据王先谦《集疏》当指文王长子伯邑考，早逝。　行，死的避讳说法。　笃，马瑞辰《通释》："助句之词。"即虚词。　武王，名姬发，文王之子。　③右，通佑。燮，马瑞辰《通释》："与袭双声。燮伐即袭伐之假借。"

●诗之六章言长子逝后，再生武王，天意实厚爱，周族实在庆幸。引出伐商。

殷商之旅，其会如林①。矢于牧野，维予侯兴②。上帝临女，无贰尔心③！

〔注释〕

①会，据马瑞辰《通释》当作旝，即旌旗。　②矢，誓师。以下三句为誓词内容。　牧野，地名，商朝都城朝歌以南七十里处，在今河南淇县南。维、侯，结构助词。　予，我们。　兴，兴师。　③临，从高处往下观察。贰，朱熹《集传》："疑也。"

●诗之七章写武王在牧野陈兵誓师。

牧野洋洋，檀车煌煌，驷骠彭彭①。维师尚父，时维鹰扬②。凉彼武王，肆伐大商，会朝清明③！

〔注释〕

①洋洋，《毛传》："广也。"　煌煌，义同皇皇，高大的样子。　骠(yuán)，赤色白腹黑鬃的马。　彭彭，奔驰貌。　②师，《毛传》："大师也。"　尚父，即吕望，尚父是其字。　时维，实在是。　鹰扬，《毛传》："如鹰之飞扬也。"③凉(liàng)，《毛传》："佐也。"　肆，《毛传》："疾也。"有突然袭击的意思。会朝清明，林义光《通解》："言适会早晨清明之时也。"　清明，于省吾《新证》：

"犹后世之言'晴明'。……谓得天时之助。"史载武王陈师牧野时天有风雨，第二天正式发起进攻时天气变晴。

●诗之八章正面写战场，"时维"言得人助，"清明"言得天助。方玉润《原始》："'清明'作收，与'明明'、'赫赫'相应，用字亦极不苟如是。"

〔解题〕

《毛序》："《大明》，文王有明德，故天复命武王也。"细审此诗，与《序》所说正好相反，强调的是上帝对周人的格外眷顾与施恩。在诗人看来，周享有天下根本的原因在于他们有了两位贤德的明王。而贤德明王的出世，又在于周王两世的婚姻中能够娶到盛德的妇人。《周颂·雝》言"既右烈考，亦右文母"，右即佑，文母即有文德的母后(参该诗注解)，可见周人祭祀男性祖先时，也一同祭奠女祖。诗篇言及季历、文王、武王，言及季历之妻大任、文王之妻大姒，因而当是合祭时的乐歌。而且诗篇的作意及其在典礼中的使用，与《文王》一样，系祭祀中赞述祖先历史的诗。其创作当也在西周中期的穆、恭时期。现代考古学的发现表明，随着周人政治中心的迁移，其宗庙建筑群落，大体分布在岐山周原(古称岐周或京周)、镐京(宗周)及东都雒邑(成周)等三地。岐周宗庙供奉的是后稷以迄文王的灵主，镐京宗庙供奉的是除后稷、文王、武王(三位"不祧之祖")以后的历代周王之灵。成周祖庙则与镐京大体相同。此诗所涉及的历代祖先，从王季起至武王终，可知典礼当在镐京周庙中。诗人在歌颂季历及文、武，大任和大姒的功德时，着意颂扬了体现在他们身上伟大而神秘莫测的天意，即所谓的"命"，所谓的天道。因此，诗在对天命的自豪中，表现出诗歌创作时代周人固有的宗教观念。

绵

绵绵瓜瓞①。民之初生，自土沮漆②。古公亶父，陶复陶穴，未有家室③。

〔注释〕

①绵绵，《毛传》："不绝貌。" 瓜瓞（dié），即大瓜小瓜相联。瓞是小瓜。 ②民，《毛传》："周民也。" 土，读作杜，水名。 沮，徂、往。 漆，水名，参《小雅·吉日》注。 ③古，据钱穆《周族地理考》是地名。其地在今汾、涑两水流域，为周族发祥地。 亶（dǎn）父，古公名亶父。文王的祖父，后尊称为太王。 陶复句，于省吾《新证》谓陶是烧制的土，古人筑穴以此防潮。复即复穴，在居住的洞穴中再挖地窖以储藏东西。

●诗之首章言周民从杜水之地迁移到了漆水之滨，古公亶父率领着初民在这里烧土筑穴，那时周人还没有宫室房屋。起笔悠远。

古公亶父，来朝走马①。率西水浒，至于岐下②。爰及姜女，聿来胥宇③。

〔注释〕

①朝，于省吾《新证》："朝、周古音近字通。……'来朝走马'，应读作来周走马。谓太王自豳迁于岐周，而养马于斯也。" ②西，西岸。 水浒，水畔，即杜漆水畔。 ③爰、聿，虚词。 姜女，姜姓之女，即太王的妃子，姬姜两姓世婚。 胥宇，《毛传》："胥，相。宇，居也。"即视察地形、选择居地。

●诗之二章写迁移及来路，进入正题，"胥宇"带出下文。

周原膴膴，堇荼如饴①。爰始爰谋，爰契我龟②。曰止曰时，筑室于兹③。

〔注释〕

①膴膴（wǔ），土地肥美貌。 堇荼，《毛传》："堇，菜也。荼，苦菜也。" 饴，甘糖。 ②始，马瑞辰《通释》："亦谋也。始谋谓之始，犹终谋谓之究。'爰始爰谋'犹言'是究是图'也。" 契，刻。 ③时，马瑞辰《通释》引王引之说："亦止也，古人自有复语耳。……'曰止曰时'犹言'爰居爰处'也。"

兹，此。

●诗之三章明周原定居既得其美，又得神意。

迺慰迺止，迺左迺右①。迺疆迺理，迺宣迺亩②。自西徂东，周爰执事③。

〔注释〕

①迺，乃。　慰，马瑞辰《通释》谓与止同义，居住。　左右，将居住地划分为左右。　②疆理，朱熹《集传》："疆谓划其大界，理谓别其条理也。"　宣，马瑞辰《通释》："以耜发田之谓。"即翻土使其松软。　亩，为田培土打埂。　③周，到处、普遍。　执事，做事。

●诗之四章写定居，先从民居和耕田写起。

乃召司空，乃召司徒，俾立室家①。其绳则直，缩版以载，作庙翼翼②。

〔注释〕

①司空、司徒，朱熹《集传》："司空，掌营国邑。司徒，掌徒役之事。"　室家，指宫殿庙寝之类的建筑。　②其绳句，《毛传》："言不失绳直也。"　缩版，马瑞辰《通释》："古以直为缩。……谓绳直既立，即先立直版，缩版即直版也。"　载，马瑞辰《通释》："通栽。"

●诗之五章言田亩之事后，再作宫室。

捄之陾陾，度之薨薨，筑之登登，削屡冯冯①。百堵皆兴，鼛鼓弗胜②。

〔注释〕

①捄(qiú)，将土装在筐里。　陾陾，即仍仍，形容装土次数频繁。　度，《郑笺》："犹投也。"即将土投入版中。　薨薨，投土的声音。　筑，夯砸。　登登，夯土的声音。　屡，据马瑞辰《通释》即娄。娄、隆双声。屡即隆起。

冯冯(píng),削土声。　②百堵,五版为一堵,百堵言其多。　鼛(gāo),大鼓。

●诗之六章写劳作过程,以描摹声响渲染场面。

迺立皋门,皋门有伉①。迺立应门,应门将将②。迺立冢土,戎醜攸行③。

〔注释〕

①皋门,《毛传》:"王之郭门曰皋门。"即城门。　伉,《毛传》:"高貌。"　②应门,《郑笺》:"朝门曰应门。"即对着朝堂的门。　将将,高大庄严貌。　③冢土,《毛传》:"大社也。"祭神用的大土堆。　戎醜,于省吾《新证》:"指戎狄醜虏言之。"　攸行,从这里经过。《诗》屡言"执讯获醜"。古时战争结束要献俘,献俘告神当在大社进行,所以说"戎醜"在此"攸行"。

●诗之七章言两门建成,都城完备,有稳固的依仗,周人则可以抗御戎狄了。

肆不殄厥愠,亦不陨厥问①。柞棫拔矣,行道兑矣②。混夷駾矣,维其喙矣③!

〔注释〕

①肆,和下句的"亦"都是结构助词,连接联句。　殄(tiǎn),尽绝、消除。　愠,《毛传》:"恚。"即愤恨。　陨,《毛传》:"坠也。"即缺失。　问,闻、名誉。马瑞辰曰:"此二句言文王事混夷事,言始事混夷,虽不能绝其愠怒,亦不以以大事小而失其誉闻。"　②棫(yù),白桵。丛生灌木。　兑,通畅。　③混夷,北方强大的游牧民族,又曰昆夷。　駾(tuì),《毛传》:"突。"惊慌奔逃。　喙,气喘嘘嘘貌。

●诗之八章写文王伐木开路,惊走混夷。

虞芮质厥成,文王蹶厥生①。予曰有疏附,予曰有先后,予曰有奔奏,予曰有御侮②。

〔注释〕

①虞、芮,殷商时期的两个姬姓古国。虞在今山西平陆县境内,芮在今陕西大荔县境内。据说两国因争田而请文王公断,受文王感化而息讼并归服于周。质,互相交换信物。成,缔结友好关系。蹶,《毛传》:"动也。"生,马瑞辰《通释》:"生、性古通用。……谓文王有以感动其性也。"②疏附,王先谦《集疏》引《尚书大传》:"周文王胥附、奔辏、先后、御侮,谓之四邻。"据此疏附也作胥附,即辅助、归附。先后,即前后跟从,在此指代拥护者。奔奏,《毛传》:"喻德宣誉曰奔奏。"即为文王宣传德行的人。

●诗之九章言文王时周族事业的昌大。太王迁岐之功开始奏效。

〔解题〕

《毛序》:"《绵》,文王之兴,本由太王也。"是说周人认为文王的兴盛,是由于太王奠定了基础,所以在祭祀文王之后还应推本太王。此说是有道理的。揆诸《大雅》及《周颂》祭祀诗的排列顺序,先文、武,而后有太王,最后是后稷。这是上推。若往下推,文武之后,以至成康及以后诸王。上推的次序当是周人祭祖的次序,这又当是为"慎终追远"的祭祀逻辑所决定的。《序》说"本由太王"。"本由"什么呢?方玉润《原始》:"此诗以地利言……凡属宗庙社稷,莫不制画昭然,使非去邠逾梁,何以臣服戎狄?故地利之美者足以王,是则《绵》诗之旨耳。"朱熹《集传》谓:"此亦周公戒成王之诗。"自古以来,前人好以"戒成王"解说《大雅》诸诗。他们既然确信这都是周初或更早的作品,但又无法理解,为什么同是歌颂祖宗的诗,有的归为《周颂》(如《周颂·天作》也是祭祀太王的),有的却归为《雅》呢?于是便想出"周公戒成王"之说来弥缝支绌。实际上,此诗当产生于穆、恭时期,是此期一系列祭祖大典中述祖诗中的一篇。从风格上说,"乃"字所引导的排比句式,与可以断定为宣王时期的作品极其相近,谅不是周初所能有。此诗与《文王》及《大明》等有一个显著的不同,即没有任何玄虚的天命观念因素,全是对一代人祖历史业绩的叙述。想来这与周人认为古公时尚未受命于天有关系。但太王的人德却是子孙为天眷顾的基础。追思太王,或许正出于此。

棫　朴

芃芃棫朴,薪之槱之①。济济辟王,左右趣之②。

〔注释〕

①棫,见前《绵》注。　朴,枣树的一种,丛生有刺。　槱(yǒu),《毛传》:“积也。”马瑞辰《通释》:“古者燔柴以祭天神。……《王制》:‘天子将出征,类乎上帝。’……则首章‘薪之槱之’盖将出征类乎上帝之事。”类,依类祭祀。出师祭天,依照郊祀祭天之礼,所以称为类。　②济济,行礼有威仪的样子。　辟,《郑笺》:“君也。”　趣,簇拥。

●诗之首章言威仪济济的君王,在左右的簇拥下恭恭敬敬地行礼。此章重在写周王。

济济辟王,左右奉璋①。奉璋峨峨,髦士攸宜②。

〔注释〕

①奉,捧。　璋,《毛传》:“半圭曰璋。”即半圆形的圭玉。马瑞辰《通释》引《周礼·典瑞》曰:“牙璋以起军旅,以治兵守。”牙璋即有牙之璋,一圭剖分为二,两璋各有牙阙,合对牙阙作主将兵符信物之用。　②峨峨,《郑笺》:“奉璋之仪峨峨然。”即将玉高高捧起貌。　髦士,《毛传》:“髦,俊也。”髦士即俊士,指参加祭祀的人们。　宜,《尔雅·释天》:“起大事,动大众,必先有事乎社而后出,谓之宜。”据此,宜为大事前的祭祀仪式。

●诗之二章言俊士们在宜祭。此章重在写俊士。

淠彼泾舟,烝徒楫之①。周王于迈,六师及之②。

〔注释〕

①淠(pì),舟行击水声。 泾,泾水。 烝,《郑笺》:“众也。”王先谦《集疏》:“言军舟浮泾而行,众徒鼓楫,水声淠淠然也。” ②迈,行。 及,跟从。 六师,六军。周制,天子六军。

●诗之三章写出师,点明题旨。

倬彼云汉,为章于天①。周王寿考,遐不作人②!

〔注释〕

①倬(zhuó),高远广阔。 云汉,《毛传》:“天河也。” 章,文采。 ②寿考,长寿。 遐不,胡不、何不。 作人,鼓舞人心。

●诗之四章言年高德劭的周王兴师出征,怎不令人欢欣鼓舞!赞美周王。

追琢其章,金玉其相①。勉勉我王,纲纪四方②!

〔注释〕

①追,《毛传》:“彫也。”即雕琢。 相,《毛传》:“质也。” ②勉勉,努力不懈。

●诗之五章言进取不已的我王一定能够统驭四方!祝愿之辞。

〔解题〕

《毛序》:“《棫朴》,文王能官人也。”而据王先谦《集疏》引《齐诗》说:“天子每将兴师,必先郊祭以告天,乃敢征伐,行子之道也。文王受天命而王天下,先郊,乃敢行事,而兴师伐崇。”古文经学家认为表现文王能够任用俊才,今文家则认为记载文王伐崇之前的祭天。但文王之说实不可信。“我王”当是穆王。诗说“周王寿考”,但据今人研究,文王只活了五十余年,诗如果作于周初,不能连这一点都不知道。而周穆王即位时据《史记》已年逾五十,诗如作于即位后若干年的话，正可应“寿考”之语。其次，“纲纪四方”云云，也不当是文王时期的用语。文王只是“三分天下而有其二”，哪来的“纲纪四方”？而穆王时期，四夷叛服，邦国不宁，诗人“纲纪四方”才是一句有所针对的祝愿。今文家的说法有一部分是对的，天子出师必先告祭上天，然后起兵。但不是文王，而是穆王。

旱　麓

瞻彼旱麓，榛楛济济①。岂弟君子，干禄岂弟②。

〔注释〕

①旱，山名，在今陕西省汉中市南。　麓，山脚。　榛，一种落叶灌木，果子可食。　楛(hù)，荆类的灌木。　济济，《毛传》：“众多也。”　②干禄，乞求福禄。

●诗之首章言和悦平易的周王，在这里从容平易地乞求着福禄。

瑟彼玉瓒，黄流在中①。岂弟君子，福禄攸降。

〔注释〕

①瑟，字当作璱，玉花纹如瑟弦。　玉瓒，《毛传》：“圭瓒也。”即以玉圭为柄的酒器，祭祀时灌酒用。　黄流，灌酒用的勺是用黄金作的，所以香酒呈黄色。

●诗之二章言和悦平易的君子，上天降给他很多福禄。

鸢飞戾天，鱼跃于渊①。岂弟君子，遐不作人！

〔注释〕

①鸢(yuān)，鹰类的大鸟。

●诗之三章言和悦平易的君子，您的福禄怎不使人振奋！

清酒既载,骍牡既备[①]。以享以祀,以介景福。

〔注释〕

①载,设。

●诗之四章言清酒已经陈设,赤色公牛的牺牲也已齐备。用它们来祭祀,用它们来祈福。

瑟彼柞棫,民所燎矣[①]。岂弟君子,神所劳矣[②]。

〔注释〕

①瑟,《毛传》:“众貌。” 燎,烧柴祭天。 ②劳,《郑笺》:“劳来,犹言佑助。”

●诗之五章言和悦平易的君子,将得到神的佑助。

莫莫葛藟,施于条枚[①]。岂弟君子,求福不回[②]。

〔注释〕

①莫莫,枝叶茂盛貌。参《周南·葛覃》注。 葛藟,一种蔓生的藤本植物。参《周南·樛木》注。 施,蔓延。 条枚,枝干。参《周南·汝坟》注。 ②不回,《郑笺》:“不违先祖之道。”

●诗之六章言和悦平易的君子,祈福的仪式合乎祖制。

〔解题〕

《毛序》及三家《诗》皆认为是文王受先人赐福的诗。至朱熹《集传》则认为“咏歌文王之德”。都不足取。此诗从用词及风格看,当与《棫朴》为同一时期作品。写的是穆王旱山祭天祈福的事。旱山据《汉书·地理志》在汉中,《古本竹书纪年》谓穆王“筑祇宫于南郑”,其地理正符。另外,旱山处汉水上游,西周王朝东征淮夷、荆楚,多从汉水出师,或许这正是周穆王筑宫南郑、祈福旱山的现实原因。

思　齐

思齐大任，文王之母①。思媚周姜，京室之妇②。大姒嗣徽音，则百斯男③。

〔注释〕

①思，虚词。　齐，《毛传》："庄。"端庄。　②媚，马瑞辰《通释》："古训为好，皆言其德之美。"　周姜，即大姜。太王季历之妻文王的祖母，姜姓之女。　京室，《毛传》："王室也。"　③大姒，文王之妻，武王之母。　徽音，美好的德行。《郑笺》："徽，美也。"音，德行。　百斯男，生了一百个男子，是夸张的说法。

●诗之首章言周家有三代圣母。

惠于宗公，神罔时怨，神罔时恫①。刑于寡妻，至于兄弟，以御于家邦②。

〔注释〕

①惠，《郑笺》："顺也。"　宗公，马瑞辰《通释》："宗、尊双声，宗公即先公也。"先公即列祖列宗。　时，王引之《述闻》谓时、所古时通用。　恫，《毛传》："痛也。"即难过、不高兴。　②刑，型。即模范、法则。　寡妻，朱熹《集传》："犹言寡小君也。"君主谦称己妻。　御，推广。

●诗之二章言敬事神灵，齐家治国，是周家化御天下的纲目和程序。后世修身、齐家、治国、平天下的"内圣外王"原本于此。

雝雝在宫，肃肃在庙①。不显亦临，无射亦保②。

〔注释〕

①雝雝，仪态雍容和易。与下文肃肃都指两位女祖。　宫，住室。　肃

肃,严谨恭敬。　庙,庙堂。　②不显二句,意思是神临之丕显,保之无厌。于省吾《新证》谓:不读为丕;亦读如惟;射读为斁,厌倦的意思。

●诗之三章描写女祖居处气象,突出圣教的功德。

肆戎疾不殄,烈假不瑕①。不闻亦式,不谏亦入②。

〔注释〕

①肆,语词。　戎疾,大疾。《毛传》:"戎,大也。"　不,两不字都是语词。烈假,于省吾《新证》谓汉石经作厉罟。烈、厉古通。罟通辜。辜是罪,所以厉辜即大罪。"厉辜与戎疾为对文,病之大者谓之戎疾,罪之大者谓之厉辜。"瑕,遐、远离。两句意谓:大疾殄绝,大罪远离。　②不、亦,都是语词。闻,听取好的意见。　式,《郑笺》:"用也。"　入,纳。

●诗之四章言邦国大治。

肆成人有德,小子有造①。古之人无斁,誉髦斯士②。

〔注释〕

①成人,成年人。　小子,未成年的人。　造,造就、成就。　②斁(yì),倦怠。　誉髦,于省吾《新证》认为誉通与,据《经传释词》与通以。髦通务、懋,懋又可训勉。"誉髦斯士"即以勉斯士。

●诗之五章言先王以德教化,人才大兴。

〔解题〕

《毛序》:"《思齐》,文王所以圣也。"实际上涉及的不仅限于文王,诗所陈述的是一种理想的治国纲领和有德行君主的为政境界。《序》说误解首章文义。诗首标三位圣母,只是要显示先王先公的"刑于"之效;写大任等,是要证明本诗所述大法,振古如兹。诗的主脑在第二章。敬事祖先神灵,君王将先人之德内化为自己的行动,变成一种仪范,影响于妻子、兄弟,最终普及于天下。这就是德化。德化政治的最高理想不仅是社会稳定,而且要人人都有德行。

所以诗以大人有德、小子有造结尾。政治和道德是合一的。为政君王所倚重的不是客观而外在的制度，而是个人的修养及其对社会的范导。君主个人的德行影响了家庭，也就可以化导社会了，家治意味着国治。这样的政治逻辑，只有在宗族社会才是可以理解的。诗人对周家在这种政治原则下的历史实践是充满自信的。从诗中“古之人”云云可以看出，诗问世的年代不会太早，当为西周中期以后，而且与《皇矣》为同一祭祀大典中的乐歌（理由见《大明》解题），是歌颂女祖的篇章。

皇　矣

皇矣上帝，临下有赫①。监观四方，求民之莫②。维此二国，其政不获③。维彼四国，爰究爰度④。上帝耆之，憎其式廓⑤。乃眷西顾，此维与宅⑥。

〔注释〕

①皇，《毛传》：“大。”即伟大。　②莫，《毛传》：“定也。”即安定。　③二国，《毛传》：“夏、殷也。”　不获，失去法度。参《小雅·楚茨》注。　④四国，四方之国。　究、度，谋虑、审度。　⑤耆，读如嗜，喜好。　憎，林义光《通解》：“增字古文作曾，此诗憎字，古文亦当省作曾。今作憎者，传写误也。”即增加。　式廓，式为语词。廓，轮廓、领土。　⑥此维，在这里。与宅，赐予居住地。

●诗之首章点明周人居岐，是上帝的抉择。

作之屏之，其菑其翳①。修之平之，其灌其栵②。启之辟之，其柽其椐③。攘之剔之，其檿其柘④。帝迁明德，串夷载路⑤。天立厥配，受命既固⑥。

〔注释〕

①作,马瑞辰《通释》谓当为槎,砍伐。　屏,即摒、拔除。　菑(zī)、翳,《毛传》:"木立死曰菑,自毙为翳。"毙即扑倒。　②灌,灌木丛。　栵(liè),王引之《述闻》:"斩而复生者也。"　③柽(chēng),《毛传》:"河柳也。"　椐(jū),又称灵寿木,一种枝节肿大的小树。　④攘,拔除。　檿(yǎn),《毛传》:"山桑也。"　柘,桑树。　⑤串夷,《郑笺》:"即混夷,西戎国名也。"　路,马瑞辰《通释》:"当训败。"即败逃。　⑥配,马瑞辰《通释》:"谓立君以配天也,古以受命为天子,为配天。"

●诗之二章将一番热烈的开拓场景与赫赫天命相接,历史幻化为神话。

帝省其山,柞棫斯拔,松柏斯兑①。帝作邦作对,自大伯王季②。维此王季,因心则友,则友其兄,则笃其庆③。载锡之光,受禄无丧,奄有四方④。

〔注释〕

①兑,《毛传》:"易直也。"即挺拔。　②邦,指疆界。邦、封古音近义同。　作对,天生明君。《毛传》:"对,配也。"《郑笺》:"作配,谓为生明君也。"　大伯,大读太。据《史记·周本纪》古公有三子,长子太伯,次子虞仲,太姜所生少子季历。太伯、虞仲因知古公有立季历之意,二人便奔荆蛮,断发文身,以让季历。　③因心,因于本心。朱熹《集传》:"非勉强也。"　则,而。　友,亲爱兄弟。　笃,增厚。动词。　庆,《毛传》:"善。"　④锡,林义光《通解》:"读为'禾易长亩'之易。易,延也。载锡之光,言王季之德延及文王,遂受禄而有四方也。"　奄有,广有、尽有。

●诗之三章言上帝的"作对"表现为王季的"因心",人德中有天意。

维此王季,帝度其心,貊其德音①。其德克明,克明克类,克长克君,王此大邦②。克顺克比,比于文王③。其德靡悔,既受帝祉,施于孙子④。

〔注释〕

①王季,《左传·昭公二十八年》引《诗》作文王,三家《诗》均作文王。陈奂《传疏》及马瑞辰《通释》皆认为当作文王。以作文王为是。 貊,于省吾《新证》谓即勉。貊其德音即勉其德音。 ②克,能。 类,《郑笺》:“善也。勤施无私曰类。” 王(wàng),做大邦之王。动词。 ③顺,民众顺从。 比,民众亲附。 ④悔,过错。 祉,上天的赐福。 施,延续。

●诗之四章言文王之德。句法重重叠叠,错落而活脱。

帝谓文王,无然畔援,无然歆羡,诞先登于岸①。密人不恭,敢距大邦,侵阮徂共②。王赫斯怒,爰整其旅,以按徂旅③,以笃于周祜,以对于天下④。

〔注释〕

①无然,不要这样。 畔援,《郑笺》:“犹拔扈也。”拔扈今作跋扈。 歆羡,贪图羡慕。 诞,语词。 先登句,《郑笺》:“登,成。岸,讼也。……欲广大德美者,当先平狱讼,正曲直也。”马瑞辰《通释》:“即《〈书〉传》所谓‘文王一年断虞、芮之讼也’。争田者非畔援即歆羡,帝谓文王无信纵其畔援歆羡,正所以平其狱讼耳。” ②密人三句,《毛传》:“国有密须氏,侵阮,遂往侵共。”马瑞辰《通释》:“《竹书纪年》:‘帝辛三十三年,密人侵阮,西伯帅师伐密。’正与《毛传》说合。”密须,古国,其地在今甘肃灵台西南五十里处。阮,在甘肃泾川东南三十里处。共,在今泾川附近。 ③赫斯,赫然。大怒貌。 按,《毛传》:“止也。”《孟子》引《诗》作遏。遏、止同义。 徂旅,即密须“徂共”的军队。 ④笃,《尔雅·释诂》:“固也。”巩固。 祜(hù),天赐之福。 对,陈奂《传疏》:“对为遂,遂又为安。《孟子》云‘文王一怒而安天下之民’,即其义也。”

●诗之五章述文王治狱,制止侵略。后者实写,前者则从上帝的教诲中带出。

依其在京,侵自阮疆,陟我高冈①。无矢我陵,我陵我阿②。

无饮我泉，我泉我池。度其鲜原，居岐之阳，在渭之将③。万邦之方，下民之王④。

〔注释〕

①依其，王引之《述闻》："依之言殷，殷盛也。言文王之兵盛，依然其在京地也。"京即周京，岐周之地。　侵，马瑞辰《通释》引戴震《毛郑诗考正》曰："疑侵当作'寝兵'之寝，息兵也。字形相似，又因上文'侵阮'而遂致讹。"　②矢，陈兵。　③鲜，《毛传》："小山别大山曰鲜。"意即小的山冈。字当作巘。　将，《毛传》："侧也。"　④方，《毛传》："则也。"即法则。

●诗之六章写救阮之后登山誓众，义正辞严。

帝谓文王，予怀明德，不大声以色，不长夏以革①。不识不知，顺帝之则②。帝谓文王，询尔仇方，同尔弟兄③。以尔钩援，与尔临冲，以伐崇墉④。

〔注释〕

①怀，《毛传》："归也。"归、馈古时音义相通，即赠给。　声以色，厉声和厉色。　夏以革，《礼记·学记》："夏楚二物，取其威也。"郑注："夏，榣也。……所以扑挞犯礼者。"革、棘古通。棘即荆，与夏同类，可以做鞭扑之物。　②不识二句，意谓不要用自己的心计，要遵循上帝的法则。　③仇方，地位相当的邦国。　同，集合。　弟兄，同姓之国。《毛诗正义》本作"兄弟"，不叶韵，今从《齐诗》。　④钩援，兵器名。曲刃为钩，直刃为援。　临冲，《毛传》："临，临车也。冲，冲车也。"《孔疏》："临者，在上临下之名。冲者，从傍冲突之称。……兵书有作临车、冲车之法，《墨子》有'备冲'之篇，知临、冲俱是车也。"　崇，古国名，与商同姓。《史记》载崇侯虎曾有谮文王，文王拘羑里之事。其地在今陕西扈县境内。　墉，城墙。

●诗之七章写文王受上帝心法及受命伐崇。

临冲闲闲，崇墉言言①。执讯连连，攸馘安安②。是类是祃，是致是附，四方以无侮③！临冲茀茀，崇墉仡仡④。是伐是肆，是绝是忽，四方以无拂⑤！

〔注释〕

①闲闲，《毛传》："摇动也。" 言言，《毛传》："高大也。" ②迅，俘虏。参《小雅·出车》注。 连连，俘虏用绳索系连成列。 攸，所。 馘（guó），《毛传》："杀而献其左耳曰馘。"在此为动词。 安安，众多。 ③类，祭社神。社指亡国之社，古人以为亡人国家要招致神灵的报复，所以要祭祀。祃（mà），古人行军所到要祭祀，称祃祭。参《小雅·吉日》注。 致，古时征服一个国家之后要行奉还土地民人之礼，以示无侵占之意，称为致。 附，安抚。 ④茀茀（fú），《毛传》："强盛也。" 仡仡（yì），同屹屹，高大坚实貌。

⑤肆，于省吾《新证》谓本作肄，其义为杀。 忽，《毛传》："灭也。" 拂，抗拒、违逆。

●诗之八章写灭崇，赞扬周师的八面威风。

〔解题〕

《毛序》："《皇矣》，美周也。天监代殷，莫若周，周世世修德，莫若文王。"周是上帝的特选之民，是诗中十分突出的观念。诗人将上帝描写成有行为、有言论的人格神，这在《雅》《颂》中是仅见的。但这并不意味着此诗就更具有宗教色彩。写这样一位上帝，自然是为祖先的重大行动提供一种神圣的理由，强调周人的征战是一种以有道伐无道的"文德"行为。但这仅是一种装饰，诗掩饰不住的是对征伐行为中暴力精神的赞美。这在《诗经》中也是罕见的。周初有《大武》乐章，是表现武王克商的。但周初的这崇尚武力的精神并未向着光大的方向发展，而是消歇了。即使《大武》也是以周召分治、"崇天子"的尚文治结束。更说明问题的是，在《诗经》的战争诗歌中我们也能清楚地看到周人的厌弃战争。（参本书对《小雅》战争诗的《解题》）这样，此诗的对武力的赞美，就必然有其特定原因和背景。《大武》乐章的几首歌词，据专家研究，还保存在《周颂》中。将那些诗与此诗相比，可以肯定《皇矣》绝非作于周初。现代学者认为作于宣王时期也难据信。因为宣王朝"外攘夷狄"的战争诗篇其基本精神,与此诗的崇尚杀伐暴力是格格不入的。周王朝耀武观兵、试图以武力征服异己,是昭王和穆王时期的事(参《国语·周语上》)。此诗的基本思想倾向,当是这一时期精神观念的反映。此诗当与周王岐山祭祀三代先王有关。《周颂》中有《天作》,其"天作高山,大王荒之"句,正是本诗前三章所详述的内容,而此诗"帝谓文王"数章,则正与《天作》"文王康之"相应。两诗详略虽有相当大的差距,但大体结构却如此相符,因而很使人怀疑,两诗即使不作于同时,也一定用于同一祭祀大典。即是说,《天作》或许是较早的享神乐歌,而《皇矣》则是后来的与《天作》配合使用的诵祖之诗。如果以追寻文学发展史的态度解《诗》,就应当先研读《周颂》。《周颂》之于三百篇,犹如正史之有"本纪",是一部文学大典的纲目和根干。而从宗庙的享神之乐到祭仪中的诵祖之诗,从祭典之诗到一切人世间礼仪之歌,正是《诗经》文学发展、演进的大体历程。另外,此诗与《大明》不同,叙述祖先业绩时没有言及先妣事迹。然而从其紧次《思齐》的顺序(今本《诗经》的编排次序虽然大体上是颠倒错乱的,但有些诗篇的局部顺序还是能表现时间先后的)看,当与该诗同为祭祀祖先时的诵祖之诗。

灵　　台

经始灵台,经之营之①。庶民攻之,不日成之②。经始勿亟,庶民子来③。

〔注释〕

①经始,马瑞辰《通释》:"犹言经起,起亦始也。"经、始同义,即奠基。灵台,即下文"辟廱"中的建筑。辟廱中有高台,高台上建堂室,以茅盖顶,上圆下方,台阶三级,称灵台,又称明堂。　经营,筹划、操办。　②攻,《毛传》:"作也。"　③亟,急。　子,俞樾《群经平议》读为滋,即增益。

●诗之首章言开始修建灵台奠基的时候不用急迫地催促，百姓们反而越来越多地来干活。

王在灵囿，麀鹿攸伏①。麀鹿濯濯，白鸟翯翯②。王在灵沼，於牣鱼跃③。

〔注释〕

①在，来到。　灵囿，辟廱的一个组成部分。即环绕辟廱之面积广阔的园林。《毛传》："所以域养禽兽也。"　麀(yōu)，母鹿。　攸，所。　伏，歇息。

②濯濯，毛色鲜亮貌。　白鸟，白鹤。　翯翯(hè)，羽毛洁白貌。　③灵沼，辟廱四周之环水。又称辟池。　於，感叹词。参《大雅·文王》注。　牣(rèn)，《毛传》："满也。"

●诗之二章写囿、沼，生物各得其性，突出一个"灵"字。

虡业维枞，贲鼓维镛①。於论鼓钟，於乐辟廱②！

〔注释〕

①虡(jù)，悬挂钟鼓乐器的木架两旁之柱，底端为兽足形状，并刻有猛兽图案。　业，悬挂乐器的大版，嵌在木架的横木上。　枞，又叫崇牙，即业版悬挂处牙状的突出部分。　贲鼓，大鼓。　镛，《毛传》："大钟也。"　②论，《郑笺》："论之言伦也。"即伦次。指钟鼓编排、敲打有次序。　辟廱，又作辟雝、璧廱、辟雍。《毛传》："水旋丘如璧曰辟廱，以节观者。""节"是阻挡。古代在郊外建辟廱，四周有池水环绕，中间高地建有厅堂式的草屋，附近有广大的园林。林中有禽兽，水中有池鱼。辟廱是贵族子弟学习的场所，古代的学习科目有所谓的"小学"、"大学"之分，辟廱之学属于大学。同时辟廱也是贵族集会举行各种典礼的地方。

●诗之三章言次序协调地奏响着钟鼓，辟廱之中充满了欢乐。

於论鼓钟，於乐辟廱！鼍鼓逢逢，矇瞍奏公①。

〔注释〕

①鼍(tuó)鼓,用鼍皮蒙的鼓。鼍是一种鳄鱼类的动物。　逢逢,鼓声。　矇瞍,有眸子而盲称矇,无眸子而盲为瞍。　奏,进献。　公,《毛传》:"事也。"即奏乐之事,古代用盲人为乐师。

●诗之四章言和谐的钟鼓,欢乐的辟廱。以上二章写鼓钟和奏,以见辟廱为礼乐之地。

〔解题〕

《毛序》:"《灵台》,民始附也。文王受命,而民乐其有灵德,以及鸟兽昆虫焉。"据王先谦《集疏》,"三家无异义"。朱熹《辨说》驳《序》"始附"之说:"民之归周也久矣,非至此而始附也。"可知汉、宋儒对诗歌颂文王是没有争论的。但诗是否指文王,却仍须研究。诗在"王"前不加任何谥号,这样的称谓方法只适合于对当代周王。此诗无论如何都不会是文王时期的作品,而如果是后世追述,就当以"文王"相称。揆诸《诗经》及其他追述文王事迹的相关文献,都没有例外。"王"既然不是指文王,那么当系哪位周王呢?这或许可以从第三、第四章的"於论鼓钟"、"矇瞍奏公"等内容中寻索答案。《周颂》中《有瞽》"设业设虡,崇牙树羽"的描写,与此诗所道及的"鼓钟"现象相同。据《礼记》,瞽宗属于殷学。《有瞽》言"有瞽有瞽,在周之庭",大约是殷人礼乐及瞽宗人员首次从宋国来至周庭演奏的情形。殷人的钟鼓演奏于周庭,标志着一种礼乐文化的融合。其起于何时已不得而知,但《有瞽》据我们的看法却作于西周穆王时期,而且该诗与《振鹭》、《雝》、《载见》、《有客》等,构成同一祭祀观礼活动的组曲(参本书《周颂》部分以上各篇的《解题》)。《灵台》中的"於论鼓钟"是在辟廱灵台,而《振鹭》则又明言"振鹭于飞,于彼西雝"。"振鹭"据马瑞辰《通释》是一种舞乐,"西雝"即辟廱,在镐京之西。如此,《灵台》中的礼乐活动与《有瞽》及《振鹭》中的舞乐活动,极有可能是同一时地的事情。"雅"和"颂"的区分只是编《诗》者所为,并不见得就是西周礼乐制度的分野。突破“雅”、“颂”分编的畛域,对《诗经》各篇什的断代是极其重要的一步。史家据对出土铜器的研究认为,穆、恭两朝的西周中叶,王朝礼乐制度经历了由简朴向繁富的变革。(参美国学者夏含夷《从西周礼制变革看〈诗经·周颂〉的演变》,该文系提交第二届国际诗经研讨会的论文)大量以祭祖为中心的典礼诗歌的出现于此时,正与礼制变革有关。基于以上的理解,《灵台》当作于穆王时期,“王”当指穆王。辟廱灵台或许是古有的建制,但此诗明言“经始”,则显然是新辟的工程。辟廱的作用是多方面的:以其为“国子”们学习音乐,射御的场所言,是教育机构;以其为贵族们举行燕射、飨礼的场所言,是公益设施;以其为召集国老“定兵谋”的场所言,是议事机关;以其为接待朝拜诸侯、接受战争献俘的场所言,辟廱属于整个贵族阶层,是保存文化、接续传统、显示国体的社会上层建筑。正因为辟廱灵台关乎王朝制度,周王在举行隆重的祭典之前,才大兴土木,营造这一建筑。

下　武

下武维周,世有哲王①。三后在天,王配于京②。

〔注释〕

①下武,《毛传》:“武,继也。”《郑笺》:“下,犹后也。”　哲,智慧。　②三后,三王。指太王、王季、文王。　王,今王。　配,对。今王在京周大祭,以对三后在天之灵。　京,岐周故都。

●诗之首章写当今周王能够继承先人。

王配于京,世德作求①。永言配命,成王之孚②。

王神灵的安宁;“观成”之观,当读如《国语》“先王耀德不观兵”之观,显耀的意思。“厥成”即文王事业的伟大成就。　③烝,美好。烝哉犹言美哉。

●诗之首章言要光扬文王的伟大成就。不避重复,句法奇特。“观成”已含下文作辟廱之事。

文王受命,有此武功。既伐于崇,作邑于丰①。文王烝哉!

〔注释〕

①伐崇,其事已见《皇矣》。　丰,地名。文王伐崇之后,从岐阳之地迁都于丰。其地在今西安、户县之间。

●诗之二章言文王受上天之命才有此巨大的武功。此章追述丰都的历史。

筑城伊淢,作丰伊匹①。匪棘其欲,遹追来孝②。王后烝哉③!

〔注释〕

①淢(yù),地名。近世出土穆王以后吉器铭文中屡有淢字出现。从字形看,有环水绕地之意,极有可能与辟廱之廱意思相同。　匹,匹配。即新造淢城,以与丰都旧城相匹配。　②棘,急迫。　欲,嗜欲、喜好。　追孝,祭奠。追孝为固定用语,金文中常见。　来,语词。　③王后,指建造淢城的周王。

●诗之三章言在淢地筑城,与丰之旧城相配并立。“追孝”乃是今王筑淢配丰的目的。

王公伊濯,维丰之垣①。四方攸同,王后维翰②。王后烝哉!

〔注释〕

①公,《郑笺》:“事也。”即工程。　濯,《毛传》:“大。”　垣,城墙。　②翰,《毛传》:“干也。”即国家的根干。

●诗之四章写丰城的宏伟。

丰水东注,维禹之绩①。四方攸同,皇王维辟②。皇王烝哉!

〔注释〕

①丰水句,丰水东北流。 绩,业绩。诗人赞美周王引丰水,有大禹治水般的功德。 ②辟,《郑笺》:“君也。”

●诗之五章表筑减的位置及意义。

镐京辟廱①。自西自东,自南自北,无思不服②。皇王烝哉!

〔注释〕

①镐京,在丰水东,离丰邑二十里。始建于武王,是西周时期周朝的都城,与雒邑成周相对,称宗周。 辟廱,注见《灵台》。 ②思,语词。

●诗之六章应篇首“求宁”、“观成”之义。

考卜维王,宅是镐京①。维龟正之,武王成之②。武王烝哉!

〔注释〕

①考卜,占卜。 ②正,于省吾《新证》:“正者贞之借字,……契文叙占卜之事,都先言某日卜,后言某人贞,卜谓视其兆,贞谓问其事。”

●诗之七章转入武王都镐,言武王都镐顺应神意。

丰水有芑,武王岂不仕①?诒厥孙谋,以燕翼子②。武王烝哉!

〔注释〕

①芑,《说文》:“白苗,嘉谷也。” 仕,《毛传》:“事。”即有事于此。丰水畔盛产嘉谷,所以武王都于此。 ②诒,《郑笺》:“犹传也。”诒通遗,所以《笺》训传。 孙谋,于省吾《新证》谓孙当读训,训教的意思。孙谋即训教和谋划。

燕，于省吾《新证》训为乐、乐于。　翼子，于省吾《新证》谓翼子连读，子为慈之假借。翼慈，覆翼慈惠。

●诗之八章明武王功在子孙。

〔解题〕

《毛序》："《文王有声》，继伐也。武王能广文王之声，卒其伐功也。"朱熹《集传》："此诗言文王迁丰，武王迁镐之事。"两说有异而实无不同，然而并不可从。诗始言"遹观厥成"，何谓"观成"？《周颂·有瞽》"我客戾止，永观厥成"，即包括异姓在内的各国诸侯，前往西周的都城参加祭祀并且观礼（参《周颂·有瞽》及有关各诗的注解）。而观礼的地点就是丰城"伊匹"的淢城，或者说就是"镐京辟廱"的辟廱。观的是文王、武王所开辟的周家大业的成功，所以诗既言文王，又言武王；淢城之外，既言丰邑又言镐京。又由于接待观成诸侯的地点在作为国宾馆的辟廱，所以诗屡言丰水。诗中除称道文王、武王之外，又有对王后、皇王的颂赞。王后、皇王自然同指一人，而且是淢城的建造者。那么具体指谁？我们认为，建筑淢城者即《灵台》中建造灵台者，即周穆王，穆王时吉器铭文《长由盉》有"王在淢应"可证。如此，此诗与《灵台》、《下武》乃至《皇矣》等篇就都是同一时期的作品。"观成"的主要含义自然指王朝礼法制度，但王城宫殿馆驿力求其宏肆，也是周王在诸侯面前显示威风的一般心理。

生　民

厥初生民，时维姜嫄①。生民如何？克禋克祀，以弗无子②。履帝武敏歆，攸介攸止③。载震载夙，载生载育④。时维后稷⑤。

〔注释〕

①厥，那。　生民，生下周人的人。　时，《郑笺》："是也。"　姜嫄（yuán），周始祖后稷之母。　②禋（yīn）祀，实即烟祀。即燃烧牺牲之物，使香气上达于天神的祭祀仪式。　弗，戴震《诗生民解》引许益之说："弗无之为言有也。……然不直曰'是以有子'而曰'以弗无子'，反言以见其非理是常。"　③帝，《郑笺》："上帝也。"　武，《毛传》："迹。"　敏，《郑笺》："拇也。"即大拇趾。　歆，欣欣然而动。指姜嫄踩在上帝巨大足迹时的心灵感应，实即受孕时的情景。　介，林义光《通解》训为愒，休息。　④震，马瑞辰《通释》："即娠之声近假借。"　夙，肃敬。古人重胎教，怀孕时要举止庄重。⑤后稷，传说中周人的男性始祖，姜嫄之子。作为神话人物，据说是他发明的农业。作为传说中的历史人物，据《国语》、《左传》及《史记》的记载，他生活在虞、夏之际，曾做过夏的农官，所以自商以后受到祭祀。

●诗之首章写姜嫄履帝迹而孕，明孕育后稷的灵异。

诞弥厥月，先生如达①。不坼不副，无菑无害②。以赫厥灵，上帝不宁③。不康禋祀，居然生子④。

〔注释〕

①诞，发语词。　弥月，满十个月。　先生，初生。　达，《郑笺》："羊子也。"即小羊羔。马瑞辰《通释》引陶元淳说："凡婴儿在母腹中皆有衣以裹之，俗所谓胞衣也。生时其衣先破，儿体手足少舒，故生之难。惟羊子之生，胞仍完具，坠地而后母为破之，故其生易。后稷生时盖藏于胞中，形体未露，有如羊子之生者，故言'如达'。"　②坼、副，都是开裂。是说婴儿生产顺利，母体没有产门破裂之苦。　菑，同灾。　③以赫两句，《毛传》："赫，显也。不宁，宁也。"不读作丕，下文"不康"同。　④康，安乐、喜欢。　居然，陈奂《传疏》："居，犹'其'也。然，犹'是'也。案此承上章，言姜嫄克禋祀上帝，而上帝亦将安乐其禋祀。其然生子，谓生后稷也。"

●诗之二章写后稷诞生时的灵异。

诞寘之隘巷，牛羊腓字之①。诞寘之平林，会伐平林②。诞寘之寒冰，鸟覆翼之。鸟乃去矣，后稷呱矣③。实覃实訏，厥声载路④。

〔注释〕

①寘，同置，放置。腓，何楷《古义》谓读为庇隐之庇，隐蔽。字，马瑞辰《通释》："《说文》：'字，乳也。'字、乳、育三字同义。"即牛羊哺乳后稷。②会，适值。③乃，已。呱（gū），哭声。④实，是、维。结构助词。覃、訏（xū），《毛传》："覃，长。訏，大。"即后稷哭声洪亮悠长。

●诗之三章写后稷屡弃不死的灵异。

诞实匍匐，克岐克嶷，以就口食①。蓺之荏菽，荏菽旆旆②。禾役穟穟，麻麦幪幪，瓜瓞唪唪③。

〔注释〕

①岐嶷，马瑞辰《通释》："承上匍匐言，匍匐谓初能伏行，岐嶷谓渐能起立也。"岐即跂之假借，嶷即仡之假借。就口食，寻找食物。②蓺，同艺，种植。荏菽，豆类的作物。旆旆，苗壮貌。③役，据马瑞辰《通释》为禾穗。穟穟（suì），低垂貌。幪幪（méng），蓬勃貌。唪唪（běng），瓜瓞滚圆貌。

●诗之四章写后稷天生的稼艺。

诞后稷之穑，有相之道①。茀厥丰草，种之黄茂②。实方实苞，实种实褎，实发实秀，实坚实好，实颖实栗③。即有邰家室④。

〔注释〕

①相，观察。即观察地力及作物长势等。②茀（fú），拔除。黄茂，《毛传》："黄，嘉谷也。茂，美也。"③方，马瑞辰《通释》："方为苗之始生，犹才为草木之初。"苞，据马瑞辰《通释》，为谷苗破土而出含苞未放时的形状。种，马瑞辰《通释》："程氏（即程瑶田）曰'种，出地短'是也。"即作物才

出地面的样子。　褎(yòu),枝叶变长。　发,《郑笺》:"发管时也。"即抽茎。　秀,吐穗。　坚,茎干坚实。　好,齐整。　颖,《毛传》:"垂颖也。"即垂穗。　栗,谷粒坚实饱满。　④即,就、前往。　有邰,地名,周族发祥地。其地约在今山西汾水、涑水流域的平阳、安邑、夏县一带,确切地址不详。　家室,建立家室。

●诗之五章言后稷稼穑有道,开始受封。描述作物生长,文笔精细而朴茂。

诞降嘉种,维秬维秠,维穈维芑①。恒之秬秠,是获是亩②。恒之穈芑,是任是负③。以归肇祀④。

〔注释〕

①降,上天赐予。　秬(jù),《毛传》:"黑黍也。"即小米。　秠(pī),《毛传》:"一稃二米也。"　穈(mén),《毛传》:"赤苗也。"黍的一种,米黏。　芑,《毛传》:"白苗也。"即白色苗杆的谷物。　②恒,字当作亘,遍地、满地。亩,以亩计算。　③任,《郑笺》:"犹抱也。"　④肇祀,《毛传》:"肇,始也。始归郊祀也。"即开始有祭天之祀。

●诗之六章写谷物之美出于天降,并及后稷始为周人立报天祀典。

诞我祀如何?或舂或揄,或簸或蹂①。释之叟叟,烝之浮浮②。载谋载惟,取萧祭脂,取羝以軷③。载燔载烈,以兴嗣岁④。

〔注释〕

①揄,《郑笺》:"舂而抒出之也。"马瑞辰《通释》:"舀之假借也。"　蹂,用手搓揉使糠与粒分离。　②释,《毛传》:"淅米也。"即淘米。　叟叟,淘米声。　烝,同蒸,将米蒸熟。　浮浮,蒸气升腾的样子。　③谋、惟,筹谋、思考有关祭祀的事。　萧,香蒿。　祭脂,用香蒿烧蒸油脂,使香气上腾享神。　羝,公羊。　軷(bá),据马瑞辰《通释》有二种,一为出行之軷,一是冬祭行神之軷。"行神"即道路之神,据《周礼》,祭用羊。是在祭祀过所有神之

后举行的祭礼，所以下面紧接着说"以兴嗣岁"。　④烈，烧、烤。　嗣岁，来岁。

●诗之七章写年终祭祀，一番热烈场景。

卬盛于豆，于豆于登①。其香始升，上帝居歆②。胡臭亶时，后稷肇祀③。庶无罪悔，以迄于今④。

〔注释〕

①卬(áng)，同仰，高举。　豆、登，都是盛食物的器物。木制为豆，瓦制为登。　②居歆，上帝安然享用。居，安。　③胡，《郑笺》："胡之言何也。"　臭，香味。　亶，《郑笺》："诚也。"　时，及时。　④庶，几乎。　迄，至。

●诗之八章写郊祀上天始祖，强调祭礼的古老。

〔解题〕

《毛序》："《生民》，尊祖也。后稷生于姜嫄，文武之功起于后稷，故推以配天焉。"古来并无大的分歧。即如以好攻《序》说的朱熹《集传》也沿袭旧说。有问题的是姜嫄的身分。从诗歌本身看，姜嫄无夫而孕，后稷无父而生。不仅《生民》如此，作于较晚时期的《鲁颂·閟宫》也是如此。但自秦汉之际的典籍，包括《诗》今、古文经学家的解释，都认为姜嫄是帝喾的元妃，并将姜嫄的履帝迹与渊源于上古东方族群传说的祀高禖礼俗联系在一起。(参《毛传》、《郑笺》)于是诗的理解便扞格难通。例如既然姜嫄有夫，既然是祀高禖祈子，为什么生下孩子又要反复丢弃？实际上周人对后稷的无父而生并不掩饰。周有先妣庙，鲁有閟宫，都是为姜嫄一人特立之庙，就是姜嫄无夫的明证。(参戴震《诗生民解》)后儒不知人类也有只知其母不知其父的时代，牵强为说，实在是由于对人类自身历史的暗昧。诗中"履帝武敏"的文化意蕴，孙作云教授曾著《周先祖以熊为图腾考》，认为"帝迹"实为熊迹，周族是以熊为图腾崇拜的人群。又有于省吾先生《诗履帝武敏歆考》，从原始宗教、原始民俗研讨此一问题，其说也颇资参考。从本诗的思想意蕴上说，在对后稷充满神话色彩的述说中，鲜明地显示出周人以农德自居的倾向。诗人处处赞美、夸饰远祖生而知之的农事天才，实际上是在强调，周人经营农业是出于天命。而尤其值得玩味的是后稷降生时的"先生如达"这一意象。一个肉蛋形的东西被抛弃在原野里，经过牛羊飞鸟的抚育才发出人的哭声（真正成为人），与一粒种子被抛入田野生根发芽有着某种象征关系。而诗中真正有色彩的笔触，是对作物生长、收获简练而准确的描述。这都映现着诗人的文化背景。从风格看，此诗与《周颂·载芟》及《良耜》不仅相似，简直如出一人之手。我们从"胡考之休"判断《周颂》作于周恭王时（参《周颂·丝衣》解题），则此诗亦当为同期作品，当系祭祀始祖后稷时的赞述祖先之歌。

行　苇

敦彼行苇，牛羊勿践履①。方苞方体，维叶泥泥②。戚戚兄弟，莫远具尔③。或肆之筵，或授之几④。

〔注释〕

①敦彼，敦敦然。敦，《毛传》："聚貌。"　行，道路。　②方，开始。苞，马瑞辰《通释》："《尔雅》：'如竹箭曰苞。'苇之初生似竹笋含苞，故曰方苞。"　体，《郑笺》："成形也。"即茎干长成。　泥泥，茂盛貌。　③戚戚，亲近。　尔，同迩，近。　④肆，《毛传》："陈也。"　筵，竹席。　几，桌子。《郑笺》："年稚者为设筵而已，老者加之以几。"

●诗之首章以行苇起兴，带出兄弟燕饮。

肆筵设席，授几有缉御①。或献或酢，洗爵奠斝②。醓醢以荐，或燔或炙③。嘉殽脾臄，或歌或咢④。

〔注释〕

①缉御，授几时举止恭敬貌。 ②献、酢，《郑笺》："进酒于客曰献，客答之曰酢。"参《小雅·瓠叶》注。 洗爵，献酢之后，主人再以酒酬，酬客前要洗爵。 奠斝(jiǎ)，酬客时，客人受斝后放置一边不举，为奠斝。奠，放置。斝，酒器名。 ③醓(tǎn)、醢，都是肉酱的名称，前者汁多，后者汁少。荐，进献。 ④脾，字当作膍，即牛百叶。 臄(jù)，牛舌。 歌、咢(è)，《毛传》："歌者，比于琴瑟也。徒击鼓曰咢。"歌是伴着音乐歌唱，咢是敲击鼓点伴唱。

●诗之二首描述宴会的场景。

敦弓既坚，四鍭既钧①。舍矢既均，序宾以贤②。敦弓既句，既挟四鍭③。四鍭如树，序宾以不侮④。

〔注释〕

①敦弓，《毛传》："画弓也，天子敦弓。"敦即雕之假借。雕弓即画有五彩图纹的弓。 既，读如其，下同。 坚，强劲。 鍭(hóu)，朱熹《集传》："金鏃剪羽矢也。"即黄铜为箭头、箭羽经过修剪的箭。 钧，即均。指箭的箭头、箭杆和箭尾轻重均匀。 ②舍矢，发矢。参《小雅·车攻》注。 均，均等，指每人射出的箭数相等。 序宾句，《郑笺》："谓以射中多少为次第。" 贤，指射箭才能。 ③句，通彀，好、善。 ④如树，指箭笔直地射在箭靶上。树、竖通。 不侮，《郑笺》："敬也。其人敬于礼则射多中。"

●诗之三章转入射礼，并及射礼程序、规则。

曾孙维主，酒醴维醹①。酌以大斗，以祈黄耇②。黄耇台背，以引以翼③。寿考维祺，以介景福④。

〔注释〕

①曾孙，指周王。 酒醴，酒的统称。甜酒为醴。 醹(rú)，《毛传》："厚

也。”即醇厚。②祈，为黄耇祝酒。黄耇(gǒu)，人老则发黄背驼。黄指黄发，耇指驼背。③台背，《毛传》：“大老也。”台即鲐，指鱼背上的黑纹。人老则皮肤褶皱，如同鲐纹，所以《传》以“大老”释之。引，在前牵领。翼，两旁扶持。④祺，《毛传》：“吉也。”

●诗之四章言曾孙周王是宴会的主人，宴上的酒醴实在醇厚。上文言尊贤，此章则写养老。

〔解题〕

《毛序》：“《行苇》，忠厚也。周家忠厚，仁及草木，故能内睦九族，外尊事黄耇，养老乞言以成其福禄焉。”“仁及草木”是就第一章的前四句为说，将比兴之言坐实理解，并不可取。今文经学家认为是写周之远祖公刘的仁厚之德，而明代何楷《古义》竟谓即作于公刘之世，为《诗经》最古之诗，更系离奇之谈。对此诗表现的礼仪，前人因拘于《仪礼》、《礼记》对典仪的分类而隔膜不通。实际上，诗中宴享和射箭都是大飨礼的内容。现存有关礼仪的典籍，一般只记载“礼终而宴”，参之近世出土的礼器铭文，宴后或与宴同时的射礼，也是大飨之礼一个组成部分。天子的大飨礼一般在辟雍中举行，其意图多种多样，议大事、定兵谋、团结宗族、接待贵宾、养老尊贤，都可行此大礼。但就此诗所反映的内容看，只属于和睦兄弟、尊老尚贤的活动。《礼记·王制》说饮酒尚齿，习射尚功。此诗不仅两者兼重，而且同姓异姓兼容，是十足的点缀太平的典礼。但尊重年辈(尚齿)是宗法制的原则，尊重贤能又是王朝生存的必须，所以太平典礼也在演示这两项基本法则，这也正是本诗对今天所具有的认识价值。《行苇》作于何时？我们认为仍是穆王、恭王时期。这是一个典礼趋向繁缛多样的时代。周初诗乐礼仪只用于祖先神灵所寄寓的宗庙，从西周中叶起也广泛施用于各种社会性的典仪。穆、恭两朝正处于这样一个文化变革时期。现代有学者认为大量的仪式之歌都产生于宣王朝，这是误解。宣王朝诗歌创作的热点在战争及与战争相关的主题，接待宾客、养老尊贤的礼仪恐怕不是王朝有暇顾及的事情。本诗在章节的划分上自古以来即有不同，《毛诗》分七章，《郑笺》分八章，今从朱熹《集传》分为四章。

既　醉

既醉以酒，既饱以德①。君子万年，介尔景福。

〔注释〕

①德，高亨《诗经今注》："当作食，古德字作悳，与食形近，因而写错。"

●诗之首章言美酒使神陶醉，贡品使神饱足。

既醉以酒，尔殽既将①。君子万年，介尔昭明②。

〔注释〕

①将，即鬻。林义光《通解》："尔殽既将者，取祭毕之肴温于鬵而复鬻之也。"鬻是动词，即持菜肴以入鼎镬。　②昭明，即光明之德。

●诗之二章言神已酒食醉饱，祭后的食物已又重新加温。

昭明有融，高朗令终①。令终有俶，公尸嘉告②。

〔注释〕

①融，融通、普遍。　朗，明亮。　令终，马瑞辰《通释》："高明之家，鬼瞰其室，则以令终为难，故诗以'高朗令终'为太平之福。"令，善。终，有头有尾。

②俶(chù)，《毛传》："始也。"福禄终而复始，方为吉祥。　公尸，与皇尸同义。尸即代表祖先接受祭奠的人。《礼记·曲礼》："君子抱孙不抱子，此言孙可以为王父尸。"据此，祭祖时的尸由祭祀者的孙子来充当。　嘉告，吉祥的告语。

●诗之三章，言昭明的德行融通而广大，高远明亮的美德美誉必有好的结局。以上二章为祝福之词，以下几章为嘉告的内容。

其告维何？笾豆静嘉①。朋友攸摄，摄以威仪②。

〔注释〕

①静，善。　②朋友，朱熹《集传》："指宾客助祭者。"　攸摄，所摄。摄，辅助。

●诗之四章言助祭者有威仪。

威仪孔时，君子有孝子①。孝子不匮，永锡尔类②。

〔注释〕

①时，适当。　②匮，《毛传》："竭。"　锡，赏赐。　类，据于省吾《新证》为族类。

●诗之五章言神会赐予君子子孙众多。

其类维何？室家之壸①。君子万年，永锡祚胤②。

〔注释〕

①壸，《郑笺》："壸之言梱也。"梱即凝聚。　②祚，福禄。　胤，后代。

●诗之六章言神赐君子室家团结。以上三章言室家之福。

其胤维何？天被尔禄①。君子万年，景命有仆②。

〔注释〕

①被，加给。　②仆，仆从。

●诗之七章言上天将赐予你福禄。

其仆维何？釐尔女士①。釐尔女士，从以孙子②。

〔注释〕

①釐，《毛传》："予也。"　女士，俞樾《群经平议》："《甫田》篇'以穀我士

女'。此云女士,彼云士女,倒文以协韵耳。下云'从以孙子',孙子即子孙,则女士即士女也。"士女泛指青年男女。 ②从,《郑笺》:"随也。"

●诗之八章言神赐君子仆从及其子孙。以上二章言世代有仆从,上明其福,此言其贵。

〔解题〕

《毛序》:"《既醉》,太平也。醉酒饱德,人有士君子之行焉。"《序》说是有针对的。例如《宾之初筵》,人们在醉饱中就失了君子风度,正是天下不那么"太平"时的事。如此解诗,只是断取某些章句为义,不是诗歌通篇大旨。前人已有驳正。至朱熹则又认为:"此父兄所以答《行苇》之诗,言享其饮食恩义之厚,而愿其受福如此也。"清人范家相《诗渖》驳曰:"《行苇》但言燕射而不言祭,此篇特言公尸嘉告,笾豆静嘉,明其为祭毕之燕也。"对此诗的理解,至清末才逐渐得其要领。如方玉润《原始》、魏源《诗序集义》,都认为诗系祭祖礼仪中的"嘏词"。林义光《通解》中明确地说:"为工祝奉尸命以致嘏于主人之辞。""工祝"就是巫师。祭祀中所谓的公尸只是个小孩子,而且尸以象神,地位庄严,不能开口说话,该他说的神话都由巫师代劳。此诗实际上是一篇完整的"嘏辞",前二章是引子,后六章是神的致福语。因此它是当时一种特定文体,思路和辞章都符合巫师口吻。明乎此,不特于诗篇本身的理解有益,且对三百篇时代诗歌创制及诗人队伍成分的考订亦有所裨益。

凫　鹥

凫鹥在泾,公尸来燕来宁①。尔酒既清,尔殽既馨。公尸燕饮,福禄来成②。

〔注释〕

①凫,野鸭。 鹥(yī),白鸥。 泾,直波的水流。 来,为结构助词。

燕，安乐。　宁，安宁。　②成，马瑞辰《通释》谓与第四章“崇”同义，重复、增加。

●诗之首章言公尸在这里宴饮，能使福禄增加一重。

凫鹥在沙，公尸来燕来宜①。尔酒既多，尔殽既嘉。公尸燕饮，福禄来为②。

〔注释〕

①宜，于省吾《新证》谓宜、仪古通，来宜即来仪。仪，主客相对。　②为，《郑笺》：“犹助也。”

●诗之二章言公尸在这里安乐地饮酒，能帮你获得更多的福禄。

凫鹥在渚，公尸来燕来处①。尔酒既湑，尔殽伊脯②。公尸燕饮，福禄来下③。

〔注释〕

①渚，水中小洲。　处，安处。　②湑，去了渣的清酒。　脯，肉干。　③下，降临。

●诗之三章言公尸在这里安乐地饮酒，上天就降下更多的福禄。

凫鹥在潨，公尸来燕来宗①。既燕于宗，福禄攸降②。公尸燕饮，福禄来崇③。

〔注释〕

①潨（cóng），《毛传》：“水会也。”　宗，《毛传》：“尊也。”即尊贵的客人。　②于，俞樾《群经平议》：“既燕于宗，即承来燕来宗而言，谓既燕于宗，则福禄攸降也。”王引之《释词》：“于犹越也、与也。”　③崇，《毛传》：“重也。”重读重复之重。

●诗之四章言公尸在这里安然饮酒，福禄增加一重重。

凫鹥在亹，公尸来止熏熏[①]。旨酒欣欣，燔炙芬芬[②]。公尸燕饮，无有后艰[③]。

〔注释〕

①亹(mén)，马瑞辰《通释》："疑亹即湄之假借，……读为湄，正与上章'在沙'、'在渚'、'在潨'同为水旁之地。"水涯为湄。 止，止于此。 熏熏，《毛传》："和悦也。" ②欣欣，《毛传》："欣欣然乐也。" ③后艰，未来的艰难。

●诗之五章，言公尸在这里安乐地宴饮，宴会的主人将没有未来的忧患。

〔注释〕

《毛序》："《凫鹥》，守成也。太平之君子，能持盈守成，神祇祖考安乐之也。"王先谦《集疏》："三家无异义。""太平君子"据郑玄是指成王，这自然是不正确的。从诗篇风格看，当作于西周中期以后。诗所歌唱的对象是公尸。按周代礼制，祭祀神灵之后还要宴享扮演神灵的尸，称为绎祭。诗言及水和水鸟，其环境当为辟雍所有。如此则此次的祭祀不是一般性的。《既醉》一篇中记载着师祝嘏辞，此诗则宴享扮演神灵的公尸，两诗格调又十分接近，可能是同一隆重祭祀活动中的不同诗歌。

假　　乐

假乐君子，显显令德[①]。宜民宜人，受禄于天[②]。保右命之，自天申之[③]。

〔注释〕

①假乐，《毛传》："假，嘉也。"《左传》及《中庸》引《诗》皆作嘉乐。嘉乐，喜乐。 君子，周王。 显，《郑笺》："光也。" ②宜，适宜。 ③保右，保

佑。 申，申重、再三。

●诗之首章言天子福禄降自上天。

干禄百福，子孙千亿①。穆穆皇皇，宜君宜王。不愆不忘，率由旧章②。

〔注释〕

①干，俞樾《群经平议》疑为千字之误。千福百禄，言福禄之多。 千亿，古制十万为亿，千亿亦言其多。 ②愆，过错。 率由，遵循。 旧章，先王制定的典章制度。

●诗之二章言周王有千百的福禄，有亿万的子孙。一切都遵循先王的典章。

威仪抑抑，德音秩秩①。无怨无恶，率由群匹②。受福无疆，四方之纲。

〔注释〕

①抑抑，稳重貌。 德音，美好的音容。 秩秩，不紊乱。 ②匹，指与王相对的公侯大臣。

●诗之三章赞美天子威仪及地位。

之纲之纪，燕及朋友①。百辟卿士，媚于天子②。不解于位，民之攸塈③。

〔注释〕

①燕，宴饮。 及，和。 朋友，即下文的“百辟卿士”。 ②百辟，各诸侯国君。 卿士，公卿大臣。 媚，《郑笺》：“爱也。” ③解，懈。 塈(jì)，《毛传》：“息也。”《郑笺》：“不解于其职位，民之所以休息由此也。”

●诗之四章言安民，并回到宴饮本题。

〔解题〕

《毛序》:“《假乐》,嘉成王也。”据此当作于成王时。然而王充《论衡·艺增》谓:“《诗》言‘子孙千亿’,美宣王之德能慎天地,天地祚之,子孙众多,至于千亿。”王充学宗《鲁诗》,如此则《鲁诗》家又认为作于宣王时。从风格体势看,此诗或当如王充所言作于宣王时期,是宣王宴饮群臣时群臣奉献的颂歌。从诗中“率由旧章”、“无怨无恶”、“民之攸塈”等措语看,也以歌颂宣王为切题。又,近代王闿运《毛诗补笺》认为诗是为周成王行冠礼时的乐歌。当代有学者对王氏此说经过一番改进后,定为宣王行冠礼之诗。此说虽比旧说善巧,但仅据一“假”字为说,终嫌证据薄弱。

公　刘

笃公刘!匪居匪康①。迺埸迺疆,迺积迺仓,迺裹餱粮,于橐于囊,思辑用光②。弓矢斯张,干戈戚扬,爰方启行③。

〔注释〕

①笃,《毛传》:“厚也。”笃实。　公刘,据说为后稷的曾孙。时值夏朝末世,遭夏乱,公刘率族人自邰迁豳。　居,安。　康,宁。　②迺,同乃。埸、疆,田地的疆界。在此作动词,即划定疆界。　积,露天堆积。　餱粮,干粮。　橐、囊,《毛传》:“小曰橐,大曰囊。”　思,语词。　辑用光,收敛其光,即韬光养晦。　③干,盾牌。　戚扬,《毛传》:“戚,斧也。扬,钺也。”　方,开始。

●诗之首章言公刘迁居。从生产、储备起笔,其有远谋不言自明。

笃公刘!于胥斯原①。既庶既繁,既顺迺宣,而无永叹②。陟则在巘,复降在原③。何以舟之?维玉及瑶,鞞琫容刀④。

〔注释〕

①于，发语词，往往加在动词之前。　胥，《毛传》："相。"即观察。　斯原，即豳地的原野。　②顺，于省吾《新证》谓与巡通，即巡视。　宣，宣示。　永叹，长叹。《郑笺》："而无长叹思其旧时也。"　③巘（yǎn），《毛传》："小山，别于大山也。"　④舟，俞樾《群经平议》谓即周。周通酬，酬劳。　鞞琫，即刀鞘上的贝玉装饰。参《瞻彼洛矣》注。　容刀，佩刀。不开刃，起装饰作用。马瑞辰《通释》："此诗'维玉及瑶'连下'鞞琫容刀'言之，谓以玉饰琫，以瑶饰鞞。……盖公刘始以玉瑶为鞞琫，后遂尊为天子之服。"

●诗之二章写相地及民众对新迁之地的满意。

笃公刘！逝彼百泉，瞻彼溥原①。迺陟南冈，乃觏于京②。京师之野，于时处处，于时庐旅，于时言言，于时语语③。

〔注释〕

①逝，《郑笺》："往。"　百泉，百言其多，与溥对文。　溥，《毛传》："大。"　②觏，《毛传》："见也。"　③京师，即当时人群聚集之处。高地为京，人众为师。　于时，在此。　庐旅，马瑞辰《通释》谓当为庐庐之讹误，筑庐之意。

●诗之三章写民情欢洽，景物全从公刘登高临眺中见出。

笃公刘！于京斯依①。跄跄济济，俾筵俾几，既登乃依②。乃造其曹，执豕于牢，酌之用匏③。食之饮之，君之宗之④。

〔注释〕

①斯依，依高地筑室。　②跄跄济济，形容步武整齐、有威仪。　俾筵，朱熹《集传》："俾，使也，使人为之设筵几也。"　登、依，登于筵，依于几。马瑞辰《通释》："此节'于京斯依'至'既登乃依'四句，何楷《诗世本古义》、钱澄之《田间学诗》并以为宗庙始成之礼，是也。"　③造、曹，据马瑞辰《通释》造即祰之假借字。祰，告祭。曹即褿之假借，以豕祭祖为褿。　牢，养豕的栏

圈。　匏,葫芦作的瓢。　④君之句,奉公刘为君、为所有人的宗主。

●诗之四章写宗庙告成,祭毕饮酒。

笃公刘!既溥既长,既景迺冈[1]。相其阴阳,观其流泉,其军三单[2]。度其隰原,彻田为粮[3]。度其夕阳,豳居允荒[4]。

〔注释〕

①既溥二句,朱熹《集传》:"溥,广也。言其芟夷垦辟,土地既广而且长也。景,考日景以正四方也。冈,登高以望也。"景同影。　②相,观察。阴阳,朝阳为阳,背阳为阴。　三单,马瑞辰《通释》:"《逸周书·大明武》篇'隳城湮溪,老弱单处',孔晁注:'单处谓无保障。'是单即单处之义。……谓分其军,或居山之阴,或居山之阳,或居流泉之旁,故为三。"　③彻,《毛传》:"治也。"　④夕阳,《毛传》:"山西曰夕阳。"　允,实在。　荒,广大。

●诗之五章写治理田地,驻扎军队。

笃公刘!于豳斯馆[1]。涉渭为乱,取厉取锻[2]。止基迺理,爰众爰有[3]。夹其皇涧,溯其过涧[4]。止旅迺密,芮鞫之即[5]。

〔注释〕

①馆,建造馆舍。　②乱,《毛传》:"正绝流曰乱。"即横渡河流。　厉,陈奂《传疏》:"厉与砺同,锻乃碫之假借字。《传》训锻为石,则厉亦石也。"锻,《毛传》:"石也。"《郑笺》:"石所以为锻质也。……取锻厉斧斤之石,可以利器,用伐取材木给筑事也。"锻厉为含铁的矿石,1973年曾在河北藁城台西商代遗址中发现铁刃铜钺,其时代大致与此诗相近,从而可以证明,公刘时代周人已经注意铁的使用。　③止基,于省吾《新证》谓即兹基、此基。　有,马瑞辰《通释》:"与众同义。……《鱼丽》'旨且有'犹言旨且多,有亦多也。"

④皇涧,涧名。　溯,逆流而上。　过涧,涧名。　⑤止旅,即兹众。止,兹。旅,众。　密,《毛传》:"安也。"　芮、鞫,《郑笺》:"水之内曰芮,水之外曰

鞫。” 即，就。

●诗之六章写涧水定居，迁豳大业终于完成。

〔解题〕

《毛序》：“《公刘》，召康公戒成王也。成王将莅政，戒以民事，美公刘之厚于民，而献是诗也。”召康公即召公奭，周初重要大臣。王先谦《集疏》：“据《鲁》说，诗专美公刘，不关戒成王，亦不言召公作。《齐》、《韩》当同。”则《序》说不知何据。史言殷人“不常厥邑”，周人在王朝建立前也同样多迁移。公刘迁豳，太王古公亶父迁岐，文王迁丰，武王迁镐，如《逸周书》文王都程之说可信的话，建国前周人也曾五迁其邑。五迁中时间、地域间隔较大的是公刘迁豳及太王迁岐两次。后稷封于邰，至子孙不窋遭夏之乱自窜戎狄。据后人考据，从后稷到不窋，其间有十余世代周人失记。(参戴震《周之先世不窋以上阙代系考》)据《史记》公刘为不窋之孙，“虽在戎狄之间，复修后稷之业”，“周道之兴自此始”。公刘之后十代为古公，迫于戎狄而迁国于岐阳。周人自此才彻底“贬戎狄之俗”，进入较高级的文明时代。因此从周之始祖后稷到古公亶父，周人近二十代人的经历，只是由农归农的曲折的历史。而使周人终于未沦落为戎狄的人，正是公刘和古公。因而诗人要记述他们，歌颂他们。此诗在篇章构思、风格及某些句式上，与《绵》都十分接近，很可能出自一人之手，只可惜载籍阙如，作者无从查考了。

泂　酌

泂酌彼行潦，挹彼注兹，可以饙饎①。岂弟君子，民之父母。

〔注释〕

①泂,通迥,遥远。　酌,舀取。　行潦(háng lǎo),沟水为行,积水为潦。　挹,舀水。　注,灌注。　兹,此。　馈(fēn),本义是米蒸过一次后加水再蒸,在此是蒸饭。　饎(chì),酒食。

●诗之首章言平易和乐的君子是百姓的父母。

泂酌彼行潦,挹彼注兹,可以濯罍①。岂弟君子,民之攸归。

〔注释〕

①罍,盛酒的瓦器。

●诗之二章言平易和乐的君子,百姓都乐意来归服。

泂酌彼行潦,挹彼注兹,可以濯溉①。岂弟君子,民之攸塈②。

〔注释〕

①溉,王引之《述闻》:"当为概,概、溉通用。《周官·大宗伯》注:'溉,酒器。'"　②塈,《郑笺》:"息也。"

●诗之三章言平易和乐的君子,百姓可以在这里得到休息。

〔解题〕

《毛序》:"《泂酌》,召康公戒成王也。言皇天亲有德、飨有道也。"不知何据。但诗表达的是一番政治哲理则无疑问。做君王的不以厚薄弃物,兼容并蓄,寓意与《鹤鸣》"他山之石"相近。今文经学家谓为公刘所作,更让人难以置信。武王去世后,周公为师,召公为保,两人都负有教育成王的责任。但此诗不会是周初作品,疑为召穆公开导宣王的诗篇。

卷　阿

有卷者阿，飘风自南[1]。岂弟君子，来游来歌，以矢其音[2]。

〔注释〕

①卷，《毛传》："曲也。" 阿，《郑笺》："大陵曰阿。" ②矢，《毛传》："陈也。"

●诗之首章明作诗的起因。

伴奂尔游矣，优游尔休矣[1]。岂弟君子，俾尔弥尔性，似先公酋矣[2]。

〔注释〕

①伴奂，《郑笺》："自纵弛之意也。"即盘桓。 优游，悠闲自在。 ②弥尔性，王国维《与友人论诗书中成语》："弥性即弥生，由言永命矣。" 似，《毛传》："嗣也。" 酋，当为遒之假借，遒劲英武。

●诗之二章点明游乐的目的。

尔土宇昄章，亦孔之厚矣[1]。岂弟君子，俾尔弥尔性，百神尔主矣[2]。

〔注释〕

①土宇，即土地、疆界。 昄章，朱熹《集传》认为昄即版，版章即版图。版登记人丁户口，图以载山川地域。 厚，富厚。 ②百神，《礼记·祭统》："有天下者祭百神。" 主，主祭。

●诗之三章言周王为百神之主祭。

尔受命长矣，茀禄尔康矣[1]。岂弟君子，俾尔弥尔性，纯嘏尔常矣②。

〔注释〕

①受命，受上天之命。　茀禄，福禄。《郑笺》："茀，福。"　②纯嘏(gǔ)，大福。　常，长久。

●诗之四章祝君永有福禄。

有冯有翼，有孝有德，以引以翼①。岂弟君子，四方为则。

〔注释〕

①冯(píng)、翼，朱熹《集传》："冯，谓可为依者。翼，谓可为辅者。"　孝，马瑞辰《通释》引王引之说："《尔雅》：'善父母为孝。'推而言之，则为善德之通称。"　引、翼，在前为引，左右为翼。参《大雅·行苇》注。

●诗之五章赞美君主与有德者相处，是四方的道德榜样。赞美中似有告诫之意。

颙颙卬卬，如珪如璋，令闻令望①。岂弟君子，四方为纲。

〔注释〕

①颙颙(yóng)，头大为颙，引申为魁梧高大。　卬卬，义同昂昂，气宇轩昂貌。　令闻，好名声。　令望，好的影响。

●诗之六章以玉比德，写君子的外表及其感召力量。

凤皇于飞，翙翙其羽，亦集爰止①。蔼蔼王多吉士，维君子使，媚于天子②。

〔注释〕

①凤皇，亦作凤凰，古代传说中的神鸟，雄为凤雌为凰。据说凤凰出现是天下太平的吉兆。　翙翙(huì)，状声词。　亦、爰，都是语词。　集、止，落、栖息。　②蔼蔼，众多貌。《说文》："凤飞，则群鸟从以万数。"所以诗人顺

次言王吉士之多。　吉士，美士。　使，驱使。　媚，爱戴、顺从。

●诗之七章紧承上章“令闻”句来，写周王身边多优秀之才。

凤皇于飞，翙翙其羽，亦傅于天①。蔼蔼王多吉人，维君子命，媚于庶人②。

〔注释〕

①傅，附、至。　②吉人，义同吉士。　命，使。　庶人，民众。

●诗之八章写天子有德，所以百官爱民。

凤皇鸣矣，于彼高冈。梧桐生矣，于彼朝阳①。菶菶萋萋，雝雝喈喈②。

〔注释〕

①梧桐，落叶乔木，据说凤凰非梧桐不栖。　②菶菶(běng)，茂盛的样子。　雝雝、喈喈，都是形容凤凰鸣叫和谐的状声词。

●诗之九章“菶菶”句紧接梧桐二句，而“雝雝”句远承凤皇二句，钱锺书《管锥编》谓之“丫叉句法”。

君子之车，既庶且多。君子之马，既闲且驰①。矢诗不多，维以遂歌②。

〔注释〕

①闲，训练有素。　②遂歌，足以表达心愿。遂，完成。

●诗之十章言我陈述的诗章并不多，只足以表达心愿而已。卒章显志。

〔解题〕

《毛序》：“《卷阿》，召康公戒成王也。言求贤用吉士也。”今文经学家不同意。王先谦《集疏》引黄山说：“此诗据《易林》《齐》说，为召康公避暑曲阿,凤凰来集,因而作诗。盖当时奉命巡方,偶然游息,推原瑞应之至,归美于王能用贤,故其诗得列于《大雅》耳。周公垂戒毋佚,成王必不盘游,《毛》说殆近于诬矣。”《易林》系汉代焦赣《焦氏易林》,其述及《卷阿》时,只提到召伯而未说成王,召伯是否即召康公实可怀疑。而且黄氏否定《毛序》的理由并不足以服人。从诗篇的风格看,不会是周初的作品,因而《毛序》也不足信。诗中某些语句与可信宣王时期的作品相近,有可能是宣王朝的诗。从“弥尔性”云云可以推断,诗中君子即周王应是一位年轻人。厉王流彘,十余年后方去世,流彘时或在盛年。宣王在位四十余年,即位时年龄不会太大。因此诗中的君子就很可能是宣王,《易林》所说的召伯是召穆公而非康公。从“伴奂尔游”、“优游尔休”之语看,周王卷阿之行是一次游历行为,而且有召公陪伴。“弥尔性”、“有孝有德”云云,都是诗人揣度召穆公陪王出游目的之语。另外现代有学者认为,诗从开始至“四方为纲”为一首,从“凤皇于飞”到结束为另一首,全诗实由两诗误合为一。(孙作云《诗经的错简》,见《诗经与周代社会研究》)从诗篇文理看,此说有一定道理,录之以备参考。

民　劳

民亦劳止,汔可小康①。惠此中国,以绥四方②。无纵诡随,以谨无良③。式遏寇虐,憯不畏明④。柔远能迩,以定我王⑤。

〔注释〕

①止,语气词。　汔,于省吾《新证》谓即乞求之乞,“言民亦罢(疲)劳矣,求可小安也”。　②惠,《郑笺》:“爱也。”　中国,《毛传》:“京师也。”　绥,安定。　③诡随,王引之《述闻》谓叠韵字不可分训,诡随即谲诈欺谩之人。

谨，谨防、警惕。　无良，坏人坏事。　④式，语词。　遏，遏止。　寇虐，侵盗之人。　憯(cǎn)，曾。　明，陈奂《传疏》："犹法也。不畏明法，即是寇虐。"　⑤柔，怀柔、安定。　能，读如宁，与柔同义。

●诗之首章言安抚远近的人民，从而使王国得到安宁。

民亦劳止，汔可小休。惠此中国，以为民逑①。无纵诡随，以谨惛怓②。式遏寇虐，无俾民忧。无弃尔劳，以为王休③。

〔注释〕

①逑，俞樾《茶香室经说》："当为馗。《广雅·释训》：'馗，法也。'以为民逑，以为民法也，犹云为民之则也。"　②惛怓(hūn náo)，扰乱正常秩序的行为。　③休，《毛传》："美也。"

●诗之二章言不要怕劳累而放弃努力，为王业的休美而治理好邦家。

民亦劳止，汔可小息。惠此京师，以绥四国。无纵诡随，以谨罔极①。式遏寇虐，无俾作慝②。敬慎威仪，以近有德③。

〔注释〕

①罔极，没有极限、原则。　②慝(tè)，《毛传》："恶也。"　③敬慎，谨慎。

●诗之三章言要谨慎自己的行为举止，尊敬那些有德行的人。

民亦劳止，汔可小愒①。惠此中国，俾民忧泄②。无纵诡随，以谨丑厉③。式遏寇虐，无俾正败④。戎虽小子，而式弘大⑤。

〔注释〕

①愒(qì)，《毛传》："息。"　②泄，《毛传》："去也。"　③丑厉，丑恶。

④正败，政治败坏。正同政。　⑤戎，《郑笺》："犹女也。"女即汝。戎、汝一声之转。　小子，据俞樾《达斋诗说》，即卿大夫之子。古代世卿，贵族子弟入仕，应从下级僚属做起。　而式句，于省吾《新证》谓意思是你的责任却很宏大。

●诗之四章言你虽然是位年轻人，可你的责任却十分重大。此章语气尤为谆谆切切。

民亦劳止，汔可小安。惠此中国，国无有残①。无纵诡随，以谨缱绻②。式遏寇虐，无俾正反③。王欲玉女，是用大谏④。

〔注释〕

①残，《毛传》："贼义曰残。"即破坏正义。　②缱绻（qiǎn quǎn），据马瑞辰《通释》即纠缠不开。　③反，颠倒。　④玉女，马瑞辰《通释》引阮元说："玉、畜、好，古音皆同部相假借。玉女者，畜女也；畜女者，好女也。"女即汝。　大谏，即有关重大问题的谏言。谏，劝进之言。

●诗之五章言王爱你要成就你，我才就重大的事情向你劝言。此章点明作诗背景，一片爱护之情。

〔解题〕

《毛序》："召穆公刺厉王也。"王先谦《集疏》谓三家无异义。对《序》说前人久有非议，如朱熹《集传》："以今考之，乃同列相戒之辞耳，未必专为刺王而发。"《序》说的确有不通处，诗中反复有"以定我王"、"以为王休"及"王欲玉女"，无论如何定为直接"刺厉王"都是难以说通的。但"戒同列"就稳妥么？诗称"戎虽小子"，且不说口气是否恰当，"同列"怎么可能都是"小子"？料想老成持重的诗人不会那么不通世故。"小子"系指年轻人而且确有所指当是无疑问的。那么"小子"是谁？他与诗人的关系如何？《序》说"召穆公刺厉王"虽可商榷，但揆诸诗本身的内容，为召穆公所作却是不易否认的。因此我们认为，此诗当是召穆公教诲自己即将如朝执政的儿子的诗篇。周官世禄,是众所周知的事实。史言国人暴动时穆公曾舍弃自己的儿子解救太子静(即后来的宣王)不死。而召氏此后世禄不绝,看来穆公并未就此绝后,则此诗作于儿子继任为王卿士时,也就大有可能。再从诗的训教内容看,开篇"民亦劳止"就是一句深于世情的沧桑语。而每节中间六句的陈告,则又是于治乱之迹颇有心得的经验之谈。需要指出的是,这些告诫之语的托出,并不见得就说明天下已经乱了。在此它只是经验的传授,而这最基本的政治规则,也只有对一个即将为政的年轻人而言才是有益的。召穆公经历了厉、宣两朝,宣王时曾拜将征伐淮夷(见《大雅·江汉》注),其年高致仕时,当在宣王朝后期。如此,则此诗当是宣王朝后期的诗歌。

板

上帝板板,下民卒瘅①。出话不然,为犹不远②。靡圣管管,不实于亶③。犹之未远,是用大谏。

〔注释〕

①板板,《毛传》:"反也。"即翻覆不定。　卒瘅(dàn),疾病。卒即瘁之假借。　②出话,即讲出的话。　不然,不是那样,即不重然诺。　犹,谋略。　③圣,林义光《通解》:"读听。古圣、听同字。"　管管,林义光《通解》:"疲缓之貌。……管与缓声义近。靡听管管,谓疲缓不听人之善言。"　亶,诚信。

●诗之首章责备为政者精神委靡,并言大谏之由。

天之方难,无然宪宪①。天之方蹶,无然泄泄②。辞之辑矣,民之洽矣③。辞之怿矣,民之莫矣④。

〔注释〕

①无然,不要这样。　宪宪,《毛传》:"犹欣欣也。"　②蹶,动荡。　泄

泄,《毛传》:“犹沓沓也。”据马瑞辰《通释》,沓沓即多言妄论。 ③辑,和。洽,和睦、团结。 ④怿,和悦。 莫,安定。

●诗之二章专在“出话不然”着笔。

我虽异事,及尔同寮①。我即尔谋,听我嚣嚣②。我言维服,勿以为笑③。先民有言,询于刍荛④。

〔注释〕

①异事,职务不同。 同寮,同僚。寮为官署名,西周王朝设卿士寮和太史寮,为最高行政机构。 ②即,就、前往。 嚣嚣,朱熹《集传》:“自得不肯受言之貌。” ③服,马瑞辰《通释》训为治,即能治理国家乱状。 ④刍荛(ráo),《毛传》:“薪采者。”

●诗之三章责同僚虚矫浮躁,不听善言。是“出话不然”的孪生表现。

天之方虐,无然谑谑①。老夫灌灌,小子跻跻②。匪我言耄,尔用忧谑③。多将熇熇,不可救药④。

〔注释〕

①谑谑,戏谑玩笑。 ②灌灌,《毛传》:“犹款款也。”即款诚忠实。跻跻(jiǎo),义同骄骄,骄傲的样子。 ③匪,非。 言,助词。 耄,老而昏乱。 用,因。 忧谑,俞樾《群经平议》读忧为优。忧谑即优谑,邪狎不严肃。 ④将,林义光《通解》:“助也。” 熇熇(hè),昏热发烧。

●诗之四章对“小子”的狂傲予以警告。

天之方懠,无为夸毗①。威仪卒迷,善人载尸②。民之方殿屎,则莫我敢葵③。丧乱蔑资,曾莫惠我师④。

〔注释〕

①懠(jī),《毛传》:“怒也。” 夸毗(pī),《毛传》:“体柔人也。”即软弱疲沓。 ②卒迷,全部迷失。 载,则。 尸,祭祀中扮演神灵受祭的人。在此借

以比喻只知吃喝不敢说话的人。 ③殿屎,《毛传》:“呻吟也。”马瑞辰《通释》:“《说文》引《诗》作‘唸吚’者,正字;《诗》及《尔雅》作‘殿屎’者,假借字也。” 葵,揆之假借。揆,测度。 ④蔑资,于省吾《新证》:“资应读为济。古从次从齐之字,每音近相通。……丧乱蔑济,言丧乱未定也。” 曾莫,不曾。 师,民众。

●诗之五章刺同僚为无骨之辈,无以解救民间疾苦。

天之牖民,如埙如篪,如璋如圭,如取如携①。携无曰益,牖民孔易②。民之多辟,无自立辟③。

〔注释〕

①牖(yǒu),诱之假借,诱导。 埙、篪,两种乐器,相伴吹奏。《毛传》:“如埙如篪,言相和也。”参《小雅·何人斯》注。 璋、圭,玉半圆为璋,圆为圭,合二璋即为圭形。《毛传》:“如璋如圭,言相合也。” 取、携,即提携。《毛传》:“如取如携,言必从也。” ②益,俞樾《群经平议》读为隘,阻塞滞隘。

③民之二句,朱熹《集传》:“今民既多邪辟矣,岂可又自立邪辟以道之邪?”辟通僻,邪恶。道即导。

●诗之六章讽刺同僚治理人民不得要领,反生邪辟。

价人维藩,大师维垣①。大邦维屏,大宗维翰②。怀德维宁,宗子维城③。无俾城坏,无独斯畏④。

〔注释〕

①价人,《郑笺》:“价,甲也。”价同介,甲胄之士。 藩,屏障。 大师,职掌兵权的最高官员。 垣,城墙。 ②大邦,各大诸侯国。 大宗,同姓、异姓各大宗族。 屏、翰,屏障、根干。 ③怀德,以德安抚人。 宗子,同姓子弟。 ④独,孤立。 畏,可怕。

●诗之七章明示同僚治乱安危的关键。

敬天之怒,无敢戏豫①。敬天之渝,无敢驰驱②。昊天曰明，及尔出王③。昊天曰旦，及尔游衍④。

〔注释〕

①戏豫，嬉戏游乐。　②渝，改变成命。　③王，《毛传》："往。"④旦，《毛传》："明。"　游衍，马瑞辰《通释》："即放散之义。"

●诗之八章以昊天明鉴警醒同僚。

〔解题〕

《毛序》："《板》，凡伯刺厉王也。"据王先谦《集疏》，今文家的说法大略相同。从内容上看，诗是刺同僚之作，而且是高级同僚。西周王朝实行的是大臣辅政的贵族分权制政体，辅政大臣的权力相当重，甚至有监护王的权力（如周初周公、召公对成王的监护，康王时有顾命大臣等）。所以在《诗经》一系列的政治抒情诗中，诗人总是将矛头指向权臣，批评辅政者不能尽职尽责，自然也就有批评王的意思在其中。所以后儒总是将刺大臣的诗说成刺王。根据出土的金文资料，现代学者证明，西周中央政权分卿士寮和太史寮两大行政机构。前者负责王畿和各方国的大政，后者则负责册命制禄及祭祀等事宜，地位较前者稍低。从本诗第七章所表现的内容看，"同寮"之寮当指"卿士寮"。此章也是理解本诗背景及时代的关键。诗人实际是指责执政者败坏了宗族关系及王室与各大诸侯国之间的关系。这样的指责放到厉王朝去理解，是十分合适的。厉王任用善于"专利"的荣懿公为卿士，《国语·周语》："荣公为卿士，诸侯不享（献），王流于彘。"也只有经济上的利害冲突最易于伤害王朝与方国、王室与宗亲之间的关系。诗中"民之方殿屎"也与召公"民不堪命"之说相合。而诗人所正面倡扬的"如埙如篪"的"牖民"法则，又正是对厉王愚蠢的卫巫弭谤构成一有力的讽刺。所以诗作于厉王时期当是不可怀疑的。《序》说作者为凡伯。凡伯据《左传》记载系周公之后，封国在共（其地在今河南辉县境内）。现代史学家普遍认为，厉王流于彘后，有十几年的时间由一位叫共伯和的代行王政。(司马迁所谓“周召共和”不可信)因此又有学者认为《序》所说的凡伯,就是共伯和。共伯以一诸侯而干王位相当长的时间,当是有其条件的,是否就与他同荣懿公作过斗争从而赢得人心有关呢?此诗是否就是他反对厉王“专利”的记录呢?这都是很有意思的问题。

荡

荡荡上帝,下民之辟①。疾威上帝,其命多辟②。天生烝民,其命匪谌③。靡不有初,鲜克有终④。

〔注释〕

①荡荡,广大浩荡。 辟,君主。 ②疾威,震怒。 命,降命。 辟,同僻。 ③匪谌,不可视为一成不变。谌,耽溺。 ④靡,无。 鲜,少。克,能。

●诗之首章明言天命靡常,为全诗的序言。

文王曰咨,咨女殷商①!曾是强御,曾是掊克,曾是在位,曾是在服②。天降慆德,女兴是力③。

〔注释〕

①咨,嗟叹之词。 ②强御,强横。 掊克,聚敛搜刮。 在位,在王位。 在服,行王政。 ③慆(tāo)德,即傲慢之性。慆字一本作滔,傲慢。女兴句,《郑笺》:“女群臣又相与而力为之。言竞于恶。”女即汝。

●诗之二章明上天有意使人为恶,而殷人不明天意,竞力于恶。自本章始,诗人托言文王。

文王曰咨,咨女殷商!而秉义类,强御多怼①。流言以对,寇攘式内②。侯作侯祝，靡届靡究③。

〔注释〕

①而，尔。　义类，据俞樾《群经平议》，义通俄，类通戾，义类犹言邪曲。怼(duì)，怨怒。　②流言，讹言、谣言。　对，《毛传》："遂也。"遂，起作用。　寇攘，寇盗之人。　式，而。　内，纳之假借字。　③侯作句，陈奂《传疏》谓句式如"是剥是菹"、"爰始爰谋"等，作即作祝。侯，维。祝，诅咒。届、究，终结。

●诗之三章继写殷商社会内部的昏乱。

文王曰咨，咨女殷商！女炰烋于中国，敛怨以为德①。不明尔德，时无背无侧②。尔德不明，以无陪无卿③。

〔注释〕

①炰烋，音义皆同咆哮。　敛，聚集。　德，通得。　②时，是、因而。无背无侧，颜师古《汉书》注："言不别善恶，有逆背倾仄者，有堪为卿大夫者，皆不知之也。"　③陪，陪臣、辅臣。

●诗之四章写殷人耽溺于天命的自信，不能明真正的德行，所以善恶不分。

文王曰咨，咨女殷商！天不湎尔以酒，不义从式①。既愆尔止，靡明靡晦②。式号式呼，俾昼作夜③。

〔注释〕

①湎，沉溺。　式，林义光《通解》："读为忒。"忒，邪恶。　②愆，过错。止，举止、行为。　③式，既、又。结构助词。　俾昼句，把白天当成了黑夜。意谓饮酒无度，日夜不分。

●诗之五章指责殷人放纵酗酒。

文王曰咨，咨女殷商！如蜩如螗，如沸如羹①。小大近丧，人尚乎由行②。内奰于中国，覃及鬼方③。

〔注释〕

①蜩、螗，蝉。诗以蝉鸣喻民声激烈。 如沸，以沸羹喻民情激愤。②小大，指各阶层的人。 近丧，迫近丧亡。 尚，林义光《通解》："读为倘。……倘乃怊怅自失之意。"尚乎即倘倘然。 由行，在途。由，在。行，大道。

③奰（bì），《毛传》："怒也。" 覃（tán）及，蔓延到。 鬼方，《毛传》："远方也。"即荒远之地的民族。

●诗之六章写殷人失道，远近共怒。

文王曰咨，咨女殷商！匪上帝不时，殷不用旧①。虽无老成人，尚有典刑②。曾是莫听，大命以倾③。

〔注释〕

①匪上帝不时，马瑞辰《通释》："犹云非上帝不善耳。" 旧，前朝老臣。

②老成人，年高有德经验丰富的人。 典刑，典章制度。刑即型。③以倾，因而倾覆。

●诗之七章指明殷人政治的败坏是由于废弃旧典。

文王曰咨，咨女殷商！人亦有言，颠沛之揭，枝叶未有害，本实先拨①。殷鉴不远，在夏后之世②。

〔注释〕

①颠沛，跌倒、僵仆。 揭，《郑笺》："蹶貌。"即根部翘起貌。 本，树木的根干。 拨，马瑞辰《通释》："拨、败同声，拨即败之假借。" ②殷鉴，殷人可以自照的镜子。朱熹《集传》："殷鉴在夏，盖为文王叹纣之辞。然周鉴之在殷，亦可知矣。" 夏后，夏王朝。

●诗之八章卒章点明殷鉴不远，表明一篇的主旨。

〔解题〕

《毛序》："召穆公伤周室大坏也。厉王无道，天下荡荡，无纲纪文章,故作是诗也。”今文三家无异义。诗是否为召公作,篇章本身没有明证。明代邹肇敏《诗传阐》:“通篇托文王叹商,危言不讳,而卒不能启王之听。故异时彘之乱,国人围之宫,召公曰:‘昔吾骤谏王,王不从,以及此难。’骤谏者,非独《春秋外传》(按即《国语》)所载谏监谤数语,盖《荡》之诗尤最危焉。”其说虽巧,然终是推测之辞。《序》说古师相传,姑且存之。然而诗所影射出的史实,倒颇与厉王朝政相合。其指斥“掊克”、“强御”及败坏国本,俱载史籍,彰彰可印。至诗人所讥刺的内奰外覃之事,《史记·楚世家》有“熊渠畏厉王暴虐”,《后汉书·西羌传》有“王命伐戎不克”,看来也是于史有征的事实。此诗虽然托言文王叹商,但却是《诗经》中为数不多的将批评矛头直指周王的诗作。(《小雅》中不少被认为是刺幽王的诗实际作于幽王已死之后)谥法,杀戮无辜曰厉。强御的周王不是个易于干犯的人,敢以“殷鉴不远”来讽谏他,是要些胆量的。

抑

抑抑威仪,维德之隅①。人亦有言,靡哲不愚②。庶人之愚,亦职维疾③。哲人之愚,亦维斯戾④。

〔注释〕

①抑抑,《毛传》:“密也。”有凝重、厚重的意思。　隅,于省吾《新证》:“偶之借字,……‘抑抑威仪,维德之偶’,是说审密的威仪,维德之匹配。德为内容,威仪为德之表达形式,言其表里相称。”　②哲,智。　③职,只是、由于。　④戾,马瑞辰《通释》:“《广雅》:‘戾,善也。’戾对疾言,正当训善。诗盖庶人之愚是真愚,故以愚为疾;哲人以愚成哲,斯以愚为善耳。”

●诗之首章先明威仪,既而又言哲、庶之愚,言下有不肯佯愚之意。

无竞维人,四方其训之①。有觉德行,四国顺之②。讦谟定命,远犹辰告③。敬慎威仪,维民之则。

〔注释〕

①无竞,《毛传》:“竞也。”无是发语词。竞,强。　训,训、顺古通用。　②觉,《毛传》:“直也。”　③訏(xū)谟,《毛传》:“訏,大。谟,谋。”　远犹,远大的谋划。犹通猷,谋略。　辰,《毛传》:“时也。”即及时。　告,宣告。

●诗之二章言为政者应当正德定谋,为民立则。是正面教训。

其在于今,兴迷乱于政①。颠覆厥德,荒湛于酒。女虽湛乐从,弗念厥绍②。罔敷求先王,克共明刑③。

〔注释〕

①兴,据俞樾《群经平议》义为尽、皆。　②虽,马瑞辰《通释》:“字正当读唯,犹《无逸》云‘惟耽乐之从’也。”　绍,以后的事。　③敷求,广泛寻求。敷通溥。　克,在此即尽心尽力。　共,同供,供奉、奉行。　刑,即型,典章。

●诗之三章述当世昏政。

肆皇天弗尚,如彼泉流,无沦胥以亡①。夙兴夜寐,洒埽庭内,维民之章②。修尔车马,弓矢戎兵,用戒戎作,用逷蛮方③。

〔注释〕

①肆,发语词。　弗尚,不保佑。　沦胥,相随着。参《小雅·雨无正》注。　②洒埽,洒水扫地。埽同扫。　庭内,庭堂。　章,表率。　③戎兵,各种武器。　用戒,用以警戒。　戎作,战事暴发。　逷(tī),驱除。　蛮方,边远地区的异族。

●诗之四章紧承上章,言为政者无论大事、小节,都当戒惕、精警,方可消除患难。

质尔人民，谨尔侯度，用戒不虞①。慎尔出话，敬尔威仪，无不柔嘉②。白圭之玷，尚可磨也；斯言之玷，不可为也③。

〔注释〕

①质，诚信。在此有取信于民的意思。　人民，三家《诗》作民人。当以三家为确。　谨，慎重。　侯度，林义光《通解》训侯为候。候，伺察。度即审度，与候同义。　不虞，意外的情况。　②柔嘉，原义为肉肥美，引申为美好。　③玷，玉的污点。　为，马瑞辰《通释》："亦磨也。靡、摩古通，《广雅》：'靡，为也。'……是知'不可为'犹言不可磨，变文以与磨为韵耳。"

●诗之五章明言语可以获信于人民，不可不慎。

无易由言，无曰苟矣①。莫扪朕舌，言不可逝矣②！无言不雠，无德不报③。惠于朋友，庶民小子。子孙绳绳，万民靡不承④。

〔注释〕

①由，于。　苟，苟且。　②扪，按住。　朕，我的。　逝，俞樾《群经平议》训为及，追及。　③雠，答对、反应。　报，回报。　④绳绳，延续不断貌。　承，顺从。

●诗之六章重申慎言语的意义。

视尔友君子，辑柔尔颜，不遐有愆①。相在尔室，尚不愧于屋漏②。无曰不显，莫予云觏③。神之格思，不可度思，矧可射思④。

〔注释〕

①友君子，陈奂《传疏》："即上章所云朋友也。"　辑，《毛传》："和也。"不遐，不至、不稍稍有。　②相，当。　尚，还。　屋漏，《毛传》："西北隅谓之屋漏。"《郑笺》："屋，小帐也。漏，隐也。礼，祭于奥，既毕，改设馔于西北隅

而厞隐之处，此祭之末也。”据毛、郑，可知屋漏系指室中神冥，其位在室内西北角，有幄帐遮盖，堂奥祭祀之余，还要设馔屋漏。　③不显，《郑笺》：“女（汝）无谓是幽昧不明无见我者。神见女矣。”　④格，来到。　射，松懈。

●诗之七章以不欺、慎独为戒。

辟尔为德，俾臧俾嘉[①]。淑慎尔止，不愆于仪。不僭不贼，鲜不为则[②]。投我以桃，报之以李。彼童而角，实虹小子[③]！

〔注释〕

①辟，马瑞辰《通释》：“《礼运》‘辟于其义’，王尚书谓即明于其义。今按此诗辟亦明也。为当读为语助词，‘辟尔为德’，犹云明尔德也。”　②僭贼，于省吾《新证》谓贼乃贰之讹误。贰同忒。僭忒为古人成语，其义为差错、爽失。　③童，《毛传》：“羊之无角者也。”　角，角力、用角顶撞。　虹，通讧，惑乱。

●诗之八章言进修德行，不存侥幸之心。

荏染柔木，言缗之丝[①]。温温恭人，维德之基[②]。其维哲人，告之话言，顺德之行。其维愚人，覆谓我僭，民各有心[③]。

〔注释〕

①荏染，柔软。参《小雅·巧言》注。　缗（mín），《毛传》：“被也。”《郑笺》：“被之弦以为弓。”即安装弓弦。　丝，弓弦。　②基，于省吾《新证》谓通极。极即标准、准则。　③覆，反而。　僭，错乱、虚妄。　民各句，朱熹《集传》：“言人心不同，愚智相越之远也。”

●诗之九章再次言及哲、愚，与首章不同，此章专就听话者一方说。

於乎小子！未知臧否[①]。匪手携之，言示之事[②]。匪面命之，言提其耳。借曰未知，亦既抱子[③]。民之靡盈，谁夙知而莫成[④]？

〔注释〕

①於乎,呜呼。 臧否(pǐ),善恶。 ②匪,非但。 言,而且。 示,指示、开导。 ③借,《毛传》:"假也。"即使。 未知,不懂事。 抱子,马瑞辰《通释》:"当即孚子之假借,孚子犹言生子也。" ④盈,自满。靡盈,若不自满。 莫,《毛传》:"晚也。"即暮。

●诗之十章语气转为痛切。

昊天孔昭,我生靡乐。视尔梦梦,我心惨惨①。诲尔谆谆,听我藐藐②。匪用为教,覆用为虐。借曰未知,亦聿既耄③!

〔注释〕

①梦梦,昏乱貌。 惨惨,忧愁苦恼。 ②谆谆,恳切详细。 藐藐,《毛传》:"藐藐然不入也。"不入,听不进去。 ③聿,同曰。语词。 耄,老。

●诗之十一章"梦梦"、"藐藐"回对"谆谆"、"惨惨",是"哲人"的悲哀。

於乎小子!告尔旧止①。听用我谋,庶无大悔②。天方艰难,曰丧厥国。取譬不远,昊天不忒③。回遹其德,俾民大棘④!

〔注释〕

①旧止,《郑笺》:"旧,久也。止,辞也。"久即说的很多、时间很长。 ②悔,过错。 ③取譬,从其他人或事中汲取经验教训。 不忒,没有差错。 ④回遹,邪僻不正。在此作动词。 大棘,凶险、困厄。棘通急。

●诗之十二章以危言相诫,实为无奈之辞。

〔解题〕

《毛序》:"《抑》,卫武公刺厉王,亦以自警也。"这种两用之说引发后人不小的争论。朱熹《辨说》举五证力辨刺王之说不合理,认为只是卫武公自儆之诗。而姚际衡《通论》则力排朱说,坚持为"刺厉王”之作，但“不知何人所作也”。实际上《毛序》的两用之说本身不通，执取哪一面都是偏颇之见。陈奂《传疏》据《史记·十二诸侯年表》考定，卫武公即位在周宣王十六年，犬戎杀幽王，武公将兵平戎甚有功，周平王命武公为公，五十五年卒，“于厉王时未为诸侯，幽王时虽诸侯不闻为周卿士，则入相于周断在平王之世”。据此，“刺厉王”难以成立。那么，是否“自警”之作呢？姚际衡不为无见，他说：“篇中句句刺王，无一句自警。”那么，卫武公的著作权是否可以否定呢？并非如此。诗为武公所作，是今文经学家也承认的。《孔疏》引侯包《韩诗翼要》云：“卫武公刺王室，亦以自戒。行年九十有五，犹使臣日诵是诗而不离于其侧。”但这并不意味着诗就作于此时、或为此而作。此诗的创作时代，揆诸篇中内容，考诸史书记载武公的事迹，当以魏源《诗古微》之说为确。魏源说：“《抑》，卫武公作于为平王卿士之时，距幽没三十余载，距厉没八十余载。”从可以断定为平王由西申返回宗周时的诗篇《都人士》看出，平王当时结婚不久，东迁之初按常理正是“亦既抱子”的年龄。另外从诗风看，此诗风格婉厚，言理圆融，显与《板》、《荡》、《桑柔》诸诗有明显的不同，是周代诗风又一新变。前人解诗一是过于迷信三百篇的编排次序，二是不知东周朝廷仍然有《雅》。现存《诗》的编排次序并非全然依着时代顺序，其中多有错乱。周平王虽有率国东迁之功，但其受指责处亦不少。《国语·晋语》云：“自我厉、宣、幽、平而贪天祸，至今未弭。”韦昭注曰：“平不能修政，至于微弱。”卫武公之诗，对了解平王时的如何“贪天祸”是极有帮助的。而大臣对周王“小子”相谓、“耳提”“面命”中所表现出的周王权威的微弱，也是读诗时所当措意的。

桑　柔

菀彼桑柔，其下侯旬①。捋采其刘，瘼此下民②。不殄心忧，仓兄填兮[3]。倬彼昊天，宁不我矜[4]？

〔注释〕

①菀，《毛传》："茂貌。" 桑柔，即柔桑，桑的嫩枝叶。 旬，《毛传》："言阴均也。"阴即荫。 ②捋采，即不分大小、不加保留地采。 刘，《毛传》："爆烁而希也。"爆烁，树木枝叶稀稀落落貌。 瘼，病。 ③殄，绝。 仓兄，朱熹《集传》："与怆怳同，悲闵之意也。" 填，马瑞辰《通释》："当读如《云汉》诗之'胡宁瘨我以旱'之瘨。郑笺：'瘨，病也。'《韩诗》作疹，亦病也。仓兄即为病貌。" ④矜，怜悯。

●诗之首章以桑柔其刘比兴政败民瘼。

四牡骙骙，旟旐有翩[1]。乱生不夷，靡国不泯[2]。民靡有黎，具祸以烬[3]。於乎有哀，国步斯频[4]。

〔注释〕

①骙骙，强劲貌。参《小雅·采薇》注。 旟旐，旗帜名。参《小雅·出车》注。 ②夷、泯，《毛传》："夷，平。泯，灭也。" ③黎，王引之《述闻》："黎，老、耇老也。黎、耇古通。" ④频，即颦，颦促、艰难。

●诗之二章极言灾难的深广。

国步灭资，天不我将[1]。靡所止疑，云徂何往[2]？君子实维，秉心无竞[3]。谁生厉阶，至今为梗[4]！

〔注释〕

①灭资，没有次序。参《大雅·板》注。 将，扶助。 ②疑，《毛传》："定也。"疑即凝之假借，所以《传》训定止之定。 ③君子，在此指代周王。 实维，实在是。与下句作一句读。 秉心，所操的心术。 无竞，林义光《通解》："竞读为竟，竟即竞之省形。无竟，犹言无究极也。秉心无竟即秉心罔极也。" ④厉阶，灾难的诱因。厉即灾难，阶为阶梯。 梗，《毛传》："病也。"

●诗之三章追究祸乱的根源，锋芒指向周王。

忧心慇慇，念我土宇①。我生不辰，逢天僤怒②。自西徂东，靡所定处。多我覯痻，孔棘我圉③。

〔注释〕

①慇慇，义同殷殷。　土宇，居处的土地。在此实指领地。　②僤(dàn)怒，《毛传》："僤，厚也。"僤怒即盛怒。　③覯，看到、遭到。　痻(mín)，《毛传》："病也。"　棘，急、危急。　圉，《毛传》："垂也。"即边陲之陲。

●诗之四章写诗人自己封国内的危机。

为谋为毖，乱况斯削①。告尔忧恤，诲尔序爵②。谁能执热，逝不以濯③？其何能淑，载胥及溺④？

〔注释〕

①毖，《毛传》："慎也。"　乱况，乱状。　②恤，《郑笺》："亦忧也。"　序爵，《郑笺》："教女以次序贤能之爵。"　③执热，马瑞辰《通释》："即治热，亦即救热，……言谁能救热而不以濯也。"　逝，语词。　④淑，善。　胥，相与。　溺，沉没。

●诗之五章言治国之道，老臣口吻。

如彼遡风，亦孔之僾①。民有肃心，荓云不逮②。好是稼穑，力民代食③。稼穑维宝，代食维好④。

〔注释〕

①遡风，逆风而行。遡同溯。　僾(ài)，噎。　②肃心，《郑笺》："肃，进。"古人以出仕为进。　荓(pǐng)，《毛传》："使也。"　逮，《郑笺》："及也。"不逮即堵塞进仕之途。　③力民，勤于政事之人。　代食，《孟子》："禄足以代其耕也。"注："士不得耕，以禄代耕也。"代食即食禄。　④好，本义指玩好、珍贵之物，在此借以形容代食者对王政的重要。

●诗之六章紧承前章"序爵"之意，指责朝廷断绝仕路。

天降丧乱，灭我立王①。降此蟊贼，稼穑卒痒②。哀恫中国，具赘卒荒③。靡有旅力，以念穹苍④！

〔注释〕

①立王，指在位之王。古位、立通用。在此实指厉王。 ②蟊贼，《郑笺》："虫食苗根曰蟊，食节曰贼。"指作物虫害。 痒，《郑笺》："病也。" ③恫，同痛。 赘，《毛传》："属。"段玉裁《说文注》："赘为缀之假借也。"即相继。荒，荒芜。 ④旅力，即膂力、气力。

●诗之七章写严重的虫害灾荒，利禄断绝。

维此惠君，民人所瞻①。秉心宣犹，考慎其相②。维彼不顺，自独俾臧③。自有肺肠，俾民卒狂④。

〔注释〕

①惠君，有德之君。 瞻，在此有遵从之意。 ②宣犹，马瑞辰《通释》谓宣为明。犹通猷、繇，通达顺道。"言其持心明且顺耳。" 考慎，慎重地考察。 相，《郑笺》："助也。"指辅佐之臣。 ③自独句，自以为是、独断专行。 ④肺肠，指心腹之人。 狂，狂怒。

●诗之八章就持心、择相正反对比，指责周王无道。

瞻彼中林，甡甡其鹿①。朋友已谮，不胥以穀②。人亦有言，进退维谷③。

〔注释〕

①甡甡(shēn)，《毛传》："众多也。" ②穀，《郑笺》："善也。" ③谷，于省吾《新证》据金文用字之例认为即欲。"进退维欲，谓进退维其所欲。……不以礼法自持，恣意所为。"

●诗之九章以林鹿起兴，转入对乱臣的抨击。

维此圣人，瞻言百里。维彼愚人，覆狂以喜[①]。匪言不能，胡斯畏忌[②]！

〔注释〕

①覆，反而。　②匪言句，不是不能言。　胡斯，如何地。

●诗之十章言"狂以喜"的愚人心智，是障民防川的原因。

维此良人，弗求弗迪[①]。维彼忍心，是顾是复[②]。民之贪乱，宁为荼毒[③]！

〔注释〕

①求，营求。　迪，干进。　②忍心，狠心之人。　顾，观望。　复，反复。　③民，指忍心之流。　贪乱，贪心、败德。　宁为，竟然。　荼毒，灾难。

●诗之十一章言小人的贪乱败德，竟然造成生民的荼毒！"忍心"以斥乱臣，善于称谓。

大风有隧，有空大谷[①]。维此良人，作为式穀[②]。维彼不顺，征以中垢[③]。

〔注释〕

①大风，《郑笺》："西风谓之大风。"　隧，《毛传》："道也。"即通道。②作为，行为。　③征，《郑笺》："行也。"　中垢，马瑞辰《通释》："犹言内垢，与《鄘风》'中冓'为内冓同义。冓即垢之假借。"

●诗之十二章及上数章善恶对比，以究厉王用人之失。用人不当不单失政，更是乱德。

大风有隧，贪人败类[①]。听言则对，诵言如醉[②]。匪用其良，覆俾我悖[③]。

〔注释〕

①败类，残害善良。类本义为统类，物得其类则为善，所以类又引申为善。　②听言，圣言。　对，即怼，怨怒。　诵言，颂言。参《小雅·雨无正》注。　③悖，昏乱。

●诗之十三章言不用善人善道，反而将我们逼迫得昏乱狂悖。

嗟尔朋友，予岂不知而作①？如彼飞虫，时亦弋获②。既之阴女，反予来赫③！

〔注释〕

①作，写作此诗。　②弋获，马瑞辰《通释》："弋为缴射飞鸟之称，射飞不射止。……诗以飞鸟之难射，时亦以弋射获之，喻贪人之难知，时亦以窥测得之耳。"弋，系上丝绳的箭。　③阴，《郑笺》："我恐女见弋获，既往覆阴女。"覆阴，荫蔽。　赫，朱熹《集传》："威怒之貌。"

●诗之十四章痛斥并正告权臣。

民之罔极，职凉善背①。为民不利，如云不克②。民之回遹，职竞用力③。

〔注释〕

①职，仅仅是。　凉，字又作谅、凉，《毛传》："薄也。"即轻薄。　善背，长于互相欺骗、背叛。　②不克，不胜。《郑笺》："为政者害民，如恐不得其胜。"　③竞，《郑笺》："逐也。"　力，暴虐。

●诗之十五章言民心的奸邪，全是由于你们为政者的暴虐。

民之未戾，职盗为寇①。凉曰不可，覆背善詈②。虽曰匪予，既作尔歌③！

〔注释〕

①戾，《毛传》："定也。"　②凉，真诚。　曰，说。　善，《郑笺》："犹大

也。”　③匪予，不以我为然。

●诗之十六章言虽然你们不以我为然，但我还是要为揭露你们作一首诗歌！陈启源《稽古编》：“末二章三言民俗之败，皆归咎于执政之人。”

〔解题〕

《毛序》：“《桑柔》，芮伯刺厉王也。”王符《潜夫论·遏利》：“昔周厉王好专利，芮良夫谏而不入，退赋《桑柔》之诗以讽。”王符习《鲁诗》，可见在作者问题上经今、古学派一致。《左传·文公元年》载秦穆公言曰：“周芮良夫之诗曰：‘大风有隧，贪人败类。听言则对，诵言如醉。匪用其良，覆俾我悖。’是贪故也，孤之谓也。”可见汉儒之说于古有征。观诗前几章所描述的景象及“灭我立王”，可以确信，诗作于国人暴动、厉王流彘之后。关于厉王“专利”的内容，可能指山川薮泽之利，这些物产在分封制下原为各级贵族及平民所共有。又有的学者认为“专利”还包括改变贡赋方式。《国语·周语》说“厉始革典”，“典”即指周公制定的籍田大礼。“革典”即改变只剥夺“公田”收获物的传统方法，加收“私田”租税。厉王时代王朝多事，边患尤其严重，朝廷财力困乏，垄断某些原先共享的利益，加重对民众的赋敛，是必然的事。而从本诗所反应的内容看，严重的自然灾害是导致厉王朝政覆灭的直接原因。西周末世几十年间旱灾不断，平民租税既重，灾荒之年山川之利又被断绝，走投无路之际方生民变。史书关于人事方面的原因记载较多，而自然方面的原因则为阙如，诗可补史之遗，又是一例。《逸周书》中有《芮良夫解》一篇，据其中称“惟王及尔执政小子”云云，芮良夫在厉王朝当是卿士一级的官爵，并且年辈较高。在同一记载中，芮良夫曰：“民归于德，德则民戴，否德民雠。”又曰：“害民乃非后，惟其雠。后作类，后。弗类，民不知后，惟其怨。”都可与诗相表里。

云 汉

倬彼云汉,昭回于天①。王曰於乎!何辜今之人,天降丧乱,饥馑荐臻②?靡神不举,靡爱斯牲③。圭璧既卒,宁莫我听④?

〔注释〕

①倬,高远貌。 云汉,《郑笺》:"天河也。" 回,《毛传》:"转也。"即光芒闪烁。 ②荐臻,《毛传》:"荐,重。臻,至也。"古两层坐席为荐,所以《传》释荐为重。 ③举,行祭祀之礼。据《周礼》,国有凶荒,则索鬼神而祀之。 ④圭璧,古人祭天地之神用玉,或燔烧、或沉埋。长方形为圭,圆环形为璧。 宁莫,难道、竟然。

●诗之首章写周王夜仰星汉,慨然浩叹。

旱既大甚,蕴隆虫虫①。不殄禋祀,自郊徂宫②。上下奠瘗,靡神不宗③。后稷不克,上帝不临④。耗斁下土,宁丁我躬⑤?

〔注释〕

①蕴,陆德明《释文》:"又作煴。"郁闷。 隆,暑气隆盛。 虫虫,《韩诗》字作烔烔,热气逼人。 ②禋祀,参《大雅·生民》注。 郊,郊祀祭天地之神。 宫,《郑笺》:"宗庙也。"指祭祀祖先之神。 ③上下奠瘗(yì),上奠下瘗。奠,陈列贡品。瘗,埋祭牲体及玉器之物。 宗,《毛传》:"尊也。"即敬奉、祭祷。 ④不克,不能,即不能保佑。 不临,不能照顾。 ⑤耗斁(dù),败亡。耗,损耗。斁,败坏。 丁,《毛传》:"当也。"

●诗之二章写遍祭禳灾,并述周王恐惧而阴郁的心情。

旱既大甚,则不可推①。兢兢业业,如霆如雷②。周馀黎民，靡有孑遗③。昊天上帝，则不我遗④。胡不相畏，先祖于摧⑤！

〔注释〕

①推，《毛传》："去也。" ②兢兢句，《毛传》："兢兢，恐也。业业，危也。" 如霆句，《郑笺》："状如有雷霆近发于上。" ③孑遗，经大难多数人死后留下的少数人。孑，孤单。 ④遗（wèi），马瑞辰《通释》："当读为问遗之遗。……与人相恤问亦谓之遗。" ⑤胡不，何不。 相畏，畏惧。 摧，摧折、折断。

●诗之三章极言灾情之重。

旱既大甚，则不可沮①。赫赫炎炎，云我无所②。大命近止，靡瞻靡顾③。群公先正，则不我助④。父母先祖，胡宁忍予！

〔注释〕

①沮，《毛传》："止也。" ②赫赫句，《毛传》："赫赫，旱气也。炎炎，热气也。" 云，语词。 所，处所。 ③大命，死亡。 止，语词。 瞻、顾，在此为希望、前途。 ④群公，即前代公侯之神。 先正，即前代贤臣之神。

●诗之四章极写绝望的心情。

旱既大甚，涤涤山川①。旱魃为虐，如惔如焚②。我心惮暑，忧心如熏③。群公先正，则不我闻。昊天上帝，宁俾我遁④！

〔注释〕

①涤涤，光秃貌。 ②旱魃，《毛传》："旱神也。"据《山海经》记载，黄帝战蚩尤，蚩尤请风师雨伯作大风雨，黄帝请天女妭降临止雨。雨止，蚩尤被杀而天女不得返回上天，所居之处无雨。 惔（tán），《毛传》："燎之也。" ③熏，《毛传》："灼也。" ④遁，马瑞辰《通释》："遁、屯古同声，当读如'屯难'

之屯。”《易经》有“屯”卦,为艰虞之象。

●诗之五章仍写无可奈何的心情。

旱既大甚,黾勉畏去①。胡宁瘨我以旱?憯不知其故②。祈年孔夙,方社不莫③。昊天上帝,则不我虞④。敬恭明神,宜无悔怒⑤。

〔注释〕

①黾勉,努力。 去,于省吾《新证》:“畏去古人谜语,应读作畏卻。卻俗作却。……黾勉畏卻,言黾勉从事而犹有所畏卻,恐其无济于事也。” ②瘨(diān),《郑笺》:“病也。” ③方、社,祭祀名。参《小雅·甫田》注。 莫,暮的本字,晚。不莫即从不耽搁献祭的意思。 ④虞,《广雅》:“助也。” ⑤悔,《毛传》:“恨也。”

●诗之六章检点自己对神的态度,并无过失。

旱既大甚,散无友纪①。鞫哉庶正,疚哉冢宰,趣马师氏,膳夫左右,靡人不周,无不能止②。瞻卬昊天,云如何里③!

〔注释〕

①散,散乱。 友纪,《郑笺》:“人君以群臣为友,散无其纪者,凶年禄饩不足,又无赏赐也。” ②鞫,《郑笺》:“穷也。” 庶正,《郑笺》:“众官之长也。” 疚,贫病。 冢宰,最高执政长官。 趣马,负责马政事务的官。参《小雅·十月之交》注。 师氏,掌王朝师旅之官。参《十月之交》注。 膳夫,负责周王饮食事务的官员。参《十月之交》注。 左右,在此意为以上这些大臣的左右官员。 周,周济。 无,马瑞辰《通释》:“当读如‘何有何亡’之亡。有谓富,亡谓贫也。无不能止,言虽赒之而其乏无不能救止也。” ③卬,通仰望之仰。 里,《郑笺》:“忧也。”

●诗之七章言大臣左右皆舍禄救灾,然亦无效。

瞻卬昊天,有嘒其星①。大夫君子,昭假无赢②。大命近止，无弃尔成③。何求为我，以戾庶正④。瞻卬昊天，曷惠其宁⑤？

〔注释〕

①嘒(huì)，《毛传》："众星貌。" ②昭假，古时成语，祭祀时以诚敬意与神沟通。在此代称祭奠。 赢，缢之假借。《说文》："缢，缓也。" ③成，诚之假借。 ④为我，为自己。句谓祈求上天不是为我一人。 戾，《毛传》："定也。" 庶正，举庶正以代上文所说的百官。 ⑤曷惠，于省吾《新证》："惠、谓古通。"曷惠即何谓、什么时候。

●诗之八章写众星，与首章相回映；言诚意昭假，敬天之心不改。

〔解题〕

《毛序》："《云汉》，仍叔美宣王也。宣王承厉王之烈，内有拨乱之志，遇灾而惧，侧身修行，欲销去之。天下喜于王化复行，百姓见忧，故作是诗也。"钞本《北堂书钞·天部》引《韩诗》："宣王遭旱仰天也。"王先谦《集疏》："合《繁露》'宣王忧旱'云云，是《齐诗》与《韩》合。《鲁诗》当无异义。"观诗首章"王曰於乎"，作者不当是周王本人。《毛序》称仍叔，或有所本。从《毛序》"宣王承厉王之烈，内有拨乱之志"云云看，是将其问世时间定于宣王初年。据《鲁诗》遗说，宣王元年天下大旱，至六年乃雨。因此陈乔枞《遗说考》谓作于宣王二年至六年之间。西周末造是一干旱饥馑的多灾年代。《随巢子》曰："厉幽之时，天旱地坼。"《经典释文》引《竹书纪年》曰："厉王十三年，王在彘，共伯和干王位。二十六年大旱，王陟于彘。周公、召公立太子静为王。"而据近人竺可桢的研究，宣、幽之际又有一降水量极少的干燥时期。反复、持续的干旱引起了社会的动荡，导致草原民族内侵，中原人民流迁等等一系列重大的历史变动。此诗正是这样一种背景下的精神产品，反映的是初民在自然灾难面前的恐惧与忧患。至于此诗的作意，按《毛序》之说是赞美宣王有修身消灾之志，但细读作品本身，当为诗人为周王代拟的告天之辞。古礼有禳旱雩祭之典，而《云旱》作为祭祀乐歌，在南北朝的史乘中尚见记载。(参陈子展《诗经直解·云旱》)后世典制，或许正是祖述西周旧章。

崧　高

崧高维岳，骏极于天①。维岳降神，生甫及申②。维申及甫，维周之翰③。四国于蕃，四方于宣④。

〔注释〕

①崧，《毛传》："高貌。"字亦作嵩。崧高即崇高。　岳，《毛传》："四岳也。"指东岳泰山，南岳衡山，西岳华山，北岳恒山。　骏，伟岸。　极，《毛传》："至也。"　②甫、申，姜姓诸侯国。据说尧时姜姓掌四岳之神祭祀，称为"四岳"。　③翰，桢干、屏障。　④于，是。结构助词。　蕃，同藩，樊篱、屏障。　宣，马瑞辰《通释》："与蕃对言，宣当为垣之假借。《说文》：'垣，墙也。'亘古读同宣，故垣或假借作宣。"

●诗之首章以岳神降生特表申伯出身不凡，并举甫侯，实赅姜姓四岳而言。姜姓为神生贵胄，所以才有申伯显赫之德。

亹亹申伯，王缵之事①。于邑于谢，南国是式②。王命召伯，定申伯之宅③。登是南邦，世执其功④。

〔注释〕

①亹亹，《郑笺》："勉也。"　缵，古通践。陈乔枞《遗说考》："《韩》训践为任者，谓王任用之，使经理南国之事也。"据此，缵即任用。　②于，马瑞辰《通释》："上于字当读作为之为。为邑于谢，犹云作邑于谢。"　谢，地名。其地在今河南唐河县境内。　式，法式。　③召伯，召穆公虎，为周宣王朝大臣。　④登，《毛传》："成也。"　执功，执掌政事。

●诗之二章述申伯使命的重大，命重臣召伯先行营造申伯之宅，又特见王对申伯的倚重与优容。

王命申伯，式是南邦。因是谢人，以作尔庸①。王命召伯，彻申伯土田②。王命傅御，迁其私人③。

〔注释〕

①因，依靠。 谢人，谢地原有的居民。 庸，《毛传》："城也。"庸即墉之假借字。"以作尔墉"是比喻性的说法，朱熹《集传》："言因谢邑之人而为国也。" ②彻，《毛传》："治也。"据马瑞辰《通释》，治即划分土田。 ③傅御，陈奂《传疏》："《臣工》'嗟嗟臣工'、'嗟嗟保介'，《传》：'工，官也。'凡大国三卿，命于天子，皆有职司于王室，故天子得以敕之、命之。'傅御'，犹'保介'也。"傅御即周王亲自任命的申国卿大夫。 私人，《毛传》："家臣也。"

●诗之三章分别记述周王对申伯、召公及傅御之臣的命令，显示着王对申伯就封的关切。

申伯之功，召伯是营。有俶其城，寝庙既成①。既成藐藐，王锡申伯②。四牡蹻蹻，钩膺濯濯③。

〔注释〕

①俶，《说文》："善也。"形容城墙壮观。 ②藐藐，《毛传》："美貌。"形容寝庙美好。 ③蹻蹻，马匹高大健壮貌。 钩膺，马胸前的束带。参《小雅·采芑》注。 濯濯，《毛传》："光明也。"

●诗之四章言谢邑竣工，申伯就封之际周王予以赏赐。

王遣申伯，路车乘马①。我图尔居，莫如南土②。锡尔介圭，以作尔宝③。往迈王舅，南土是保④。

〔注释〕

①路车，诸侯所乘车，又作辂车。 乘马，四马为一乘。 ②图，图谋、考虑。 ③介圭，大圭。据周制，天子锡命诸侯颁赐介圭作为信物。

④迈(jì),《郑笺》:“辞也,声如‘彼记之子’之记。”马瑞辰《通释》:“诗言‘往迈’犹《虞书》言‘往哉’,《周书》言‘予往已’也。” 保,《郑笺》:“守也,安也。”

●诗之五章紧承上章,继述王对申伯的赏赐及诰命。

申伯信迈,王饯于郿①。申伯还南,谢于诚归②。王命召伯,彻申伯土疆。以峙其粻,式遄其行③。

〔注释〕

①信,果真就要。 迈,《郑笺》:“行也。” 饯,《郑笺》:“送行饮酒也。” 郿(méi),地名。其地在岐山之南,渭水以北,当是申伯封谢之前的旧地。又据朱东润《诗大小雅说臆》,封建诸侯要在岐周行告庙典礼,然后诸侯就国,故周王在距岐周不远的郿地为申伯饯行。 ②谢于诚归,《郑笺》:“诚归于谢。”诚,在此有坚定不移之意。 ③峙,通庤,储蓄。 粻(zhāng),粮食。式,以。 遄(chuán),《郑笺》:“速也。”

●诗之六章写周王在郿为申伯饯行。诗是为送行赠别而作,至此回归本题。

申伯番番,既入于谢,徒御啴啴①。周邦咸喜,戎有良翰②!不显申伯,王之元舅,文武是宪③!

〔注释〕

①番番,《毛传》:“勇武貌。” 徒御,保护车驾的武士。《毛传》:“诸侯有大功,则赐虎贲徒御。” 啴啴,因急行而喘息貌。参《小雅·四牡》注。 ②周,周遍。 戎,《郑笺》:“犹女也。”女即汝。 ③不显,即丕显。参《大雅·文王》注。 元舅,大舅。

●诗之七章设想申伯入谢的迅速,赞美申伯的才干,实含勉励之意。

申伯之德,柔惠且直。揉此万邦,闻于四国①。吉甫作诵,其诗孔硕,其风肆好,以赠申伯②。

〔注释〕

①揉,陈奂《传疏》训为安。即安抚。　四国,《郑笺》:“犹言四方也。”

②吉甫,周宣王朝大臣。参《小雅·六月》注。　作诵,陈奂《传疏》:“犹言作歌也。”古时诗人作诗,由乐工演奏歌唱,称为诵。　硕,《郑笺》:“大也。”指歌词所表达的意蕴深远宏大。　风,韵律格调。　肆,马瑞辰《通释》:“肆好犹言极好,犹言孔硕,古人自有复语耳。”

●诗之八章特表申伯盛德,并卒章显志,点明作意。

〔解题〕

《毛序》:“《崧高》,尹吉甫美宣王也。天下复平,能建国亲诸侯,褒赏申伯焉。”王先谦《集疏》:“此诗及下章(指《烝民》)皆有诗人自名。三家无异义。”但从诗歌看,诗人本意是“以赠申伯”。朱熹《集传》:“宣王之舅申伯出封于谢,而尹吉甫作诗以送之。”简明准确,可谓后出转精。申伯姜姓,世代与周为婚姻关系。申姜又称“西戎”(见《国语·郑语》),其世居之地当在宗周以西地区。《国语·周语》载宣王三十九年“王师败绩于姜氏之戎”,古本《竹书纪年》记同年宣王有“伐申戎”之事,可见申姜与周人之间既有战争关系,又有姻亲关系。宣王朝是一个“四夷交侵”的时代,申伯受封的谢地是周王朝防御楚国北犯的门户。封建申伯于南疆既可以抵御楚人,又可以分化西申势力消除西戎对宗周的潜在威胁,实有一箭双雕的功效。宣王中兴主要表现于团结内部力量,抗击外来侵犯。从《崧高》也可明显看出宣王朝的御外有方。诗中“申伯信迈”及“谢于诚归”,《郑笺》:“申伯之意,不欲离王室。王告语之,复重于是,意解而信行。”看来申伯本不愿离开自己的旧地,但最终服从王命。于此又可见宣王朝对诸侯方国的权威。此诗可与《小雅·黍苗》、《王风·扬之水》合观。《崧高》及《黍苗》作于西周之世,一为殿中大臣为王侯饯行大礼所作的歌乐,一为将士颂赞朝臣营造谢邑功德的颂歌。而《扬之水》则为东周戍卒的哀怨之诗。三者因作者及歌唱主题、格调的不同而分属《大雅》、《小雅》、《国风》，于此又可以约略窥见编《诗》者分别风、雅及雅分大小的标准。

烝　民

天生烝民，有物有则①。民之秉彝，好是懿德②。天监有周，昭假于下③。保兹天子，生仲山甫④。

〔注释〕

①烝（zhēng），《毛传》："众。"　物，马瑞辰《通释》："凡以类相从者皆谓之物。"　则，《毛传》："法。"即法则。　②秉彝，保持常性。据马瑞辰《通释》秉为顺从、保持。彝为恒常之性。　懿，《毛传》："美也。"　③昭假，神之灵光降临。昭指神的灵光。假通格，至、来到。　④兹，此。　仲山甫，周宣王的大臣，又称樊穆仲、樊仲。

●诗之首章言上天为了保佑当今的天子，就生下了这位仲山甫。

仲山甫之德，柔嘉维则①。令仪令色，小心翼翼②。古训是式，威仪是力③。天子是若，明命使赋④。

〔注释〕

①柔嘉，柔和善美。　则，取法。　②令，《郑笺》："善也。"　③古训，先人的遗教。《毛传》："古，故。"　式，效法。　力，《郑笺》："犹勤也。勤威仪者，恪居官次，不解于位也。"不解即不懈。　④若，《毛传》："顺。"　明命，马瑞辰《通释》："《尔雅·释诂》：'明，成也。'明命犹言成命，谓成其教命使布之也。"　赋，《毛传》："布也。"颁布、落实。

●诗之二章进一步言仲山甫的德行，并言及其作为王朝重臣的功绩。

王命仲山甫，式是百辟，缵戎祖考，王躬是保①。出纳王命，王之喉舌②。赋政于外，四方爰发③。

〔注释〕

①式，法式。在此为动词，统率。　百辟，指王畿之内各诸侯国的国君。　缵，继承。　戎，你。参《崧高》注。　躬，身体。在此指王的生活起居。　保，监护、教养。　②出纳，发出和收进。出，宣布王的命令。纳，接受各方诸侯国家的呈报。马瑞辰《通释》据《周礼》及秦、汉典制，断定仲山甫兼任王朝内史。　③外，指王畿以外的方国。　发，马瑞辰《通释》："《商颂》'遂视既发'，《笺》：'发，行也。遍省视之，教令则尽行也。'此诗发亦当训行，承上'赋政于外'言之。'四方爰发'，犹云四方之政行焉。"

●诗之三章专写仲山甫的王命重任。

肃肃王命，仲山甫将之①。邦国若否，仲山甫明之②。既明且哲，以保其身③。夙夜匪解，以事一人④。

〔注释〕

①肃肃，朱熹《集传》："严也。"即庄严。　将，奉持、执行。　②若否，《郑笺》："若，顺也。顺否犹臧否，谓善恶也。"　③哲，智慧。　保身，朱熹《集传》："盖顺理以守身，非趋利避害，而偷以全躯之谓也。"此句承上句明哲而言。　④夙夜，早晚。　解，读如懈，懈怠。　一人，指周天子。周王自称"予一人"。

●诗之四章进言仲山甫奉职尽心。

人亦有言，柔则茹之，刚则吐之①。维仲山甫，柔亦不茹，刚亦不吐。不侮矜寡，不畏强御②。

〔注释〕

①柔，柔脆。　茹，吞吃。　刚，坚硬。　②强御，坚强有力。参《大雅·荡》注。

●诗之五章特就精神气质写仲山甫的不凡；既是人臣之极，又是人伦风范。

人亦有言，德輶如毛，民鲜克举之①。我仪图之，维仲山甫举之，爱莫助之②。衮职有阙，维仲山甫补之③。

〔注释〕

①輶(yóu)，《郑笺》："轻。"輶是一种轻便之车，引伸为轻。　②仪，朱熹《集传》："度。"即揣度。　爱，敬爱。　③衮(gǔn)职，指代天子。衮为绣有卷龙图案的黑色衣服。职，马瑞辰《通释》："识之假借。识即章识，衮识即衮章也。衮为章服之一，故言衮识。"章服即天子正式场合所穿的服装。阙，过失。

●诗之六章极赞仲山甫德业之盛，充满钦敬之情。

仲山甫出祖，四牡业业，征夫捷捷，每怀靡及①。四牡彭彭，八鸾锵锵。王命仲山甫，城彼东方②。

〔注释〕

①出祖，陈奂《传疏》："祭道神。"　业业，犹言奕奕，雄壮貌。参《小雅·采薇》注。　捷捷，行动迅疾貌。　每怀，私怀、个人感情。　靡及，顾不上。参《小雅·皇皇者华》注。　②城，筑城。　东方，《毛传》："齐也。古者诸侯之居逼隘，则王者迁其邑而定其居，盖去薄姑而迁于临菑也。"

●诗之七章具体述仲山甫的使命，始明作诗本事。

四牡骙骙，八鸾喈喈①。仲山甫徂齐，式遄其归②。吉甫作诵，穆如清风③。仲山甫永怀，以慰其心④。

〔注释〕

①四牡二句，《毛传》："骙骙，犹彭彭也。喈喈，犹锵锵也。"　②徂齐，前往齐国。　式，以。结构助词。　归，回来。　③穆，《郑笺》："和也。"　④永怀，深长的思念。

●诗之八章进一步点明仲山甫奉职王命的地点，并表明作诗之意。

〔解题〕

《毛序》:"《烝民》,尹吉甫美宣王也。任贤使能,周室中兴焉。"王先谦《集疏》:"三家无异义。"朱子《集传》:"宣王命樊侯仲山甫筑城于齐,而尹吉甫作诗以送之。"可见汉、宋诸儒对作者、时代等没有太大的歧异。此诗古来纷争不已的是仲山甫的族姓、樊地的地望,及其"徂齐"是就封于齐还是前往齐国执行筑城任务等。仲山甫在《国语》中由于有樊仲山父、樊穆仲、樊仲等不同称谓,于是后代有樊地地望的不同说法,有修武阳樊(今河南济源县)、兖州瑕丘(今山东济宁附近)、南阳樊城(今湖北襄樊市境内)等说。关于其族姓,有虞仲后代与周王同姓、齐太公姜尚之后、鲁献公之子,以及殷商旧族等说。因史料缺乏难以定论。但从诗中"王躬是保"、"出赋王命"看,如此重大的职责,当以同姓兼任最为可能。"徂齐"是就封还是执行任务,今文家主前者,古文家主后者。但诗一则云"出纳王命",再则云"式遄其归",可见古文家言而有据。今本《竹书纪年》记宣王七年王命仲山甫城齐,或与此诗所述为同一史实。《毛传》言"徂齐"是为齐君迁邑定居。王质《总闻》则曰:"《史记》齐本封营邱,至胡公始徙薄姑。献公杀胡公而徙临菑,则夷王时也。再世而厉公暴虐,胡公子入齐,与齐人攻杀厉公,胡公子亦死。齐乃立厉公子赤,是为文公,诛杀厉公者七十人,事在宣王之世。筑城之命疑在斯世,盖出定齐乱也。置君戮叛之事疑出山甫方略,史失记耳。"

此诗在艺术上有一重要特征,即咏在世人物,而且对所赞美者流露出鲜明的钦佩之情。大、小《雅》诗多为对事件、世道、典仪的表现与歌吟。此诗虽也有明确的仪式目的,但以浓郁的笔墨从德行、精神气质等诸方面赞美咏叹同时代的人,却是罕见的。《雅》中对后稷以迄文、武的赞歌,都是唱给祖先神灵的。将爱戴、仰慕之情献给生活在同时代者,三百篇中当以《烝民》为开山。从中国文学发展史着眼,这一点是当充分认识的。

此诗前之《崧高》，末章有对“吉甫作诵”的夸赞之辞。前人不明就里，甚至认为“古人作诗自知自赏如此”（钟惺《评点诗经》）。实际上，两诗末章，并非写作时就有，而是乐工演奏时加上的，即出于演奏需要的“乱辞”。“乱”的含义，《国语》韦昭注曰：“凡作篇章，篇义既成，撮其大要为乱辞。……曲终乃更变章乱节，故谓之乱也。”可知“吉甫作诵”云云，乃是乐官为演奏需要而“撮其大要”的概括之语。

韩　奕

奕奕梁山，维禹甸之，有倬其道①。韩侯受命，王亲命之，缵戎祖考②。无废朕命，夙夜匪解。虔共尔位，朕命不易③。榦不庭方，以佐戎辟④。

〔注释〕

①奕奕，《毛传》：“大也。”即高大貌。　梁山，马瑞辰《通释》：“今之通州，其西有梁山，正当固安县之东北。”　有倬，遥远貌。　②韩侯，韩国国君。西周韩国有二：其一在王畿之内，后为晋国所灭；其二在今河北固安县境内，其地近燕，始封者为武王之子，此诗所言韩侯当为其后代。宣王时为对付北方蛮族，可能为韩侯重新筑城，并重新赐予方伯之命。　③虔共，《毛传》：“虔，固；共，执也。”虔即坚守，共即供奉、执行。　不易，马瑞辰《通释》：“天子受命为不易，诸侯受命于君，以君命为不易，其义一也。”　④榦，同干。朱熹《集传》：“正也。”　庭，《毛传》：“直也。”不庭即不直，引申为不守正道、邪僻不安定。　方，方国。　戎，汝。　辟，君王。

●诗之首章写韩侯入朝，受天子诰命，“缵戎”以下皆为命辞。

四牡奕奕，孔脩且张①。韩侯入觐，以其介圭，入觐于王②。王锡韩侯，淑旂绥章，簟茀错衡，玄衮赤舄，钩膺镂钖，鞹鞹浅幭，鞗革金厄③。

〔注释〕

①四牡二句，马瑞辰《通释》："当指享礼献马言之。"按，古时诸侯朝见天子，燕享之时有向天子献马之礼。 脩，长。 张，高大健壮。 ②觐(jìn)，朝拜、晋见。《白虎通义·爵》："诸侯世子三年丧毕，上受爵命于天子。"从下文"韩侯取妻"等语看，韩侯当是新立之君。 介圭，周制诸侯新立之君继位之际，当向周王交还先君所受的介圭，并由周王再行颁赐，以示周王对诸侯新君的策命。 ③淑旂(qí)，画有两龙相交图案的精美旗帜。《毛传》："淑，善也。交龙为旂。" 绥章，于省吾《新证》："绥、嘉古通。……'淑旂绥章'，应读作淑旂嘉章。"章，旗帜。 簟茀(diàn fú)，路车上所悬作遮蔽用的竹席。参《小雅·采芑》注。 错衡，饰有花纹的车前衡木。参《小雅·采芑》注。 玄衮，黑色的龙袍。 赤舄(xì)，赤色的木底鞋。参《豳风·狼跋》注。 镂钖(yáng)，《毛传》："有金镂其钖也。"钖是马额头上的金属头饰。 鞹鞃(kuò hóng)，蒙皮革的车轼。《毛传》："鞹，革也。鞃，轼中也。" 浅幭(miè)，覆盖在车轼上的短毛虎皮。《毛传》："浅，虎皮浅毛也。幭，覆式也。"式即上文鞹鞃。 鞗革，当作鞗勒，饰有黄铜的马络头。参《小雅·蓼萧》注。 金厄，轭上的黄铜雕饰。马瑞辰《通释》："厄即轭字之省。"轭为驾在马颈上的牵车之具。

●诗之二章铺陈周王所赐车马的装饰，繁富而有色彩，是后世赋家笔法之祖。

韩侯出祖，出宿于屠①。显父饯之，清酒百壶②。其殽维何？炰鳖鲜鱼③。其蔌维何？维笋及蒲④。其赠维何？乘马路车⑤。笾豆有且，侯氏燕胥⑥！

〔注释〕

①屠，地名。据胡承珙《后笺》，其地在今陕西杜陵。 ②显父，《郑笺》："周之公卿也。" ③炰(páo)，蒸煮。参《小雅·六月》注。 ④蔌(sù)，菜蔬之物。 笋，据王先谦《集疏》即芦笋。 蒲，香蒲。 ⑤乘马，四马为一乘。 路车，天子诸侯所乘坐的车。 ⑥且，《郑笺》："多貌。"

侯氏，指韩侯。　燕胥，马瑞辰《通释》："与燕喜、燕誉、燕乐相类。胥之言序，序、豫古通用，则燕胥犹燕豫矣。"

●诗之三章写显父为韩侯饯行，有问有答，句法活泼。观此章，此诗与《小雅·六月》似出一人手笔。

韩侯取妻，汾王之甥，蹶父之子①。韩侯迎止，于蹶之里②。百两彭彭，八鸾锵锵，不显其光③。诸娣从之，祁祁如云④。韩侯顾之，烂其盈门⑤。

〔注释〕

①取妻，《左传·文公二年》："凡君即位，好舅甥，修昏姻，取元妃，以奉粢盛，孝也。"　汾王，俞樾《群经平议》："疑即西戎之王。……汾即《考工记》之妢胡，西戎国名也。……韩侯娶妢王之甥为妻，盖亦有意，……借此为服西戎之策。后世和亲之策，此其滥觞也。"婚姻中有政治，所以诗人大张其事。　蹶父，周王朝卿士，姞姓，封地为蹶，故名。　②止，语气词。　里，住地。

③两，辆。参《召南·鹊巢》注。　④娣，女弟、妹妹。据载，周代王侯嫁女，同姓国要有两个国家以侄娣陪嫁，称为媵。《郑笺》："独言娣者，举其贵者。"　祁祁，《毛传》："徐靓也。"即妆扮漂亮、举止舒缓貌。　⑤顾之，《毛传》："曲顾道义也。"曲顾即回顾、环视，道义即导仪、引导。古代迎亲时有曲顾之礼。《孔疏》："既受女，揖以出门，及升车授绥之时，当曲顾以道引其妻之礼义。"　烂其，犹言烂烂，《郑笺》："粲然鲜明且众多之貌。"

●诗之四章写韩侯归国途中便道娶亲，先叙女方门第，再言韩侯的亲迎，而结尾二句细致生动、喜庆热烈。

蹶父孔武，靡国不到。为韩姞相攸，莫如韩乐①。孔乐韩土，川泽讦讦②。鲂鱮甫甫，麀鹿噳噳③。有熊有罴，有猫有虎④。庆既令居，韩姞燕誉⑤！

〔注释〕

①韩姞，即韩侯之妻，姞是其母姓。　相攸，《郑笺》："相，视。攸，所也。"

即选择婆家。　②讦讦，广大貌。　③甫甫，《毛传》："甫甫然大也。"即肥大貌。　麀（yōu），母鹿。　噳噳（yú），《毛传》："噳噳然众也。"即众多貌。

④猫，据马瑞辰《通释》即山猫。因其食田鼠，所以古代秋冬报神祭祀中有迎猫一项。　⑤庆，《郑笺》："善也。"　既，通其。　令居，好的归宿。　燕誉，燕喜、高兴。

●诗之五章赞美韩国国土肥美，物产丰饶。而赞美之意由蹶"相攸"引出，又归结于韩姑的"燕誉"。

溥彼韩城，燕师所完①。以先祖受命，因时百蛮②。王锡韩侯，其追其貊，奄受北国，因以其伯③。实墉实壑，实亩实籍④。献其貔皮，赤豹黄罴⑤。

〔注释〕

①溥，《郑笺》："大。"　燕，西周时有南燕、北燕。南燕姞姓，黄帝之后，封地在今河南辉县境内。俞正燮《癸巳类稿》认为，南燕即蹶父之国。北燕为周初召公封国，其地在今北京市境内。本诗之燕，揆诸地理当系北燕。　师，《毛传》："众也。"　完，完工。　②先祖，韩国祖先为武王庶子。　因，本义为依靠，在此指统御。　时，是、这些。　百蛮，各种蛮夷部族，百言其多。

③追，马瑞辰《通释》谓追、雕古通。雕，《逸周书·王会解》"正西曰雕题"，孔晁注："西戎之别名也。"雕题可单称雕，犹交趾可单称交。　貊（mò），字通貉，北方狩猎民族之称谓。　奄，尽。　伯，诸侯之长。在此周王命韩侯统率北国各部族首领。　④实，是。参《大雅·生民》注。　墉，城墙。在此为动词，筑墙。　壑，深沟。古时也以深沟为防御用，犹如后世有护城河。　亩、籍，二词同义，都是治理田地。　⑤献其句，《毛传》："貔，猛兽也。追、貊之国来贡，而侯伯总领之。"意谓韩负责为王朝征收追、貊之国献来的猛兽皮。

●诗之六章再述王命，重申韩侯抚有北国的重任。

〔解题〕

《毛序》："《韩奕》，尹吉甫美宣王也。能锡命诸侯。"王先谦《集疏》："三家无异义。"朱熹《集传》："韩侯初立来朝，始受王命而归。

诗人作此以送之。《序》亦以为尹吉甫作,今未有据。”朱子改正汉儒成说,深切诗意;怀疑此诗作者,亦称审慎。不过,《毛序》固然是引申之说,朱子只以为送别之诗,也欠通透。此诗之作,当与《崧高》有着相同的背景,诸侯世子继嗣之际入宗周朝见受命,当是王朝常礼。而韩侯觐王之时,诗人对典礼中的颁赐、册命以及韩侯的婚事特加颂赞,当显示的是朝廷对韩侯的特殊倚重。韩侯之国,从当时的地理情况看,地处周朝势力与蛮貊之族相邻接的边远地带,游牧狩猎民族的侵迫、边疆局势的严峻,实是周王要求韩侯“榦不庭方,以佐戎辟”的现实原因。关于本诗的创作年代,前代学者有人认为作于《六月》宣王北伐之后。这是值得商榷的。考《六月》,周朝的敌人是玁狁,在宗周西北。而韩奕则在距宗周极其遥远的东北。《六月》的宣王北伐无论如何只是一次战役活动,而《韩奕》的强固方国桢干才是更有远谋的战略措施。

江　汉

江汉浮浮,武夫滔滔①。匪安匪游,淮夷来求②。既出我车,既设我旟。匪安匪舒,淮夷来铺③。

〔注释〕

①江汉,马瑞辰《通释》谓古时长江通名江汉。　浮浮、滔滔,《毛传》:“浮浮,众强貌。滔滔,广大貌。”王引之《述闻》:“经当作‘江汉滔滔,武夫浮浮’,《传》当作‘滔滔,广大貌;浮浮,众强貌’。”　②安,于省吾《新证》:“安、宴、燕古通。……匪宴匪游,言非宴乐非游行也。”安即娱乐。　求,马瑞辰《通释》:“与鸠、纠古同声通用。……纠者绳治之名,与讨同义。……‘淮夷来求’,犹云淮夷是纠是讨耳。”　③舒,舒散、松闲。　铺,朱熹《集传》:“陈也,陈师以伐之也。”

●诗之首章言周王朝从江汉上游顺流而下,征讨淮夷。

江汉汤汤，武夫洸洸①。经营四方，告成于王②。四方既平，王国庶定。时靡有争，王心载宁③。

〔注释〕

①汤汤(shāng)，水势浩大貌。 洸洸(guāng)，《毛传》："武貌。" ②成，成功。 ③争，战争。

●诗之二章言淮夷平定，天下安宁。以上二章是王命召公的背景。

江汉之浒，王命召虎①：式辟四方，彻我疆土②。匪疚匪棘，王国来极③。于疆于理，至于南海④。

〔注释〕

①浒，《郑笺》："水涯也。" 召虎，召穆公。 ②式，语词。 辟，开辟。 四方，四当为泗之假借。古泗水上游与洙水、济水相连，东南流入淮。泗淮交汇处正淮夷聚居之地。揆诸诗义，四方不当为泛称，而是特指。 ③疚、棘，《郑笺》："疚，病。棘，急。" 极，本义为中、正，在此作归顺、服从解。 ④于，结构助词。 疆理，治理疆界土地。

●诗之三章写征伐之后，周王命令召公治理东南国土。

王命召虎，来旬来宣①。文武受命，召公维翰②。无曰予小子，召公是似③。肇敏戎公，用锡尔祉④。

〔注释〕

①旬，通徇，巡视。 宣，宣示、宣布政令。 ②文武，文王、武王。 受命，受天命。 召公，指召公虎的祖先召康公，名奭。 ③曰，以。 予小子，周王自称。 似，《毛传》："嗣。" ④肇敏，马瑞辰《通释》："肇敏连言则即训肇为敏，犹肇基连言即训肇为基也。"肇敏为同义复合词，作事经心、勤于职守。 公，《毛传》："事也。" 祉，福禄。

●诗之四章仍述周王对召公的册命，王以先臣世勋勉励召公光大祖德。

釐尔圭瓒，秬鬯一卣①。告于文人，锡山土田②。于周受命，自召祖命③。虎拜稽首，天子万年④！

〔注释〕

①釐，《毛传》："赐也。" 圭瓒，《白虎通·考黜》："玉瓒者，器名也，所以灌鬯之器也，以圭饰其柄。"圭瓒即祭神灌酒用的礼器。参《大雅·旱麓》注。 秬鬯（jù chàng），《毛传》："秬，黑黍也。鬯，香草也。"即用黑黍和香草酿制的香酒，祭神所用。 卣（yǒu），酒器。《毛传》："九命锡圭瓒秬鬯。"是极重的赏赐。 ②告，告祭。 文人，《毛传》："文德之人也。"即对祖先的美称。 ③周，《郑笺》："岐周也。"岐山为周族兴盛之地，有历代祖庙，先灵所依。古人重大之事，都先告祭祖先再行册命。 自，以。 召，通绍。 ④拜稽首，双手着地为拜，再行叩首，称稽首。拜地稽首为古代最重大礼。

●诗之五章述天子册命及召公的答拜，恩宠至极。

虎拜稽首，对扬王休①。作召公考，天子万寿②。明明天子，令闻不已。矢其文德，洽此四国③。

〔注释〕

①对扬，为答报王命而颂扬天子。《郑笺》："对，答。"扬，颂扬。 休，《郑笺》："美。" ②考，于省吾《新证》："考、孝金文通用。'作召公考'，以考与首、休、寿韵。即作孝召公之倒文。"据金文资料，古人每有封赐，皆推功先祖，所以有"作孝"云云。 ③矢，《毛传》："施也。" 文德，文治之德。 洽，王先谦《集疏》："读为协。洽、协声同。"即协和、调治。

●诗之六章，写召公受命之后追孝祖先，祝祷天子。前四句为记事，后四句则为诗人对召公受命的赞美之辞。

〔解题〕

《毛序》："《江汉》，尹吉甫美宣王也。能兴衰拨乱。命召公平淮夷。"王先谦《集疏》："三家无异义。"据今本《竹书纪年》，宣王六年曾命召穆公率师伐淮夷，可见《序》"命召公"之说实有所本。诗较详明地记述了周王对召公的册命与封赐。从诗篇内容及“江汉之浒”的封赐地点看，册命典礼的举行当在淮夷甫定、召公之师屯驻江汉之际，而且主持封赏者或许并非宣王本人。关于此诗的创制，方玉润《原始》谓：“召穆公平淮铭器也。”此论博得后世学者普遍信从。如郭沫若《两周金文辞大系考释·召伯虎毁铭》便认为，召伯虎毁铭文与《江汉》“乃同时事，乃召虎平定淮夷，归告成功而作”。按，方氏之说实肇自《诗集传》，但朱子只是将诗与彝器铭文作一比较，并未如方那样断然结论。方说实为似是而非之谈。诗与铭文用语相类，只是同一时代语言习惯使然。诗中固有与铭文相类者，但更有不同者。铭为一家一族荣耀的纪念，雅是对王朝大政的咏诵，诗自诗，铭自铭，两者界限不容抹杀。郭氏之说更不足信。《召伯虎毁》所记系召公听断争田狱讼，与《江汉》了不相干。

常　武

赫赫明明[①]！王命卿士，南仲大祖[②]。大师皇父，整我六师，以脩我戎[③]。既敬既戒，惠此南国[④]。

〔**注释**〕

①赫赫、明明，都是形容王朝声势。　②南仲，周宣王朝卿士，曾帅师征伐玁狁。参《小雅·出车》注。　大祖，林义光《通解》：“祖读为‘仲山甫出祖’、‘韩侯出祖’之祖。古者将行，犯軷而祭道神谓之‘祖’，大祖者，大祭軷也。”古代出征先祭路神，封土为山象，用刍棘为神位，祭之而后以车压之，以示路无险阻。　③大师，大读作太。太师即执掌兵权的大臣。　皇父，人名，宣王朝大臣。　④敬，《郑笺》：“敬之言警也。”警戒。　戒，戒备。惠，恩惠。

●诗之首章写周王下令，战争动员。

王谓尹氏，命程伯休父，左右陈行，戒我师旅①。率彼淮浦，省此徐土②。不留不处，三事就绪③。

〔注释〕

①尹氏，又称师尹，掌王朝册命。参《小雅·节南山》注。 程伯休父，人名，宣王朝大臣。《毛传》："始命为大司马。"据《国语》休父本为史官，此次战役中始被任用为大司马。 左右句，周人的军事单位有左右之分。诗言"左右陈行"，即按左右行阵，将军队分为两支。 ②率，《郑笺》："循也。" 浦，《毛传》："涯也。" 省，即眚，征讨。 徐土，即徐国。据马瑞辰《通释》，其地在今安徽泗县境内。 ③留、处，延搁、迟滞。 三事，司徒、司马、司空统称三事大夫。诗中南仲当为司徒之职。《礼记·王制》："大司徒修六礼。"祭祀即"六礼"之一。皇父当为司空，掌百工技艺之事，所以王命皇父整师修戎。程伯则为司马之职，《周礼·大司马》："以九伐之法正邦国。"

●诗之二章紧承上章，继言行军布伍，征程路线。以"三事就绪"作结，将一、二两章绾为一段。

赫赫业业，有严天子①。王舒保作，匪绍匪游②。徐方绎骚，震惊徐方③。如雷如霆，徐方震惊。

〔注释〕

①业业，朱熹《集传》："大也。" 有严，威严。 ②舒，《毛传》："徐也。"即舒缓。 保作，安然起行。《毛传》："保，安也。"作，起、起行。 绍，《郑笺》："缓也。" 游，遨游。 ③绎骚，渐趋不安。朱熹《集传》："绎，连络也。骚，扰动也。"

●诗之三章专表王朝军威，先声夺人。

王奋厥武，如震如怒①。进厥虎臣，阚如虓虎②。铺敦淮濆，仍执醜虏③，截彼淮浦，王师之所④。

〔注释〕

①奋，振作。 震，威。 ②进，先遣。 厥，他的。 虎臣，虎贲之

士，周王的禁卫部队。 阚(hǎn)如，阚然，猛虎发怒貌。 虓(xiào)虎，咆哮。马瑞辰《通释》："虓虎当为虓唬之假借，虓、唬双声字，虎即唬之省耳。"

③铺，陈兵。 敦，《郑笺》："当作屯。"即屯驻。 濆(fén)，《毛传》："涯。" 仍，于省吾《新证》："《汉书·武帝纪》集注：'仍，频也。'……'仍执醜虏'谓频执醜虏也。" ④截，堵截。徐方在淮水以北地区，周师沿淮而下，陈兵淮濆，有截取敌人后路之意。 所，驻所。

●诗之四章言战斗过程及周师屯兵战略。

王旅啴啴，如飞如翰，如江如汉，如山之苞，如川之流①。绵绵翼翼，不测不克，濯征徐国②。

〔注释〕

①啴啴，本义为马奔驰喘息声，在此形容军马声势。 翰，指鹰鹯一类的凶猛之鸟。 苞，丛聚。喻周师稳固不可动摇貌。 ②绵绵，形容军队阵形绵长。 翼翼，形容阵容排列整齐有序。 不克，不可克服、不可战胜。 濯，《毛传》："大也。"

●诗之五章铺述周朝军队的军容阵势。《孔疏》："兵法有动有静。静则不可惊动，故以山喻；动则不可御止，故以川喻。"

王犹允塞，徐方既来①！徐方既同，天子之功②！四方既平，徐方来庭③。徐方不回，王曰还归④。

〔注释〕

①犹，《毛传》："谋也。" 允，《郑笺》："信也。"即实在。 塞，朱熹《集传》："实。"即切实。参《邶风·燕燕》注。 来，马瑞辰《通释》："与勑通。《广雅·释诂》：'来，犹归也。'"即归顺。 ②同，诸侯会集朝拜朝廷。在此为顺从。 ③四方，四通泗。泗方即徐方。诗人泗、徐并举，为避免重复。参《江汉》注。 庭，顺从。参《大雅·韩奕》注。 ④回，《郑笺》："犹违也。"即违抗王朝。 曰，聿。语助词。 还归，回归。

●诗之六章归美周王。

〔解题〕

《毛序》:"《常武》,召穆公美宣王也。有常德以立武事,因以为戒然。"诗篇所述为周宣王亲征伐徐方,赞美天子之意充溢全诗。至于是否为召穆公所作,诗本身缺少明证。诗名"常武",据《序》意为"有常德以立武事",暴力征服中显出德行,或许正是诗人或编定者命名的用意。此次征伐,周王为兵戎主帅,诗一则曰"王师",再则曰"王旅",三则曰"王曰",内证充足,古来无疑问。而诗中南仲、皇父、程伯休父此次征伐所扮演的角色,古来却鲜有得其正解。南仲自郑玄解为文王时人,下文的"大祖"、"三事"就没有着落。今从现代学者公认的说法,定南仲为宣王时人,进而定"大祖"即路神之祭,南仲的身分也就豁然而明。南仲实为司徒,品级为卿士,而"三事"实即司徒、司空、司马。据此,此次周王亲征,副贰之臣实际只有司马程伯休父一人。南仲、皇父不过为战前选择徒众、修饬兵械的要人。三人作用既明,对西周天子亲征军制,对三公的分职都得到更具体信实的认识。"四方"数次出现于《江汉》、《常武》中,仔细审度上下文义,深感"四"读如本字不妥,因此大胆地读为泗,四方即泗方,泗方即徐方,诗人变文为义。正确与否,有待高明指正。

瞻卬

瞻卬昊天,则不我惠。孔填不宁,降此大厉①。邦靡有定,士民其瘵②。蟊贼蟊疾,靡有夷届③。罪罟不收,靡有夷瘳④。

〔注释〕

①填,《毛传》:"久。" 厉,灾害。 ②瘵(zhài),《毛传》:"病。" ③蟊,农作物害虫。 贼、疾,在此都是残害。 夷,王引之《释词》:"语助也。"

届，终止。 ④罪罟，有罪之人。罟即辜。参《小雅·小明》注。 收，收捕。 瘳(chōu)，《毛传》："愈也。"

●诗之首章总言天降灾厉，没有止息。

人有土田，女反有之[①]。人有民人，女覆夺之[②]。此宜无罪，女反收之。彼宜有罪，女覆说之[③]。

〔注释〕

①女，汝。 有，马瑞辰《通释》："《广雅·释诂》：'有，取也。'有之犹取之也。" ②覆，《郑笺》："犹反也。"即反而。 ③说，《毛传》："赦也。"说为脱之假借，故《毛传》训为赦。

●诗之二章斥周王是非颠倒，锋芒毕露。

哲夫成城，哲妇倾城[①]。懿厥哲妇，为枭为鸱[②]。妇有长舌，维厉之阶[③]！乱匪降自天，生自妇人！匪教匪诲，时维妇寺[④]！

〔注释〕

①哲，《郑笺》："谓多谋虑也。" 城，《郑笺》："犹国也。"古代国在城中，故城与国概念相通。 ②懿，《郑笺》："有所痛伤之声也。"马瑞辰《通释》则谓懿为噫之假借字。 枭鸱，朱熹《集传》："恶声之鸟也。" ③长舌，善言而搬弄是非。 阶，阶梯、起因。 ④寺，阉宦。

●诗之三章追究祸乱之源，实由哲妇引起。

鞫人忮忒，谮始竟背[①]。岂曰不极，伊胡为慝[②]？如贾三倍，君子是识[③]！妇无公事，休其蚕织[④]！

〔注释〕

①鞫，《郑笺》："穷也。"即逼迫。 忮(zhì)忒，以各种手段迫害他人。《毛传》："忮，害。忒，变也。" 谮始句，于省吾《新证》："竟、竞古通……'谮始竟

背'应读为谮始竞背。上言'鞫人忮忒',故曰谮言始竞相背违也。"背违即互相倾轧。 ②极,中正。 伊,他们。 为,刘淇《助字辨略》谓可训被、受。 慝(tè),王先谦《集疏》:"即嫟之假借,训悦。"嫟音 nì。 ③如贾(gǔ)句,吴昌莹《经词衍释》:"如犹为也,如与为义同,故为可训曰如,如亦可训曰为。"贾,商贾。三倍,于省吾《新证》:"犹言数倍,详汪中《述学·释三九》。"《郑笺》:"贾物而有三倍之利者,小人所宜知也,君子反知之,非其宜也。" ④公事,马瑞辰《通释》:"公与宫同声。……此诗公事当即宫事之假借,宫事即蚕事也。"据《毛传》,古时天子诸侯有公桑蚕室,养蚕、缫丝由后夫人率贵妇人为之。

●诗之四章写妇人干政,世道偏邪。

天何以刺,何神不富①?舍尔介狄,维予胥忌②。不弔不祥,威仪不类③。人之云亡,邦国殄瘁④!

〔注释〕

①刺,《毛传》:"责。"即谴责、责罚。 富,《毛传》:"福。"富、福古同部通用。 ②舍,舍弃。 介狄,马瑞辰《通释》:"《说文》:'狄之言淫辟也。'……介狄谓大狄,犹云元恶也。'舍尔介狄'即上章'彼宜有罪,女覆说之','维予胥忌'即上章'此宜无罪,女反收之'也。" 胥,相。 忌,《毛传》:"怨也。" ③不弔,不淑、不善。参《小雅·节南山》注。 不祥,顾炎武《日知录》:"威仪不类,贤人丧亡,妇寺专横,皆国之不祥。" 类,《毛传》:"善。" ④云,语词。 殄,尽。

●诗之五章述祸害之深,言之惨然。

天之降罔,维其优矣①。人之云亡,心之忧矣!天之降罔,维其几矣②。人之云亡,心之悲矣!

〔注释〕

①罔,林义光《通解》谓读为荒,降荒犹降丧也。 优,《毛传》:"渥也。"陈奂《传疏》:"优读为瀀,此假借字也。《说文》:'瀀,泽多也。'"瀀渥同义,在此为严重。 ②几,《毛传》:"危也。"

●诗之六章表达诗人悲悼现实的凄怆心情。

觱沸槛泉,维其深矣①。心之忧矣,宁自今矣?不自我先,不自我后!藐藐昊天,无不克巩②。无忝皇祖,式救尔后③!

〔注释〕

①觱(bì)沸,泉水涌流貌。　槛泉,泛滥之泉。槛当作滥,《说文》:"滥,泛也。"　②藐藐,高远貌。　克巩,于省吾《新证》谓克、可一声之转,古每通用。巩为恐之本字。克巩即可恐、天谴可畏。　③忝,辱没。　皇祖,伟大的祖先。　后,《郑笺》:"谓子孙也。"

●诗之七章慨叹身世,并祈望周王改过救败。

〔解题〕

《毛序》云:"《瞻卬》,凡伯刺幽王大坏也。"王先谦《集疏》:"三家无异义。"朱熹《集传》:"此刺幽王嬖褒姒任奄人以致乱之诗。"看来汉、宋学者对诗刺幽王并无争议。"大坏"指什么?从诗人对"哲妇"的一番指责看,当与幽王宠幸褒姒有关,征诸史籍,幽王因宠幸褒姒而废黜申后及嫡嗣,变乱宗法国本,是幽王失道的劣迹之一。但细审诗义,诗人似乎并非针对此事,或者主要不是针对此事。从"妇有长舌,维厉之阶"数句及"妇无公事"云云看,褒姒所为并不仅限于争宠害嫡之一端。得势之后,似乎并未就此安分,而是继以干预朝政。而幽王则因陷溺妇寺是非颠倒、强取民财、姑息罪辜,终至败坏祖制政道。朱子《集传》及对朱说多所回护的方玉润《原始》,将褒姒与幽王并列,认为同被诗人矛头所指。这有失准确。不论是立宠废正还是放任褒女,责任全在天子。诗中妇、寺并举不过是连类而及,并非诗人斥责的主要对象。姚际恒《通论》已有辩诘,可以参考。据《国语·郑语》,幽王废正立嬖后,朝野间就有妖女灭周的盛传,史臣甚而有"凡周存亡,不三稔矣"的预言。看来,妖祥之言的谣传实与褒女的恃宠擅权有关。诗对“幽王大坏”谴责中透露出的“哲妇”行迹,既可补史籍的阙忽,又可绽现一些谣言的底里。关于作者,《序》谓凡伯。因诗篇本身并无明证,疑古者往往不从。但从“维予胥忌”等语看,当是朝中显要大臣。《大雅》诸诗,征诸前人旧说、验诸诗篇章句,不论其美刺,所述典制、所言事件、所及人物,都与先王、当今天子及当朝重臣有关;而其作者,又绝多为显要大臣。这是其与《小雅》诸篇显著的不同。《雅》分大、小,历来众说纷纭,此或为二《雅》分界之所在?

召旻

旻天疾威,天笃降丧①。瘨我饥馑,民卒流亡。我居圉卒荒②。

〔注释〕

①旻天,幽远的上天。旻,幽远。　疾威,勃然震怒。疾,迅猛、猛烈。笃,朱熹《集传》:“厚。”在此为沉重。　②瘨(diān),《郑笺》:“病也。”　居,朱熹《集传》:“国中也。”　圉(yǔ),《毛传》:“垂也。”即陲之假借,边疆。

●诗之首章言天灾沉重。

天降罪罟,蟊贼内讧,昏椓靡共①。溃溃回遹,实靖夷我邦②!

〔注释〕

①讧,《郑笺》:“争讼相陷入之言也。”　昏椓,昏乱谮谤。马瑞辰《通释》谓昏即《大雅·民劳》之“惛怓”,大乱之谓。椓通作诼,谮毁。　共,通恭,恭奉王事。　②溃溃,《毛传》:“乱也。”即愦愦之假借。　回遹,邪僻。参《小雅·小旻》注。　靖,《毛传》:“谋。”　夷,《郑笺》:“皆谋夷灭王之国。”

●诗之二章指斥昏乱内讧的群小实为祸国殃民的魁首。

皋皋訿訿，曾不知其玷①。兢兢业业，孔填不宁②。我位孔贬③！

〔注释〕

①皋，马瑞辰《通释》："当读为嗥。《玉篇》：'嗥，相欺也。'重言之则曰嗥嗥。" 訿，马瑞辰《通释》："与呰通。《管子·形胜》篇：'毁呰贤者谓之呰。'"即诋毁。 玷，玉斑。引申为污点、蒙受耻辱。 ②兢业，小心谨慎。 孔填，甚久。参《瞻卬》注。 ③贬，《毛传》："坠也。"即降级。

●诗之三章写小人得势，贤臣遭斥。

如彼岁旱，草不溃茂，如彼栖苴①。我相此邦，无不溃止！

〔注释〕

①溃，《毛传》："遂也。"马瑞辰《通释》："溃、遂叠韵字，溃即遂之音近假借。……遂者草之畅达，与茂义相成。" 栖，陈乔枞《遗说考》："当读如'余粮栖亩'之栖也。"即偃卧栖息。 苴(jū)，枯草。

●诗之四章预言国家崩亡，语极沉痛。

维昔之富，不如时①！维今之疚，不如兹②！彼疏斯粺，胡不自替③？职兄斯引④！

〔注释〕

①维昔句，《毛传》："往者富仁贤，今也富谗佞。"时，是、现今。 ②维今句，"今"与上句"昔"为互文，谓富贵贫病今昔颠倒。疚，贫病。兹，现今。 ③疏，《郑笺》："粗也，谓粝米也。" 粺(bài)，精米。 替，《毛传》："废。" ④职，反而、却。 兄，通况，更加。 引，延伸。

●诗之五章感伤贤者贫病，小人富贵。

池之竭矣，不云自频[①]？泉之竭矣，不云自中[②]？溥斯害矣，职兄斯弘[③]！不烖我躬[④]？

〔注释〕

①竭，干涸。　频，《郑笺》："当作滨。"水边。　②中，泉水源头。　③溥，《郑笺》："犹遍也。"　弘，弘大、广大。　④烖，古灾字。

●诗之六章言祸害之起，实有所自。全章用问训语句，有警示世人之意。

昔先王受命，有如召公，日辟国百里[①]。今也日蹙国百里[②]！於乎哀哉！维今之人，不尚有旧[③]。

〔注释〕

①先王、召公，陈奂《传疏》："先王谓宣王也，召公谓召穆公也。……昔者宣王受命中兴，复文、武之竟土，辅佐之者有如此召公之臣，是以日辟国百里。"　辟，开辟。　②蹙（cù），《毛传》："促也。"即促迫、收缩。　③於乎，同呜呼，哀叹之词。　尚，尊敬。　旧，指先朝老臣。方玉润《原始》引曹粹中说："当是时去宣王中兴之日不远，其旧臣故老无尚存者乎？"

●诗之七章哀叹国势衰落，旧臣冷落。

〔解题〕

《毛序》："《召旻》，凡伯刺幽王大坏也。旻，闵也，闵天下无如召公之臣也。"今文三家无异义。朱熹以降迄至清儒也无甚新说。但细读此诗，似当作于"二王并立"（关于"二王并立"，参《小雅》部分《节南山》、《雨无正》等诗的《解题》）时期。诗一则言"民卒流亡"、"居圉卒荒"，再则言"无不溃止"、"日蹙国百里"，其情状显系犬戎灭镐、幽王遭戮后的荒废境况。而"蟊贼""昏椓"、"皋皋訿訿"的"内讧"，又与《小雅》中作于携王时诗所述主暗臣昏情景，又何其相似乃尔！此诗历来有争议的问题，一是"召公"何人，一是"昏椓"何解。西周历代大臣中称"召公"而又特别著名的，前有康公奭，后有穆公虎。自《郑笺》认为指周初召康公后,其说深为后世学者信从。而陈奂《传疏》则力主为宣王朝的召穆公,其说又广为今世学者所接受,而且也为今史学研究成果所支持。《乐记》言《大武》乐章云:“四成而南国是疆;五成而分陕(今河南省陕县):周公左,召公右。”这或许就是郑氏解召公的依据。但“分陕而治”明在“南国是疆”之后,周、召二公对南国只是政治上的治理,而非疆土上的始辟,显然与本诗“辟国”有相当的差异。而且分陕并立,诗何以只言召公,而只字不及周公?据今之史家研究,周初武王、成王之际经营的重点是东方及北方,而中期以后才转至南方。这又与召康公的年世颇有不合了。(参许倬云《西周史》,三联版 179 页)倒是召穆公在西周末年的征服南方中营谢(见《崧高》)征淮(见《江汉》),功绩显赫。因此,陈奂说较汉儒旧说当更为可信可从。至于“昏椓”,《郑笺》:“昏椓,皆奄人也。昏,其官名也。椓,椓毁阴者也。”此说亦受到清儒反对。陈启源《稽古编》云:“阉寺之祸,始见于齐之貂、宋之戾,至秦之高而甚焉。三代以前未尝有也。……其寺人仅有遭谗被刑、无可控诉而作《巷伯》以鸣其不平者,其他阉官未必怙宠弄权可知。……郑生桓、灵之世,目睹诸常侍之恶故激而为此解耳,然则论世则疏矣。”所以本书从马瑞辰《通释》“昏椓”为通假之说。诗名“召旻”,朱熹《集传》引苏辙《诗集传》之说:“因其首章称‘旻天’、卒章称‘召公’,故谓之《召旻》,以别《小旻》也。”

颂

周　颂

今天所见到的对“颂”之含义较早的界定，当推《毛诗序》，曰：“颂者，美盛德之形容，以其成功告于神明者也。”这个定义含有三要素：形容、告成、神明。“形容”表明有舞有乐，“告成”表明有歌诗，“神明”则表明诗、乐、舞用于宗庙及天地山川神祇的祭典。因此，朱熹《集传》“颂者，宗庙之乐歌”，除去忽略了天地山川之祭的内容而显得有失周延外，称得上是对《序》说最好的概括。后人多谓《序》说代表了一种迂腐的诗教观念，但是，考之《周颂》诸诗本身，考之典籍记载，颂诗几乎没有一首不与重大的祭神活动有关。祭祀活动中有时只用一首诗乐，有时却是几首诗联翩演奏、成套使用（这一点以前多有忽略，详见本书各篇注解），而许多隆重的祭典都伴有场面热烈的舞蹈（这一点或显见于诗篇自身，或见诸于记载的说明）。因此，祭祀、诗乐舞三者合一，可视为颂不同于雅、不同于风的本质特征。这既牵涉到《颂》在全部《诗经》中的地位，也牵涉到颂与雅的分部问题。周王除定期祭祀天地神祇外，不论是新君丧期结束开始亲政，还是遇有重大的国事活动，宗庙中都有祭祖典礼。从《烈文》、《有瞽》、《雝》及《载见》诸诗看，祭祀参与者除周王及其左右外，还有包括异姓在内的列国诸侯。同姓为与祭者，异姓为助祭者。不论是与祭还是助祭，都使宗庙祭祀获得了超出宗教范围的政治含义。宗庙敬祖可以强化同姓诸侯的亲缘意识，而这本身又是对异姓客人的政德示范。因而，政教合一才是宗庙祭礼的全部意义，才是《周颂》诸诗的本质内涵。《周颂》实为三百篇的纲领。有人曾以因声求义的训诂方法，解颂为“诵”。这是一种误解。先秦典籍中有“升歌《清庙》”、“歌《彻》”(《彻》即《雝》)的记载,歌与诵当有相当的区别。《大雅》、《小雅》有的可歌,有的为诵,而《周颂》诸诗为舞乐歌辞,是基本一致的。同时,二《雅》中虽然也有相当的篇什表现了祭祀,但神灵面前的人事活动,或者对祖先英雄业绩的叙赞,才是这些诗篇的中心内容。由祭祀敬神献神,向神灵面前的人事活动的倾斜,其间当有《雅》、《颂》二者的基本分野。前代学者对《颂》诗的解释,或侧重其舞容(如阮元《释颂》),或侧重其音声(如王国维《说周颂》),都是对作为一代政教大典之诗乐的以偏概全之说,偏重不同,其弊则一。

关于《周颂》的创作年代,前人绝多相信大部分是周初,其最晚近者下限也不超过成、康时期。但据本书的研究,这古老的意见靠不住。下限当在周恭王时代,而其创作高潮,周初十余年间而外,穆王时期最为突出。《周颂》之诗,简古与文饰、质朴与华美之间,横亘着百余年间礼制变迁、文化演进的历史。

《周颂》凡三十一首。

清　庙

於穆清庙,肃雝显相①。济济多士,秉文之德②。对越在天,骏奔走在庙③。不显不承,无射于人斯④!

〔注释〕

①於(wū)穆,犹言穆穆。於本为叹词,在此为穆的修饰词。穆,肃穆。　清庙,贾逵《左传注》:“肃然清静,谓之清庙。”　肃雝,庄严和谐。《毛传》:“肃,敬。雝,和。”　显相,清庙所昭示出的形象、氛围。《尚书大传》:“周公升歌清庙,苟在庙中,尝见文王者,愀然如复见文王焉。”　②济济,众多貌。　多士,指参加祭祀的各位诸侯及公卿大臣。　秉,持。　文德,文王之德。《郑笺》:“济济之众士,皆执行文王之德。”　③对越,遵从上天神灵意志行

事。《郑笺》:“对,配。越,于也。” 骏,马瑞辰《通释》:“骏、疾以声近为义,庙中奔走以疾为敬。” ④不显,丕显。不即丕、大。显,显赫。 承,王引之《述闻》谓读如“武王烝哉”之烝,美善。 射(yì),厌。参《大雅·思齐》注。

●诗言幽静的清庙,庄严的氛围。众多的公侯们,秉持着文王的明德。为配答上天的先祖神灵,在庙中疾敏地奔走,执行着献祭事宜。多么显赫,多么盛美,人们毫不厌倦地承继着先王的德业!

〔解题〕

《毛序》:“《清庙》,祀文王也。周公既成洛邑,朝诸侯,率以祀文王焉。”王先谦《集疏》引蔡邕《独断》所存《鲁诗》说:“周公咏文王之德而作《清庙》,建为《颂》首。”齐、韩之说虽不得详知,要之汉代古、今各家,并无多大歧异。朱熹《集传》,遵从《序》说。迄至元末刘瑾作《诗传通释》,据《洛诰》“禋于文王、武王”、“文王骍牛一、武王骍牛一”,谓此诗为兼祀文、武乐章,《序》说开始受到怀疑。而清代姚际恒、方玉润诸人则由疑而诋,斥“朝诸侯,率以祀文王”为“诬妄”之说。然而清儒不信《毛序》,实源于他们认定《礼记·明堂位》有关周公践阼称王的记载为伪书诬妄之言,可他们怀疑《礼记》的依据却是大成问题的。据后代学者的研究,武王去世周公曾摄政称王,是确定的事实,因而周公率诸侯祭祀文王也就是可能的。至于刘瑾的疑惑也是经不住推敲的。《洛诰》中诚然有禋祀文、武之事,但这只是“祭岁”常礼。而本诗明言“济济多士”,则显系“殷见”之礼。殷之义为众,诸侯会同为殷。《洛诰》不也有“王肇称殷礼,祀于新邑”之言么?诗中“秉文之德”一句,尤当细读。前代不少学者认为文德一词泛指周之先公先王,但考虑到《清庙》的时代及其背景,当以郑玄解为文王之德为确当。在《尚书》中可信的周初文献中,在周公以王的身分、口吻发布的典诰中,称述文王处甚多,称述武王处极少,而且只是在与成王谈话时,才文、武并提,这不仅因为周公践阼是继武王行政,而且更有着宗法观念的原因。周公与武王为同辈,当朝大臣也多是文王子辈,称述文王之德,才具更大的宗法约束力。殷礼宗祀之中称颂“文德”还有着更切近的现实意义。建都雒邑本是武王遗志。其本义则是因此而“定天保,依天室”(《逸周书·度邑》),以巩固、确定周人天下共主的地位。“‘天保’是指顺从天意的国都,‘天室’是指举行大典及施政的明堂,‘依’是指举行内外群臣大会见并参与献祭的殷礼。”(杨宽《论〈逸周书〉》)这不正可以证《清庙》为东都祀典之诗么?而在殷见祭典中,表彰文王之德显然比表彰以武功见长的武王更适于“依天室”的要求。综上,清人的驳诘,并不足以撼动汉儒古说。清庙祭祀为周朝历代相沿的重典,先儒不易误解。后人每以疑古为能事,其学识又多拘墟于乡曲之见,疑古便成为狂悖。

维天之命

维天之命,於穆不已。於乎!不显文王,之德之纯①。假以溢我,我其收之②。骏惠我文王,曾孙笃之③。

〔注释〕

①於乎,即呜呼。叹词。 纯,《毛传》:“大。”马瑞辰《通释》:“纯本美丝之称,假以状明德之明而不杂,故义为明、为文,又为大耳。” ②假以句,《毛传》:“假,嘉。溢,慎。”马瑞辰《通释》:“慎我即静我也,静我即安我。……‘假以溢我’正谓善以安我。” 收,朱熹《集传》:“受。” ③骏惠,马瑞辰《通释》:“惠,顺也。骏当驯之假借,驯亦顺也。骏惠二字平列,皆为顺,犹劬劳同为劳,尽瘁、殄瘁同为劳也。” 曾孙,朱熹《辨说》:“古者事神之称。”曾孙犹言重孙、子子孙孙。 笃,《毛传》:“成王能厚行之也。”笃即厚、广大。

●诗前四句言文王纯德受自天命,后四句言文王美德保佑子孙。

〔解题〕

《毛序》:“《维天之命》,太平告文王也。”蔡邕《独断》引《鲁》说:

"告太平于文王之所歌也。"王先谦《集疏》:"《齐》、《韩》当同。"是汉儒并无异义。至朱熹《集传》,除以天道性命之理解释诗义外,其"此亦祭文王之诗"亦与汉儒无大异。而方玉润《原始》既认定诗为"祭文王",又谓"太平告文王之非固不足辨",则将朱与汉儒视为对立。实际上,朱只是据诗而论,汉儒则据礼而言,两者虽有差异而正可互补。"祭文王"正是为了"告太平"。《清庙》、《维清》亦归美文王、祭告太平。然而古人只明言此诗"告太平",实有其特定缘由。三首颂诗实为同一祀典中的三部曲。这一点前人已有成说,如明代季本《诗说解颐》、何楷《诗经世本古义》、清代李光地《诗所》皆谓三诗同时为用。考周人用乐,每以"三终"为一部套曲。所谓三终,据《礼记·乡饮酒礼》"工歌《鹿鸣》、《四牡》、《皇皇者华》",实即以上三诗乐歌。而两君相见之礼,则又歌"文王之三",据《国语·鲁语》,即《文王》、《大明》、《绵》三诗。明乎此,再看《清庙》等三诗。《仪礼》、《礼记》中均有"升歌《清庙》,下管《象》"的记载。所谓"升歌",即乐工升堂鼓瑟而歌。"下管《象》"者,王国维曰:"当谓管(即乐工以管吹奏伴舞乐曲)《维清》之诗。"实际上《清庙》只是祭祀乐章的序曲,而《维清》据《毛序》"奏象舞也",当是诗乐舞合一的结束曲。只有《维天之命》是祭祀者对所祭神灵的献歌。"三终"皆由乐工演唱,是因为礼仪中的主客都有揖让周旋的行动,乐工实为伴奏;而《清庙》三诗乐工升歌、下管其中之二,是由于祭祀者必须亲自向神灵表达敬意,因而其中一诗必须由他们自唱才能合乎礼仪。所以宽泛而言,《清庙》、《维天之命》、《维清》都是"祭文王"之诗,但确切而言,惟有《维天之命》才是祭祀者向神灵的"告太平"之辞。

维　清

维清缉熙,文王之典①。肇禋,迄用有成,维周之祯②!

〔注释〕

①清,朱熹《集传》:“清明也。” 缉熙,《郑笺》:“光明也。” 典,《毛传》:“法也。” ②肇禋,“肇在西土”之讹。肇,开端、兴起。禋,高亨《诗经今注》:“当作西土,乃西土二字误合为‘垔’,后人又加示旁。周因在西方,所以称西土。”高说甚妙。又据《书·酒诰》“肇国在西土”之语,高说非是。“礻”当为“在”,金文示、在字形相近,易于混淆。 迄,终于。 成,成功。 祯,《毛传》:“祥也。”

●诗言如此清明光耀的德行是文王的典则。文王的功业肇兴于西土,终于获得伟大的成功,文王之德实在是周家的祥瑞!

〔解题〕

《毛序》:“《维清》,奏象舞也。”王先谦《集疏》引《鲁》说:“奏象武之所歌也。”又引《齐》说:“武王受命作象武,继文以奉天。”后代对汉儒之说或信或疑,焦点在对“象武”如何理解。前人多释“象”为舞乐之名,实是误解,也是理解歧异的根源。《礼记·祭法》:“夫乐所以象成者也。”实则象犹如今天所谓的形象,象舞实即以舞蹈形式表现某种意谓。《礼记·仲尼燕居》载孔子言:“升歌《清庙》,示德也;下而管象,示事也。”德无形而事有象,后者正可以舞蹈表现。象舞既然不是具体舞乐的专有名称,那么“管象”所“奏”之舞又是什么呢?《郑笺》:“象舞,象用兵时刺伐之舞,武王制焉。”周代舞分文舞、武舞。武舞执干,文舞秉籥。据《吕氏春秋·古乐》,武王克殷之后,曾命周公作《大武》乐章。又据《礼记·乐记》对《大武》舞乐“总干而山立”的描述,《维清》所“奏”之“象舞”,正是《大武》之舞。因而王国维《释乐次》曰:“凡有管则有舞,舞之诗,诸侯《勺》,天子《大武》、《大夏》也。”前人既认定象为乐舞专名,故不信《郑笺》,以为《象》、《武》不同。实际上断定“象舞”所舞即《大武》之舞,可以从诗篇本身找到内证。诗称文王肇在西土,至今而“迄用有成”,“有成”正当谓武王克殷、周邦大显,也就是《齐诗》家所谓的“继文以奉天”。从时间上说,《大武》之作在先,祀文王而舞《大武》在后,古儒每每羡称周公“制礼作乐”,看来将武王时表现胜利的舞蹈,移用于清庙文王的歌舞祭典之中,当就是周公“制作”的表现之一。《大武》舞既是移用,就不能不有所改制。《大武》之舞本自有诗乐(详后),但移至清庙祭文王时,又配以新的歌词。这就是《维清》之诗。王国维《释乐次》对此诗《毛序》作过如下的解释:“下管象,当谓管《维清》之诗,升歌《清庙》,下管《维清》,皆颂也。”所谓“下管”,指乐工于堂上“升歌”之后,又下堂至庭,以管乐吹奏《维清》。升、下之间,还应有祭者歌唱《维天之命》,而乐工吹奏《维清》之曲,其诗自当由舞者演唱。《礼记·祭统》:“及入舞,君执干戚就舞位。”舞者就是包括君王在内的文王子孙。在此,《毛序》为什么省略了对《维天之命》、《维清》使用情况的说明呢?礼制的记述,多出自工师之手。记述礼数本是为了有利于师徒间传授,只记述那些属于他们自己在典礼中的职事细节是很自然的。儒者采书作《序》,相沿而不察,要之是由于时去已远,工师无遗,以致古礼全目阙略。

烈　文

烈文辟公,锡兹祉福①。惠我无疆,子孙保之②。无封靡于尔邦,维王其崇之③。念兹戎功,继序其皇之④。无竞维人,四方其训之⑤。不显维德,百辟其刑之⑥。於乎,前王不忘!

〔注释〕

①烈文,马瑞辰《通释》:“《周书·谥法解》:‘有功安民曰烈。’烈文二字平列,烈言其功,文言其德也。”　辟公,诸侯。　②惠,《郑笺》“爱也。”指文王锡福而言。　保,有。　③封靡,朱熹《集传》:“或曰:封,专利以自封殖也。靡,汰侈也。”揆诸上下文义,封靡当即自封本邦、积权坐大。　崇,尊崇。

④戎,《毛传》:“大。”　继序,马瑞辰《通释》谓序即绪,“继序犹云缵绪,谓诸

侯世继其先祖之绪以为君也”。 皇,发扬光大。 ⑤无竞句,无以竞强的只有人。 训,《毛传》:“道也。”即遵循。 ⑥刑,型之假借,效法。

●诗言有功有德的诸侯们,先王已经赐给你们福祉。先王的遗爱使我们受惠无穷,子子孙孙要尽心保有之。不要有自封坐大于本邦之心,要惟王是尊。要时时念惜祖先大功大德,继承他们的遗绪并发扬光大之。只有自己努力才能无敌,要好好遵从这原则。最显耀的只有德行,所有的诸侯们要以这规则为指针。呜呼,前王的道德事业不可忘怀于心!全诗为告诫诸侯尊崇天子之辞。

〔解题〕

《毛序》:“《烈文》,成王即政,诸侯助祭也。”王先谦《集疏》引《鲁》说:“成王即政,诸侯助祭之所歌也。”又引《韩》说:“成王初即洛邑,诸侯助祭之乐歌也。”“《齐》义当同。”汉儒只是就诗所施用的典制上说解,至于诗义如何,则未曾道及。这也是古儒解《诗》的通弊。后儒多有不满,因此朱熹《集传》改谓:“此祭于宗庙而献助祭诸侯之乐歌。”虽多一“献”字,却是从义理上读诗,与旧说只有家法上的不同,并无矛盾。对汉人“即政”之说,后儒因不信周公有摄政践阼之事,每每致诘,甚是无谓。《孔疏》:“武王崩之明年与周公归政明年,俱得为成王即政。但此篇敕戒诸侯用赏不以为己任,非复丧中之辞,故知是致政之后年之事也。”孔氏定为周公结束摄位、归政成王后,是有道理的。据《尚书大传》,周公摄政七年。如此,则此诗之作当在武王崩后七八年之际?诗开首便称“锡兹祉福”《郑笺》:“新王即政,必以朝享之礼祭于祖考,告嗣位也。”即是说,新君嗣位要在宗庙献祭,而祭者的受先祖赐,参考大、小《雅》祭祀诗篇,是在祭礼将尽时由尸祝传达的。如此看来,在歌唱《烈文》之首,已有“朝享”大祭,换言之,诗是即位祭祀之后的乐章。诗是戒诸侯,又是在成王亲政之际,其主名者当为周公。不论其是否出自周公亲笔,诗都当是以周公口吻写作而由乐工演唱的。《尚书·立政》中,周公在告诫成王之后,一再呼“文子文孙”,告诉他们“孺子王矣”,并嘱他们“勿误于庶狱”。这都可以视作诗出自周公的旁证。

天　作

天作高山，大王荒之①。彼作矣，文王康之②。彼徂矣岐，有夷之行③。子孙保之！

〔注释〕

①作，《毛传》："生。"　高山，岐山。　荒，朱熹《集传》："治。"即垦辟。　②彼，指天。　康，安居。　③彼徂句，于省吾《新证》："古文用以为矣，……'彼徂矣岐，有夷之行'，应读为彼沮以岐句，有夷之行句。……彼沮以岐，有夷之行，谓沮水之侧与岐山之下，有坦夷之道也。"　夷，《毛传》："易也。"即平坦。　行，大道。

●诗言上天生成了高大的岐山，太王古公亶父开始治理它。上天生成了这高山，文王又在这里安居。自先王居住这里，在沮水侧，在岐山下，开始有了平坦的大道。

〔解题〕

《毛序》："天作，祀先王先公也。"据王先谦《集疏》，《鲁诗》基本与《毛序》无异，"齐韩当同"。朱熹《集传》谓此诗只是祭太王之诗。而明、清许多学者都认为是武王柴祀岐山之乐歌。其根据是《周易》中两见王用享于岐山的繇辞。但《周易》中"王用享岐山"是否祀山川之礼，却大可怀疑。《礼记·礼器》："天地之祭、宗庙之事……伦也；社稷山川之事、鬼神之祭，体也。"郑玄注："伦之言顺也。""天地人之别体也。"意谓天地宗庙祭祀是出于孝道，而社稷山川之祀则人、神间不存在顺承关系。《周易》言王祭于岐山，是"享"，属于《礼记》所谓之"宗庙之事"。实则《周易》所谓的"王用享岐山"，是说王在岐山祭祖。如此，则明、清各家所另立的新说就彻底失去了理据，而《周易》卦繇之辞反而可以作为旧说的旁证。《毛序》另一使后儒疑惑之处是，既然是享祭“先王先公”，为什么诗中只称述大王、文王而不及其他，如王季等等？朱子祭太王之说，就正从这一迷惘而来。陈奂《传疏》“此时享庙祧之乐歌”正可视为对这一迷惑的释疑。“时享”即四时之享，“祧”即将隔离若干代以上的祖宗神位迁入远祖(周之远祖为后稷)庙中。这些被祧的祖灵称为“鬼神”，属于“天地人之别体”。《礼记·祭法》：“凡鬼神荐而不祭。”意思是对这些神灵只献贡物，而不须一一辨别他们的昭穆次序。古人宗庙中，始祖之下按昭穆关系，将未祧的各位祖宗灵位分为两排，“昭”即祖孙关系，“穆”即父子关系。如太王与文王，为祖孙，列在昭位，为一昭。王季为太王之子，关系属穆，同样武王与文王也是父子，故王季与武王同在穆位，为一穆。在成王时代，太王之前的先公先王属被祧之祖，只荐不祭，相应地诗也就不称举他们的名号。太王与文王为一昭，称举二人，即可以赅王季、武王。这本系诗人的省略法。由此看来，汉人成说仍是可信的。

昊天有成命

昊天有成命，二后受之①。成王不敢康，夙夜基命宥密②。
於，缉熙③！单厥心，肆其靖之④。

〔注释〕

①成命，马瑞辰《通释》：“古文明、成二字同义。……成命犹言明命。” 二后，《毛传》：“文、武也。” ②成王，即周成王姬诵。 康，安逸。 基，《尔雅·释诂》：“谋也。” 命，马瑞辰《通释》引《贾子》曰：“制令也。”即政令。 宥密，于省吾《新证》谓即有勉、勉勉。 ③缉熙，光明。《毛传》：“缉，明。熙，广。”《郑笺》：“广当为光。” ④单，《国语》引《诗》作“亶”。《尔雅·释诂》：“亶，厚也。”厚其心，即尽心尽意。 肆，《毛传》：“固。”《郑笺》：“固当为

故。”靖,《毛传》:“和也。”即协和、安定。

●诗言昊天有明命,文王、武王二位先王承受了它。成王不敢安逸,从早到晚谋划着政令,勤勉不懈。呜呼,多么光耀的德行!能够尽心竭力,所以成王能最终安宁天下。

〔解题〕

《毛序》:“《昊天有成命》,郊祀天地也。”《鲁诗》略同。据王先谦《集疏》,《齐诗》又谓“成王郊祀天地于雒邑”。然而汉儒之说实不可从。其一,周王郊祀祭天,不应对着昊天上帝自称王号、自叙勤政有成。其二,诗中“成王”从上下文义看,当指周成王姬诵,《郑笺》以“成此功者”释之,不确。郊祀祭天之礼以周始祖后稷配祭,与周成王无涉。朱熹《集传》曰:“此诗多道成王之德,疑祀成王之诗也。”按,朱说本有依据,《国语·周语下》载叔向言此诗:“是道成王之德也,成王能明文昭,能定武烈者也。夫道成命者,而称昊天,翼(敬)其上也。二后受之,让于德也。成王不敢康,敬百姓也。”据此,朱又谓:“此康王以后之诗。”后人因泥于周公制礼作乐成见,对朱说多有非议。如马瑞辰《通释》多方举例,力证“成王”为姬诵生时称号。而于省吾《新证》更以金文证之。但生号并不能解决时代问题。判断时代,还是当依据诗义而不是生号或谥号。而且《诗经》各篇分部,雅、颂各有所当。如按生号说,此诗当系成王在世时臣下对其赞美,按《诗》的分类,当归于雅,而不当在颂。扬雄《法言》曰“康王之时,颂声作于下”,《汉书·艺文志》言“成、康没而颂声寝”,周公制作,诚或有之,要之也只是规模始具,一朝政典的完成需要一个相当长的过程。在以后对《周颂》有关诗篇的说明中,我们将会看到《周颂》创作年代的结束时期,比成、康年代还要晚得多。

我 将

我将我享，维羊维牛，维天其右之①。仪式刑文王之典，日靖四方②。伊嘏文王，既右飨之③。我其夙夜，畏天之威，于时保之④！

〔注释〕

①将，马瑞辰《通释》引庄述祖《诗义口说》："古文作鬺，……《说文》作鬺，煮也。" 享，《毛传》："献也。" 右，方玉润《原始》："古人尚右，故以右为尊。"又引朱公迁说："明堂之位，帝居中，文王居西南，主皆西坐东向，则馔在左而神在右矣。" ②仪式刑，朱熹《集传》："皆法也。"即取法、效法。刑为型之省借。 典，法则。 ③伊，语气词。 嘏，王引之《述闻》："《尔雅》曰：嘏，假、大也。"伊假犹言大哉。 飨，享用。 ④于，通聿、曰。语词。 时，时时。

●诗言我烹煮我献祭，贡品有羊还有牛，恭敬地放在右方，以使天帝来享用。效法文王的法则，日益安宁着四方。大哉文王！你的子孙也向你敬献过贡品。我要夙兴夜寐，敬畏着上天的灵威，以时时保有文王的家邦！

〔解题〕

《毛序》："《我将》，祀文王于明堂也。"据王先谦《集疏》，《齐》、《鲁》、《韩》三家同。后代亦无新说，只是方玉润《原始》略嫌《序》义不周，谓："然诗以祀帝为主，文王配焉，自当云'祀帝于明堂，而以文王配之焉'。"方说自比旧说周祥，但在经学明备的汉代，文王明堂之祀即为严父配天，众所周知，《毛序》省略为说，固有其学术背景。周代祭天，一为郊祀，一为明堂祀。前者配祭始祖后稷，后者配祭始受天命的文王。二者有所不同，也有其内在联系。朱熹《集传》引陈氏说："古者祭天于圜丘，扫地而行事，器用陶匏，牲用犊，其礼极简。圣人之意以为未足以尽其意之委曲,故于季秋之月有大享之礼焉。天即帝也,郊而曰天,所以尊之也。故以后稷配焉。后稷远矣,配稷于郊,亦以尊稷也。明堂而曰帝,所以亲之也,以文王配焉。文王亲也,配文王于明堂,亦以亲文王也。尊尊而亲亲,周道备矣。然则郊者古礼,而明堂者周制也。”陈氏说古礼演进,颇为精当。明堂之制,经古今学者研究,基本明确,有天子听政的明堂(又称路寝),有效外的明堂(天子称辟雍,诸侯称泮宫),有天子巡守方岳、会同诸侯的明堂等等。其建筑形制,王国维《明堂庙寝通考》考之甚详,可参读。

时迈

时迈其邦,昊天其子之,实右序有周①!薄言震之,莫不震叠②。怀柔百神,及河乔岳,允王维后③!明昭有周,式序在位④。载戢干戈,载櫜弓矢⑤。我求懿德,肆于时夏,允王保之⑥!

〔注释〕

①时,《尔雅》:“是也。”指代词。 迈,林义光《通解》:“读为万,诸彝器万年多作迈年,万与迈古通用。” 子之,以之为子。之指周。 右,《郑笺》:“助。” 序,古通予。即我。 有周,国名前加“有”为古人常语。 ②薄言,词头。 震,震动。 叠,《毛传》:“惧。” ③怀柔,安宁。 河,黄河。 乔岳,马瑞辰《通释》:“宜通指四岳言之。” 允,实在、应当。 ④明昭,彰显。 式,以。 序,次第。 在位,在王位。 ⑤戢,《郑笺》:“聚。” 櫜(gāo),《毛传》:“韬也。”即弓箭皮袋。在此作动词用。 ⑥懿德,美德。 肆,《郑笺》:“陈也。”广布。 时,是。 夏,朱熹《集传》:“中国也。”

●诗言在这万邦之中,昊天上帝对待我们像儿子一样,上天实在佑助我周邦!周族震动万邦,万邦无不震惊恐惧。安宁众多的神祇,大河山岳之神也受到礼敬,我们要永远做天下的王!上天有意彰显周邦,以使其子孙次第登在王位。于是我们收敛起干戈,将弓箭装入櫜囊。我们要讲求美好的政德,并使之广被于天下四方。永远做天下的王,永远保有周邦的兴旺!

〔解题〕

《毛序》云:"《时迈》,巡守告祭柴望也。"《鲁诗》略同,《齐诗》说:"太平巡狩祭山川之乐歌。"《韩诗》说:"美成王能奋舒文武之道而行之。"《毛》、《鲁》不言何王巡狩,而《齐》、《韩》则谓成王。然而《左传·宣公十二年》云"昔武王克商,作《颂》曰'载戢干戈'",证明此诗所述内容为武王时事。而《国语》又称"周文公之《颂》曰'载戢干戈'",又证明作者为周公。从诗义看,先言天命、武威,转以求文德,明显有逆取顺守之义,与《逸周书·度邑解》所载武王谋虑在雒邑建立新都、文治天下的思考暗合。《史记》言武王灭商后放马华山,散牛桃林,车甲藏之府库,干戈包以虎皮,又正是诗中戢戈櫜弓之义。而诗中"怀柔百神,及河乔岳",又与《度邑解》武王南望三涂,北望有岳,瞻过河、宛、伊、洛记载相同。古代征伐灭国,有祭奠当地神祇之礼。前人每以《逸周书》所记为武王巡狩的证据,以反对今文家(《韩诗》)武王不巡狩之说,殊为不当。武王灭商后在世时间很短,大局不定,恐怕难以有巡狩之事,而周公"求懿德"之诗,也只是对未来大政的宣言。巡守之礼很可能如今文家所说,在成王之世才开始实行。据礼制文献,周天子十二年一巡狩,诸侯会集向天子述职,届时还要积柴燔牲,告祭上天,望拜山川神祇。但此诗却不是为这已制度化了的大典而作。成王巡狩时,或许用此前朝诗篇作为舞乐之曲,倒是很有可能的。所以汉代今、古四家之说,都与诗篇本义不合。另外,此诗据云又名《肆夏》,是因诗中有"肆于时夏"之句。《国语》曰:"金奏《肆》、《繁遏》、《渠》,天子所以享元侯也。"三诗以钟鼓联奏,或许如《清庙》三诗并用一样,为宗庙中祭祀武王的乐舞歌辞。

执　竞

执竞武王，无竞维烈①。不显成康，上帝是皇②。自彼成康，奄有四方，斤斤其明③。钟鼓喤喤，磬筦将将，降福穰穰④。降福简简，威仪反反⑤。既醉既饱，福禄来反⑥。

〔注释〕

①执竞，陆德明《释文》："《韩诗》云：'执，服也。'"马瑞辰《通释》："《韩诗》训执为服者，盖以'执竞'为能执服强御。"即慑服强敌。　无竞，无比强盛。　烈，《毛传》："业也。"即功业。　②不显，丕显。　成康，成王、康王。　皇，《毛传》："美也。"即上帝嘉美成康。　③奄，《毛传》："同也。"故奄有即广有、尽有。　斤斤，《毛传》："明察也。"于省吾《新证》谓当为炯炯之假借。　④喤，马瑞辰《通释》："锽之假借。《说文》：'喤，小儿声也。''锽，钟声。'"　磬(qìng)，石制打击乐器。　筦，即管乐之管。　将将，锵锵之假借。　穰穰，《毛传》："众也。"　⑤简简，《毛传》："大也。"　威仪，步武仪态。　反反，举止慎重貌。参《小雅·宾之初筵》注。　⑥反，同返。

●诗言能慑服强敌的武王，有无以比拟的功业。德行显赫的成王和康王，得到上帝的嘉美。诗前七句述武王及成康王的盛德。后七句铺叙礼乐之盛、受福之多。

〔解题〕

《毛序》："《执竞》，祀武王也。"蔡邕《独断》载《鲁诗》遗说义同。迄至宋代，学者开始不满于前人旧说。王应麟《困学纪闻》载欧阳修《诗世论》："《执竞》不显成康，所谓成康者，成王、康王也。当是昭王以后之诗。"朱熹《集传》与欧说同。宋儒新说实较旧说为优。于省吾《新证》云："周颂多周初之诗，其崇奥与东周文字迥有不同。惟《执竞》、《臣工》二篇，词句绝不类他篇之浑穆，间有可疑。或为后人所窜易，或书缺有间，为后人所补苴。"实为有见，但却并非由于"窜易"或"补苴",而是由于时代较晚。美国学者夏含夷《从西周礼制改革看〈诗经·周颂〉的演变》,证明诗当作于距共王不远的时期。如此,则系西周中晚期的作品了。从武王、成康并提,似也不是单独祭祀武王的诗,而更像是合祭列祖列宗的乐歌。夏含夷之文又援引杰西卡·罗森教授的研究成果,略谓从西周初年至中期,礼器的使用发生过较大的改制。周初成组酒器和食器并重,而约七八十年后,渐至以食器为主,而代替酒器的却是大量的青铜乐器。礼器制度的变化正可以解释此诗为什么以较多笔墨描述钟鼓磬筦。这表明古人认为,音乐的声响起码与酒食一样具有馨享神灵的作用,甚至以乐敬神更可以表达祭者心中的诚意。音乐成分的更新、加重,实际上标志的是朴素原始的祭祀观念业已式微,文饰的意味更加强烈,礼仪已经由"质"向"文"发展了。

思　文

思文后稷,克配彼天①。立我烝民,莫匪尔极②。贻我来牟,帝命率育③。无此疆尔界,陈常于时夏④。

〔注释〕

①思文,朱熹《集传》:"思,语辞。文,言有文德也。"　②立,安定。极,朱熹《集传》:"至也,德之至也。"　③来牟,《广雅·释草》:"大麦,牟也。小麦,来也。"　率,朱熹《集传》:"遍。"　④陈,于省吾《新证》:"田之借字。……田字在此作动词用。"　时,是。　夏,于省吾《新证》:"谓诸夏。""这是说,对于来牟的培育,不分彼此疆界,要时常耕治之于是华夏的区域。"

●诗言有文德的后稷,德行能与上天相配。安定了我们众生,全是仰仗着您的至德。贻留给我们大麦和小麦,遵奉着上天的意志普遍地种植。不要分你的田疆我的地界,要永远将这作物普种于华夏。

〔解题〕

《毛序》:“《思文》,后稷配天也。”今文家说大略相同,朱熹以至清儒亦无异说。“配天”即郊祭上天时以后稷配享。周人自信,始祖后稷的经营农业,是周人所以昌达的根本,对周人而言,其功德可与天齐。《郑笺》:“武王渡孟津,白鱼跃入于舟,出涘以燎。后五日,火流为乌,五至,以谷俱来……天命以是循存后稷养天下之功,而广大其子孙之国。”此说虽荒诞不经,但也可见周人是把来牟视为天降神物的。此诗值得注意的是与《大雅·生民》的关系。王鸿绪《汇纂》引张所望曰:“后稷配天,一事也。《生民》述事,故词详而文直;《思文》颂德,故语简而旨深。雅、颂之体,其不同如此。”就两诗篇章体势言,的确如此。然而这里问题是,同是歌颂后稷的诗篇,两者是否存在着关联呢?从内容看,作为“颂德”的《思文》,是献给神听;作为“述事”的《生民》,很明显是讲给人听的。须尤其注意的是,《生民》在述说过后稷的天赐德行之后,还写到了隆重地祭祀这位始祖的场面。其用心,当然是在表现后稷的子孙不敢废弃先祖事业的志向。而这又与《思文》“无此疆尔界,陈常于时夏”云云相呼应。后稷之事即使在周初,对当代的周人也已变得遥远,记忆不清,因此很可能是这样:周人在大祭始祖的典礼中,同时也有艺人们述赞祖先的功德业绩。果然如此的话,《思文》与《生民》就作于相同的时期,用之于相同的典礼。

臣　工

嗟嗟臣工,敬尔在公①。王釐尔成,来咨来茹②。嗟嗟保介,维莫之春,亦又何求③?如何新畬?於皇来牟,将受厥明④。明昭上帝,迄用康年⑤。命我众人,庤乃钱镈,奄观铚艾⑥。

〔注释〕

①嗟嗟,叹词。 臣工,百官。古时官亦称工。 在公,公职。 ②釐,《郑笺》:"理。"谓经理、考核。 成,成绩。 来,是。结构助词。 咨、茹,询问、度量。咨茹即考察。 ③保介,魏源《诗古微》:"当作保界,见《韩诗外传》及《章句》。盖遂人之职,保经界。" 莫,暮。 ④新畬(yú),《尔雅·释地》:"田一岁曰菑,二岁曰新,三岁曰畬。"参《小雅·采芑》注。 於皇,犹言皇皇。叹美之词。 明,马瑞辰《通释》:"《尔雅·释诂》:'成也。'古以年丰谷孰(熟)为成。" ⑤迄用,以至有。 康年,朱熹《集传》:"犹丰年也。"

⑥庤(zhì),《说文》:"储置屋下也。" 钱,《说文》:"铫也,古者田器。"其功用犹如后代的铁锹。 镈(bó),《广雅·释器》:"钼也。"据马瑞辰考定,即短柄锄。 奄观,犹如说眼看着就如何如何。奄,速。 铚(zhì)艾,《说文》:"铚,获禾短镰也。"艾通刈。铚艾即用镰收割。

●诗言各位官员们,做好你们各自的公事。王考核你们的成绩,要来巡视检查了。诗前七句督戒农官、保介,后八句因来牟美好而归功上天并因以戒农。

〔解题〕

《毛序》:"《臣工》,诸侯助祭遣于庙也。"王先谦《集疏》:"《鲁》说无异。""《齐》、《韩》盖同。"朱熹《辨说》不信古说,《集传》则谓:"此戒农官之诗。"但戒于何时,本于何礼?都无典籍旁证,所以仍然不能服人,因而后代仍歧说纷纭。魏源《诗古微》:"《臣工》,成王耕耤后,受釐祝嘏词也。"其根据是:"《月令》,天子乃以元日祈谷于上帝,亲载耒耜,措之于参保介之御间,躬耕帝耤。反(返)执爵于太寝,公卿诸大夫皆御,名曰劳酒。此诗盖执爵劳酒受釐时所歌。"以为系天子亲耕大礼之后,在太庙行劳酒礼时诗歌。然而诗明言时在暮春、行将开镰之际,显然与孟春之际周王行籍礼的制度不合。据《国语·周语》,周王亲行三坺亲耕之礼后,尚有徇行视农之事。"农师一之,农正再之,后稷三之,司空四之,司徒五之,太保六之，太师七之，大史八之，宗伯九之，王则大徇，耨获亦如之。”这段话中，“耨获亦如之”对解释诗所述本事尤其重要。前人每每在春耕籍田祈谷上兜圈子，殊不知亲耕之后，还有隆重的徇农活动。诗言“来牟”，中原地区小麦成熟一般在夏历五月初，暮春正是田间管理的重要时期，这与诗所言时间正好相合。小麦的成熟期相当快，收获亦不容延缓，这又与诗“奄观”之语合若符节。据此，诗是周王暮春“大徇”前的戒告农官之辞。但口吻却非周王本人，诗言“王釐尔成”，则发言者当系发布命令的大臣。周代农事典礼极重，反爵劳酒既在大寝宗庙，此诗的演奏或许也就在始祖庙中举行。

噫　嘻

噫嘻成王，既昭假尔①！率时农夫，播厥百谷②。骏发尔私，终三十里③。亦服尔耕，十千维耦④。

〔注释〕

①噫嘻，马瑞辰《通释》引戴震说：“犹噫歆，祝神之声。” 昭假，昭格。《诗》凡言昭假，都是昭诚敬之意上达天神。 尔，指成王之灵。 ②时，这。 ③骏，《郑笺》：“疾也。” 私，当为耜字之误。耜为耕具。 终，完成。 三十里，天子籍田千亩，约合三十里。 ④亦，语词。 服，出力。 耦，二人并力而耕的农具。古人耕地，一人在前，一人在后，推拉而耕。十千其耦，当有二万人。

●诗言千亩籍田，一日耕播，其速度何其快；三十里原野，十千为耦，场面又何其壮阔！

〔解题〕

《毛序》：“《噫嘻》，春夏祈谷于上帝也。”据王先谦《集疏》，三家无异义。诗描述的内容显然是春耕景象，而“率时农夫”的主语又非周王莫属,可见是孟春之月天子亲行籍田典礼时的祭神之歌。前人因周代有生称谥号之例,认为诗是成王向神行祭之辞。然而此说并不成立。因生王向神灵祝告时自名王号是不近情理的。《颂》诗中告神,称"予"者有之,称"我"者有之,称某王者却没有;相反,称已逝之王倒多为谥号。因此,诗中的成王只能是噫嘻存神之声的对象,因而诗也只能是康王时期作品。此诗描述了籍田劳动,因而有必要对籍田、籍礼之义略作说明。籍田又称大田、甫田、公田,其数千亩,为王室直接所有。千亩籍田的耕种收获,都由农夫完成。但为什么天子每年春天还要有亲耕籍田的典礼呢?这是因为,从名义上说,籍田属于所有族人,其产品一部分要由天子代表族人向祖先上贡,以获得神灵的福佑。天子是神的直系孙,他将亲自劳动所得贡奉神灵,才是孝敬的,因此他才礼仪性地"亲耕"一下。这就是籍礼的宗教意味。籍田典礼诚然有剥削关系掩盖在内,但天子能够促使庶民无偿耕种,正是由于有这样的一种宗教观念在起作用。

振　　鹭

振鹭于飞,于彼西雝①。我客戾止,亦有斯容②。在彼无恶,在此无斁③。庶几夙夜,以永终誉④。

〔注释〕

①振鹭,舞动鹭羽。　于飞,马瑞辰《通释》:"如飞也。"　雝,辟雍。西周辟雍在丰都东、镐京西,所以诗称西雝。　②客,《毛传》:"二王之后。"即夏、殷两朝的后代。李樗《诗经集解》:"二王之后不纯臣待之,故谓之'我客'。"　戾,至、到。　亦,而。　容,舞容。指前文振鹭而舞。　③在彼,在其本国。《郑笺》:"谓居其国无怨恶之者。"　斁,《韩诗》作射,厌倦。④庶几,希望。　夙夜,早晚。在此有勤勉之意。　永终,于省吾《新证》:"永

终古人谜语，终亦永也。” 誉，于省吾《新证》：“誉、与古通。……‘以永终誉’应读作以永终与，与即欤，虚词。”

●诗言在都城西面的辟雍里，人们手把鹭羽而舞，如同鹭群飞动，是因为周家的客人来到了，才有这样的舞蹈。

〔解题〕

《毛序》：“《振鹭》，二王之后来助祭也。”《礼记·仲尼燕居》：“客出以《雝》，彻以《振羽》。”“彻”即礼毕撤器物。“振羽”实即奏《振鹭》之诗。诗称“西雝”，西雝系国宾馆（参《大雅·灵台》之《解题》），则《振鹭》为周朝迎接贵宾的迎宾曲无疑。辟雍之制或相当古远，但在注解《大雅·文王有声》时我们发现，灵台辟雍曾经过大规模的扩建和改造。此诗只是一首迎宾之诗，编次其后的《有瞽》系钟鼓迎神之曲（参该诗注解），《雝》是献祭所唱之歌（参该诗注解），继之又有大祭祖先之后拜见新王父考庙的《载见》和送客的《有客》。五诗前后秩序，当是对一次重大祭祀活动中不同程序的表现，因而极可能是一组乐歌。从《载见》“率见昭考”推知诗作于穆王时期（理由见该诗《解题》），则《振鹭》也当是同期作品。传统的解释都将诗中“客”作夏、殷二王的后代，但从此诗的振白鹭之羽迎客、以及《有客》“亦白其马”云云看，殷人尚白，“客”当指宋国人。而从《有瞽》看，宋人前来助祭时并不仅仅是参与了一次祀典活动，还带来了殷朝的礼乐。这是一个十分值得注意的现象，它标志着某种文化的融合。西周自其中叶起礼制趋于繁富，诗的创作呈现出相当程度的高涨，或许正与周人向殷商遗民在文化上的学习有关。

丰　年

丰年多黍多稌，亦有高廪，万亿及秭①。为酒为醴，烝畀祖妣，以洽百礼②。降福孔皆③。

〔注释〕

①稌(tú),《毛传》:"稻也。" 廪《周礼·廪人职》郑注:"藏米曰廪。" 秭,谷物数量单位,较亿为大。 ②醴,《说文》:"酒一宿孰也。"酒精含量低,味甜,又称甜酒。 烝畀,《郑笺》:"烝,进。畀,予也。"即进献。 洽,周全。百礼,《孔疏》:"谓牺牲玉帛之属,合用以祭。" ③皆,马瑞辰《通释》:"皆、偕、嘉一声之转。《广雅·释言》:'皆,嘉也。'……今按此诗亦当从《广雅》训嘉。"

●诗言丰收之年黍稻众多,做成酒进献给男女祖宗。祖先之灵因此降下十分嘉美的福禄。

〔解题〕

《毛序》:"《丰年》,秋冬报也。"其说过简。蔡邕《独断》载《鲁诗》遗说:"蒸尝秋冬之所歌也。"而宋以后有些学者却标新立异,或以为"报赛田事"、"祀田祖先农方社"诗(朱熹《集传》、魏源《诗古微》、龚橙《诗本谊》),或以为"祭上帝"诗(《汇纂》载王安石遗说),或以为"秋祭四方、冬祭八蜡"诗(苏辙《诗集传》),均荒谬无稽。王先谦《集疏》引其门生黄山之说,可作定论:"此诗《独断》云'蒸尝秋冬之所歌',《毛序》云'秋冬报',《笺》谓'报者,尝也,烝也'。得《笺》说而知蔡言'蒸尝'亦即指'报祭'矣。报社稷必于秋,《良耜》'秋报社稷'是也。报祖先则或于秋,或于冬,亦必一报,而非二报。盖天时有早晏,成熟有先后,一物不备,一人不得其所,孝子不敢以诬其先。秋祭曰尝,冬祭曰烝,本皆宗庙之祭。诗言'为酒为醴,烝畀祖妣',又明为享先祖、先妣,不必为《月令》之'大享帝'及'祈来年于天宗也'也。古者祭不欲数,天子祈报,皆即于时祭行之。"另外,在编排上,似当在《振鹭》之前,与《臣工》、《噫嘻》为一组。

有瞽

有瞽有瞽，在周之庭①。设业设虡，崇牙树羽②。应田县鼓，鞉磬柷圉③。既备乃奏，箫管备举④。喤喤厥声，肃雝和鸣，先祖是听⑤。我客戾止，永观厥成⑥。

〔注释〕

①瞽，《郑笺》："矇也。以为乐官者，目无所见，于音声审也。" ②业，《毛传》："大板也。"即悬挂乐器的大横木板。 虡（jù），支撑业板的竖木。后世出土文物中，虡也有制成人形顶立者。 崇牙，业板上有齿状的突出部分，用以悬挂乐器。 树羽，装饰上羽毛。树为动词。 ③应田，小鼓。因其应和大鼓，故名。 县鼓，《毛传》："周鼓也。"古县、悬通用。夏、商、周三代鼓制不同。据言，夏鼓有足，商置鼓于地，周悬挂于虡业。 鞉（táo），两耳摇鼓。 柷（zhù），朱熹《集传》："状如漆桶，以木为之，中有椎连底，挏之，令左右击，以起乐者也。" 圉（yǔ），朱熹《集传》："亦作敔，状如伏虎，背上有二十七钽铻刻（即锯齿形牙刻），以木长尺栎之，以止乐者也。" ④箫，以一排竹管编制的乐器，犹后世的排箫。 管，双竹管的吹奏乐器，犹后世之笛。 举，演奏。 ⑤肃雝，庄严和谐。 ⑥客，《郑笺》："二王之后也。" 成，乐一阕为成。在此意谓乐章。

●诗言盲人乐师已经请到周家宗庙的中庭。乐器都布置齐备，于是开始齐奏。先祖之灵在仔细谛听。我周家的客人也来了。愿他们永远在我周庭之上观赏乐章。

〔解题〕

《毛序》："《有瞽》，始作乐而合乎祖也。"《鲁诗》说大体相同。宋儒也无新说。至明清开始议论纷纷。如"始作乐"作的是什么乐，"合乎祖"之合作何理解？《序》"始作乐"之始，《郑笺》解释："王者治定，制礼功成，作乐合者，大合诸乐而奏之。"依此"始"当在周初。然而观篇章体制、用语及风格,与可信为周初的诗差异相当明显,实在令人生疑。我们认为,断定时代首先应从其内容入手。诗中言“有瞽”又言“在周”,显然瞽师是首次来到周庭。《礼记·明堂位》云“瞽宗,殷学也”,又云“殷之崇牙”,可见诗中的乐师之瞽及乐器之崇牙都用的是商朝旧制。《礼记·郊特牲》载祭祀之礼,商周有次第崇尚的不同。“殷人尚声,臭味未成,涤汤其声,乐三阕,然后出而迎牲”,而周人则“尚臭,灌用鬯臭,……既灌然后迎牲”。这崇尚的不同,更像是不同族群之间的习尚差别。试想,刚刚获得胜利的周人放弃自己固有的习惯而沿用其敌对人群的礼仪,这无论如何都是难以说通的。还可以从《礼记》对瞽宗、崇牙的记述,来旁证此诗不会作于周初。《礼记》所述周家天子之制,绝多是依据当时尽在鲁国的周礼。据礼学儒士的看法,鲁国获得天子礼乐,是成、康年间的事。也就是说,至迟在成、康时期,周家礼乐还没有融入殷商礼乐的要素,否则七十子之徒对殷、周礼制就不会有如此的分辨了。因此我们认为,《有瞽》当作于成、康之后。属于西周中期的诗篇。关于“合乎祖”之合,当依范处义、何楷读作“祫禘”之祫。祫是合祭祖先之礼。禘是在迎接众祖神灵之后审谛其昭、穆次序之礼。周制天子七庙。祫、禘之礼只有在宗庙累至一定数量之后才能进行。如果按七庙之制来理解,也只有到昭、穆时期才是可能的。而此时,周朝天下大定,与殷人之间的恩怨业已消弭殆尽,举行合祭大典时改变古朴旧制,援引殷商礼乐是极有可能的。同时,从诗内容看,本诗只是一首迎神曲,当与其他乐章相配才能构成一完整的献祭乐典。《序》谓为“合乎祖”之乐,又谓后面的《雝》为“禘大祖”之诗,按《礼》书记载,祫、禘只是宗庙合祭诸神的不同程序。《序》以“合”“禘”分言二诗,暗示出承认两诗有某种内在关联。

潜

猗与漆沮，潜有多鱼[①]。有鳣有鲔，鲦鲿鰋鲤[②]。以享以祀，以介景福[③]。

〔注释〕

①猗与，字本当作欹欤，叹词。 漆沮，二水名。在岐山附近。参看《小雅·吉日》注。 潜，聚柴水中以捕鱼。 ②鳣(zhān)，大黄鱼。 鲔(wěi)，鲟鱼。 鲦(tiáo)，白条鱼。 鲿，无鳞黄颊鱼。 鰋(yǎn)，鲇鱼。③介，乞。

●诗言漆沮之中的积柴中有那么多的鱼！把它们献给祖先神，可以获得祖宗的赐福！

〔解题〕

《毛序》："季冬荐鱼、春献鲔也。"《鲁》说无异，"《齐》、《韩》盖同"。陈奂《传疏》："《礼记·月令》：季冬命渔师始渔。天子亲往，乃尝鱼，先荐寝庙。此冬荐鱼也。……《鲁语》云：古者大寒降、土蛰发，水虞于是乎讲罛罶，取名鱼而尝之庙，行诸国。案，冬、春之际皆取鱼尝庙，正与《序》义合。"据陈说，一年中实有两次向祖宗寝庙行荐鱼尝礼。《郑笺》："冬，鱼之性定；春，鲔新来。"鲔鱼每年春天从海溯河而上至漆、沮间产卵，所以古有"新来"之说。两次荐鱼而同用一首诗乐，要之祭典相同，不必另为创制新词。另外，此诗的创作时代也不会太早。《礼记·祭义》："乐以迎来，哀以送往，故禘有乐而尝无乐。""禘"按礼家之意是迎神、辨别昭穆次序，尝是请神享受贡品。尝之所以无乐，是由于不知神是否对贡物满意，乐阙以示慎重。三《礼》为邹鲁之学，颁赐鲁国天子礼乐是周初之事，因此《礼记》之说，当以鲁传天子古制为据。而西周宗庙献尝之礼有诗乐显然属后起现象，是周礼文饰化的表现之一。

雝

有来雝雝，至止肃肃①。相维辟公，天子穆穆②。於荐广牡，相予肆祀③。假哉皇考，绥予孝子④。宣哲维人，文武维后⑤。燕及皇天，克昌厥后⑥。绥我眉寿，介以繁祉⑦。既右烈考，亦右文母⑧。

〔注释〕

①有来，指前来祭祀之人。 雝雝，仪态雍容安详貌。 肃肃，庄严恭敬貌。 ②相，助祭者。 辟公，指各国诸侯。 穆穆，肃穆貌。 ③於，叹词。 广牡，肥大的公牛。 肆祀，马瑞辰《通释》谓即肆享，即广牡全烝(未分解的牺牲)之享。 ④假哉，大哉、美哉。 皇考，亡父称考，皇是赞美之辞。 绥，朱熹《集传》："安也。" ⑤宣哲，马瑞辰《通释》："宣之言显。显，明也。宣哲犹言明哲也。" 人，即指下文"文武"。 ⑥燕，《毛传》："安也。" 昌，昌达。动词。 ⑦眉寿，长寿。 ⑧右，马瑞辰《通释》："此诗之右亦当读为侑劝之侑。" 烈考，朱熹《集传》："犹皇考也。" 文母，有文德之母，即祭者的先母。

●诗言前来祭祖的人们安详恭敬。助祭的人们又都是列国诸侯。主祭的天子，举止庄严肃穆。大哉皇考，赐福给我这虔诚的孝子！赐予我长寿和繁多的福禄。劝侑先父之灵后，又劝侑先母的在天之灵。

〔解题〕

《毛序》："《雝》，禘大祖也。"蔡邕《独断》所载《鲁诗》遗说大体相同。以后对诗旨的分歧，主要纠结于"大祖"系指何人。有人认为是文王，有人认为是后稷，又有人认为是帝喾，等等。如果从内容看，诗明确提及"文武"，似乎"大祖"为文王更符合实际。但据有关庙制的记载，周制，天子七庙，始祖后稷及文王武王三代先王为不祧之祖，世享重祭，如此，“大祖”指后稷似也未尝不可。又《序》谓为“禘大祖”之诗，也值得推敲。周代禘祭可分为“内祭”的宗庙人鬼及外祭的郊祀天地两类。禘的本义是谛。天地之禘是审谛始祖神学上的来由，宗庙之禘是审谛、分别昭穆（长幼）次序。据《郑笺》，禘是夏、殷古礼，周代有所减省、归并。宗庙中需有禘礼，究其起因，乃是夏、殷时代曾盛行兄死弟及的君王继位制度。因此在宗庙列祖列宗的排列次序上，经常出现君王世系先后与父子人伦关系的矛盾。宗庙中严格辨别昭穆，正是为协调这种世系关系与人伦关系的冲突。而在西周，严格遵循父死子及的制度，只有晚期极个别例外，因此根本没有分辨昭穆的必要。或许正因如此，周人才对“四时之禘”改并。从诗“既右烈考，亦右文母”之语看，显然是继位新王将亡父亡母之灵升入宗庙、附于祖宗之后的大祭之乐。实际上，不论从诗的内容，还是从诗的风格看，此诗都极有可能与《有瞽》为同时、同用的诗篇。《有瞽》为祫祭序曲，此诗则为献祭之后的礼神乐歌。诗称“既右烈考”，烈考系指何人？考西周较晚时的吉器铭文，颇见“康剌宫”之语。“康”为美大之词，“剌”为烈字别体，则康剌宫即康烈宫。按金文所见周人称谓先王庙号的习惯（其说详见本书《载见》篇《解题》），我们认为，烈宫当系昭王庙寝，而此诗“烈考”同样为穆王对其亡父昭王神灵之称谓。如此，则此诗又与《有瞽》时间相同。两诗为同一祭典歌乐，更见其确定不移。

载　见

载见辟王，曰求厥章[①]。龙旂阳阳，和铃央央[②]。鞗革有鸧，休有烈光[③]。率见昭考，以孝以享，以介眉寿[④]。永言保之，思皇多祜[⑤]。烈文辟公，绥以多福，俾缉熙于纯嘏[⑥]！

〔注释〕

①载,《毛传》:"始也。" 辟王,君王。 曰,聿。语词。 章,朱熹《集传》:"法度也。" ②旂,画有交龙的大旗。 阳,朱熹《集传》:"明也。"阳阳即鲜明耀眼。 和铃,《毛传》:"和在轼前,铃在旂上。" ③鞗革,鋚勒。勒为辔头,鋚为勒上的铜饰。参《小雅·蓼萧》注。 有鸧(cāng),犹言鸧鸧。《郑笺》:"鸧,金饰貌。" 休,盛壮貌。 ④率,率领。 昭考,指周昭王。 孝,《尔雅·释诂》:"享也。"所以马瑞辰、于省吾等认为,孝、享同义,皆为献祭。 ⑤思,语词。 皇,美大。与下文"多"同义。 祜,福。 ⑥烈文,有文有武。 辟公,诸侯。 绥,赐予。 缉熙,本义为光明貌。在此有发扬光大之意。 嘏,受赐之福。

●诗言初次来见新继位的君王,为的是向他请求行政的法度和典章。诸侯们车马服饰华美隆盛气象非凡。新王率领着各国的君主们去朝拜昭王的灵庙,在这里向先王献奠献享,以使神赐给他长命无疆。

〔解题〕

《毛序》:"《载见》,诸侯始见乎武王庙也。"今文三家及后代诸儒都无异义。但成说不可信。诗中称"昭考",《毛传》解释为武王,然而在今天可见的先秦典籍中,武王有称"武考"者,有称"烈考"者,从不见称"昭考"的迹象,所以《毛传》只是既定诗中之王为成王的先入之见。朱熹《集传》又据《尚书·酒诰》"乃穆考文王"认为,文王既为穆,武王自然为昭。但与武王称"昭"一样,在文献资料中,这仍然是仅见的个例。文王称"文考"者有之,称"丕显考"者有之。"穆考"而称文王,却只是孤证,因而难以据信。在后世出土的铭文中,不仅不见以昭、穆称谓文王、武王,而且也不见以此称谓成、康二王。文、武称"文武"、"烈考"而外,有成王宗庙称"成大室"、"成宫",康王庙称"康宫"、"康庙"的铭文。而更加值得注意的是,只有昭王、穆王二位其宗庙以昭、穆相称。这就是说,在周人的七庙中,开国时代的文、武、成、康四王并没有分别加以昭、穆的谥号。原因很简单,西周宗法严密,《周颂》创作的年代君王继位父子相承,根本没有分别昭穆的必要。如果按传统说法，定“昭考”为武王，那末周昭王当列在穆位，而周穆王则位在昭列，这岂非咄咄怪事？恐怕古人不至悖谬如此。《逸周书·祭公解》有一段记载，对明确“昭考”的具体所指大有帮助。“王曰：呜呼！公朕皇祖文王，烈祖武王……弘成康、昭考之烈。”孔注：“昭考，昭王，穆王之父也。”据此，此诗“率见昭考”的“率见”者，当是新君穆王。按周代礼制，即位新王为先父守孝三年（实际只有两年多），要举行升附先王灵位进入宗庙的典礼，称为吉禘。此诗就作于吉禘大礼之际。又据周礼，诸侯助祭之后，归国时有遣送典礼，此诗正是周王为诸侯送行典礼的乐歌。与《有瞽》、《雝》等不仅同时，而且同礼、同事。

有　客

有客有客，亦白其马①。有萋有且，敦琢其旅②。有客宿宿，有客信信③！言授之絷，以絷其马④。薄言追之，左右绥之⑤。既有淫威，降福孔夷⑥！

〔注释〕

①客，宋人。《左传·僖公二十四年》：“宋，先代之后，于周为客。”　亦，而。　白马，《毛传》：“殷尚白也。”　②萋且，马瑞辰《通释》：“萋、且双声字，皆以状从者之盛。”　敦琢，彫琢。本为治玉，在此形容客人随从仪容整饬，犹如攻治过的美玉。　旅，马瑞辰《通释》谓通侣，即客人的随从人员。　③宿宿、信信，《毛传》：“一宿曰宿，再宿曰信。”此处未必确指，重复言之，不过表达留客殷勤之意。　④絷，《郑笺》：“绊也。”即绊马绳索。授絷也是表达留客之意。　⑤绥，绊。　⑥淫威，马瑞辰《通释》：“《广雅·释言》：‘威，德也。’……是知古者威训德。‘既有淫威’，犹言既有大德耳。”　夷，马瑞辰《通释》：“《说文》夷从大、从弓，古夷字必有‘大’训。‘降福孔夷’犹云降福孔大也。”

●诗言有客前来，车驾服的是白马。这样尊贵的客人，再多住一天吧！

客人有如此好的美德，上天会降下鸿福给他的！全诗分赞客、留客、祝客三层意思。

〔解题〕

《毛序》："《有客》，微子来见祖庙也。"三家主旨相同，宋儒亦无新说。至明代邹肇敏《诗传阐》开始不满旧说，据《尚书·洪范》周武王访箕子故事，认为系箕子来周祖庙之诗。按《尚书》明言是武王访箕子，邹说与诗义显然不合。诗盛赞客人及其随员之服饰仪容，箕子连"殷恶"都"不忍言"（见《史记·周本纪》），又怎能如此隆盛地朝周？旧说"微子来见"亦谬。旧说实际是将此诗定于成王时期，然而诗所表达的情感绝不是这个时代所能有。考史书记载，武王灭商伊始，封纣子禄父于殷墟，以奉殷商之祀。后禄父联合管、蔡叛乱，周公东征诛杀禄父叛臣，才又改封微子于宋。既然已有武庚禄父的叛服，改封的宋国人能否真正心服于周，是需要一个较长的时间来考验的。而从宋人方面说，是否对周人死心塌地，也要看周人最终能否巩固住自己的统治。史言"成王靖四方，康王息民，并建母弟"，可见成康之际，是周人巩固政权，大封母弟为诸侯"屏藩"周室的时期。迄至昭、穆时期，周朝才国内安定，昭、穆二王才进而向四裔民族大事征伐。再验诸诗篇风格语类，也极不似周初作品。因此，诗不会是成王时期的作品，更不会是周公"制礼作乐"的产物。《有瞽》言"我客戾止，永观厥成"，此诗的"有客"之客，与《有瞽》的"我客"，或许是同一批宋人。《载见》是送别同姓助祭诸侯的诗，对为周人带来瞽师乐器的宋国客人单独举行送别典礼，既可以表示优容，又表示其与同姓诸侯有区别，不是很自然的么？

武

於皇武王，无竞维烈①。允文文王，克开厥后②。嗣武受之,胜殷遏刘,耆定尔功③。

〔注释〕

①於皇,叹美之辞。 ②允,实在、真正。 克,能。 开,开基业。 ③嗣,嗣后。 遏,《郑笺》:"止。"即阻止。 刘,《毛传》:"杀。"即残杀。 耆,《毛传》:"致也。"即至于。 尔,指文王。

●诗言武王,你有无可比拟的赫赫功烈。继承了文王的事业,战胜了殷朝,消除了人间的残杀现象。

〔解题〕

《毛序》:"《武》,奏《大武》也。"《独断》所载《鲁》说:"奏《大武》,周武所定一代之乐之所歌也。"《郑笺》:"《大武》,周公作乐所为舞也。"汉儒成说明确了两件事,一是此诗与《大武》舞乐有关,再是此诗作于周公之手,时间为武王在世时期。然而有一个问题,诗中称言"武王",按后世惯例,只有帝王死后才在王字之前加一徽号,称为谥。称姬发为"武王"也应是谥号。赵光贤先生《武王克商与西周诸王年代考》指出:"自王国维倡文、武、成、康、昭、穆皆生称而非谥,郭沫若和之,金文学者信之不疑。今从金文来看,穆王时之《剌鼎》有'王谛昭王'语,是昭字当是谥而非生称,又恭王时器《师訇鼎》有'朕皇考穆王'语,是穆亦是谥。从文献上看,文王生时并未称王,《尚书》中周公始称文王,可见'文'字亦当是谥。以金文与文献对照,自文武下至宣幽皆应是谥而非生称。"通观《周颂》中"文王"、"武王"、"成康"出现的语境,此说信然。所以,我们定《武》诗当作于武王去世之后。至于此诗与《大武》舞乐的关系,《左传·宣公十二年》载楚庄王语曰:"其卒章曰:耆定尔功;其三曰:铺时绎思,我徂维求定;其六曰:绥万邦,屡丰年。夫《武》,禁暴、戢兵、保大、定功、安民、和众、丰财者也。"又《礼记·乐记》记《大武》乐象,谓有六成(一成为一节)。据此可以断定此诗实为《大武》乐章之一节。《大武》既然乐分六成,此诗又具体为哪一成?从楚庄王此处全部谈话上下文义看，说完此诗“耆定尔功”后，又言“其三”、“其六”，叙《大武》的内容是前后顺次的，因此“卒章”之卒令人生疑。而且，既然《大武》只六成，庄王所言“其六”当即为其卒章，因此，“卒章”当系“首章”之误。又朱熹《集传》谓“《春秋传》（即《左传》）以此为《大武》之首章”，据此，马瑞辰《通释》断言：“盖宋时所见《左传》原作‘首章’耳。”

闵予小子

闵予小子，遭家不造，嬛嬛在疚①！於乎皇考，永世克孝②！念兹皇祖，陟降庭止③！维予小子，夙夜敬止。於乎皇王，继序思不忘④！

〔注释〕

①闵，《毛传》：“病。”在此意为悲悯、痛楚。　小子，据《礼记·曲礼》，天子未除丧自称小子。　不造，马瑞辰《通释》谓“造”为至、成。不成、不至，犹言不淑、不善。　嬛嬛（qióng），字亦作茕茕，孤独无依。　疚，《毛传》：“病也。”即忧病。　②克孝，能孝。　③陟降，王国维《论诗书中成语》：“古人言陟降，犹今人言往来，不必兼陟与降二义。……意以降为主而兼言陟者也。”陟为升，降为下。陟降专用于神。在此意为请先祖神灵下降。　庭，林义光《通解》：“读为呈，呈犹见也。”　止，语气词。　④序，绪、先王遗业。参《烈文》注。

●诗言我这悲悯痛楚的小子，遭到家庭的不幸，茕茕孤独的心情如同苦病！呜呼，皇考！永远向你尽孝！我将夙兴夜寐地敬奉着你们的事业，时刻铭记你的遗志！

〔解题〕

《毛序》：“《闵予小子》，嗣王朝于庙也。”《郑笺》：“嗣王者，谓成王也。除武王之丧，将始即政，朝于庙也。”按，郑申《序》说实本自

《鲁诗》。朱熹《集传》又谓："此成王除丧朝庙所作，疑后世遂以为嗣王朝庙之乐。"然而，汉人之说本自有误，朱疏通之论则更不足观。此诗所本典制，实为先王崩亡、新君继位之礼。《尚书·顾命》载成王去世后七日，康王即行继统大典，之后才"释冕（冕为吉服，继位时穿），反（返）丧服"。据此典制推测，世子先行登基，再行服丧。因此，"朝庙"之说并不正确，"成王"说也不成立。据《顾命》，新王受命时，由太史陈册命之辞，然后新王答辞，曰："眇眇余末小子，其能而乱四方以敬忌天威？"而此诗则以"闵予"始。"眇眇"意为微末，"闵"则为悲闵，所指不同。新君继位承绪的是列祖列宗的江山社稷，是君道；向先王表达哀思之情是孝道。两者本有区别。《顾命》只表达敬慎之情。而此诗却首言悲悯，似当另有原因。傅斯年教授曾将《顾命》与《诗》中《闵予小子》、《敬之》、《访落》进行对比，认为《敬之》前六句是典礼中大臣对新王的告诫，后六句则是新王的答词。而《访落》则是新王"反丧服"时所歌。（转述自夏含夷《从西周礼制改革看〈诗经·周颂〉的演变》）此说启示我们：三诗当为同一时期的作品。此外，三诗风格极其类似，如出一人之手，因而三诗实可以互相证明。《访落》中"昭考"可用以发明三诗的时代。"昭考"指周昭王是毫无疑问的。（参见《载见》之《解题》）则《闵予小子》特表凄恻哀婉孝情的原因，即可迎刃而解。昭王是战争中死难的，可能连尸体都没有返回宗周。这在周人无疑是大为悲悼的，而穆王即位之际特表哀思之情也就是极自然的了。古人总过分地相信周公"制礼作乐"之说，因而错误地认为礼乐典制在成王时代已经完备，后世诸王只是信守不改。实际上种种迹象表明，西周中期，王朝礼乐制度曾经有过较大的改变，较质朴的古礼渐次被多文的礼仪所取代。新王即位而有诗，或许正是这种历史背景下的产物。

访　落

访予落止，率时昭考①。於乎悠哉，朕未有艾②！将予就之，继犹判涣③。维予小子，未堪家多难！绍庭上下，陟降厥家④。休矣皇考，以保明其身⑤！

〔注释〕

①访落，于省吾《新证》："访本应作方。……落应读各，即格字。金文王格庙之格并作各。落亦从各声。"按在此诗中，格当读为"昭假"之假，假为格之假借。即向神祷告。　率，遵循。遵循昭考，实有追寻昭考亡灵之意。昭考，周昭王。穆王之父，故以"考"相称。　②悠，遥远。昭王南征不返，亡灵在外，故言悠远。　艾，答报。　③将，助。　就，赶上。　犹，《郑笺》："图也。"　判涣，《毛传》："判，分。涣，散也。"即动荡离散。昭王战死，必然招致动荡不安的局面。　④绍，连续地。　庭，宗庙中庭。《礼记·檀弓上》："孔子哭子路于中庭。"子路战死，亡灵在外，所以孔子有中庭之哭。穆王之祭当在宗庙中庭。　上下，上下四方。　陟降，降下。参《闵予小子》注。　⑤休，安宁、美好。　保明，同明保，即保佑勉励。明、勉古通用；保，保有。

●诗言我方才已经将祈祷诚意上达于天。左右大臣们，扶助我踵武先王，继续谋定四方的判乱。皇考啊，你安宁吧，保佑勉励你的后人吧！

〔解题〕

《毛序》："《访落》，嗣王谋于庙也。"《鲁诗》谓："成王谋政于庙之所歌也。"诗诚为庙中之歌，但不是谋政，而是为昭王在外之灵招魂，使其返周家宗庙。"将予就之"云云，确为求臣相助。据《尚书·顾命》，新王登基之礼结束后，要告诫大臣心在王室、不使稚子蒙受为政不善的耻辱。"将予"的呼告或正缘此礼。然而穆王登基实处于非常情况，所以要变易常礼，招魂成为诗篇突出的内容。而且若以《顾命》继位礼制衡量，此诗不属于正常新君登基典礼的一部分。正常典礼，君臣对答之辞只有一问一答，问答内容正好与《闵予小子》、《敬之》相对应。因昭王之死特殊，所以要有招魂礼。这就属权变情况了。于此亦可以证明《敬之》为穆王继位时乐歌。若按旧说为成王谋政，实在不通。三年丧中周公以太宰身分摄政，成王无须谋庙。七年后周公还政成王，行谋政于庙之礼，又不当言“家多难”。实际上古代学者对成王何时“谋政于庙”的问题异说纷纭，莫衷一是。今明诗与成王无关，纷争即可息喙。

敬　之

敬之敬之！天维显思，命不易哉①！无曰高高在上，陟降厥士，日监在兹②。维予小子，不聪敬止③？日就月将，学有缉熙于光明④。佛时仔肩，示我显德行⑤。

〔**注释**〕

①之，指下文天命。　显，显赫。　不易，不容易。　②无曰，不要以为。　士，《毛传》：“事也。”《郑笺》：“天上下其事，谓转运日月，施其所行，日月瞻视，近在此也。”　③不，敢不。　聪，马瑞辰《通释》：“《尔雅》：‘聪，听也。’不为语词，‘不聪敬止’谓听而警戒也。正承上‘敬之敬之’而言。”　④日就月将，日积月累。　缉熙，《郑笺》：“光明也。”在此为动词。　⑤佛，《郑笺》：“辅也。”　时，这。新王自指之词。　仔肩，《郑笺》：“任也。”即责任。　显，显明。

●诗言敬慎天命，天命是显赫的，膺承天命实在艰难！不要以为自己在天子大位，上天日日监视着这里。我这幼弱之人，敢不听从你们，敬奉天命？我将日积月累，努力学习。辅助我完成重任，明示我去获得显耀的德行！

〔**解题**〕

《毛序》：“《敬之》，群臣进戒嗣王也。”《鲁诗》同。朱熹《集传》

谓前六句为“成王受群臣之戒而述其言”,后六句为“自为答之之言”。姚际恒《通论》:“愚向者亦不敢以一诗硬作两人语,惟此篇则宛肖。上章先以‘敬之’直陈,意甚警切,下皆规戒之辞;下章则纯乎成王语。故敢定为群臣答《访落》之意而成王又答之也。”然而其“敢定”云云实不然。诗前六句是大臣对继嗣君王的戒辞,后六句是登基新王的答辞,全诗系以韵文表现继位典礼上的君臣对答。验诸《尚书·顾命》,登基礼中,王受圭、币后,太保及芮伯再拜揖首,曰:“敢敬告天子!皇天改大邦殷之命……今王敬之哉……”王答曰:“惟予一人钊报诰,昔君文武丕平……用昭明于天下……”不仅对答语意与诗义相合,甚至某些用词也如出一辙。一诗而兼含两造的话语,就既不会是拟周王口吻,也不会是拟辅臣口吻,当系乐工所为。由此,也可测度出诗的晚出。《顾命》述康王即位大典,君臣间用无文饰的语言,当是行礼古质的表现。而此诗将对答之辞韵之以诗、协之以曲,或许干脆就替代了亲戒亲答,当是礼制趋于繁缛的表现。这又与西周中期文明发展的总趋势暗合,因此,诗当作于穆王即位时。

小　毖

予其惩而,毖后患①!莫予荓蜂,自求辛螫②。肇允彼桃虫,拚飞维鸟③。未堪家多难,予又集于蓼④。

〔注释〕

①惩,惩戒、警惧。　而,语气词。　毖,《毛传》:“慎也。”　②荓蜂,于省吾《新证》谓应训为屏旁,屏旁训作屏藩辅助。　辛螫,马瑞辰《通释》:“犹言辛勤、辛苦耳。”　③肇允,《郑笺》:“肇,始。允,信也。”　桃虫,陆玑《疏》:“今鷦鷯是也。微小于黄雀,其雏化而为雕,故俗语鷦鷯生雕。”此处桃虫喻小人,桃虫翻飞大鸟,喻小人成为大恶。　拚飞,《郑笺》:“犹鷦之翻飞为

大鸟也。”　④集，鸟落于树木。在此犹言处于。　蓼，一种苦菜。《毛传》：“我又集于蓼，言辛苦也。”

●诗言我已惩戒前非，慎防后患了！没有人来辅助，只有独自辛苦。鷦鷯开始只是小虫，倾刻间就变为凶恶的大雕。我已不堪周家的多灾多难，可现在又处于苦毒之地了！

〔解题〕

《毛序》：“《小毖》，嗣王求助也。”《郑笺》：“天下之事当慎其小，小时而不慎，后为祸大，故成王求忠臣早辅助己为政，以救患难。”然而毛、郑之说实不可通。其一，如诗果真言成王事，谓无以辅助则大违史实。周公之后有召公、毕公等，都是肱股大臣。“荓蜂”自胡承珙《后笺》遵信王肃、孙毓之说训为辅助以来，郭沫若、于省吾等据金文资料继续佐证，已成定解。即使按《毛传》及《鲁诗》训为“掣曳”（马瑞辰主此解），也与成王时事不合。其二，《郑笺》以慎小防大解诗题，但归之于成王则大谬不然。疑周公之事小，什么事才是大？其三，如果谓成王作此诗，“未堪家多难”也不符合当时实际。成王对周公消除疑心是在三监叛乱平定、周公还政之后，此时周已基本开始稳定。旧说只在诗开头找些与成王时世相似的影子，至于诗中所述事实都是成王说不能通畅解说的。考西周史实，此是穆王自惩过失的诗篇。证据如次：其一，诗自言无助。《史记·周本纪》：“穆王闵文武之道缺，乃命伯䍐（冏）申诫太仆国之政。”裴骃《集解》引应劭说：“太仆，周穆王所置。”设置新官，继而又申诫国政，是无助的表现。其二，桃虫、拚鸟之喻，显言戒小慎大之理。《逸周书·祭公》载祭公临终时告诫穆王：“汝无以嬖御固（当作疾）庄后，汝无以小谋败大作，汝无以嬖御士疾大夫卿士（这或许正是穆王无助的原因），汝无以家相乱王室而莫恤其外。”祭公临终放言大诫，正可以发明穆王桃虫翻雕之喻的确切含义。其三，诗言“未堪家多难”。《尚书·吕刑》作于穆王时代，古来从无疑问。天下骚乱才有严刑，这正可暗示“多难”所指。祭公告诫穆王时，口称先王在世自己“免没于世”，当系昭王旧臣。又据《竹书纪年》载穆王十一年命卿士祭公，周朝世卿，后一祭公显系前一祭公后代。如此《小毖》悔过之作当在老祭公去世后不久，当在穆王继位后十余年之间。

载　芟

载芟载柞，其耕泽泽①。千耦其耘，徂隰徂畛②。侯主侯伯，侯亚侯旅，侯彊侯以③。有嗿其馌，思媚其妇，有依其士④！有略其耜，俶载南亩，播厥百谷⑤。实函斯活，驿驿其达⑥。有厌其杰，厌厌其苗，绵绵其麃⑦。载获济济，有实其积，万亿及秭⑧。为酒为醴，烝畀祖妣，以洽百礼。有飶其香，邦家之光⑨。有椒其馨，胡考之宁⑩。匪且有且，匪今斯今，振古如兹⑪！

〔注释〕

①芟、柞，《毛传》：“除草曰芟，除木曰柞。” 泽泽，据马瑞辰《通释》为释释通假，土质疏松貌。 ②徂，本义为往，在此有往来义。 隰、畛(zhěn)，《郑笺》：“隰，谓新发田也。畛，谓旧田有径路者。”畛为田畦上的小路，故借指旧田。 ③侯，维。结构助词。 主、伯、亚、旅，于省吾《新证》：“皆略举当时自天子以下卿大夫之禄食公田者。” 彊、以，于省吾《新证》谓彊即古疆字。以、已古通，已己形近，己即纪。“然则‘侯彊侯以’应读作侯疆侯纪，应训为维疆维理。”疆理即整治土地疆界，《诗经》言农事常以疆理为对文。参《小雅·信南山》诸篇。 ④嗿(tǎn)，众人吃饭的声音。 馌(yè)，送饭至田间。思媚，思为语词，媚即妩媚、美好。 妇，指送饭的妇人。 依，马瑞辰《通释》引王引之说：“依之言殷也。……‘有殷’为盛壮之貌。” ⑤略，《毛传》：“利也。”即锋利。 俶载，《诗经》常用语，有开始耕种之意。参《小雅·大田》注。南亩，天子籍田在南郊，故称南亩。 ⑥实，《郑笺》：“种子也。” 函，《郑

笺》:“含也。”指被土气含容。　驿驿,字当作绎绎,渐渐出生貌。　达,《郑笺》:“出地也。”　⑦厌,高出貌。马瑞辰《通释》谓厌为孆之借字。　杰,《郑笺》:“先长者。”　厌厌,犹言齐刷刷。　麃(biāo),谷物抽穗。　⑧济济,众多貌。　实,果实。　⑨飶(bì),《毛传》:“芬香也。”　⑩椒,《毛传》:“犹飶也。”　胡考,长寿的先父。《毛传》:“胡,寿也。”　⑪且,《毛传》:“此也。”　振,《毛传》:“自也。”即自从。

●诗铺叙农事极有次序。《诗经传说汇纂》载蒋悌生说:“载芟载柞至徂隰徂畛,言其初至田畔,除去草木。侯主侯伯至俶载南亩,言其人心齐,器用利,故田亩垦治。播厥百谷至万亿及秭,言耕耘及所得,是以有收成之利。为酒为醴至胡考之宁,言惟其收成之多,是以祭祀之礼无不足。末三句又总言稼穑丰收,古今内外如一而无间。”

〔解题〕

《毛传》:“《载芟》,春籍田而祈社稷也。”《独断》载《鲁诗》遗说同。又《南齐书·乐志》载汉章帝时班固奏请以《载芟》祈先农。班习《齐诗》,是古、今文家说无异义。至朱熹《集传》“此诗未详所用,然辞意与《丰年》相似,其用应亦不殊”,是又以为秋冬报赛蜡祭之所歌。朱子不信汉儒春祈社稷不误,认为与《丰年》一样是报赛诗则不可取(参前对《丰年》报赛说的辨驳)。通观《诗经》农事诗中有关祭的描述,实分为两种。一种是祖宗宗庙之祭,如《小雅》中《楚茨》、《信南山》及《周颂》中《丰年》、《载芟》诸诗;一是答报社稷及其他有关诸神的报祭,如《小雅》中《甫田》、《大田》及《周颂·良耜》等。从诗篇排列顺序看,祭祖在前,报赛在后。此诗明言“祖妣”、“胡考”,显然属于前者。朱熹“相似”只是就诗章使用角度上说,不是从诗篇内容上说。《丰年》言祭祖只是说粮食多、礼仪备,此诗则不然。籍田南亩上的产品是专以享祖先的。必须是祭者亲自劳动所得献给神时,神才是喜欢的,才会因此而降福禄保佑后人。所以诗人要从春耕写起,写侯主侯伯、侯亚侯旅等王公大人们的亲耕(实际只是仪式)。由此可见,此诗在以丰腴、周致的笔墨铺叙籍田劳动时,实际上表现了古人对祭神之礼的一种理解,一种对相沿已久的礼数的反思和明示。从诗篇的叙事手法及体势文风便可看出，其时代当相当晚近。“胡考”一词，可能有助于断定其具体年代。胡考即寿考，在此诗仍应视为沿袭西周时代称先父亡灵为某考的惯例，是对某位先王的称谓。《逸周书·谥法解》：“保民耆艾曰胡，弥年寿考曰胡。”是对寿高之王的谥称。考西周各王年代，穆王有此称谓最为合适。《尚书·吕刑》说穆王享国百年，《史记》说他即位时年已过五十。如此，诗当为周共(恭)王时期的作品了。

良耜

畟畟良耜，俶载南亩①。播厥百谷，实函斯活。或来瞻女，载筐及莒，其饟伊黍②。其笠伊纠，其镈斯赵，以薅荼蓼③。荼蓼朽止，黍稷茂止。获之挃挃，积之栗栗④。其崇如墉，其比如栉，以开百室⑤。百室盈止，妇子宁止。杀时犉牡，有捄其角⑥。以似以续，续古之人⑦！

〔注释〕

①畟畟(cè)，耜插入土声。 ②或，有人。 瞻，马瑞辰《通释》：“据下‘载筐及莒，其饟伊黍’，谓来馌者，瞻当读赡给之赡，来馌正所以赡之也。” 女，汝。 载，携带着。 筐筥，竹编食器，圆为筥、方为筐。 饟，同饷。 伊，是。 ③纠，笠纠结貌。 镈，锄草农具。参《周颂·臣工》注。 斯，于省吾《新证》谓斯、以古通，以又可训与。 赵，《毛传》：“刺也。”于省吾《新证》谓赵即削，削为两刃刀。“其镈以削，言其镈与削也。” 薅(hāo)，除草。 荼蓼，指影响作物生长的各种杂草。 ④挃挃(zhì)，《毛传》：“获声也。”获即收割。 栗栗，《毛传》：“众多也。” ⑤墉，城墙。 比，排列。 栉，梳头篦子，形容谷物堆放稠密状。 百室，即百户家庭的仓房，虚指言其多。 ⑥犉(chún)，《毛传》：“黄牛黑唇曰犉。” 捄(qiú)，牛角弯曲貌。《毛传》：“社稷之牛角尺。” ⑦以似以续，《毛传》：“嗣前岁，续往事也。”似、嗣古通用。

往事即来年之事。　古之人，陈奂《传疏》："田祖、田畯，皆是也。"即古代农官。

●诗言精良的耒耜开始耕作于南郊田亩。播种好百谷。妇人来送饭了。农夫们芟除杂乱的荼蓼蒿草。荼蓼朽在地里，黍稷便愈发丰茂。收获时节来临，堆积的谷物层层高。百家的粮仓都已满，妻儿老小安康生活有保障。丰收不要忘了社稷和百神，用供品答谢今年神的保佑，请求来年的赐福，同时感激古代先农教民稼穑劳苦功高！

〔解题〕

《毛序》："《良耜》，秋报社稷也。"三家无异义。从风格、用语看，当与《载芟》为同一时期的诗，《载芟》为祭祖宗庙之诗，此诗为秋冬报社稷及诸神之歌。祭祀对象不同，故内容亦有所不同，《载芟》特言君臣及其大臣们的亲耕，此诗则只写农夫农妇们的馌食、劳作及收成的丰厚。两诗虽是祭祀神灵之歌，但都充满了浓郁的人间气息。写劳动，写农夫的饷食、农妇的妩媚，写作物的生长，都有声有色，处处显示着对土地、耕稼的热爱，丰腴而不失古朴。周人是一个重农的人群，周文化又是重农的文化，若非有丰厚的农耕经验，怎么能如此善叙农事。

丝　衣

丝衣其紑，载弁俅俅①。自堂徂基，自羊徂牛，鼐鼎及鼒②。兕觥其觩，旨酒思柔③。不吴不敖，胡考之休④。

〔注释〕

①丝衣，《毛传》："祭服也。"　紑（fóu），《毛传》："洁鲜貌。"　载弁，《郑笺》："载，犹戴也。弁，爵弁也。"爵弁形如雀头，赤而微黑，君祭时所服，士助君祭时也可以戴。　俅俅（qiú），《毛传》："恭顺貌。"王绎祭，助祭者用士，所以诗特言其恭顺。　②自、徂，从……到……。　堂，庙寝正厅。　基，《毛

传》:“门塾之基。”古代正门两旁有房屋,称为塾。 鼐(nài),《毛传》:“大鼎谓之鼐。” 鼒(zī),《郑笺》:“鼎圜弇上谓之鼒。”“圜弇上”即鼎有圆盖。 ③兕觥,野牛角做的酒杯,向宾客献酒用。参《豳风·七月》注。 觩(qiú),牛角弯曲貌。 旨酒,美酒。 思,语词。 ④吴,《毛传》:“哗也。” 敖,同傲,失礼不恭。

●诗言丝衣洁净,助祭之士行为恭顺。操持着大小食器的盥洗、盛载诸事宜。饮酒的人们不喧哗,不失礼,这都是长寿的先王赐予的福!

〔解题〕

《毛序》:“《丝衣》,绎宾尸也。高子曰:灵星之尸也。”说明诗旨后再引用前人古说,这在《序》是少见的。据蔡邕《独断》载《鲁诗》遗说,今文家对“绎宾尸”是与《毛诗》一致的。但这“宾尸”是否就是“灵星”正祭后绎祭的宾尸,古来颇多争议。古时祭祀,要有一个人来扮演神灵、接受祭奠,称为尸。如果是天子祭祀,还要在第二天再行一次祭奠礼,用以招待尸及其他助祭人员。这就是以尸为宾的绎祭。由于《毛序》援引高子之说,因此后人对灵星之祭到底是什么祭典产生争议。一种认为“灵星”就是《国语》中虢文公所说的“农祥辰正”的农祥星即房星。虢文公还说这一天“日月底于天庙”,意思是日月的位置在天庙即营室星座位置,是该播种的时候了,天子要亲耕籍田,要除坛祭祀。主张灵星之祀实际与祭后稷为同一类祀典。并且认为《载芟》、《良耜》就是正祭之诗,《丝衣》则是明日再祭之诗。胡承珙《后笺》力主此说,陈乔枞、王先谦等从之。按,此说虽有典籍上的依据,但也有难通之处。绎祭礼较正祭为轻,但诗中大鼐小鼎,杀牛杀羊,极其隆重,与绎祭宾尸应享的礼数有较大差距。《大雅·凫鹥》是燕公尸之诗,反复渲染“公尸来燕来宁”、“公尸来止熏熏”的欢娱气氛,而此诗却表扬“不吴不敖”,也十分令人生疑。此外,如果是灵星绎祭,何以诗中不言远祖,不言上天,却说“胡考之休”? 我们认为胡考当指周王先父(以西周庙谥惯例当是穆王,诗作于恭王时期),就是按传统解释为寿考,也并不符合绎祭当有的言语。马瑞辰《通释》又提出另外的看法，认为“灵星”之灵，当是窗棂之棂的借假字。古时门可称棂，立棂星门以为祀，其神为天镇星。如此，灵星祭就是一种在宗庙门内举行的天镇星祀，灵星尸也就是祭天镇星时的尸。按，马说所据材料有些出自纬书，而且时代很晚，难以确据。总之古来没有让人满意的解释。因此朱子《集传》只作猜测，不作定说。姚际恒、方玉润等人都宁可“阙疑”。无奈，我们也只好阙疑了。

酌

於铄王师，遵养时晦①。时纯熙矣，是用大介②。我龙受之，蹻蹻王之造，载用有嗣③。实维尔公允师④！

〔注释〕

①於铄，叹美之词。铄，光明貌。　遵，《毛传》：“率。”即待时而动。　养，《毛传》：“取。”　时，这。　晦，《毛传》：“昧也。”即黑暗。　②时，此时。　纯熙，马瑞辰《通释》：“谓大光明也。”　介，读为“以介景福”之介，献祭于神、报答神佑助大福。　③我，我周家。　龙，林义光《通解》：“当作龏。龏，古恭字也。”　蹻蹻，高行阔步貌。　造，前进。王之造，即获取王位。　嗣，于省吾《新证》：“金文嗣、𤔲通用。𤔲、治古今字。”是有嗣即治有天下。　④公，马瑞辰《通释》：“对上‘王之造’言，当谓先公。”　允师，大法。于省吾《新证》谓：允、畯古通，畯通骏，即长大。师，训师法之师（马瑞辰已有此说）。

●诗言光华闪耀的武王之师，善于循时而动，善于攻取黑暗。现在天下已经清明太平，所以向神行献祭大礼。我周家恭受天命，能高行阔步登上王位，开始治理天下。这些都是由于有你们先公的大法！

〔解题〕

《毛序》：“《酌》，告成《大武》也。言能酌先祖之道以养天下也。”《独断》载《鲁诗》遗说：“告成《大武》，言能酌取先祖之道以养天下之所敬也。”《汉书·礼乐志》载《齐》说：“周公作《勺》。勺，言能勺先祖之道也。”可知汉儒各家理解并无不同。诗言王师“遵养时晦”，而诗又命名为“酌”（酌、勺古音义相同），名、义也正相当。各家都说“告成《大武》”，诗中赞美周师能率时而动，一战而“纯熙”天下，也正可视作对武王克商大有武略的赞美。而将这些归功先祖（即诗中所言“尔公”）也正是《颂》诗手法。此又可旁证《武》之作当在武王去世之后。据《郑笺》此诗作于周公摄政六年，那么，包括《武》在内的《大武》乐章就当在此诗告成之前。对此诗从明代开始有不少的误解。《左传》及《乐记》有《大武》六成的记载，于是自何楷《诗经世本古义》至今，不少学者就按“六成”一定有六首诗的理解按图索骥，纷纷挑出《周颂》中六首他们看起来像的诗去充“六成”之数。其说家家各异。此诗也被认定为《大武》六成之一。实际上，《大武》之乐舞要有六成，乐要有六成，诗却不必非有六成不可。《左传》中楚庄王言《武》（实即《大武》）只举三诗之句，就很有可能《大武》只有三首歌词伴舞。而更重要的是通观《礼记·乐记》中孔子之论，《大武》虽分六成，表达的意蕴却只有三层。最终能解决问题的还是诗篇内容、义理。从《左传》中楚庄王之言可以确定，今本《周颂》中，《武》、《赉》、《桓》是《大武》三诗。又据先秦典籍记载，《酌》（又称《勺》）为周朝文舞。《礼记·内则》：“十有三年学乐、诵诗、舞勺，成童舞象。”郑注：“先学勺，后学象，文武之次也。”

桓

绥万邦，娄丰年①！天命匪解，桓桓武王②。保有厥士，于以四方，克定厥家③。於昭于天，皇以间之④？

〔注释〕

①绥，《郑笺》：“安也。” 娄，通屡，屡次。 ②匪解，不懈。天命匪解

即匪解天命倒文。 桓桓,英武貌。 ③士,据马瑞辰《通释》,为土之误。 于以,于是有。 ④於昭,犹言昭昭,即光辉显耀。 皇,林义光《通解》谓通遑,反问语词。 间,《毛传》:"代也。"即取代。

●诗言安定了万邦,屡次获得了丰年!不懈地敬奉天命,这都是有我桓桓英武的武王!保有着周族固有的土地,又进而广有天下四方,雄才大略足以安定周家。光辉闪耀上昭于天,周家的天下,有谁可以取代?

〔解题〕

《毛序》:"《桓》,讲武类祃也。桓,武志也。"今文各说同。按,类祃之师祭应在灭人家国之初,此诗言"娄丰年",显在灭殷数年以后。此《序》如移至《时迈》、《般》之前,尚与诗义相顺,在此则全不相干。莫非《序》真的因竹简错乱而张冠李戴了么?此诗为《大武》乐之卒章,载在《左传》,不容怀疑。《左传·僖公十年》载宁庄子曰:"昔周饥,克殷而年丰。"朱熹《集传》:"大军之后,必有凶年,而武王克商,则除害以安天下,故屡获丰年之祥。""大军"云云语出《老子》,当系久远的观念。此诗所以有"皇以间之"的自信,是否就因为周人获得了这丰年的祥瑞,不然何以开首就言屡获丰年?此诗既与《武》同为《大武》乐章之一成,两者就有共同的特征。《武》赞武王、文王,赞他们"胜殷遏刘"、去残胜杀,而此诗则赞武王承天命、大有年,是对天下安宁、物阜民丰的一种颂扬和祈祷。《左传》载楚庄王曰:"夫《武》,禁暴、戢兵、保大、定功、安民、和众、丰财者也。"《大武》主旨不是宣扬暴力,而是表现周家所能带给天下的和平,这才是周所以获得天命的原因。因此《大武》的舞蹈表达武力征服,但歌辞却相反,宣示武力所最终获得的天下太平。如此,那些当时由于某种祭祀(如《时夏》即是类祃祭典之诗)的需要而注重于表达周家一已胜利的诗篇,就都与这重在宣扬周人克商是给天下带来吉祥的乐章旨趣不相容,起码是不协调的。《时迈》表现了周人克商之初对武力征服的自豪,而《大武》诸诗则更多地表现文治天下的倾向。两者在时间上虽相去不远,在思想观念上却有着较大的差别。

赉

文王既勤止，我应受之①。敷时绎思，我徂维求定，时周之命②。於绎思！

〔注释〕

①勤，《毛传》："劳。" 我，武王自谓。 应，即膺承之膺，承当之意。之，于省吾《新证》谓指代民人与疆土。 ②敷，胡承珙《后笺》："布也。"时，是。指代词。 绎，本义为抽丝，训为抽绎之绎。"敷时绎思"，马瑞辰《通释》："谓布文王之德泽而寻绎引申之，以及于无穷。"思为语词。 时，马瑞辰《通释》："与承一声之转，古亦通用。"时即承受。

●诗言文王已经勤劳地开疆拓土、治理民人，我继承他的事业，将文王的恩德遍及天下。我的出征，只为着求得天下的安宁，以承续周家的天命。周家的恩泽遍布天下！

〔解题〕

《毛序》："《赉》，大封于庙也。赉，予也，言所以锡予善人也。"《鲁》说同。《序》言赉为赐予，是有所依据的，《论语·尧曰》："周有大赉，善人是富。"但说此诗是"大封于庙"，显然与诗义不合，而且武王克商后只有对黄帝及夏、商之后的"褒封"（事见《史记·周本纪》），大行分封之事是成、康年代的事。或许成康之际的分封之礼沿用此歌，因而冠以"赉"之篇名。从诗中两次出现的"我"可以看出，诗是拟武王口吻的。《礼记·乐记》载孔子述《大武》乐的演出情况时说："天子夹振之而驷伐，盛威于中国也。"郑玄注："夹振之者，王与大将夹舞者，振铎以为节也。驷当为四，声之误也。《武》，舞战象也，每奏四伐，一击一刺为一伐。"可知舞《大武》时，有人扮演武王，在大将左右簇拥下振铎而歌，歌词正是此诗。歌舞中，将士扮演者在奋力地击刺，武王却振铎而歌，宣布着出征只是为了天下的和平。今天看来虽未免显得有失协调，但正可见周初时代舞、乐、诗的各自分工，及三者对立而又一体。《大武》之乐，只有《武》、《赉》、《桓》三诗。

般

於皇时周①！陟其高山，嶞山乔岳，允犹翕河②。敷天之下，裒时之对，时周之命③。

〔注释〕

①时，当为明字之误，《白虎通》引《诗》作"於皇明周"。马瑞辰《通释》："'明周'，犹《时迈》言'明昭有周'也。" ②陟，升。升祭高山之名。 嶞(duò)山，低矮狭长的山峦。 乔岳，四岳。 允犹，马瑞辰《通释》谓犹、猷古通。猷，顺也。允犹即允顺之意。 翕，《毛传》："合也。"允犹翕河即山势与河流走向一致。 ③敷，溥。即普遍。 裒(póu)，《毛传》："聚也。" 时，是。 对，马瑞辰《通释》："当读如'对扬王休'之对。对犹答也，谓诸侯皆聚于是以答扬天子之休命也。" 时，承受。参《赉》注。

●诗言辉光昭著的周邦！登东岳祭奠大小山峦及四方高岳，看到山川河流顺势相伴。普天之下的诸侯们都聚集于此，以对答这天子的鸿恩，承受这周王的赐命。

〔解题〕

《毛序》："《般》，巡守而祀四岳河海也。"蔡邕《独断》载《鲁诗》遗说同。《史记·封禅书》："周成王封泰山、禅社首，然后得封禅。"司马迁习《鲁诗》，是《鲁诗》家又认为诗作于周初的成王时代。《史记》又言："孔子论述六艺，传略言易姓而王，封泰山禅乎梁父者七十余王。"到泰山及梁父(泰山下的小山，即诗中"堕山"所指)封禅，是表示君王受命于天的祭礼，既然古有七十余王行此礼，要之周朝也不会例外。《史记》说成王封禅，成王当国时天下渐定，是很可能的。从诗的风格看，也像是周初作品。更重要的是，"允犹翕河"的景象，大概也只有登临纵目时才有。《时迈》也写"及河乔岳"，但没有这种俯视的襟怀，要之只是在平地上向山川致敬而已。再者，普天之下承命于周的威风，大概也不是武王所能感受得到的。所以尽管此诗与《时迈》有语言上的某些相同，但非一时、一事，还是可以从诗文本身找到证据的。《周颂》以此篇结束，编诗者岂是无意的？

鲁　颂

《駉》、《有駜》、《泮水》、《閟宫》四诗，《诗经》编定者将其附于《周颂》之后，名为"鲁颂"。如以《周颂》为标准来衡量，四诗不论内容还是形式都不应名之为颂。内容上，《駉》赞美鲁公马政，《有駜》言鲁国君臣燕集歌舞，《泮水》言鲁侯泮宫接受献俘，《閟宫》则赞美姜嫄祖庙神灵及其造庙者的功德，这些都是大、小《雅》所表现的内容，与《周颂》的宗庙山川祭祀颇为异趣。形式上，《周颂》每篇不论其长短，皆为一章，而《鲁颂》却都在数章以上。而体制宏富，语言特色及篇章风格也都与二《雅》相类。因此，鲁国四诗更像雅。鲁国因周公旦对王朝有特殊勋业而世享天子礼乐，其朝廷之诗称"颂"，当与鲁国地位特殊有关。

《鲁颂》四篇都与鲁僖公有关，古今学者并无异议。僖公为鲁公伯禽十九世孙。伯禽受封时鲁本为大国，降至春秋之世，世道变迁，鲁已沦为次等侯国。特别是在庄、闵之世，因有庆父之难，而国势益发衰弱。僖公即位，内乱结束，在位三十余年间，又积极追随齐桓公建立尊王攘夷的霸业，鲁国的国势、声望才得到相当的恢复。这正是《鲁颂》诗篇问世的历史背景。然而，世享天子礼乐的鲁侯之所以要在固有的歌舞之外，来一番新的制作，这当与王室式微、霸主横起的世道陵夷息息相关。

关于诗篇的作者，今文经学家与古文经学家有分歧。今文家主张皆为奚斯所作，古文家则认为系史克所作。奚斯为《閟宫》作者，见于诗文自述。至于其他三篇，作者是奚斯还是史克，或其他什么人，诗篇本身并无内证。

驷

驷驷牡马，在坰之野①。薄言驷者，有驈有皇，有骊有黄，以车彭彭②。思无疆，思马斯臧③！

〔注释〕

①驷驷(jōng)，《毛传》："良马腹干肥张也。"干指躯干，驷驷即肥壮。牡，公马。　坰(jōng)，《毛传》："远野也。邑外曰郊，郊外曰野，野外曰林，林外曰坰。"古时为不与农争地，故养马远野。　②薄言，词头，无具体意谓。驈(yù)，《毛传》："骊马白跨曰驈。"骊为黑色，驈即白胯的黑马。　皇，《毛传》："黄白曰皇。"马瑞辰《通释》谓，皇是黄马兼有其他颜色之称。　骊，《毛传》："纯黑曰骊。"　以车，用以驾车。　彭彭，车马奔腾声。　③思，语词。无疆，无边无际。祝颂之词。　臧，好。

●诗之首章言肥壮长大的公马，在野外的远郊。愿鲁公的马永远多无限量，匹匹强壮！

驷驷牡马，在坰之野。薄言驷者，有骓有駓，有骍有骐，以车伾伾①。思无期，思马斯才②！

〔注释〕

①骓(zhuī)，《毛传》："苍白杂毛曰骓。"苍为老青色，骓即后世所谓菊花青。　駓(pī)，《毛传》："黄白杂毛曰駓。"即后世所谓黄膘马。　骍(xīn)，《毛传》："赤黄曰骍。"　骐(qí)，黑白相间的马。　伾伾(pī)，《毛传》："有力也。"

②无期，于省吾《新证》谓期读如记。无期即无记，无记犹无算、无数。才，有能力。

●诗之二章言坰野之马各色都有，孔武有力。愿鲁公之马多得无数，匹匹有能力！

駉駉牡马，在坰之野。薄言駉者，有驒有骆，有骝有雒，以车绎绎[1]。思无斁，思马斯作[2]！

〔注释〕

①驒(tuó)，《毛传》："青骊驎曰驒。" 骊驎即马身上黑色的斑纹。　骆，《毛传》："白马黑鬣曰骆。"长鬃称鬣。　骝(liú)，《毛传》："赤身黑鬣曰骝。"雒，黑身白鬣。　绎绎，《毛传》："善走也。"　②无斁，于省吾《新证》谓斁当读度。无度犹言无数。斁、度古通。　作，《郑笺》："谓牧之使可乘驾也。"即驯教。

●诗之三章言坰野之马鬃毛色泽各异，驾车一定奔驰如飞。愿鲁公的马数量无度，匹匹驯良！

駉駉牡马，在坰之野。薄言駉者，有骃有騢，有驔有鱼，以车祛祛[1]。思无邪，思马斯徂[2]！

〔注释〕

①骃(yīn)，《毛传》："阴白杂毛曰骃。"阴白即暗白、灰白。　騢(xiá)，《毛传》："彤白杂毛曰騢。"彤白略似粉白。　驔(diàn)，《毛传》："豪骭曰驔。"豪即长毛。骭(gàn)为小腿。豪骭即马胫有长毛。　鱼，《毛传》："二目白曰鱼。"据马瑞辰《通释》，二目白即二目上有白毛。　祛祛(qū)，《毛传》："强健也。"　②邪，于省吾《新证》："应读作圄，圄通圉。……然则无邪即无圉，无圉犹言无边，无边指牧马之繁多言之。"　徂，林义光《通解》："与前章臧、才、作字同意，当读为驵。《说文》：'驵，壮马也。'"

●诗之四章言坰野之马色彩纷呈，驾车一定雄武强健！愿鲁公的马无边无际，永远强壮！

〔解题〕

《毛序》："《駉》，颂僖公也。僖公能遵伯禽之法，俭以足用，宽以爱民，务农重谷，牧于坰野，鲁人尊之。于是季孙行父请命于周，而史克作是颂。"朱熹《辨说》则谓："此《序》事实皆无可考，诗中亦未见务农重谷之意,《序》说凿矣!”如此读《诗》,正是儒生治经的方法。诗言在远效牧马,这在汉儒看来就有不与农争地的意味,自然也就可说是“务农重谷”了。微言大义便须捕风捉影,这正和朱子自己某些时候的以理说《诗》一样。诗主要赞美鲁僖公的马政,《诗经传说汇纂》载朱公迁说:“问国君之富,数马以对。故诗人以之颂美其君如此。”马是那个时代的主要动力资源。鲁国在经历了旷日持久的内乱后衰弱不堪,僖公即位后能追随齐桓公从事“尊王攘夷”的霸业,诗人从其重视养马事业的角度去赞颂他的业绩,可谓善于选材。鲁人对僖公政治深有好感。《序》谓僖公死后曾有季孙行父“请命于周”,陈奂《传疏》释“请命”:“命当读如‘侯伯七命’之命。初,伯禽就封,鲁本大国,至春秋时为次国。闵公又遭庆父之乱,宗国颠覆,齐桓公救而存之,遂立僖公。僖公从伯(霸)主讨淮夷,能复伯禽之业如大国之制,鲁人尊其教,于是有大夫季孙行父者往周请命。”这就是说,鲁人为僖公向王室请“七命”的锡命,为之作颂,并不仅仅是因为僖公的可敬,还有着国人对本国地位沦落的不安这样一股社会情绪在起作用。此诗的作者历来有争议。照今文三家的说法,是大夫奚斯,按《毛诗》家的说法是史克。考《左传》及《国语》所载鲁国史实,史克首见于《左传·文公十八年》,至宣公时仍在世,奚斯始见于闵公二年。两人生卒年都不清楚,就都有作诗的可能性。从诗的内容看,此诗不像僖公死后的追述之作,因而从时间上看,奚斯作的可能性大些。《鲁颂》中《閟宫》为奚斯所作,见于诗篇自述。但与此诗风格差异很大,不像出自一人之手。这样,作者问题还是无从定论。

有　駜

有駜有駜,駜彼乘黄①。夙夜在公,在公明明②。振振鹭,鹭于下③。鼓咽咽,醉言舞④。于胥乐兮⑤!

〔注释〕

①驳(bì),《毛传》:“马肥强貌。” 乘(shèng)黄,驾车四马皆为黄色。参《郑风·大叔于田》注。 ②在公,《郑笺》:“在于公之所。”公指鲁公。 明明,马瑞辰《通释》:“明、勉一声之转,明明即勉勉之假借,谓其在公尽力也。”

③振振,《毛传》:“群飞貌。” 鹭,朱熹《集传》:“鹭羽,舞者所持,或坐或伏,如鹭之下也。”参《周颂·振鹭》注。 ④咽咽,《毛传》:“鼓节也。”即伴舞鼓点。 言,而。 ⑤于,通吁,叹词。 胥,相。

●诗之首章言匹匹骏马肥壮,乘车的人终日勤于公事。人们舞鹭羽之舞鼓点咽咽,舞者陶醉。君臣们在一起欢乐啊!

有驳有驳,驳彼乘牡①。夙夜在公,在公饮酒。振振鹭,鹭于飞。鼓咽咽,醉言归②。于胥乐兮!

〔注释〕

①牡,公马。 ②归,归去。

●诗之二章言大夫们乘公马驾的车勤于公事,余暇饮酒。酒醉而舞,如群鹭奋飞,舞罢归家。

有驳有驳,驳彼乘骃①。夙夜在公,在公载燕②。自今以始,岁其有③!君子有穀,诒孙子④。于胥乐兮!

〔注释〕

①骃(xuān),《毛传》:“青骊曰骃。”青骊,紫黑色。 ②燕,宴饮、欢乐。 ③有,有年、丰年。 ④穀,福禄。 诒,通贻,留给。 孙子,子孙。

●诗之三章言大夫们公事之余,则与君燕饮欢乐。自今以后岁岁年丰。鲁公的福禄,荫泽子孙。

〔解题〕

《毛序》:“《有驳》,颂僖公君臣之有道也。”王先谦《集疏》:“三家无异义。”朱熹《辨说》:“此但燕饮之诗,未见君臣有道之诗。”诗称群臣“夙夜在公”,在公之余君臣一起饮酒,歌舞同乐,这在汉儒看来就是君臣有道了。朱子不同意,是因为他对什么是“君臣有道”有不同的看法。在《周颂》中,振鹭而舞是为接待诸侯客人举行的典礼,有着某种政治意图。《鲁颂》此诗言振鹭而舞,看诗中“自今以始,岁其有”之句,似乎与庆丰年有关。《春秋》于僖公三年书不雨,六月始雨。因此前人认为此诗之作与僖公喜雨置酒相关。(参何楷《古义》)明代以后,有人怀疑诗中“公”未必即指鲁僖公。这种怀疑未必有当。鲁国因周公的缘故,可以世代使用天子礼乐。在西周强盛时,对王室所赐礼器舞乐守之勿失,是鲁君谨守殊荣的常情。等到天子地位衰落,本国政治略有起色,于是就想到自己也要来一番“制礼作乐”的功夫,这大概才符合当时诸侯的心态。所以,遵循古说,定此诗为僖公时期的作品,要更妥当些。

泮　水

思乐泮水,薄采其芹①。鲁侯戾止,言观其旂。其旂茷茷,鸾声哕哕②。无小无大,从公于迈③。

〔注释〕

①思乐,犹言乐哉。　泮水,水名。杜佑《通典》:“兖州泗水县有泮水,此五汶之一,亦曰汶水。”　薄,同“言”。语词。　芹,水菜。采芹观旂,为《诗经》常见套语。　②茷茷(pèi),旂旗飘舞貌。　哕哕(huì),状声词。③小大,指鲁侯手下各阶官属。　迈,行进。

●诗之首章言鲁侯来到泮宫。

思乐泮水,薄采其藻。鲁侯戾止,其马蹻蹻①。其马蹻蹻,其音昭昭。载色载笑,匪怒伊教②。

〔注释〕

①跻跻，矫健貌。　②色，《毛传》："温润也。"即和颜悦色。　伊，在此作"而是"解。　教，善于教诲。

●诗之二章进而写鲁侯音容。

思乐泮水，薄采其茆①。鲁侯戾止，在泮饮酒。既饮旨酒，永锡难老②。顺彼长道，屈此群醜③。

〔注释〕

①茆(mǎo)，一种可供食用的水菜，又名莼(chún)菜。　②永锡，上天永远赐福。　③顺，马瑞辰《通释》："《尔雅·释诂》：'顺，陈也。'……'顺彼长道'，即陈彼长道，谓陈大道于泮宫也。"　长道，马瑞辰《通释》："犹言大道。"　屈，马瑞辰《通释》："当读黜。《说文》：'黜，贬下也。''屈此群醜'对上'顺彼长道'，以言善道则顺陈之，群恶则黜退之耳。"　群醜，指淮夷。

●诗之三章转入正题。

穆穆鲁侯，敬明其德①。敬慎威仪，维民之则。允文允武，昭假烈祖②。靡有不孝，自求伊祜③！

〔注释〕

①穆穆，仪态庄严和美。　鲁侯，鲁僖公。名申，鲁庄公之子、闵公之兄，在位三十三年。　明，勉。　②允，信、能。　昭假，以献祭请神降临。《诗经》常用语。　③孝，效、效法。王引之《述闻》曰："谓鲁公无事不效法其祖，非谓国人儆鲁公也。"　祜，福。恭敬祖先即是自求多福。

●诗之四章赞美鲁侯的才略、孝道，为下文颂赞其勋业作一铺垫。

明明鲁侯，克明其德①。既作泮宫，淮夷攸服②。矫矫虎臣，在泮献馘③。淑问如皋陶，在泮献囚④。

〔注释〕

①明明,德行昭著。 ②泮宫,宫殿名,因建在泮水边而得名。从下文看,系接受献俘用。 攸,《郑笺》:"所也。" ③矫矫,《郑笺》:"武貌。" 馘(guó),《郑笺》:"所格者之左耳。"古代战争,斩杀敌人,割下左耳用来计功。

④淑,《郑笺》:"善也。" 皋陶,相传为黄帝时期著名的狱官。

●诗之五章点明献俘之事。

济济多士,克广德心①。桓桓于征,狄彼东南②。烝烝皇皇,不吴不扬③。不告于讻,在泮献功④。

〔注释〕

①多士,《郑笺》:"谓虎臣及如皋陶之属。" 广,扩大。指武士能推广鲁侯的仁德。 ②桓桓,《毛传》:"威武貌。" 狄,《郑笺》:"当作剔。剔,治也。" ③烝烝、皇皇,都是形容鲁国军队人数众多、气势庞大的夸饰词。吴,喧哗。 扬,浮躁、狂傲。 ④讻,《郑笺》:"讼也。"将士不争功,所以没有聚讼事可告。

●诗之六章赞美鲁国将士能将鲁侯的仁德推广四方。

角弓其觩,束矢其搜①。戎车孔博,徒御无斁②。既克淮夷,孔淑不逆③。式固尔犹,淮夷卒获④。

〔注释〕

①角弓,以牛角为装饰的弓。 觩,弯曲貌。参《周颂·丝衣》注。 束矢,一束一束的矢。 搜,捆束整饬貌。 ②博,《郑笺》:"当作傅,甚傅致者,言安利也。"傅致,行列有法、齐整。安利,安稳。 徒,步行兵卒。 御,驾车士卒。 无斁,不懈怠。 ③不逆,《郑笺》:"其士卒甚顺军法而善,无有为逆者。" ④式,语词。 固,坚固。 犹,谋略。 卒,终于。 获,通矱,规矩。卒获即终于服从规矩。参《小雅·楚茨》注。

●诗之七章先赞颂鲁师军容军纪,并归功于鲁侯猷谋审固。

翩彼飞鸮，集于泮林①。食我桑黮，怀我好音②。憬彼淮夷，来献其琛③。元龟象齿，大赂南金④。

〔注释〕

①鸮(xiāo)，猫头鹰。《毛传》："恶声之鸟也。" ②怀，归、遗。 好音，善言。 ③憬，觉悟。 琛(chēn)，《毛传》："宝也。" ④元龟，大龟。《毛传》："元龟尺二寸。" 象齿，象牙。 赂，《毛传》："遗也。"即奉献。 南，《毛传》："荆、扬也。" 金，古以黄铜为金。南金即南方出产的黄铜。

●诗之八章以淮夷献琛作结，明鲁侯不仅有武威，更有文德。

〔解题〕

《毛序》："《泮水》，颂僖公能修泮宫也。"王先谦《集疏》："三家无异义。"朱熹《集传》虽不信旧说，谓"此饮于泮宫而颂祷之辞"，然而又谓"诸侯之学，乡射之宫，谓之泮宫"，则仍将泮宫理解为诸侯学府，这又与汉儒成说暗自相通了。据载，周王朝有辟雍，为接待贵宾、宗教祭祀、演礼习乐、养老尊贤的场所。古代政教不分、学在官府，辟雍因此也就具有王家最高学府的功用。《礼记·王制》："出征执有罪，反释奠于学，以讯馘告。"天子有学，诸侯也有。汉、宋诸儒着意从修建泮宫的角度理解此诗，正是从政治教化的方面着眼。然而泮宫为鲁国学府这一点，其实与诗篇的解释并无直接关联。鲁侯作宫的用意在"淮夷攸服"，泮宫只因是鲁侯接受"献功"的处所，才被诗人屡屡道及，并不能作为鲁僖公能兴教化的依据。据《春秋》，僖公十三年从齐桓公会于咸，为淮夷病杞。十六年从齐桓公会于淮，为淮夷之病鄫。据《左传》，十六年的会淮"谋鄫，且东略也"。大约鲁国在此次行动中获得了一些好处，此诗可能也就作于此次行动之后。如果单从诗篇本身看，鲁国似乎获得了不起的胜利。但参诸史籍却殊不尽然。研读《鲁颂》诸诗，它的言过其实总使人想起汉大赋。只可惜文学史家对此却不曾措意，使一代文学的兴起少了一种源头性的说明。

閟　宫

閟宫有侐，实实枚枚[①]。赫赫姜嫄，其德不回[②]。上帝是依，无灾无害[③]。弥月不迟，是生后稷[④]。降之百福，黍稷重穋，稙稺菽麦[⑤]。奄有下国，俾民稼穑[⑥]。有稷有黍，有稻有秬[⑦]。奄有下土，缵禹之绪[⑧]。

〔注释〕

①閟(mì)宫，《毛传》："閟，闭也。先妣姜嫄之庙在周，常闭而无事。孟仲子曰：是禖宫也。"　侐(xù)，《毛传》："清静也。"　实实，《毛传》："广大也。"　枚枚，《毛传》："砻密也。"即绵密。指宫殿窗格、门棂密密匝匝。　②不回，不邪、正大。　③依，附体。指姜嫄履大人迹。参《大雅·生民》所述姜嫄传说。　④弥月，满月数。　⑤重(tóng)，字或作穜、種，先种后熟的谷。　穋(lù)，后种先熟的谷。　稙(zhí)，《毛传》："先种曰稙。"　稺(zhì)，《毛传》："后种曰稺。"　⑥奄，于是。　⑦秬(jù)，黑黍。　⑧缵(zuǎn)，继承。　绪，事业。

●诗之首章言姜嫄閟宫很清静，殿堂高大，密密匝匝。诗从姜嫄总起，为下文鲁公之德推溯本源。

后稷之孙，实维大王。居岐之阳，实始翦商。至于文武，缵大王之绪。致天之届，于牧之野[①]：无贰无虞，上帝临女[②]。敦商之旅，克咸厥功[③]。

〔注释〕

①届，《郑笺》："极。"极通殛，诛杀。　②贰，二心、犹豫。　虞，忧虑、惧怕。参《大雅·大明》"上帝临女，无贰尔心"句注。此处征引《大明》语句。　③敦，攻击。　咸，《郑笺》："同也。"即齐备、大功告成。

●诗之二章言后稷的子孙是太王古公亶父。他迁居于岐山之南，开始了灭商的大业。继续叙述周人获得天下的历史。

王曰叔父，建尔元子，俾侯于鲁①。大启尔宇，为周室辅②。乃命鲁公，俾侯于东③。锡之山川，土田附庸④。

〔注释〕

①王，周成王。　叔父，周公旦。　元子，长子。即鲁第一代君主伯禽。侯，做侯伯。　鲁，地名。鲁国初封地在今河南鲁山一带。　②启，开拓。宇，《毛传》："居也。"　辅，辅佐。　③鲁公，伯禽，爵位为公。　东，指东方，即今山东曲阜一带。据傅斯年《大东小东》，鲁国实有始封、迁封两次受封。始封于鲁山，继而周王又封之于商奄（今山东泰山以南）之地。　④附庸，附属小国。

●诗之三章溯鲁邦建国之始，并叙迁封历史。

周公之孙，庄公之子。龙旂承祀，六辔耳耳①。春秋匪解，享祀不忒②。皇皇后帝，皇祖后稷，享以骍牺，是飨是宜，降福既多③！周公皇祖，亦其福女④。

〔注释〕

①周公，指周公旦，谥周文公。　庄公，鲁庄公，名同。　龙旂，《郑笺》："交龙为旂。"　承祀，奉祀。　耳耳，缰绳调适貌。　②春秋，一年到头。忒，差错。　③宜，于省吾《新证》谓即俎，祭祀名。　既，其。希望之词。④女，汝。福女即赐福于汝。汝指僖公。

●诗之四章言周公的子孙、鲁庄公的儿子，龙旂飘舞前来奉祀。此章进入正题。

秋而载尝，夏而楅衡①。白牡骍刚，牺尊将将②。毛炰胾羹，笾豆大房③。万舞洋洋，孝孙有庆④。俾尔炽而昌，俾尔寿而臧⑤。保彼东方，鲁邦是常⑥。不亏不崩，不震不腾⑦。三寿作朋，如冈如陵⑧。

〔注释〕

①载，《郑笺》："始也。" 尝，秋天祭祀名。尝即尝新谷。 楅（fú）衡，圈牛的栏木。秋天祭祀用的牛，夏天就圈养隔离起来，是表示戒慎其事。依礼，敬神使用的牛要完好、无伤残。 ②白牡，白色公牛。 骍刚，赤红色的公牛。 牺尊，据于省吾《新证》，即以牺牛为形状的酒尊。近世出土文物可证。 将将，尊器众多貌。 ③毛炰，《毛传》："豚也。"即连带着皮毛一起烧烤的乳猪。 胾（zì），切成大块的肉。 羹，带汁的肉食。 大房，《毛传》："半体之俎也。"古时大礼，将劈成两半牺体的一半献祭，称为房。房即旁。盛牺体的食器也称房。 ④万舞，《郑笺》："干舞也。"即以盾牌等为道具的舞蹈，属武舞。参《邶风·简兮》注。 洋洋，盛大热烈貌。 庆，吉庆之福。 ⑤炽，兴旺。 昌，昌盛。 ⑥常，于省吾《新证》谓常、尚古通。尚训右，即保佑。 ⑦亏、崩，《郑笺》："皆谓毁坏也。" 震，震荡、动荡。 腾，翻腾、动摇。 ⑧三寿，马瑞辰《通释》谓即三老。三老，上寿、中寿、下寿，皆八十以上。 朋，陪伴。

●诗之五章赞鲁侯敬祖有德，与前文相呼应。

公车千乘，朱英绿縢，二矛重弓①。公徒三万，贝胄朱綅，烝徒增增②。戎狄是膺，荆舒是惩，则莫我敢承③。俾尔昌而炽，俾尔寿而福。黄发台背，寿胥与试④。俾尔昌而大，俾尔耆而艾⑤。万有千岁，眉寿无有害⑥。

〔注释〕

①千乘，周制千乘为大国军制。一车四马为一乘。 朱英，矛上装饰的红缨。英同缨。 绿縢（téng），拴系在弓把上的绿绳。 二矛，一辆战车上树两只备用长矛。 重（chóng）弓，双弓。两支弓交叉放入同一弓袋中。 ②公徒，鲁公的军队。 三万，据《郑笺》，大国三军，合三万七千五百人。言三万，举其成数。 贝，贝壳。 胄，头盔。贝胄即以贝壳为装饰的头盔。 綅（qīn），绳带。 烝徒，众徒。 增增，《毛传》："众也。" ③膺，马瑞辰《通释》："赵注《孟子》曰：'击也。'" 荆，楚国。《春秋·僖公四年》："公至自伐楚。" 舒，古国名。其地在今安徽舒城、庐江境内。 承，抵挡。 ④台

背，借以形容老人形象。台本作鲐。参《大雅·行苇》注。　胥，相。　试，马瑞辰《通释》："犹式也，字通作视。……《广雅》：'视，比也。'比之言比拟也。'寿胥与试'承'黄发台背'言，犹云寿相与比耳。"　⑤耆、艾，老寿。　⑥眉寿，眉长为寿者象征。《诗》中常见语。

●诗之六章重在铺叙鲁国的实力强盛，并极言神对鲁侯的赐福。

泰山岩岩，鲁邦所詹①。奄有龟蒙，遂荒大东，至于海邦，淮夷来同②。莫不率从，鲁侯之功③。保有凫绎，遂荒徐宅，至于海邦④。淮夷蛮貊，及彼南夷，莫不率从。莫敢不诺，鲁侯是若⑤。

〔注释〕

①岩岩，山高峻貌。　詹，通瞻，仰望。　②龟蒙，二山名。龟山在今山东新泰县西南，蒙山在今山东省蒙阴县南。　遂，于是。　荒，占有、治理。　大东，极远的东方。参《小雅·大东》注。　③率从，《郑笺》："相率从于中国也。"　④凫绎，二山名，在今山东邹县南。　徐宅，徐国的地域。徐，古嬴姓部族，居地在今山东南部地区。　⑤诺，服从、听命。　若，顺从。

●诗之七章承上章，着重夸赞鲁侯的开拓之功。

天锡公纯嘏，眉寿保鲁①。居常与许，复周公之宇②。鲁侯燕喜，令妻寿母③。宜大夫庶士，邦国是有④。既多受祉，黄发儿齿⑤。

〔注释〕

①纯嘏，大福。　②常，《国语·齐语》载管子语曰："以鲁为主，反其地堂、潜。"事在庄公年间。因此马瑞辰《通释》认为常即《国语》之堂，因齐人归还堂地距僖公时代不远，所以诗人举以为颂美之词。　许，陈奂《传疏》："《晏子·杂上》篇：'景公伐鲁，傅许，得东门无泽。'是鲁有许邑矣。"　复，恢复。　宇，版图、国土。　③燕喜，燕饮欢乐。　令妻，德行美好的妻子。僖公夫人名声姜。　寿母，长寿的母亲。即庄公夫人成风。　④宜，在此有款待

的意思。 是有,《郑笺》:"犹常有也。"即国家昌久。 ⑤兒(ní),齯之借字。《说文》:"齯,老人齿也。"老人又生新齿,为长寿之征。

●诗之八章言上天赐给你鲁侯大福,使你长寿,永远做鲁国的君主。此章为感激、祝福之辞。

徂来之松,新甫之柏①。是断是度,是寻是尺②。松桷有舄,路寝孔硕,新庙奕奕③。奚斯所作,孔曼且硕,万民是若④!

〔注释〕

①徂来,山名,在今泰安市东南。 新甫,山名,在今泰安市西北。 ②度,马瑞辰《通释》:"剫之省借。《说文》:'剫,判也。'"即劈开。 寻,古代丈量单位,八尺为寻。在此寻与尺都是动词。 ③桷(jué),方椽。 舄(xì),《毛传》:"大貌。" 路寝,《毛传》:"正寝也。"即新庙正殿。 新庙,《郑笺》:"姜嫄庙也。" 奕奕,高大庄严貌。 ④奚斯,陈奂《传疏》:"公子奚斯,即鲁大夫公子鱼也。" 作,作诵,即本诗。 曼,修长,指本诗篇章长度而言。 若,顺从民意。

●诗之九章表明作意、作者,回应首章。

〔解题〕

《毛序》:"《閟宫》,颂僖公能复周公之宇也。"鲁国在僖公时期国力稍振,又能追从齐桓公攘斥淮夷,因而部分地收回失地,国人因而赞美僖公,《毛序》的理解可谓不误。但这只是诗篇创作背景,其创作的直接原因,则是閟宫的建造。閟宫古来颇有争议。《毛传》先说是姜嫄之宫,又说閟宫在周。于是后人据此怀疑不是姜嫄庙,又有人说閟宫只是清静之庙的通称。实际上,诗中"閟宫"就是姜嫄灵寝,不容置疑。诗首章叙述閟宫形状后,紧接着就说"赫赫姜嫄",足以说明宫殿与周人女祖的关系。再从礼制的角度推断,这新建筑也非姜嫄庙莫属。鲁国享用天子礼制,文、武乃至后稷、大王的庙寝,必当古已有之。然而姜嫄庙却未必如此,因为姜嫄祭祀当是较晚的事情。考之《诗经》,在可以肯定作于周初的《颂》诗中,周人祭祀始祖只及后稷,直到《大雅·生民》才首次提到姜嫄。

《生民》的时代难以具体确定,但肯定不是周初作品。这就是说,周初颁赐鲁国天子礼乐时,姜嫄祀典不在其中。《毛传》说姜嫄宫不常用祭,所以清静(实即冷清),这表明姜嫄虽有祭奠,却不隆重显要。或许正由于此,世享天子礼乐的鲁国在很长的时间内并没有把后起的姜嫄祀典引入自己的祭祖活动中。等到僖公时代,王室衰微,鲁国诸侯有了“制礼作乐”的心思,自比昔日天子,隆重地为女祖姜嫄立庙设祭,原本只是“在周”的姜嫄庙,也就巍然矗立在鲁国的庙群之首了。因此,在僖公始建姜嫄灵寝的背后,实有一种历史的兴替。历来的研究家们都看出此诗夸诞。但诗人为什么如此地虚张声势?恐怕只有从鲁侯建筑閟宫的历史背景着眼,才能得到较深入的解答。此外,诗的作者为鲁大夫奚斯,即公子鱼。这一点前人也曾有过长时期的争议,经魏源(《诗古微》)、皮锡瑞(《经学通论》)诸家的研究,问题已经解决。诗为全部《诗经》中最长的篇什,其文风又开汉大赋的先河。

商　颂

《国语·鲁语》载鲁大夫闵马父之言曰:“昔正考父校商之名颂十二篇于周大师,以《那》为首。”“商之名颂”即《商颂》。正考父为孔子七世祖,宋国大夫,周宣王、幽王、平王时代人。据此在西周、东周交替之际,宋国曾有《商颂》十二篇。今本《诗经》只有五首,即《那》、《烈祖》、《玄鸟》、《长发》、《殷武》五首诗。其余七首则已亡佚。

关于《商颂》的创作年代,古文经学派与今文经学派之间有过激烈的争论。《毛序》云:“微子至于戴公,其间礼乐废坏,有正考甫者,得《商颂》十二篇于周之大师,以《那》为首。”《序》说本自《国语》,但其“微子至于戴公”云云,则很明显,是将《商颂》十二篇视为殷商旧作。此说对后世影响颇为深远。后代今文家对古文家之说颇有非难。魏源《诗古微》举证十三、皮锡瑞《经学通论》继补七证,力证《毛序》之非,认为《商颂》系宋大夫正考父美宋襄公或宋襄公美其父桓公之诗。

《商颂》年代的今、古之争,很难下一孰是孰非的断语,因为两者坚执的都是片面之见。今文家所以要把《商颂》定在宋襄公时代,有其学术背景。宋襄公为春秋五霸之一,在其与楚人的泓之战中,因“不鼓不成列”、“不伤二毛”的古怪念头而惨败。此事在《春秋》今文家和古文家眼里有着不同的评价。属于今文学的《公羊传》,将襄公背时的做法视为一种高尚行为;而在《左传》中,则借大夫子鱼之口讥之为冬烘迂腐。魏源等人之所以定《商颂》为襄公时诗,正暗含着今文经学家对襄公其人的一贯偏爱。

古文家径自将《商颂》诸诗远推到殷商各朝，实有其致误的原因，即他们错误地认为《周颂》都是西周初年的作品。既然周初就有《载见》、《载芟》那样体制宏阔、词采丰腴的诗篇，那么商朝各代有《商颂》也就不足为奇了。实际上《周颂》并不是周初几十年之内的产物。西周初年的《武》、《桓》、《赉》等诗，竟是那样的简古无文，而谓商朝时就有《商颂》这样华赡的诗篇，似乎缺乏起码的历史意识，考《那》及《烈祖》两诗，其用语及风格与《周颂》中《有瞽》及《雝》十分相似，而后两者经笔者考定，为西周中叶穆王时期的作品。《那》与《烈祖》等也不会距此时代太远，《毛序》谓宋国微子至于戴公礼乐废坏的说法是不足为信的。种种迹象表明，西周成、康之后，宋作为“二王之后”的地位待遇才得到了相当的落实。这很有可能是周昭王南征楚国，宋公有所配合的结果。而宋公敢在自己的宗庙中大肆祀奠遥远的祖先，就正与其地位的改善有关。王国维曾有《说商颂》一文，断定《商颂》创作时间为西周中期，我们认为这是正确的。

那

猗与那与，置我鞉鼓①。奏鼓简简，衎我烈祖②。汤孙奏假，绥我思成③。鞉鼓渊渊，嘒嘒管声④。既和且平，依我磬声⑤。於赫汤孙，穆穆厥声⑥！庸鼓有斁，万舞有奕⑦。我有嘉客，亦不夷怿⑧！自古在昔，先民有作⑨。温恭朝夕，执事有恪⑩。顾予烝尝，汤孙之将⑪！

〔注释〕

①猗、那，马瑞辰《通释》：“二字叠韵，皆美盛之貌。” 与，欤。语气词。鞉鼓，鞉鼓分大小。小者两耳，犹如今天拨浪鼓。大者即大鼓，中间粗、两头略扁。此处当指大鼓。 ②衎（kàn），《毛传》：“乐也。”即娱乐。 ③

汤孙，指商汤后代子孙，即奏乐者。 奏，进献。 假，读昭假之假，将敬意上达于神。 思，语词。 成，马瑞辰《通释》："《祭统》：'福者，备也。'成为备，即为福。'绥我思成'为报福之词。" ④渊渊，鼓声。参《鲁颂·有駜》注。 嘒嘒(huì)，管乐声。 ⑤和、平，和谐平正。 依，《毛传》："倚也。"指各种乐器相互伴奏和鸣。 ⑥於赫，犹言赫赫。 穆穆，声乐恢弘优美。 ⑦庸，《毛传》："大钟曰庸。" 斁，当作绎。《论语·八佾》："始作翕如也，从之纯如也，皦如也，绎如也。"绎如即音乐有条不紊。 奕，《毛传》："奕奕然闲也。"指舞者姿态安闲纯熟。 ⑧嘉客，尊贵的客人。魏源《诗古微》："宋时'嘉客'谓附庸小国。……宋之同姓有殷、时、来、宋、空同、黎、比髦、目夷、萧。皆当助祭于宋者也。" 夷怿，和悦。 ⑨有作，有所举动。指祭祀之事。 ⑩温恭，温和恭敬。 朝夕，其义同夙夜，即早晚勤勉于事。 执事，执行祭祀之事。 恪，《毛传》："敬也。" ⑪顾，《郑笺》："犹念也。" 将，奉献。

●诗言美哉盛哉摆放我们的大鼓。鼓点简简，是为娱乐我有功德的祖先。汤的子孙已将虔诚的孝敬上达于天，请神灵赐我福禄双全。赫赫的汤之子孙奏起了和谐而又恢弘的乐声。我们的贵客也来助祭。顾惜这烝、尝献祭吧，这是汤的子孙献上的！

〔解题〕

《毛序》："《那》，祀成汤也。"又王先谦《集疏》引《韩诗内传》："汤为天子十三年，百岁而崩，葬于征，今扶风征陌是也。"观全诗数次出现汤孙如何如何之语，汤孙显系指祭祀者，则所祭对象当为成汤。《礼记·郊特牲》："商人尚声，臭味未成，涤荡其声，乐三阕，然后出迎牲。"因此朱熹《集传》认为"三阕"之乐即此诗。如此，则此诗实为迎神曲，与《周颂·有瞽》性质相同。从现存《商颂》五诗的内容看，《烈祖》似乎应与《那》系同一祭典的乐歌。《那》言设乐迎神，而《烈祖》言祭奠贡品及祭者形仪，并且结束语又与《那》相同，这些都是两诗同用的迹象。

烈　祖

嗟嗟烈祖，有秩斯祜①。申锡无疆，及尔斯所②。既载清酤，赉我思成③。亦有和羹，既戒既平④。鬷假无言，时靡有争⑤。绥我眉寿，黄耇无疆。约軧错衡，八鸾鸧鸧⑥。以假以享，我受命溥将⑦。自天降康，丰年穰穰！来假来飨，降福无疆⑧。顾予烝尝，汤孙之将！

〔注释〕

①有秩，马瑞辰《通释》："形容福大之貌。" 祜，福。　②申，重复、反复。 尔，指神。 所，处所。　③酤，清酒。 赉，《毛传》："赐也。" ④羹，带汁的肉食。 戒，马瑞辰《通释》谓当训备，和羹必备五味。 平，味道中和。　⑤鬷(zōng)假，马瑞辰《通释》谓即前文所云奏假。鬷、奏一声之转，可以通用。 无言，据闻一多《周易义证类纂》即无愆。《周易》中"有言"多可解为有愆。无愆即无过错。 争，失和争讼之事。　⑥约軧，用朱红色的皮革缠包车轴的两头。 错衡，在车前的衡木上雕错上花纹。两句参《小雅·采芑》注。　⑦假，嘏之假借。嘏，祝祷。 享，献祭。 将，长。　⑧假，至。指神来。《诗》中假字既可训为人将敬意献至上界之神，也可训为神前来享用祭品。 飨，享用。一作享。

●诗言有丰功伟绩的祖先，是你的功劳才有鸿大的福禄！不断地赐予下界，遍及你子孙的处所。献祭的人们肃然清静没有纷争。助祭的人们又是敬神又是献享。神将赐天命于我，又大又长。顾念我们的烝尝祭礼吧，这是汤的子孙在献享！

〔解题〕

《毛序》："《烈祖》，祀中宗也。"《郑笺》释曰："中宗，殷王大戊，汤之玄孙也。有桑穀之异，惧而修德，殷道复兴，故表显之，号为中宗。"关于"桑穀之异"，《史记·殷本纪》载："帝大戊立，伊陟为相。

亳有祥桑榖共生于朝，一暮大拱。帝大戊惧，问伊陟。伊陟曰：'臣闻妖不胜德，帝之政其有阙与？帝其修德。'大戊从之，而祥桑枯死而去。"此即汉儒之说及其所依故实。实际上此诗与中宗大戊无关。诗明言"汤孙之将"，已表明祭祀的对象是汤而非大戊。汉及以前的古儒由于不清楚此诗与《那》为同一祀典的不同乐章，于是便误将诗歌编排的前后次序当做历史的顺序。考殷商历史，继武汤之后第一位有为之主是中宗太戊，《那》既然是"祀成汤"之诗，按时间顺序，《烈祖》自然也就是"祀中宗"了。这种机械的以史说诗并不是仅见的个例，而是汉代《诗经》学的普遍病症。大小《雅》一定要从文王时起始，至幽王时结束；《周颂》一定要从周公起始，至成王时结束。致使许多非此期间的作品背景暗昧不明，都是这机械的以史说诗法作祟的结果。另外，诗中"约軝错衡，八鸾鸧鸧"，是写祭祀者的车服，与《小雅》中某些诗篇造语一致，这又可视为《商颂》作于西周中叶的一个证据。

玄　鸟

天命玄鸟，降而生商，宅殷土芒芒①。古帝命武汤，正域彼四方②。方命厥后，奄有九有③。商之先后，受命不殆，在武丁孙子④。武丁孙子，武王靡不胜⑤。龙旂十乘，大糦是承⑥。邦畿千里，维民所止，肇域彼四海⑦。四海来假，来假祁祁，景员维河⑧。殷受命咸宜，百禄是何⑨！

〔注释〕

①玄鸟，燕子。古又称鳦。《郑笺》："天使鳦下而生商者，谓鳦遗卵，娀氏之女简狄吞之而生契，为尧司徒，有功封商，尧知其后将兴，又锡其姓焉。"宅，居住。动词。　殷土，据载商人自盘契至汤，曾有八次迁徙。盘庚迁殷后，改称为殷，其地在今河南安阳境内。　芒芒，《毛传》："大貌。"即茫茫。

②古帝,《郑笺》:“天也。” 正域,马瑞辰《通释》:“正、域二字平列,皆正其封疆之谓。” ③方,马瑞辰《通释》:“方、旁古通。……旁之言溥也,遍也。” 九有,《毛传》:“九州也。” ④后,君主。先后即先辈君主。 殆,通怠,松懈。 武丁,商汤第十代孙,号高宗,为商朝中兴之主。 孙子,子孙。“武丁孙子”即子孙武丁倒文。 ⑤胜,胜任。 ⑥糦(chì),《郑笺》:“黍稷也。” 承,进献。 ⑦畿,《毛传》:“疆也。” 止,《郑笺》:“犹居也。” 肇,开始。 域,开拓国土。 ⑧假,至。 祁祁,《郑笺》:“众多也。” 景,广大。 员,幅员。 维河,环绕黄河。 ⑨何,通荷,承受。

●诗言上帝命玄鸟下降生下商族,并赐予茫茫居住的土地。上天又命武王商汤正其四方的疆域。先王承受上天的命令不敢有任何懈怠,于是就有了武丁。这位商汤子孙,没有任何商武王的事业他不能胜任承当。现在,武丁的后人前来向他隆重献祭了。殷朝受命自天,无不得宜,承接着天赐的百千福禄!

〔解题〕

《毛序》:“《玄鸟》,祀高宗也。”《郑笺》:“高宗,殷王武丁,中宗玄孙之孙也。有雊雉之异,又惧而修德,殷道复兴,故亦表显之,号为高宗云。”《史记·殷本纪》载,帝武丁祭成汤,有飞雉登鼎鸣,武丁惧。此为郑玄“雊雉之异”说所本。殷高宗武丁是继大戊、盘庚之后又一位有为君主。在位五十余年间,曾对边地部落民族大事征伐,使商王朝达到鼎盛时期。诗屡称“武丁孙子”,祭祀高宗殆无疑问,而诗又着意强调“殷土芒芒”、“正域彼四方”,与高宗开边拓土的史实正合。《毛传》:“玄鸟,鳦也。春分玄鸟降汤之先祖。有娀氏女简狄,配高辛氏帝,帝率与之祈于高禖而生契,故本其为天所命,以玄鸟至而生焉。”据此,玄鸟实即商人的图腾。据后世史家研究,鸟崇拜的民族起源于东方,中国后世有龙凤崇拜,凤的起源即与玄鸟有关。

长 发

濬哲维商，长发其祥①。洪水芒芒，禹敷下土方②。外大国是疆，幅陨既长③。有娀方将，帝立子生商④。

〔注释〕

①濬，睿之假借。睿哲犹言明哲、明智。　长，常、久。　祥，祥瑞、吉利。　②敷，治理。　方，四方。　③外，远方。　幅陨，幅员。宽窄为幅，周围为员。　④有娀(sōng)，古国名。其地在今山西运城一带。据传商人女始祖简狄即为有娀之女。　将，强大。　帝，帝喾。相传简狄为帝喾妃子。　子，指有娀国女子简狄。　商，指商始祖契。

●诗之首章言商族有睿哲的祖先，所以商人总大发吉祥。

玄王桓拨，受小国是达，受大国是达①。率履不越，遂视既发②。相土烈烈，海外有截③。

〔注释〕

①玄王，《毛传》："契也。"因契母简狄吞玄鸟卵生契，所以后人尊之为玄王。　桓，英武貌。　拨，马瑞辰《通释》："《韩诗》作发。发当读如'发强刚毅'之发。……桓发二字并列，皆刚勇之貌。"　达，教令通达。　②率，遵循。　履，《毛传》："礼也。"　遂、既，既能……又能……。　视，古时君主上朝为视朝，所以视有亲政之意。　发，政令通行。　③相土，契的孙子。　海外，四海之外。　截，截取。

●诗之二章言玄王契英武刚强，处事都能遵循礼制，既能亲理大政，又能使政令通行。至契孙相土，商族在他的领导下，大片地截取了四海之外的土地。

帝命不违，至于汤齐①。汤降不迟，圣敬日跻②。昭假迟迟，上帝是祇，帝命式于九围③。

〔注释〕

①帝命不违，不违帝命的倒文。 齐，齐一。马瑞辰《通释》："诗总括相土以下诸君，谓商先君之不违天命，至汤皆齐一。" ②降，降至、以下。汤降即自汤以下。 迟，下降、消退。 圣，明哲。 敬，恭谨。 跻，上升。 ③迟迟，朱熹《集传》："久也。""昭假于天，久而不息。" 祇(zhī)，敬。 式，法则。动词。 九围，《毛传》："九州也。"

●诗之三章言相土之后的历代先王都不违背上帝的旨意。因此上帝命他们作为国王，永远是九州之民效法的楷模。

受小球大球，为下国缀旒，何天之休①。不竞不絿，不刚不柔②。敷政优优，百禄是遒③。

〔注释〕

①球，捄之假借，法则。 缀旒(liú)，表章、表率。旒的本义为旗帜上的缀饰。 何，荷。 休，通庥，庇护、保佑。 ②絿(qiú)，《毛传》："急也。"即操之过急。 ③敷，布。 优优，《毛传》："和也。" 遒，《毛传》："聚也。"

●诗之四章言汤受天之命制定了大小法则，作为万民表率，以此来仰承上天的保佑。所以千福百禄，都聚集在这里。

受小共大共，为下国骏厖，何天之龙①。敷奏其勇，不震不动②。不戁不竦，百禄是总③。

〔注释〕

①共，法则。 骏厖，马瑞辰《通释》谓为恂蒙之通转。为下国恂蒙，犹云为下国庇覆。 龙，《郑笺》："当作宠。宠，荣名之谓。" ②敷奏，表现、呈现。 震、动，陈奂《传疏》："言不震作、动摇也。" ③戁(nǎn)、竦，《毛传》："戁，恐。竦，惧也。" 总，集中。

●诗之五章言汤奉天命制定了大小典章保护天下的各国，承受上天的恩宠。上天的所有福禄,都集中在他的身上。

武王载旆,有虔秉钺[①]。如火烈烈,则莫我敢曷[②]。苞有三蘖,莫遂莫达[③]。九有有截,韦顾既伐,昆吾夏桀[④]。

〔注释〕

①武王,即商汤。　载旆,以车载着旗帜。　虔,马瑞辰《通释》:“《说文》:‘虔,虎行貌。读若矜。’徐锴曰:‘虎之行兢兢然有威。’则虔之本义原取威猛。”　钺(yuè),大斧。古代最重的兵器。《史记》:“汤自秉钺,以伐昆吾,遂伐桀。”　②曷,通遏,阻挡。　③苞,丛生貌。　蘖,木斩伐后的再生余枝。三蘖,指下文韦、顾、昆吾三国,系夏朝属国。　遂、达,草木畅达生长。　④韦,古国名。彭姓部族,又称豕韦,其地在今河南滑县东南。　顾,古国名。己姓部族,其地在今河南范县一带。　昆吾,古国名。妘姓部族,今河南濮县、许昌皆有其迹。　桀,夏朝末代君主,名癸。

●诗之六章言至武王商汤开始大肆征伐。武王占领了大片土地,韦、顾已经被斩伐,昆吾和夏桀也终于被消灭。

昔在中叶,有震且业[①]。允也天子,降予卿士[②]。实维阿衡,实左右商王[③]。

〔注释〕

①叶,《毛传》:“世也。”陈奂《传疏》:“中世,汤之前世也。”　震,动荡。业,《毛传》:“危也。”　②允,诚然。　天子,上天之子。　③阿衡,《毛传》:“伊尹也。”伊尹名挚,商汤时著名大臣。

●诗之七章言在商人历史的中期曾经有过动荡和危难,但天降下了有为的卿士来帮助他们。

〔解题〕

《毛序》:“《长发》,大禘也。”按,禘有数种,有郊祭上天谛其祖所自出之禘,有四时献尝之禘,有继位新王丧满吉禘之禘。(参《周颂·雝》解题)《序》不明言属于何种祭典，因此后人颇多纷争。郑玄认为是郊祀之禘，按《礼记·祭统》的说法是"外祭"；后世今文诗家又认为是宗庙尝禘之禘，属"内祭"；而朱子《集传》则认为"祫祭之诗"，等等。(陈奂《传疏》及王先谦《集疏》对诸家异说颇有论列，可供参考)细读此诗，其中心在称美商汤的功德，因此与祫、禘无关。此诗实际只是祭祀商汤、以其功臣伊尹配祭的诗篇。殷商政治制度已难得其详，要之大臣位重，可从诗篇中看出，不然就不会以功臣配享先王了。这也是《商颂》在内容上与《周颂》及《大雅》的区别处。检索周朝诗篇，没有任何大臣像伊尹这样，享受过如此崇高的礼敬。这尤当为研究古代政治制度者注意。另外，此诗不像是祭祀典礼中祈报神灵之诗，不言祭者仪态，不言祭奠贡品，却充满了叙述历史的意味。试想，献享正礼之中祭神如在，何须历数宗谱？因而，我们怀疑它只是与祭祀成汤、伊尹典礼相关的诗篇。大小《雅》分章，《颂》诗无论其长短都为一章乐歌。《颂》为祭典正乐，《雅》为对祭礼的旁述之诗。《颂》为诗、乐、舞三位一体，故只有一章；而《雅》则只是歌唱述事，故须多章。据此，《长发》当是一篇类似《大雅》祭祖内容的诗歌。

殷　武

挞彼殷武，奋伐荆楚①。罙入其阻，裒荆之旅②。有截其所，汤孙之绪③。

〔注释〕

①挞，勇武猛烈貌。　殷武，殷商武功。　②罙，古深字。　阻，险隘。　裒(póu)，《毛传》："聚也。"即合击、夹击的意思。　③绪，业绩。

●诗之首章言奋起殷商的武烈，夹击荆楚的军队，这就是汤之子孙的业绩。

维女荆楚,居国南乡[①]。昔有成汤,自彼氐羌,莫敢不来享,莫敢不来王,曰商是常[②]。

〔注释〕

①乡,《毛传》:"所也。"南乡即中原以南地区。　②氐羌,西方少数民族。享,献贡。王,朝见商王。曰,于。常,通尚,尊崇。

●诗之二章言你们这荆楚蛮国,从前我先祖成汤时代,连氐、羌的边民都没有谁不来朝拜。

天命多辟,设都于禹之绩[①]。岁事来辟,勿予祸適,稼穑匪解[②]。

〔注释〕

①多辟,《文选·上林赋》注引《韩诗章句》:"辟,除也。"除即布除之义,引申为变化。多辟即多变,指周人克商言。绩,通迹。禹之迹即禹曾经治理过的地方,指周都镐京,《大雅·文王有声》"丰水东注,维禹之绩"可证。②岁事,每年中的朝觐献贡之事。来辟,朝见周王。勿予句,王引之《述闻》:"祸读为过,《广雅》:'谪、过,责也。'"全句意为我不受过责。

●诗之三章言天命多变,在禹治理过的地方设立新国首都。要每年按时朝见周王,这样我们就不受责备。

天命降监,下民有严[①]。不僭不滥,不敢怠遑[②]。命于下国,封建厥福[③]。

〔注释〕

①严,《毛传》:"敬也。"　②不僭不滥,《毛传》:"赏不僭,刑不滥也。"遑,《郑笺》:"暇也。"　③下国,下属国。封建,指西周分封诸侯。福,于省吾《新证》:"福、富、服古通。……'封建厥福',即封建厥服。"

●诗之四章言上天时刻降临下土监视人间。周王令他的下属各国:王朝开始划疆分界，分封诸侯。

商邑翼翼，四方之极①。赫赫厥声，濯濯厥灵②。寿考且宁，以保我后生！

〔注释〕

①商邑，商字据三家诗作京，从全诗内容看，作京是。京邑即宗周镐京。极，准则。　②濯濯，光明貌。

●诗之五章言周朝首都宏伟，是四方的中心。祖先神灵保佑着人们长寿安康，保佑后代子孙昌盛！

陟彼景山，松柏丸丸①。是断是迁，方斲是虔②。松桷有梴，旅楹有闲，寝成孔安③！

〔注释〕

①景山，高大之山。　丸丸，《毛传》："易直也。"即挺拔顺直。　②迁，搬运。　方，语词。　虔，马瑞辰《通释》："当读如虔刘之虔。《方言》：'虔，杀也。'《广雅》虔、伐、刘并训杀，是虔犹伐也，刘也。"　③桷(jué)，椽。　梴(chān)，《毛传》："长貌。"　旅，排、列。　楹，柱子。　闲，高大貌。

●诗之六章言登上高大的山，砍来山上松柏。建成的寝堂真安稳！

〔解题〕

《毛序》："《殷武》，祀高宗也。"后世今文经学家不同意《序》说，魏源《诗古微》言："《春秋》僖公四年：公会齐侯、宋公，伐楚。此诗与《鲁颂》'荆舒是惩'，皆侈召陵攘楚之伐，同时同事同词，故宋襄作颂以美其父。"《毛序》只言祀高宗，不言作诗时代。魏源则谓作于襄公时期，所祀为襄公之父宋桓公。后世学者主《商颂》为商朝时诗者则从《序》说，主《商颂》作于春秋时代者则从魏说。实际上两说都不正确。诗言"封建"，封建系周朝典制，殷商何尝分封？诗言"设都于禹之绩"，《大雅·文王有声》言"维禹之绩"，《鲁颂·闷宫》

言“奄有下土,缵禹之绪”,皆指周人、周都而言,而且三代之中也惟有周人以夏朝后人自居。因此,“封建”、“禹绩”云云,都是诗篇作于周代的内证。此外,诗叙伐荆楚,则言“罙入其阻”。“罙入”之语,表明荆楚地域广阔。史载楚国自西周以后,才开启山林走向强大,殷商时代,即使有对楚人的战争,又如何称得上“罙入”?此诗也不可能作于襄公时期。宋襄公先从齐桓公南征,只与楚会盟而退。后又有泓之战,宋国却惨败而归,又如何能大修宗庙?揆诸诗篇内容,此诗只可能作于西周中叶周昭王大征荆楚之后。诗言“裒荆之旅”,实即配合周王军队夹击楚国。金文资料表明,周王朝征伐楚国时,除动用“西六师”之外,还调集驻扎在东都附近的“殷八师”。东西并进,正好对楚国构成夹击之势。殷八师据专家研究,其成员主要为殷商遗民,如此,地处战争前沿的宋人出兵助战,便极有可能。实际上,只是由于宋人助战有功,其“二王之后”的待遇才真正落实。也正是在这样的背景下,宋人才大修祖庙,祭祀先王。